CHRISTOPHER MOORE
Der Lustmolch
Flossen weg!

Der Lustmolch

Für sich genommen sind die Ereignisse in der Kleinstadt Pine Cove nicht besonders schicksalsträchtig: Die Barbesitzerin sucht einen Blues-Sänger; Bess Leander, brave Hausfrau und Opfer einer Überdosis Antidepressiva, hat sich erhängt; und in der Kühlleitung des nahen Atomkraftwerks entsteht ein klitzekleines Loch. Aber als der Gitarrist Catfish mit seinem Blues ein verliebtes Seeungeheuer an Land lockt, beginnen die Probleme. Dann kommt auch noch die Polizei ins Spiel, um den Tod von Bess zu untersuchen, und bald ist nichts mehr wie zuvor ...

Flossen weg!

Seit Jahren versucht der Meeresbiologe Nate Quinn zu ergründen, warum Buckelwale singen. Endlich scheint er kurz vor der Auflösung des Rätsels zu stehen, als plötzlich seltsame Dinge geschehen. Eine riesige Schwanzflosse taucht aus dem Meer auf mit der deutlichen Aufschrift: Flossen weg! Und derselbe Wal versucht mehrmals über das Telefon bei Nate ein Pastrami-Sandwich zu bestellen. Nate glaubt seinen Verstand zu verlieren, bis er der Bitte nachkommt und in die wundersame Welt der Wale hinabtaucht ...

Autor

Der ehemalige Journalist Christopher Moore arbeitete als Dachdecker, Kellner, Fotograf und Versicherungsvertreter, bevor er anfing, Romane zu schreiben. Er wird von der Kritik zu Recht immer wieder mit Douglas Adams und Terry Pratchett verglichen. Der Autor lebt in Cambria, Kalifornien und freut sich unter www.chrismoore.com auf einen virtuellen Besuch.

Von Christopher Moore außerdem bei Goldmann lieferbar:

Die Bibel nach Biff. Roman (54182)
Der Dämonenberater. Roman (54217)
Der törichte Engel. Roman. (54224)

Christopher Moore

Der Lustmolch
Flossen weg!

Zwei Romane in einem Band

GOLDMANN

Die amerikanische Originalausgabe von »Der Lustmolch«
erschien unter dem Titel »The Lust Lizard of Melancholy Cove«
bei Avon, New York

Die amerikanische Originalausgabe von »Flossen weg!«
erschien unter dem Titel »Fluke – Or, I Know Why the Winged
Whales Sing« bei William Morrow, a division of HarperCollins
Publishers Inc., New York

Einmalige Sonderausgabe Juli 2006
Der Lustmolch

Übersetzt von Christoph Hahn
Flossen weg!

Übersetzt von Jörn Ingwersen
Umschlaggestaltung: Design Team München
Druck und Einband: GGP Media GmbH, Pößneck
Printed in Germany
ISBN-10: 3-442-13423-4
ISBN-13: 978-3-442-13423-6

www.goldmann-verlag.de

Der Lustmolch

Deutsch von Christoph Hahn

Für Mom

PROLOG

Der September in Pine Cove ist ein Seufzer der Erleichterung, ein Gute-Nacht-Trunk, ein Nickerchen, das man sich redlich verdient hat. Das weiche Herbstlicht dringt durch die Bäume, die Touristen verziehen sich wieder nach Los Angeles und San Francisco, und die fünftausend Bewohner von Pine Cove wachen eines Morgens auf, um festzustellen, daß es doch möglich ist, im Ort einen Parkplatz zu bekommen, ebenso wie einen Tisch in einem Restaurant, und man die Strände entlangspazieren kann, ohne sich von einem verirrten Frisbee eine Beule einzufangen.

Der September ist so etwas wie ein Versprechen. Endlich wird der Regen kommen und die goldenen Weiden um Pine Cove in ein sattes Grün tauchen. Die Monterey-Kiefern auf den umliegenden Hügeln werden nicht länger ihre Nadeln verlieren, die Wälder von Big Sur werden aufhören zu brennen, und das grimmige Lächeln, das die Kellnerinnen und Kassierer im Laufe des Sommers entwickelt haben, wird förmlich aufblühen zu so etwas wie einem menschlichen Gesichtsausdruck. Die Kinder werden in die Schule zurückkehren, und zurückkehren wird auch die Freude über alte Freunde, Drogen und Waffen, auf die man den Sommer über verzichten mußte, und alle haben endlich die Gelegenheit, sich ein wenig auszuruhen.

Kaum daß es September ist, macht sich Theophilus Crowe, der Town Constable, mit großer Liebe daran, die klebrigen violetten Knospen seiner Sensimilla-Pflanzen zu beschneiden. Mavis aus dem Head of the Slug Saloon kippt den Schnaps aus dem obersten Regal wieder in die dunklen Niederungen des Kanisters, dem er entstammt. Die Jungs vom Baumservice rücken totem und absterbendem Gehölz mit Motorsägen zu Leibe, um zu verhindern, daß es während des stürmischen Winters das ein oder andere Dach durchschlägt. Allenthalben türmen sich vor den Häusern in Pine Cove Holzstapel, und der Schornsteinfeger hat einen Zwölf-Stunden-Tag. Das Regal mit Sonnenmilch und unnützen Andenken in Brine's Angelbedarf, Bootsausrüstung und Erlesene Weine wird ausgeräumt und statt dessen mit Kerzen, Taschenlampenbatterien und Lampenöl aufgefüllt! (Monterey-Kiefern sind berüchtigt für ihre nicht allzu tief reichenden Wurzeln und ihre Neigung, auf Hochspannungsleitungen zu kippen.) Und zum zehnten Mal in Folge wird in der Pine Cove Boutique der Pullover mit dem grausamen Rentier-Muster im Preis hochgesetzt, nur um im Frühling erneut herabgesetzt zu werden.

In Pine Cove, wo nichts passiert (oder zumindest lange nichts passiert ist), stellt der September ein Ereignis dar: eine stille Feier. Die Menschen hier mögen stille Ereignisse. Der Grund, warum sie irgendwann den großen Städten den Rücken kehrten, war, daß sie einer Umgebung entkommen wollten, in der dauernd irgendwas passierte. Der September ist eine Feier des Ewiggleichen. Jeder September ist so wie der vorherige. Allerdings nicht dieses Jahr.

Dieses Jahr passierten drei Dinge. Keine großen Sachen, gemessen an den Standards einer Großstadt. Doch drei Dinge, die dem geliebten Status quo nichtsdestotrotz den Gnadenstoß versetzen sollten: Vierzig Meilen südlich entstand ein kleines, nicht sonderlich gefährliches Leck in einem der Kühlrohre des Kernkraftwerks Diablo Canyon; Mavis Sand gab im *Songwriter Magazine* eine Annonce für einen Blues-Sänger auf, der den ganzen Winter über im Head of the Slug Saloon spielen sollte; und Bess Leander, Ehefrau und Mutter von zwei Kindern, erhängte sich.

Drei Dinge. Omen, wenn man so will. Der September ist eine verheißungsvolle Angelegenheit.

Sich eingestehen, daß man ein Problem hat.

»Meine Liebe, meine Liebe, wie wunderlich ist alles heute! Wo gestern doch noch alles war wie immer. Ich frage mich, ob in der Nacht etwas mit mir geschehen ist? Laß mich überlegen: War ich die Gleiche, als ich an diesem Morgen erwacht bin? Es kommt mir fast so vor, als hätte ich mich ein wenig anders gefühlt. Doch wenn ich nicht mehr die Gleiche bin, dann ist die nächste Frage: Wer in aller Welt bin ich? Ah, welch ein großes Rätsel!«

Lewis Carroll, *Alice im Wunderland*

- 1 -

THOPILUS CROWE

Für eine Tote roch Bess Leander ziemlich gut: Lavendel, Salbei und ein Hauch Nelke. Sieben Shaker Chairs hingen an Haken an den Wänden im Eßzimmer der Leanders. Der achte war unter Bess umgekippt, und an seiner Stelle baumelte Bess mit einem Kattunstrick um den Hals an dem betreffenden Haken. Von den Deckenbalken hingen getrocknete Blumen, Körbe in den verschiedensten Formen und Größen sowie Bündel getrockneter Kräuter.

Theophilus Crowe wußte, daß er eigentlich alle möglichen polizeimäßigen Sachen machen sollte, doch statt dessen stand er einfach gemeinsam mit den beiden Rettungssanitätern der Feuerwehr von Pine Cove im Zimmer herum und starrte zu Bess hinauf wie zu einem Engel an einem Weihnachtsbaum. Theo dachte sich, daß Bess' pastellblauer Hautton sehr schön zu ihrem kornblumenblauen Kleid und dem Muster des englischen Porzellanservices paßte, das auf einfachen Holzregalen am Ende des Raumes verteilt war. Es war sieben Uhr morgens, und Theo war, wie üblich, ein wenig stoned.

Theo hörte Schluchzer aus dem ersten Stock, wo Joseph Leander seine beiden Töchter, die noch immer ihre Nachthemden trugen, daran hinderte herunterzukommen. Es gab im ganzen Haus keinerlei Anzeichen für die Anwesenheit eines Mannes. Es war wie aus dem Schöner-Wohnen-Sonderheft Landleben: Dielenboden aus Kiefernholz, Weidenkörbe, Blumen und Stoffpuppen. Kräuteressig in braunen Gläsern, Shaker-Antiquitäten, Kupferkessel, Stickmustertücher und -rahmen, Spinnräder, Zierdeckchen und Wandplaketten aus Porzellan mit Gebeten auf holländisch. Nirgendwo war auch nur eine einzige Sportzeitschrift oder eine Fernbedienung zu sehen. Nichts, das nicht an seinem Platz lag, ebensowenig wie auch nur ein einziges Staubkörnchen irgendwo. Joseph Leander war vermutlich auf Zehenspitzen gegangen, um in diesem Haus keinerlei Spuren zu hinterlassen. Ein Mann, der weniger sensibel gewesen wäre als Theo, hätte vermutlich behauptet, daß er ganz schön unterm Pantoffel stand.

»Der Kerl steht ja ganz schön unterm Pantoffel«, sagte einer der Sanitäter. Sein Name war Vance McNally. Er war einundfünfzig Jahre alt, klein und muskulös, und er trug seine Haare genauso wie in seinen High-School-Tagen mit Öl zurückgeklatscht. Gelegentlich kam es vor, daß er in Erfüllung seiner Pflichten als Rettungssanitäter Menschenleben rettete, quasi als Ausgleich dafür, daß er sich ansonsten aufführte wie der letzte Trampel.

»Vance, er hat gerade seine Frau aufgehängt im Eßzimmer gefunden«, erklärte Theo über die Köpfe der beiden Sanitäter hinweg. Er war einsfünfundneunzig groß, und dank dieser Tatsache konnte er auch in einem Flanellhemd und Turnschuhen einschüchternd wirken und, wenn es nötig war, sich den gebührenden Respekt verschaffen.

»Sie sieht aus wie Raggedy Ann«, sagte Mike, der andere Sanitäter, der Anfang Zwanzig und ganz aufgeregt über seinen ersten Einsatz bei einem Selbstmord war.

»Ich hab gehört, sie wäre 'ne Amish«, sagte Vance.

»Sie ist keine Amish«, erwiderte Theo.

»Ich hab ja auch nicht gesagt, sie wäre 'ne Amish, ich hab gesagt, ich hätte so was mal gehört. Daß sie keine Amish war, ist mir aufgefallen, als ich den Mixer in der Küche gesehen habe. Die Amish glauben nicht an Mixer, oder?«

»Mennonitin«, sagte Mike mit gerademal soviel Autorität, wie er sich angesichts seines jugendlichen Alters herausnehmen durfte.

»Was sind denn Mennoniten?« fragte Vance

»Amish mit Mixern.«

»Sie war keine Amish«, erklärte Theo.

»Sie sieht aber aus wie 'ne Amish«, sagte Vance.

»Ihr Mann ist jedenfalls kein Amish«, sagte Mike.

»Woher weißt du das?« fragte Vance. »Einen Bart hat er jedenfalls.«

»Aber auch 'nen Reißverschluß an seiner Jacke«, sagte Mike. »Die Amish haben keine Reißverschlüsse.«

Vance schüttelte den Kopf. »Typisch Mischehe. So was funktioniert nie.«

»Sie war keine Amish!« brüllte Theo.

»Du kannst meinetwegen glauben, was du willst, Theo, aber im Wohnzimmer steht ein Butterfaß. Und das sagt doch wohl alles.«

Mike rieb an einer Stelle an der Wand unterhalb von Bess' Füßen, wo ihre schwarzen Schnallenschuhe entlanggeschrammt waren, als sie von den letzten Zuckungen geschüttelt worden war.

»Faß nichts an«, sagte Theo.

»Warum? Anbrüllen kann sie uns ja wohl nicht mehr. Sie ist tot. Und wir haben uns alle die Füße abgetreten, bevor wir reinkamen«, sagte Vance.

Mike machte ein paar Schritte von der Wand weg. »Vielleicht hat es ihr einfach nicht gepaßt, wenn irgendwas ihren Boden berührt hat. Und da war Aufhängen die einzige Möglichkeit.«

Um sich von seinem Schützling nicht den kriminalistischen Schneid abkaufen zu lassen, erwiderte Vance: »Allerdings öffnet sich bei einem Erhängten normalerweise der Schließmuskel – was aussieht wie 'n Saustall. Da frage ich mich natürlich, ob sie sich überhaupt aufgehängt hat.«

»Sollten wir nicht die Polizei rufen?« fragte Mike.

»Ich bin die Polizei«, erwiderte Theo. Er war der einzige Constable in Pine Cove, ordnungsgemäß gewählt vor acht Jahren und seitdem alle zwei Jahre in seinem Amt bestätigt.

»Nein, ich meine die richtige Polizei«, erklärte Mike.

»Ich rufe den Sheriff über Funk«, sagte Theo. »Ich denke nicht, daß es hier für euch noch groß was zu tun gibt. Aber ihr könnt Pastor Williams von der presbyterianischen Kirche Bescheid sagen, daß er herkommt. Ich muß mich mit Joseph unterhalten und brauche jemanden, der sich um die Mädchen kümmert.«

»Presbyterianer waren sie?« Vance schien schockiert. Er hatte der Amish-Theorie mit einigem Herzblut angehangen.

»Sagt ihm bitte Bescheid«, wiederholte Theo. Er ließ die Rettungssanitäter allein und ging durch die Küche hinaus zu seinem Volvo, wo er das Funkgerät auf die Frequenz des Sheriff's Department von San

Junipero einstellte. Dann saß er da und starrte das Mikrophon an. Sheriff Burton würde ihm wegen dieser Sache hier den Kopf abreißen.

»Die Nordküste ist Ihr Revier, Theo. Und zwar ausschließlich. Meine Deputies kassieren irgendwelche Verdächtigen, bearbeiten Überfälle und lassen die Highway Patrol sich um die Verkehrsunfälle auf dem Highway 1 kümmern. Das ist alles. Ansonsten halten Sie sie aus Pine Cove raus, und niemand erfährt was von Ihrem kleinen Geheimnis.« Theo war mittlerweile einundvierzig Jahre alt, und dennoch fühlte er sich wie ein Zehntklässler, der seinem Aufsichtslehrer bloß nicht auffallen will und sich tunlichst bedeckt hält. Vorfälle wie dieser hier hatten in Pine Cove nicht zu passieren. Denn in Pine Cove passierte nun mal nichts.

Er genehmigte sich einen schnellen Zug an seiner rauchlosen Purpfeife Marke Sneaky Pete, bevor er das Mikrophon einschaltete und die Deputies kommen ließ.

Joseph Leander saß auf der Bettkante. Er hatte in der Zwischenzeit seinen Pyjama aus- und einen blauen, geschäftsmäßigen Anzug angezogen, doch sein schütteres Haar stand an den Seiten noch immer in alle Richtungen ab. Er war fünfunddreißig, hatte sandfarbenes Haar und war dünn, obgleich ihm allmählich eine Wampe wuchs, über der sich die Knopfleiste seiner Anzugweste unübersehbar spannte. Theo saß, ein Notizbuch in der Hand, ihm gegenüber auf einem Stuhl. Ein Stockwerk tiefer waren die Deputies bei der Arbeit zu hören.

»Ich kann einfach nicht glauben, daß sie so was je tun würde«, sagte Joseph.

Theo streckte den Arm aus und drückte den Bizeps des gramgebeugten Gatten. »Es tut mir wirklich leid, Joe. Sie hat wohl nie etwas gesagt, das darauf hingedeutet hätte, daß sie mit dem Gedanken spielte, so was zu tun?«

Ohne aufzublicken, schüttelte Joseph den Kopf. »Es ging ihr allmählich besser. Val hatte ihr irgendwelche Tabletten gegeben, und es schien, als würde es ihr allmählich bessergehen.«

»Valerie Riordan?« fragte Theo. Valerie war der einzige Psychiater in Pine Cove. »Wissen Sie, was für Pillen das waren?«

»Zoloft«, sagte Joseph. »Das ist wohl ein Antidepressivum.«

Theo notierte den Namen des Medikaments. »Bess hatte also Depressionen?«

»Nein, sie hatte nur diesen Putzfimmel. Alles mußte jeden Tag saubergemacht werden. Sie hat irgendwas geputzt, und fünf Minuten später gleich noch mal. Sie hat mir und den Mädchen das Leben zur Hölle gemacht. Wir mußten Schuhe und Strümpfe ausziehen und die Füße in einer Wanne waschen, bevor wir das Haus betreten durften. Aber Depressionen hatte sie keine.«

Theo schrieb »Verrückt« in seinen Notizblock. »Wann war Bess zum letzten Mal bei Val?«

»Vor sechs Wochen, glaube ich. Damals hat sie auch die Pillen zum ersten Mal bekommen. Und es ging ihr daraufhin auch wirklich besser. Zumindest schien es so. Sie hat einmal sogar das Geschirr über Nacht in der Spüle gelassen. Ich war richtig stolz auf sie.«

»Wo sind diese Pillen, Joseph?«

»Im Medizinschrank.« Joseph deutete in Richtung Badezimmer.

Theo entschuldigte sich und ging ins Bad. Außer Desinfektionsmitteln und ein paar Q-Tips befand sich nur das braune Fläschchen mit dem Rezeptaufkleber im Medizinschrank. Es war etwa halb voll. »Die werde ich mitnehmen«, sagte Theo und steckte die Pillen ein. »Die Beamten des Sheriffs werden Ihnen vermutlich noch mal die gleichen Fragen stellen, Joseph. Erzählen Sie ihnen einfach, was Sie mir gesagt haben, okay?«

Joseph nickte. »Ich glaube, ich sollte mich um die Mädchen kümmern.«

»Es wird nicht lange dauern, okay? Ich schicke den zuständigen Beamten rauf.«

Theo hörte, wie vor dem Haus ein Wagen gestartet wurde, und ging zum Fenster. Ohne Sirene und Blaulicht fuhr der Krankenwagen los, um die tote Bess Leander zum Leichenschauhaus zu bringen. Er wandte sich wieder an Joseph. »Rufen Sie mich an, wenn Sie was brauchen. Ich werde mich mal mit Val Riordan unterhalten.«

Joseph erhob sich. »Theo, erzählen Sie niemandem, daß Bess Antidepressiva genommen hat. Sie wollte nicht, daß irgend jemand davon erfährt. Sie hat sich deswegen geschämt.«

»Keine Sorge. Rufen Sie mich an, wenn Sie mich brauchen.« Er ging aus dem Zimmer. Als er die Treppe herunterkam, traf er auf einen adrett gekleideten Polizeibeamten in Zivil. An der Marke an seinem Gürtel konnte Theo ablesen, daß er Detective Sergeant war.

»Sie sind Crowe. John Voss.« Er streckte die Hand aus, und Theo ergriff sie. »Wir sind von jetzt an mit dem Fall betraut«, sagte Voss. »Was haben Sie bis jetzt?«

Theo fühlte sich gleichzeitig erleichtert und vor den Kopf gestoßen. Sheriff Burton nahm ihm den Fall weg, ohne ein Wort darüber zu verlieren. »Kein Abschiedsbrief«, sagte Theo. »Ich hab euch angerufen, zehn Minuten, nachdem mir der Fall gemeldet wurde. Joseph sagt, sie hatte keine Depressionen, nahm aber Medikamente. Er ist zum Frühstück nach unten gekommen und hat sie gefunden.«

»Haben Sie sich hier schon mal umgesehen?« fragte Voss. »Alles blitzblank. Nirgendwo ein Fleck oder ein Staubkörnchen. Als hätte jemand den Tatort blank gewienert.«

»Das war sie«, sagte Theo. »Sie hatte einen Putzfimmel.«

Voss schnaubte verächtlich. »Sie hat einen Hausputz veranstaltet und sich dann aufgehängt? Also bitte.«

Theo zuckte mit den Achseln. Dieser ganze Polizeikram gefiel ihm überhaupt nicht. »Ich werde mich mal mit ihrer Psychiaterin unterhalten. Ich sag Ihnen dann, was die erzählt.«

»Sie reden mit niemandem, Crowe. Das hier ist meine Untersuchung.«

Theo lächelte. »Okay. Aber sie hat sich aufgehängt und weiter nichts. Blasen Sie's nicht unnötig auf, die Familie hat schon genug mitgemacht.«

»Ich bin Profi«, sagte Voss in einem Ton, der seine Verachtung für Theos kriminalistisches Stümpertum kaum verhüllte. Und wenn man es genau betrachtete, war dieser Vorwurf so ungerechtfertigt nicht.

»Haben Sie die Amish-Connection schon mal unter die Lupe genommen?« fragte Theo und versuchte, keine Miene zu verziehen. Vielleicht hätte er sich heute das Kiffen doch lieber sparen sollen.

»Was?«

»Ach so, Sie sind ja der Profi«, sagte Theo. »Hatte ich ganz vergessen.« Und damit verließ er das Haus.

Als er wieder in seinem Volvo saß, nahm Theo das dünne Telefonbuch von Pine Cove aus dem Handschuhfach und schlug die Adresse von Dr. Valerie Riordan nach, als über Funk ein Notruf durchkam. Schlägerei im Head of the Slug Saloon. Es war 2 Uhr 30.

MAVIS

Unter den Stammgästen des Head of the Slug ging das Gerücht, daß sich unter Mavis Sands welker, von Leberflecken übersäter faltiger Haut das schillernde Metallskelett eines Terminators verbarg. Es war in den fünfziger Jahren gewesen, als Mavis damit begonnen hatte, ihre Körperteile aufzuwerten. Zunächst war Eitelkeit der Beweggrund gewesen, und es handelte sich dabei um ihre Brüste, ihre Wimpern und ihr Haar. Im weiteren Verlauf der Zeit kam ihr das Konzept der Pflege und Bewahrung immer mehr abhanden, und so ließ sie jene Körperteile, die ihren Dienst versagten, einfach austauschen, bis nahezu fünfzig Prozent ihres Körpergewichts aus rostfreiem Stahl (Hüften, Ellbogen, Schultern, Fingergelenke, Stützen der Rückenwirbel 5-12), Silikon Chips (Hörgerät, Herzschrittmacher, Insulinpumpe), Polymerharz (Linsenkatarakte, Gebiß), Kevlargewebe (Bauchdeckenverstärkung), Titan (Knie, Fußgelenke) und Schwein (Herzklappe) bestanden. Wäre die von einem Schwein stammende Herzklappe nicht gewesen, so hätte Mavis den nahtlosen Übergang vom Tier zum Mineral geschafft, ohne dabei das ansonsten übliche Übergangsstadium als Gemüse durchmachen zu müssen, das den meisten Menschen blüht. Die Phantasiebegabteren unter den Suffniks im Slug (selbst auch kaum mehr als Gemüse) schworen von Zeit zu Zeit, daß man in den Pausen zwischen den einzelnen Songs aus der Jukebox hören konnte, wie die kleinen, aber starken Servomotoren Mavis hinter der Bar herumzischen ließen. Mavis selbst war darauf bedacht, niemals im Angesicht der Gäste eine Bierdose zu zerquetschen oder ein volles Faß zu bewegen, um so den Gerüchten nicht zusätzliche Nahrung zu geben und auch noch den letzten Rest an mädchenhafter Verletzlichkeit zu zerstören, den zu bewahren sie bedacht war.

Als Theo das Head of the Slug betrat, sah er die ehemalige Leinwandfurie Molly Michon am Boden, ihre Zähne in das Fußgelenk eines grauhaarigen Mannes verbissen, der kreischte wie eine platt gefahrene Katze. Mavis stand über die beiden gebeugt und schwang ihren Louisville Slugger, und es sah ganz so aus, als würde sie demnächst einen der beiden als Baseballersatz benutzen und ihn in hohem Bogen aus dem Laden dreschen.

»Theo«, kreischte Mavis, »du hast zehn Sekunden, um diese Irre aus meiner Bar zu schaffen, oder ich zieh ihr eins über den Schädel!«

»Nein, Mavis.« Theo stürmte auf Mavis zu, stieß den Baseballschläger beiseite und fummelte die Handschellen aus seiner Gesäßtasche. Er zerrte an Mollys Händen, bis sie den Knöchel des Mannes losließ, und fesselte ihr die Hände auf den Rücken. Die Schreie des grauhaarigen Mannes schraubten sich in ungeahnte Höhen hinauf.

Theo kniete sich auf den Boden und sagte Molly ins Ohr: »Laß los, Molly. Du mußt das Bein von dem Mann da loslassen.«

Aus Mollys Mund drang ein animalischer Laut, der von Blasen aus Blut und Speichel begleitet wurde.

Theo strich ihr das Haar aus dem Gesicht. »Ich kann das Problem nicht lösen, wenn du mir nicht sagst, worum es geht, Molly. Und ich kann dich nicht verstehen, solange du das Bein von dem Kerl hier im Mund hast.«

»Geh aus dem Weg, Theo«, sagte Mavis. »Ich zieh ihr eins über.«

Theo wehrte Mavis ab. Der grauhaarige Mann schrie noch lauter als zuvor.

»Hey!« rief Theo. »Jetzt mal halblang, ich versuche mich hier zu unterhalten.«

Der grauhaarige Mann schraubte seine Lautstärke zurück.

»Molly, schau mich an.«

Theo sah, wie eines ihrer blauen Augen den Blick vom Bein des Mannes löste und die Gier nach Blut darin verebbte. Er hatte sie wieder. »Schön so, Molly. Ich bin's, Theo. Also, was haben wir denn für ein Problem?«

Sie spuckte das Bein des Mannes aus und drehte den Kopf zu Theo. Mavis half dem Mann, sich auf einen Barhocker zu setzen. »Schaff sie hier raus«, sagte Mavis. »Diesmal hat sie sich's endgültig verschissen. Sie hat Lokalverbot – und zwar für immer.«

Theo wandte den Blick nicht von Molly ab. »Geht's wieder?«

Sie nickte. Ein blutiger Speichelfaden lief ihr am Kinn herunter. Theo schnappte sich eine Serviette und wischte ihn ab, wobei er sorgsam darauf achtete, daß er mit seinen Fingern ihrem Mund nicht zu nahe kam.

»Ich werde dir jetzt helfen aufzustehen, und dann gehen wir nach draußen und unterhalten uns über die Angelegenheit, okay?«

Molly nickte, und Theo zog sie an den Schultern hoch, stellte sie auf die Füße und schob sie in Richtung Tür. Er warf über die Schulter einen Blick zurück und fragte den Mann, den sie gebissen hatte: »Mit Ihnen alles in Ordnung? Oder brauchen Sie 'n Arzt?«

»Ich hab ihr nicht das geringste getan. Ich bin einfach nur reingekommen, um was zu trinken.«

Theo warf Mavis einen fragenden Blick zu. »Er hat sie angemacht«, erklärte Mavis. »Aber das ist keine Entschuldigung. Ein Mädchen sollte es zu schätzen wissen, wenn jemand Interesse an ihr zeigt.« Sie drehte sich wieder um und klimperte den gebissenen Mann mit ihren falschen, spinnenartigen Wimpern an. »Ich weiß so was durchaus zu schätzen. Soll ich's dir mal zeigen, Süßer?«

Von Panik erfaßt wandte der Mann den Blick ab. »Nein, mir geht's schon wieder ganz prima. Ich brauche keinen Arzt. Ich muß jetzt los, meine Frau wartet schon auf mich.«

»Solange Ihnen nichts fehlt«, sagte Theo. »Und Sie keine Anzeige erstatten wollen?«

»Nein, es war nur ein Mißverständnis. Sobald Sie sie hier rausgeschafft haben, verlasse ich die Stadt.«

Es erhob sich ein allgemeines Stöhnen der Enttäuschung unter den Stammgästen, die schon Wetten darauf abgeschlossen hatten, wen Mavis wohl mit ihrem Baseballschläger treffen würde.

»Danke«, sagte Theo. Er zwinkerte Mavis verstohlen zu und führte Molly hinaus auf die Straße, wobei er sich und seine Gefangene bei einem alten Schwarzen entschuldigte, der gerade, einen Gitarrenkoffer in der Hand, zur Tür hereinkam.

»Wenn 'nem Mann die süßen Worte und der Fusel ausgehen, muß er wohl schärfere Maßnahmen ergreifen«, erklärte der alte Schwarze in Richtung Bar und grinste über beide Ohren. »Sucht hier jemand 'n Bluesman?«

MOLLY MICHON

Theo bugsierte Molly auf den Beifahrersitz des Volvo. Sie saß mit gesenktem Kopf da, und ihre blonde, von grauen Strähnen durchzogene Mähne hing ihr ins Gesicht. Sie trug einen übergroßen grünen Pullover, Stretchhosen und zwei verschiedenfarbige Basketballschuhe – einer rot, der andere blau. Man hätte sie genauso für dreißig wie für fünfzig halten können – sie nannte Theo jedesmal ein anderes Alter, wenn er sie mal wieder aufgabelte.

Theo ging um den Wagen herum und stieg ein. »Molly, ist dir klar, daß, wenn du 'nem Kerl ins Bein beißt, du knapp davor bist, ›eine Gefahr für dich und andere‹ darzustellen? Weißt du das?«

Sie schniefte und nickte mit dem Kopf. Eine Träne tropfte aus der Masse der Haare heraus und machte einen Fleck auf ihrem Pullover.

»Bevor ich losfahre, muß ich wissen, ob du dich wieder beruhigt hast. Oder muß ich dich auf den Rücksitz packen?«

»Es war kein Anfall«, sagte Molly. »Ich hab mich nur verteidigt. Es war Notwehr. Er wollte mich aussaugen.« Sie hob den Kopf und wandte ihn Theo zu, doch ihr Haar bedeckte noch immer ihr Gesicht.

»Nimmst du deine Pillen?«

»Medikamente. Das heißt Medikamente.«

»Entschuldige«, sagte Theo. »Nimmst du noch deine Medikamente?«

Sie nickte.

»Wisch dir die Haare aus dem Gesicht, Molly. Ich kann kaum verstehen, was du sagst.«

»Die Handschellen, Schlauberger.«

Theo hätte sich beinahe an die Stirn geklatscht: Du Idiot! Er mußte das Kiffen während der Arbeit wirklich bleiben lassen. Er hob den Arm und strich ihr vorsichtig die Haare aus dem Gesicht. In ihrem Blick lag eine gewisse Verwirrung.

»Du brauchst nicht so vorsichtig zu sein. Ich beiße nicht.«

Theo lächelte. »Nun, eigentlich ...«

»Ach, leck mich doch. Bringst du mich in die Nervenklinik?«

»Sollte ich?«

»In drei Tagen bin ich eh wieder raus, und die Milch in meinem Kühlschrank ist sauer.«

»Dann bringe ich dich besser nach Hause.«

Er ließ den Wagen an und fuhr einmal um den Block, um zum Fly Rod Trailer Court zu fahren. Er hätte lieber eine Seitenstraße benutzt, um Molly die Peinlichkeit zu ersparen, doch der Weg zur Wohnwagensiedlung ging von der Cypress Street ab, der Hauptstraße von Pine Cove. Als sie an der Bank vorbeikamen, starrten die Leute, die gerade aus ihren Autos stiegen, in ihre Richtung. Molly schnitt ihnen Grimassen.

»Das hilft auch nichts, Molly.«

»Ach, die können mich doch mal. Fans wollen immer was von einem. Und das können sie haben, ich hab ja meine Seele.«

»Das ist aber wirklich großzügig.«

»Wenn du kein Fan wärst, würde ich dich das hier nicht machen lassen.«

»Bin ich aber. Sogar ein großer Fan.« In Wahrheit hatte er noch nie von ihr gehört, bis er zum ersten Mal gerufen wurde, um sie aus H. P.'s Café zu schaffen, wo sie auf die Espressomaschine losgegangen war, weil diese nicht aufhören wollte, sie anzustarren.

»Niemand versteht das. Alle wollen was von einem und saugen einen aus, bis nichts mehr von einem übrig ist. Selbst die Medikamente saugen einen aus. Kapierst du auch nur ansatzweise, wovon ich rede?«

Theo schaute sie an. »Ich leide unter einer solchen Angst vor der Zukunft, daß ich kaum einen Gedanken fassen, geschweige denn funktionieren kann, wenn ich nicht mit Drogen und der guten alten Vogel-Strauß-Taktik dagegenhalte.«

»Herrgott, Theo, du bist echt am Arsch.«

»Danke.«

»Du kannst nicht rumlaufen, und so 'n Kram in der Gegend rumposaunen.«

»Mach ich sonst ja auch nicht. Aber heute war 'n harter Tag.«

Er bog in den Fly Rod Trailer Court ein: zwanzig schäbige Wohnwagen, die sich am Ufer des Santa Rosa Creek duckten, der nach dem langen, trockenen Sommer kaum noch Wasser führte. Ein Kiefernwäldchen begrenzte die Siedlung zur Hauptstraße hin und entzog sie so den Blicken der Touristen. Der Wirtschaftsrat des Ortes hatte dem Besitzer zur Auflage gemacht, das Schild am Eingang abzuhängen. Die Fly-Rod-Wohnwagensiedlung war eines der schmutzigen kleinen Geheimnisse von Pine Cove, und es wurde gut gehütet.

Theo hielt vor Mollys Trailer an. Es war ein Original-Fünfziger-Jahre-Modell mit Jalousien an den Fenstern und Roststreifen, die sich vom Dach herunterzogen. Er half Molly aus dem Wagen und nahm ihr die Handschellen ab.

Theo sagte: »Ich fahre jetzt zu Val Riordan. Soll sie in der Apotheke anrufen und für dich was bestellen?«

»Nein, ich hab an Medikamenten alles, was ich brauche. Ich mag den Kram zwar nicht, aber ich hab ihn.« Sie rieb ihre Handgelenke. »Warum gehst du zu Val? Bist du am Durchdrehen?«

»Schon möglich, aber diesmal ist es dienstlich. Denkst du, du kommst klar?«

»Ich muß meinen Text lernen.«

»Ach so.« Theo wollte schon gehen, doch er drehte sich noch einmal um. »Molly, was hast du acht Uhr morgens überhaupt im Slug verloren?«

»Woher soll ich das wissen?«

»Wenn der Kerl im Slug einer von hier gewesen wäre, wäre ich jetzt mit dir auf dem Weg zur Nervenklinik, ist dir das klar?«

»Es war kein Anfall. Er wollte mich aussaugen.«

»Laß dich für 'ne Weile im Slug nicht mehr blicken. Bleib zu Hause. Außer zum Einkaufen, okay?«

»Du wirst nicht mit der Klatschpresse reden?«

Er reichte ihr seine Visitenkarte. »Wenn dich das nächste Mal jemand aussaugen will, ruf mich an. Ich hab immer das Handy dabei.«

Sie zog ihren Pullover hoch und steckte die Karte in den Bund ihrer Gymnastikhose. Den Pullover immer noch hochhaltend, drehte sie sich um und ging wiegenden Schrittes auf ihren Trailer zu. Dreißig oder fünfzig – an ihrer Figur war jedenfalls nichts auszusetzen. Theo schaute ihr nach, als sie so dahinschritt, und vergaß für einen Moment, wer sie war. Ohne sich umzudrehen, sagte sie: »Und was ist, wenn du's bist, Theo? Wen soll ich dann anrufen?«

Theo schüttelte den Kopf, wie ein Hund, dem Wasser ins Ohr gelaufen ist, krabbelte in den Volvo und fuhr davon. Ich bin schon zu lange solo, dachte er.

- 2 -

DAS SEEUNGEHEUER

Die Kühlrohre des Kernkraftwerks Diablo Canyon waren aus bestem rostfreiem Stahl. Vor der Montage waren sie mit Röntgenstrahlen und Ultraschallgeräten untersucht und Druckkammertests ausgesetzt worden, um sicherzugehen, daß sie niemals bersten würden. Nachdem sie zusammengeschweißt worden waren, wurden auch die Schweißnähte mit Röntgenstrahlen untersucht und Belastungstests unterzogen. Und so strahlte der radioaktive Dampf aus dem Inneren des Reaktorkerns seine Hitze an die Kühlrohre ab, die diese wiederum in den mit Seewasser gefüllten Kühlwassertank ableiteten, welches sicher in den Pazifik gepumpt wurde. Allerdings hatte beim Bau von Diablo ein ziemlicher Termindruck geherrscht, bedingt durch die Hysterie infolge der Energiekrise in den siebziger Jahren. Angetrieben von

Geldgier und Kokain arbeiteten die Schweißer doppelte und dreifache Schichten, ebenso wie die Inspektoren, die die Röntgenapparate bedienten. So kam es, daß ein Rohr übersehen wurde. Es war kein großer Fehler, sondern nur ein winzig kleines Leck. Kaum feststellbar. Ein verschwindend geringer Ausstoß an schwachstrahlender Radioaktivität, der mit den Gezeiten über den Kontinentalsockel hinausschwappte und von den endlosen Wassermassen immer mehr verdünnt wurde, bis er nicht einmal mehr für die empfindlichsten Meßgeräte feststellbar war. Und dennoch blieb das Leck nicht unentdeckt.

Im tiefen Meeresgraben vor Kalifornien, in der Nähe eines unterseeischen Vulkans, wo das Wasser eine Temperatur von fast vierhundert Grad hatte und Schwarze Raucher ihre mineralische Suppe ausspien, wurde ein Geschöpf aus seinem langen Schlummer aufgerüttelt. Augen, die so groß waren wie Tellerminen, blinzelten die Verkrustungen jahrelangen Schlafes hinweg. Erfüllt von Instinkt, Sinneswahrnehmung und Erinnerung regte sich das Hirn des Seeungeheuers. Es erinnerte sich daran, wie es die Überreste eines russischen Atom-U-Boots verspeist hatte: saftige kleine Matrosen mit zartem Fleisch infolge des hohen Drucks und gewürzt mit einer pikanten radioaktiven Marinade. Es war die Erinnerung, die das Ungetüm erwachen ließ, und wie ein Kind, das an einem verschneiten Morgen durch den Duft von gebratenem Speck unter seiner warmen Bettdecke hervorgelockt wird, erhob es sich vom Meeresgrund, zuckte mit seinem riesigen Schwanz und begann seinen langsamen Aufstieg zu der Meeresströmung, die diesen verheißungsvollen Sinnenzauber herbeiwehte. Eben jene Meeresströmung, die an der Küste vor Pine Cove vorbeizog.

MAVIS

Mavis kippte sich einen ordentlichen Schluck Bushmills hinter die Binde, um über die Enttäuschung hinwegzukommen, daß sie niemandem mit ihrem Baseballschläger hatte eins überbraten können. Sie war nicht wirklich wütend auf Molly. Der Typ war schließlich nur ein lausiger Tourist gewesen, und das einzige, was ihn über die Mäuse in den Wänden erhob, war, daß er Bargeld mit sich herumschleppte. Vielleicht würde ja die Tatsache, daß überhaupt etwas im Slug passiert war, das Geschäft ein wenig beleben. Leute würden hereinkommen, um sich die Geschichte anzuhören, und Mavis konnte Geschichten derart ausdehnen, mit Spekulationen würzen und dramatisieren, daß darüber mindestens drei Drinks vergingen.

Die Geschäfte hatten in den letzten beiden Jahren spürbar nachgelassen. Es schien so, als hätten die Leute einfach keine Lust mehr, ihre Probleme in die Bar zu schleppen. Dabei hatte es einmal eine Zeit gegeben, als jeden Nachmittag mindestens drei oder vier Kerle am Tresen saßen, die die Biere nur so in sich hinein- und ihre Herzen ausschütteten. Typen, die so voller Selbstekel waren, daß sie sich glatt den Hals verrenkt hätten, nur um nicht ihrem eigenen Antlitz in dem großen Wandspiegel hinter der Bar in die Augen blicken zu müssen. Nacht für Nacht waren die Stühle besetzt von Leuten, die jammerten, zeterten und moserten und damit gerade mal so lange aufhörten, wie es dauerte, um zum Klo zu wanken oder einen Quarter in die Jukebox zu werfen und einen der Songs aus dem breitgefächerten Sortiment der Selbstmitleidsballaden auszusuchen. Niedergeschlagenheit und heulendes Elend beförderten den Umsatz an alkoholischen Getränken, doch just daran herrschte seit einigen Jahren eine gewisse Knappheit. Für die Rezession auf dem Sektor menschliches Elend machte Mavis die Erholung der Wirtschaft, Val Riordan und die allenthalben um sich greifenden Gemüsediäten verantwortlich, und sie bekämpfte diese heimtückischen Elemente, die ihr ins Geschäft pfuschten, indem sie eine Happy Hour einführte, während der man zwei Getränke zum Preis von einem erhielt – und obendrein noch fettige Fleischgerichte gratis dazu. (Schließlich bestand der Sinn der Happy Hour doch wohl darin, jeglichem Glück den Garaus zu machen, oder?) Doch all ihre Bemühungen zeitigten nur den Effekt, daß ihre Gewinne sich halbierten. Wenn Pine Cove nicht länger in der Lage war, heulendes Elend zu produzieren, dann mußte sie eben welches importieren. Und so hatte sie eine Annonce aufgegeben, in der sie nach einem Blues-Sänger suchte.

Der alte Schwarze trug eine Sonnenbrille, einen Fedora aus Leder und einen mitgenommenen Anzug aus schwarzer Schurwolle, der für die Jahreszeit zu warm war. Darüber hinaus trug er rote Hosenträger über einem Hawaiihemd, das mit barbusigen Hulatänzerinnen bedruckt war, und knarrende schwarzweiße Wingtips. Er legte seinen Gitarrenkoffer auf die Bar und kletterte auf einen der Hocker.

Mavis betrachtete ihn voller Argwohn und zündete sich eine Tarryton 100 an. Als junges Mädchen hatte man ihr beigebracht, Schwarzen nicht über den Weg zu trauen.

»Was darf's denn sein?« fragte sie.

Er setzte seinen Fedora ab, und darunter kam ein kahler brauner Schädel zum Vorschein, der glänzte wie eine polierte Walnuß. »Gibt's irgendwelchen Wein?«

»Chateau-Fusel weiß oder Chateau-Fusel rot?« Mavis stützte einen Arm in die Taille, wobei Motoren und Räderwerke sich knirschend in Gang setzten.

»Die Chateau-Typen haben wohl expandiert. Früher gab's nur eine Sorte.«

»Rot oder Weiß?«

»Was süßer schmeckt, meine Süße.«

Mavis knallte ein Glas auf die Bar und füllte es mit einer gelben Flüssigkeit aus einer eisbeschlagenen Karaffe aus dem Kühlfach. »Das macht drei Bucks.«

Der Schwarze streckte die Hand aus – dicke, lange Fingernägel glitten kufengleich über den Tresen, lange Finger tasteten herum wie die Tentakel eines Meereslebewesens, das von den Gezeiten hin und her gespült wird – und verfehlte das Glas um knapp zehn Zentimeter.

Mavis schob ihm das Glas in die Hand. »Was ist los? Blind oder was?«

»Nee, is' so dunkel hier drin.«

»Dann setz deine Sonnenbrille ab, Knalldepp.«

»Unmöglich, Ma'am. Ohne Sonnenbrille läuft nix in meinem Geschäft.«

»Was für 'n Geschäft? Versuchen Sie bloß nicht, hier drin Bleistifte zu verkaufen. Bettler will ich hier nicht haben.«

»Ich bin Bluesman, Ma'am. Ich hab gehört, Sie suchen so einen.«

Mavis ließ ihren Blick von dem Gitarrenkoffer auf der Bar zu dem Schwarzen mit seiner Sonnenbrille wandern; sie bemerkte, daß die Fingernägel seiner rechten Hand lang waren im Gegensatz zu seiner Linken, deren Fingerspitzen von einer knubbeligen grauen Hornhautschicht überzogen waren, und sie sagte: »Hätt ich eigentlich von selbst draufkommen können. Haben Sie denn Erfahrung?«

Er lachte. Es war ein Lachen, das irgendwo tief unten seinen Ursprung hatte, auf dem Weg nach oben seine Schultern erzittern ließ und schließlich zu seiner Kehle herauspolterte wie eine Dampflok, die aus dem Tunnel rauscht. »Meine Süße, ich hab mehr Erfahrung als 'ne Busladung voller Nutten. Catfish Jefferson hat nicht einen Tag Staub angesetzt, sondern war auf Achse seit dem Tag, als Gott ihn auf diesen großen Klumpen Dreck gepackt hat. So heiße ich, nennen Sie mich Catfish.«

Er schüttelt einem die Hand wie eine Schwuchtel, dachte Mavis. Reicht einem gerade mal die Fingerspitzen. Genauso wie sie selbst, bevor sie ihre arthritischen Gelenke hatte austauschen lassen. Einen alten Blues-Sänger mit Arthritis wollte sie sich auf keinen Fall aufhalsen. »Ich brauche jemand für bis nach Weihnachten. Können Sie solange bleiben, oder setzt sich dann zuviel Staub an?«

»Ich denke, ich könnt's mal 'n bißchen langsamer angehen lassen. Ist zu kalt, um wieder nach Osten zu ziehen.« Er ließ seinen Blick durch die Bar schweifen und versuchte sich durch seine Sonnenbrille ein Bild von der rauchgeschwängerten Atmosphäre des Schuppens zu machen. Dann wandte er sich wieder an Mavis und sagte: »Ja, ich denke, ich könnt's in meinem Terminplan einrichten, wenn ...«, und an dieser Stelle grinste er so breit, daß Mavis seinen Goldzahn sehen konnte, in den eine Note eingraviert war, »... wenn die Bezahlung stimmt.«

»Sie kriegen Unterkunft und Verpflegung und Prozente von den Einnahmen an der Bar. Sie bringen die Leute in den Laden, dann machen Sie Geld.«

Nachdenklich kratzte er sich an der Wange, und die weißen Stoppeln gaben Geräusche von sich wie eine Zahnbürste auf Sandpapier.

»Nee, nee, meine Süße. Sie bringen die Leute in den Laden. Sobald sie Catfish einmal gehört haben, kommen sie auch wieder. Also, wieviel Prozent haben Ihnen so vorgeschwebt?«

Mavis strich sich über das Haar an ihrem Kinn und zog daran, bis es seine volle Länge von sieben Zentimetern erreicht hatte. »Ich muß Sie erst mal spielen hören.«

Catfish nickte. »Kein Problem.« Er ließ die Schnallen an seinem Koffer aufschnappen und hob eine glitzernde National-Gitarre mit Stahlkorpus heraus. Dann zog er einen abgesägten Bottleneck aus der Tasche, der nach einer kurzen Drehung der Hand über den kleinen Finger seiner Linken glitt. Er schlug einen Akkord an, um zu sehen, ob die Gitarre stimmte, glitt mit dem Bottleneck vom fünften zum neunten Bund und ließ es dort oben jammern.

Es war Mavis, als ob ihr der Geruch von Mehltau oder Moos in die Nase stieg. Die Luft schien plötzlich feuchter zu sein. Sie schnüffelte und schaute sich um. Es war das erste Mal seit fünfzehn Jahren, daß sie überhaupt einen Geruch wahrnahm.

Catfish grinste. »Das Delta«, sagte er.

Er verfiel in einen zwölftaktigen Blues, wobei er mit dem Daumen das Baßfundament legte, während er mit dem Slide die hohen Noten anschlug. Er wiegte sich auf seinem Hocker hin und her, und die Neonschrift der Coors-Leuchtreklame hinter der Bar spiegelte sich in seiner Sonnenbrille und auf seinem kahlen Schädel.

Die Tagschicht der Stammgäste schaute von ihren Drinks auf und ließ zumindest einen Moment lang ihre Lügengeschichten bleiben. Am Billardtisch vermasselte Slick McCall einen geraden Stoß auf die Acht, was ihm sonst so gut wie nie passierte.

Und dann fing Catfish an zu singen. Zunächst mit einer hohen, Gänsehaut einflößenden Stimme, die sich nach und nach in tiefere, beinahe knurrende Lagen herunterarbeitete.

They's a mean ol' woman, run a bar out on the Coast.
I'm telling you, they's a mean ol' woman run a bar out on the Coast
But when she get's you under the covers,
That ol' woman turn your buttered bread to toast.

Und dann verstummte er.

»Sie sind angeheuert«, sagte Mavis. Sie nahm die Karaffe mit dem weißen Chateau-Fusel aus dem Kühlfach und kippte eine Ladung in Catfishs Glas. »Der geht aufs Haus.«

Just in diesem Augenblick wurde die Tür geöffnet, und das Sonnenlicht brach durch das qualmerfüllte Halbdunkel und den Rest von Blues, der noch in der Luft lag, als Vance McNally, der Rettungssanitäter, hereinkam und sein Funkgerät auf die Bar legte.

»Wißt ihr schon das Neueste?« sagte er zu niemand Bestimmten. »Die Pilgerfrau hat sich aufgehängt.«

Ein leises Raunen ging durch die Runde der Stammgäste. Catfish legte seine Gitarre in den Koffer und ergriff sein Glas Wein. »Sieht ganz so aus, als würd's ein trauriger Tag werden. Und das schon so früh am Morgen. Meine Herren.«

»Sieht ganz so aus«, erwiderte Mavis, und ihre Stimme überschlug sich wie bei einer Lachhyäne aus Edelstahl.

VALERIE RIORDAN

Die Mortalitätsrate infolge von Depressionen liegt bei fünfzehn Prozent. Fünfzehn Prozent aller Patienten mit schweren Depressionen nehmen sich das Leben. Soweit die Statistik. Kalte Zahlen in einer schwer greifbaren Wissenschaft. Fünfzehn Prozent. Tot.

Seit dem Anruf von Theophilus Crowe hatte sich Val Riordan diese Zahlen ständig wiederholt, doch es half nichts. Sie fühlte sich kein bißchen besser – angesichts dessen, was Bess Leander sich angetan hatte. Val hatte noch nie einen Patienten verloren. Und Bess Leander hatte eigentlich gar nicht unter Depressionen gelitten, oder? Jedenfalls gehörte sie nicht zu den besagten fünfzehn Prozent.

Val ging in ihre Praxis im hinteren Teil ihres Hauses und suchte Bess Leanders Krankenakte heraus. Dann ging sie wieder zurück ins Wohnzimmer und wartete auf Constable Crowe. Wenigstens war es jemand aus dem Ort und nicht jemand vom Büro des Bezirkssheriffs. Außerdem konnte sie sich immer auf ihre ärztliche Schweigepflicht berufen. In Wahrheit hatte sie nicht den blassesten Schimmer, warum Bess Leander sich aufgehängt haben sollte. Sie war Bess nur einmal begegnet, und diese Begegnung hatte lediglich eine halbe Stunde gedauert. Val hatte ihre Diagnose gestellt, ein Rezept ausgeschrieben und einen Scheck für eine einstündige Behandlung kassiert. Bess hatte zweimal angerufen, ein paar Minuten geredet, und Val hatte jeweils eine Viertelstunde in Rechnung gestellt.

Zeit war Geld, und Val Riordan hatte eine Vorliebe für hübsche kleine Sachen.

Das Westminster-Geläut der Türglocke ertönte. Val durchschritt das Wohnzimmer und gelangte in das in Marmor gehaltene Foyer. Hinter der Türverglasung zeichnete sich eine hochgewachsene, schlanke Gestalt ab: Theophilus Crowe. Val war ihm noch nie begegnet, dennoch war er kein Unbekannter für sie, denn drei seiner Ex-Freundinnen waren bei ihr in Behandlung. Sie öffnete die Tür.

Er trug Jeans, Turnschuhe und ein graues Hemd mit schwarzen Epauletten, das irgendwann einmal Teil einer Uniform gewesen sein mochte. Er war glatt rasiert und trug sein langes sandfarbenes Haar zu einem ordentlichen Pferdeschwanz zusammengebunden. Ein gutaussehender Bursche im Stil von Ichabod Crane. Val vermutete, daß er bekifft war. Seine Freundinnen hatten sich ausgiebig über seine Angewohnheiten ausgelassen.

»Dr. Riordan«, sagte er, »Theo Crowe.« Er streckte die Hand aus.

»Angenehm, aber nennen Sie mich doch einfach Val«, sagte sie und gab ihm die Hand. »Das machen sowieso alle.« Sie deutete in Richtung Wohnzimmer.

»Gleichfalls angenehm«, sagte Theo mit leichter Verzögerung. »Es tut mir leid, daß wir uns unter solchen Umständen kennenlernen.« Er blieb am Ende des Marmorfußbodens stehen, als wage er es nicht, seinen Fuß auf den weißen Teppich zu setzen.

Sie ging an ihm vorbei und ließ sich auf der Couch nieder. »Bitte«, sagte sie und deutete auf einen der Hepplewithe-Sessel. »Setzen Sie sich doch.«

Er setzte sich. »Ich weiß selbst nicht recht, warum ich hier bin.

Vielleicht, weil Joseph Leander keine Ahnung hatte, warum Bess es getan hat.«

»Sie hat keinen Abschiedsbrief hinterlassen?« fragte Val.

»Nein. Nichts. Joseph ist heute morgen die Treppe runtergekommen, um zu frühstücken, und da hing sie an der Wand im Eßzimmer.«

Val spürte, wie sich ihr Magen zusammenzog. Sie hatte es bislang vermieden, sich eine bildhafte Vorstellung von der toten Bess Leander zu machen. Bisher waren es nur Worte übers Telefon gewesen. Sie wandte den Blick von Theo ab und schaute sich im Zimmer um – auf der Suche nach irgend etwas, das dieses Bild in ihrem Kopf wieder ausradierte.

»Entschuldigen Sie«, sagte Theo. »Das ist bestimmt sehr hart für Sie. Ich habe mich nur gefragt, ob Bess vielleicht im Lauf der Therapie irgendeine Bemerkung gemacht hat, die vielleicht einen Hinweis geben könnte.«

Fünfzehn Prozent, dachte Val. Doch sie sagte: »Die meisten Selbstmörder hinterlassen keinen Abschiedsbrief. Wenn sie erst einmal so tief in der Depression versunken sind, interessiert es sie gar nicht mehr, was nach ihrem Tod passiert. Sie wollen einfach nur, daß ihr Leiden ein Ende hat.«

Theo nickte. »Dann war Bess also depressiv? Joseph sagte, daß es den Eindruck machte, als ginge es ihr allmählich besser.«

Val durchforstete die Erinnerungen an ihre Ausbildung nach einer Antwort. Genaugenommen hatte sie bei Bess Leander gar keine Diagnose gestellt, sie hatte ihr lediglich etwas verschrieben, von dem sie glaubte, daß es ihre Gefühlslage aufhellen würde. Sie sagte: »Eine psychiatrische Diagnose ist nicht immer hundertprozentig eindeutig, Theo. Bess Leander war ein komplexer Fall. Ohne die ärztliche Schweigepflicht zu verletzen, kann ich Ihnen jedoch sagen, daß Bess unter OZH, obsessiven Zwangshandlungen, litt, wenn auch nur als Borderline-Syndrom. Deswegen war sie bei mir in Behandlung.«

Theo zog das Arzneifläschchen aus seiner Hemdtasche und betrachtete das Etikett. »Zoloft – das ist doch ein Antidepressivum? Ich weiß das nur, weil ich mal eine Freundin hatte, die das auch genommen hat.«

Richtig, dachte Val, genaugenommen hattest du mindestens drei Freundinnen, die es nehmen. Sie sagte: »Zoloft ist ein SSRI wie Prozac. Es wird bei einer Vielzahl von Krankheitsbildern angewandt. Bei OZH wird es höher dosiert.« Die klinische Schiene, haargenau richtig: Mach ihn platt mit klinischem Kauderwelsch.

Theo schüttelte das Fläschchen. »Kann man davon eine Überdosis nehmen? Ich hab mal gehört, daß manche Leute auf solche Drogen ziemlich verrückte Sachen anstellen.«

»Das ist nicht unbedingt richtig. SSRIs wie Zoloft werden häufig bei Patienten mit schweren Depressionen verschrieben. Fünfzehn Prozent aller Patienten mit Depressionen begehen Selbstmord.« Da, jetzt hatte sie es ausgesprochen. »Antidepressiva sind – einhergehend mit der Gesprächstherapie – ein Werkzeug, das Psychiater einsetzen, um dem Patienten zu helfen. Manchmal funktionieren solche Werkzeuge nicht. Wie bei jeder Therapie ist es auch hier so, daß bei einem Drittel der Patienten eine Besserung eintritt, bei einem weiteren Drittel der Zustand unverändert bleibt, während er sich beim letzten Drittel verschlimmert. Antidepressiva sind kein Allheilmittel.« Aber du gehst damit um, als wären sie's, oder etwa nicht, Val?

»Aber Sie sagten, daß Bess Leander unter OZH litt und nicht an Depressionen.«

»Constable, hatten Sie jemals Magenschmerzen und Schnupfen zur gleichen Zeit?«

»Also sagen Sie, sie litt unter Depressionen?«

»Ja, sie litt unter Depressionen und OZH gleichzeitig.«

»Und an den Pillen kann es nicht gelegen haben?«

»Um ganz ehrlich zu sein, ich weiß noch nicht mal, ob sie die Pillen überhaupt genommen hat. Haben Sie sie gezählt?«

»Hm, nein.«

»Es kommt vor, daß Patienten ihre Medikamente gar nicht nehmen. Wir machen keine Blutproben auf SSRIs.«

»Ach so«, sagte Theo. »Aber das wird ja bei der Autopsie herauskommen.«

Noch eine Schreckensvision, die vor Vals geistigem Auge aufflackerte: Bess Leander auf dem Obduktionstisch. Die tiefen Einblicke ins Innenleben der Menschheit, die einem die Medizin bot, waren ihr schon immer zuviel gewesen. Sie erhob sich.

»Ich wollte, ich könnte Ihnen weiterhelfen, aber um ehrlich zu sein hat Bess Leander mir gegenüber niemals auch nur den Anschein erweckt, als wäre sie suizidal.« Wenigstens das stimmte.

Theo erhob sich nun ebenfalls. »Nun denn, vielen Dank. Es tut mir leid, daß ich Sie belästigt habe. Wenn Ihnen irgendwas einfällt, na ja, irgendwas, das ich Joseph erzählen könnte, um ihm die Sache leichter zu machen...«

»Es tut mir leid. Aber das ist alles, was ich weiß.« Fünfzehn Prozent. Fünfzehn Prozent. Fünfzehn Prozent.

Sie geleitete ihn zur Tür.

Bevor er ging, drehte er sich noch einmal um. »Eines noch. Molly Michon ist doch auch eine Ihrer Patientinnen?«

»Ja. Eigentlich ist sie in der Bezirksnervenklinik in Behandlung, aber ich habe zugestimmt, sie zu einem niedrigeren Honorarsatz zu behandeln, weil die Einrichtungen der Bezirksnervenklinik so weit weg sind.«

»Vielleicht wäre es ganz gut, wenn Sie mal nach ihr sehen. Sie hat heute morgen einen Kerl im Head of the Slug attackiert.«

»Ist sie jetzt in der Bezirksnervenklinik?«

»Nein, ich habe sie nach Hause gebracht. Sie hat sich wieder beruhigt.«

»Danke, Constable. Ich werde sie anrufen.«

»Nun denn. Dann mach ich mich mal auf den Weg.«

»Constable«, rief sie ihm nach. »Diese Pillen, die Sie da haben – Zoloft ist nicht einfach nur zum Wohlfuhlen.«

Einen Moment lang geriet Theo auf der Treppe ins Stolpern, doch er fing sich gerade noch. »Richtig, Doktor, das hab ich mir auch gedacht, als ich die Leiche im Wohnzimmer hängen sah. Ich werde versuchen, die Beweismittel nicht aufzufuttern.«

»Wiedersehen«, sagte Val. Sie schloß die Tür hinter ihm und brach in Tränen aus. Sie hatte fünfzehnhundert Patienten in Pine Cove, die alle irgendwelche Antidepressiva schluckten. Fünfzehn Prozent davon wären über zweihundert Tote. Sie konnte das nicht zulassen. Sie würde nicht zulassen, daß noch einer ihrer Patienten starb, nur weil sie sich nicht um sie kümmerte. Wenn die Antidepressiva sie nicht retten konnten, dann konnte sie es vielleicht.

- 3 -

THEO

Theophilus Crowe saß auf einem Felsen am Strand, schrieb schlechte Gedichte und trommelte auf einer Djembe herum. Er konnte sechzehn Akkorde auf der Gitarre und schaffte es, fünf Bob-Dylan-Songs von Anfang bis Ende durchzuspielen, wobei jedesmal ein klägliches Schnarren zu hören war, wenn er sich mit einem Barreegriff abzuquälen hatte. Er hatte sich mit Malerei, Bildhauerei und Töpferei versucht und sogar schon einmal eine Nebenrolle in der Aufführung von *Arsen und Spitzenhäubchen* am Little Theater von Pine Cove gespielt. Doch bei all diesen Anstrengungen hatte er lediglich seinen kometenhaften Aufstieg in die Mittelmäßigkeit empfunden und seine Bemühungen eingestellt, bevor er sich lächerlich machte und sich selbst nicht mehr im Spiegel betrachten konnte. Theo war geschlagen mit der Seele eines Künstlers und dem totalen Mangel an Talent. Es gebrach ihm nicht an Verzweiflung und Inspiration, sondern an der Fähigkeit, schöpferisch zu wirken.

Wenn Theo überhaupt eine herausragende Gabe besaß, dann war es sein Einfühlungsvermögen. Er schien stets in der Lage, den Standpunkt eines anderen nachzuvollziehen, egal wie abwegig oder verschroben dieser auch sein mochte, und er war darüber hinaus in der Lage, diesen auf eine knappe, aber klare Art an andere Personen weiterzuvermitteln – etwas, das ihm selten gelang, wenn es darum ging, seine eigenen Gedanken in Worte zu fassen. Er war ein geborener Vermittler, ein Friedensstifter, und eben jenem Talent hatte er, nachdem er zahllose Streitigkeiten und Schlägereien im Head of the Slug geschlichtet hatte, seine Wahl zum Constable zu verdanken.

Jenem Talent und der massiven Einflußnahme von Sheriff John Burton.

Burton war ein Hardliner mit stramm rechter Gesinnung – ein politischer Hans-Dampf-in-allen-Gassen, der den Rotariern zum Brunch endlose Elogen über Recht und Ordnung (mit der Betonung auf Ordnung) um die Ohren drosch, danach mit den Waffennarren von der NRA zu Mittag aß und anschließend beim Dinner mit den »Müttern gegen Alkohol am Steuer« trockene Brathühnchen herunterschlang, als sei es Manna, das gerade vom Himmel gefallen war. Burton trug teure Anzüge, eine goldene Rolex und fuhr einen perlschwarzen Cadillac Eldorado, der schimmerte wie eine Sternennacht auf Rädern (das Resultat unzähliger Glanzwachsbehandlungen durch die Angestellten des Fuhrparks der Polizei, auf deren Prioritätenliste er stets die Nummer eins war). Er war seit sechzehn Jahren Sheriff des San Junipero County, und in dieser Zeit war die Kriminalitätsrate stetig gefallen, bis sie, bezogen auf die Einwohnerzahl, die niedrigste von ganz Kalifornien war. Seine Unterstützung für Theophilus Crowe, der keinerlei Erfahrung auf dem Gebiet der Verbrechensbekämpfung vorzuweisen hatte, kam für die Bürger von Pine Cove mehr als überraschend, zumal Theos Gegenkandidat ein pensionierter Polizeibeamter aus Los Angeles gewesen war, der im Verlauf seiner fünfundzwanzig Dienstjahre mit den höchsten Meriten ausgezeichnet worden war. Was die Bürger von Pine Cove nicht wußten, war, daß Sheriff Burton Theo nicht nur unterstützte, sondern ihn regelrecht gezwungen hatte, überhaupt zur Wahl anzutreten.

Theophilus Crowe war ein stiller Mann, und Sheriff Burton hatte seine Gründe, warum er nicht wollte, daß auch nur ein Pieps aus dem kleinen Hügelkaff Pine Cove drang. Folglich überraschte es Theo auch nicht weiter, daß, als er seine kleine Zweizimmerhütte betrat, ihm eine rote Sieben von seinem Anrufbeantworter entgegenblinkte. Er drückte den Abspielknopf und hörte sich an, wie Burtons Assistent ihn eindringlich aufforderte, sofort zurückzurufen. Burton rief ihn niemals übers Handy an.

Eigentlich war Theo nur zurückgekommen, um zu duschen und sich die Unterhaltung mit Valerie Riordan noch einmal durch den

Kopf gehen zu lassen. Ihn störte, daß mindestens drei seiner Ex-Freundinnen bei ihr in Behandlung waren. Er wollte herausfinden, was die Frauen ihr wohl erzählt hatten. Ganz offensichtlich hatten sie erwähnt, daß er gelegentlich kiffte. Na ja, nicht nur gelegentlich. Aber wie jeder Mann war er beunruhigt von dem Gedanken, daß sie sich unter Umständen auch über seine Leistungen im Bett ausgelassen hatten. Aus irgendeinem Grund fand er es weniger störend, daß Val Riordan ihn für einen Drogenheini hielt, der nichts auf die Reihe bekam, als wenn sie glaubte, er sei in sexueller Hinsicht eine Niete. Er wollte sich die verschiedenen Möglichkeiten durch den Kopf gehen lassen und so seiner Paranoia durch gedankliche Anstrengung zu Leibe rücken, doch statt dessen wählte er die Privatnummer des Sheriffs und wurde augenblicklich durchgestellt.

»Was zum Teufel ist mit Ihnen los, Crowe? Sind Sie breit?«

»Nicht mehr als sonst«, sagte Theo. »Wo brennt's denn?«

»Sie haben Beweismittel vom Tatort entfernt – da brennt's?«

»Ach wirklich?« Wie gewöhnlich verflüchtigte sich Theos Energie schon nach ein paar Worten mit dem Sheriff. Er ließ sich in einen Sitzsack fallen, der daraufhin unter leisem Pfeifen einen kleinen Schwall Styroporkügelchen durch eine aufgeplatzte Naht ausstieß. »Was für Beweismittel? Was für 'n Tatort?«

»Die Pillen, Crowe. Der Ehemann der Selbstmörderin hat gesagt, Sie hätten ihre Pillen mitgenommen. Ich will, daß die Dinger in zehn Minuten wieder am Tatort sind. Ich will, daß meine Männer in einer halben Stunde von dort verschwunden sind. Der Gerichtsmediziner wird noch heute nachmittag eine Autopsie vornehmen, und zum Abendessen ist der Fall abgeschlossen, kapiert? Ganz gewöhnlicher Selbstmord. Kurze Meldung in den amtlichen Bekanntmachungen. Ansonsten keine Meldung in der Zeitung. Ist das klar?«

»Ich habe mich gerade bei ihrer Therapeutin nach ihrem Zustand erkundigt. Um herauszufinden, ob es irgendwelche Anzeichen gab, daß sie selbstmordgefährdet war.«

»Crowe, Sie müssen dem Verlangen widerstehen, sich als Kriminalist oder Verbrechensbekämpfer aufzuspielen. Die Frau hat sich aufgehängt. Sie litt unter Depressionen, und sie hat dem ein Ende gesetzt. Der Ehemann ist nicht fremdgegangen, es gibt kein finanzielles Motiv, und Mom und Dad haben sich auch nicht gestritten.«

»Die haben auch mit den Kindern geredet?«

»Natürlich haben sie mit den Kindern geredet. Die Kerls sind Detectives. Sie stellen Nachforschungen an. Und jetzt bewegen Sie sich dorthin, und sehen Sie zu, daß die Kerls endlich aus North County verschwinden. Ich würde sie ja zu Ihnen schicken, damit sie sich die Pillen abholen, aber wir wollen doch nicht, daß die Jungs ihren Kräutergarten finden. Oder *doch*?«

»Ich bin schon unterwegs«, erwiderte Theo.

»Und weiter will ich in dieser Angelegenheit nichts hören«, sagte Burton und legte auf.

Theo legte seinerseits den Hörer auf, schloß die Augen und rollte sich zu einem Häufchen Elend in seinem Sitzsack zusammen.

Einundvierzig Jahre war er nun alt und lebte immer noch wie ein Collegestudent. Seine Bücher waren zwischen Backsteinen und Brettern aufgestapelt, sein Bett war ein ausziehbares Sofa, sein Kühlschrank war leer bis auf ein Stück Pizza, das schon grün wurde, und das Gelände um seine Hütte war von Unkraut und Hecken überwuchert. Hinter der Hütte, inmitten eines Gestrüpps aus Brombeerranken, gedieh sein Kräutergarten: zehn buschige Marihuanapflanzen mit klebrigen, durchdringend nach Gewürzen duftenden Blütenknospen. Es verging nicht ein einziger Tag, an dem er sie nicht am liebsten untergepflügt und den Boden unfruchtbar gemacht hätte, auf dem sie wuchsen. Doch es verging auch kein einziger Tag, an dem er sich nicht einen Weg durch das Gestrüpp bahnte und mit aller Liebe das klebrige Grünzeug erntete, das ihn tagsüber am Laufen hielt.

Sämtliche Forscher erklärten, daß Marihuana nur psychisch abhängig machte. Theo hatte die Berichte alle gelesen. Nachtschweiß und eingebildete Spinnen infolge des Entzugs wurden darin allenfalls beiläufig erwähnt, gerade so, als seien sie nicht unangenehmer als eine Tetanusimpfung. Doch Theo hatte versucht aufzuhören. Er hatte in einer Nacht drei Garnituren Bettwäsche durchgeschwitzt und war rastlos durch seine Hütte gehetzt, um sich irgendwie abzulenken, bis er dachte, sein Schädel würde zerplatzen, und er schließlich aufgab.

Dann hatte er seinen Sneaky Pete gestopft und begierig den beißenden Rauch eingesogen, um endlich schlafen zu können. Den Forschern war da anscheinend was entgangen – ganz im Gegensatz zu Sheriff Burton. Er hatte Theos Schwäche erkannt und sorgte dafür, daß diese Erkenntnis über Theos Haupt schwebte wie ein Damoklesschwert. Daß Burton selbst ebenfalls eine Achillesferse hatte, schien keine Rolle zu spielen, selbst wenn Burton im Falle ihrer Entdeckung wesentlich mehr zu verlieren hatte als Theo. Logisch betrachtet hätte sich Theo ihn vom Leib halten können, doch emotional hatte Burton die Oberhand, und es war immer Theo, der klein beigab.

Er schnappte sich den Sneaky Pete von seinem Couchtisch aus Orangenkisten und verließ das Haus, um Bess Leanders Pillen zum Tatort zurückzubringen.

VALERIE

Dr. Valerie Riordan saß an ihrem Schreibtisch und betrachtete die Ikonen ihres Lebens: ein winziger digitaler Börsenticker, auf den sie immer wieder einen verstohlenen Blick warf; ein goldenes Schreibset von Mont Blanc, dessen Stifte aus dem Jadesockel herausragten wie die Fühler eines Goldkäfers; zwei kleine Statuen von Freud und Jung, die als Buchstützen fungierten, unter anderem für prachtvolle Lederausgaben von: *Psychologie des Unbewußten*, *DSL-IV*, *Traumdeutung*, *Handbuch der Allgemeinmedizin*. Außerdem eine Gipsbüste von Hippokrates, in deren Sockel ein Post-it-Spender untergebracht war. Hippokrates, dieser verschlagene Grieche, der aus der Medizin eine Wissenschaft gemacht hatte, nachdem sie zuvor dem Reich der Magie zugeordnet war, und dessen berühmten Eid Val zwanzig Jahre zuvor aufgesagt hatte, als sie an der medizinischen Fakultät von Ann Arbor graduierte: *»Meine Verordnungen werde ich treffen zu Nutz und Frommen der Kranken nach meinem besten Vermögen und Urteil, sie schützen vor allem, was ihnen Schaden und Unrecht zufügen könnte. Nie werde ich, auch nicht auf eine Bitte hin, ein tödlich wirkendes Gift verabreichen oder auch nur einen Rat dazu erteilen.«*

Damals war ihr dieser Eid lächerlich und antiquiert vorgekommen. Welcher Arzt, der seine Sinne beisammen hatte, würde seinen Patienten denn Gift verabreichen?

»Heilig und rein werde ich mein Leben bewahren und meine Kunst.«

Wie selbstverständlich und einfach war ihr das damals erschienen. Mittlerweile bewahrte sie ihr Leben und ihre Kunst mit Hilfe eines speziell auf ihre Bedürfnisse ausgerichteten Sicherheitssystems und einer Glock 9mm, die sie in ihrem Nachttisch versteckt hatte.

»Ich werde niemals Kranke schneiden, die an Blasensteinen leiden, sondern dies den Männern überlassen, die dies Gewerbe versehen.«

Mit diesem Teil des Schwurs hatte sie nie Probleme gehabt. Patienten aufzuschneiden war ihr zuwider. Ihre Entscheidung für die Psychiatrie basierte auf ihrem Widerwillen vor den blutigeren Bereichen der Medizin. Ihr Vater, ein Chirurg, war darüber nur leicht enttäuscht gewesen. Wenigstens war sie ja irgendwie doch ein Doktor. Sie hatte ihr Klinikum in einer Rehabilitationsklinik abgeleistet, in der Filmstars und Rockidole verantwortliches Handeln lernten, indem man ihnen beibrachte, ihr Bett selbst zu machen. Derweil hatte Val Valiumpillen ausgeteilt, wie eine Stewardeß Erdnüsse herumreicht. Der eine Flügel des Sunrise Center war Drogenpatienten vorbehalten, während im anderen Patienten mit Eßstörungen behandelt wurden. Valerie waren die Eßstörungen lieber. »Du hast nicht gelebt, bevor du nicht einem intubierten Supermodel eine Minestrone reingewürgt hast«, erklärte sie ihrem Vater.

»In welche Häuser ich auch eintrete, stets will ich eintreten zu Nutz und Frommen der Kranken, mich fernhalten von willkürlichem Unrecht und jeder anderen Schädigung, insbesondere von Werken der Wollust an den Leibern von Frauen und Männern, Freien und Sklaven.«

Nun, sich der Wollust zu enthalten war nicht weiter problematisch gewesen, oder? Sie hatte jedenfalls keinen Sex mehr gehabt, seit Richard vor fünf Jahren ausgezogen war. Richard war es gewesen, der ihr die Büste des Hippokrates geschenkt hatte. Es sollte ein Witz sein, so hatte er erklärt, aber sie hatte ihn dennoch auf ihren Schreibtisch gestellt. Im Jahr zuvor hatte Valerie ihm eine Statue der blinden Justitia in Strapsen und Netzstrümpfen geschenkt, damit er sie in seiner Anwaltskanzlei aufstellte. Richard war der Grund, warum Valerie überhaupt hier gelandet war. Er hatte Angebote von mehreren großen Kanzleien ausgeschlagen, um endlich seinen Traum als Anwalt auf dem Land zu leben, der sich mit Vaterschaftsfragen unter Schweinen oder streitigen Pensionsansprüchen herumzuschlagen hatte. Er wollte ein Atticus Finch sein, ein Pudd'nhead Wilson, jemand aus dem Repertoire von Jimmy Stewart oder Henry Fonda, dessen Honorar in frischgebackenem Brot oder einem Korb Avocados bestand. Wobei er zumindest letzteres durchaus geschafft hatte. Vals Praxis hatte sie den Großteil ihrer gemeinsamen Zeit als Ehepaar über Wasser gehalten. Und hätte sie sich damals scheiden lassen, so müßte sie ihm jetzt Unterhalt zahlen.

Ein Anwalt der Landbevölkerung – allerdings. Er hatte sich von ihr getrennt und war nach Sacramento gezogen, um dort bei der kalifornischen Küstenschutzkommission als Lobbyist für ein Konsortium zu arbeiten, das mit der Anlage von Golfplätzen befaßt war. Sein Job war es, die Kommission davon zu überzeugen, daß das größte Vergnügen von Seeottern und See-Elefanten darin bestand, japanischen Geschäftsleuten dabei zuzusehen, wie sie Golfbälle in den Pazifik droschen, und daß die Natur am meisten davon profitierte, wenn die gesamte Küste von San Francisco bis Santa Barbara in einen einzigen Fairway umgewandelt würde (vielleicht ja mit Sandbunkern bei den Dünen von Pismo und Carmel). Er trug eine Taschenuhr an einer goldenen Kette mit einem Etui aus Jade, das die Form des vom Aussterben bedrohten braunen Pelikans hatte. Er spielte den Schlaumeiern in Flanell den Anwalt vom Lande vor, der im Schaukelstuhl auf seiner Veranda saß, und kassierte auf diese Weise mehr als zweihundert Riesen im Jahr. Er lebte mit einer seiner Sekretärinnen zusammen, einer Stanford-Absolventin ohne Fehl und Tadel, dafür aber mit Augen wie ein Reh, Haaren wie ein Surfergirl und einer Figur, die der Schwerkraft spottete. Richard hatte Val dem Mädchen vorgestellt (Ashley oder Brie oder Jordan), und die Begegnung war so kultiviert und vernünftig abgelaufen wie nur irgendwas. Als er sie kurz darauf anrief, um mit ihr eine steuerliche Angelegenheit zu klären, hatte sie ihn gefragt: »Nach welchen Kriterien hast du denn die Kandidatinnen ausgesucht, Richard? Wer's am schnellsten schafft, deinen Lexus durch Blasen in Gang zu bringen?«

»Vielleicht sollten wir uns überlegen, daß wir unsere Trennung offiziell machen«, war Richards Antwort gewesen, worauf Val den Hörer auf die Gabel geknallt hatte.

Wenn ihr schon eine glückliche Ehe versagt war, dann wollte sie wenigstens alles andere haben. Und so hatte sie sich Termine aufgehalst, bis sich ihre Patienten die Klinke förmlich in die Hand gaben, ihnen die entsprechenden Medikamente verschrieben und anschließend ihr Geld in Antiquitätenläden und Boutiquen getragen.

Vom Schreibtisch aus blickte Hippokrates sie finster an.

»Ich habe niemandem mit Absicht Schaden zugefügt«, sagte Val. »Es war keine Absicht, du alter Miesmacher. Fünfzehn Prozent aller Depressionen begehen Selbstmord, egal ob sie behandelt werden oder nicht.«

»Was ich auch bei der Behandlung sehe oder höre oder außerhalb der Behandlung im Leben der Menschen, das nicht an die Öffentlichkeit gelangen darf, darüber werde ich in der Überzeugung schweigen, daß Schweigen hier heilig ist.«

»Das Schweigen heiligen oder keinen Schaden zufügen?« fragte Val schaudernd bei der Vorstellung von Bess Leanders Leiche, die an einem Strick baumelte. »Was denn jetzt?« Hippokrates saß auf seinem Stapel Post-its und sagte kein Wort. Wenn sie mit Bess gesprochen hätte, anstatt ihr nur Antidepressiva zu verschreiben, hätte das sie retten können? Möglich war es. Und ebenso war es möglich, daß noch mehr Menschen starben, wenn sie ihre Politik des »Für jedes Problem gibt's eine Pille« fortsetzte. Das Risiko konnte sie nicht eingehen. Falls es möglich war, mit Gesprächstherapie statt Drogen auch nur ein Leben zu retten, dann war es den Versuch wert.

Val schnappte sich das Telefon und drückte die Schnellwahltaste für die einzige Apotheke im Ort, das Pine Cove Drug and Gift.

Eine der Angestellten hob ab, und Val fragte nach Winston Krauss, dem Apotheker. Winston war einer ihrer Patienten. Er war dreiundfünfzig, unverheiratet und hatte fünfunddreißig Kilo Übergewicht. Bei einer ihrer Sitzungen hatte er Val sein innerstes Geheimnis anvertraut: Er fühlte sich sexuell zu Meereslebewesen hingezogen – insbesondere zu Delphinen. Er hatte ihr gestanden, daß er nicht ein einziges Mal »Flipper« hatte anschauen können, ohne eine Erektion zu bekommen, und daß er so viele Jacques-Cousteau-Filme gesehen hatte, daß er bereits Schweißausbrüche bekam, sobald er nur einen französischen Akzent hörte. Zu Hause hatte er einen anatomisch genau nachgebildeten aufblasbaren Tümmler, den er allabendlich in der Badewanne sexuell mißbrauchte. Val hatte ihn davon kuriert, im Haus mit Taucherbrille und Schnorchel herumzulaufen, so daß die roten Druckstellen in seinem Gesicht allmählich verschwunden waren. Doch dem Delphin besorgte er es nach wie vor jede Nacht, wie er ihr einmal im Monat gestand.

»Winston, hier ist Val Riordan. Sie müssen mir einen Gefallen tun.«

»Klar, Doktor Val, soll ich Molly was vorbeibringen? Ich habe gehört, daß sie heute morgen im Slug ausgerastet ist.« In Pine Cove verbreiteten sich Gerüchte mit Lichtgeschwindigkeit – oder schneller.

»Nein, Winston. Sie kennen doch diese Firma, die originalgetreue Placebo-Versionen von sämtlichen Medikamenten anbietet? Wir haben am College damit gearbeitet. Ich möchte, daß Sie Nachbildungen von sämtlichen Antidepressiva bestellen, die ich verschreibe: Prozac, Zoloft, Serozone, Effexor – die ganze Latte, in allen Dosierungen. Und zwar in großen Mengen.«

»Ich verstehe nicht ganz, Val. Wozu?«

Val räusperte sich. »Ich möchte, daß Sie den Leuten für sämtliche Rezepte, die ich ausstelle, die Placebos geben.«

»Sie machen Witze.«

»Ich mache keine Witze, Winston. Ich möchte, daß meine Patienten von heute an keine echten Medikamente mehr bekommen. Nicht ein einziger.«

»Machen Sie einen Versuch? Mit Kontrollgruppe und so?«

»So ähnlich.«

»Und Sie wollen, daß ich den normalen Preis berechne?«

»Aber klar doch. Unsere übliche Vereinbarung.« Val bekam zwanzig Prozent Provision von der Apotheke. Sie würde nun um einiges härter arbeiten müssen, da stand ihr das Geld ja wohl zu.

Sie hörte, wie Winston durch die Glastür in den hinteren Bereich der Apotheke ging. Schließlich sagte er: »Das kann ich nicht machen, Val. So was ist unethisch. Das kann mich meine Lizenz kosten, und ich wander ins Gefängnis.«

Val hatte inständig gehofft, daß es soweit nicht kommen würde. »Winston, Sie werden es tun. Entweder Sie tun, was ich sage, oder in der *Pine Cove Gazette* gibt's eine Titelseite über einen Apotheker, der Fische fickt.«

»Das ist illegal. Sie können nicht irgendwas verbreiten, das ich Ihnen in der Therapie erzählt habe.«

»Winston, Sie brauchen mir nicht zu erzählen, was illegal ist und was nicht. Ich bin mit einem Anwalt verheiratet.«

»Ich mache das nur äußerst ungern, Val. Können Sie die Leute nicht zum Thrifty Mart in San Junipero schicken? Ich könnte ihnen ja erzählen, daß ich bei ihren Pillen Lieferprobleme habe.«

»Das würde doch nicht hinhauen, Winston. Denn bei Thrifty Mart hat niemand ein kleines Problem – so wie Sie.«

»Es wird zu Entzugserscheinungen kommen. Wie werden Sie das erklären?«

»Das lassen Sie mal meine Sorge sein. Ich werde meine Sitzungen vervierfachen. Ich will, daß es diesen Leuten bessergeht, anstatt ihre Probleme zu kaschieren.«

»Das hat mit dem Selbstmord von Bess Leander zu tun, stimmt's?«

»Ich werde nicht noch einen Patienten verlieren, Winston.«

»Antidepressiva erhöhen aber nicht die Häufigkeit von Selbstmorden oder Gewalttaten. Das hat Eli Lilly vor Gericht bewiesen.«

»Aber klar doch, und O. J. Simpson wurde freigesprochen. Was im Gerichtssaal entschieden wird, ist eine Sache, aber wenn man einen Patienten verliert, dann ist das Realität. Jetzt bestellen Sie also die Pillen. Ich wette, bei Zuckerpillen ist die Profitrate noch um einiges höher als bei Prozac.«

»Dann könnte ich ja in die Keys nach Florida fahren. Da gibt's eine

Stelle, wo sie einen mit Flaschenhalsdelphinen zusammen schwimmen lassen.«

»Sie können hier nicht weg, Winston. Sie dürfen keine Ihrer Sitzungen verpassen. Ich will Sie mindestens einmal pro Woche sehen.«

»Sie mieses Luder.«

»Ich versuche nur das Richtige zu tun. Welcher Tag paßt Ihnen denn?«

»Ich rufe Sie zurück.«

»Zwingen Sie mich nicht, Winston.«

»Ich muß eine Bestellung aufgeben«, sagte er und fügte gleich darauf hinzu: »Doktor Val?«

»Was ist?«

»Muß ich das Serozone absetzen?«

»Darüber reden wir in der Sitzung.« Sie legte auf und zog ein Post-it aus dem Brustkorb von Hippokrates.

»Wenn ich nun diesen meinen Eidspruch erfülle und nicht verletze, möge mir im Leben und in der Kunst Erfolg beschieden sein, Ruhm und Ansehen bei allen Menschen bis in ewige Zeiten. Wenn ich ihn übertrete und meineidig werde, möge mich das Gegenteil treffen.«

Heißt das, man ist entehrt für alle Zeit? überlegte sie. Ich versuche doch nur, das Richtige zu tun. Endlich das Richtige zu tun.

Sie machte sich eine Notiz, daß sie Winston zurückrufen mußte, um seine Termine festzulegen.

- 4 -

ESTELLE BOYET

Mit dem Fortschreiten des Septembers wurden die Menschen von Pine Cove von einer seltsamen Unruhe gepackt. Dies lag zu einem nicht unbedeutenden Teil daran, daß bei etlichen von ihnen nun Entzugserscheinungen infolge des Absetzens ihrer Medikamente einsetzten. Es ging nicht schlagartig – keinesfalls war es so, daß die Straßen plötzlich mit schwitzenden Junkies aus der Mittelschicht bevölkert gewesen wären, die sich unruhig hin und her wiegten und um eine Spritze bettelten –, es war vielmehr ein schleichender Vorgang, der einherging mit dem Kürzerwerden der Tage. Jedenfalls glaubten sie dies, denn Val Riordan hatte jeden einzelnen ihrer Patienten angerufen und ihnen erklärt, daß sie unter einer minderschweren jahreszeitlich bedingten Verstimmung litten, ähnlich dem Frühjahrsfieber. In diesem Fall vielleicht eher Herbst-Malaise.

Die Eigenheiten der Medikamente bewirkten, daß das Einsetzen der Symptome sich über mehrere Wochen hinzog. Prozac und einige ältere Antidepressiva brauchten fast einen Monat, bis sie abgebaut waren, so daß diese Patienten wesentlich langsamer in die Bredouille gerieten als jene, denen Zoloft, Paxil oder Wellbutrin verordnet war. Deren Wirkstoffe wurden schon nach ein bis zwei Tagen aus dem Stoffwechsel gespült. Die Entzugssymptome ähnelten einer schwachen Grippe, gefolgt von gelegentlicher Orientierungslosigkeit ähnlich einer temporären Störung des Konzentrationsvermögens. In einigen Fällen kam es auch zu einem Wiedereinsetzen der Depressionen, die sich über die Betroffenen legten wie ein nebliger Vorhang.

Eine der ersten, die die Auswirkungen zu spüren bekamen, war Estelle Boyet, eine recht erfolgreiche Malerin aus Pine Cove, die es mit idealisierten Darstellungen des Meeres und des Lebens an der Küste zu bescheidenem Ruhm gebracht hatte. Ihr Pillenvorrat war einen Tag, bevor Doktor Val die Medikamente durch Placebos ersetzt hatte, zur Neige gegangen, und so steckte sie schon mitten im Entzug, als sie die erste Dosis Zuckerpillen nahm.

Estelle war sechzig Jahre alt, rüstig und vital. Sie trug Kaftane in leuchtenden Farben, und ihr langes graues Haar umwogte ihre Schultern, während sie mit einer Energie und Bestimmtheit durchs Leben schritt, die Neidgefühle bei Frauen weckten, die nur halb so alt waren wie sie. Dreißig Jahre lang hatte sie als Lehrerin in dem von zunehmender Verwahrlosung und Gewaltbereitschaft geprägten Schuldistrikt von Los Angeles gearbeitet und Achtkläßlern den Unterschied zwischen Acryllack und Ölfarbe, Spachtel und Pinsel, Degas und Dalí erklärt. Dreißig Jahre hatten ihr ihre Ehe und ihre Arbeit als Entschuldigung dafür gedient, daß sie nie eigene Kunst produziert hatte.

Geheiratet hatte sie gleich nach der Kunsthochschule: Joe Boyet, ein vielversprechender Geschäftsmann. Er war der einzige Mann, den sie je geliebt hatte, und erst der dritte, mit dem sie geschlafen hatte. Als Joe starb – acht Jahre war das mittlerweile her –, hatte sie fast den Verstand verloren. Sie hatte sich in die Arbeit gestürzt, in der Hoffnung, durch die Anregungen, die sie ihren Schülern vermittelte, selbst einen Grund dafür zu finden weiterzumachen – auch wenn sie sich angesichts der zunehmenden Gewalt an ihrer Schule nur mit einer kugelsicheren Weste unter ihrem Malerkittel in den Unterricht traute und sie einige Farbbeutelgewehre mitgebracht hatte, um das Interesse ihrer Schüler zu wecken, was aber nur zu diversen Fällen von abstraktem Drive-by-Expressionismus geführt hatte. Es dauerte nicht lange, da bekam sie Morddrohungen, weil sie nicht erlaubte, daß die Schüler in ihrem Keramikunterricht Crackpfeifen herstellten. Ihre Schüler – Kinder, die in einer hypererwachsenen Welt aufwuchsen, wo Streitigkeiten auf dem Spielplatz mit Neun-Millimeter-Pistolen ausgestragen wurden – nahmen ihr schließlich die letzte Lust am Lehrberuf. Der Schulpsychologe überwies sie an einen Psychiater, der ihr Antidepressiva verschrieb und empfahl, sich augenblicklich in den Ruhestand versetzen zu lassen und einen Ortswechsel vorzunehmen.

Estelle zog nach Pine Cove, wo sie anfing zu malen und wo Doktor Valerie Riordan sie unter ihre Fittiche nahm. So war es nicht allzu verwunderlich, daß ihre Bilder im Verlauf der letzten Wochen immer finsterer geworden waren. Sie malte den Ozean. Und zwar jeden Tag. Wogen und Gischt, Felsen und Tang, der in wellenförmigen Strängen den Strand säumte. Sie malte Otter, Seelöwen, Pelikane und Möwen. Sie konnte kaum so schnell malen, wie ihre Werke in den Galerien am Ort verkauft wurden. Doch in letzter Zeit wurde der innere Glanz im Herzen der Wogen, das Titanweiß und Aquamarin, von einer gewissen Düsternis überlagert. In all ihren Strandstilleben spiegelten sich Verzweiflung und tote Fische. Sie träumte von schattenhaften Ungeheuern, die unter der Oberfläche der Wogen auf sie lauerten, und wachte zitternd vor Angst aus diesen Träumen auf. Es fiel ihr immer schwerer, jeden Tag ihre Farben und die Staffelei zum Strand zu schaffen. Das offene Meer und die leere Leinwand waren einfach zu furchterregend.

Joe ist weg, dachte sie. Ich habe keinen Beruf und keine Freunde, und ich produziere nichts weiter als kitschige Meerlandschaften, die genau so platt und seelenlos sind wie Wandteppiche mit dem Porträt von Elvis. Alles macht mir angst.

Val Riordan hatte sie angerufen und gedrängt, an einer Gruppensitzung für Witwen teilzunehmen, doch Estelle hatte abgelehnt. Stattdessen ließ sie eines Abends, nachdem sie ein quälendes Bild eines gestrandeten Delphins vollendet hatte, ihre acrylgetränkten Pinsel eintrocknen und machte sich auf den Weg ins Stadtzentrum – wohin war ihr egal, Hauptsache, sie mußte sich nicht diese Scheiße ansehen, die sie die ganze Zeit über Kunst genannt hatte. Sie landete schließlich im Head of the Slug Saloon – es war die erste Bar, in die sie einen Fuß setzte, seit sie vom College abgegangen war.

Das Slug war erfüllt von Blues und Zigarettenrauch und voll mit Kampftrinkern, die sich einen Schnaps nach dem anderen hinter die Binde kippten, um sich ihr Elend vom Leib zu halten. Wären sie Hunde gewesen, so hätten sie sich auf dem Rasen herumgewälzt, Gras gefressen und versucht das herauszuwürgen, weshalb sie sich so mies und beschissen fühlten. Knochen, an denen nicht herumgenagt, Bälle, denen nicht hinterhergejagt wurde – kein Schwanz, der munter wedelte. O ja, das Leben war eine Katze, die zu schnell, eine Leine, die zu kurz war. Ein Floh, der an einer Stelle saß, wo man sich nicht kratzen konnte. Es war das Hundeelend in Reinkultur, und Catfish Jefferson führte das Geheul an. In seinen Augen schimmerte der Mond, während sein Gesang die Summe menschlichen Elends und Jammers in A-Moll zusammenfaßte und er mit dem Slide seine Gitarre bearbeitete, bis sie wie ein träger Wind durch die Herzfasern der Anwesenden strich. Er grinste über beide Ohren.

Von den etwa hundert Gästen im Slug litt etwa die Hälfte unter den Folgen ihres Medikamentenentzugs. Eine Abteilung davon lungerte voller Selbstmitleid am Tresen herum, starrte in ihre Gläser und wiegte sich im Rhythmus des Delta. An den Tischen hingegen saßen die Geselligeren unter den Depressiven, die sich gegenseitig lallend die Ohren volljammerten, wobei sie sich abwechselnd in die Arme nahmen oder beschimpften. Am Pooltisch standen die Gereizten und Aggressiveren herum und suchten jemanden, dem sie die Schuld für ihr Elend in die Schuhe schieben konnten. Bei letzteren handelte es sich größtenteils um Männer, und Theophilus Crowe behielt sie von seinem Platz an der Bar aufmerksam im Auge.

Seit dem Tod von Bess Leander hatte es fast jeden Abend eine Schlägerei im Slug gegeben. Zusätzlich wurde seitdem mehr herumgekotzt, gekreischt, geheult, und mehr Annäherungsversuche wurden mit schallenden Ohrfeigen bedacht als je zuvor. Theo hatte schwer zu tun. Ebenso wie Mavis Sand. Mit dem Unterschied, daß Mavis froh darüber war.

In ihren mit Farbflecken übersäten Latzhosen trat Estelle durch die Tür. Sie trug einen Shetland-Pullover, ihr Haar war zu einem langen grauen Zopf geflochten. Kaum daß sie zur Tür herein war, blieb sie stehen, als sei sie gegen eine Wand aus Musik und Qualm gelaufen. Aus einer Gruppe mexikanischer Arbeiter, die mit Budweiser-Flaschen in der Hand herumstanden, erhob sich ein Pfiff.

»Ich bin eine alte Dame«, sagte Estelle. »Schämt euch was.« Sie schob sich durch die Gästeschar zur Bar und bestellte einen Weißwein. Mavis schenkte ihr einen Plastikbecher voll ein. (In letzter Zeit schenkte sie alles in Plastikbechern aus. Offensichtlich beförderte der Blues das Verlangen der Leute, Glas zu zerdeppern – vorzugsweise auf dem Schädel ihres Gegenübers.)

»Ganz schön viel Betrieb, was?« sagte Estelle, obwohl sie eigentlich keine Vergleichsmöglichkeit hatte.

»Der Blues treibt die Leute in Scharen rein«, sagte Mavis.

»Ich kann an Blues nichts finden«, sagte Estelle. »Ich mag klassische Musik.«

»Drei Dollar«, sagte Mavis. Sie nahm Estelles Geld und ging zum anderen Ende der Bar.

Estelle fühlte sich, als hätte man ihr eine Ohrfeige verpaßt.

»Kümmern Sie sich nicht um Mavis«, sagte die Stimme eines Mannes. »Sie ist immer grantig.«

Estelle hob den Kopf, erblickte einen Hemdknopf und schaute weiter hoch, bis sie Theo lächeln sah. Sie war dem Constable noch nie begegnet, doch sie wußte, wer er war.

»Ich weiß noch nicht mal, warum ich überhaupt hergekommen bin. Ich trinke eigentlich gar nicht.«

»Irgendwas liegt in der Luft«, sagte Theo. »Kann sein, daß wir 'n stürmischen Winter kriegen oder so. Die Leute drehen ein bißchen durch.«

Sie stellten sich einander vor, und Theo lobte Estelles Gemälde, die er in den Galerien am Ort gesehen hatte. Estelle überging sein Lob.

»Bißchen seltsame Lokalität, wenn man den Sheriff treffen will«, sagte Estelle.

Theo zeigte ihr das Handy an seinem Gürtel. »Operationsbasis«, sagte er. »Der meiste Ärger fängt sowieso hier an und wenn ich schon da bin, kann ich eingreifen, bevor es eskaliert.«

»Wie verantwortungsbewußt.«

»Nein, ich bin einfach nur faul«, erwiderte Theo. »Und müde. In den letzten drei Wochen mußte ich mich um fünf Familienstreitigkeiten, zehn Schlägereien und zwei Leute kümmern, die sich im Bad verbarrikadiert hatten und mit Selbstmord drohten. Dann gab's noch einen Kerl, der mit einem Vorschlaghammer von Haus zu Haus gezogen ist und den Gartenzwergen den Kopf abgeschlagen hat, und eine Frau, die versucht hat, ihrem Mann das Auge mit einem Löffel rauszureißen.«

»Meine Güte. Das hört sich ja an wie ein Tag im Leben eines Polizisten in L. A.«

»Hier ist aber nicht L. A.«, sagte Theo. »Ich will mich ja nicht beklagen, aber auf eine Verbrechenswelle bin ich nicht vorbereitet, da komm ich nicht mit klar.«

»Und es gibt nichts, wohin man sich flüchten könnte«, sagte Estelle.

»Wie bitte?«

»Die Leute kommen hierher, weil sie vor Konflikten wegrennen, oder etwa nicht? Sie ziehen in eine Kleinstadt, um der Gewalt und dem Streß in der Großstadt zu entkommen. Wenn man hier nicht damit fertig wird, hat man keine andere Möglichkeit mehr. Man kann genausogut aufgeben.«

»Das ist aber ein bißchen zynisch. Ich dachte immer, Künstler wären Idealisten.«

»Kratzen Sie bei einem Zyniker mal ein bißchen am Lack, und zum Vorschein kommt ein enttäuschter Romantiker«, sagte Estelle.

»Das sind Sie also?« fragte Theo. »Ein enttäuschter Romantiker?«

»Der einzige Mann, den ich je geliebt habe, ist tot.«

»Das tut mir leid«, sagte Theo.

»Mir auch.« Sie leerte ihren Becher Wein.

»Ganz langsam, Estelle. Davon wird's auch nicht besser.«

»Ich bin keine Trinkerin. Ich mußte nur mal raus.«

Vom Pooltisch drangen Schreie herüber. »Mein Typ wird verlangt«, sagte Theo. »Entschuldigen Sie mich.« Er bahnte sich einen Weg durch die Menge zu der Stelle, wo zwei Männer sich in Positur stellten, um sich zu prügeln.

Estelle gab Mavis ein Zeichen, daß sie nachschenken sollte, und drehte sich wieder um, um Theo bei seinen Bemühungen, Frieden zu stiften, zuzuschauen. Catfish Jefferson sang ein trauriges Lied über ein fieses altes Weib, das ihn fertigmachte. Das paßt doch auf mich, dachte Estelle. Hier steht sie – ein fieses, nutzloses, altes Weib.

Die medizinische Selbstversorgung der Patienten trug gegen Mitternacht Früchte. Die meisten der Gäste im Slug hatten sich abgeregt und klatschten oder jaulten zu Catfishs Blues. Etliche hatten schlappgemacht und waren nach Hause gegangen. Bei Ladenschluß waren nur noch fünf Leute im Slug, und Mavis rieb sich beim Anblick der prall gefüllten Kasse kichernd die Hände. Catfish Jefferson legte seine National Steel aus der Hand und packte das sieben Liter Einmachglas mit seinem Trinkgeld. Dollarnoten quollen über den Rand, Kleingeld schwappte am Boden, und hier und dort machte sich die eine oder andere Fünf- oder Zehn-Dollarnote breit. Sogar ein Zwanziger war darunter, und wie ein kleiner Junge, der nach dem Spielzeug in der Cornflakespackung sucht, bemühte sich Catfish, ihn herauszufischen. Er trug das Einmachglas zur Bar und wuchtete es geräuschvoll neben Estelle auf den Tresen, wo diese ihr trunkenes Haupt zur Ruhe gebettet hatte.

»Hey, Baby«, sagte Catfish. »Stehst du auf Blues?«

Auf der Suche nach dem Ursprung der Frage ließ Estelle ihren Blick durch die Luft schweifen, gerade so, als hätte eine der Motten, die um die Lampen hinter der Bar herumschwirrten, sie gestellt. Schließlich geriet der Bluesman in ihr Blickfeld, und sie sagte: »Sie sind sehr gut. Ich wollte eigentlich schon gehen, aber die Musik hat mir gefallen.«

»Na ja, und jetzt sind Sie immer noch da«, sagte Catfish. »Werfen Sie da mal 'n Blick drauf.« Er schüttelte das Einmachglas. »Hier hab ich knapp zweihundert Dollar, und das miese, alte Weib da schuldet mir mindestens noch mal soviel. Was würden Sie sagen, wenn wir uns noch 'ne Flasche schnappen, meine Gitarre nehmen und runter zum Strand gehen und noch 'ne Party feiern?«

»Ich gehe besser nach Hause«, sagte Estelle. »Ich muß morgen malen.«

»Sie sind Malerin? Ist mir noch nie eine begegnet. Wir wär's, wenn wir zum Strand gehen und uns den Sonnenaufgang ansehen?«

»Falsche Küste«, sagte Estelle. »Die Sonne geht über den Bergen auf.«

Catfish lachte. »Sehen Sie, da haben Sie mir schon mal 'ne ziemliche Warterei erspart. Gehen wir doch einfach runter zum Strand.«

»Nein, ich kann nicht.«

»Weil ich schwarz bin, stimmt's?«

»Nein.«

»Weil ich alt bin, deswegen?«

»Nein.«

»Weil ich 'ne Glatze hab. Sie mögen keine alten Männer mit Glatze, stimmt's?«

»Nein«, sagte Estelle.

»Weil ich Musiker bin. Sie haben gehört, Musiker haben kein Verantwortungsgefühl?«

»Nein.«

»Weil ich ein Riesending in der Hose habe?«

»Nein!« sagte Estelle.

Wieder lachte Catfish. »Würden Sie mir 'n Gefallen tun und es trotzdem überall rumerzählen?«

»Woher soll ich denn wissen, was Sie in der Hose haben?«

»Na ja«, sagte Catfish und schwieg einen Moment lang grinsend. »Sie könnten mit mir runter zum Strand gehen.«

»Sie sind ein schmutziger, verdorbener alter Mann, der's einfach nicht lassen kann, stimmt's, Mr. Jefferson?« sagte Estelle.

Catfish senkte den Kopf. »Das stimmt voll und ganz, Miss. Ich bin ganz und gar schmutzig und verdorben, und ich kann's einfach nicht lassen. Und ich bin zu alt, um irgendwelchen Ärger zu machen. Ich geb's zu.« Er streckte ihr seine lange, schlanke Hand entgegen. »Gehen wir runter zum Strand und feiern 'ne Party.«

Estelle fühlte sich, als würde der Teufel persönlich sie becircen. Unter dieser staubigen, altmodischen Schale lauerte etwas, das Sanftheit und Vibrationen aussandte. War dies der dunkle Schatten, der in den Schaumkronen der Wogen auf ihren Gemälden immer wieder auftauchte?

Sie nahm ihn bei der Hand. »Gehen wir zum Strand.«

»Ha!« rief Catfish.

Mavis zog den Louisville Slugger unter der Bar hervor und reichte ihn Estelle. »Hier, den können Sie vielleicht gebrauchen.«

Sie suchten sich eine Lücke in den Felsen, wo sie vor dem Wind geschützt waren. Catfish klopfte den Sand von seinen Wingtips und schüttelte seine Socken aus, bevor er sie zum Trocknen hinlegte.

»Das war vielleicht 'ne fiese alte Welle.«

»Ich hab Ihnen gesagt, Sie sollen Ihre Schuhe ausziehen«, erwiderte Estelle. Ihre Laune war besser, als sie nach ihrem Dafürhalten hätte sein sollen. Ein paar Schlucke aus Catfishs Flasche hatten verhindert, daß der billige Weißwein in ihrem Magen sauer geworden war. Trotz des frischen Winds war ihr warm. Catfish hingegen war ein Bild des Jammers.

»Das Meer konnte ich nie besonders leiden«, sagte Catfish. »Zuviel fieses Viehzeug da unten. Da kriegt man das kalte Grausen. Aber hundert Prozent.«

»Wenn Sie den Ozean nicht mögen, warum haben Sie mich dann gefragt, ob wir zum Strand gehen?«

»Der lange Typ hat gesagt, Sie malen Bilder vom Strand.«

»In letzter Zeit krieg ich beim Anblick des Meeres auch so was wie ein kaltes Grausen. Meine Bilder haben neuerdings so was Dunkles.«

Catfish wischte sich mit seinem schlanken Finger den Sand zwischen den Zehen weg. »Glauben Sie, Sie können den Blues malen?«

»Haben Sie je van Gogh gesehen?«

Catfish schaute hinaus aufs Meer. Der Mond war dreiviertel voll und glitzerte wie Quecksilber. »Van Gogh ... van Gogh, der Fiedler aus St. Louis?«

»Genau der«, sagte Estelle.

Catfish schnappte sich die Flasche, die sie noch immer in der Hand hielt, und grinste. »Mädchen, du trinkst einem Mann den Schnaps weg und lügst ihn auch noch an. Ich weiß, wer Vincent van Gogh ist.«

Estelle konnte sich nicht erinnern, wann sie zum letzten Mal Mädchen genannt worden war, doch sie war ziemlich sicher, daß sie damals wesentlich weniger erfreut darüber gewesen war als jetzt. Sie sagte: »Und wer lügt jetzt? Von wegen: Mädchen!«

»Na ja, kann schließlich sein, daß unter der Latzhose und dem großen Pullover doch 'n Mädchen steckt. Kann aber auch sein, daß ich mich täusche.«

»Werden Sie nie erfahren.«

»Ach wirklich? Na, das is' aber wirklich traurig.« Er nahm seine Gitarre, die die ganze Zeit an einem Felsen gelehnt hatte, und begann leise zum Rhythmus der Brandung zu spielen. Er sang über nasse Schuhe, das letzte bißchen Schnaps, das einem noch geblieben war, und über einen Wind, der einem durch Mark und Bein drang. Estelle schloß die Augen und wiegte sich zur Musik. Es fiel ihr auf, daß dies das erste Mal seit Wochen war, daß sie sich gut fühlte.

Plötzlich hörte er unvermittelt auf. »Ich soll verdammt sein. Schauen Sie mal da!«

Estelle öffnete die Augen und schaute zu der Stelle an der Wasserlinie, wo Catfish hindeutete. Ein Schwarm Fische war aus dem Wasser auf den Strand geschossen und zappelte nun auf dem Sand herum.

»Haben Sie so was schon mal gesehen?«

Estelle schüttelte den Kopf. Noch mehr Fische schossen aus der Brandung. Hinter den Wellenkämmen schien das Wasser vor Fischen förmlich zu kochen, die aus dem Wasser hochsprangen und wieder hineinklatschten. Die Wasseroberfläche hob sich, als ob sie von unten hochgestemmt wurde. »Da unten bewegt sich was.«

Catfish hob seine Gitarre auf. »Machen wir uns aus dem Staub – aber schnell.«

Estelle kam gar nicht auf die Idee zu protestieren. »Sofort.« Sie dachte an die riesigen Schatten, die in ihren Bildern immer wieder unter den Wogen auftauchten. Sie schnappte sich Catfishs Schuhe, sprang von dem Felsen, wo sie gesessen hatten, und rannte den Strand entlang zu einer Treppe, die zu dem Kliff hinaufführte, wo Catfish seinen Kombi geparkt hatte. »Komm schon.«

»Ich komme.« Catfish kroch den Felsen hinunter und folgte ihr.

Am Auto angelangt, lehnten beide für einen Augenblick keuchend am Kotflügel, und während Catfish in seinen Taschen nach dem Wagenschlüssel kramte, hörten sie das Gebrüll. Es war ein Gebrüll, als ob tausend träge herumliegende Löwen in ihrer Ruhe gestört worden wären – zu gleichen Teilen geprägt von Lautstärke, Nässe und Wut. Estelle spürte, wie ihre Rippen von dem Lärm vibrierten.

»Herrgott, was war das?«

»Steig in den Wagen, Mädchen.«

Estelle stieg in den Kombi. Catfish fummelte den Schlüssel ins Zündschloß, startete den Wagen, legte den Vorwärtsgang ein und trat so heftig aufs Gas, daß hinter ihnen die Kieselsteine durch die Luft wirbelten.

»Stop, deine Schuhe stehen noch auf dem Dach.«

»Kann sie ruhig haben«, sagte Catfish. »Die sind besser als die, die sie beim letzten Mal gefressen hat.«

»Sie? Was zum Teufel war das? Weißt du etwa, was das war?«

»Ich erzähl's dir, sobald ich diesen Herzanfall hinter mich gebracht habe.«

- 5 -

DAS SEEUNGEHEUER

Das große Seeungeheuer wandte seine Aufmerksamkeit kurz von der Verfolgung des leckeren radioaktiven Aromas ab und sandte eine Infraschallbotschaft an einen Grauwal, der mehrere Meilen voraus seinen Weg kreuzte. Grob übersetzt lautete die Nachricht in etwa: »Hey, Schatzi, wie wär's, wenn wir uns 'ne Ladung Plankton reinziehen und hinterher 'ne wilde Nummer schieben?«

Der Grauwal, ein Weibchen, setzte unbeirrt seinen Weg gen Süden fort und antwortete mit einem Infraschallgezirpe, das sich folgendermaßen übersetzen ließ: »Ich weiß genau, wer du bist. Bleib mir bloß vom Leib.«

Das Seeungeheuer schwamm weiter. Während seiner Reise hatte es einen Riesenhai, diverse Delphine und ein paar hundert Thunfische gefressen. Mittlerweile richtete sich sein Interesse mehr auf Sex denn auf Nahrung. Je näher es der kalifornischen Küste kam, desto mehr verflüchtigte sich die radioaktive Witterung, bis sie fast gar nicht mehr vorhanden war. Das Leck in dem Atomkraftwerk war entdeckt und abgedichtet worden. Und so trieb das Seeungeheuer, den Bauch voller Fisch, in weniger als einer Meile Entfernung vor der Küste und konnte sich nicht mehr daran erinnern, warum es sein vulkanisches Nest überhaupt verlassen hatte. Doch mit einem Mal war da etwas, ein Summen aus Richtung der Küste, das seine Raubtierinstinkte kitzelte – die teilnahmslose Entschlossenheit von Beutetieren, die sich selbst aufgegeben haben: Depression. Warmblütige Mahlzeiten – Delphine und Wale – sandten manchmal die gleichen Signale aus. Da hinten, knapp hinter der Küste, gab es offenbar einen großen

Schwarm Nahrung, der quasi darum bettelte, gefressen zu werden. Das Seeungeheuer machte kurz hinter der Brandungslinie halt und tauchte inmitten eines Tangfeldes auf, wobei sein massiger Schädel sich durch den Seetang pflügte wie die Zombieversion eines Pick-up-Truck, der sich durch das kalte Erdreich aus seinem Grab wühlt.

Und in diesem Augenblick hörte das Seeungeheuer das Geräusch. Ein Geräusch, das ihm verhaßt war. Den Klang des Feindes. Es war ein halbes Jahrhundert her, seit das Seeungeheuer das Wasser zum letzten Mal verlassen hatte. Land war zwar nicht sein natürliches Refugium, doch sein Angriffsinstinkt war stärker als sein Selbsterhaltungstrieb. Es warf den Kopf zurück, schüttelte die mächtigen violetten Kiemen, die aus seinem Hals herausragten wie Bäume, und stieß das Wasser aus seinen rudimentären Lungen. Seine eingefallene Luftröhre brannte, als sich zum ersten Mal seit fünfzig Jahren ein Atemzug seinen Weg nach unten bahnte, um gleich darauf wieder als ein grauenerregendes Gebrüll ausgestoßen zu werden, in dem sich Schmerz und Zorn vermischten. Drei Schutzmembranen glitten über seine Augen zurück wie elektrische Scheiben eines Autos, so daß es in der bitteren Luft sehen konnte. Das Seeungeheuer schlug mit seinem Schwanz, ruderte mit seinen mächtigen Flossenfüßen und schoß auf die Küste zu wie ein Torpedo.

GABE

Es war fast zehn Jahre her, seit Gabe Fenton zum letzten Mal einen Hund seziert hatte, doch nun, gegen drei Uhr, überlegte er ernsthaft, ob er sich nicht ein Skalpell schnappen und damit seinem dreijährigen Labrador Skinner zu Leibe rücken sollte, der offensichtlich einen psychotischen Anfall von Bellwut hatte. Skinner war seit dem Nachmittag auf die Veranda verbannt, nachdem er sich auf einer toten Möwe herumgewälzt und sich anschließend geweigert hatte, im Meer zu baden oder auch nur in die Nähe des Gartenschlauchs zu kommen, um sich abwaschen zu lassen. Für Skinner sah die Sache anders aus: Tote Vögel waren der Duft schierer Romantik.

Gabe kletterte aus seinem Bett und watschelte in seinen Boxershorts zur Tür, wobei er auf dem Weg noch einen Wanderschuh einsammelte. Er war Biologe, hatte in Stanford seinen Doktor in Verhaltensforschung gemacht, und folglich war es wissenschaftlich fundiert, als er nun die Tür öffnete, den Stiefel nach seinem Hund schleuderte und dazu das hochgradig verhaltensbeeinflussende Kommando ausstieß: »Skinner, du Scheißköter, gib jetzt endlich Ruhe!«

Skinner unterbrach sein Gekläffe für einen kurzen Augenblick, um sich unter dem Wanderschuh wegzuducken und ihn – gemäß seiner angezüchteten Verhaltensmuster – aus dem Waschzuber herauszufischen, der ihm als Trinkwasserschüssel diente. Anschließend brachte er ihn zurück zur Tür, wo Gabe stand, und stellte den triefnassen Wanderschuh zu Füßen des Biologen ab. Gabe knallte ihm die Tür vor der Nase zu.

Der ist bloß eifersüchtig, dachte Skinner. Kein Wunder, daß er keine Weibchen abbekommt, wo er immer nach Weichspüler und Seife riecht. Wenn der Futter-Typ mal rausgehen und an ein paar Ärschen schnuppern würde, wäre seine Laune längst nicht mehr so mies. (Für Skinner war Gabe der »Futter-Typ«.) Schnell beschnupperte er sich, um sicherzugehen, daß er wirklich der Don Juan der Hundewelt war, um gleich darauf wieder in hysterisches Gekläffe zu verfallen. Will der Kerl es denn nicht kapieren, oder was? dachte Skinner. Gefahr ist im Anmarsch, Futter-Typ, Gefahr!

Auf dem Weg zurück ins Bett warf Gabe Fenton einen kurzen Blick auf den Computer in seinem Wohnzimmer. Tausend kleine grüne Punkte bewegten sich wie eine einzige Masse über die Karte der Umgebung von Pine Cove. Gabe blieb stehen und rieb sich die Augen. Das war doch nicht möglich.

Er ging zum Computer und tippte einen Befehl ein. Auf dem Bildschirm erschien die Karte in einem größeren Maßstab, und die Punkte bewegten sich noch immer in einer Linie. Er vergrößerte die Karte noch weiter, bis sie nur noch ein Gebiet von wenigen Quadratmeilen umfaßte, und die Punkte setzten ihren Weg fort. Jeder der grünen Punkte bezeichnete eine Ratte, die Gabe lebend gefangen und, nachdem er ihr einen Mikrochip implantiert hatte, wieder ausgesetzt hatte.

Ihre Standorte wurden von einem Satelliten registriert und aufgezeichnet. In diesem Augenblick bewegte sich jede einzelne Ratte innerhalb eines Gebiets von zehn Quadratmeilen von der Küste weg. So was machten Ratten normalerweise nicht.

Gabe verfolgte die Daten zurück und betrachtete die Bewegungen der Nagetiere in den letzten Stunden. Der Exodus hatte abrupt eingesetzt, und obwohl seitdem gerade mal zwei Stunden vergangen waren, war der Großteil der Ratten schon eine Meile landeinwärts gezogen. Sie rannten aus Leibeskräften, und das weit über ihren normalen Aktionsradius hinaus. Denn Ratten sind Sprinter und keine Langläufer. Irgendwas war im Gange.

Gabe drückte eine Taste, und neben jedem der grünen Punkte erschien eine kleine Zahl. Jeder Chip war einmalig, so daß jede Ratte eindeutig identifiziert werden konnte, wie ein Flugzeug auf dem Radarschirm eines Fluglotsen. Ratte Nr. 363 hatte sich seit fünf Tagen nicht aus einem Umkreis von zwei Metern herausbewegt. Gabe hatte angenommen, daß sie entweder Junge zur Welt gebracht hatte oder krank war. Doch nun befand sich Nr. 363 eine halbe Meile von ihrem normalen Territorium entfernt.

Für den Forscher sind Anomalien sowohl Fluch als auch Segen. Angesichts der Daten empfand Gabe freudige Erregung und unbehagliches Mißtrauen zugleich. Eine Anomalie wie diese konnte zu einer Entdeckung führen, sie konnte aber auch dafür sorgen, daß er sich bis auf die Knochen blamierte. Er glich die Daten mit drei Vergleichsparametern ab und rief dann die Informationen der Wetterstation auf seinem Dach ab. Was das Wetter betraf, gab es nichts Außergewöhnliches: Alle Veränderungen in bezug auf Luftdruck, Luftfeuchtigkeit, Wind und Temperatur lagen innerhalb des Normalbereichs. Er schaute aus dem Fenster: Über die Küste senkte sich der übliche Bodennebel. Völlig normal. Er konnte den alten Leuchtturm, der in hundert Meter Entfernung stand, gerade noch erkennen. Das Leuchtfeuer war vor zwanzig Jahren abgeschaltet worden, und seitdem diente der Bau als Wetter- und Forschungsstation für Biologen.

Gabe schnappte sich eine Decke von seinem Bett, legte sie sich gegen die Kälte über die Schultern und kehrte zurück zu seinem Arbeitstisch. Die grünen Punkte bewegten sich weiter. Er wählte die Nummer von JPL in Pasadena. Draußen bellte noch immer Skinner.

»Skinner, halt endlich dein elendes Maul!« brüllte Gabe just in dem Augenblick, als die automatische Vermittlung ihn zum Seismologischen Labor durchstellte. Eine Frau meldete sich. Sie hörte sich ziemlich jung an, vermutlich eine Praktikantin. »Wie bitte?« sagte sie.

»Entschuldigung, ich hab meinen Hund angebrüllt. Ja, hallo, hier ist Doktor Gabe Fenton von der Forschungsstation in Pine Cove. Kann es sein, daß in meinem Gebiet irgendwelche seismischen Aktivitäten vorliegen?«

»Pine Cove? Können Sie mir Längen- und Breitengrad durchgeben?«

Gabe tat wie gewünscht. »Ich nehme an, daß das Zentrum irgendwo vor der Küste liegt.«

»Nichts. Ein kleineres Beben mit Zentrum in Parkfield gestern um neun Uhr morgens. Stärke Null Komma drei. So schwach, daß man es nicht mal wahrnimmt. Zeigen Ihre Instrumente denn irgendwas an?«

»Ich habe keine seismographischen Instrumente. Deswegen habe ich ja bei Ihnen angerufen. Das hier ist eine biologische Forschungsstation.«

»Entschuldigen Sie, Doktor, das wußte ich nicht. Ich bin neu hier. Haben Sie irgendwas gespürt?«

»Nein. Meine Ratten spielen verrückt.« In dem Augenblick, als er es aussprach, bereute er auch schon, was er gesagt hatte.

»Wie bitte?«

»Schon gut. Ich wollte nur sichergehen. Ich habe hier eine Verhaltensanomalie bei einigen Versuchstieren. Wenn Sie in den nächsten Tagen irgendwas feststellen, könnten Sie mich dann anrufen?« Er gab ihr seine Telefonnummer.

»Sie glauben, daß Ihre Ratten ein Erdbeben voraussagen, Doktor?«

»Das habe ich nicht gesagt.«

»Daß Tiere seismische Aktivitäten vorher spüren, ist ein Ammenmärchen, aber das sollten Sie eigentlich wissen.«

»Das weiß ich auch, aber ich versuche alle Möglichkeiten auszuschließen.«

»Sind Sie schon mal auf die Idee gekommen, daß Ihr Hund den Ratten angst macht?«

»Diesen Faktor werde ich in meine Überlegungen mit einbeziehen«, sagte Gabe. »Danke für Ihre Mühe.« Als er den Hörer auflegte, fühlte er sich wie ein Trottel.

Weder seismische noch meteorologische Besonderheiten. Ein Anruf bei der Highway Patrol ergab, daß es auch keine Chemieunfälle oder Brände gegeben hatte. Er brauchte eine Bestätigung für seine Daten. Vielleicht stimmte ja mit dem Satellitensignal etwas nicht. Die einzige Möglichkeit das herauszufinden, war, daß er sein tragbares Suchgerät nahm und die Ratten draußen im Feld aufspürte. Rasch zog er sich an und machte sich auf den Weg zu seinem Pick-up.

»Skinner, hast du Lust auf 'ne Spazierfahrt?«

Skinner wedelte mit dem Schwanz und schoß auf den Pickup zu. Das wurde auch mal Zeit, dachte er. Nix wie weg von der Küste, Futter-Typ. Und zwar schnell.

Auf dem Bildschirm drinnen im Haus sonderten sich zehn der grünen Punkte von den anderen ab und bewegten sich auf die Küste zu.

DAS SEEUNGEHEUER

Das Seeungeheuer kroch auf den Strand. Es brüllte lautstark, als seine Beine mit einem Mal die gesamte Last seines Körpergewichts zu tragen hatten und das zurückfließende Wasser zusätzlich an ihm zerrte. Das Verlangen, seinen Feind zu töten, war mittlerweile in den Hintergrund getreten, und statt dessen verspürte es Hunger infolge der Anstrengung, die es ihm bereitete, aus dem Meer zu kriechen. Ein Organ an der Basis seines Gehirns, das bei sämtlichen anderen Arten zu einem Zeitpunkt verschwunden war, als die einzig lebenden Vorfahren des Menschen als Kletterspitzmäuse über die Bäume huschten, sandte elektrische Wellen aus, um Nahrung anzulocken. Es war eben jenes Organ, das spürte, daß es hier Beutetiere in Hülle und Fülle gab.

Das Seeungeheuer kam zu dem fünfzehn Meter hohen Kliff, das den Strand umsäumte. Abgestützt auf seinen Schwanz richtete es sich auf und zog sich mit den Vorderbeinen nach oben. Es war dreiunddreißig Meter lang, und wenn es seinen dicken Hals ausstreckte, erreichte es eine Höhe von acht Metern. Die Füße an seinen Hinterbeinen waren breit und mit Schwimmhäuten versehen, die Vorderfüße hingegen klauenartig und zusätzlich zu den drei Fingerkrallen mit einem Daumen bewehrt, um Beute festzuhalten und zu töten.

Im trockenen Gras oberhalb des Strands hatte sich die Beute auch schon versammelt und wartete. Waschbären, Eichhörnchen, ein paar Stinktiere, ein Fuchs und zwei Katzen tollten im Gras herum – einige kopulierten, andere waren ganz darin vertieft, Flöhe in ihrem Fell aufzuspüren, während wiederum andere sich einfach auf dem Rücken im Gras wälzten, als wären sie außer sich vor Freude. Das Seeungeheuer ließ einmal kurz seine Zunge hervorschnellen und zog sie in seinen gigantischen Rachen. Nur ein paarmal gab es ein kurzes Krachen und Knirschen, denn den Großteil seiner Beute schluckte das Monster einfach herunter, ohne sich die Mühe zu machen, sie zu zerkauen. Schließlich stieß es einen Rülpser aus und genoß noch einmal das Stinktieraroma, wobei seine Kiefer zusammenklatschten wie zwei nasse Matratzen und seine Flanken als Ausdruck seines Wohlbehagens in Neongelb zu strahlen begannen.

Das Seeungeheuer kroch den Abhang hinauf, überquerte den Highway, der die Küste entlangführte, und schlich durch die schlafende Stadt. Die Straßen lagen verlassen da, die Lichter in den Geschäften an der Cypress Street waren ausgeschaltet. Der Bodennebel umwaberte die Fachwerkfassaden der im Pseudo-Tudorstil gehaltenen Häuser und bildete grüne Aureolen um die Lichter der Straßenlaternen. Über all dem thronte die rote Texaco-Reklame wie ein Leuchtfeuer.

Das Seeungeheuer wechselte seine Farbe zu einem Nebelgrau und schlängelte sich wie eine gewundene Wolke auf der Fahrbahnmitte die Straße entlang. Es folgte einem tiefen Brummgeräusch, das von unterhalb des roten Leuchtfeuers zu ihm drang, brach aus dem Nebel, und dann sah es sie.

Schnurrend lag sie da vor der verlassenen Texaco-Tankstelle. Sie war neckisch und verlockend. Dieses Kommher-Brummen. Dieses tiefe, sexy Knurren. Silberne Flanken, in denen sich der Nebel und das rote Texaco-Schild spiegelten. Sie riefen ihm zu, ja bettelten es an, sie zu besteigen. Das Seeungeheuer ließ seine Flanken in allen Farben des Regenbogens erstrahlen, um seine großartige Männlichkeit zu demonstrieren. Es stellte seine Kiemen auf, die zu leuchten begannen wie bewegte Lichtreklamen.

Das Seeungeheuer sandte ein Signal, das grob übersetzt in etwa lautete: »Hey, Süße, dich hab ich hier ja noch nie gesehen.« Sie lag nur da, schnurrte und spielte die Unschuld vom Lande, doch er wußte, daß sie ihn wollte. Sie hatte kurze schwarze Beine, einen Stummelschwanz und roch, als hätte sie vor kurzem ein Fischerboot gefressen, aber ihre silbernen Flanken waren einfach unwiderstehlich.

Damit sie sich behaglicher fühlte, wechselte das Seeungeheuer nun ebenfalls seine Farbe zu Silber und stellte sich auf die Hinterbeine, um ihr sein erigiertes Geschlechtsteil zu zeigen. Keine Reaktion – nur dieses scheue Schnurren. Er deutete dies als Einladung und kroch über den Parkplatz, um den Tanklastwagen zu besteigen.

ESTELLE

Estelle stellte eine Tasse Tee vor Catfish auf den Tisch und setzte sich dann mit ihrer eigenen Tasse ihm gegenüber hin. Catfish nippte an dem Tee, verzog das Gesicht und zog die Schnapsflasche aus seiner Gesäßtasche. Er hatte schon den Deckel abgeschraubt und wollte gerade einschenken, als Estelle seine Hand festhielt.

»Sie müssen erst mal einiges erklären, Mr. Bluesman.« Estelle war mehr als nur ein wenig verstört. Als sie den Strand eine halbe Meile hinter sich gelassen hatten, war sie von dem plötzlichen Bedürfnis umzukehren gepackt worden und hatte Catfish ins Lenkrad gegriffen. Es war der schiere Wahnsinn, und sie war über ihr Verhalten genauso erschrocken wie über das Ding am Strand, so daß sie gleich nach der Ankunft zu Hause ein Zoloft eingenommen hatte, obwohl sie ihre Tagesdosis bereits aufgebraucht hatte.

»Laß mich mal machen, Weib. Ich hab gesagt, ich erzähl's dir. Ich brauch jetzt was für die Nerven.«

Estelle ließ seine Hand los. »Was war das da am Strand?«

Catfish goß einen Schuß Whiskey in Estelles Tee und dann in seinen eigenen. Er grinste. »Du mußt wissen, Catfish war nicht immer mein Name. Als ich zur Welt kam, hieß ich Meriwether Jefferson. Das mit dem Catfish kam erst später.«

»Mein Gott, Catfish, ich bin jetzt sechzig. Werd ich das Ende der Geschichte noch erleben? Was war dieses verdammte Ding da im Wasser?« Diese Flucherei sah ihr überhaupt nicht ähnlich.

»Willst du's wissen oder nicht?«

Estelle nippte an ihrem Tee. »Entschuldige. Erzähl weiter.«

- 6 -

CATFISH

Das ist jetzt ungefähr fünfzig Jahre her. Ich bin damals durch den Süden gezogen und mit meinem Partner Smiley in den Tanzschuppen aufgetreten. Er hieß Smiley, weil er nie den Blues gehabt hat. Der Junge konnte den Blues zwar *spielen*, aber *gehabt* hat er ihn nie – keine Sekunde lang. Egal wie verkatert oder abgebrannt er war – er hat immer gelächelt. Ich sag zu ihm: »Smiley, du wirst nie besser spielen als Deaf Cotton, wenn du's nicht in dir spürst.«

Deaf Cotton Dormeyer war so 'n alter Knabe, mit dem wir von Zeit zu Zeit gespielt haben. Weißt du, damals gab's 'n Haufen Bluesmen, die blind waren. Deswegen hießen sie Blind Lemon Jefferson, Blind Willie Jackson und so weiter. Und diese Jungs konnten Blues spielen, Mannometer. Aber Deaf Cotton – der war so taub wie 'n Stein, was 'ne Ecke schlimmer ist als blind, wenn du Musiker bist. Das lief dann so, daß wir »Crossroads« gespielt haben, und Deaf Cotton hat daneben gesessen und »Walking Man's Blues« gespielt und gejault wie 'n Hund. Und wir haben einfach aufgehört, sind runter zum Laden, haben uns ein Nabs und 'ne Cola gekrallt, und Deaf Cotton hat einfach weitergespielt. Und er war noch am besten dran, weil er konnte ja nicht hören, wie elend schlecht er war. Aber es hatte einfach keiner das Herz, es ihm zu sagen.

Aber egal, ich sag also: »Dir fehlt einfach der Blues. Du wirst nie besser spielen als Deaf Cotton, wenn dich nicht irgendwann das heulende Elend packt.«

Und Smiley sagt: »Du mußt mir helfen.«

Smiley, mußt du wissen, ist mein Freund, und zwar schon ewig. Wir sind Partner. Also sag ich, ich werd dafür sorgen, daß der Blues ihn anspringt, aber er muß versprechen, daß er nicht sauer wird über die Art, wie ich das anstelle. Er sagt »in Ordnung«, und ich sag »in Ordnung«, und ich überleg mir, wie ich's schaffe, daß der Blues ihn in die Krallen kriegt und wir nach Chicago oder Dallas gehen können und Platten machen, damit wir mit Cadillacs durch die Gegend gurken können wie Muddy Waters oder John Lee Hooker und die andern Jungs.

Smiley hatte 'ne Frau, die hieß Ida May. Sie war 'n süßes kleines Ding. Und sie wohnte oben in Clarksville. Er hat immer erzählt, er muß sich keine Sorgen um Ida May machen, wenn er unterwegs ist, weil sie ihn tief und innig liebt und er für sie der einzige ist. Also erzähle ich Smiley eines Tages, daß in Baton Rouge ein Mann eine 1a Gibson-Gitarre für zehn Dollar zu verkaufen hat und ob Smiley sie nicht für mich abholen kann, weil ich schlimmen Dünnschiß habe und mich so nicht in den Zug setzen kann.

Und kaum daß ein halber Tag vergangen ist, seit Smiley abgefahren ist, statte ich der kleinen Ida May einen Besuch ab, mit 'ner Flasche Schnaps und ein paar Blumen unterm Arm. Sie ist ein junges Ding, und Schnaps trinken ist nicht ihr Ding, aber sobald ich ihr erzähle, daß der gute alte Smiley sich von 'nem Zug hat überfahren lassen, kippt sie den Sprit runter wie 'n alter Hase (wenn sie nicht gerade am Heulen oder Kreischen ist – ich selbst quetsche mir auch 'n paar Tränen raus, weil schließlich war er ja mein Partner und so, Gott sei seiner Seele gnädig). Und bevor man sich's versieht, liege ich auch schon mit Ida May in den Federn und besorg's ihr – seelischer Beistand in schlimmen Zeiten der Trauer und all so 'n Kram.

Und weißt du was? Als Smiley wieder zurück war, verliert er kein Wort darüber, daß ich mit Ida May geschlafen habe. Er sagt, es tut ihm leid, aber er konnte den Kerl mit der Gitarre nicht auftreiben, gibt mir meine zehn Dollar und sagt, er muß zurück nach Hause, weil Ida May so glücklich ist, ihn wiederzusehen, daß sie ihn schon den ganzen Tag verwöhnt. Ich sag, mich hat sie auch verwöhnt, aber er meint nur, das wär in Ordnung, weil sie ja so fertig war und ich sein bester Freund bin. Der Kerl war praktisch immun gegen den Blues.

Also hab ich mir von jemand einen Ford Model T gepumpt, bin damit rüber zu Smiley getuckert und hab seinen Hund platt gefahren – der war vor'm Haus angebunden. »Der Hund war eh schon alt«, sagte Smiley. »Den hatte ich schon, seit ich ein kleiner Junge war, und ich wollte für Ida May sowieso 'n kleinen Hund kaufen.«

»Das macht dir gar nix aus?« frage ich ihn.

»Nöö«, sagt er. »Der alte Köter war sowieso reif.«

»Smiley, du bist ein hoffnungsloser Fall. Sieht so aus, als müßt ich mal richtig gründlich nachdenken.«

Also denk ich richtig gründlich nach. Zwei Tage hat's gedauert, bis mir eingefallen ist, wie man's Smiley so heftig einschenken kann, daß er den Blues kriegt. Aber was passiert? Selbst in dem Moment, als er vor den rauchenden Überresten seines Hauses steht, Ida May im einen und seine Gitarre im anderen Arm, selbst in dem Moment fällt ihm nix Besseres ein, als Gott zu danken, daß sie's geschafft haben, aus dem Haus rauszukommen, ohne selbst zu verbrennen.

Ein Pastor hat mir irgendwann erzählt, es gibt Leute, die mit ihrem Leid wachsen. Er hat gesagt, wenn die Schwarzen was erreichen wollen, müssen sie mit ihrem Leid wachsen wie der alte Hiob in der Bibel. Also denke ich mir, daß Smiley jemand ist, der mit seinem Leid wächst, jemand, der nur um so stärker wird, je mehr Unglück über ihn kommt. Aber es gibt ja mehr als eine Möglichkeit, sich den Blues einzufangen. Nicht nur dadurch, daß einem was Schlimmes passiert, manchmal reicht's auch, wenn einem was Gutes *nicht* passiert – also durch Enttäuschung, du weißt, was ich meine?

Mir kommt also zu Ohren, daß sich da unten in der Gegend von Biloxi, irgendwo in den Salzsümpfen am Golf, ein Catfish – ein Wels – rumtreibt, so groß wie 'n Ruderboot, und niemand schafft es, ihn zu fangen. Es soll sogar einen Weißen geben, der demjenigen fünfhundert Dollar zahlt, der den Catfish an Land zieht. Es gibt haufenweise Leute, die versuchen, das Vieh zu fangen, aber sie haben kein Glück. Ich also hin zu Smiley und erzähle ihm, daß ich 'n Geheimrezept habe und wir den Catfish fangen, das Geld kassieren, um damit nach Chicago zu zischen und 'ne Platte zu machen.

Ich weiß natürlich, daß es keinen Catfish gibt, der so groß ist wie 'n Ruderboot, und wenn's einen gäbe, hätte ihn bestimmt schon jemand gefangen, aber was Smiley braucht, ist eine richtig saftige Enttäuschung, und schon wird der Blues ihn anspringen. Und was tu ich also? Die ganze Fahrt runter zum Golf mach ich ihm Hoffnungen, bis seine Augen anfangen zu glänzen. Wir fahren mit dem alten Model T, wo ich seinen Hund mit platt gemacht habe. Wir haben eine Leine von gut sechzig Meter Länge dabei, ein paar Haifisch-Haken und mein geheimes Catfish-Rezept. Was die Köder angeht, so denk ich mir, werden wir auf dem Weg schon was aufgabeln, und gleich darauf überfahre ich zwei Hühner, die 'n bißchen nah an der Straße rumspaziert sind.

Noch bevor's dunkel wird, sind wir schon am Bayou, wo der alte Catfish sich angeblich rumtreibt. Damals war's noch so, daß in der Hälfte aller Counties in Mississippi Schilder rumstanden »NIGGER, VERPISS DICH AUS DIESEM COUNTY, BEVOR DIE SONNE UNTERGEHT«, und deshalb haben wir's so eingerichtet, daß wir immer dorthin kamen, wo wir hinwollten, bevor's dunkel wurde.

Mein Geheimrezept ist ein großes Einmachglas voller Hühnergedärm, das ich ein Jahr lang in meinem Garten vergraben habe. Ich nehme also das Glas, steche 'n paar Löcher in den Deckel und kippe es ins Wasser. Smiley erkläre ich, daß so 'n Catfish die vergammelten Hühnerinnereien meilenweit riecht, und schwuppdiwupp kommt er angezischt. Dann spießen wir noch eins von den Hühnern auf 'n Haken, werfen ihn aus und machen's uns am Ufer gemütlich. Wir trinken 'n bißchen Schnaps, und ich laber die ganze Zeit irgendwelchen

Quatsch über die fünfhundert Dollar, und Smiley grinst dazu wie üblich.

Es dauert nicht lange, bis Smiley einpennt. Ich laß ihn schlafen, weil ich mir denke, die Enttäuschung ist noch größer, wenn er aufwacht und wir den Catfish nicht gefangen haben. Um ganz sicherzugehen, fange ich an, die Leine einzuholen, und kaum, daß ich sie drei Meter eingeholt habe, beißt irgendwas an. Die Leine zischt los und verbrennt mir die Hände, als wär 'n scheuer Gaul am anderen Ende. Ich muß wohl geschrien haben, denn plötzlich wacht Smiley auf und rennt in die andere Richtung davon. »Was soll'n das?« brülle ich, und die Scheißleine rauscht mir durch die Hände wie 'ne brennende Schlange.

Das war's dann wohl, denk ich mir und laß die Leine los. (Als Bluesman muß man auf seine Hände achtgeben.) Aber als die Leine zu Ende ist, spannt sie sich auf einmal wie 'ne E-Saite und macht »Twang«, und ich hab das ganze Gesicht voller Schlamm und Grünzeug. Ich dreh mich um und sehe, wie Smiley in dem alten Model T sitzt und Vollgas gibt. Die Leine hatte er an der Stoßstange festgemacht, und jetzt fährt er vom Ufer weg – mit was immer da im Wasser rumkraucht im Schlepptau. Das Vieh wehrt sich ganz schön, und der alte Ford schlenkert hin und her und kreischt und jault, als würd der Motor jeden Moment in die Luft fliegen, bis schließlich der größte Catfish, den ich je gesehn hab, am Ufer auftaucht – und das Vieh ist alles andere als begeistert. Es zuckt und zappelt und begräbt mich fast im Schlamm.

Smiley zieht die Handbremse und dreht sich um, um nachzusehen, was wir da gefangen haben. Da gibt auf einmal dieser Catfish einen Ton von sich, wie ich's in meinem Leben noch nie von 'nem Fisch gehört hab. Es hört sich an, wie 'ne kreischende Frau. Aber was mir 'n noch größeren Schrecken einjagt, ist das Geräusch, das von draußen vom Bajou kommt. Das hört sich nämlich an, als wär der Leibhaftige höchstpersönlich im Anmarsch.

»Jetzt hast du's geschafft, Smiley«, sag ich.

»Steig ein«, sagt er.

Mehr braucht er auch gar nicht zu sagen, weil draußen im Bayou plötzlich was auftaucht, das aussieht wie 'ne Lokomotive mit Zähnen, und das Ding kommt auf uns zugerauscht wie 'n D-Zug. Ich also rein in den Ford und wir nix wie weg, den Catfish immer noch im Schlepptau und das Monster hinter uns her.

Dauert nicht lange, bis wir 'n ziemlichen Vorsprung haben, und ich sag Smiley, er soll mal anhalten. Wir steigen aus und werfen 'n Blick auf unseren Fünfhundert-Dollar-Catfish. Das Vieh ist mittlerweile tot, zu Tode geschleift und ziemlich übel zugerichtet, aber weil der Vollmond scheint, können wir trotzdem erkennen, daß das, was wir da vor uns haben, kein normaler Catfish ist. Sicher, das Vieh hat Flossen, Schwanz und alles drum und dran, aber unten an seinem Bauch sind ihm Dinger gewachsen, die aussehen wie Beine.

Smiley sagt: »Was'n das?«

Und ich sag: »Keine Ahnung.«

»Und das da draußen?« fragt er.

»Das is' die Mama von dem hier«, sag ich. »Und die ist garantiert stinksauer auf uns.«

- 7 -

Das Wehklagen gequälter Blues-Seelen trifft auf die Cowboy-Tragik des Country & Western, und heraus kommt folgendes:

Man rackert und rackert, sitzt seine Zeit hinterm Steuer ab, reißt Stunde um Stunde auf langweiligen Straßen runter; man sitzt sich die Bandscheiben platt, und der Magen wird einem sauer von zuviel starkem Kaffee. Und schließlich, just in dem Augenblick, wo man einen gutbezahlten Job an Land gezogen hat, mit Sozialleistungen und so weiter und man schon das Licht am Ende des Tunnels sehen und dem Ruhestand freudig entgegenblicken kann, just dann, wenn man sich schon in einem Angelboot sieht mit einem Kasten Bier, der einen freundlich anlächelt wie eine willige Raststättenkellnerin namens Darlin – just in diesem Augenblick kommt ein Monster daher und fickt einem den Lastwagen durch. Und man selbst fliegt volle Kanne in die Luft. Dies ist die Geschichte von Al.

Al lag in der Kabine seines Tanklastwagens und döste vor sich hin, während unverbleite flüssige Dinosaurier durch ein dickes schwarzes Rohr in die unterirdischen Tanks der Texaco-Tankstelle von Pine Cove gepumpt wurden. Die Tankstelle war bereits geschlossen, und so war niemand an der Kasse, mit dem er hätte herumplaudern können. Dies war Als letzte Station, und alles, was jetzt noch vor ihm lag, war die kurze Strecke an der Küste entlang zu seinem Motel in San Junipero. Aus dem Radio, das leise vor sich hindudelte, drang die Stimme von Reba McEntyre, die mit der vollen Autorität einer schielenden, rothaarigen Millionärin davon sang, wie hart das Leben doch ist.

Als der Lastwagen sich zum ersten Mal bewegte, dachte Al, daß ihm eventuell ein besoffener Tourist von hinten in den Wagen gefahren war. Doch dann fing das Gerüttel an, und er gelangte zu der Überzeugung, daß dies nun das große Jahrhundertbeben war, die große Endzeit-Nummer, bei der Städte in Schutt und Asche fielen und Brücken durchknickten wie trockene Zweige. Solche Dinge gingen einem nun mal im Kopf rum, wenn man mit vierzigtausend Litern explosiver Flüssigkeit im Schlepptau durch die Gegend gurkte.

Durch die Windschutzscheibe konnte Al das Texaco-Schild sehen, und er überlegte, daß das Ding doch eigentlich hin und her schwingen müßte wie ein Grashalm im Wind, doch das war nicht der Fall. Er mußte raus und die Pumpe abstellen.

Der Laster wackelte und schaukelte, als würde ein Nashorn ihn rammen. Al packte den Türgriff und drückte dagegen. Die Tür ließ sich nicht öffnen. Irgendwas blockierte sie. Auch das Fenster war versperrt. Ein Baum? War das Dach über den Zapfsäulen auf ihn runtergekracht? Er schaute zur Beifahrertür hinaus, doch diese war ebenfalls durch irgendwas versperrt. Es war nicht aus Metall, und es war auch kein Baum. Es hatte Schuppen. Durch die Windschutzscheibe sah Al einen dunklen feuchten Fleck, der sich auf dem Asphalt ausbreitete, und augenblicklich entleerte sich seine Blase.

»Ach du Scheiße, Scheiße, Scheiße!«

Er griff nach dem Schraubenschlüssel hinter seinem Sitz, um damit die Windschutzscheibe herauszuhauen, doch schon im nächsten

Augenblick war von Al nichts mehr übrig außer ein paar flammende Fetzen und qualmende Bröckchen, die über den Pazifik flogen.

Ein öliger Rauchpilz erhob sich über einer Flammensäule, die dreihundert Meter in die Höhe ragte. Die Druckwelle knickte alle Bäume im Umkreis von hundert Metern um wie Streichhölzer und ließ die Fenster der Häuser im Umkreis von dreihundert Metern bersten. Eine halbe Meile entfernt wurden die Alarmanlagen im Geschäftszentrum von Pine Cove durch Bewegungsmelder ausgelöst, und ihr Schrillen mischte sich in das Fauchen der Flammen. Mit einem Schlag war Pine Cove hellwach, und es schlotterte vor Angst.

Das Seeungeheuer wurde siebzig Meter hoch in die Luft geschleudert und landete mit dem Rücken voran auf den brennenden Überresten von Bert's Burger Stand. In den fünftausend Jahren seiner Existenz auf diesem Planet hatte es noch nie die Erfahrung des freien Fluges gemacht, und nun stellte es fest, daß ihm nichts entgangen war. Von der Nase bis zum Schwanz war es mit brennendem Benzin bedeckt, seine Kiemen waren so versengt, daß nur noch kurze Stummel davon übrig waren, und verbogene Metallfetzen ragten zwischen den Schuppen aus seinem Bauch hervor. Immer noch in Flammen stehend machte es sich auf den Weg zur nächsten Wasserstelle. Das war der Bach, der an der Rückseite des Geschäftsviertels entlangfloß. Als der Unhold sich in das Bachbett hinabwälzte, blickte er noch einmal zurück zu der Stelle, wo seine Geliebte ihn verschmäht hatte, und sandte ein Signal aus. Mittlerweile war sie zwar verschwunden, doch er sandte sein Signal trotzdem. Grob übersetzt lautete es: »Ein einfaches ›Nein‹ hätte auch gereicht.«

MOLLY

Das Plakat nahm die Hälfte der Wohnzimmerwand ihres Trailers ein. Es zeigte die junge Molly Michon in einem schwarzen Lederbikini und mit nietenbesetztem Hundehalsband, die ein fies aussehendes Breitschwert schwang. Im Hintergrund erhoben sich rote Rauchpilze über einer Wüstenlandschaft. *Warrior Babes of the Outland*, auf italienisch natürlich; Mollys Filme waren nur in Übersee in den Kinos gezeigt worden – in Amerika waren sie gleich als Video vermarktet worden. In der gleichen Pose wie damals vor fünfzehn Jahren stand Molly nun auf der Kabeltrommel, die ihr als Kaffeetisch diente. Das Schwert hatte seinen Glanz verloren, Mollys Sonnenbräune war verblaßt, ihr blondes Haar grau, und oberhalb ihrer rechten Brust verlief eine gezackte, fünfzehn Zentimeter lange Narbe. Doch der Bikini paßte noch immer, und an ihren Armen, Schenkeln und dem Bauch spannten sich drahtige Muskeln.

Molly hielt sich fit. In den frühen Morgenstunden ging sie hinaus auf den freien Stellplatz neben ihrem Trailer und schwang das Schwert wie eine tödliche Keule, sie machte Ausfallschritte und stach auf unsichtbare Gegner ein, und sie vollführte den spektakulären Salto rückwärts, mit dem sie zum Star geworden war (jedenfalls in Thailand). Um zwei Uhr morgens, wenn der ganze Ort um sie herum in tiefem Schlummer lag, verwandelte sich Molly, die durchgeknallte Lady, noch einmal in Kendra, die Kampfmieze der Atomwüste.

Sie trat von dem Couchtisch herunter und ging in ihre winzige Küche, wo sie das braune Fläschchen öffnete, eine der Pillen herausnahm und sie feierlich in den Abfalleimer fallen ließ – eine Veranstaltung, die sie nun schon seit einem Monat jede Nacht wiederholte. Dann verließ sie ihren Trailer, machte leise die Tür zu, damit ihre Nachbarn nicht aufwachten, und fing mit ihrem Programm an.

Als erstes Dehnübungen – Spagat im hohen, feuchten Gras, dann ein Bein anwinkeln wie ein Hürdenläufer, Fuß rechtwinklig in die Höhe strecken und mit der Stirn zum Knie. Sie spürte ihre Bandscheiben knacken wie eine Reihe kleiner Chinakracher, als sie ihre Rumpfbeugen rückwärts machte. Und dann – die Schenkel feucht vom Tau, das Haar mit einem Lederband zusammengebunden – begann sie mit der Schwertarbeit. Beidhändiger Hieb, Stoß, Riposte, Sprung über die Klinge, Drehung um die eigene Achse und zuschlagen – das Ganze zunächst langsam und dann mit immer mehr Schwung –, Drehung mit dem Schwert in einer Hand, Handwechsel, das Ganze in der anderen Richtung, Handwechsel hinter dem Rükken, immer schneller, bis das Schwert pfeifend durch die Luft zischte, während sie sich zu einer Reihe von Rückwärtssaltos vorarbeitete, bei denen das Schwert in Bewegung blieb, eins, zwei, drei. Sie schleuderte das Schwert in die Luft, vollführte ihren Salto rückwärts und streckte die Hand aus, um es mitten in der Drehung aufzufangen. Mittlerweile bedeckte ein dünner Schweißfilm ihren ganzen Körper – *Hand ausstrecken, auffangen.* Das Schwert erschien als Silhouette vor einem dreiviertel vollen Mond – *Hand ausstrecken, auffangen.* Und mit einem Mal färbte der Himmel sich rot. Die Druckwelle walzte sich durch Pine Cove, und Molly schaute sich um. Die Klinge schnitt in die Oberseite ihres Handgelenks und blieb dann zitternd im Boden stecken. Molly fluchte und schaute zu, wie sich über dem Himmel von Pine Cove ein orangefarbener Rauchpilz erhob.

Sie hielt ihr Handgelenk umklammert und starrte einige Minuten lang auf die Feuersäule im Himmel. Sie fragte sich, ob das, was sie da sah, wirklich existierte, oder ob es vielleicht ein wenig voreilig gewesen war, ihre Medikamente nicht mehr zu nehmen. In der Ferne heulte eine Sirene, dann hörte sie, wie sich etwas das Bachbett entlang bewegte – es klang, als ob große Felsbrocken zur Seite geschubst würden. Mutanten, dachte sie. Wo es Rauchpilze gab, gab es auch Mutanten, der Fluch von Kendras nuklear verseuchter Welt.

Molly schnappte sich das Schwert und rannte in ihren Trailer, um sich zu verstecken.

THEO

Bis die Druckwelle der Explosion Theos Hütte zwei Meilen außerhalb des Ortes erreicht hatte, war sie zu einem lauten Knall verebbt. Dennoch wußte er sofort, daß etwas passiert war. Er richtete sich in seinem Bett auf und wartete darauf, daß das Telefon klingelte. Anderthalb Minuten später tat es das auch. Die Notrufzentrale aus San Junipero war am anderen Ende.

»Constable Crowe? Bei Ihnen in Pine Cove gab's eine Explosion an der Texaco-Tankstelle an der Cypress Street. In der näheren Umgebung gibt es Brände. Ich habe Feuerwehr und Krankenwagen alarmiert, aber Sie sollten sich ebenfalls auf den Weg machen.«

Theo bemühte sich, einigermaßen wach zu klingen. »Jemand verletzt?«

»Das wissen wir noch nicht. Der Notruf kam gerade erst rein. Hört sich so an, als wäre ein Tanklastwagen in die Luft geflogen.«

»Ich bin schon unterwegs.«

Theo schwang seine langen Beine aus dem Bett und zog seine Jeans an. Er schnappte sich sein Hemd, das Handy und den Beeper vom Nachttisch und ging hinaus zu seinem Volvo. Er blickte in Richtung Stadt und sah den orangefarbenen Widerschein der Flammen und dicke schwarze Wolken, die sich über den vom Mond erleuchteten Himmel zogen.

Kaum daß er den Wagen anließ, drangen aus dem Funkgerät auch schon die Stimmen der freiwilligen Feuerwehrleute, die in den beiden Löschzügen von Pine Cove zur Unglücksstelle rasten.

Theo schaltete das Mikro ein. »Hey, Jungs, hier ist Theo Crowe. Schon irgendwer vor Ort?«

»Vermutliche Ankunftszeit in einer Minute, Theo«, kam die Antwort. »Der Rettungswagen ist schon da.«

Ein Rettungssanitäter meldete sich über Funk. »Die Tankstelle ist weg, die Burger-Bude genauso. Sieht nicht so aus, als würde sich das Feuer ausbreiten. Ich kann hier niemanden sehen, aber wenn jemand in einem von den beiden Läden war, ist er jetzt Toast.«

»Sehr feinfühlig, Vance. Überaus professionell«, sagte Theo ins Mikrophon. »Dauert noch fünf Minuten und ich bin da.«

Der Volvo schoß über die holprige Straße, und Theo knallte mit dem Kopf gegen das Wagendach. Er machte etwas langsamer und legte seinen Sicherheitsgurt an.

Bert's Burger Stand war weg. Nicht mehr da. Und der Mini-Markt an der Texaco-Tankstelle ebenfalls. Dem Erdboden gleichgemacht. Theo spürte ein Knurren im Magen, als er sich vorstellte, wie seine heiß geliebten Nachos aus dem Mini-Markt in den Flammen zu Holzkohle verbrannten.

Fünf Minuten später hielt er hinter dem Krankenwagen an und

sprang aus dem Volvo. Allem Anschein nach war es den Feuerwehrleuten gelungen, die Flammen auf die asphaltierte Zone um die Tankstelle und die Burger-Bude einzugrenzen. Das Unterholz auf dem Hügel hinter der Tankstelle hatte wohl ebenfalls gebrannt, wobei ein paar Bäume angesengt worden waren, doch die Feuerwehr hatte ihre Wasserwerfer doch zuerst eingesetzt, um zu verhindern, daß sich das Feuer in die Wohngebiete weiter oben am Hang ausbreitete.

Theo schirmte sein Gesicht mit beiden Händen ab. Die brennende Tankstelle strahlte eine sengende Hitze ab, die selbst in dreißig Meter Entfernung kaum erträglich war. Eine Gestalt in einem Schutzanzug der Feuerwehr kam durch den Qualm auf Theo zu. Kurz bevor sie vor ihm stand, klappte sie das Visier des Helmes hoch, und Theo erkannte Robert Masterson, den Chef der freiwilligen Feuerwehr. Er und seine Frau Jenny waren die Besitzer von Brine's Angelbedarf, Bootsausrüstung und Erlesene Weine. Er lächelte.

»Theo, du bist dem Hungertod geweiht – deine beiden Nahrungsquellen sind dahin.«

Theo rang sich ein Lächeln ab. »Sieht so aus, als müßt ich in Zukunft zu euch kommen und mich mit Brie und Cabernet eindecken. Gibt's Verletzte?« Theo zitterte. Er hoffte, daß Robert es im Licht des Feuers und im zuckenden Blaulicht der Rettungsfahrzeuge nicht bemerkte. Er hatte seinen Sneaky Pete auf dem Nachttisch vergessen.

»Wir können den Fahrer des Lastwagens nirgends finden. Wenn er drin war, als es passiert ist, können wir nichts mehr für ihn tun. Es ist immer noch zu heiß, um näher ranzugehen. Die Explosion hat die Kabine achtzig Meter weit da rüber geschleudert.« Robert deutete auf einen glühenden Haufen Metall am Ende des Parkplatzes.

»Was ist mit den unterirdischen Tanks? Sollten wir evakuieren oder so was?«

»Nein. Mit denen passiert nichts. Die Dinger haben Dunstventile eingebaut, also kann kein Sauerstoff eindringen und folglich auch nichts Feuer fangen. Was von dem Mini-Markt noch übrig ist, müssen wir halt ausbrennen lassen. Da waren ein paar Kisten Slim Jims drin, die in Brand geraten sind und brennen wie Zunder. Wir kommen einfach nicht nahe genug ran.«

Theo kniff die Augen zusammen und starrte in die Flammen. »Ich liebe Slim Jims«, sagte er niedergeschlagen.

Robert klopfte ihm auf die Schulter. »Mach dir keine Sorgen. Ich werd für dich welche bestellen, aber du darfst nicht weitererzählen, daß du sie bei mir kriegst. Und noch was, Theo, wenn das hier vorbei ist, komm doch mal zu mir in den Laden. Dann können wir uns unterhalten.«

»Unterhalten? Worüber?«

Robert setzte seinen Feuerwehrhelm ab und wischte sich die mittlerweile etwas schütteren Haare aus der Stirn. »Ich war zehn Jahre lang am Saufen. Ich hab aufgehört. Vielleicht kann ich dir irgendwie helfen.«

Theo schaute weg. »Mir geht's prima. Danke.« Er deutete auf einen drei Meter breiten, verbrannten Streifen, der auf der anderen Straßenseite seinen Anfang nahm und vom Feuer wegführte zum Bach. »Hast du 'ne Ahnung, was das zu bedeuten hat.«

»Sieht so aus, als hätte jemand ein brennendes Auto aus dem Feuer weggefahren.«

»Ich seh mir das mal an.« Theo nahm die Taschenlampe aus dem Volvo und überquerte die Straße. Das Gras war versengt, und hier und da wies der Boden tiefe Furchen auf. Man konnte von Glück sagen, daß das Ganze passiert war, nachdem die ersten Regenfälle bereits eingesetzt hatten. Zwei Monate zuvor hätte der ganze Ort in Schutt und Asche gelegen.

Theo folgte der Spur bis zum Bachbett. Er rechneten fest damit, am Bachufer ein Autowrack zu finden, das über die Böschung gebrettert war, doch es war nichts dergleichen zu sehen. Die Spur endete am Ufer. Das Wasser war nicht tief genug, als daß darin etwas hätte verschwinden können, das groß genug war, eine Spur wie diese zu hinterlassen. Er ließ den Lichtkegel der Taschenlampe am Ufer entlangschweifen und stoppte, als eine einzelne, tief eingegrabene Spur im Schlamm zu sehen war. Er blinzelte, schüttelte den Kopf, um sicher zu sein, daß er richtig sah, und schaute dann noch einmal hin. Das war doch nicht möglich.

»Irgendwas zu sehen?« Robert kam über das nasse Gras auf Theo zu.

Dieser sprang die Böschung hinunter und trampelte im Schlamm herum, bis die Spur völlig unkenntlich war.

»Nichts«, sagte Theo. »Anscheinend ist eine Ladung brennendes Benzin in die Richtung gespritzt.«

»Was machst du da?«

»Die Überreste von 'nem brennenden Eichhörnchen austreten. Hat vermutlich dort drüben Feuer gefangen und ist bis hierhergerannt. Armer kleiner Kerl.«

»Du mußt wirklich mal bei mir vorbeikommen, Theo.«

»Mach ich, Robert. Ganz sicher.«

- 8 -

DAS SEEUNGEHEUER

Er wußte, daß er wieder ins Meer zurückkehren sollte, wo er in Sicherheit war, doch seine Kiemen waren versengt, und bis sie geheilt waren, wollte er lieber keinen Fuß ins Wasser setzen. Wenn er gewußt hätte, daß das Weibchen so aus der Haut fahren würde, hätte er seine Kiemen in die schuppenbesetzten Hautfalten eingezogen, wo sie geschützt gewesen wären. So kroch er nun das Bachbett entlang, bis er eine Herde von Tieren entdeckte, die oberhalb der Böschung schliefen. Es waren häßliche Wesen, blaß und ungestalt, und er spürte, daß in jedem von ihnen Parasiten wohnten, aber dies war nicht der Augenblick, um wählerisch zu sein. Schließlich hatte es ja auch irgendwann mal eine unerschrockene Bestie gegeben, die als erstes damit angefangen hatte, Mastodons zu fressen, und wer hätte sich damals ausgemalt, daß diese pelzigen Dinger so schmackhaft sein konnten.

Jedenfalls konnte er in dieser wurmbefallenen Herde untertauchen, bis seine Kiemen geheilt waren, und dann vielleicht zum Dank eines der Weibchen durchrammeln. Im Augenblick jedoch versetzte ihm der Gedanke an das schnurrende Weibchen mit den silbernen

Flanken noch immer Stiche im Herzen. Er brauchte Zeit, um wieder auf die Beine zu kommen.

Das Seeungeheuer glitt die Böschung hinauf zu einem freien Platz inmitten der Herde, klemmte Schwanz und Beine unter den Bauch und nahm die gleiche Gestalt an wie die Tiere der Herde. Die Verwandlung war schmerzhaft und kostete es mehr Mühe, als es gewohnt war, doch nach ein paar Minuten war es vollbracht, und das Seeungeheuer schlief leise ein.

MOLLY

Nein, so hatte sie sich das nicht vorgestellt. Sie hatte aufgehört, ihre Medikamente zu nehmen, weil sie davon Schüttelfrost bekommen hatte, und sie war durchaus gewillt, sich mit den Stimmen herumzuschlagen, falls sie wieder zurückkehrten. Aber das war zuviel. Mit so was hatte sie nicht gerechnet. Sie war schwer versucht, zu ihrer Kochnische zu rennen und eine ihrer blauen Pillen zu schlucken (Stelazine – Vernunft-Schlümpfe, wie sie sie nannte), um zu sehen, ob sich damit die Halluzination vertreiben ließ, aber sie konnte sich einfach nicht vom Fenster ihres Trailers losreißen. Es war einfach zu abgedreht. Konnte es sein, daß da draußen ein riesiges, angekokeltes Monstrum aus dem Bachbett kroch? Und wenn ja, hatte sie gerade mit angesehen, wie es sich in einen extrabreiten Trailer verwandelt hatte?

Halluzinationen – das war eines der Symptome von Schizophrenie. Molly hatte eine Liste aller Symptome. Um genau zu sein, sie hatte die lose Blattsammlung von *DSL-IV – Diagnostischer und Statistischer Leitfaden*, vierte Auflage, das Buch, mit dessen Hilfe Psychiater Geisteskrankheiten diagnostizieren – von Valerie Riordan gestohlen. Dem *DSL-IV* zufolge mußte man zwei von fünf Symptomen aufweisen. Halluzinationen waren eines davon. Okay, das konnte sein. Aber Wahnvorstellungen? Kam nicht in die Tüte. Wie konnte sie an Wahnvorstellungen leiden, wenn sie wußte, daß sie Halluzinationen hatte? Nummer drei war wirre Sprache oder Inkohärenz. Das konnte sie ja mal versuchen.

»Hallo, Molly, wie geht's denn so?« fragte sie.

»Nicht besonders, aber danke der Nachfrage. Ich mache mir Sorgen, daß meine Sprache wirr und inkohärent sein könnte«, erwiderte sie.

»Na ja, für mich hörst du dich prima an«, kam die höfliche Antwort.

»Danke dafür, daß du das sagst«, erwiderte sie voll ernsthafter Dankbarkeit. »Ich denke mal, mit mir ist alles bestens.«

»Dir geht's prima. Klasse Arsch, übrigens.«

»Oh, danke, aber deiner ist auch nicht schlecht.«

»Siehst du. Kein bißchen wirr oder inkohärent«, erklärte sie, ohne zu bemerken, daß die Unterhaltung vorüber war.

Symptom Nummer vier war hochgradig unorganisiertes bis katatonisches Verhalten. Sie schaute sich in ihrem Trailer um. Das Geschirr war größtenteils abgespült, die Videobänder ihrer Filme waren chronologisch geordnet, und ihr Goldfisch war immer noch tot. Fehlanzeige, hier gab's nichts, was unorganisiert gewesen wäre. Schizo gegen Klar-im-Kopf 1:3.

Nummer fünf, negative Symptome, wie beispielsweise affektive Verflachung, Alogie oder Avolition. Nun ja, bei einer Frau über vierzig verflachten die Affektionen nun mal ein bißchen, aber sie war sich so sicher, daß die beiden anderen Symptome nicht auf sie zutrafen, daß sie sich erst gar nicht die Mühe machte, sie nachzuschlagen.

Dann war da allerdings noch eine Fußnote: »Sollten die Wahnvorstellungen bizarrer Natur sein oder die Halluzinationen eine Stimme beinhalten, die einen fortlaufenden Kommentar zum Verhalten der betreffenden Person liefert, so genügt ein einziges der aufgeführten Kriterien.«

Aha, dachte sie. Wenn ich einen Erzähler habe, bin ich absolut durchgeknallt. In den meisten der Kendra-Filme hatte es einen Erzähler gegeben. Denn dadurch ließ sich die Geschichte besser zusammenhalten, die in einer Zukunft nach dem Atomkrieg spielte, in Wirklichkeit aber in einem verlassenen Tagebaugebiet in der Nähe von Barstow gedreht worden war. Außerdem ließ sich eine Erzählstimme ohne große Probleme in andere Sprachen übertragen, denn man mußte nicht darauf achten, daß die Übersetzung lippensynchron war. Also lautete die Frage, die sie sich nun zu stellen hatte: »Habe ich einen Erzähler?«

»Nie im Leben«, sagte der Erzähler.

»Scheiße«, sagte Molly. Just in dem Augenblick, wo sie sich damit abgefunden hatte, unter einer simplen Persönlichkeitsstörung zu leiden, mußte sie wieder von neuem lernen, sich psychotisch aufzuführen. Als Schizo hatte man es gar nicht so schlecht. Schließlich hatte sie der Tatsache, daß bei ihr vor zehn Jahren Schizophrenie diagnostiziert worden war, eine monatliche Rentenzahlung wegen Schwerbehinderung zu verdanken. Val Riordan hatte ihr allerdings versichert, daß sich ihr Krankheitsbild seitdem gewandelt hatte – und zwar von Schizophrenie, paranoider Typus, mono-episodisch, mit teilweiser Rückbildung und vorwiegend negativen Symptomen, paranoiden Wahnvorstellungen und negativen Stressoren (in Mollys Augen waren die negativen Stressoren eine Art »Spezialsauce extrascharf«) zu einer wesentlich gesünderen Variante, nämlich einer postmorbiden, schizotypischen Persönlichkeitsstörung bipolaren Typs (ohne »Spezialsauce extrascharf«). Um es in die letztere Kategorie zu schaffen, mußte man mindestens einen psychotischen Vorfall nach- sowie fünf von neun Symptomen aufweisen. Es war eine wesentlich vertracktere und subtilere Version von »absolut durchgeknallt«. Mollys Lieblingssymptom war: »Eigenartige religiöse Auffassungen oder Neigung zu Aberglauben, die das Verhalten beeinflussen und von subkulturellen Normen abweichen.«

Der Erzähler sagte: »Aberglauben – das wäre also, wenn du glaubst, in einer anderen Dimension wirklich Kendra, die Killermieze aus der Atomwüste, zu sein?«

»Schon wieder dieser Scheißerzähler aus dem Off«, sagte Molly. »Du hast wohl keine Lust zu verschwinden? Das ist ein Symptom, das ich absolut nicht gebrauchen kann.«

»Eigentlich kann man ja nicht sagen, daß dein Aberglauben verhaltensbeeinflussend wäre, oder doch?« fragte der Erzähler aus dem Off. »Ich glaube nicht, daß du das Symptom für dich beanspruchen kannst.«

»Zum Teufel, nein«, erkärte Molly. »Der einzige Grund, warum ich nachts um zwei mit dem Schwert trainiere, ist der, daß ich auf das Ende der Zivilisation warte, um dann meine wahre Identität beanspruchen zu können.«

»Du versuchst einfach nur, in Form zu bleiben. Das macht heutzutage jeder.«

»Um in der Lage zu sein, fiese Mutanten zu Klump zu hauen?«

»Klar, Nautilus baut sogar 'ne Maschine nur zu diesem Zweck. Den Mutant Master 5000.«

»Das ist doch Stuß.«

»Entschuldige, ich bin schon still.«

»Da wäre ich dir wirklich dankbar. Auf das ›Stimmen-Symptom‹ kann ich nämlich gut verzichten, danke.«

»Da wäre allerdings immer noch die Monster-Trailer-Halluzination da draußen.«

»Ich dachte, du würdest endlich die Klappe halten.«

»Entschuldige, von jetzt an hörst du von mir kein Wort mehr.«

»Knalldepp.«

»Blöde Ziege.«

»Du hast gesagt…«

»Entschuldigung.«

Nun denn, ohne die Stimmen mußte sie sich nur noch mit der Halluzination herumschlagen. Der Trailer stand noch immer an Ort und Stelle, und zugegebenermaßen sah er wirklich aus wie ein ganz normaler Trailer. Molly konnte sich nur allzugut ausmalen, wie sie versuchte, dem Seelenklempner bei der Einlieferung in der Nervenklinik davon zu erzählen.

»Sie haben also einen Trailer gesehen?«

»Richtig.«

»Und Sie wohnen in einem Trailer-Park?«

»Korrekt.«

»Ich verstehe«, würde der Typ dann sagen. Und irgendwo zwischen diesen beiden Worten lauerte das Urteil: geisteskrank.

Nein, so würde sie auf gar keinen Fall vorgehen. Sie würde sich ihren Ängsten stellen und mutig voranschreiten, genau wie Kendra in *Tod den Mutanten: Warrior Babes II*. Sie schnappte sich das Schwert und verließ den Trailer.

Das Sirenengeheul war mittlerweile verebbt, doch der Himmel schimmerte noch immer orange in Folge der Explosion. War wohl doch keine Atomexplosion, dachte sie, sondern eher irgendein Unfall. Sie schritt über das Gelände und blieb etwa drei Meter vor dem Trailer stehen.

Aus der Nähe sah er aus – na ja, wie ein Trailer eben. Die Tür war an der falschen Stelle – an der Schmalseite anstatt seitlich. Die Fenster waren milchig und undurchsichtig, wie mit Rauhreif beschlagen. Das ganze Ding war mit einer rußigen Patina bedeckt, aber es war ein Trailer. Mit einem Monster hatte es jedenfalls nicht die geringste Ähnlichkeit.

Sie machte ein paar Schritte vorwärts und stach zaghaft mit dem Schwert hinein. Die Aluminiumhülle des Trailers schien sich vor der Schwertspitze zurückzuziehen. Molly machte einen Satz rückwärts.

Eine warme Woge des Wohlgefühls rauschte durch ihren Körper. Eine Sekunde lang vergaß sie, warum sie überhaupt hergekommen war, und ließ sich von dieser Welle mitreißen. Sie stach noch einmal in den Trailer, und wieder schwappte diese Welle über sie hinweg, diesmal sogar noch intensiver. Da war keine Furcht, keine Anspannung, nur das sichere Gefühl, daß sie exakt da war, wo sie hingehörte – wo sie schon immer hingehörte. Sie ließ das Schwert fallen und sich von diesem Gefühl überwältigen.

Der milchige Film über den beiden Fenstern an der Schmalseite des Trailers schien sich zu heben und den Blick frei zu geben auf die schlitzartigen Pupillen zweier goldfarbener Augen. Dann ging die Tür auf: Sie öffnete sich in halber Höhe und glitt nach unten und oben auf wie ein Mund. Molly machte auf dem Absatz kehrt und rannte davon, doch noch im Rennen fragte sie sich, warum sie nicht dort bei dem Trailer geblieben war, wo sie sich so rundum wohl gefühlt hatte.

ESTELLE

Estelle trug einen Fedora aus Leder, eine Sonnenbrille und eine einzelne lavendelfarbene Socke. Auf ihrem Gesicht leuchtete ein schwaches, zufriedenes Lächeln. Irgendwann, nachdem ihr Ehemann gestorben war – nachdem sie nach Pine Cove gezogen war und angefangen hatte, Antidepressiva zu nehmen, nachdem sie aufgehört hatte, sich die Haare zu färben oder sich um ihre Garderobe zu kümmern –, hatte Estelle geschworen, daß niemals wieder ein Mann sie nackt sehen würde. Damals war ihr dies als ein faires Geschäft erschienen: Fleischeslust, wovon es soviel nicht gab, gegen Süßigkeiten ohne schlechtes Gewissen, und davon gab es reichlich. Nun, da sie ihren Schwur gebrochen hatte und unter ihrem Federbett neben diesem verschwitzten, sehnigen alten Mann lag, der mit seiner Zunge an ihrer linken Brustwarze herumschleckte (wobei es ihm offensichtlich nichts ausmachte, daß besagte Brustwarze sich auf ihrem Sockel doch eher seitlich in Richtung Arm neigte, anstatt senkrecht wie die Kuppel des Taj Mahal gen Himmel aufzuragen), hatte Estelle das Gefühl, endlich das Lächeln der Mona Lisa zu verstehen. Mona hatte wohl gerade von dem einen genascht, ohne auf ihre Süßigkeiten zu verzichten.

»Du bist mir mal ein Geschichtenerzähler«, sagte Estelle.

Eine feingliedrige schwarze Hand kroch Estelles Schenkel hinauf wie eine Spinne und verharrte mit dem Zeigefinger auf der feuchten Stelle, wo es am schönsten war. Estelle wurde von einem Schauder gepackt. »Ich bin noch nicht fertig«, sagte Catfish.

»Ach nein? Und was war dieses ›Halleluja, mein Gott, endlich zu Hause!‹ und das Gebell danach?«

»Ich bin mit der Geschichte noch nicht fertig«, sagte Catfish mit bemerkenswert klarer Aussprache angesichts der Tatsache, daß er seinen Schleckrhythmus unbeirrt beibehielt.

Mundharmonikaspieler, dachte Estelle und sagte: »Entschuldige, ich weiß auch nicht, was über mich gekommen ist.«

Sie wußte es wirklich nicht. Gerade hatten sie noch Tee mit Schuß getrunken, und im nächsten gab es eine Explosion, und sie hatte ihre Lippen auf seine gepreßt und nur noch leidenschaftliche Klagelaute von sich gegeben wie ein Saxophonist, der mit aller Inbrunst sein Instrument bearbeitet.

»Ich hab mich ja auch nicht gewehrt«, sagte Catfish. »Wir haben noch viel Zeit.«

»Ach ja?«

»Klar, aber von jetzt an mußt du für mich aufkommen. Deinetwegen bin ich den Blues los, und ich hab so das Gefühl, als würd er nicht wieder zurückkommen. Dadurch bin ich auch meinen Job los.«

Estelle senkte den Blick und sah Catfish im gedämpften orangefarbenen Licht grinsen. Sie grinste zurück. Dann fiel ihr ein, daß sie überhaupt keine Kerzen angezündet hatten und daß sie keine orangefarbenen Glühbirnen hatte. Irgendwann im Verlauf des Handgemenges auf dem Weg von der Küche ins Schlafzimmer, als sie sich die Kleider vom Leib gerissen und ihre Hände das nackte Fleisch des anderen betastet hatten – irgendwann um den Dreh hatten sie das Licht ausgeschaltet. Der orangefarbene Schimmer drang durch das Fenster am Fußende des Betts.

Estelle richtete sich auf. »Die Stadt brennt.«

»Das ist hier drin«, sagte Catfish.

Sie zog das Laken hoch, um sich zuzudecken. »Wir müssen was unternehmen.«

»Ich hätte da schon so 'ne Idee.« Er bewegte seine Spinnenfinger ein wenig, und schon richtete sich ihre Aufmerksamkeit auf etwas anderes als das Fenster.

»Schon wieder?«

»Kommt mir auch 'n bißchen schnell vor, Mädchen, aber ich bin alt, und es könnte das letzte Mal für mich sein.«

»Was für ein reizender Gedanke.«

»Ich bin ein Bluesman.«

»Allerdings«, sagte sie und rollte sich auf ihn. Und dort blieb sie mit einigen Unterbrechungen bis zum Morgengrauen.

- 9 -

Daß dies ein spitzenmäßiger Tag werden würde, wußte Mikey »der Sammler« Plotznik in dem Augenblick, als er in die Stadt gerollt kam und sah, daß die Texaco-Tankstelle in die Luft geflogen und im Umkreis von vierzig Metern alles verkohlt war. Es war jammerschade, daß es die Burger-Bude ebenfalls erwischt hatte, deren scharfe Pommes ihm bestimmt fehlen würden, aber was soll's, schließlich bietet sich einem nicht jeden Tag der Anblick einer lokalen Sehenswürdigkeit, die in Schutt und Asche liegt. Das Feuer war mittlerweile gelöscht, doch noch immer waren mehrere Feuerwehrleute im Einsatz, die das Trümmerfeld inspizierten. Der Sammler winkte ihnen im Vorbeifahren zu. Ihre Erwiderung seines Grußes fiel etwas zaghaft aus, denn dem Sammler eilte ein gewisser Ruf voraus, der sie nervös machte.

Heute würde sein großer Tag werden, dachte Mikey. Die Texaco-Tankstelle war ein Omen, der Stern am Himmel über dem Traum seines Lebens. Heute würde er Molly Michon nackt erwischen, und wenn er es geschafft hatte (und mit dem Beweis im Gepäck zurückkehrte), würde sein Ruf wahrhaft mythische Dimensionen annehmen. Er tätschelte die Wegwerfkamera in der Bauchtasche seines Kapuzenshirts. O ja, er würde Beweise haben für seine Geschichte. Sie würden ihm glauben und in Ehrfurcht vor ihm niederknien.

Zu diesem Zeitpunkt seines Lebens galt das Interesse des Sammlers eigentlich eher Explosionen als nackten Frauen. Er war erst zehn Jahre alt, und es würde noch etwa zwei Jahre dauern, bis sich sein Interesse auf Mädchen verlagerte. Freud hat es unterlassen, eine bestimmte Entwicklungsstufe als »Phase pyrotechnischer Faszination« zu bezeichnen – was vermutlich daran lag, daß im Wien des neunzehnten Jahrhunderts Wegwerffeuerzeuge nicht im Überfluß vorhanden waren. Doch zehnjährige Jungs jagen nun mal Sachen in die Luft. Das ist halt ihre Art. Heute jedoch wurde Mikey von einem ebenso ungewohnten wie eigenartigen Gefühl befallen, ein Gefühl, für das er keine Bezeichnung wußte, doch wäre ihm das passende Wort eingefallen, so hätte es »Geilheit« gelautet. Während er also auf seinen

Rollerblades durch den Ort schoß und die *Los Angeles Times* in die Sträucher und Rinnsteine vor den Geschäften an der Cypress Street schleuderte, spürte er eine gewisse Enge in seinen Shorts, die er bisher immer nur mit dem allmorgendlich wiederkehrenden starken Blasendruck assoziiert hatte. Heute hingegen war es ein Zeichen dafür, daß er unbedingt die durchgeknallte Lady in unbekleidetem Zustand zu Gesicht bekommen mußte.

Zeitungsjungen sind die Träger präadoleszenter Mythen. Auf jeder Route gibt es ein Spukhaus, einen Hund, der kleine Kinder frißt, eine alte Dame, die einem zwanzig Dollar Trinkgeld gibt, und eine Frau, die immer nackt zur Tür kommt. Dergleichen war Mikey zwar noch nie begegnet oder widerfahren, doch hinderte ihn dies nicht daran, seinen Kumpels in der Schule wüste Geschichten über solcherlei Ereignisse aufzutischen. Heute würde er einen Beweis mitbringen, er spürte es in seinen Lenden.

Er rollte zum Fly Rod Trailer Park hinunter, schmiß eine Zeitung in den Rosenstrauch vor dem Trailer von Mrs. Nunez und zischte dann geradewegs zum Haus der durchgeknallten Lady. Aus ihren Fenstern drang ein bläulicher Schimmer – der Fernseher. Sie war also zu Hause, und sie war wach. Jaaa!

Zwei Türen vor ihrer blieb er stehen und bemerkte, daß neben dem Trailer der Lady ein neuer Trailer aufgestellt worden war. Vielleicht ein neuer Kunde? Warum sollte man's nicht mal probieren? Die Lady bekam keine Zeitung, von daher war seine Entschuldigung, daß er an ihre Tür klopfte, der Versuch, ihr ein Abonnement anzudrehen. Das konnte er ja schon gleich mal bei diesen neuen Leuten hier üben. Als er auf die Tür des neuen Trailers zurollte, gingen die Lichter in den beiden Fenstern an der Frontseite an. Yeah! Es war jemand zu Hause. Seltsame Vorhänge hatten die allerdings – sie sahen aus wie Katzenaugen.

Durch einen Spalt im Vorhang beobachtete Molly, wie der Junge die Einfahrt zum Trailer-Park entlanggerollt kam. Sie mochte Kinder, aber nicht *dieses* Kind. Mindestens einmal pro Woche klopfte er an ihre Tür und versuchte, ihr ein Zeitungsabonnement anzudrehen, und genausooft erklärte sie ihm, daß er sich aus dem Staub machen und nie mehr wiederkommen sollte. Manchmal brachte er auch einen seiner kleinen Kumpels mit. Sie konnte sie hören, wie sie um ihren Trailer herumschlichen und versuchten, bei ihr zum Fenster hineinzuspähen. »Bei Gott, ich schwör's dir, sie hat 'n toten Kerl da drin, mit dem sie's treibt. Ich hab ihn gesehen. Und ein Kind hat sie auch schon mal gefressen.«

Der Junge näherte sich dem Monster-Trailer.

Im Hintergrund lief ein Video im Fernseher: *Die Todesmaschine: Warrior Babe VII*. Und jeden Moment mußte nun DIE SZENE kommen. Molly wandte den Blick vom Fenster ab und schaute sich DIE SZENE zum tausendsten Mal an.

Kendra steht hinten auf einem Jeep an einem festmontierten MG, während der Jeep dem General der Finsternis durch die Wüste hinterherjagt. Der Fahrer reißt – wie im Drehbuch vorgeschrieben – das Lenkrad herum, und der Jeep zieht eine langgezogene Staubwolke hinter sich her, bis er plötzlich mit einem der Vorderräder gegen einen Felsbrocken knallt und sich überschlägt. Kendra wird zwanzig Meter durch die Luft geschleudert und landet in einem Sandhaufen. Ihr Bikinioberteil aus Stahl schneidet ihr tief ins Fleisch über der Brust, und das Blut spritzt nur so.

Die elenden Dreckschweine! Jedes Mal, wenn sie sich DIE SZENE anschaut, kann sie einfach nicht glauben, daß diese Dreckschweine sie dringelassen haben. Der Unfall war echt, das Blut war Mollys Blut, und als sie zehn Tage später wieder zum Dreh zurückkehrte, wurde sie von einem der Sicherheitsleute in Empfang genommen und zum Trailer des Produzenten eskortiert.

»Du kannst als Mutant weitermachen, und du bekommst die normale Statistengage«, sagte der Produzent. »Sehen wir den Tatsachen doch mal ins Auge: Deinen schauspielerischen Leistungen hast du deine Rolle doch sowieso nicht zu verdanken. Glaubst du vielleicht, ich unterbreche die Dreharbeiten für zehn Tage, wenn wir insgesamt nur drei Wochen Drehzeit haben? Wir haben eine neue Kendra. Den Unfall haben wir ins Drehbuch eingebaut – samt Gesichtsoperation und so weiter. Sie ist jetzt ein Cyborg. Du kannst dir's überlegen: Entweder du stellst dich bei den Mutanten an und holst dir deine Lumpen ab, oder du verpißt dich vom Set. Mein Publikum will perfekte Körper, und früher oder später wär's für dich eh gelaufen gewesen. Mit der Narbe bist du nicht mehr gefragt.«

Molly war gerade erst siebenundzwanzig geworden.

Sie riß sich von DER SZENE los und schaute wieder aus dem Fenster. Der Junge stand direkt vor dem Monster-Trailer. Irgendwie sollte sie ihn vielleicht warnen.

Sie klopfte gegen das Fenster, und der Junge schaute hoch. Er schien kein bißchen verschreckt, sondern er hatte vielmehr einen verträumten Gesichtsausdruck. Molly gab ihm ein Zeichen, daß er sich aus dem Staub machen sollte. Das Fenster, zu dem sie hinausschaute, ließ sich nicht öffnen. (Trailer wie ihrer waren damals so konstruiert worden, daß die Leute im Inneren im Falle eines Feuers verbrannten. Die Hersteller waren der Auffassung, auf diese Art und Weise ließe sich die Anzahl etwaiger Schadenersatzklagen begrenzen.)

Der Junge stand einfach nur da, die Faust geballt, als wollte er jeden Moment an die Tür klopfen und sei mitten in der Bewegung erstarrt.

Molly mußte mit ansehen, wie die Tür sich öffnete. Nicht an den Scharnieren, sondern vertikal, wie eine Garagentür. Verzweifelt hämmerte Molly mit dem Griff ihres Schwerts gegen das Fenster. Der Junge lächelte. Eine riesige rote Zunge kam aus der Tür hervorgeschnellt, wickelte sich um den Jungen und schlürfte ihn samt Rollerblades, Zeitungstasche und allem Drum und Dran. Molly stieß einen Schrei aus. Die Tür knallte zu.

Molly konnte nur dastehen und zuschauen. Sie hatte keine Ahnung, was sie tun sollte. Ein paar Sekunden später ging der Mund auf und spie einen fußballgroßen Klumpen schleimiger Zeitungen aus.

THEO

Für Theo krochen die Stunden des Tages dahin wie Schnecken auf einem rostigen Stacheldraht. Als es endlich vier Uhr nachmittags geworden war, fühlte er sich, als hätte er eine Woche nicht geschlafen, und die zahllosen Tassen französischen Kaffees hatten sich in seinem Magen in ein schäumendes Säurebad verwandelt. Dankenswerterweise war er nicht ein einziges Mal zu einem häuslichen Streit oder einer Kneipenschlägerei gerufen worden, so daß er den ganzen Tag am Ort der Tanklasterexplosion zubrachte, wo er sich mit Feuerwehrleuten und Repräsentanten von Texaco Oil unterhielt und mit einem Brandexperten sprach, den die Feuerwehr von San Junipero hergeschickt hatte, um zu untersuchen, ob es sich um Brandstiftung handelte. Er hatte schon den ganzen Tag keinen Zug von seinem Sneaky Pete genommen, und zu seinem eigenen Erstaunen waren die sonst üblichen Panikattacken bisher ausgeblieben. Er war ein wenig paranoid, doch es konnte ja sein, daß dies ohnehin die adäquate Einstellung angesichts des Zustands der Welt war.

Um Viertel nach vier kam der Brandexperte über den verkohlten Parkplatz auf Theo zu, der an der Motorhaube seines Volvo lehnte. Der Mann war Ende Zwanzig, hatte kurzgeschorene Haare und eine athletische Haltung, die selbst durch den orangefarbenen Schutzanzug zu erkennen war. Unter dem Arm trug er einen Schutzhelm aus Plastik, der jedem Astronauten gut zu Gesicht gestanden hätte, in diesem Zusammenhang jedoch aussah wie ein Football mit Tumorbefall.

»Constable Crowe, ich denke, das ist alles, was ich für heute tun kann. Es wird bald dunkel, und solange wir das Gelände absperren, wird morgen früh noch alles dasein.«

»Haben Sie irgendwelche Vermutungen?«

»Nun ja, im allgemeinen suchen wir nach Brandbeschleunigern – Benzin, Kerosin und so weiter. Und wie's aussieht, haben wir's hier ja mit brennbaren Flüssigkeiten en masse zu tun.« Er verzog den Mund zu einem säuerlichen Lächeln.

»Sie wissen also nicht, was passiert ist?«

»Ich würde sagen, allem Anschein nach ist der Tanklastwagen explodiert, aber ohne weitere Nachforschungen würde ich mich da ungern festlegen.« Wieder dieses Lächeln.

Theo lächelte zurück. »Also keine Brandursache?«

»Kann sein, daß der Fahrer das Dichtungsventil nicht korrekt verschlossen hat und sich eine Wolke von Dämpfen gebildet hat, die entweichen konnten. Gestern nacht hat kaum Wind geherrscht, so daß die Dämpfe sich am Boden gestaut haben und die Wolke immer größer wurde. Und dann kann alles mögliche zur Explosion führen. Kann sein, daß der Fahrer geraucht hat oder daß es die Zündflamme vom Grill der Hamburger-Bude war oder ein Funken im Auspuff des Lastwagens. Im Augenblick würde ich sagen, es war ein Unfall. Der ganze Laden gehörte einer großen Firma, er warf Gewinn ab, und von daher gibt es zumindest kein finanzielles Motiv für Brandstiftung. Texaco wird Ihrer Stadt mit Sicherheit eine neue Burger-Bude spendieren und vermutlich auf dem Vergleichsweg Entschädigungen an diverse Leute zahlen, die mit Schmerzensgeldforderungen kommen – wegen Traumata, Zwangsvorstellungen und nervöser Gereiztheit.«

»Ich weiß, wie der Fahrer hieß«, sagte Theo. »Ich werde mich mal erkundigen, ob er Raucher war.«

»Ich hab ihn schon gefragt, aber aus dem ist nichts rauszukriegen«, sagte eine Stimme aus ein paar Meter Entfernung.

Theo und der Brandexperte hoben die Köpfe. Vance McNally, der Sanitäter, kam auf sie zu und hielt einen Gefrierbeutel mit grauweißem Staub in die Höhe. »Da hab ich ihn«, sagte Vance. »Wollt ihr ihn verhören?«

»Wirklich komisch, Vance«, sagte Theo.

»Für die Autopsie brauchen die Jungs ein Sieb«, sagte Vance.

Der Brandexperte nahm Vance den Gefrierbeutel aus der Hand und betrachtete ihn eingehend. »Haben Sie vielleicht die Reste von einem Feuerzeug gefunden? Oder was in der Richtung?«

»Nicht mein Job«, sagte Vance. »Das Feuer war so heiß, daß die Federn in den Sitzen geschmolzen sind. Selbst die Knochen sind völlig verbrannt, bis auf diese kleinen Kalziumpartikel da drin. Um ganz ehrlich zu sein ist es möglich, daß das hier überhaupt nicht unser Knabe ist. Kann sein, daß wir seiner Frau eine Tüte voller verkohlter Autoteile geben, die sie dann in eine Urne packen und auf den Kamin stellen kann.«

Der Brandexperte zuckte mit den Achseln und reichte Vance den Gefrierbeutel zurück. An Theo gewandt sagte er: »Ich fahre jetzt nach Hause. Ich komme morgen wieder und schaue mich noch mal um.

Sobald ich mein Okay gebe, rückt die Ölgesellschaft an und läßt die Tanks leerpumpen.«

»Danke«, sagte Theo, und der Brandexperte fuhr in einem Behördenwagen davon.

Vance McNally hielt den Gefrierbeutel mit dem pulverisierten Lastwagenfahrer in die Höhe. »Theo, wenn mir jemals so was passiert, dann möchte ich, daß du all meine Freunde einlädst, eine große Party veranstaltest, und am Schluß ziehen sie mich alle durch die Nase hoch. Okay?«

»Du hast Freunde, Vance?«

»Schon gut. War nur so 'ne Idee«, sagte Vance. Er wandte sich um und trug seinen Beutel in den wartenden Krankenwagen.

Theo trank einen kleinen Schluck Kaffee und bemerkte, daß sich in dem verkohlten Buschwerk hinter der Tankstelle etwas bewegte. Es sah aus, als würde jemand eine Fernsehantenne in die Luft halten und dabei dem gelben Plastikband, mit dem das Areal abgesperrt war, zu nahe kommen. Herrgott, konnte es sein, daß er die ganze Nacht hier Wache schieben mußte, damit keiner das Gelände betrat? Er stieß sich von seinem Volvo ab und schritt auf den Eindringling zu.

»Hey, Sie da!« rief Theo.

Aus dem Buschwerk erhob sich Gabe Fenton, der Biologe. Was er in der Hand hielt, war in der Tat eine Art Antenne, und im Schlepptau hatte er außerdem noch einen Labrador, Skinner. Der Hund rannte auf Theo zu und drückte ihm zur Begrüßung seine schlammigen Vorderpfoten auf die Brust.

Theo griff zur klassischen Methode, wie man sich sabbernde Labradore vom Hals hält – er kraulte Skinner die Ohren. »Gabe, was zum Teufel machst du da unten?«

Der Biologe war über und über mit Kletten und Weidenkätzchen bedeckt. Der verkohlte Busch hatte Rußstreifen auf seinem Gesicht hinterlassen, und obwohl er einen erschöpften Eindruck machte, überschlug sich seine Stimme fast vor Begeisterung. »Du wirst es nicht glauben, Theo. Aber meine Ratten sind heute morgen geradezu massenhaft auf Wanderschaft gegangen.«

Theo gab sich zwar alle Mühe, doch er konnte Gabes Enthusiasmus nicht nachvollziehen. »Das ist ja spitzenmäßig, Gabe. Die Texaco-Tankstelle ist heute nacht in die Luft geflogen.«

Gabe Fenton schaute sich um, und es schien, als bemerkte er nun zum ersten Mal, daß die Gegend um ihn herum in Schutt und Asche lag. »Um welche Uhrzeit?«

»Gegen vier Uhr morgens.«

»Hmmm, vielleicht haben sie das ja gespürt.«

»Sie?«

»Die Ratten. Gegen zwei Uhr morgens sind sie plötzlich westwärts gezogen. Ich habe keine Ahnung, was sie dazu veranlaßt hat. Hier, sieh dir das mal auf dem Bildschirm an.« Gabe hatte einen Laptop dabei, den er sich mit einer Gurtkonstruktion um den Oberkörper geschnallt hatte, und er drehte sich nun so, daß Theo den Bildschirm betrachten konnte. »Jeder dieser grünen Punkte ist eines der Tiere, denen ich einen Chip eingepflanzt habe. Das ist ihre Position um ein Uhr heute nacht.« Er drückte eine Taste, und auf dem Bildschirm erschien eine Karte der Umgebung von Pine Cove. Die grünen Punkte waren hauptsächlich um das Bachbett und das Geschäftsviertel des Ortes konzentriert.

Gabe drückte auf eine andere Taste. »Hier sind sie um zwei.« Bis auf ein paar Punkte waren alle in Richtung der Ranch östlich von Pine Cove gezogen.

»Aha«, sagte Theo. Er mochte Gabe. Brachte zwar ein bißchen viel Zeit mit Nagetieren zu, aber ansonsten war er ein netter Kerl. Würde nicht schaden, wenn er sich ein bißchen mehr mit Menschen unterhalten würde, dachte Theo.

»Mann, siehst du's nicht? Sie sind alle auf einmal abgehauen. Bis auf die zehn hier, die zur Küste gezogen sind.«

»Aha«, sagte Theo. »Gabe, die Texaco ist in die Luft geflogen. Jemand ist dabei ums Leben gekommen. Ich hab den ganzen Tag mit Feuerwehrleuten in Weltraumanzügen geredet. Sämtliche Zeitungen des Landes haben angerufen und mich ausgefragt. Die Batterie von meinem Handy ist fast leer, ich hab seit gestern nichts gegessen und letzte Nacht nur eine Stunde geschlafen. Und jetzt sei so gut und erklär mir, was an dieser Rattenwanderung so enorm wichtig sein soll, okay?«

Gabes Begeisterung hatte sich verflüchtigt. »Ich hab keine Ahnung, was das zu bedeuten hat. Ich versuche diejenigen aufzuspüren, die nicht nach Osten gezogen sind, in der Hoffnung, irgendwelche Anomalien festzustellen, die mir einen Hinweis auf die größere Gruppe geben. Das Seltsame ist, daß vier von den zehn kurz nach zwei von meinem Bildschirm verschwunden sind. Selbst wenn sie getötet wurden, sollten die Chips immer noch Signale aussenden. Ich muß sie finden.«

»Na, dann mal viel Glück, aber hier kannst du nicht rumsuchen, das ist hier eine potentielle Gefahrenzone.«

»Vielleicht sind ja Dämpfe ausgetreten«, sagte Gabe. »Aber das erklärt nicht, warum sie alle in die gleiche Richtung gezogen sind. Manche kamen auf ihrem Weg von der Küste sogar genau hier durch.«

Theo war das Ganze völlig schnurz, doch er brachte es nicht übers Herz, Gabe darüber zu informieren. »Hast du seit Mittag schon was gegessen?«

»Nein. Ich bin seit letzter Nacht an der Arbeit.«

»Pizza, Gabe. Was wir brauchen, ist Pizza – und Bier. Ich zahle.«

»Aber ich muß...«

»Du bist Junggeselle, Gabe. Du brauchst einfach alle achtzehn Stunden eine Ladung Pizza und ein paar Biere, oder du funktionierst nicht richtig. Außerdem muß ich dich was fragen wegen einem Fußabdruck, und dazu ist es unbedingt nötig, daß du siehst, wie ich vorher ein paar Biere trinke, damit ich hinterher verminderte Zurechnungsfähigkeit geltend machen kann. Jetzt komm schon, Gabe. Ich führe dich ins Reich von Pizza und Bier.« Theo deutete auf seinen Volvo. »Du kannst die Antenne zum Schiebedach rausstrecken.«

»Vielleicht ganz gut, wenn ich mal 'ne Pause mache.«

Theo öffnete die Beifahrertür, und Skinner sprang in den Wagen und hinterließ rußige Pfotenabdrücke auf den Sitzen. »Dein Hund braucht Pizza. Sei doch kein Unmensch.«

»Okay«, sagte Gabe.

»Ich muß dir was zeigen. Drüben am Bach.«

»Was?«

»Einen Fußabdruck. Oder besser das, was davon noch übrig ist.«

Zehn Minuten später saßen sie, jeder einen beschlagenen Krug Bier vor sich, im Pizza in the Pines, der einzigen Pizzeria von Pine Cove. Sie hatten einen Tisch am Fenster, damit Gabe Skinner im Auge behalten konnte, der draußen auf und ab sprang und sie mit einem dauernd wechselnden Panorama der Straße beglückte. Straße. Straße mit Hundeschnauze (Ohren aufgestellt), Straße, Straße mit Hundeschnauze. Seit sie am Bachbett gewesen waren, hatte Gabe Fenton lediglich sein Bier bestellt und ansonsten kein Wort gesagt.

»Macht der ewig so weiter?« fragte Theo.

»Solange, bis wir ihm ein Stück Pizza abgeben.«

»Faszinierend.«

Gabe zuckte mit den Achseln. »Er ist halt ein Hund.«

»Der ewige Biologe.«

»Man muß den Geist in Schwung halten.«

»Also gut, was hältst du von der Sache?«

»Ich denke, daß du das, was du für einen Fußabdruck gehalten hast, größtenteils unkenntlich gemacht hast.«

»Gabe, es war ein Fußabdruck. Von einer Klaue oder so was.«

»Es gibt tausend Erklärungen für eine solche Vertiefung im Schlamm. Aber um eins handelt es sich bestimmt nicht, Theo, nämlich um den Fußabdruck eines Tieres.«

»Warum nicht?«

»Nun ja, einerseits, weil es sechzig Millionen Jahre her ist, seit zum letzten Mal ein Lebewesen dieser Größe auf diesem Kontinent herumspaziert ist. Und zum anderen, weil Tiere im allgemeinen mehr als nur einen Fußabdruck hinterlassen, sofern es sich nicht um ein Wesen handelt, das sich hüpfenderweise fortbewegt.« Gabe grinste.

Der flatternde Hundekopf sprang vor dem Fenster auf und ab.

»Da draußen waren jede Menge Leute und Fahrzeuge. Kann doch sein, daß die anderen Abdrücke verwischt worden sind.«

»Theo, jetzt geht aber die Phantasie mit dir durch. Du hast einen langen Tag hinter dir, und außerdem ...«

»Bin ich ein Kiffer.«

»Das war's nicht, was ich sagen wollte.«

»Ich weiß. Deswegen sag ich es ja. Erzähl mir mehr von deinen Ratten. Was machst du, wenn du sie findest?«

»Na ja, zuerst suche ich weiter nach dem Stimulus für ihr Verhalten. Dann fange ich ein paar aus der Gruppe, die weggezogen sind, und vergleiche ihre Hirnchemie mit der von den Tieren, die zur Küste gezogen sind.«

»Tut das weh?«

»Man muß das Gehirn pürieren und die Flüssigkeit durch die Zentrifuge jagen.«

»Also irgendwie schon.«

Die Bedienung brachte ihnen ihre Pizza, und Gabe trennte gerade die Käsestränge seines ersten Stücks durch, als Theos Handy klingelte. Der Constable ging ran, hörte gerade mal eine Sekunde zu, bevor er sich von seinem Platz erhob und in seinen Taschen nach Geld kramte. »Ich muß los, Gabe.«

»Was ist passiert?«

»Der kleine Plotznik wird vermißt. Seit er sich heute morgen mit seinen Zeitungen auf den Weg gemacht hat, hat ihn niemand mehr gesehen.«

»Vermutlich versteckt er sich irgendwo. Der Junge ist ein kleiner Mistkerl. Richtig fies. Vor einiger Zeit hat er mal irgendwas an seinem ferngesteuerten Auto zusammengebastelt, das die Chips in meinen Ratten durcheinandergebracht hat. Es hat drei Wochen gedauert, bis ich herausgefunden habe, warum die Viecher auf dem Parkplatz vor dem Lebensmittelladen Achten laufen. Schließlich hab ich ihn im Gebüsch erwischt, mit der Fernsteuerung in der Hand.«

»Ich weiß«, sagte Theo. »Mir hat Mikey mal erzählt, daß er nur zehn von deinen Ratten miteinander verkabeln muß, um den Discovery Channel zu empfangen. Trotzdem muß ich ihn finden. Der Junge hat schließlich auch Eltern.«

»Skinner ist ein ganz guter Spürhund. Willst du ihn mitnehmen?

»Danke, aber ich bezweifle, daß der Kleine 'ne Pizza in seiner Tasche hat.«

Theo klappte sein Handy zusammen, schnappte sich ein Stück Pizza und steuerte auf den Ausgang zu.

- 10 -

Val Riordan lehnte an der Tür ihrer Praxis und versuchte ruhig durchzuatmen und die Fassung zu bewahren. Während des gesamten Klinikums hatte sie nichts erlebt, das mit dem vergleichbar war, was sie in den Sitzungen am Tag nach der Tankstellenexplosion durchgemacht hatte. Innerhalb von zehn Stunden hatte sie zwanzig Patienten empfangen, und jeder einzelne hatte über nichts anderes reden wollen als Sex. Nicht Sex im abgehobenen, allgemeinen Sinne, sondern Sex als schlüpfriges Gebocke und Gerammel. Val Riordan war mit den Nerven an Ende.

Sie hatte damit gerechnet, daß mit einigen ihrer Patienten die Libido durchgehen würde (eine nicht ungewöhnliche Reaktion auf das Absetzen von Antidepressiva), doch in ihren Büchern stand, daß allenfalls fünfzehn Prozent der Patienten solcherart reagieren würden – in etwa der gleiche Prozentsatz, bei dem mit der Einnahme der Medikamente eine Abnahme der Libido einherging. Heute jedoch lag ihre Trefferquote bei hundert Prozent. Hatte sie eine psychiatrische Praxis oder einen Karnickelstall?

Nachdem ihr letzter Patient gegangen war, trat Valerie aus ihrem Sprechzimmer und sah sich mit dem Anblick von Chloe konfrontiert, ihrer neuen Sprechstundenhilfe, die, mit den Hacken gegen die Schreibtischplatte gestützt, so heftig masturbierte, daß ihr Stuhl quietschte wie ein Eichhörnchen in den Fängen fieser Tierquäler. Val murmelte eine Entschuldigung und machte auf dem Absatz kehrt, um sich in ihr Sprechzimmer zurückzuziehen und die Tür hinter sich zu schließen.

Chloe war einundzwanzig Jahre alt und hatte kastanienbraunes Haar. Ihre gesamte Garderobe war in Schwarz gehalten, und außerdem trug sie einen saphirbesetzten Nasenring. Sie war wegen ihrer Bulimie bei Val in Behandlung, seit sie ein Teenager war, und fest angestellt worden, nachdem die Anzahl der Behandlungstermine sich dramatisch ausgeweitet hatte, als die Placebos ihre Wirkung zeitigten. Chloe arbeitete im Austausch für Therapiesitzungen, was Val anfangs finanziell für recht attraktiv gehalten hatte, doch mittlerweile war Chloe ihr sympathischer, wenn sie einfach kotzte, soviel sie wollte.

Val war gerade mit Überlegungen darüber beschäftigt, was nun zu tun war, als es leise an der Tür klopfte.

»Ja?«

»Entschuldigen Sie«, sagte Chloe durch die Tür.

»Hmm, Chloe, das ist jedenfalls nicht die Art und Weise, wie man sich in einem Büro zu benehmen hat.«

»Na ja, Ihr letzter Patient war weg, und ich dachte halt, Sie würden noch eine Weile an Ihren Notizen sitzen und sie überarbeiten. Es tut mir wirklich leid.«

»Wie bitte? Mein letzter Patient verläßt die Praxis, und schon kann man die Sau rauslassen?«

»Bin ich jetzt gefeuert?«

Val dachte einen Augenblick nach. Morgen würden wieder zwanzig Patienten hier einfallen und am Tag danach noch mal so viele. Wenn der allgemeine Wahnsinn sie nicht ins Grab brachte, dann das Arbeitspensum. Sie konnte es sich derzeit einfach nicht leisten, auf Chloe zu verzichten. »Nein, du bist nicht gefeuert. Aber bitte laß das im Büro in Zukunft bleiben.«

»Haben Sie vielleicht noch etwas Zeit, damit wir uns unterhalten können? Ich weiß, daß mein nächster Termin erst nächste Woche ist, aber ich muß wirklich dringend mit Ihnen reden.«

»Würdest du nicht lieber erst mal nach Hause gehen und, ähm, über ein paar Sachen nachdenken?«

»Sie meinen, zu Ende bringen? Nein, das ist schon erledigt. Aber genau darüber will ich mit Ihnen reden. Das war heute nämlich nicht das erste Mal.«

Val mußte schwer schlucken. Es war höchst unprofessionell, sich mit einem Patienten durch die Tür hindurch zu unterhalten. Sie atmete einmal tief durch und zog die Tür auf. »Komm rein.« Dann ging sie zu ihrem Schreibtisch zurück, ohne das Mädchen anzusehen. Chloe setzte sich auf den Stuhl gegenüber von Val.

»Also das eben war heute nicht das erste Mal?« Nun war Val wieder ganz die Psychotherapeutin und nicht mehr die Chefin. Als Chefin hätte sie über den Schreibtisch gelangt und der kleinen Schlampe den Hals umgedreht.

»Nein, ich kann irgendwie nicht genug kriegen. Ich, na ja, das Ganze hat irgendwann gegen zwei Uhr heute nacht angefangen, und ich habe einfach weitergemacht, bis ich los mußte zur Arbeit. Und dann habe ich noch ein- oder zweimal nachgelegt, wenn ein Patient mitten in der Sitzung war.«

Val klappte die Kinnlade herunter. Sechzehn Stunden Dauermasturbieren mit gelegentlichen Unterbrechungen? Auch ihre anderen Patienten hatten zwei Uhr morgens als den Zeitpunkt angegeben, zu dem ihre sexuellen Aktivitäten begonnen hatten. Sie fragte: »Und wie fühlst du dich dabei?«

»Ich fühle mich ganz gut. Mein Handgelenk tut ein bißchen weh. Glauben Sie, davon kann man eine Sehnenscheidenentzündung kriegen?«

»Chloe, wenn du glaubst, du kannst einen auf berufsbedingte Arbeitsunfähigkeit machen...«

»Nein, nein, nein. Ich will einfach nur aufhören.«

»Ist irgendwas vorgefallen, das diese Sache ausgelöst hat? Irgendwas um zwei Uhr heute nacht? Ein Traum vielleicht?« Ihre anderen Patienten hatten ihr verschiedene sexuelle Träume geschildert. Winston Krauss, der Apotheker mit einer sexuellen Obsession für Meeressäuger, hatte ihr gestanden, daß er von Sex mit einem Blauwal geträumt hatte, im Verlauf dessen er auf dem riesigen Tier in die Tiefe geritten war wie Kapitän Ahab mit 'ner Latte. Als er aufgewacht war, hatte er es seinem aufblasbaren Flipper so heftig besorgt, daß diesem irgendwann die Luft ausgegangen war.

Chloe rutschte indigniert auf ihrem Stuhl herum. Ihr kastanienbraunes Haar verdeckte ihr Gesicht. »Ich hab geträumt, ich hätte Sex mit einem Tanklastwagen, und dann ist das Ding in die Luft geflogen.«

»Ein Tanklastwagen?«

»Ich bin gekommen.«

»Chloe, sexuelle Träume sind etwas völlig Normales.« Hab ich richtig gehört? Mit einem Tanklastwagen? Völlig normal. »Erzähl ruhig weiter. Gab es Feuer in deinem Traum?« Pyromanen zogen sexuelle Befriedigung und Vergnügen daraus, Feuer zu entfachen und dabei zuzuschauen, wie es brannte. Auf diese Art und Weise wurden sie auch geschnappt – man mußte nur in der Menge der Gaffer nach dem einen Kerl Ausschau halten, der übers ganze Gesicht grinste, einen Steifen hatte und Benzinflecken auf seinen Schuhen.

»Nein, kein Feuer. Ich bin von der Explosion aufgewacht. Val, irgendwas stimmt nicht mit mir. Was ist das bloß? Ich will ... nur noch das eine. Und das die ganze Zeit.«

»Und du hast Bedenken, daß du unter Umständen zu triebhaft bist?«

Chloe setzte ihr zynisches Grufti-Gesicht auf. »Sie meinen, sich während der Arbeit einen abzurubbeln? Das beunruhigt mich allerdings ein wenig, Doktor Riordan. Können Sie nicht die Dosierung von meinen Medikamenten irgendwie umstellen oder so was?«

Da war's wieder. In der Vergangenheit wäre genau das die Lösung gewesen. Einfach die Prozac-Dosis auf achtzig Milligramm erhöhen – also auf etwa das Vierfache der Normaldosis bei depressiven Patienten – und sich darauf verlassen, daß die Nebenwirkungen in Form reduzierter Libido das Problem aus der Welt schaffen. Mit dieser Methode hatte Val während ihres Praktikums eine Nymphomanin behandelt, und es hatte ganz hervorragend geklappt. Doch was sollte sie jetzt tun? Ihrer Sprechstundenhilfe Grillhandschuhe an die Hände kleben? Ihre Tippkünste würden vermutlich nicht sonderlich darunter leiden, aber es konnte sein, daß die Patienten bei ihrem Anblick nervös wurden.

Val sagte: »Chloe, Masturbieren ist etwas ganz Natürliches. Jeder macht es. Aber wie bei allem gibt es Zeitpunkte und Orte, die dafür weniger geeignet sind. Vielleicht solltest du dich einfach ein wenig einschränken. Und es dir immer dann gönnen, wenn du dich dafür belohnen willst, daß du deine Bedürfnisse so gut im Griff hast.«

Chloe machte ein langes Gesicht. »Mich einschränken? Ich mache mir Sorgen, wie ich mit dem Auto heil nach Hause komme. Ich habe keine Automatik-, sondern eine Knüppelschaltung. Ich brauche beide Hände zum Fahren, aber ich glaube nicht, daß ich sie die ganze Zeit frei habe. Können Sie mir nicht ein Pflaster verschreiben oder so was? Wie wenn man mit dem Rauchen aufhören will?«

»Ein Pflaster?« Val gab sich Mühe, nicht laut loszulachen. Sie stellte sich vor, wie eine lange Schlange zuckender, jammernder Gestalten um den gesamten Block vor der Apotheke herumstand, jeder mit einem Rezept für ein Orgasmuspflaster in der Hand. Dagegen würde sich Heroin ausnehmen wie Gummibärchen. »Nein, so ein Pflaster gibt's nicht, Chloe. Du mußt dich einfach beherrschen. Ich habe das Gefühl, als könnte es sich um eine Nebenwirkung deiner Medikamente handeln. In ein bis zwei Tagen sollte das vorüber sein. Aber was deinen Traum angeht, würde ich gerne noch mehr wissen. Wie wär's, wenn wir uns morgen weiter unterhalten?«

Chloe erhob sich. Es war nicht zu übersehen, daß sie mit der Hilfe, die ihre Therapeutin ihr da anbot – nämlich absolut gar keine –, nicht zufrieden war. »Ich werd's versuchen.« Sie ging aus dem Sprechzimmer und schloß die Tür hinter sich.

Val ließ den Kopf auf den Schreibtisch sinken. Jesus, Maria und Josef, warum bin ich nicht in die Pathologie gegangen? Da gäbe es nichts weiter zu tun, als Urinproben aufzukochen, Kulturen von Milben und anderem Krabbelzeug anzulegen, aber ansonsten bliebe man von Spinnern und Streß verschont. Sicher, gelegentlich kam man mit ein paar tödlichen Milzbranderregern in Berührung, aber wenigstens blieb das Sexualleben anderer Leute in ihren Schlafzimmern und in den billigen Illustrierten, wo es hingehörte.

Die Sitzung mit Martin und Lisbeth Rose fiel ihr wieder ein. Die beiden waren bei ihr in Therapie, weil sie sich seit 1958 nicht mehr vernünftig unterhalten hatten, doch heute waren sie kaum zur Tür ihres Sprechzimmers hereingekommen, als sie anfingen, ihr eine genaue Auflistung all der sexuellen Perversionen zu liefern, mit denen sie sich in der vergangenen Nacht – angefangen um zwei Uhr früh – verlustiert hatten. Vor Vals innerem Auge formte sich ein Bild – welke, vertrocknete Fleischmassen, die sich aneinanderrieben bis zur Besinnungslosigkeit –, das plötzlich in Flammen aufging, als habe ein riesiger Pfadfinder aus den Weiten des Kosmos zwei alte Menschen genommen, um mit ihnen nach der Stöckchenmethode ein Feuer zu entfachen. Und das Schlimmste – das Allerschlimmste – war die Tatsache, daß sie während des Zuhörens feststellen mußte, daß all dies sie nicht unberührt ließ. Viermal hatte sie zwischen den einzelnen Terminen den Slip wechseln müssen.

Sie spielte mit dem Gedanken, sich ein ordentliches Glas Cognac einzuschenken und es sich damit vor dem Fernseher gemütlich zu machen, aber sie wußte, daß ihr damit nicht geholfen war. Was sie brauchte, waren Batterien. Vier 1,5 Volt Batterien – und zwar gleich. Und dann war es höchste Zeit, die Schublade mit den Dessous zu durchstöbern – auf der Suche nach einem vor langer Zeit in Vergessenheit geratenen Freund. Sie konnte nur hoffen, daß er immer noch funktionierte.

MOLLY

Es war schon lange dunkel, doch Molly starrte noch immer durch einen Spalt im Vorhang auf den Trailer, der den Jungen gefressen hatte. Das Problem, wenn man verrückt war, so dachte sie, bestand darin, daß man sich manchmal gar nicht so fühlte, als wäre man verrückt. Manchmal fühlte man sich sogar völlig gesund und normal, und es war einfach nur Zufall, daß ein trailerförmiger Drache es sich neben dem eigenen Heim bequem gemacht hatte und sich nicht mehr von der Stelle rührte. Sie konnte sich jedoch nicht recht überwinden, diese Tatsache in die Welt hinauszuposaunen, denn egal, wie normal und gesund man sich fühlen mochte, manche Sachen hörten sich nun mal gar zu verrückt an. Folglich blieb sie, immer noch in ihr Warrior-Babe-Dreß gehüllt, brav an Ort und Stelle und behielt die Lage im Auge in der Hoffnung, daß irgend jemand vorbeikam und es ebenfalls bemerkte. Gegen acht war es dann endlich soweit.

Sie sah, wie Theophilus Crowe die Türen der einzelnen Trailer abklapperte. Er geriet in ihr Blickfeld, als er zwei Trailer weiter bei den Morales' anklopfte, sich kurz mit Mr. Morales an der Tür unterhielt und dann weiterging zu dem Drachen-Trailer.

Molly war hin und her gerissen. Sie konnte Theo gut leiden. Sicher, ein oder zweimal hatte er sie in die Nervenklinik verfrachtet, doch er war immer nett zu ihr gewesen. Beispielsweise hatte er sie vor dem Jungen im Aufenthaltsraum gewarnt, der beim Parcheesi immer schummelte, indem er die Spielsteine einfach aufaß. Und außerdem – wenn er mit ihr redete, behandelte er sie nie, als hätte sie einen Sprung in der Schüssel. Theo war ein Fan.

Als Theo seine schwarze Stablampe in die Höhe hob, um an die Tür des Drachen-Trailers zu klopfen, sah Molly, wie sich die Augen an der Frontseite langsam öffneten und wieder die katzenartigen Pupillen zum Vorschein kamen. Theo bemerkte sie offensichtlich nicht, denn er schaute auf seine Schuhspitzen.

Mit aller Kraft schob sie das Klappfenster aus Aluminium in die Höhe und rief: »Da ist niemand zu Hause!«

Der Constable drehte sich nach Molly um. »Komme sofort«, sagte sie.

Sie hetzte zur Tür hinaus und blieb auf der Straße stehen, damit Theo sie sehen konnte. »Die sind nicht zu Hause. Komm mal kurz rüber«, wiederholte sie.

Theo steckte die Stablampe an seinen Gürtel. »Molly, wie geht's?«

»Prima, prima. Ich muß mit dir reden, okay? Und zwar hier, okay?« Sie wollte ihm nicht sagen, warum. Was war, wenn die Augen gar nicht da waren? Was war, wenn es wirklich nur ein Trailer war? Im Handumdrehen wäre sie wieder auf dem Weg in die Nervenklinik.

»Da ist also niemand zu Hause?« sagte Theo und deutete über seine Schulter auf den Drachen-Trailer, während er Molly anstarrte und sich dabei große Mühe gab, sich nicht anmerken zu lassen, daß er sie anstarrte. Er grinste über beide Ohren. Es war genau das gleiche dämliche Grinsen, das Molly auch bei dem Jungen bemerkt hatte, kurz bevor er verschluckt worden war.

»Nö, die sind schon den ganzen Tag weg.«

»Was soll das Schwert?«

Oh, Scheiße! Das Schwert hatte sie ganz vergessen. Sie hatte es sich beim Rausgehen geschnappt. »Gemüse kleinschneiden. Ich wollte chinesisch kochen.«

»Das sollte mit dem Ding wohl kein Problem sein.«

»Die Stiele vom Brokkoli«, sagte sie, als ob das alles erklärte. Er betrachtete den Lederbikini, und sie folgte seinem Blick, bis er auf der Narbe über ihrer Brust verharrte und sich dann abwendete. Sie bedeckte die Narbe mit einer Hand. »Eins von meinen alten Kendra-Kostümen. Meine anderen Klamotten sind alle im Trockner.«

»Klar. Sag mal, kriegst du eigentlich die *Times*?«

»Nö, wieso?«

»Der Junge, der sie austrägt, Mikey Plotznik, hat sich heute morgen auf seine übliche Tour begeben und ist seitdem nicht mehr gesehen worden. Sieht so aus, als wäre die letzte Adresse, wo er eine Zeitung abgeliefert hat, zwei Türen weiter gewesen. Du hast ihn nicht zufällig gesehen, oder?«

»Ungefähr zehn Jahre alt? Mit Rollerblades? Und irgendwie fies?«

»Genau der.«

»Nö, hab ich nicht.« Sie bemerkte, wie sich die Augen des Trailers hinter Theos Rücken schlossen, und atmete einmal tief durch.

»Du siehst ein bißchen nervös aus, Molly. Fühlst du dich einigermaßen wohl?«

»Mir geht's prima. Ich muß nur mal wieder zurück zu meinem Wok. Hast du Hunger?«

»Hat Val Riordan dich erreicht?«

»Klar, sie hat angerufen. Ich hab keine Meise.«

»Natürlich nicht. Trotzdem wär's mir lieber, wenn du die Augen nach dem Jungen offenhältst. Einer von seinen Kumpels hat erzählt, daß Mikey ganz scharf auf dich ist.«

»Auf mich? Echt?«

»Kann sein, daß er um deinen Trailer rumschleicht.«

»Echt?«

»Wenn du ihn siehst, ruf mich bitte an. Tust du mir den Gefallen? Seine Eltern machen sich Sorgen um ihn.«

»Wird gemacht.«

»Danke. Und frag auch mal deine Nachbarn, wenn sie zurückkommen, ja?«

»Aber klar doch.« Molly bemerkte, daß er sich nicht recht losreißen konnte. Er starrte sie einfach nur mit diesem dämlichen Grinsen an. »Sie sind erst vor kurzem eingezogen. Ich kenne sie kaum, aber ich werd trotzdem mal fragen.«

»Danke«, sagte er, immer noch grinsend wie ein Zwölfjähriger, bevor er sich bei seinem ersten Tanzabend an die Mauerblümchen heranmacht.

»Ich muß mal wieder los, Theo, wegen dem Brokkoli im Trockner.« Nein, ganz falsch, sie wollte sagen, daß sie sich wieder um ihr Essen kümmern mußte oder um die Wäsche, jedenfalls nicht beides.

»Okay, bis dann.«

Sie rannte zurück in ihren Trailer, knallte die Tür hinter sich zu und lehnte sich dagegen. Durch das Fenster konnte sie sehen, wie der Drachen-Trailer ein Auge aufmachte und ganz schnell wieder schloß. Sie hätte schwören können, daß er ihr zugezwinkert hatte.

THEO

Eine unangenehm klingende innere Stimme erklärte Theo, daß es, wenn er die durchgeknallte Lady attraktiv, ja sogar überaus attraktiv fand, ein schlechtes Zeichen dafür war, wie es um seinen eigenen Geisteszustand bestellt war. Andererseits, *so* schlecht fühlte er sich deswegen auch wieder nicht. Überhaupt machte ihm alles weniger aus, seit er in den Trailer-Park marschiert war. Er hatte sich mit einer Explosion herumzuschlagen, einem verschollenen Jungen, der Tatsache, daß der ganze Ort in letzter Zeit allmählich überzuschnappen schien – ihm flog die Scheiße in Form von Verantwortlichkeiten quasi nur so um die Ohren, doch es machte ihm nicht allzuviel aus. Und in dem Augenblick vor Mollys Trailer, als er über alles nachdachte und darauf wartete, daß die Woge der Lüsternheit wieder verebbte, fiel ihm auf, daß er den ganzen Tag noch kein Gras geraucht hatte. Seltsam. Eigentlich müßten ihm nach einer so langen Zeit ohne die Beruhigungszüge aus seinem Sneaky Pete sämtliche Nackenhaare zu Berge stehen.

Er war gerade auf dem Rückweg zu seinem Volvo, um die Suche

nach dem vermißten Jungen fortzusetzen, als sein Handy klingelte. Sheriff John Burton hielt sich nicht mit Begrüßungsfloskeln auf.

»Suchen Sie 'ne Telefonzelle«, sagte Burton.

»Ich bin gerade auf der Suche nach einem vermißten Jungen«, erwiderte Theo.

»Und einer Telefonzelle, Crowe, Und zwar sofort. Meine Privatnummer. Sie haben fünf Minuten.«

Theo fuhr zu der Telefonzelle vor dem Head of the Slug und schaute auf seine Uhr. Als fünfzehn Minuten vergangen waren, wählte er Burtons Nummer.

»Ich hab gesagt fünf Minuten.«

»Stimmt.« Theo konnte sich ein Lächeln nicht verkneifen, obwohl Burton sich anhörte, als würde er gleich ausrasten und losbrüllen.

»Niemand betritt die Ranch, Crowe. Der vermißte Junge ist nicht auf der Ranch, ist das klar?«

»Die Ranch gehört aber zum offiziellen Suchgebiet, wie's in der Notfallplanung vorgeschrieben ist. Wir müssen das gesamte Areal abdecken. Ich wollte schon ein paar von den Deputies anfordern, damit sie uns helfen. Die Jungs von der freiwilligen Feuerwehr sind nach der Explosion von heute morgen immer noch völlig fertig.«

»Nein. Keiner von meinen Leuten. Und auch nicht die Highway Patrol oder das CCC. Und auch keine Flugzeuge. Wenn die Ranch aus dem Suchgebiet rausgestrichen werden muß, dann streichen Sie sie raus. Jedenfalls betritt niemand das Gelände. Ist das klar?«

»Und was ist, wenn der Junge tatsächlich auf der Ranch ist. Ist Ihnen klar, daß es sich dabei um Hunderte Hektar Wald und Weiden handelt, die Ihretwegen nicht abgesucht werden?«

»Scheiße, Mann, der Junge sitzt vermutlich irgendwo in einem Baumhaus mit 'nem Stapel *Playboys*. Er wird erst wie lange vermißt? Seit zwölf Stunden?«

»Und was, wenn nicht?«

Einen Augenblick herrschte Schweigen. Theo wartete und beobachtete, wie drei neue Pärchen in weniger als einer Minute das Head of the Slug verließen. Neue Pärchen: In Pine Cove kannte jeder jeden, und jeder wußte, wer mit wem zusammen war. Doch diese Leute hier gingen nicht miteinander. Samstag morgens um zwei Uhr früh wäre dies kein allzu ungewöhnliches Phänomen gewesen, doch heute war Mittwoch, und es war gerade mal acht Uhr. Vielleicht war er ja nicht der einzige, der von einer gewissen Geilheit geplagt wurde. Die Pärchen da draußen machten jedenfalls aneinander rum, als wollten sie das Vorspiel schon abgehakt haben, bevor sie zu ihren Autos kamen.

Burton meldete sich wieder. «Ich werde dafür sorgen, daß die Ranch abgesucht wird, und Sie anrufen, wenn sie den Jungen finden. Aber ich will es als erster erfahren, falls *Sie* den Jungen finden.«

»War's das?«

»Finden Sie den kleinen Scheißer, Crowe.« Burton legte auf.

Theo stieg in seinen Volvo und fuhr zu seiner Hütte am Rande der Ranch. Mittlerweile waren mindestens zwanzig freiwillige Helfer mit der Suche nach Mikey Plotznick beschäftigt. Da konnte er sich schon mal die Zeit nehmen, kurz zu duschen und seine verräucherte Kleidung zu wechseln. Als er den Volvo parkte, fuhr ein teurer, schwer aufgemotzter roter Pick-up die Einfahrt zur Ranch hinauf und rollte langsam vorbei. Ein Latino saß lachend auf der Ladefläche und winkte Theo mit dem Lauf eines AK-47-Schnellfeuergewehrs zu.

Theo schaute weg und betrat die dunkle Hütte mit dem Wunsch, daß da drin jemand war, der auf ihn wartete.

- 11 -

CATFISH

Als Catfisch aufwachte, bot sich ihm der Anblick einer mit Ölfarbe vollgekleckerten Frau, die mit weiter nichts als einem Paar Wollsocken bekleidet durch das Haus stapfte. In den Wollsocken steckten diverse Pinsel, und jedesmal, wenn die Frau sich bewegte, verzierten diese ihre Waden mit ockerfarbenen, olivgrünen oder titanweißen Strichen. Leinwände standen auf Staffeleien, Stühlen, Ablagen und

Fensterbrettern. Alle zeigten Meerespanoramen. Eine Palette in der Hand huschte Estelle von einer Leinwand zur nächsten und malte wie besessen Details in die Wogen und Strände.

»Aufgewacht und von der Inspiration gepackt«, sagte Catfish.

Die Sonne war schon untergegangen. Sie hatten den ganzen Tag verschlafen, und so malte Estelle nun im Schein von fünfzig Kerzen und der glühenden Holzscheite in dem Kanonenofen, dessen Türen offenstanden. Zum Teufel mit der Farbenlehre. Die Bilder mußte man im Schein des Feuers betrachten.

Estelle hörte auf zu malen und hob den Arm mit dem Pinsel in der Hand vor ihre Brüste. »Die waren alle noch nicht fertig. Ich wußte schon, als ich sie gemalt habe, daß da noch was fehlte. Aber bis eben wußte ich nicht, was es war.«

Catfish schlüpfte in seine Hose und ging mit freiem Oberkörper zwischen den Bildern hin und her. Schuppige Schwänze, Krallen, Klauen und Zähne ragten aus den Wellen, und gierige Raubtieraugen blitzten auf den Leinwänden auf. Es wirkte beinahe, als seien sie heller als das Kerzenlicht, das sie beleuchtete.

»Du hast überall das alte Mädchen reingemalt?«

»Es ist kein Mädchen. Es ist ein Männchen.«

»Woher weißt du das?«

»Ich weiß es halt.« Estelle wandte sich wieder ihrem Bild zu. »Ich spüre das.«

»Woher weißt du, daß es so aussieht?«

»So sieht's doch aus, oder? Ganz genau so?«

Catfish kratzte sich die Bartstoppeln an seinem Kinn und betrachtete die Gemälde. »Ziemlich ähnlich. Aber es ist kein Männchen. Das alte Monster ist das gleiche wie das, das hinter mir und Smiley her war, weil wir sein Junges gefangen haben.«

Estelle hörte auf zu malen und wandte sich ihm zu. »Mußt du heute abend spielen?«

»Demnächst, ja.«

»Kaffee?«

Er trat zu ihr hin, nahm ihr Pinsel und Palette aus der Hand und küßte sie auf die Stirn. »Das wär mächtig süß von dir.«

Sie schlurfte zum Schlafzimmer und kam in einem alten Kimono zurück. »Sag schon, Catfish. Was ist passiert?«

Er saß am Tisch. »Ich glaube, wir haben einen Rekord aufgestellt. Ich kann mich kaum noch rühren.«

Estelle lächelte, doch sie ließ nicht locker. »Was ist damals an dem Bayou passiert? Habt ihr das Ding irgendwie mit 'ner Beschwörungsformel aus dem Wasser gelockt?«

»Was glaubst du, Frau? Wenn ich so was könnte, würde ich wohl kaum in irgendwelchen Clubs spielen.«

»Erzähl mir: Was war das für ein Gefühl damals, als das Ding aus dem Sumpf aufgetaucht ist?«

»Ich hatte Angst.«

»Und außerdem?«

»Da war nichts außerdem. Ich hab's doch gesagt. Ich hatte Angst und sonst nichts.«

»Aber gestern, als wir wieder hier waren, da hattest du keine Angst.«

»Nein.«

»Ich auch nicht. Was war das dann für ein Gefühl damals, als das Ding hinter dir her war?«

»Ganz anders als jetzt.

»Und wie ist das?«

»Ich fühle mich einfach prima, hier zu sitzen und mich mit dir zu unterhalten.«

»Ach, echt? Geht mir genauso. Aber damals?«

»Hör auf, mich zu nerven, Süße. Ich erzähl's dir ja schon. Aber ich muß in einer Stunde spielen, und ich hab keine Ahnung, wie ich das machen soll.«

»Wieso?«

»Der Blues ist weg. Du hast ihn verscheucht.«

»Ich kann dich ohne Hemd nach draußen in die Kälte scheuchen, wenn du glaubst, daß das was hilft.«

Catfish zuckte auf seinem Stuhl zusammen. »Vielleicht doch lieber 'nen Kaffee.

Und dann legte Catfish los: »Irgendwann hatten wir dann einigen Vorsprung vor dem Vieh oder was immer uns verfolgt hat, und wir haben den alten Ford Model T angehalten, und Smiley und ich haben den dicken, ollen Catfish auf den Rücksitz gewuchtet. Das Vieh war so lang, daß der Schwanz auf der einen Seite vom Wagen rausgehangen hat und der Kopf auf der anderen. So hatte ich mir das Ganze überhaupt nicht vorgestellt – bei Smiley immer noch keine Spur vom Blues und bei mir dafür um so schlimmer. Doch dann geht mir auf, daß wir demnächst fünfhundert Dollar absahnen, und schwuppdiwupp verzieht sich der Blues.

Ich sage: ›Smiley, so wie ich die Sache sehe, haben wir schwer was zu feiern. Und dazu brauchen wir erst mal 'ne Ladung Schnaps und zum Abschluß 'n paar süße Delta-Pussys. Was hältst du davon?‹

Der olle Smiley traut sich wie üblich nicht, einem in die Parade zu fahren, aber er kann sich's natürlich nicht verkneifen, darauf hinzuweisen, daß wir erstens kein Geld haben und Ida May von irgendwelchen Pussys von außerhalb überhaupt nichts hält. Aber ich spüre, daß er auch irgendwie scharf drauf ist, und es dauert nicht lange, da fahren wir über einen Schleichweg zu einem Schwarzbrenner namens Elmore, der auch an Farbige verkauft.

Der alte Knabe hat zwar nur noch zwei Zähne im Mund, aber man konnte glatt hören, wie er damit geknirscht hat, als wir vorfuhren. Der Kerl war stinksauer und hat mit seiner Flinte in der Luft rumgefuchtelt wie irre, als ob er dachte, wir wollten seine Destille hochnehmen. Ich sage: ›Hey, Elmore, wie geht's deiner süßen Frau und deiner Schwester?‹

Er sagt, der geht's prima, aber wenn wir nicht schnell mit Geld rausrücken, schießt er sich 'n paar Nigger und macht, daß er schleunigst zu ihr zurückkommt, bevor sie sich's anders überlegt und keine Lust mehr hat.

›Wir sind 'n bißchen klamm‹, sage ich. ›Aber gleich morgen kassieren wir fünfhundert Dollar ab, wenn du also so nett wärst, uns 'ne Flasche auf Kredit zu geben.‹ Und dann zeig ich ihm den Catfish.

Der Kerl hätte sich am liebsten in die Hosen geschissen, was mir ganz recht gewesen wäre, weil das vielleicht den Geruch überdeckt hätte, der ihm ansonsten entströmte. Aber statt dessen sagt er nur: ›Bis morgen früh wart ich nicht. Wenn ihr 'ne Flasche wollt, müßt ihr mir jetzt was von dem Catfish abschneiden. Und zwar 'n ordentliches Stück.‹

Smiley und ich überlegen uns die Sache. Und es dauert nicht lang, da haben wir eine Zwei-Liter-Flasche Corn Mash, und der alte Elmore hat genug Catfish, um seine Weiber und Kinder und die, die beides sind, eine Woche oder noch länger durchzufüttern.

Wir fahren die Straße wieder ein Stück weit zurück, um uns von dieser alten Hure namens Okra den gleichen Vortrag über Geld anzuhören. Außerdem besteht sie darauf, daß wir ein Bad nehmen, bevor sie uns auch nur in die Nähe ihrer Mädels läßt. Ich tische ihr im Gegenzug wieder die Geschichte mit den fünfhundert Dollar auf, aber sie meint nur, mit den fünfhundert Dollar können wir dann ja morgen wieder kommen. Wenn wir allerdings heute nacht noch scharf auf Pussys sind, will sie ein fettes Stück von dem Catfish auf dem Rücksitz. Und diese Huren können auch 'ne ganz schöne Ladung Catfish wegspachteln – das kann ich dir sagen. Ich dachte schon, daß Smiley jetzt endlich den Blues kriegt, als ich ihn sagen höre, daß er 'ne Ladung Catfish im Wert von hundert Dollar nur für 'n Bad abgegeben hat. Aber er hatte es sich nun mal so ausgesucht. Er sitzt also im Wagen, bis ich fertig bin, und dann machen wir uns auf den Weg, um uns 'n Plätzchen zu suchen, wo wir übernachten können, bis wir am nächsten Morgen den Fisch zu Bargeld machen.

Wir fahren also von der Seitenstraße runter in die Büsche, genehmigen uns ein paar Schlucke aus der Flasche, um besser schlafen zu können, und rate mal, wer genau in dem Moment aus den Büschen kommt? Eine Meute von Kerls in weißen Bettlaken und mit langen spitzen Hauben auf dem Kopf. Und sie sagen: ›Hey, Nigger, du hast wohl das Schild nicht gelesen.‹

Und dann binden sie uns an dem alten Catfish fest und zwingen uns, ihn in den Wald zu schleifen, wo sie schon ein fettes Feuer brennen haben.

Das war schon übel, das kann ich dir sagen. Bis heute kann ich nicht an 'ner Wäscheleine mit Bettlaken vorbeigehen, ohne daß es mir eiskalt den Rücken runterläuft. Ich weiß genau, daß unser letztes Stündchen geschlagen hat, und ich sage sämtliche Gebete auf, die ich kenne, während die Typen mir in die Zähne treten und überall hin und Stücke von dem Catfish verspachteln, den sie auf Spieße gesteckt und gebraten haben.

Dann spüre ich es plötzlich, und die Tritte hören auf. Ich sehe den alten Smiley, wie er im Dreck liegt und seine Arme über den Kopf hält und mit einem blutigen Auge zu mir rüberschaut. Und er spürt es auch.

Die Klansmänner stehen da und starren in den Wald, als würde ihre lange verschollene Mom rauskommen. Sie strahlen übers ganze Gesicht, und die Hälfte von ihnen reibt sich die Schwänze förmlich durch die Hosen. Und dann kommt sie auch schon rausgerauscht. Dick und fett wie 'n D-Zug, und sie brüllt, daß einem das Blut aus den Ohren trieft. Und mit dem ersten Bissen verschwinden auch schon gleich zwei von den Typen.

Ich muß Smiley nicht erst 'ne Extraeinladung schreiben. Wir reden nicht lange rum, sondern rennen los, immer noch festgebunden an das, was von dem Catfish noch übrig ist, und sehen zu, daß wir zur Straße kommen. Wir schnappen uns ein Messer aus dem Auto und schneiden uns los. Smiley steht vorne an der Kurbel, und ich sitze am Steuer und rackere mich mit der Zündung ab. Hinter uns im Wald ist ein Heidengejohle und Geschrei – die reinste Musik in meinen Ohren, weil die Klansmänner alle aufgefressen werden.

Dann wird's ganz ruhig. Man hört nur noch den eigenen Atem und Smiley, der sich an der Kurbel abmüht. Ich brülle ihn an, er soll sich beeilen, weil ich höre, wie das Ding durch den Wald angewalzt kommt. Schließlich springt der Motor endlich an, aber ich kann ihn kaum hören, weil dieses Drachenvieh aus dem Wald gerauscht kommt und einen Höllenlärm veranstaltet. Ich sag Smiley, er soll einsteigen, doch er rennt um den Wagen herum nach hinten.

›Was machst du da?‹ frag ich.

›Fünfhundert Dollar‹, sagt er.

Und ich sehe, wie er den Catfish auf den Rücksitz schleudert. An dem stinkigen Vieh ist gerade mal noch der Kopf dran, so daß Smiley es auch allein schafft, es reinzuschmeißen. Dann macht er einen Satz auf das Trittbrett, und ich schaue mich zu ihm um, doch da wird er einfach aus der Luft weggeschnappt. Zack, weg ist er. Und dann schnappen diese Kiefer noch einmal zu, aber ich hau den ersten Gang rein, und der Wagen schießt los.

Und Smiley ist weg. Weg.

Am nächsten Tag finde ich den Weißen, der angeblich fünfhundert Dollar für den Catfish bezahlt, und er schaut den großen Fischkopf nur an und lacht mir ins Gesicht. Ich sag ihm, ich hätte wegen dem Mistvieh meinen besten Freund verloren, und er soll besser mit dem verdammten Geld rausrücken, doch er lacht nur und geht weg. Da bin ich ihm nach und hab ihm eine gescheuert.

Den alten Fischkopf hab ich mitgebracht vor Gericht, aber geholfen hat's mir auch nix. Der Richter hat mich zu sechs Monaten Knast verdonnert – weil ich einen Weißen geschlagen hab. Zum Gerichtsdiener hat er gesagt: ›Schaff Catfish hier raus.‹

Seitdem nennt man mich Catfish. Ich hab die Geschichte schon ewig nicht mehr erzählt, aber den Namen hab ich immer noch. Der Blues klebt seitdem förmlich an mir dran, aber ausgezahlt hat es sich für mich nicht. Als ich aus dem Knast kam, war Ida May vor Kummer gestorben, und ich hatte keinen einzigen Freund mehr, der noch am Leben war. Seitdem bin ich immer unterwegs.

Das Ding da draußen am Strand, das dieses Geräusch gemacht hat – das ist sie, und sie ist hinter mir her.«

CATFISH

»Es ist ein Männchen«, sagte Estelle. Sie wußte nicht, was sie sonst sagen sollte.

»Woher weißt du das?«

»Ich weiß es einfach.« Sie nahm seine Hand. »Das mit deinem Freund tut mir leid.«

»Ich wollte nur, daß der Blues ihn anspringt und wir 'ne Schallplatte machen.«

Eine Weile saßen sie einfach nur am Tisch und hielten einander an den Händen. Catfishs Kaffee wurde kalt. Estelle ließ sich die Geschichte durch den Kopf gehen. Es erfüllte sie gleichzeitig mit Schrecken und Erleichterung, daß die Schatten in ihren Bildern nur eine Gestalt hatten. Irgendwie kam ihr Catfishs Geschichte, so phantastisch sie sich auch anhören mochte, bekannt vor.

Sie sagte: »Catfish, hast du jemals *Der alte Mann und das Meer* von Ernest Hemingway gelesen?«

»Der Typ, der über Stierkämpfe und das Fischen schreibt? Dem bin ich mal über den Weg gelaufen, unten in Florida. Warum?«

»Du bist ihm begegnet?«

»Ja, der alte Mistbock hat meine Geschichte auch nicht geglaubt. Hat erzählt, er angelt auch gerne, aber er glaubt mir kein Wort. Warum fragst du?«

»Schon gut«, sagte Estelle. »Wenn dieses Ding Menschen frißt, sollten wir es dann vielleicht nicht lieber melden?«

»Ich erzähle den Leuten schon seit fünfzig Jahren von diesem Vieh, aber bis jetzt hat mir noch niemand geglaubt. Alle meinten immer nur, ich wär der größte Lügner, der sich je aus dem Delta hervorgewagt hat. Wenn das nicht gewesen wäre, hätte ich heute ein großes Haus und stapelweise Schallplatten. Wenn du den Bullen davon erzählst, bist du im Nu die spinnerte Lady von Pine Cove.«

»So eine haben wir schon.«

»Na ja, der einzige, der aufgefressen wird, bin wohl ich, und wenn ich meinen Job hier verliere, weil es heißt, ich hab 'ne Meise, dann muß ich weiterziehen. Verstehst du, was ich meine?«

Estelle nahm Catfishs Tasse vom Tisch und stellte sie ins Spülbecken. »Du machst dich besser für deinen Auftritt fertig.«

- 12 -

MOLLY

Um sich von dem Drachen nebenan abzulenken hatte Molly sich ihre Jogginghose übergezogen und angefangen, in ihrem Trailer klar Schiff zu machen. Sie hatte schon drei schwarze Müllsäcke mit den Überresten und Verpackungen von irgendwelchem Junkfood vollgepackt und machte sich gerade bereit, das Leichenfeld verendeter Asseln von ihrem Teppich aufzusaugen, als ihr der Fehler unterlief, den Fernseher mit Glasreiniger zu putzen. Im Videorecorder lief gerade *Stahlhart in der Atomwüste – Kendras Rache*, und als die feinen Tropfen des Glasreinigers auf den Bildschirm trafen, vergrößerten sie die Leuchtpunkte, so daß das Bild fast wirkte wie ein impressionistisches Gemälde – Seurats *Sonntagnachmittag auf der Insel der Grande Warrior Babe* sozusagen.

Molly stoppte das Video, als die ebenso überflüssige wie unvermeidliche Szene in der Dusche ins Bild kam. (Es gab in jedem ihrer Filme in den ersten Minuten eine Szene in der Dusche, völlig ungeachtet der Tatsache, daß Kendra auf einem Planeten lebte, wo es kaum Wasser gab. Um dieses Problem zu lösen, war ein junger Regisseur auf die glorreiche Idee verfallen, »antiradioaktiven Schaum« in der Duschszene zu verwenden, und Molly hatte sich fünf Stunden lang von einem Gebläse außerhalb des Blickfelds Waschmittelschaum um die Ohren pusten lassen müssen. Den gesamten Rest des Bildes hatte sie in einem Beduinenburnus absolviert, um den Ausschlag zu verdecken, der sie am ganzen Körper befallen hatte.)

»Kunstfilm«, sagte Molly, die auf dem Boden vor dem Fernseher saß und selbigen zum fünfzigsten Mal mit Glasreiniger einnebelte. »Damals hätte ich glatt in Paris als Model Karriere machen können.«

»Nie im Leben«, sagte der Erzähler. Er war immer noch da. »Viel zu mager. Damals waren fette Tussis angesagt.«

»Mit dir rede ich überhaupt nicht.«

»Dieser kleine Ausflug nach Paris hat dich bis jetzt eine halbe Flasche Glasreiniger gekostet.«

»Ist doch 'ne billige Art zu reisen«, sagte Molly. Dann stand sie aber trotzdem auf, nahm zwei Gläser, die auf dem Fernseher standen und wollte sie gerade in die Küche tragen, als es an der Tür klingelte.

Sie hielt die Gläser am Rand in einer Hand und öffnete die Tür. Draußen auf ihrer Treppe standen zwei Frauen in Kostümen; sie trugen Schuhe mit hohen Absätzen und hatten haarspraystarrende Hartfaserfrisuren. Sie waren beide Anfang dreißig und blond, und ihr Lächeln war so steif, daß es entweder auf Unaufrichtigkeit oder Drogenmißbrauch hindeutete. Molly war sich allerdings nicht im klaren, was von beidem zutraf.

»Die Avon-Beraterin?« fragte sie.

»Nein«, sagte die vordere Blondine und kicherte. »Mein Name ist Marge Whitfield, und das ist Katie Marschall. Wir kommen von der Vereinigung für eine Moralische Gesellschaft, und wir möchten uns mit Ihnen über unseren Feldzug zur Wiedereinführung des Schulgebets unterhalten. Ich hoffe, wir kommen Ihnen nicht ungelegen.« Katie trug Pink, Marge Pastellblau.

»Ich bin Molly Michon. Ich habe nur gerade ein bißchen aufgeräumt.« Molly hielt die beiden Gläser in die Höhe. »Kommen Sie doch rein.«

Die beiden Frauen traten ein und blieben in der Tür stehen, während Molly die Gläser in der Spüle abstellte. »Wissen Sie, es ist schon interessant«, sagte Molly, »wenn man zwei Gläser hat, und man schüttet Cola Light in das eine und normale Cola in das andere, und dann läßt man das Ganze, sagen wir mal, sechs Monate stehen, dann wächst auf dem Glas mit der normalen Cola so 'n grünes Zeug, aber die Cola Light ist noch so gut wie frisch.«

Molly kehrte ins Wohnzimmer zurück. »Kann ich Ihnen was zu trinken anbieten?«

»Nein, danke«, summte Marge zur Erwiderung. Es klang wie das Mantra eines Roboters. Sie und Katie starrten auf den Bildschirm, wo Molly saß und nackt in der Bewegung eingefroren war. Molly rauschte an den beiden vorbei und schaltete den Fernseher aus. »Entschuldigung, das ist ein Kunstfilm, den ich mal in Paris gemacht habe, als ich noch jünger war. Setzen Sie sich doch.«

Die beiden Frauen setzten sich nebeneinander auf Mollys abgewetzte Couch. Sie hielten ihre Knie so fest zusammengepreßt, daß Diamanten dazwischen zu Staub zermahlen worden wären.

»Ihren Lufterfrischer finde ich toll«, sagte Katie in dem Versuch, ihr Entsetzen zu überwinden. »Es riecht so sauber.«

»Danke, das ist Glasreiniger.«

»Das ist ja mal eine tolle Idee«, sagte Marge.

Das ist ja prima, dachte Molly. Ganz normale Leute. Wenn ich in Gegenwart von normalen Leuten nicht aus dem Ruder laufe, ist alles in bester Ordnung. Das hier ist ein prima Training. Sie setzte sich den beiden gegenüber auf den Fußboden. »Sie heißen also Marge. Den Namen hört man ja nur noch in Waschmittelwerbespots. Haben Ihre Eltern viel ferngesehen?«

Marge mußte kichern. »Das ist die Kurzform von Margaret. So hieß meine Großmutter.«

Katie meldete sich zu Wort. »Molly, was uns Sorge bereitet, ist die Tatsache, daß unsere Kinder ohne jegliche geistliche Anleitung aufwachsen. Unsere Vereinigung sammelt Unterschriften zur Wiedereinführung des Schulgebets.«

»Aha«, sagte Molly. »Sie wohnen sicher noch nicht lange hier, oder?«

»Nun ja, das ist richtig. Wir sind beide zusammen mit unseren Ehemännern aus Los Angeles hierhergezogen. Eine Kleinstadt ist einfach besser, wenn man seine Kinder großziehen will. Aber das wissen Sie bestimmt auch.«

»Sicher«, sagte Molly. Die beiden hatten nicht die geringste Ahnung, wer sie war. »Das ist auch der Grund, warum ich mit dem kleinen Stevie hergezogen bin.« Stevie war Mollys Goldfisch, der während eines ihrer Aufenthalte in der Nervenklinik gestorben war. Seitdem hauste er in einem Plastikbeutel im Gefrierfach ihres Kühlschranks und warf ihr jedesmal, wenn sie sich ein paar Eiswürfel herausnahm, einen frostigen Blick zu.

»Und wie alt ist Stevie?«

»Ach, sieben oder acht. Ich vergesse es manchmal, weil die Wehen so lange gedauert haben.«

»Dann ist er ein Jahr hinter meiner Tiffany zurück«, sagte Marge.

»Nun ja, der Schnellste ist er nicht gerade.«

»Und Ihr Mann ist ...?«

»Tot.«

»Oh, das tut mir leid«, sagte Katie.

»Das braucht's nicht. Sie haben ihn ja vermutlich nicht umgebracht.«

»Jedenfalls«, sagte Katie, »brauchen wir dringend Ihre Unterschrift für unsere Petition an den Senat. Alleinerziehende Mütter sind ein wesentlicher Bestandteil unserer Kampagne. Darüber hinaus sammeln wir Spenden für unsere Forderung nach einem Verfassungszusatz.« Sie setzte ein verlegenes Lächeln auf. »Nicht einmal die Arbeit im Auftrag des Herrn kommt ohne Sponsoren aus.«

»Ich wohne in einem Trailer«, sagte Molly.

»Dafür haben wir Verständnis«, sagte Marge. »Alleinerziehende Mütter müssen häufig mit finanziellen Problemen kämpfen. Aber auch Ihre Unterschrift ist wichtig für die Arbeit im Auftrag des Herrn.«

»Aber ich wohne in einem Trailer. Gott haßt Trailer.«

»Wie bitte?«

»Er läßt sie in Flammen aufgehen, er läßt sie zu Eisblöcken gefrieren, und er läßt sie von Tornados zu Kleinholz machen – Gott haßt Trailer. Sind Sie sicher, daß ich Ihrer Sache nicht vielleicht eher schade?«

Katie kicherte. »Ach, Mrs. Michon, Sie machen Witze. Erst letzte Woche habe ich von einer Frau gelesen, deren Trailer von einem Tornado fast eine Meile durch die Luft gewirbelt wurde und die trotzdem überlebt hat. Sie sagte, daß sie die ganze Zeit gebetet und Gott sie gerettet hat. Da sehen Sie's doch.«

»Aber wer hat den Tornado erst mal losgeschickt?«

Die beiden pastellfarbenen Frauen zuckten auf der Couch zusammen. Die Bläuliche war die erste, die ihre Sprache wiederfand. »Wir würden Sie sehr gerne in unserer Bibelgruppe begrüßen, wo wir über dieses Thema diskutieren können, doch jetzt müssen wir leider weiter. Würde es Ihnen etwas ausmachen, die Petition zu unterschreiben?« Sie zog ein Klemmbrett aus ihrer übergroßen Handtasche und reichte es Molly zusammen mit einem Kugelschreiber.

»Wenn das hier durchkommt, dann dürfen die Kinder in der Schule beten?«

»O ja.« Marge fing an zu strahlen.

»Und die kleinen Moslems dürfen sich siebenmal am Tag nach Mekka verneigen oder was auch immer, ohne daß sie deswegen schlechtere Noten bekommen?«

Die pastellfarbenen Damen in Blau und Pink schauten einander an. »Nun ja... Amerika ist eine christliche Nation, Mrs. Michon.«

Molly wollte nicht den Eindruck entstehen lassen, daß man sie so einfach aufs Kreuz legen konnte. Sie hatte was auf dem Kasten. »Aber Kinder anderer Glaubensrichtungen können doch auch beten, richtig?«

»Ich nehme es mal an«, sagte Katie. »Jedenfalls im stillen.«

»Na, dann ist es ja gut«, sagte Molly, während sie die Petition unterschrieb, »weil Stevie nämlich endlich in der Red-Jets-Lesegruppe mitmachen darf, wenn er Vigoth, dem Würmergott, ein Huhn opfert. Aber sein Lehrer läßt ihn nicht.« Warum habe ich das gesagt? Warum habe ich das gesagt? Was ist, wenn sie mich fragen, wo Stevie überhaupt ist?

»Mrs. Michon!«

»Was? Das würde er auch in der großen Pause erledigen«, sagte Molly. »Damit er nichts vom Unterricht verpaßt.«

»Wir sind unterwegs im Auftrag des Einzigen und Wahren Gottes, Mrs. Michon. Unsere Vereinigung ist keine multireligiöse Organisation. Ich bin sicher, daß Sie, wenn Sie jemals die Macht Seines Geistes gespürt hätten, nicht so reden würden.«

»Oh, die habe ich schon gespürt.«

»Ach wirklich?«

»Aber sicher. Sie können Sie auch spüren. Wenn Sie wollen jetzt gleich.«

»Was meinen Sie damit?«

Molly reichte Katie das Klemmbrett zurück und erhob sich. »Kommen Sie mal mit nach nebenan. Es dauert nur einen Moment. Aber ich weiß genau, daß Sie es spüren werden.«

THEO

Während er durch die Wohngebiete von Pine Cove fuhr, stiegen Theos Hoffnungen, Mikey Plotznik zu finden. Nahezu überall hatten sich Suchtrupps von zwei oder drei Leuten gebildet, die mit Taschenlampen und Handys ausgerüstet die Gegend durchkämmten. Theo hielt bei jedem der Trupps an, erkundigte sich nach dem Stand der Dinge und gab Ratschläge. Als ob er auch nur den blassesten Schimmer gehabt hätte, was er da tat! Wem versuchte er eigentlich etwas vorzumachen? Meistens fand er ja noch nicht mal seine eigenen Autoschlüssel.

In den meisten Wohngegenden von Pine Cove gab es weder Straßenlaternen noch Gehsteige. Die Baumkronen der Kiefern wölbten sich über die Straße wie ein Vorhang, der das Mondlicht verschluckte und in dem sich die Lichtkegel von Theos Scheinwerfern verloren wie in einem Meer von Tinte. Theo stöpselte einen Suchscheinwerfer in die Buchse des Zigarettenanzünders und schwenkte damit über Häuser und unbebaute Grundstücke, doch alles, was er zu sehen bekam, waren zwei Rehe, die sich die Rosensträucher von irgend jemand schmecken ließen. Als er am Strandpark vorbeifuhr, einem Rasengrundstück von der Größe eines Fußballfeldes, das von Zypressen umstanden und gegen den Seewind mit einem zweieinhalb Meter hohen Holzzaun abgeschirmt war, sah er etwas weißlich Leuchtendes, das sich auf einem der Picknicktische bewegte. Er fuhr auf den Parkplatz neben dem Park und richtete die Scheinwerfer des Volvo wie auch den Suchscheinwerfer auf den Tisch.

Ein Pärchen trieb es mitten auf dem Tisch. Was da eben weiß geleuchtet hatte, war der blanke Arsch des Mannes gewesen. Nun drehten sich zwei Gesichter ins Licht des Scheinwerfers, die Augen ebenso weit aufgerissen wie bei den Rehen, die Theo zuvor überrascht hatte. Normalerweise wäre Theo einfach weitergefahren. Für ihn war es nicht ungewöhnlich, Leute »in flagranti« in irgendwelchen Autos auf dem Parkplatz hinter dem Head of the Slug oder entlang des zerklüfteten Küstenstreifens zu ertappen. Aber schließlich war er nicht die Sittenpolizei. Doch die Szene an diesem Abend ging ihm gegen den Strich. Mittlerweile war schon fast ein ganzer Tag vergangen, ohne daß er sich einen Zug aus seinem Sneaky Pete gegönnt hatte. Und vielleicht war es ja ein Entzugssymptom, dachte er.

Theo stellte den Motor des Volvo ab und stieg, die Taschenlampe in der Hand, aus dem Wagen. Die beiden auf dem Picknicktisch zogen hastig ihre Kleider an, während er auf sie zukam. Sie machten jedoch keinen Versuch zu fliehen. Es gab auch nichts, wo sie hingekonnt hätten, außer über den Zaun. Doch dahinter lag nur ein schmaler Strand, der zu beiden Seiten von Klippen begrenzt war und von eiskalten Wellen überspült wurde.

Auf halbem Wege über den Rasen erkannte Theo die beiden Triebtäter, und er blieb stehen. Die Frau, oder besser das Mädchen, war Betsy Butler, eine der Bedienungen auf H.P.'s Café, die im Augenblick einige Mühe hatte, ihren Rock herunterzuziehen, und der Mann – fortgeschrittene Glatzenbildung und eingesunkener Brustkorb – war der vor kurzem verwitwete Joseph Leander. Theo hielt sich noch einmal das Bild von Bess Leander vor Augen, die von einem Wandhaken in einem makellos sauberen Eßzimmer hing.

»Ein bißchen mehr Zurückhaltung wäre vielleicht schon angebracht, oder was denken Sie, Joe?« rief Theo, als er auf die beiden zuging.

»Ähm, es heißt aber Joseph, Constable.«

Theo spürte, wie ihm vor Wut die Kopfhaut zu glühen begann. Von Natur aus war er eigentlich überhaupt kein Mann, der zu Wut oder Zorn neigte, doch die Natur funktionierte in den letzten Tagen auch nicht mehr so wie früher. »Nein, Joseph heißt es nur, wenn Sie Ihren Geschäften nachgehen oder gramgebeugt den Tod Ihrer Frau beklagen. Wenn Sie auf 'nem Picknicktisch im Park ein Mädchen durchrammeln, das halb so alt ist wie Sie, dann heißt es Joe.«

»Ich – wir –, es war alles so schwierig, ich weiß nicht, was in uns gefahren ist, ich meine, in mich. Ich meine...«

»Sie haben wohl nicht zufällig einen Jungen hier gesehen heute nacht. So ungefähr zehn Jahre alt?«

Das Mädchen schüttelte den Kopf. Sie schirmte ihr Gesicht mit einer Hand ab und starrte auf das Gras zu ihren Füßen. Joseph Leander ließ seinen Blick verzweifelt durch den Park schweifen, als ob sich irgendwo in der Dunkelheit wie von Zauberhand eine Falltür auftun könnte. »Nein, ich hab keinen Jungen gesehen.«

Theoretisch hätte Theo die beiden vom Fleck weg wegen unzüchtigen Verhaltens in der Öffentlichkeit verhaften können, doch der damit verbundene Papierkram im Bezirksgefängnis war ihm zuviel Zeitaufwand. »Fahren Sie nach Hause, Joe. Sie sollten Ihre Töchter im Augenblick nicht allein lassen. Betsy, haben Sie 'n Auto?«

Ohne die Hand vom Gesicht zu nehmen, sagte sie: »Ich wohne nur zwei Querstraßen weiter.«

»Dann gehn Sie nach Hause. Und zwar gleich.« Theo drehte sich um und ging zu seinem Volvo zurück. Dem Vorwurf allzu großer Cleverneß war Theo noch nie ausgesetzt gewesen (außer einmal bei einer Collegeparty, als er aus einer Zwei-Liter-Colaflasche und einem Bic-Kugelschreiber eine behelfsmäßige Wasserpfeife zusammengebastelt hatte), doch nun fühlte er sich ausgesprochen dämlich angesichts der Tatsache, daß er Bess Leanders Tod nicht eingehender untersucht hatte. Sich für einen Job anheuern zu lassen, weil man in dem Ruf stand, ein Trottel zu sein, war eine Sache. Diesem Ruf gerecht zu werden war etwas ganz anderes.

Morgen, dachte er. Erst mal geht's darum, den Jungen zu finden.

MOLLY

Molly stand zusammen mit den beiden pastellfarbenen christlichen Damen im Schlamm und betrachtete den Drachen-Trailer.

»Spüren Sie's?«

»Na ja, was um alles in der Welt meinen Sie denn damit?« sagte Marge. »Das ist doch nur ein dreckiger alter Trailer – oh, entschuldigen Sie –, ich meinte, ein Heim auf Rädern.« Bis vor einer Sekunde war sie lediglich darüber besorgt gewesen, daß sie mit ihren puderblauen Absätzen in den feuchten Lehm einsank. Doch nun standen sie und ihre Kollegin vor dem Drachen-Trailer und starrten ihn mit weit aufgerissenen Augen an.

Molly war sich absolut sicher, daß die beiden es spürten. Sie spürte es auch: eine unterschwellige Zufriedenheit, etwas, das mit Sexualität zusammenhing – nicht direkt Freude, aber etwas, das dem sehr nahekam. »Sie spüren es?«

Die beiden Frauen schauten einander an und versuchten sich nicht anmerken zu lassen, daß sie überhaupt etwas empfanden. Doch ihre Augen waren glasig, als stünden sie unter Drogen, und sie trippelten nervös herum, als ob sie versuchten, ein Kichern zu unterdrücken. Katie, die Pinkfarbene, sagte: »Vielleicht sollten wir den Leuten hier einen Besuch abstatten.« Zögernd machte sie einen Schritt vorwärts in Richtung auf den Drachen-Trailer.

Molly trat ihr in den Weg. »Da ist niemand zu Hause. Man bekommt nur so 'n Gefühl. Sie beide sollten jetzt besser losgehen und Ihre Petition ausfüllen.«

»Es ist schon spät«, sagte die Puderblaue. »Für einen Besuch reicht's vielleicht gerade noch, und dann müssen wir los.«

»Nein!« Molly verstellte ihnen den Weg. So spaßig, wie sie sich die Angelegenheit vorgestellt hatte, war das Ganze auf einmal doch nicht mehr. Sie wollte die beiden nur erschrecken, aber nicht, daß ihnen etwas passierte. Und nun hatte sie das ganz sichere Gefühl, daß, wenn die beiden dem Drachen-Trailer auch nur noch ein Stückchen näher kamen, die Kampagne für das Schulgebet zwei gutfrisierte Fürsprecher verlieren würde. »Sie gehen jetzt besser nach Hause, und zwar alle beide.« Molly packte sie an der Schulter, führte sie zurück zur Straße und schob sie zur Einfahrt des Trailer-Parks. Sehnsuchtsvoll verdrehten die beiden Damen die Hälse und schauten zurück zu dem Drachen-Trailer.

»Ich spüre, wie sich der Geist in mir regt, Katie«, sagte Marge.

Molly gab ihnen noch einen letzten Stoß. »Na wunderbar. Wie schön für Sie. Und jetzt ab durch die Mitte.« Ausgerechnet von ihr wurde immer behauptet, sie hätte nicht alle Tassen im Schrank.

»Los, los, los«, sagte Molly. »Ich muß Stevie sein Abendessen machen.«

»Es tut uns so leid, daß wir Ihren Jungen nicht getroffen haben«, sagte Molly. »Wo ist er überhaupt?«

»Hausaufgaben machen. Bis dann. Bye.«

Molly schaute den Frauen hinterher, wie sie zur Wohnwagensiedlung hinausgingen und in einen neuen Chrysler Mini-Van einstiegen. Aus irgendeinem Grund hatte sie plötzlich keine Angst mehr.

»Du hast wohl Hunger, Stevie?«

Der Drachen-Trailer veränderte seine Gestalt. Aus Ecken und Kanten wurden Rundungen, und die Fenster wurden wieder zu Augen, die jedoch nicht mehr so intensiv glänzten wie am frühen Morgen. Molly sah die verbrannten Kiemen, den Ruß und die Brandblasen zwischen den Schuppen. Verschwommene blaue Streifen schimmerten an den Flanken des Drachen und verblaßten wieder. Molly spürte, wie ihr vor Mitleid das Herz schwer wurde. Dieses Ding, was immer es auch sein mochte, hatte Schmerzen.

Sie ging ein paar Schritte näher heran. »Stevie paßt irgendwie nicht richtig zu dir, dafür bist du, glaub ich, zu alt. Außerdem wäre der richtige Stevie deswegen vielleicht eingeschnappt. Wie wär's mit Steve? Du siehst aus wie 'n Steve.« Molly mochte den Namen Steve. Ihr Agent bei der Schauspielervereinigung hatte Steve geheißen. Steve war ein guter Name für ein Reptil. (Im Gegensatz zu Stevie, der besser zu einem tiefgefrorenen Goldfisch paßte.)

Sie spürte, wie sie trotz all ihrer Traurigkeit von einer Welle der Wärme durchflutet wurde. Das Ungeheuer mochte seinen Namen.

»Du hättest den Jungen nicht fressen sollen.«

Steve erwiderte nichts. Immer noch auf der Hut, machte Molly einen weiteren Schritt vorwärts. »Du mußt von hier verschwinden. Ich kann dir nicht helfen. Ich bin nämlich verrückt, mußt du wissen. Ich hab sogar offizielle Papiere, die das beweisen.«

Das Seeungeheuer rollte sich auf den Rücken wie ein kleiner Welpe und bedachte Molly mit einem selten dämlichen, hilflosen Hundeblick, was im übrigen auch nicht gerade eine leichte Aufgabe für ein

Wesen darstellte, das locker in der Lage war, einen Volkswagen zu verschlucken.

»Nein«, sagte Molly.

Das Seeungeheuer winselte vor sich hin. Es war nicht lauter als ein neugeborenes Kätzchen.

»Oh, Mann, das ist doch einfach spitzenmäßig«, sagte Molly. »Stell dir nur vor, was Dr. Val mir alles für Medikamente verabreicht, wenn ich ihr von dem hier erzähle. Die Durchgeknallte und die Echse, so werden sie uns nennen. Hoffentlich bist du jetzt zufrieden.«

Gruppenzwänge

»Aber ich will mit verrückten Leuten nichts zu tun haben«, bemerkte Alice.
»Oh, dagegen kannst du nichts tun«, sagte die Katze. »Wir sind alle verrückt hier. Ich bin verrückt. Du bist verrückt.«
»Woher weißt du, daß ich verrückt bin?« fragte Alice.
»Das kann nicht anders sein«, sagte die Katze, »denn andernfalls wärst du gar nicht hierhergekommen.«

Lewis Carroll, *Alice im Wunderland*

- 13 -

FRÜHSTÜCK

Den Bewohnern von Pine Cove – und besonders jenen unter ihnen, deren Antidepressiva abgesetzt worden waren – kam es so vor, als hätte sich auf mysteriöse Weise im Verlauf der Nacht ein Gefühl der Ruhe und Zufriedenheit über sie gesenkt. Ihre Panik war nicht verschwunden, vielmehr tropfte sie an ihren Schultern herab wie ein warmer Regen, der sich über ein Kleinkind ergießt, das zum ersten Mal völlig verzaubert im Matsch herumtollt. Die Luft war erfüllt von Freude, Sex und Gefahr – und dem euphorischen Bedürfnis, dies mit anderen zu teilen.

Und so kam es, daß sie zur Frühstückszeit massenweise in die örtlichen Restaurants strömten, wo sie sich versammelten wie Tiere der Wildnis im Angesicht eines Löwenrudels – in dem instinktiven Bewußtsein, daß nur einer von ihnen auf der Strecke bleiben wird, nämlich derjenige, der sich allein auf weiter Flur erwischen läßt.

Jenny Masterson arbeitete mittlerweile seit zwölf Jahren als Kellnerin in H. P.'s Café, und sie konnte sich nicht erinnern, jemals außerhalb der Touristensaison einem solchen Ansturm ausgesetzt gewesen zu sein. Sie glitt zwischen den Tischen dahin wie eine Tänzerin, schenkte Kaffee mit und ohne Koffein nach, nahm Bestellungen auf und brachte das Essen an die Tische, wobei sie im Vorübergehen die Wünsche nach mehr Butter oder Salsa registrierte und hier und da das benutzte Geschirr abräumte. Keine überflüssige Bewegung, kein Gast, der übersehen wurde. Sie war gut – und zwar richtig gut –, und manchmal ging ihr das schwer auf die Nerven.

Jenny war vierzig, schlank und hatte einen hellen Teint, kastanienbraunes Haar, das sie bei der Arbeit immer hochgesteckt trug, und Beine, die einfach umwerfend waren. Sie und ihr Mann Robert waren die Inhaber von Brine's Angelbedarf, Bootsausrüstung und Erlesene

Weine, doch nachdem sie drei Monate lang versucht hatte, mit dem Mann zusammenzuarbeiten, den sie liebte, und nachdem ihre Tochter Amanda mittlerweile fünf Jahre alt war, hatte sie den Entschluß gefaßt, daß ihre Ehe und ihr Verstand nur dann zu retten waren, wenn sie wieder als Kellnerin arbeitete. Irgendwann zwischen dem Abschluß des College und dem heutigen Tage hatte sie sich zu einer absoluten Spitzenkellnerin entwickelt, und es war ihr nach wie vor ein Rätsel, wie in drei Teufels Namen es dazu gekommen war. Wie kam es, daß sie zu einem Auffangbecken für jegliches Stadtgespräch, inklusive Klatsch und Tratsch, geworden war? Und wann hatte sie diese schier unglaubliche Fähigkeit entwickelt, im Vorübergehen nahezu sämtliche Unterhaltungen ihrer Gäste aufzuschnappen, ohne den Faden zu verlieren?

Das beherrschende Thema am heutigen Tag war Mikey Plotznik, der am Tag zuvor beim Zeitungsaustragen verschwunden war. Es ging um die Suche nach dem Jungen und Spekulationen darüber, was wohl mit ihm passiert war. An einigen ihrer Tische saßen Pärchen, die offensichtlich nichts anderes im Sinn hatten, als ihre sexuellen Glanzleistungen der vergangenen Nacht noch einmal durchzukauen, und, wenn man ihr Getätschel und Geschmachte richtig deutete, nach dem Frühstück gleich wieder dort weiterzumachen gedachten, wo sie zuvor aufgehört hatten. Jenny versuchte diese Art von Konversation zu überhören. Darüber hinaus hatte sie einen Tisch mit alten Herren, die immer nur herumsaßen und Kaffee tranken und dabei allerlei Falschinformationen zu den Themen Politik und Rasenpflege austauschten. Dann saßen am Tresen noch ein paar Bauarbeiter, die eigentlich vorhatten, an ihrem freien Samstag eine ihrer raren Sonderschichten einzulegen, im Augenblick aber lediglich eine Portion Eier mit Speck verspachtelten und dabei die Zeitung lasen, und schließlich war da noch Val Riordan, die Seelenklempnerin des Ortes, die allein an einem Tisch saß und einen Notizblock vollkritzelte. Wobei letzteres ungewöhnlich war, da sich Val normalerweise tagsüber in Pine Cove nicht blicken ließ. Noch eigenartiger war allerdings die Tatsache, daß Estelle Boyet, die Küstenmalerin, mit einem dunkelhäutigen Herrn zusammen Tee trank, der aussah, als würde er bei der geringsten Berührung buchstäblich aus der Haut fahren.

Jenny hörte, daß es an der Kasse eine Auseinandersetzung gab, und als sie sich umdrehte, sah sie ihre Küchenhilfe mit Molly Michon diskutieren. Jenny zischte zum Tresen: »Molly, Sie wissen doch, daß Sie hier nicht reinkönnen«, sagte Jenny ruhig, aber bestimmt. Molly hatte lebenslanges Lokalverbot, nachdem sie einmal die Espressomaschine in H. P.'s Café attackiert hatte.

»Ich muß nur den Scheck hier einlösen. Ich brauche ein bißchen Geld, um ein paar Medikamente für einen kranken Freund zu kaufen.«

Die Küchenhilfe, eine Zehntkläßlerin von der Pine Cove High School verdrückte sich mit den Worten: »Ich hab's ihr gesagt«, schleunigst in die Küche.

Jenny betrachtete den Scheck. Er war vom Sozialamt ausgestellt, und der Betrag war höher als die Summe, die sie einzulösen befugt war. »Tut mir leid, Molly, aber das kann ich nicht machen.«

»Ich kann mich ausweisen, sogar mit Foto und allem.« Molly zog eine Videokassette aus ihrer riesigen Handtasche und klatschte sie auf den Tresen. Auf der Hülle war ein Foto von einer halbnackten Frau, die an zwei Pfähle gefesselt war. Der Filmtitel war auf italienisch.

»Das ist nicht das Problem, Molly, aber einen Scheck in dieser Höhe darf ich nicht einlösen. Ich will ja keinen Ärger machen, aber wenn Howard dich hier sieht, ruft er die Polizei.«

»Die Polizei ist schon hier«, sagte die Stimme eines Mannes.

Jenny hob den Kopf und sah Theophilus Crowe hinter Molly aufragen. »Hi, Theo.« Jenny mochte Theo. Er erinnerte sie an ihren Robert, bevor er mit dem Trinken aufgehört hatte – ein Hang zur Tragik, aber im Kern gutmütig.

»Kann ich irgendwie behilflich sein?«

»Ich muß dringend etwas Geld auftreiben«, sagte Molly. »Um Medikamente zu kaufen.«

Jenny warf einen kurzen Blick hinüber zu der Ecke, wo Val Riordan von ihren Notizen aufblickte und ärgerlich das Gesicht verzog. Die Psychiaterin wollte ganz offensichtlich nicht in diese Angelegenheit hineingezogen werden.

Sachte nahm Theo den Scheck Molly aus der Hand, betrachtete

ihn und sagte zu Jenny: »Der Scheck ist von einer Behörde ausgestellt, Jenny. Ich bin sicher, daß er gedeckt ist. Nur dies eine Mal? Es geht um Medikamente.« Über Mollys Schulter hinweg zwinkerte er Jenny zu.

»Howard bringt mich um, wenn er das sieht. Jedesmal, wenn sein Blick auf die Espressomaschine fällt, murmelt er etwas von wegen der Saat des Bösen.«

»Sag ihm, es wäre im Interesse der öffentlichen Sicherheit gewesen. Ich kann's ihm auch bestätigen, wenn's sein muß.«

»Na gut. Du hast Glück, daß heute soviel Betrieb ist und ich genug Geld in der Kasse habe.« Jenny reichte Molly einen Kugelschreiber. »Unterschreib ihn einfach auf der Rückseite.«

Schwungvoll setzte Molly ihre Unterschrift unter den Scheck und reichte ihn Jenny, die daraufhin einen Stapel Banknoten auf den Tresen abzählte. »Danke«, sagte Molly und wandte sich dann an Theo. »Danke. Hey, willst du eine Sammlerausgabe von *Warrior Babes*?« Sie hielt ihm die Videokassette hin.

»Ähm, nein, danke, Molly. Ich darf keine Geschenke annehmen.«

Jenny reckte den Kopf vor, um die Hülle der Kassette zu betrachten.

»Es ist auf italienisch, aber man kommt schon dahinter, worum's geht«, sagte Molly.

Theo schüttelte den Kopf und lächelte.

»Okay«, sagte Molly. »Ich muß jetzt los.« Sie machte auf dem Absatz kehrt und verließ das Restaurant. Theo stand wie angewurzelt da und starrte auf ihren Rücken.

»Sie war wohl wirklich mal beim Film«, sagte Jenny. »Hast du das Bild auf der Hülle gesehen?«

»Nöö«, sagte Theo.

»Faszinierend. Hat sie wirklich mal so ausgesehen?«

Theo zuckte mit den Achseln. »Danke, daß du ihren Scheck eingelöst hast. Ich werd mir mal 'nen Platz suchen. Ich nehm nur 'ne Tasse Kaffee und einen English Muffin.«

»Gibt's bei der Suche nach dem kleinen Plotznik schon was Neues?«

Theo schüttelte den Kopf und ging weiter.

GABE

Skinner bellte einmal kurz, um den Futter-Typ zu warnen, daß er gleich mit der durchgeknallten Lady zusammenrasseln würde, aber erstens kam sein Bellen ein bißchen spät, und zweitens kapierte der genervte, aber gutmütige Futter-Typ mal wieder nicht, was Skinner ihm mitzuteilen hatte. Zuvor war es Skinner gelungen, den Futter-Typ zu überreden, daß er mal eine Pause einlegte und sich was zu essen gönnte. Ratten fangen und im Schlamm herummarschieren konnte noch soviel Spaß machen, aber es war einfach wichtig, daß man von Zeit zu Zeit was zu beißen hatte.

Gabe, der bis zu den Knien mit Schlamm bespritzt und bis zu den Schultern mit Kletten behangen war, marschierte mit gesenktem Kopf auf H. P.'s Café zu und kramte im Rucksack nach seinem Geldbeutel, während Molly, die ihr Geld zählte, überhaupt nicht darauf achtete, wo sie hinging. Sie hörte Skinner in dem Augenblick bellen, als ihre Köpfe auch schon zusammenstießen.

»Aua, Entschuldigung«, sagte Gabe und rieb sich den Kopf. »Ich habe nicht aufgepaßt, wo ich hinlaufe.«

Skinner nutzte die Gelegenheit und beschnüffelte Mollys Schritt.

»Netter Hund«, sagte sie. »War er in einem früheren Leben mal Produzent von B-Movies?«

»Entschuldigung.« Gabe packte Skinner am Halsband und zerrte ihn weg.

Molly faltete ihre Geldscheine zusammen und steckte sie in den Bund ihrer Gymnastikhose. »Hey, Sie sind doch der Biologe, oder?«

»Höchstpersönlich.«

»Wieviel Gramm Protein hat eine Kellerassel?«

»Was?«

»Eine Kellerassel. Sie wissen schon, Mopskäfer, Murmelkäfer – grau, viele Beine, rollen sich zusammen und sterben, sonst zu nichts weiter nützlich.«

»Klar, ich weiß, was eine Kellerassel ist.«

»Wieviel Gramm Protein hat eine?

»Ich hab keine Ahnung.«

»Könnten Sie das rauskriegen?«

»Ich nehme schon an.«

»Prima«, sagte Molly. »Ich rufe Sie an.«

»Okay.«

»Bye.« Molly rubbelte Skinners Ohren und ging davon.

Einen Augenblick lang stand Gabe einfach nur da – es war das erste Mal in sechsunddreißig Stunden, daß er von seiner Forschungsarbeit abgelenkt worden war. »Was zum Teufel?«

Skinner wedelte mit dem Schwanz. »Gehen wir endlich was essen.«

DR. VAL

Val Riordan schaute zu, wie sich die schlaksige Gestalt des Constable quer durch das Restaurant auf sie zu bewegte. Im Augenblick stand ihr der Sinn überhaupt nicht nach dienstlichen Angelegenheiten, das war schließlich auch der Grund gewesen, weshalb sie überhaupt hergekommen war – das und die Tatsache, daß sie keine Lust hatte, ihrer Assistentin Chloe mit ihrer neuentdeckten Nymphomanie entgegenzutreten. Was die Lektüre von Fachzeitschriften anging, so hatte sie Monate, ja sogar Jahre nachzuarbeiten, und so hatte sie einen Aktenkoffer damit vollgepackt, in der Hoffnung, wenigstens ein paar davon querlesen zu können, während sie vor ihren ersten Terminen noch eine Tasse Kaffee trank. Und so versuche sie sich nun hinter einer Ausgabe von *Alle Macht den Drogen – Amerikanische Fachzeitschrift für psychopharmakologische Praxis im Klinikbereich* zu verstecken, doch der Constable setzte seinen Weg unbeirrt fort.

»Dr. Riordan, haben Sie mal eine Minute Zeit?«

»Warum nicht.« Sie deutete auf den Stuhl ihr gegenüber.

Theo setzte sich und kam ohne Umschweife direkt zum Thema. »Sind Sie sicher, daß Bess Leander nie irgendwelche Probleme in ihrer Ehe erwähnt hat? Streitereien? Daß Joseph öfter länger weggeblieben ist? Irgendwas in der Richtung?«

»Ich habe Ihnen doch schon erklärt, daß ich darüber nicht reden darf.«

Theo zog einen Dollarschein aus seiner Tasche und schob ihn über den Tisch. »Nehmen Sie das.«

»Warum?«

»Ich möchte, daß Sie meine Therapeutin sind. Ich möchte in den Genuß der gleichen Verschwiegenheit kommen wie Bess Leander. Obwohl dieses Privileg nicht auch noch über das Grab hinaus gültig sein sollte. Ich engagiere Sie hiermit als meine Therapeutin.«

»Für einen Dollar? Ich bin kein Anwalt, Constable Crowe. Ich muß Sie nicht als Patienten akzeptieren. Und Bezahlung hat damit nichts zu tun.« Val versuchte ihn mit schierer Willenskraft zu verscheuchen. Schon von Kindesbeinen an hatte sie immer wieder versucht, anderen Menschen ihren Willen aufzuzwingen. Darüber hatte sie auch schon mit ihrem eigenen Therapeuten während ihres Praktikums gesprochen. Geh weg.

»Schön, dann nehmen Sie mich als Patienten. Bitte.«

»Ich nehme keine neuen Patienten an.«

»Nur eine Sitzung. Gerade mal dreißig Sekunden lang. Ich bin Ihr Patient, und ich verspreche Ihnen, daß es Sie höllisch interessieren wird, was ich bei unserer Sitzung zu sagen habe.«

»Theo, haben Sie sich je mit Ihrem, sagen wir mal, Drogenproblem befaßt?« Dies war eine überaus schnippische und unprofessionelle Bemerkung, doch Crowe führte sich auch nicht gerade professionell auf.

»Heißt das, Sie nehmen mich als Patienten?«

»Gestern nacht habe ich Joseph Leander im Park gesehen, wie er Geschlechtsverkehr mit einer jungen Dame hatte.« Theo faltete seine Hände und lehnte sich zurück. »Was fällt Ihnen dazu ein?«

Jenny dachte, sie höre nicht richtig. Nicht daß sie es darauf angelegt hatte, im Gegenteil, sie hatte einfach nur den English Muffin an den Tisch gebracht und war kalt erwischt worden, als Theo die Bombe platzen ließ. Bess Leander war kaum unter der Erde, da trieb es dieser spießige Presbyterianer schon mit irgendeiner Düse im Park? Sie blieb stehen, als ob sie nachschaute, ob an den anderen Tischen alles in

Ordnung war, und schob einen Augenblick später Theo seinen Muffin hin.

»Kann ich sonst noch was bringen?«

»Im Augenblick nicht, danke«, sagte Theo.

Jenny schaute Val Riordan an und entschied, daß das, was diese im Augenblick gebrauchen konnte, jedenfalls nicht auf der Speisekarte stand. Val saß da, als hätte ihr jemand eine tote Makrele ins Gesicht geklatscht. Jenny überließ die beiden sich selbst. Sie konnte es gar nicht erwarten, bis Betsy endlich auftauchte und sie zur Mittagsschicht ablöste. Betsy war es, die Joseph Leander bediente, wenn er ins Café kam, und sie machte auch dauernd Bemerkungen über ihn, von wegen, daß er der einzige Kerl mit zwei Kindern sei, der niemals gebumst hatte. Wenn Betsy das hörte, würde es sie glatt umhauen.

Betsy wußte natürlich schon Bescheid.

GABE

Gabe band Skinner draußen an, betrat das Café und stellte fest, daß alle Tische besetzt waren. Doch dann fiel sein Blick auf Theophilus Crowe, der mit einer Frau, die Gabe nicht kannte, an einem Tisch mit vier Plätzen saß. Er überlegte, ob er sich einfach dazusetzen sollte, fand dann aber, daß es eleganter wäre, so zu tun, als wollte er Theo über das Neueste von der Rattenfront in Kenntnis setzen, und darauf zu hoffen, daß dieser ihm daraufhin einen Platz anbieten würde.

Auf dem Weg zu besagtem Tisch kramte Gabe schon mal seinen Laptop aus dem Rucksack.

»Theo, du wirst nicht glauben, was ich letzte Nacht herausgefunden habe.«

Theo hob den Blick. »Hallo, Gabe. Kennst du Val Riordan? Sie hat hier eine psychiatrische Praxis.«

Gabe streckte ihr die Hand entgegen, und die Frau ergriff sie, ohne den Blick von seinen schlammverschmierten Stiefeln zu lösen. »Entschuldigung, aber ich war den ganzen Tag im Feld. Nett, Sie kennenzulernen.«

»Gabe ist Biologe. Er hat ein Labor oben bei der Wetterstation.«

Gabe fühlte sich ein wenig unbehaglich. Die Frau hatte kein einziges Wort gesprochen. Sie war ziemlich attraktiv – zurechtgemacht zwar, aber trotzdem attraktiv –, und sie wirkte ein bißchen neben der Spur oder so, als habe ihr irgend etwas auf den Magen geschlagen. »Tut mir leid, wenn ich euch unterbrochen habe. Wir können uns auch später unterhalten, Theo.«

»Nein, setz dich doch. Sie haben doch nichts dagegen, Val? Wir können unsere Sitzung auch später zu Ende bringen. Zwanzig Sekunden müßte ich eigentlich noch haben.«

»In Ordnung«, sagte Val, als käme sie allmählich wieder zu Bewußtsein.

»Vielleicht interessiert Sie das ja auch«, sagte Gabe. Er glitt auf einen der freien Stühle und schob den Laptop vor Val hin. »Schauen Sie sich das an.« Wie so viele Wissenschaftler war Gabe mit völliger Ignoranz in bezug auf die Tatsache geschlagen, daß Forschungsarbeit den meisten Menschen schnurzpiepegal war, solange man ihnen den Wert derselben nicht in Heller und Pfennig vorrechnete.

»Grüne Punkte?« sagte Val.

»Nein, das sind Ratten.«

»Komisch. Sie sehen aus wie grüne Punkte.«

»Das ist eine topographische Karte von Pine Cove. Und das hier sind meine markierten Ratten. Betrachten Sie die Divergenz. Sehen Sie diese zehn hier, die sich vorletzte Nacht nicht dem Zug der anderen angeschlossen haben?«

Val schaute Theo hilfesuchend an.

»Gabe pflanzt Ratten Mikrochips ein und verfolgt sie dann«, sagte Theo.

»Das ist nur eine von den Sachen, die ich mache. Die meiste Zeit verbringe ich damit, Kadaver am Strand zu zählen.«

»Was für eine faszinierende Arbeit«, sagte Val, ohne sich die geringste Mühe zu geben, ihre Verachtung zu verbergen.

»Ja, spitzenmäßig«, sagte Gabe und wandte sich an Theo: »Jedenfalls, diese zehn hier sind nicht mit den anderen mitgezogen.«

»Hast du schon erzählt. Du hast gemeint, es wäre möglich, daß sie tot sind.«

»Sind sie aber nicht. Zumindest die sechs, die ich gefunden habe, waren nicht tot. Was sie aufgehalten hat, war nicht der Tod, sondern Sex.«

»Was?«

»Ich habe zwanzig Exemplare aus der Gruppe, die weggezogen sind, lebend gefangen. Die aus der anderen Gruppe brauchte ich gar nicht zu fangen. Es waren drei Pärchen, und sie waren allesamt mitten beim Geschlechtsverkehr.«

»Weshalb haben sich die anderen aus dem Staub gemacht?«

»Keine Ahnung.«

»Aber diese hier, waren dabei, ähm, sich zu paaren?«

»Eins der Pärchen habe ich eine Stunde lang beobachtet. Sie haben es hundertsiebzehnmal gemacht.«

»In einer Stunde? So was können Ratten?«

»Können können sie's. Aber sie tun's nicht.«

»Aber du hast gesagt, sie haben's getan.«

»Es ist eine Anomalie. Allerdings bei allen drei Pärchen. Eines der Weibchen ist wohl im Verlauf des Ganzen gestorben, aber das Männchen hat sich davon nicht beirren lassen und war noch immer munter dabei, als ich es gefunden habe.«

Theos Gesicht war zerfurcht von Falten. Es kostete ihn offensichtlich große Mühe, sich einen Reim darauf zu machen, was zum Teufel Gabe ihm eigentlich mitteilen wollte und warum er es ausgerechnet ihm erzählte. »Was hat das zu bedeuten?«

»Ich habe keine Ahnung«, sagte Gabe. »Ich weiß nicht, warum eine Massenflucht stattgefunden hat, und ich weiß genausowenig, weshalb die kleinere Gruppe an Ort und Stelle geblieben ist und kopuliert hat.«

»Nun denn, danke, daß du das mit uns geteilt hast.«

»Sex und fressen«, sagte Gabe.

»Vielleicht solltest du was essen, Gabe.« Theo winkte nach der Kellnerin.

»Was wollen Sie damit sagen?« fragte Val. »Sex und fressen?«

»Unser gesamtes Verhalten ist darauf ausgerichtet, in den Genuß von Nahrung und Sex zu kommen«, sagte Gabe.

»Freud läßt grüßen.«

»Nein, eher Darwin.«

Val lehnte sich vor, und für einen Augenblick umwehte ein Hauch ihres Parfüms Gabes Nase. Es machte fast den Eindruck, als sei sie wirklich interessiert. »Wie können Sie so was behaupten? Das Verhalten von Lebewesen ist wesentlich komplexer.«

»Finden Sie?«

»Ich weiß es. Und was immer das sein mag, diese Funk-Ratten-Studie, die Sie da betreiben, ist der beste Beweis.« Sie drehte den Bildschirm des Laptop so, daß sie ihn alle sehen konnten. »Sie haben sechs Ratten, die Sex treiben, doch wenn ich es richtig verstanden habe, haben Sie, na ja, jede Menge Ratten, die sich plötzlich aus dem Staub gemacht haben – ohne jeglichen Grund. Hab ich recht?«

»Es hat einen Grund gegeben, nur kenne ich ihn bis jetzt noch nicht.«

»Aber es war nicht das Fressen, und ganz offensichtlich war es auch nicht Sex.«

»Das weiß ich noch nicht. Ich vermute, daß sie vielleicht gewalttätigen Fernsehprogrammen ausgesetzt waren.«

Theo lehnte sich zurück und beschränkte sich darauf, den Anblick zweier Menschen zu genießen, die zusammen drei Jahrzehnte Bildung auf dem Buckel hatten und sich nun voreinander aufplusterten wie Rabauken auf dem Schulhof.

»Ich bin Psychiater, nicht Psychologe. Unsere Fachrichtung ist in den letzten dreißig Jahren immer mehr dazu übergegangen, physiologische Ursachen für das Verhalten verantwortlich zu machen, oder ist Ihnen das entgangen?« Mittlerweile grinste Val Riordan sogar.

»Dessen bin ich mir durchaus bewußt. Deswegen werde ich auch die Gehirnchemie von beiden Gruppen analysieren, um festzustellen, ob es eine neurochemische Erklärung gibt.«

»Wie machst du das?« fragte Theo.

»Man jagt die Gehirne durch den Mixer und analysiert die chemischen Inhaltsstoffe«, sagte Gabe.

»Das tut doch bestimmt weh«, sagte Theo.

Val Riordan lachte. »Ich wollte, so könnte ich mit meinen Patienten auch umspringen, um zu einer Diagnose zu kommen. Jedenfalls bei einigen.«

VAL

Val konnte sich nicht erinnern, wann sie sich das letzte Mal so gut amüsiert hatte, doch sie vermutete, daß es beim Schlußverkauf eines Luxuskaufhauses in San Francisco vor zwei Jahren gewesen war. Sex und fressen – Mannometer. Dieser Kerl hier war ja so was von naiv, aber trotzdem hatte sie seit ihren Tagen an der Uni niemanden mehr erlebt, der mit solchem Eifer reine Forschung betrieb, und es tat gut, bei dem Gedanken an Psychiatrie nicht gleich finanzielle Erwägungen aufkommen zu lassen. Sie stellte fest, daß sie sich überlegte, wie Gabe Fenton wohl im Anzug aussehen würde, nachdem er geduscht und sich rasiert hatte und vor allem: nachdem er in kochendes Wasser getaucht worden war, um die ganzen Parasiten an ihm auszumerzen. Garantiert nicht schlecht, dachte sie.

Gabe sagte: »Ich kann einfach keinen äußeren Stimulus für dieses Verhalten finden, aber ich muß erst noch die Möglichkeit ausschließen, daß es sich um chemische oder umweltbedingte Einflüsse handelt. Wenn die Ratten davon betroffen sind, dann wirkt es sich eventuell auch auf andere Arten aus. Und dafür gibt es diverse Anzeichen.«

Val kam die Woge der Geilheit in den Sinn, die in den letzten beiden Tagen über ihre Patienten hinweggebrandet war. »Könnte es vielleicht am Wasser liegen? Was meinen Sie? Irgend etwas, das sich auf uns auswirkt?«

»Könnte sein. Wenn es chemische Ursachen sind, kann es sein, daß es bei Säugetieren von der Größe eines Menschen länger dauert, bis eine Wirkung eintritt. Euch beiden ist in den letzten beiden Tagen nicht zufällig irgendwas Ungewöhnliches aufgefallen, oder?«

Theo spuckte fast seinen Kaffee aus. »Das ganze Kaff schnappt völlig über.«

»Ich darf über einzelne Patienten keine Auskünfte geben«, sagte Val. Sie war entsetzt. Natürlich gab es seltsames Verhalten. Und sie hatte es ausgelöst, indem sie die Medikamente bei fünfzehnhundert Leuten auf einen Schlag abgesetzt hatte. So war es doch, oder? Sie mußte hier raus. Und zwar schleunigst. »Aber allgemein gesprochen kann ich sagen: Theo hat recht.«

»Ach ja, hab ich das?« sagte Theo.

»Hat er das?« sagte Gabe.

Jenny war wieder an ihren Tisch zurückgekehrt, um Kaffee nachzuschenken. »Es tut mir leid, daß ich mitgehört habe, aber ich muß Theo ebenfalls zustimmen.«

Alle blickten Jenny an und dann sich gegenseitig. Val sah auf ihre Uhr. »Ich muß jetzt los, denn ich habe einen Termin. Aber, Gabe, es würde mich sehr interessieren, was bei Ihren chemischen Analysen herausgekommen ist.«

»Wirklich?«

»Ja.«

Val legte etwas Geld auf den Tisch, und Theo sammelte es ein und reichte es ihr zusammen mit der Ein-Dollar-Note zurück, die er zuvor als Honorar auf den Tisch gepackt hatte. »Val, ich muß noch mal über die andere Angelegenheit mit Ihnen reden.«

»Rufen Sie mich an. Ich weiß aber nicht, ob ich Ihnen da behilflich sein kann. Bye.«

Als Val das Café verließ, empfand sie tatsächlich so etwas wie Vorfreude bei dem Gedanken an die Begegnung mit ihren Patienten, wobei allerdings die Vorstellung, ihre Gehirne durch einen Mixer zu jagen, eine gewisse Rolle spielte. Irgendwas, womit sie sich die Verantwortung vom Hals schaffen konnte, die ganze Stadt in den Wahnsinn getrieben zu haben. Doch andererseits konnte man sie dadurch, daß man sie ein bißchen verrückt machte, davon abhalten, sich selbst zu zerstören; und das war ja auch nicht der schlechteste Grund, zur Arbeit zu gehen.

»Ich muß auch los«, sagte Theo und erhob sich von seinem Stuhl. »Gabe, soll ich veranlassen, daß der Bezirk das Wasser überprüfen läßt oder so was? Ich muß sowieso heute noch zur Bezirksverwaltung nach San Junipero.«

»Noch nicht. Die allgemeinen Tests auf Toxine und Schwermetalle kann ich selbst durchführen. Das mache ich andauernd wegen der Untersuchung über die Froschpopulation.«

»Kommst du mit raus?«

»Ich wollte noch was zum Mitnehmen bestellen für Skinner.«

»Hast du nicht gesagt, daß es zehn Ratten waren, die sich vom Rest der Gruppe abgesetzt hatten?«

»Ja, aber finden konnte ich nur sechs.«

»Was ist mit den anderen vier passiert?«

»Ich hab keine Ahnung. Sie sind einfach verschwunden. Es ist eigenartig, denn diese Chips sind nahezu unzerstörbar. Selbst wenn sie tot wären, müßte ich sie per Satellit noch aufspüren können.«

»Außerhalb der Reichweite vielleicht?«

»Nie im Leben, der Radius beträgt zweihundert Meilen. Sogar mehr, wenn ich sie wirklich finden will.«

»Wo sind sie dann hin?«

»Als sie das letzte Mal aufgetaucht sind, waren sie unten am Bach. In der Nähe vom Fly Rod Trailer Park.«

»Du machst Witze. Genau dort ist der kleine Plotznik zum letzten Mal gesichtet worden.«

»Willst du einen Blick auf die Karte werfen?«

»Nein, ich glaube dir. Ich muß jetzt los.« Theo machte sich daran zu gehen.

Gabe legte ihm die Hand auf die Schulter. »Theo, ist, ähm …«

»Was?«

»Ist Val Riordan Single?«

»Geschieden.«

»Glaubst du, sie mag mich?«

Theo schüttelte den Kopf. »Gabe, ich kann dich ja verstehen. Ich bin auch zuviel allein.«

»Was? Ich hab doch nur gefragt.«

»Bis demnächst.«

»Hey, Theo, du machst heute so einen wachen Eindruck.«

»Du meinst, nicht stoned?«

»Entschuldige, ich wollte dir nicht …«

»Schon gut, Gabe. Danke.«

»Bleib tapfer.«

JENNY

Als Jenny am Tisch von Estelle Boyet vorbeikam, hörte sie, wie der farbige ältere Herr sagte: »Wir brauchen niemand nix zu erzählen. Es ist fünfzig Jahre her, seit ich das Ding gesehen hab. Gut möglich, daß es wieder zurück ins Wasser ist.«

»Trotzdem«, sagte Estelle, »ein kleiner Junge wird vermißt. Was ist, wenn zwischen den beiden Sachen ein Zusammenhang besteht?«

»Dich hat wohl noch nie jemand 'nen verrückten Nigger genannt?«

»Nicht daß ich mich erinnern könnte.«

»Mich schon. Und zwar noch zwanzig Jahre, nachdem ich das letzte Mal von diesem Ding erzählt hab. Ich sag niemand auch nur ein Wort. Das ist unser kleines Geheimnis, Mädchen.«

»Ich mag es, wenn du mich Mädchen nennst«, sagte Estelle.

Auf den Weg zurück zur Küche versuchte Jenny den heutigen Morgen mental in den Griff zu kriegen – die Gesprächsfetzen, die sie aufgelesen hatte, waren so surreal wie ein Puzzle von Dalí. Doch es stand fest, daß irgendwas in Pine Cove am Kochen war.

- 14 -

MOLLY

Pine Cove war ein dekorativer Ort, wo alles in erster Linie darauf angelegt war, Eindruck zu machen, weshalb es gerade mal eine Spur funktionaler war als Disneyland. Daher herrschte ein ziemlicher Mangel an Geschäften und Unternehmen, die für die Bewohner und nicht für die Touristen da waren. Im Stadtzentrum gab es zehn Kunstgalerien, fünf Probierstuben für Wein, zwanzig Restaurants, elf Souvenierläden und eine Eisenwarenhandlung. Die Stellung des Verkäufers in der Eisenwarenhandlung war unter den bereits im Ruhestand befindlichen Mitgliedern der männlichen Bevölkerung von Pine Cove heiß begehrt, denn nirgendwo sonst konnte ein Mann selbst nach Überschreiten seines Zenits noch eine so gute Figur abgeben, quasi ex cathedra Weisheiten verkünden und ganz allgemein ein arrogantes Platzhirschgehabe an den Tag legen, ohne daß eine Frau dazwischentrat und ihn daran erinnerte, daß er ganz offensichtlich nur einen Haufen Scheiße daherlaberte.

Die Schwelle des Eisenwarenladens zu überschreiben und durch die Lichtschranke zu treten, die die Klingel auslöste, war gleichbedeutend mit dem Auslösen eines Testosteron-Alarms, und wenn es nach den Verkäufern gegangen wäre, so hätten sie wohl einen Atomiseur konstruiert, der in allen Ecken und Winkeln des Ladens ihren Urin versprühte, sobald die Ladenklingel ertönte. Jedenfalls kam es Molly Michon so vor, als sie an jenem Samstagmorgen das Geschäft betrat.

Die Verkäufer, drei Männer, beendeten jäh ihre hitzige Diskussion über die Feinheiten der Installation einer ringförmigen Wachsdichtung für Toiletten, um die Frau, die gerade ihr Reich betreten hatte, kichernd in Augenschein zu nehmen und sie augenblicklich zum Gegenstand im Flüsterton vorgetragener spöttischer Bemerkungen zu machen. Molly rauschte am Tresen vorbei, den Blick auf eine Werbetafel für Gift gegen Kleinnagetiere gerichtet, um jeglichen Augenkontakt mit den Angestellten zu vermeiden. Ein heiseres Gelächter erhob sich, als sie in den Gang mit dem Dachdeckerzubehör einbog.

Die Verkäufer, Frank, Bert und Les – allesamt im Vorruhestand, schmerbäuchig und kahlköpfig und im großen und ganzen austauschbar, wenn man davon absah, daß Frank seine Cordhosen mit einem Gürtel hochhielt, während die anderen beiden Hosenträger bevorzugten, die aussahen wie gelbe Maßbänder –, wollten Molly zappeln lassen, bis sie bettelnd angekrochen kam. Erst einmal würden sie sie eine Weile durch das Geschäft streifen lassen und ihr die Gelegenheit geben, zu versuchen, die geheimen Zwecke zu ergründen, zu denen die Ideal-Spezial-Super-Turbo-Teile dienten, die, teilweise in Folie eingepackt, auf allerlei Tonnen, Kisten und Regale des Ladens verteilt waren. Dann würde sie schließlich reumütig zum Tresen zurückkehren und sich ergeben. Frank würde ihr die Gnade seiner Beratertätigkeit angedeihen lassen und ihrem Ego ein paar ausgewählte Tiefschläge verpassen, bevor er die Dame schließlich zu dem richtigen Produkt führte und sie mit ein paar gezielten Fragen endgültig fertigmachte, bis sie nur noch ein winselndes Häuflein Elend war. »Soll's eine Metallschraube oder 'ne Holzschraube sein? Drei Achtel Inch oder sieben Sechzehntel? Haben Sie einen Imbusschlüssel? Na ja, in dem Fall werden Sie wohl einen brauchen, oder? Wollen Sie das nicht vielleicht doch lieber von 'nem Fachmann erledigen lassen?« Bis sich die Kundin durch Tränen und/oder leises Schluchzen geschlagen gab und die Überlegenheit der männlichen Rasse ein für alle Mal konzedierte.

Frank, Bert und Les beobachteten Molly auf dem Monitor der Überwachungsanlage, tauschten einige Kommentare bezüglich ihrer Brüste aus und begannen nervös zu lachen, als sie sich nach fünf Minuten noch immer nicht ergeben hatte. Als sie schließlich mit einem Zwanzig-Liter-Eimer Dachteer, einer Rolle Glaswollebandagen und einer langstieligen Spritzpistole aus dem Gang heraustrat, versuchten alle drei, den Eindruck zu erwecken, als seien sie mit irgend etwas anderem beschäftigt.

Molly stand am Tresen und trippelte von einem Fuß auf den anderen. Bert und Les standen an einem Drehgestell und taten so, als würden sie einen Katalog studieren, während sie in erster Linie damit beschäftigt waren, ihre Bäuche einzuziehen, wohingegen Frank die Kasse bediente und den Eindruck zu erwecken versuchte, als sei er mitten in einer komplizierten Rechenoperation, die aber nur darauf abzielte, dem Gerät irgendwelche Pieptöne zu entlocken.

Molly räusperte sich.

Frank hob den Blick und tat so, als hätte er gerade erst bemerkt, daß sie überhaupt da war. »Alles gefunden, was Sie brauchen?«

»Ich glaube schon«, sagte Molly und wuchtete mit beiden Händen den Eimer mit Teer auf den Tresen.

»Brauchen Sie noch Harz für die Glaswollebandagen?« fragte Les.

»Und was zum Härten?« fragte Bert, woraufhin Frank kicherte.

»Was?« sagte Molly.

»Das Dach von 'nem Trailer können Sie damit aber nicht flicken, Miss. Sie wohnen doch im Fly Rod, oder?« Sie wußten alle, wer sie war und wo sie wohnte. Sie war häufig das Objekt von Klatschgeschichten und Spekulationen in der Eisenwarenhandlung, obwohl sie niemals zuvor einen Fuß in den Laden gesetzt hatte.

»Ich hab gar nicht vor, ein Dach zu flicken.«

»Na ja, für die Auffahrt können Sie den Kram hier jedenfalls auch nicht verwenden, da brauchen Sie Asphaltversiegler, und den müssen Sie mit 'nem Pinsel auftragen und nicht mit 'ner Spritzpistole.«

»Wieviel kostet das?« fragte Molly.

»Sie sollten 'ne Atemschutzmaske tragen, wenn Sie mit Glaswolle arbeiten. So eine haben Sie doch sicher zu Hause?« fragte Bert.

»Klar, gleich neben den Elfen und Gnomen«, sagte Les.

Molly verzog keine Miene.

»Er hat recht«, sagte Frank. »Wenn die Glasfasern erst mal in die Lunge kommen, können sie dort 'ne Menge Schaden anrichten, besonders bei so Lungen wie Ihren.«

Die Verkäufer lachten über den Witz.

»Draußen im Lieferwagen hab ich 'ne Atemschutzmaske«, sagte Les. »Ich könnte nach der Arbeit bei Ihnen vorbeikommen und Ihnen bei der Arbeit ein bißchen unter die Arme greifen.«

»Das wäre ganz prima«, sagte Molly. »Wann denn?«

Les zuckte zusammen. »Na ja, um...«

»Ich besorg ein paar Biere«, sagte Molly lächelnd. »Warum kommen Sie beide nicht auch mit, ich könnte ein bißchen Hilfe echt gebrauchen.«

»Ach, ich denke, Les kommt schon allein zurecht, oder, Les?« Frank drückte die Summentaste. »Das macht dann zusammen siebenunddreißig fünfundsechzig inklusive Steuer.«

Molly zählte das Geld auf den Tresen. »Dann bis heute abend?«

Les schluckte und rang sich ein Lächeln ab. »Da können Sie Gift drauf nehmen«, sagte er.

»Noch mal vielen Dank«, sagte Molly strahlend. Dann packte sie ihre Einkäufe und ging zur Tür.

Als sie durch die Lichtschranke trat, flüsterte Frank: »Die Schlampe hat sie doch nicht mehr alle.«

Molly blieb stehen, drehte sich langsam um und zwinkerte.

Sobald sie aus dem Laden war, gerieten die drei alten Säcke ziemlich aus dem Häuschen und unternahmen einige kümmerliche Versuche, sich nach schwarzer Jungmännermanier abzuklatschen, während sie Les auf die Schulter klopften. Der Traum eines jeden Eisenwarenverkäufers hatte sich erfüllt – Les würde nicht nur in den Genuß kommen, eine Frau einfach nur zu erniedrigen, nein, er würde sie, was noch besser war, nackt zu Gesicht bekommen. Aus irgendeinem Grund waren die drei in letzter Zeit ziemlich geil, was sich darin äußerte, daß sie nahezu ebensooft an Sex dachten wie an Schlagbohrer und Schleifmaschinen.

»Meine Frau bringt mich um«, sagte Les.

»Was sie nicht weiß, macht sie nicht heiß«, erwiderten die beiden anderen im Chor.

THEO

Theo spürte förmlich, wie ihm sein Magen in die Kniekehlen sackte, als er seinen Paradiesgarten betrat und eine Handvoll klebriger Knospen von seinen Pflanzen abschnippelte. Diesmal waren sie zwar nicht für ihn selbst, doch bei dem Gedanken daran, in welchem Maße dieses kleine Pflanzenbeet sein Leben bestimmte, wurde ihm schlecht. Und außerdem, wie kam es, daß er volle drei Tage nicht das geringste Bedürfnis verspürt hatte, seinen Sneaky Pete anzuzünden? Konnte man zwanzig Jahre lang regelmäßig Drogen nehmen, und plötzlich war einfach Schluß damit? Kein Entzug, keine Nebenwirkungen, kein brennendes Verlangen? Die plötzliche Freiheit war schon fast ekelerregend. Es war, als wäre die Fee der Verworrenheit einfach so in sein Leben geplatzt, hätte ihm mit einem Hühnchen aus Gummi eins über den Schädel gebraten und ihn ins Schienbein gebissen, um sich dann davonzumachen und den Rest von Pine Cove heimzusuchen.

Er stopfte das Marihuana in einen Plastikbeutel, steckte ihn in die Innentasche seiner Jacke und stieg in den Volvo, um sich auf den vierzig Meilen weiten Weg nach San Junipero zu machen. Er würde hinabsteigen in die Tiefen des Justizgebäudes und dem Spider Auge in Auge gegenübertreten, damit der ihm erzählte, was er wissen wollte. Das Gras war ein Schmiermittel für die Kooperationsbereitschaft des Spider. Er würde auf dem Weg noch bei einem Lebensmittelgeschäft haltmachen und eine Tüte voll Süßigkeiten kaufen, um die Bestechungssumme in die Höhe zu treiben. Der Spider war schwierig, arrogant und ganz und gar verkorkst, aber zumindest mußte man sich für ein Rendezvous mit ihm nicht in große Unkosten stürzen.

Durch die Panzerglasscheibe konnte Theo den Spider inmitten eines Netzes sitzen sehen: Fünf Bildschirme, auf denen unablässig Zahlenkolonnen herunterscrollten, tauchten den Spider in ein unheimliches blaues Licht. Die einzige andere Lichtquelle im Raum waren die winzigen roten und grünen Leuchtdioden an den einzelnen Geräten, die in der Dunkelheit schimmerten wie verlöschende Sterne. Ohne auch nur eine Sekunde seine Bildschirme aus den Augen zu lassen, drückte der Spider für Theo den Türöffner.

»Crowe«, sagte der Spider, ohne den Kopf zu heben.

»Lieutenant«, erwiderte Theo.

»Nennen Sie mich Nailgun«, sagte der Spider.

Eigentlich hieß er Irving Nailsworth, und sein offizieller Rang im

Sheriff's Department von San Junipero war Cheftechniker. Er war einssechzig groß, wog hundertfünfzig Kilo und trug in letzter Zeit immer ein schwarzes Béret, wenn er in seinem Netz lauerte. Nailsworth hatte schon früh gemerkt, daß die Welt irgendwann von Weicheiern mit Grips beherrscht werden würde, und sich im Keller des Bezirksgefängnisses sein kleines Lehen im Bereich der Informationen unter den Nagel gerissen. Nichts geschah, ohne daß der Spider davon erfuhr. Er überwachte und kontrollierte sämtliche Informationen, die im Umkreis des Bezirks herumgeisterten, und bevor irgend jemand erkannte, wieviel Macht damit einherging, hatte er sich auch schon unentbehrlich gemacht, so daß das System nicht mehr auf ihn verzichten konnte. Er hatte niemals einen Verdächtigen verhaftet, eine Waffe berührt oder einen Fuß in einen Streifenwagen gesetzt, und doch war er vom Rang her der dritthöchste Police Officer im ganzen Bezirk.

Außer seiner Vorliebe für rohes Datenmaterial hatte der Spider eine Schwäche für Junkfood, Internet-Pornos und hochklassiges Marihuana. Letzteres war Theos Eintrittskarte in das unterirdische Reich des Spider. Er legte den Plastikbeutel auf die Tastatur vor Nailsworth. Immer noch ohne Theo eines Blickes zu würdigen, öffnete Spider den Beutel, schnüffelte daran, zerdrückte eine Knospe zwischen Daumen und Zeigefinger, um den Beutel anschließend wieder zu verschließen und in seiner Brusttasche verschwinden zu lassen.

»Nett«, sagte er. »Was brauchen Sie?« Er pulte die Marshmallow-Glasur von einem Kuchen, stopfte sie in den Mund und warf den Kuchenboden in den Papierkorb zu seinen Füßen.

Theo stellte die Tüte mit den Süßigkeiten neben den Papierkorb. »Ich brauche den Autopsiebericht von Bess Leander.«

Nailgun nickte – kein leichtes Unterfangen für einen Mann, der allem Anschein nach gar keinen Hals besaß. »Und?«

Theo wußte nicht, was er fragen sollte. Nailsworth rückte nur höchst selten freiwillig mit Informationen heraus, man mußte ihm schon die richtigen Fragen stellen. Es war wie eine Unterhaltung mit einer aufgeblasenen Sphinx. »Ich habe mich gefragt, ob Sie mir vielleicht was liefern könnten, das mir dabei hilft, Mikey Plotznik zu finden.« Theo wußte, daß er keine weiteren Erklärungen abgeben mußte. Der Spider wußte sowieso schon alles über den vermißten Jungen.

Spider griff in die Tüte zu seinen Füßen und zog ein Twinkie heraus. »Zuerst fischen wir uns mal die Autopsie raus.« Seine fetten Wurstfinger huschten über die Tastatur. »Brauchen Sie einen Ausdruck?«

»Das wäre nett.«

»Hier steht aber nichts von wegen, daß Sie die polizeilichen Ermittlungen leiten.«

»Deswegen bin ich ja hergekommen. Das Büro des Gerichtsmediziners hat sich geweigert, mir Einblick in den Bericht zu geben.«

»Hier steht als Todesursache Herzstillstand infolge von Sauerstoffmangel. Selbstmord.«

»Ja, sie hat sich aufgehängt.«

»Das glaube ich aber nicht.«

»Ich habe die Leiche gesehen.«

»Ich weiß. Hing im Eßzimmer.«

»Und was soll das nun heißen: ›Glaube ich aber nicht‹?«

»Die Würgemale an ihrem Hals sind dem Bericht zufolge postmortem. Kein gebrochenes Genick, also ist sie nicht plötzlich heruntergefallen.«

Theo betrachtete blinzelnd den Bildschirm und versuchte aus den Daten schlau zu werden. »An der Wand waren Kratzspuren von ihren Absätzen. Sie muß sich selbst erhängt haben. Sie litt unter Depressionen, deswegen hat sie Zoloft genommen.«

»Davon steht aber nichts in der toxikologischen Analyse.«

»Was?«

»Es wurde eine toxikologische Untersuchung nach Antidepressiva durchgeführt, weil Sie es zu Protokoll gegeben hatten, aber es wurde nichts gefunden.«

»Hier steht aber Selbstmord.«

»Das ist schon richtig, aber es stimmt vom Zeitpunkt her nicht überein. So wie's aussieht, hatte sie einen Herzanfall. Anschließend hat sie sich aufgehängt.«

»Sie ist also umgebracht worden?«

»Sie wollten den Autopsiebericht sehen. Da drin steht Herzstillstand, nichts weiter. Andererseits ist Herzstillstand die Todesursache bei allem und jedem. Egal ob man sich eine Kugel im Kopf einfängt, von einem Auto überfahren wird oder Gift schluckt. Das Herz bleibt halt irgendwann stehen.«

»Gift schlucken?«

»Nur so als Beispiel, Crowe. Das ist nicht mein Gebiet. Wenn ich Sie wäre, würde ich versuchen rauszukriegen, ob sie früher schon mal Probleme mit dem Herzen hatte.«

»Sie haben gesagt, das ist nicht Ihr Gebiet.«

»Ganz richtig.« Der Spider drückte eine Taste, und in der Dunkelheit des Raumes begann irgendwo ein Laserdrucker zu surren.

»Über den Jungen hab ich kaum Informationen. Ich kann Ihnen aber eine Liste seiner Abonnenten geben, damit Sie seine Route abklappern können.«

Theo erkannte, daß er zum Fall Bess Leander nicht mit weiteren Informationen rechnen konnte. »Die Liste hab ich schon. Wie wär's mit einer Aufstellung sämtlicher Kinderschänder in der Gegend?«

»Kein Problem.« Die Finger des Spider huschten erneut über die Tastatur. »Glauben Sie, daß jemand den Jungen entführt hat?«

»Ich weiß einen Scheiß«, sagte Theo.

Der Spider sagte: »In Pine Cove sind keine Pädophilen bekannt. Wollen Sie den ganzen Bezirk?«

»Warum nicht?«

Der Laserdrucker surrte erneut, und der Spider deutete in die Dunkelheit auf die Geräuschquelle. »Alles, was Sie wollten, ist da hinten. Das ist alles, was ich für Sie tun kann.«

»Danke, Nailgun. Vielen Dank noch mal.« Theo spürte schon wieder einen Schauer seinen Rücken hinaufjagen – allmählich wurde die Sache chronisch. Er trat in die Dunkelheit und fand die Unterlagen im Papierfach des Laserdruckers. Dann ging er zur Tür. »Drücken Sie mir den Öffner?«

»Wohnen Sie eigentlich immer noch in der Hütte bei der Beer Bar Ranch?«

»Yo«, sagte Theo. »Schon seit acht Jahren.«

»Aber Sie sind noch nie auf der Ranch gewesen, oder?«

»Nein.« Theo zuckte zusammen. Konnte es sein, daß der Spider wußte, daß Sheriff Burton ihn in der Hand hatte?

»Gut so«, sagte Spider. »Halten Sie sich davon fern. Und Theo?«

»Ja?«

»Sheriff Burton hat sich von mir sämtliche Informationen darüber geben lassen, was in Pine Cove passiert. Seit dem Tod von Bess Leander und der Explosion des Tanklastwagens liegen seine Nerven ziemlich blank. Wenn Sie also im Fall Leander irgendwelche Nachforschungen anstellen, halten Sie sich lieber bedeckt.«

Theo kam aus dem Staunen nicht mehr heraus. Spider hatte tatsächlich freiwillig Informationen herausgerückt. »Warum?« war alles, was er sagen konnte.

»Ich mag das Gras, das Sie mir immer vorbeibringen.« Spider tätschelte die Brusttasche seines Hemds.

Theo lächelte. »Sie werden Burton nicht erzählen, daß Sie mir den Autopsiebericht gegeben haben?«

»Warum sollte ich?« sagte Spider.

»Passen Sie auf sich auf«, sagte Theo. Spider wandte sich wieder seinen Monitoren zu und drückte auf den Türöffner.

MOLLY

Molly war sich nicht so sicher, ob es schwieriger war, sich als die Irre von Pine Cove oder als Warrior Babe der Atomwüste durchs Leben zu schlagen. Für eine Killermieze waren die Fronten ziemlich klar: Man rannte auf der Suche nach Nahrung und Sprit halbnackt durch die Gegend und prügelte von Zeit zu Zeit den Schleim aus irgendwelchen Mutanten. Es gab keinerlei Arglist oder Gerüchte. Egal wie man sich aufführte, man brauchte sich nicht darum zu kümmern, ob die Sandpiraten ein solches Verhalten schätzten oder nicht. Wenn sie es schätzten, lauerten sie einem auf und folterten einen. Wenn nicht, beschimpften sie einen als Mistschlampe, um dann aufzulauern und zu foltern. Es konnte sein, daß sie einem ausgehungerte radioaktive

Kakerlaken auf den Hals hetzten, einen mit glühenden Feuerhaken malträtierten oder hordenweise über einen herfielen und einen vergewaltigten (letzteres allerdings nur in den Spezialfassungen für den Markt in Übersee), doch zumindest wußte man immer, woran man bei den Sandpiraten war. Außerdem kicherten sie niemals. Was kichern anging, so hatte Molly davon für den heutigen Tag die Nase gestrichen voll. In der Apotheke hatten sie auch gekichert.

Am Tresen des Pine Cove Drug and Gift arbeiteten vier Frauen im fortgeschrittenen Alter, über die von seinem Platz hinter einer großen Glasscheibe der delphinschänderische Apotheker Winston Krauss gebot wie ein Hahn über einen Hof voller Legehennen. Für Winston schien es keine Rolle zu spielen, daß seine Hennen nicht in der Lage waren, einen Geldschein zu wechseln oder auch nur die einfachsten Fragen zu beantworten; ebensowenig kratzte es ihn, daß sie sich sofort in den hinteren Bereich des Ladens zurückzogen, sobald jemand unter dreißig die Apotheke betrat, weil es ja sein konnte, daß man dadurch in die Verlegenheit kam, so etwas Furchtbares wie Kondome verkaufen zu müssen. Was für Winston Krauss von Bedeutung war, war die Tatsache, daß seine Hennen für den Mindestlohn arbeiteten und ihn wie einen Gott behandelten, während er hinter seiner Glaswand saß, wo ihn das Gekicher nicht störte.

Die Hennen fingen in dem Augenblick zu kichern an, als Molly an die Tür kam, und sie unterbrachen ihr Gekicher erst, als sie mit einer ganzen Kiste voller Haushaltstuben mit Brandsalbe an die Kasse trat.

»Sind Sie sich da ganz sicher, Liebes?« fragten sie immerzu und weigerten sich, Mollys Geld anzunehmen. »Vielleicht sollten wir erst mal Winston fragen. Das scheint ja doch eine ziemliche Menge zu sein.«

Winston war in dem Augenblick, als Molly den Laden betreten hatte, zwischen den Regalen mit getürkten Antidepressiva verschwunden. Er fragte sich, ob er vielleicht auch getürkte Antipsychotika hätte bestellen sollen. Davon hatte Val Riordan allerdings nichts erwähnt.

»Passen Sie auf«, sagte Molly schließlich. »Ich hab nicht alle Tassen im Schrank. Sie wissen das, ich weiß es, und Winston weiß es. Aber in Amerika ist es das gute Recht von jedermann, nicht alle Tassen im Schrank zu haben. Ich bekomme jeden Monat einen Scheck vom Staat, weil ich nicht alle Tassen im Schrank habe. Der Staat gibt mir Geld, damit ich mir kaufen kann, was immer ich brauche, um weiterhin nicht alle Tassen im Schrank zu haben. Und in diesem Augenblick brauche ich diese Kiste mit Brandsalbe. Also tippen Sie's endlich ein, damit ich mich vom Acker machen und irgendwo anders nicht mehr alle Tassen im Schrank haben kann. Okay?«

Die Hennen steckten die Köpfe zusammen und kicherten.

»Oder muß ich vielleicht einen Karton von den extragroßen, orange fluoreszierenden Kondomen mit den Lustnoppen oben dran kaufen und sie in der Glückwunschkartenabteilung aufblasen?« Mit den Sandpiraten mußte man nie so hart umspringen, dachte Molly.

Die Hennen reckten entsetzt die Köpfe in die Luft und schauten sich voller Verzweiflung um.

»Ich hab gehört, die sind wie tausend kleine Finger, die einen so fertigmachen, daß man kaum noch das Wasser halten kann«, fügte Molly hinzu.

Daraufhin schafften es die vier in nur zehn Minuten, Mollys Einkauf in die Kasse einzutippen und zumindest den Wechselgeldbetrag vor dem Komma richtig zu evaluieren.

Molly war schon auf dem Weg nach draußen, als sie sich noch einmal umdrehte und ihnen zurief: »In der Atomwüste wärt ihr schon längst verwurstet worden.«

- 15 -

STEVE

In die Luft gejagt zu werden hatte dem Seeungeheuer schwer auf die Stimmung geschlagen, es war verunsichert und verängstigt. Normalerweise, wenn es von einer solchen Gefühlslage gepackt wurde, schwamm es zur Kante eines Korallenriffs und lag im Sand herum, während die neonglänzenden Putzerfische die Parasiten und Algen von seinen Schuppen knabberten. An seinen Flanken blitzte dann ein kurzer Farbschimmer auf, der die kleinen Fische wissen ließ, daß ihnen nichts passieren würde, wenn sie in seinem Maul herumschwirrten und Nahrungsreste zwischen den Zähnen herauspickten wie winzige Zahnärzte. Gleichzeitig sandten die kleinen Fische eine elektromagnetische Botschaft aus, die grob übersetzt in etwa lautete: »Es dauert nicht lange, tut mir leid wegen der Unannehmlichkeiten. Bitte fressen Sie mich nicht.«

Eine ähnliche Nachricht empfing er nun von dem Warmblüterweibchen, das seine Verbrennungen verarztete, und so ließ er einen Farbschimmer an seinen Flanken aufleuchten, um ihr zu signalisieren, daß er verstanden hatte. Bei Warmblütern hatte er manchmal gewisse Verständnisschwierigkeiten, was ihre Botschaften anging, doch dieses Exemplar hier war auf eine seltsame Art anders. Er spürte, daß sie keine Gefahr für ihn darstellte und daß sie ihm sogar etwas zu Essen besorgen würde. Jedenfalls war das die Botschaft, die er heraushörte, wenn sie dieses »Steve«-Geräusch machte, während sie mit ihm redete.

»Steve«, sagte Molly. »Hör auf mit diesen Farben. Willst du vielleicht, daß die Nachbarn alles mitkriegen? Es ist hellichter Tag.«

Sie stand auf einer Trittleiter und hielt einen Pinsel in der Hand. Für einen unaufmerksamen Betrachter sah es so aus, als würde sie den Trailer ihres Nachbarn anstreichen. Doch in Wirklichkeit verteilte sie großzügige Portionen Brandsalbe auf dem Rücken des Seeungeheuers. »Erstens heilt dann alles schneller, und zweitens brennt es nicht so.«

Nachdem sie die rußgeschwärzten Stellen des Trailers mit Brandsalbe eingeschmiert hatte, deckte sie die betreffenden Partien mit Glaswollebandagen ab und verteilte mit einer Schöpfkelle flüssigen Dachteer auf dem Gewebe. Einige ihrer Nachbarn beobachteten das Geschehen kurzfristig durch ihre Fenster, doch sie taten ihre Handlungsweise als ein weiteres Beispiel für die exzentrischen Aktivitäten der durchgeknallten Lady ab und kehrten wieder zu ihren nachmittäglichen Game-Shows im Fernsehen zurück.

Molly war gerade dabei, den Dachteer mit der Spritzdüse auf den

Glaswollebandagen zu verteilen, als sie hörte, wie ein Wagen vor ihrem Trailer vorfuhr. Les, der Typ aus dem Heimwerkerladen, stieg aus dem Lieferwagen, richtete seine Hosenträger und kam auf sie zu. Er machte einen leicht nervösen, aber dennoch entschlossenen Eindruck, und auf seinem kahlen Kopf glänzten trotz der herbstlichen Kühle Schweißperlen.

»Meine Liebe, was *machen* Sie denn da? Ich dachte, Sie wollten warten, bis ich Ihnen helfe.«

Molly stieg von der Leiter und hielt die Spritzdüse quer vor der Brust, während schwarze Schmiere davon heruntertroff. »Ich wollte schon mal anfangen, bevor es dunkel wird. Danke, daß Sie hergekommen sind.« Sie schenkte ihm ein zuckersüßes Lächeln – eins von der Sorte, das aus ihren Tagen als Filmstar noch übriggeblieben war.

Les floh vor dem Lächeln ins Reich des Heimwerkertums. »Ich hab keine Ahnung, was Sie da veranstalten, aber was immer es ist, es sieht so aus, als hätten Sie's schon ordentlich versaubeutelt.«

»Nein, kommen Sie mal rüber und schauen Sie sich's an.«

Vorsichtig kam Les an Mollys Seite und schaute an dem Trailer hoch. »Woraus ist das verdammte Ding überhaupt gemacht? Aus der Nähe sieht's fast aus wie Plastik.«

»Vielleicht sollten Sie sich's mal von innen anschauen«, sagte Molly. »Da ist der Schaden auch viel besser zu erkennen.«

Der Verkäufer aus dem Baumarkt verzog den Mund zu einem anzüglichen Grinsen. Molly konnte förmlich spüren, wie sich seine Blicke durch ihr Sweatshirt bohrten. »Na ja, wenn Sie meinen. Gehen wir doch mal rein und betrachten uns die Sache ein wenig näher.« Er ging auf die Tür des Trailers zu.

Molly packte ihn an der Schulter. »Einen Moment noch. Wo sind die Schlüssel zu Ihrem Lieferwagen?«

»Die stecken. Warum? Hier kommt nichts weg.«

»Ach, nur so.« Molly verpaßte ihm ein weiteres Lächeln. »Warum gehen Sie nicht schon mal rein, und ich komme nach, sobald ich mir den Teer von den Händen geschrubbt habe.«

»Aber klar doch, kleine Lady«, sagte Les. Er trippelte auf die Eingangstür des Trailers zu wie ein Mann, der mal dringend aufs Klo muß.

Molly ging rückwärts in Richtung Lieferwagen. Als der Kerl aus dem Baumarkt die Hand auf die Türklinke legte, rief sie: »Steve! Lunch!«

»Ich heiße nicht Steve«, sagte Les.

»Stimmt«, sagte Molly. »Sie sind der andere.«

»Les, wollten Sie sagen?«

»Nein, Lunch«, sagte Molly und schenkte ihm ein letztes Lächeln.

Steve erkannte seinen Namen und spürte instinktiv, was es mit dem Wort »Lunch« auf sich hatte.

Les bemerkte, daß sich etwas Feuchtes um seine Beine schlang, und riß den Mund auf, um einen Schrei auszustoßen, doch just in diesem Augenblick legte sich die Spitze der Reptilienzunge über sein Gesicht und schnitt ihm die Luft ab. Das letzte, was Les sah, waren die nackten Brüste der gefallenen Leinwandfurie Molly Michon, die ihr Sweatshirt hochgezogen hatte, um ihm noch ein letztes Vergnügen zu bieten, bevor er unter großem Geschlabber im hungrigen Rachen des Seeungeheuers verschwand.

Molly hörte das malmende Geräusch berstender Knochen und zuckte zusammen. Junge, Junge, manchmal hat's auch sein Gutes, wenn man nicht mehr alle Tassen im Schrank hat. Jemandem, der klar im Kopf ist, würde so was vermutlich ziemlich sauer aufstoßen.

Eines der Fenster an der Frontseite des Trailers schloß sich langsam und öffnete sich dann wieder – ein Vorgang, der sich immer dann einstellte, wenn das Seeungeheuer seine Mahlzeit die Kehle hinunterdrückte. Molly hielt es allerdings für ein Augenzwinkern.

ESTELLE

Dr. Vals Praxis war in Estelles Augen stets eine Insel der Normalität gewesen, ein Status quo auf hohem Bildungsniveau, immer sauber, ruhig und straff durchorganisiert. Wie so viele Künstler lebte Estelle in einem chaotischen Durcheinander, das Außenstehende gern als künstlerischen Charme deuteten, doch in Wahrheit nichts anderes war als eine zivilisierte Methode, mit der relativen Armut und Ungewißheit umzugehen, die einherging mit der Notwendigkeit, die eigene Phantasie im Austausch für Geld auszuschlachten. Wenn man sein Innerstes schon nach außen kehren mußte, dann war es angenehm, dies in einem Raum zu tun, der nicht mit Farbe vollgekleckert oder mit Leinwänden vollgestellt war, die darauf warteten, endlich bemalt zu werden. Dr. Vals Praxis war eine Stätte der Zuflucht, der Erholung und des Ausruhens. Doch nicht am heutigen Tag.

Nachdem sie ins Sprechzimmer gebeten worden war, und noch bevor sie sich in einen der Ledersessel gesetzt hatte, sagte Estelle: »Ihre Sprechstundenhilfe trägt Grillhandschuhe, wußten Sie das?«

Valerie Riordan, deren Haare heute ausnahmsweise nicht so perfekt saßen wie sonst, rieb sich die Schläfen, stierte auf ihren Löschpapierabroller und sagte: »Ich weiß, sie hat Probleme mit ihrer Haut.«

»Aber sie sind mit Klebeband festgemacht.«

»Es sind halt sehr ernste Hautprobleme. Wie geht's Ihnen denn heute?«

Estelle warf einen Blick zurück zur Tür. »Das arme Ding. Sie schien ganz außer Atem, als ich hereinkam. War sie schon mal beim Arzt?«

»Estelle, Chloe wird schon wieder. Kann sogar sein, daß ihre Schreibmaschinenkenntnisse besser werden.«

Estelle spürte, daß Dr. Val keinen besonders guten Tag hatte, und beschloß, kein weiteres Wort über die Sprechstundenhilfe in Grillhandschuhen zu verlieren. »Danke, daß Sie mir so kurzfristig einen Termin geben konnten. Ich weiß, es ist schon eine Weile her seit unserer letzten Sitzung, aber ich hatte das Gefühl, daß ich wirklich mal mit jemandem reden muß. Mein Leben ist in der letzten Zeit ein wenig durcheinandergeraten.«

»Das ist im Augenblick nicht weiter ungewöhnlich«, sagte Dr. Val und kritzelte gedankenverloren auf ihrem Block herum. »Was gibt's denn?«

»Ich habe einen Mann getroffen.«

Erst jetzt hob Dr. Val den Blick. »Sie haben was?«

»Er ist Musiker. Ein Bluesman. Er ist im Slug aufgetreten. Da habe ich ihn auch getroffen. Wir sind, na ja, also seit zwei Tagen wohnt er bei mir.«

»Und was empfinden Sie angesichts dessen?«

»Es gefällt mir. Ich mag ihn. Seitdem mein Mann gestorben ist, war ich mit keinem Mann mehr zusammen. Ich dachte, ich hätte das Gefühl, als ob ich ihn betrüge. Aber so war's nicht. Ich fühle mich prima. Er ist witzig, und er strahlt, ich weiß auch nicht, eine gewisse Weisheit aus. Als ob er schon alles gesehen hat, aber trotzdem nicht zynisch geworden ist. Irgendwie scheint's, als ob die Härten des Lebens ihn eher amüsieren. Im Gegensatz zu den meisten anderen Leuten.«

»Aber was ist mit Ihnen?«

»Ich glaube, daß ich ihn liebe.«

»Liebt er Sie?«

»Ich glaube schon. Aber er sagt, daß er von hier weggehen wird. Das ist es, was mich stört. Es hat ewig gedauert, bis ich mich endlich damit abgefunden habe, alleine zu leben, und jetzt, wo ich doch jemanden gefunden habe, wird er mich verlassen, weil er Angst vor einem Seeungeheuer hat.«

Valerie Riordan ließ ihren Stift fallen und sackte auf ihrem Stuhl zusammen – alles andere als professionell, dachte Estelle.

»Wie bitte?« sagte Val.

»Ein Seeungeheuer. Wir waren vor ein paar Tagen abends am Strand, und irgendwas tauchte aus dem Wasser auf. Etwas ziemlich Großes. Wir sind zum Wagen gerannt, so schnell wir konnten, und später hat Catfish mir erzählt, daß er unten im Delta schon mal von einem Seeungeheuer verfolgt worden ist und daß es jetzt wieder hinter ihm her wäre. Er sagt, er will nicht, daß andere Leute darunter zu leiden haben, aber ich denke, er hat einfach nur Angst. Er denkt, das Monster kommt solange wieder, wie er sich in der Nähe der Küste aufhält. Deswegen versucht er jetzt ein Engagement in Iowa zu bekommen, so weit weg von der Küste, wie's nur irgendwie geht. Glauben Sie, daß er Bindungsängste hat? Darüber liest man doch andauernd in irgendwelchen Frauenzeitschriften.«

»Ein Seeungeheuer? Ist das eine Metapher für irgendwas? Irgendein Blues-Begriff, den ich nicht kapiere?«

»Nein, ich denke, es handelt sich um ein Reptil, zumindest, so wie er es beschreibt. Ich konnte es nicht so gut sehen. Es hat seinen besten Freund gefressen, als er noch ein junger Mann war. Ich denke, er rennt vor seiner Schuld davon. Was glauben Sie?«

»Estelle, Seeungeheuer gibt es nicht.«

»Catfish hat mir gleich gesagt, daß niemand mir glauben würde.«

»Catfish?«

»So heißt er. Mein Bluesman. Er ist furchtbar süß. Er hat so eine galante Art, die man nicht mehr allzu häufig findet, und ich glaube nicht, daß es bei ihm einfach nur eine Masche ist. Für so was ist er zu alt. Ich hätte nie geglaubt, daß ich jemals wieder so etwas empfinden könnte. Es sind Gefühle wie bei einem Mädchen, nicht wie bei einer Frau. Ich will den Rest meines Lebens mit ihm verbringen. Ich will die Großmutter seiner Enkel sein.«

»Enkel?«

»Sicher, vom Fusel und den flotten Weibern konnte er früher auch nicht die Finger lassen, aber ich denke, allmählich ist er soweit, daß er's ein bißchen langsamer angehen will.«

»Fusel und flotte Weiber?«

Es klang fast wie eine Fuge: Dr. Val war so verwirrt, daß sie, wie von einem psychiatrischen Autopiloten gesteuert, unfähig war, irgend etwas anderes zu tun, als alles, was Estelle sagte, in Frageform nachzuplappern wie ein Papagei. Doch was Estelle brauchte, war mehr als das.

»Glauben Sie, ich sollte die Behörden verständigen?«

»Wegen dem Fusel und den flotten Weibern?«

»Wegen dem Seeungeheuer. Immerhin wird der kleine Plotznik vermißt, wie Sie vielleicht wissen.«

Dr. Val zupfte mit großer Geste ihre Bluse zurecht. Sie bemühte sich um eine gelassene, professionelle Haltung, die signalisieren sollte, daß sie die Lage völlig im Griff hatte. »Estelle, ich glaube, wir sollten in bezug auf Ihre Medikamente etwas verändern.«

»Das Zeug hab ich gar nicht mehr genommen. Mir geht's prima. Catfish sagt, wenn Prozac vor hundert Jahren erfunden worden wäre, hätte es den Blues überhaupt nicht gegeben. Sondern nur jede Menge fröhlicher Leute ohne eine Spur von Seele. Für mich haben die Antidepressiva damals ihren Zweck erfüllt, als Joe gestorben war, aber ich bin nicht sicher, ob ich sie jetzt noch brauche. Ich habe sogar das Gefühl, daß ich wieder malen könnte, wenn ich bei all dem Sex endlich mal dazu komme.«

Dr. Val zuckte zusammen. »Estelle, was mir vorschwebt, sind keine Antidepressiva, sondern etwas anderes. Offensichtlich machen Sie im Augenblick einige schwerwiegende Veränderungen durch. Ich bin mir nicht sicher, wie wir da am besten vorgehen. Glauben Sie, daß Mr.... äh... Catfish etwas dagegen hätte, zusammen mit Ihnen zu einer Sitzung zu kommen?«

»Kann sein, daß das nicht allzu einfach wird. Er hat nichts übrig für Ihr Mojo.«

»Mein Mojo?«

»Nicht Ihr Mojo ganz speziell, sondern Psychiater-Mojo im allgemeinen. Er war mal 'ne Zeitlang in einer Nervenklinik, nachdem das Ungeheuer seinen Freund gefressen hatte. Aber das Mojo von dem Personal dort hat ihm nicht zugesagt.« Estelle fiel auf, daß ihr Vokabular und selbst Ihre Denkweise in den letzten Tagen eine ziemliche Veränderung erfahren hatte, als Folge des Eintauchens in den Blues-Kosmos von Catfish.

Die Ärztin rieb sich schon wieder die Schläfen. »Estelle, am besten, wir machen einen neuen Termin für morgen oder übermorgen. Sagen Sie Chloe, sie soll Sie noch ans Ende des Tages dranhängen, falls schon alles voll sein sollte. Und versuchen Sie, Ihren Gentleman mitzubringen. Sie können ihm ruhig versichern, daß meine Praxis völlig Mojo-frei ist, ja?«

Estelle erhob sich. »Kann die Kleine denn überhaupt schreiben mit den Grillhandschuhen an ihren Händen?«

»Das kriegt sie schon irgendwie hin.«

»Was soll ich denn jetzt machen? Ich will nicht, daß er geht. Aber ich habe das Gefühl, daß ich einen Teil von mir selbst verloren habe, als ich mich verliebt habe. Ich bin glücklich, aber ich weiß nicht mehr, wer ich bin. Ich mache mir Sorgen.« Estelle bemerkte, daß sie kurz davor stand, in Tränen auszubrechen, und starrte beschämt auf ihre Schuhe.

»Darum kümmern wir uns schon, Estelle. Reden wir beim nächsten Mal darüber.«

»Na gut. Soll ich dem Constable Bescheid sagen wegen dem Seeungeheuer?«

»Erst mal nicht. Solche Sachen erledigen sich manchmal von selbst.«

»Danke, Dr. Val. Wir sehen uns dann morgen wieder.«

»Wiedersehen, Estelle.«

Estelle verließ das Sprechzimmer und blieb an Chloes Schreibtisch stehen. Das Mädchen war weg, doch aus der Toilette am Ende des Flurs kamen animalische Geräusche. Vielleicht hatte sich ja einer der Grillhandschuhe in ihrem Nasenring verfangen. Das arme Ding. Estelle ging zur Tür der Toilette und klopfte sachte an.

»Ist mit Ihnen alles in Ordnung, Liebes? Oder brauchen Sie Hilfe?«

Als Antwort kam ein langgezogenes Stöhnen. »Mir geht's prima. Wirklich prima. O mein Gott!«

»Sind Sie sicher?«

»Ja, alles in Ordnung.«

»Ich sollte für morgen oder übermorgen einen Termin ausmachen. Dr. Riordan hat gesagt, Sie sollen ihn abends noch dranhängen, wenn's sein muß.« Estelle hörte ein dumpfes Pochen aus der Toilette; es klang, als sei ein Medizinschrank heruntergefallen.

»O wow! Wow! O wow!«

Anscheinend herrschte einiger Termindruck. »Tut mir leid. Ich lasse Sie jetzt in Ruhe. Seien Sie doch so nett und rufen mich noch mal an, um Bescheid zu sagen, wann es klappt, ja?«

Als Estelle Valerie Riordans Haus verließ, war sie noch beunruhigter als zuvor, und außerdem fiel ihr auf, daß es schon eine ganze Weile her war – jedenfalls ein halber Tag –, seit sie ihren dünnen Bluesman auf der Matratze gehabt hatte.

DR. VAL

Val hatte eine Pause zwischen zwei Terminen und somit Zeit, Überlegungen darüber anzustellen, daß es seit ihrem Entschluß, sämtliche Antidepressiva in Pine Cove aus dem Verkehr zu ziehen, in der Stadt zuging wie in einem Hühnerstall und daß das eine vermutlich eine Menge mit dem anderen zu tun hatte. Estelle Boyet war schon immer ein wenig exzentrisch gewesen, doch ihre Exzentrik war Teil ihrer Persönlichkeit als Künstlerin, und Val hatte diesen Charakterzug niemals als ungesund erachtet. Im Gegenteil – das Selbstverständnis, eine exzentrische Künstlerin zu sein, hatte Estelle allem Anschein nach über den Tod ihres Mannes hinweggeholfen. Doch nun faselte die Frau von Seeungeheuern und, was noch schlimmer war, sie stürzte sich in eine Beziehung mit einem Mann, die man nur als selbstzerstörerisch bezeichnen konnte.

War es möglich, daß Menschen – klar denkende, erwachsene Menschen – sich so verliebten? Waren sie in der Lage, solche Gefühle zu empfinden? Val wünschte sich, sie könnte so empfinden. Zum ersten Mal seit ihrer Scheidung fiel ihr auf, daß sie sich wünschte, wieder mit einem Mann zusammen zu sein. Nein, nicht einfach zusammen zu sein, sondern in einen Mann verliebt zu sein. Sie zerrte ihre Rolodex aus der Schublade ihres Schreibtischs und blätterte darin herum, bis sie die Nummer ihres Therapeuten in San Junipero fand. Während der gesamten Zeit ihres Studiums und des Praktikums war sie in Therapie gewesen, denn dies gehörte mit zur Ausbildung eines Psychiaters, doch mittlerweile waren fünf Jahre vergangen, seit sie ihren Therapeuten zum letzten Mal gesehen hatte. Vielleicht war es wieder mal an der Zeit. Doch welcher Zynismus hatte sie angefallen, daß sie den Wunsch, sich zu verlieben, als einen Zustand betrachtete, den man am besten wegtherapierte? Vielleicht war ihr Zynismus ja das Problem. Natürlich konnte sie ihm nicht erzählen, was sie mit ihren Patienten angestellt hatte, doch vielleicht…

An ihrem Telefon blinkte ein rotes Lämpchen, und offenbar machte Chloe gerade eine kurze Pause beim Onanieren, denn sie hatte den Anruf entgegengenommen, so daß nun auf dem Bildschirm zu lesen war, daß Constable Crowe auf Leitung eins wartete. Wenn man von Nervenbündeln sprach…

Sie nahm den Hörer ab. »Dr. Riordan.«

»Hi, Dr. Riordan, hier ist Theo Crowe. Ich wollte Sie nur anrufen, um Ihnen zu sagen, daß Sie recht hatten.«

»Danke für Ihren Anruf, Constable. Einen schönen Tag noch.«

»Sie hatten recht, was Bess Leander angeht. Sie hat ihre Antidepressiva wirklich nicht genommen. Ich habe gerade den toxikologischen Befund durchgelesen. In ihrem Körper gibt es keine Spuren von Zoloft.«

Val stockte der Atem.

»Doktor, sind Sie noch dran?«

All die Sorgen, die sie sich der Medikamente wegen gemacht hatte, der ganze perverse Plan, all die Extrasitzungen, die langen Arbeitstage, die Schuldgefühle, diese elenden Scheiß-Schuldgefühle, und Bess Leander hatte ihre Medikamente überhaupt nicht eingenommen. Val wurde kotzübel.

»Doktor?«

Val zwang sich, tief einzuatmen. »Warum? Ich meine, wann? Die Sache ist jetzt schon über einen Monat her. Wann haben Sie das rausgefunden?«

»Erst heute. Der Autopsiebericht ist unter Verschluß gehalten worden. Es tut mir leid, daß es solange gedauert hat.«

»Nun ja, Constable, danke, daß Sie mir Bescheid gesagt haben. Ich bin Ihnen wirklich dankbar.«

»Doktor Riordan, bevor Sie irgend etwas verschreiben, lassen Sie sich von den Patienten doch ihre Krankenakte geben, oder?«

»Ja, warum?«

»Wissen Sie, ob Bess Leander Probleme mit dem Herzen hatte?«

»Nein, körperlich war sie kerngesund. Warum?«

»Kein spezieller Grund«, sagte Theo. »Ach ja, Sie haben mir noch nicht gesagt, was Sie von der Angelegenheit halten, die ich beim Frühstück angesprochen habe. Wegen Joseph Leander. Es würde mich ziemlich interessieren, ob Ihnen dazu irgendwas eingefallen ist.«

Mit einem Mal stand die ganze Welt Kopf. Bisher hatte Val, was das Thema Bess Leander anging, jegliche Auskunft verweigert, weil sie angenommen hatte, daß ihre eigene Nachlässigkeit etwas mit ihrem Tod zu tun hatte. Und was jetzt? Genaugenommen gab es nicht sonderlich viel, was sie über Bess wußte. Sie sagte: »Was genau wollen Sie denn wissen, Constable?«

»Ich wollte nur wissen: Hatte sie ihren Mann im Verdacht, daß er eine Affäre hatte? Oder hat sie Ihnen gegenüber angedeutet, daß sie Angst vor ihm hatte?«

»Wollen Sie damit sagen, was ich glaube, daß Sie sagen? Sie glauben nicht, daß Bess Leander Selbstmord begangen hat?«

»Das sage ich nicht. Ich stelle nur Fragen.«

Val forschte in ihrem Gedächtnis. Was *hatte* Bess Leander über ihren Ehemann erzählt? »Ich erinnere mich, daß sie gesagt hat, sie hätte den Eindruck, als habe er mit dem Familienleben überhaupt nichts zu tun, und daß sie gesagt hat, sie hätte ihm gezeigt, wo's langgeht.«

»Ihm gezeigt, wo's langgeht? In welcher Hinsicht?«

»Sie hat ihm erklärt, daß er im Sitzen pinkeln muß, weil er sich beharrlich weigert, die Klobrille runterzuklappen.«

»Das ist alles?«

»Das ist alles, woran ich mich erinnere. Joseph Leander ist Vertreter. Er war viel unterwegs. Meiner Ansicht nach hat Bess Leander ihn als eine Art Eindringling in ihrem Leben und dem der Mädchen betrachtet. Es war keine gesunde Beziehung.« Als ob es so etwas überhaupt gab, dachte Val. »Stellen Sie Nachforschungen über Joseph Leander an?«

»Darüber möchte ich lieber nichts sagen«, erklärte Theo. »Glauben Sie, ich sollte?«

»Sie sind der Polizist, Mr. Crowe.«

»Ach, wirklich? Stimmt ja. Jedenfalls, vielen Dank, Doktor. Ach so, und da fällt mir noch was ein: Mein Freund Gabe hat gemeint, Sie wären, ähmm, interessant. Ich wollte sagen, charmant, ich meine, es hat ihm Spaß gemacht, sich mit Ihnen zu unterhalten.«

»Wirklich?«

»Erzählen Sie ihm nicht, daß ich Ihnen das gesagt habe.«

»Natürlich nicht. Wiedersehen, Constable.« Val legte auf und lehnte sich in ihrem Sessel zurück. Sie hatte völlig unnötigerweise die ganze Stadt in ein emotionales Chaos gestürzt, eine ellenlange Reihe mittelschwerer Straftaten begangen und nahezu sämtliche ethischen Normen ihres Fachgebiets gebrochen. Außerdem war eine ihrer Patientinnen möglicherweise ermordet worden, und doch war sie, tja, ganz aus dem Häuschen. »Charmant«, dachte sie. Er fand mich charmant. Ich frage mich, ob er wirklich charmant gesagt hat oder ob Theo sich das einfach nur ausgedacht hat – der alte Kiffer.

Charmant.

Sie lächelte und drückte auf den Summer, damit Chloe ihr den nächsten Patienten hereinschickte.

- 16 -

MAVIS

Hinter der Bar klingelte das Telefon, und Mavis zerrte den Hörer von der Gabel. »Olymp, hier spricht die Göttin des Sex«, sagte sie, und es ertönte ein mechanisches Knarren, als sie lasziv die Hüfte bewegte, während sie zuhörte. »Nein, den hab ich nicht gesehen – und ich würd's Ihnen auch nicht sagen, wenn er hier wäre. Zum Teufel, meine Güte, dies ist ein heiliger Ort uneingeschränkten Vertrauens – ich kann nicht einfach jeden Ehemann verpfeifen, der nach der Arbeit kurz vorbeikommt und sich 'nen Schnaps genehmigt. Woher soll ich das wissen? Meine Liebe, wollen Sie wissen, wie Sie das in Zukunft vermeiden? Zwei Worte: lange, dreckige Blowjobs. Ach ja? Dann sollten Sie's vielleicht lieber machen, anstatt Wörter zu zählen. Vielleicht würde Ihr Mann Ihnen dann auch nicht weglaufen. Ja, ja, schon gut. Bleiben Sie dran.«

Mavis hielt sich den Hörer vor die Brust und rief: »Hey! Hat irgend jemand Les gesehen? Den aus dem Baumarkt?« Kopfschütteln und eine Salve von »Nöös« war alles, was sie erntete.

»Nöö, der ist nicht hier. Klar, wenn ich ihn sehe, sag ich ihm natürlich, daß eine kreischende Harpyie sich nach ihm erkundigt hat. Und wenn schon, denen vom Verbraucherschutz hab ich's schon auf allen vieren besorgt, und sie waren begeistert, also richten sie ihnen einen schönen Gruß von mir aus.«

Mavis knallte den Hörer auf die Gabel. Sie fühlte sich wie der Blechmann im Regen. Ihre Metallteile fühlten sich rostig an, und sie war sicher, daß die Plastikteile in ihrem Inneren verrotteten. Es war Samstagabend zehn Uhr, es gab Live-Musik, und sie hatte immer noch nicht genug Schnaps verkauft, um die Gage für ihren Blues-Sänger abzudecken. Der Laden war zwar voll, aber die Leute klammerten sich an ihre Drinks, anstatt sie die Kehle runterzujagen, schauten einander tief in die Augen und machten sich paarweise aus dem Staub, bevor sie auch nur lächerliche zehn Dollar versoffen hatten. Was zum Teufel war nur mit dieser Stadt los? Der Blues-Sänger sollte sie in die Fänge des Alkohols treiben, aber statt dessen war die gesamte Bevölkerung im Liebestaumel. Statt zu trinken, waren sie alle nur noch am Quasseln. Weicheier. Mavis spuckte vor Abscheu in die Spüle, und es erklang ein helles »Ping«, als sich eine der winzigen Federn irgendwo in ihrem Inneren aus ihrer Verankerung löste.

Schlappschwänze. Mavis kippte sich einen Bushmills hinter die Binde und betrachtete die Pärchen, die an der Bar saßen. Dann starrte sie Catfish an, der gerade beim letzten Lied eines Sets angelangt war und untermalt von den klagenden Klängen seiner National Steel davon sang, wie er seine Seele an den Crossroads verloren hatte.

Catfish erzählte die Geschichte des großen Robert Johnson, jenes gespenstischen Bluesman, der dem Teufel an der Kreuzung zweier Highways begegnet war und seine Seele gegen übernatürliche Fähigkeiten eingetauscht hatte, seitdem jedoch von einem Höllenhund verfolgt wurde, der seine Witterung an den Pforten der Hölle aufgenommen hatte und ihn schließlich erwischte, als ein eifersüchtiger Ehemann Gift in Johnsons Schnaps kippte.

»Tatsache ist«, sagte Catfish ins Mikrophon, »daß ich mir um Mitternacht an jeder verdammten Kreuzung im Delta die Beine in den Bauch gestanden und versucht habe, meine Seele zu verhökern, aber es kam niemand, der sie kaufen wollte. Und das ist der wahre Blues. Aber einen ganz speziellen Höllenhund hab ich trotzdem, da könnt ihr Gift drauf nehmen.«

»Ach, wie süß, Fish-Boy«, rief Mavis hinter der Bar hervor. »Komm mal her, ich muß mit dir reden.«

»Tut mir leid, Leute, aber da ist wieder der Ruf der Hölle«, erklärte Catfish dem Publikum und grinste. Doch niemand hörte ihm zu. Er stellte die National auf ihren Ständer und schlenderte auf Mavis zu.

»Du bist nicht laut genug«, sagte Mavis.

»Dann dreh dein Hörgerät auf, Weib. Die National hat keinen Tonabnehmer, da geht's halt nicht lauter, oder es koppelt.«

»Die Leute sind nur am Reden, anstatt zu trinken. Spiel lauter. Und außerdem keine Liebeslieder.«

»Im Wagen hab ich noch 'ne Fender Stratocaster und 'nen Marshall-Verstärker, aber ich spiel da nicht gern darauf.«

»Geh sie holen. Stöpsel dich ein, und spiel ordentlich laut. Du bist hier, damit ich Schnaps verkaufe, ansonsten kann ich dich nicht gebrauchen.«

»Das ist sowieso meine letzte Nacht hier.«

»Geh die Gitarre holen«, sagte Mavis.

MOLLY

Molly krachte mit dem Lieferwagen in den Müllcontainer hinter dem Head of the Slug. Die Scheinwerfer gingen zu Bruch, Scherben fielen klirrend auf den Asphalt, und der Ventilator bohrte sich mit einem Kreischen in den Kühler. Es war ein paar Jahre her, seit Molly zum letzten Mal hinter dem Steuer eines Wagens gesessen hatte, und außerdem hatte Les beim angeblich narrensicheren Einbau der Austauschbremsen ein paar Teile ausgelassen. Molly stellte den Motor ab, zog die Handbremse und wischte das Lenkrad und den Schalthebel mit dem Ärmel ihres Sweatshirts ab, um keine Fingerabdrücke zu hinterlassen. Sie kletterte aus dem Lieferwagen und schleuderte die Schlüssel in den zerbeulten Müllcontainer. Aus der Hintertür des Slug drang keine Musik, nur gedämpftes Murmeln und der Geruch schalen Bieres. Sie huschte die unbeleuchtete Gasse entlang zur Hauptstraße und ging die vier Blocks bis nach Hause.

Nebelschwaden wehten über die Cypress Street, und Molly war froh über die Deckung, die sie ihr boten. Lediglich in ein paar der

Trailer in der Wohnwagensiedlung brannte noch Licht, und so lief sie eilig an ihnen vorbei auf ihren eigenen zu, dessen Fenster von einem bläulich zuckenden Schimmer erleuchtet waren, der von ihrem verwaisten Fernseher herrührte. Molly warf einen Blick an ihrem Heim vorbei zu der Stelle, wo Steve lag und sich erholte, und bemerkte eine Silhouette im Nebel. Als sie näher kam, stellte sie fest, daß es nicht eine, sondern zwei Personen waren, die in etwa sieben Meter Entfernung vor dem Drachen-Trailer standen. Sie wurde von Verzweiflung gepackt. Sie erwartete, daß jeden Augenblick die Blaulichter von Polizeiwagen durch den Nebel schwenken würden, doch die Gestalten standen einfach nur da und regten sich nicht. Molly schlich sich um die Ecke ihres Trailers, wobei sie sich so fest an die Wand preßte, daß sie spürte, wie die Kälte der Aluminiumaußenwand durch ihren Pullover drang.

Die Stimme einer Frau schnitt durch den Nebel: »Herr, wir haben deinen Ruf vernommen und sind zu dir geeilt. Vergib uns unser saloppes Erscheinungsbild, doch die Reinigung war schon geschlossen, und es schmerzt uns in der Seele, daß wir nicht in angemessener Kleidung samt passenden Accessoires vor dich hintreten können.«

Es waren die Damen vom Schulgebet, Katie und Marge, allerdings konnte Molly im Augenblick nicht sagen, welche welche war. Sie trugen identische pinkfarbene Jogginganzüge mit passenden Nike-Schuhen. Während sie das Geschehen verfolgte, bewegten sich die beiden näher auf Steve zu, und Molly bemerkte, wie die Außenhaut des Drachen-Trailers leichte Falten warf.

»So wie unser Herr Jesus Christus sein Leben für uns gegeben hat, so treten wir nun vor dich, o Herr, um uns selbst darzubringen.«

Die Kanten am Ende des Trailers rundeten sich, und Molly sah, wie Steve seinen massigen Kopf vorreckte, wobei sich die Tür von einem hochkant stehenden Rechteck in einen weiten horizontalen Rachen verwandelte. Die Frauen schienen gänzlich unberührt von dieser Verwandlung und bewegten sich weiter langsam vorwärts. Ihre Silhouetten zeichneten sich vor Steves geöffnetem Maul ab, wie vor einer zähnestarrender Höhle.

Molly rannte um ihren Trailer herum zur Vordertreppe, schnappte sich ihr Schwert, das neben der Tür an der Wand lehnte, und hastete um den Trailer zurück zu dem Seeungeheuer.

Marge und Katie standen nun schon fast im Maul von Steve. Molly sah, wie sich seine riesige Zunge zum Mundwinkel hinausschlängelte, um die beiden Kirchendamen von hinten zu packen und hineinzuzerren.

»Nein!« Wie ein Football-Spieler, der zwischen sich und der Torlinie nur noch eine Deckungsreihe zu durchbrechen hat, warf sich Molly zwischen Katie und Marge und klatschte Steve die flache Seite ihres Schwerts auf die Nase. Sie landete in seinem Maul und schaffte es gerade noch, sich hinauszurollen, bevor seine Kiefer auch schon hinter ihr zuklappten. Auf einem Bein kniend, erhob sie das Schwert und richtete es auf Steves Nase.

»Nein!« sagte sie. »Böser Drache.« Steve drehte fragend den Kopf, gerade so, als wüßte er gar nicht, worüber sie sich denn so aufregte.

»Verwandle dich zurück«, sagte Molly und hob das Schwert, als ob sie ihm gleich wieder eins auf die Nase geben wollte. Steve zog Hals und Kopf ein, bis er wieder aussah wie ein übergroßer Trailer.

Molly drehte sich zu den beiden Kirchendamen um, die sehr besorgt darüber waren, daß sie mit ihren pinkfarbenen Jogginganzügen im Matsch gelandet waren, wohingegen es ihnen offensichtlich völlig gleichgültig war, daß sie um ein Haar gefressen worden wären. »Seid ihr beiden in Ordnung?«

»Wir haben den Ruf vernommen«, sagte eine der beiden, entweder Marge oder Katie, während die andere zustimmend mit dem Kopf nickte. »Wir mußten einfach kommen, um uns dem Herrn darzubringen.« Ihre Augen waren ganz glasig, und sie blickten starr an Molly vorbei auf den Trailer, während sie redeten.

»Ihr müßt jetzt nach Hause, Mädels. Machen sich eure Männer denn gar keine Sorgen oder so?«

»Wir haben den Ruf gehört.«

Molly half ihnen auf die Füße und drehte sie von Steve weg, der einen zarten Klagelaut ausstieß, als sie die Kirchendamen in Richtung Straße vor sich herschob.

Dort angekommen, hielt Molly sie fest und redete von hinten auf die beiden ein: »Macht, daß ihr nach Hause kommt. Und kommt bloß nicht wieder. Ist das klar?«

»Wir wollten die Kinder mitbringen, damit sie den Geist ebenfalls spüren, aber es war schon zu spät, und wir müssen morgen zur Kirche.«

Molly verpaßte derjenigen, die gesprochen hatte, mit der flachen Seite ihres Schwerts einen satten beidhändigen Schlag auf den Hintern, so daß sie hinaus auf die Straße stolperte. »Ab nach Hause!«

Molly holte gerade aus, um auch der anderen noch eins überzubraten, als diese sich umdrehte und die Hand hob, als würde sie ein Freigetränk in einem Restaurant ablehnen. »Nein danke.«

»Dann verschwindet ihr jetzt, und ihr kommt nicht mehr zurück, klar?«

Die Frauen schienen nicht ganz sicher. Molly drehte das Schwert in ihrer Hand, so daß nun die Scheide nach vorn ragte. »Klar?«

»Ja«, sagte die eine. Ihre Freundin nickte zustimmend, während sie sich den Hintern rieb.

»Dann los jetzt«, sagte Molly. Als die Frauen davongingen, rief sie ihnen hinterher: »Und hört endlich auf, euch gleich anzuziehen, das ist doch krank.«

Sie schaute ihnen nach, bis sie im Nebel verschwunden waren, und ging dann zurück zu Steve, der wieder aussah wie ein Trailer und auf sie wartete. »Nun?« Sie stützte eine Hand in die Hüfte, verzog das Gesicht und tippte mit einem Fuß auf den Boden, als ob sie darauf wartete, daß er ihr eine Erklärung lieferte.

Seine Fenster verengten sich vor Scham.

»Die kommen wieder, das weißt du doch? Und was dann?«

Er winselte. Es war ein Geräusch, das tief aus seinem Inneren kam, beziehungsweise von dort, wo sich die Küche befunden hätte, wenn er wirklich ein Trailer gewesen wäre.

»Wenn du immer noch Hunger hast, mußt du mir das irgendwie sagen. Ich kann dir da weiterhelfen. Wir werden schon was für dich finden, obwohl es nur einen Baumarkt in der Stadt gibt. Aber eine einseitige Diät ist ohnehin nicht das Wahre.«

Plötzlich schnitt das Kreischen einer elektrischen Gitarre durch den Nebel, als hätte der Geist des Chicago Blues höchstpersönlich sein gequältes Haupt erhoben. Der Drachen-Trailer wurde wieder zu einem Drachen, seine weiße Haut verfärbte sich schwarz, und es blitzten strahlend helle Streifen von Zornesröte an ihr auf. Die Bandagen, die Molly in mühevoller Arbeit den ganzen Tag angebracht hatte, zerrissen unter dem abrupten Wechsel der Gestalt des Seeungeheuers, dessen Kiemen mit Fetzen von Glaswollebandagen behangen waren, als wäre es von fiesen Jungs mit Klopapier eingewickelt worden. Das Seeungeheuer warf den Kopf in den Nacken und stieß ein Gebrüll aus, daß im ganzen Trailer-Park die Fenster klapperten. Molly fiel im Rückwärtsgehen in den Schlamm, rollte sich zur Seite, und als sie wieder auf die Füße kam, hielt sie das Schwert mit der Spitze auf die Kehle des Seeungeheuers gerichtet.

»Steve, ich glaube, du kühlst dich besser erst mal ab, junger Mann.«

THEO

Daß man in einer so kurzen Zeit so viele neue Erfahrungen machen mußte. In den letzten paar Tagen hatte Theo seine erste große Suchaktion nach einer vermißten Person koordiniert, wobei er mit den besorgten Eltern des Jungen zur Milchkartonagenfabrik gefahren war, wo man von ihm wissen wollte, ob es eventuell möglich war, ein Bild von Mikey Plotznik aufzutreiben, auf dem er keine Grimasse schnitt oder sonstwie bescheuert in die Kamera glotzte. (Falls ja, so würde Mikeys Foto in großer Aufmachung auf zwei Prozent der Verpackung von fettfreier Milch landen, doch wenn sie das Foto verwenden mußten, das ihnen vorlag, würde er auf den Buttermilchtüten enden, wo er nur von alten Leuten gesehen wurde und von solchen, die ihr Ranch-Dressing selber machten.) Darüber hinaus hatte sich Theo um seinen ersten großen Brand kümmern und sich mit der Tatsache auseinandersetzen müssen, daß er Fußspuren eines riesigen Tieres zusammenhalluzinierte. Außerdem mußte er die Nachforschungen in einem echten Mordfall in Gang bringen – und das alles ohne Inanspruchnahme seiner chemischen Krücke, auf die er ein Leben lang zurückgegriffen hatte. Nicht, daß er nicht in der Lage gewesen wäre, es sich mit seiner Lieblingspfeife bequem zu machen, er hatte nur einfach kein Verlangen danach.

Nun mußte er entscheiden, wie er bei den Untersuchungen im Mordfall Bess Leander vorzugehen hatte. Sollte er jemanden einlochen, weichkochen und verhören? Einlochen – wo? In seiner Hütte? Er hatte kein Büro. Er konnte sich nicht recht vorstellen, wie er ein effektives Verhör führen sollte, während der Verdächtige auf dem Sitzsack im Schein der Lavalampe saß. »Jetzt red schon, du Schleimbeutel. Oder soll ich die Quarzlampe über dem Jimi-Hendrix-Poster anknipsen und ein paar Räucherstäbchen anzünden? Das willst du doch selber nicht.«

Und als ob es damit nicht genug gewesen wäre, ließ ihn auch noch das dringende Verlangen nicht los, zum Trailer-Park zurückzufahren und mit Molly Michon zu reden. Seine Gedanken gingen mit ihm durch.

Schließlich entschloß er sich, Joseph Leander einen Besuch abzustatten in der Hoffnung, den Vertreter kalt zu erwischen. Als er die Einfahrt hinauffuhr, stellte er fest, daß um die Gartenzwerge das Unkraut munter sprießte und das bunte Schild zur Vertreibung von Hexen, das über der Haustür hing, von einer Patina aus Staub bedeckt war. Die Garagentür stand offen, und Josephs Mini-Van war drinnen geparkt.

Theo blieb einen Augenblick vor der Tür stehen, ehe er anklopfte, um seinen Pferdeschwanz in den Kragen zu stopfen und diesen zurechtzurücken. Aus irgendeinem Grund hatte er das Gefühl, daß es besser wäre, wenn er eine Pistole dabei hätte. Er besaß sogar eine, einen Smith-and-Wesson-Revolver Kaliber .357, doch das Ding lag im obersten Fach seines Schranks gleich neben seiner Wasserpfeifensammlung.

Er klingelte und wartete. Es verging eine volle Minute, bevor Joseph Leander die Tür öffnete. Er trug Cordhosen, die voller Farbspritzer waren, und einen Strickpullover, der aussah, als wäre er schon ein Dutzend Mal aus der Mülltonne gefischt worden. Jedenfalls handelte es sich dabei ganz offensichtlich nicht um den Kleidungsstil, den Bess Leander in ihren vier Wänden geduldet hätte.

»Constable Crowe.« Leander lächelte nicht. »Was kann ich für Sie tun?«

»Wenn Sie eine Minute Zeit hätten, würde ich mich gerne mit Ihnen unterhalten. Kann ich reinkommen?«

»Aber ja doch«, sagte Leander. Er trat einen Schritt zurück, und Theo duckte sich durch den Türrahmen. »Ich habe gerade Kaffee gekocht. Wollen Sie auch welchen?«

»Nein danke. Ich bin im Dienst.« So was sagten Bullen doch immer, dachte Theo.

»Ich habe gesagt: *Kaffee.*«

»Ach so, ja klar. Mit Milch und Zucker bitte.«

Der Boden im Wohnzimmer hatte Dielen aus Kiefernholz und war mit Flickenteppichen bedeckt. Eine antike Kirchenbank diente als Sofa, daneben gab es noch zwei Korbsessel und eine Milchkanne mit einem gesteppten Kissen als weitere Sitzgelegenheiten. In den Ecken des Raums standen drei antike Butterfässer. Abgesehen von dem neuen Sony-Farbfernseher mit 72-Zentimeter-Bildschirm hätte es sich auch um das Wohnzimmer einer Familie aus dem 17. Jahrhundert handeln können (mit sehr hohen Cholesterinwerten, wegen all der Butter).

Joseph Leander kam ins Wohnzimmer zurück und reichte Theo einen handgetöpferten Becher aus Steingut. Der Kaffee hatte die Farbe eines Karamellbonbons und schmeckte nach Zimt. »Danke«, sagte Theo. »Neuer Fernseher?« Er nickte in Richtung des Sony.

Leander setzte sich Theo gegenüber auf die Milchkanne. »Ja, ich habe ihn für die Mädels gekauft. Kinderkanal und so weiter. Bess hat vom Fernsehen nicht viel gehalten.«

»Und da haben Sie sie umgebracht!«

Leander spie seinen Kaffee auf den Teppich. *»Was?«*

Theo trank einen Schluck, während Leander ihn mit weit aufgerissenen Augen anstarrte. Vielleicht war er ein bißchen zu forsch zu Werke gegangen. Erst mal zurückfallen lassen und neu formieren. »Und haben Sie sich einen Kabelanschluß legen lassen? Ohne Kabel ist der Empfang in Pine Cove einfach miserabel. Liegt vermutlich an den Hügeln.«

Leander blinzelte Theo wütend an. »Wovon reden Sie da?«

»Ich habe den Bericht des Leichenbeschauers über Ihre Frau gelesen, Joseph. An Erhängen ist sie jedenfalls nicht gestorben.«

»Sie sind von allen guten Geistern verlassen. Sie waren doch hier.«

Leander erhob sich und nahm Theo den Becher aus der Hand. »Ich werde mir das nicht länger anhören. Sie können jetzt gehen, Constable.« Leander machte ein paar Schritte rückwärts und wartete.

Theo stand ebenfalls auf. Konfrontationen lagen ihm nicht, im Gegensatz zu Friedensmissionen. Das hier war zuviel für ihn, doch er strengte sich an. »War es wegen der Affäre mit Betsy? Hat Bess Sie beide erwischt?«

Auf Leanders kahlem Schädel zeichneten sich die Adern ab. »Das mit Betsy hat gerade erst angefangen. Ich habe meine Frau geliebt, und ich dulde nicht, daß Sie ihr Andenken derart beschmutzen. Dazu haben Sie kein Recht. Sie sind ja noch nicht mal ein echter Bulle. Und jetzt verschwinden Sie aus meinem Haus.«

»Ihre Frau war ein verdammt guter Mensch. Ein bißchen abgedreht, aber gut.«

Leander stellte die beiden Tassen auf eines der Butterfässer, ging zur Tür und öffnete sie. »Gehen Sie«, befahl er und winkte Theo zur Tür.

»Ich gehe, Joseph. Aber ich komme zurück.« Theo trat hinaus ins Freie.

Leanders Gesicht war nun puterrot. »Nein, das werden Sie nicht.«

»Ach, ich denke doch«, sagte Theo und fühlte sich wie ein Zweitkläßler bei einem Streit auf dem Spielplatz.

»Versuchen Sie bloß nicht, mir ans Bein zu pissen, Crowe«, blaffte Leander. »Sie haben keine Ahnung, was Sie tun.« Er knallte Theo die Tür vor der Nase zu.

»Gleichfalls«, sagte Theo.

- 17 -

MOLLY

Molly hatte sich immer schon gefragt, wieso amerikanische Frauen von bösen Buben so fasziniert waren. Es schien, als ginge eine jeglicher Logik zuwiderlaufende Anziehungskraft von tätowierten Typen aus, die auf Motorrädern herumkurvten, eine Knarre im Handschuhfach oder einen Kokainzerstäuber auf dem Couchtisch stehen hatten. Als sie noch Schauspielerin gewesen war, hatte sie sich selbst zweimal mit solchen Typen eingelassen, doch dieser hier war der erste, der tatsächlich, nun ja, Leute verspeiste. Frauen glaubten immer, daß sie einen Kerl wieder auf die rechte Bahn zurückbringen konnten. Wie sonst ließ sich die Vielzahl der Heiratsanträge erklären, die einsitzende Serienmörder erhielten? Das war allerdings selbst für Molly eine Nummer zu abgedreht, und sie tröstete sich mit dem Gedanken, daß, egal wie verrückt sie auch sein mochte, sie niemals den Drang verspürt hatte, einen Kerl zu heiraten, der es sich zur Angewohnheit gemacht hatte, seinen Freundinnen den Hals umzudrehen.

Amerikanische Mütter hämmerten ihren Töchtern den Glauben ein, daß sie alles zum Guten wenden konnten. Wie sonst ließ es sich erklären, daß sie nun am hellichten Tag ein dreißig Meter langes Monstrum ein Bachbett entlang führte?

Glücklicherweise war das Bachbett an den meisten Stellen von Trauerweiden umstanden, und Steve wechselte passend zur Umgebung andauernd Farbe und Muster, so daß er nur noch wirkte wie eine Luftspiegelung, wie das Flimmern von Hitze, die über einem heißen Straßenbelag aufstieg.

Als sie zu der Brücke kamen, wo die Cypress Street das Bachbett überquerte, ließ Molly ihn in Deckung gehen und wartete, bis kein Verkehr herrschte, um ihm dann zu signalisieren, daß er weitergehen sollte. Wie eine Schlange, die in ihr Loch kriecht, glitt Steve unter der Brücke hindurch, stieß hier und da an, so daß dicke Betonklumpen aus dem Bauwerk herausgebrochen wurden, doch schließlich hatte er es geschafft.

Es dauerte nicht mal eine Stunde, da hatten sie die Stadt hinter sich gelassen und waren auf dem Gelände der Ranch, das sich die Küste entlang nach Norden erstreckte. Molly führte Steve durch eine Baumgruppe an den Rand einer Weide. »Bedien dich, Dicker«, sagte Molly und deutete auf eine Herde Holsteinrinder, die in etwa hundert Meter Entfernung grasten. »Frühstück.«

Steve kauerte sich am Rande der Waldung zusammen wie eine

Katze auf dem Absprung. Er zuckte kurz mit dem Schwanz, wobei er eine junge Zypresse zu Kleinholz machte. Molly setzte sich neben ihn und kratzte mit einem Stock den Schlamm von ihren Turnschuhen, während die Kühe langsam auf sie zugetrottet kamen.

»Das ist alles?« fragte sie. »Du liegst hier einfach nur rum, und die kommen her, um sich auffressen zu lassen? Da kann man als Mädchen glatt jeden Respekt vor dir als Jäger verlieren, weißt du das?«

THEO

Er versuchte gerade herauszubekommen, warum er überhaupt im Auto saß und zu Molly Michon fuhr, als sein Handy klingelte. Er ging nicht sofort ran, sondern ermahnte sich, darauf zu achten, daß er nicht bekifft klang, als ihm wieder einfiel, daß er ja überhaupt nicht bekifft war, und das war noch beängstigender.

»Crowe am Apparat«, sagte er.

»Crowe, hier ist Nailsworth vom Bezirksrevier. Sind Sie von allen guten Geistern verlassen?«

Theo mußte einen Moment seine Gedanken sortieren, um sich zu erinnern, wer dieser Nailsworth überhaupt war. »Ist das eine Umfrage?«

»Was haben Sie mit den Informationen angestellt, die ich Ihnen gegeben habe?« fragte Nailsworth. Plötzlich fiel Theo ein, daß Nailsworth der richtige Name von Spider war. Derweil signalisierte ihm ein Piepton, daß noch jemand versuchte ihn anzurufen.

»Nichts. Ich meine, ich habe eine Befragung durchgeführt. Können Sie dranbleiben, ich habe noch einen anderen Anruf.«

»Nein. Ich kann nicht dranbleiben. Ich weiß, daß Sie noch einen anderen Anruf haben. Von mir haben Sie nichts erfahren – nicht das geringste, kapiert? Ich habe absolut nichts rausgerückt. Verstanden?«

»Klar«, sagte Theo.

Spider legte auf, und Theo nahm den anderen Anruf entgegen.

»Crowe, haben Sie das letzte bißchen Verstand verloren!«

»Ist das eine Umfrage?« fragte Theo, der sich ziemlich sicher war, daß es sich nicht um eine Umfrage handelte, aber einigen Grund zu der Vermutung hatte, daß Sheriff Burton wenig entzückt sein würde über die wahrheitsgemäße Antwort, die gelautet hätte: »Ja, kann gut sein, daß ich den Verstand verloren habe.«

»Ich dachte, ich hätte Ihnen gesagt, daß Sie Leander in Ruhe lassen sollen. Der Fall ist abgeschlossen und zu den Akten gelegt.«

Theo dachte einen Moment lang nach. Es war noch keine fünf Minuten her, seit er bei Leander zur Tür hinausgegangen war. Wie kam es, daß Burton jetzt schon davon wußte? Niemand kam so schnell zum Sheriff durch.

»Es haben sich ein paar Verdachtsmomente ergeben«, sagte Theo und überlegte fieberhaft, wie er Spider aus der ganzen Angelegenheit raushalten konnte, falls Burton ihm auf den Zahn fühlen sollte. »Und da bin ich mal vorbeigefahren, um rauszufinden, ob an der Sache was dran ist.«

»Sie elender Kiffkopf. Wenn ich sage, Sie sollen die Finger von irgendwas lassen, dann lassen Sie gefälligst die Finger davon, ist das klar? Ich rede jetzt nicht von Ihrem Job, Crowe. Ich rede von Ihrem Leben, so wie Sie's kennen. Wenn ich aus Ihrer Ecke auch nur noch ein Wörtchen zu hören bekomme, ist Ihr Arsch Freiwild für jeden Aids-verseuchten Sträfling in Soledad. Lassen Sie Leander in Ruhe.«

»Aber ...«

»Sagen Sie ›Jawohl, Sir‹, Sie elender Haufen Scheiße.«

»Jawohl, Sir, Sie elender Haufen Scheiße«, sagte Theo.

»Sie sind erledigt, Crowe, Sie ...«

»Tut mir leid, Sheriff, aber die Batterie gibt ihren Geist auf.« Theo drückte die Ende-Taste und fuhr zu seiner Hütte zurück. Er zitterte wie Espenlaub.

MOLLY

In *Fleischfresser in der Atomwüste* hatte Kendra mit ansehen müssen, wie eine neue Rasse von Mutanten die vom Schicksal gebeutelten Bewohner eines Dorfes mit fleischzersetzenden Enzymen bespritzte und anschließend die Pfützen menschlichen Proteins aufschlabberte, was seitens der Tontechnik mit Originaltönen unterlegt worden war, die sie in einem Aquarium bei der Fütterung junger Walrosse mit Schalentieren aufgenommen hatten. Die Jungs von der Special-Effects-Abteilung hatten das Gemetzel mit großen Mengen Gummizement, Körperteilen aus Paraffin, das unter der Wüstensonne Mexikos wunderbar dahinschmolz, und Getriebeöl nachgestellt, das sie anstelle des sonst üblichen Kunstblutes aus Karo-Sirup verwendeten (denn das zuckrige Theaterblut übte eine große Anziehungskraft auf Schmeißfliegen aus, und der Regisseur wollte verhindern, daß militante Tierschützer ihn wegen Tierquälerei belangten). Das Ganze wirkte jedenfalls so real, daß Molly darauf bestand, sämtliche Aufnahmen von Kendras Rache erst nach den Aufräumungsarbeiten zu drehen, um zu vermeiden, daß sie vor der Kamera grün anlief und kotzen mußte. Infolge der Aasfresserszene und einer Ladung Salmonellen-Tacos von dem Catering-Service aus Nogales – in Kombination mit den wiederholten Annäherungsversuchen eines unter Mundgeruch leidenden arabischen Co-Produzenten – hatte Molly drei Tage lang krank darniedergelegen. Doch nichts von alledem, nicht einmal der faulige Falafelgeruch aus dem Munde des besagten Co-Produzenten, hatte in ihr solchen Ekel ausgelöst, wie der Anblick von Steve, als er vier in vollem Saft stehende, halb verdaute Holsteinrinder wieder hochwürgte.

Molly fügte ihren eigenen Mageninhalt (drei Tortenriegel und eine Cola Light) zu den vier schleimigen Haufen zermalmter Rinder, die Steve auf die Weide hinausgeschleudert hatte.

»Du verträgst wohl keine Milchprodukte?« Sie wischte ihren Mund mit dem Ärmel ab und betrachtete das Seeungeheuer. »Zeitungsjungs und Perverslinge aus dem Baumarkt gehen problemlos runter, aber Milchkühe bekommen dir nicht?«

Steve rollte sich auf den Rücken und bemühte sich um einen Ausdruck des Bedauerns – violette Streifen schimmerten an seinen Flanken auf, denn Violett war die Farbe dafür, daß er sich schämte. Zähflüssige Tränen von der Größe von Straußeneiern sammelten sich in den Winkeln seiner riesigen Katzenaugen.

»Ich nehme mal an, du hast immer noch Hunger?«

Steve rollte sich wieder auf die Füße, und die Erde unter ihm bebte.

»Vielleicht können wir ja ein Pferd für dich auftreiben oder so was«, sagte Molly. »Bleib dicht bei den Bäumen.« Sie benutzte ihr Schwert wie einen Spazierstock und führte ihn den Hügel hinauf. Während sie dahinmarschierten, wechselte Steve andauernd seine Farbe, um sich der Umgebung anzupassen, so daß es aussah, als würde Molly von einer Fata Morgana verfolgt.

THEO

Aus irgendeinem Grund gingen Theo die Worte von Karl Marx durch den Kopf, als er im Geräteschuppen nach seiner Machete kramte: *»Religion ist Opium für das Volk.«* Folglich ist Opium die Religion des Süchtigen, dachte Theo. Und haargenau aus diesem Grund empfand er die durch Mark und Bein gehende Reue eines Exkommunizierten, als er mit der Machete dem ersten der dicken und sehnigen Stämme seiner Marihuanapflanzung zu Leibe rückte. Mit jedem Hieb seiner Machete fielen die buschigen grünen Pflanzen wie gemarterte Heilige, und ein klebriger Harzfilm blieb an seinen Händen haften, als er die Pflanzen einzeln auf einen Haufen in der Ecke seines Grundstücks schleuderte.

Nach fünf Minuten war sein Hemd triefend naß vor Schweiß, und die Grasplantage sah aus wie eine Miniaturversion eines abgeholzten Waldes. Kahlschlag. Stümpfe. Er kippte einen Kanister Kerosin über den hüfthohen Haufen mit Cannabispflanzen, zog sein Feuerzeug aus der Tasche und zündete einen Fetzen Papier an. »Werft die Ketten eurer Unterdrücker ab«, hatte Marx gesagt. Diese Pflanzen, die Abhängigkeit, die mit ihnen einherging, waren Theos Ketten, der Stiefel in seinem Nacken, mit dem Sheriff Burton ihn acht Jahre lang am Boden gehalten hatte, das Damoklesschwert, das ihn daran hinderte, sich frei zu bewegen und das zu tun, was er für richtig hielt.

Er warf das brennende Stück Papier auf den Haufen, und die Flammen der Revolution fegten fauchend über die Pflanzen hinweg. Er empfand keinerlei Hochstimmung, und es stellte sich kein rauschhaftes Gefühl von Freiheit ein, als er von dem Scheiterhaufen zurücktrat. Anstelle von Triumph empfand er nur Einsamkeit, Schuld und das elende Gefühl von Verlust: Judas am Kreuze. Kein Wunder, daß der Kommunismus nicht funktioniert hatte.

Er ging in seine Hütte, kramte die Kiste aus dem obersten Fach seines Schranks und war gerade dabei, seine Wasserpfeifensammlung mit einem Hammer in kleinste Scherben zu klopfen, als er aus Richtung der Ranch Maschinengewehrsalven hörte.

IGNACIO UND MIGUEL

Ignacio lag im Schatten vor dem Wellblechschuppen und rauchte eine Zigarette, während Miguel drinnen damit beschäftigt war, Chemikalien zu Metamphetaminkristallen zu zerkochen. Bechergläser, die so groß waren wie Basketbälle, kochten auf elektrischen Brennern, die Dämpfe wurden durch Glasröhren zu einem Gebläse in der Wand abgeleitet.

Miguel war klein und drahtig. Gerade mal dreißig Jahre alt, verliehen ihm die Falten und sein permanent grimmiger Gesichtsausdruck das Aussehen eines Fünfzigjährigen. Ignacio war erst zwanzig, fett und strotzte vor Machismo. Der Erfolg und der Glaube an die eigene Härte waren ihm so sehr zu Kopf gestiegen, daß er sich schon auf dem besten Wege sah, der neue Pate der mexikanischen Mafia zu werden. Gemeinsam waren sie vor sechs Monaten über die Grenze gekommen, hereingeschmuggelt von einem Kojoten, wie die Schlepper hier genannt wurden, und der Zweck des ganzen Unternehmens war, daß sie genau das taten, was sie derzeit taten. Und seitdem lief alles wie am Schnürchen. Das Labor stand unter dem Schutz des großen Sheriffs höchstpersönlich, weswegen es niemals eine Razzia gab und sie nie wie andere Labors in Kalifornien von einem Moment zum nächsten mit der gesamten Ausrüstung umziehen oder sich über die Grenze verdrücken mußten, bis sich die Lage wieder beruhigt hatte. Es hatte nur sechs Monate gedauert, bis Miguel genug Geld nach Hause geschickt hatte, daß seine Frau eine Ranch in Michoacán kaufen konnte, und Ignacio mit einem vierradgetriebenen, mit allen Schikanen ausgestatteten Dodge herumfuhr und in fünfhundert Dollar teuren Alligatorstiefeln von Tony Lama herumspazierte. Und all das für acht Stunden Arbeit am Tag, denn sie waren nur eine von drei Mannschaften, die das Labor rund um die Uhr am Laufen hielten. Und es drohte einem auch keinerlei Gefahr, mit den Drogen im Wagen unterwegs angehalten zu werden, weil der große Sheriff einen Gringo beschäftigte, der alle paar Tage in einem kleinen Lieferwagen vorbeikam, Nachschub ablieferte und die Drogen mitnahm.

»Mach die Zigarette aus, *Cabrone*!« rief Miguel. »Willst du, daß wir in die Luft fliegen?«

Schnaubend schnippte Ignacio seine Zigarette in die Wiese. »Du machst dir zuviel Gedanken, Miguel.« Ignacio hatte von Miguels Gejammer die Nase voll. Er vermißte seine Familie, er machte sich Sorgen, daß sie geschnappt wurden, er wußte nicht, ob die Mischung stimmte. Wenn der ältere der beiden Männer nicht gerade arbeitete, brütete er vor sich hin, und weder Geld noch gute Worte konnten ihn auf andere Gedanken bringen.

Miguel tauchte in der Tür auf und beugte sich leicht zu Ignacio hinunter. »Spürst du das?«

»Was?« Ignacio griff nach dem AK-47, das an der Wand des Schuppens lehnte. »Was?«

Miguel ließ seinen Blick über die Wiese schweifen, doch er schien nichts zu erkennen. »Ich weiß auch nicht.«

»Es ist nichts. Du machst dir zu viele Gedanken.«

Miguel machte sich daran, die Wiese in Richtung der Bäume zu überqueren. »Ich muß mal da rüber. Paß auf den Herd auf.«

Ignacio stand auf und rückte den silberbeschlagenen Gürtel unter seinem Wanst zurecht. »Ich hab keine Ahnung, wie man auf den Herd aufpaßt. Ich bin der Wachmann. Bleib gefälligst hier und paß selbst auf deinen Herd auf.«

Miguel schritt über den Hügel, ohne sich umzuschauen. Ignacio setzte sich wieder und fischte eine Zigarette aus der Brusttasche seiner Lederweste. »Loco«, murmelte er, als er sie anzündete. Er rauchte ein paar Minuten und malte sich aus, wie es sein würde, wenn der ganze

Laden ihm gehörte; doch als er seine Zigarette zu Ende geraucht hatte, begann er sich Sorgen um seinen Partner zu machen. Er stand auf, um besser sehen zu können, doch hinter dem Gipfel des Hügels, über den Miguel verschwunden war, ließ sich nichts erkennen.

»Miguel?« rief er, doch er erhielt keine Antwort.

Er warf einen kurzen Blick in den Schuppen, um sicherzugehen, daß alles in Ordnung war, und soweit er es beurteilen konnte, war dies der Fall. Dann nahm er sein Sturmgewehr und rannte auf die Wiese. Er war gerade mal drei Schritte weit gekommen, als er eine weiße Frau sah, die über den Hügel kam. Sie hatte das Gesicht und den Körper einer heißen Señorita, doch das zerzauste, graublonde Haar einer alten Frau, und zum tausendsten Mal fragte er sich, was es war, das mit den amerikanischen Frauen nicht stimmte. Waren sie alle verrückt? Er senkte sein Sturmgewehr, doch er lächelte dabei, in der Hoffnung, die Frau abzuschrecken, ohne daß sie neugierig wurde.

»Sie stehenbleiben«, sagte er auf englisch. »Betreten verboten.« Er hörte, wie das Handy im Schuppen klingelte, und drehte sich für einen kurzen Moment um.

Die Frau kam weiter auf ihn zu. »Wir haben Ihren Freund getroffen«, sagte Molly.

»Wer ist ›wir‹?« fragte Ignacio.

Die Antwort kam hinter der Frau über den Hügel. Zuerst sah es so aus wie zwei verbrannte Krüppelkiefern, doch dann erschienen die riesigen Katzenaugen. »Heilige Maria, Mutter Gottes«, sagte Ignacio, während er an dem Sicherungsbolzen seines Sturmgewehrs herumfummelte.

THEO

Acht Jahre hatte Theo an der Grenze zur Ranch gelebt, und noch kein einziges Mal war er auch nur ein Stück weit auf der unbefestigten Straße hinunterspaziert. Er hatte strikte Anweisungen, dies zu unterlassen. Doch was nun? Er hatte im Verlauf der Jahre Lastwagen hinein- und herausfahren sehen, gelegentlich Männer rufen und brüllen gehört, aber irgendwie hatte er es fertiggebracht, all das zu ignorieren, und außerdem waren bisher noch nie Schüsse gefallen. Die Grenze zur Ranch zu überschreiten, um eine Schießerei mit automatischen Waffen zu untersuchen, schien ihm eine ausnehmend blöde Art und Weise zu sein, mit seiner neugefundenen Freiheit umzugehen, doch wenn er der Sache nicht auf den Grund ging, so ließ sich daraus etwas ableiten, dem er ganz und gar nicht gerne ins Auge blickte. Konnte es sein, daß er wirklich nichts weiter war als ein Feigling?

Als er dann einen Mann in der Ferne schreien hörte, wurde ihm die Entscheidung abgenommen. Es war nicht der Schrei von jemandem, der einfach nur Luft abläßt, sondern ein die Kehle zerfetzender Schrei, aus dem blankes Entsetzen sprach. Theo fegte mit dem Fuß die Scherben seiner Wasserpfeifensammlung von der Treppe und ging nach drinnen zum Schrank, um seine Pistole zu holen.

Die Smith & Wesson lag eingewickelt in ein öliges Tuch auf dem Regalbrett seines Kleiderschranks neben einer Schachtel Patronen. Er wickelte die Pistole aus, ließ den Zylinder herausschnappen und steckte sechs Patronen in die Kammern, wobei er gegen das heftige Zittern ankämpfen mußte, das von den Händen auf seinen ganzen Körper überging. Er steckte weitere sechs Patronen in seine Hemdtasche und ging hinaus zu seinem Volvo.

Er startete den Wagen und schnappte sich das Mikrophon des Funkgeräts, um Verstärkung anzufordern. Doch was sollte ihm das schon groß nutzen? Vom Revier des Sheriffs brauchte man unter Umständen eine geschlagene halbe Stunde bis Pine Cove, was einer der Gründe war, weshalb es den Posten des Constable hier überhaupt gab. Und was sollte er sagen? Er hatte nach wie vor die strikte Anweisung, keinen Fuß auf die Ranch zu setzen.

Er ließ das Mikro neben die Pistole auf den Sitz fallen und legte den ersten Gang ein. Er wollte gerade losfahren, als ein Dodge Mini-Van neben ihm anhielt. Am Steuer saß Joseph Leander und winkte ihm lächelnd zu.

Theo schaltete in den Leerlauf. Leander kletterte aus seinem Mini-Van, beugte sich zum Fenster der Beifahrerseite herein und sah die .357 auf dem Sitz. »Ich muß mit Ihnen reden«, sagte er.

»Vor einer Stunde hatten Sie dazu aber noch keine große Lust.«

»Dafür aber jetzt.«

»Später. Auf der Ranch ist irgendwas los, da muß ich mich drum kümmern.«

»Das trifft sich ganz hervorragend«, sagte Leander und schob eine kleine automatische Pistole zum Fenster herein, um sie Theo genau unter die Nase zu halten. »Da fahren wir doch gleich zusammen.«

- 18 -

DR. VAL

Die Büste des Hippokrates starrte Val Riordan vom Schreibtisch aus an. *»Ich will Schaden abwenden ...«*

»Ja, beiß mich doch«, sagte die Psychiaterin und warf dem alten Griechen ihren Versace-Schal übers Gesicht.

Val hatte einen miesen Tag. Der Anruf von Constable Crowe, aus dem hervorging, daß die Art und Weise, wie sie Bess Leander behandelt oder nicht behandelt hatte, nicht die Ursache für deren Tod war, hatte Val in ein tiefes Dilemma gestürzt. Wie ein Zombie hatte sie sich durch die Termine des Morgens geschleppt, Fragen mit Gegenfragen beantwortet, so getan, als würde sie sich Notizen machen, doch dabei hatte sie kein einziges Wort von dem registriert, was ihre Patienten ihr erzählten.

Vor fünf Jahren hatte es in den Medien eine wahre Flut von Berichten gegeben, die sich mit den Gefahren von Prozac und anderen Antidepressiva auseinandersetzten. Auslöser dieser Berichte waren eine Reihe aufsehenerregender Schadenersatzklagen gegen die Pharmahersteller. Was im Gefolge davon herauskam – die Tatsache, daß keine einzige Geschworenen-Jury feststellte, daß Antidepressiva als Ursache für destruktives Verhalten gelten konnten –, wurde auf die hinteren Seiten der Zeitungen verbannt. Eine mächtige religiöse Gruppe (deren Prophet ein ziemlich dumpfer Science-fiction-Autor war, in dessen Gefolgschaft sich massenweise irregeleitete Filmstars und Supermodels tummelten) hatte einen Medienfeldzug gegen Antidepressiva gestartet und empfohlen, Depressionen mit guter Laune, In-die-Hände-spucken und damit zu bekämpfen, daß man das Mutterschiff mit Benzingeldspenden am Laufen hielt. In den verschiedenen Fachzeitschriften erschienen keinerlei Berichte, in denen nachgewiesen wurde, daß es infolge von Antidepressiva zu einem vermehrten Auftreten von suizidalem oder gewalttätigem Verhalten kam. Val hatte zwar die religiösen Traktätchen gelesen (dahinter standen schließlich die Reichen und Schönen), die Fachzeitschriften ihrer Berufsorganisation jedoch nicht. Sicher, es war falsch gewesen, ihre Patienten quasi automatisch mit Antidepressiva zu behandeln, doch der Versuch, ihren Fehler wiedergutzumachen, indem sie bei sämtlichen Patienten die Medikamente absetzte, war ebenso falsch. Nun mußte sie sich mit der Tatsache auseinandersetzen, daß sie ihnen eventuell Schaden zugefügt hatte.

Val drückte auf die Schnellwahltaste mit der Telefonnummer der Apotheke. Winston Krauss antwortete, doch seine Stimme klang, als hätte er eine fürchterliche Erkältung.

»Pine Cobe Drug and Gibt.«

»Winston, Sie klingen ja furchtbar.«

»Ich hab meine Masbe und den Schnorgel an.«

»Oh, Winston.« Val rieb sich die Augen, wodurch ihre Kontaktlinsen irgendwo nach hinten in den Schädel rutschten. »Doch nicht im Laden.«

»Ich bin im Hinterzimmer.« Beim letzten Wort des Satzes wurde seine Stimme wieder klar. »So, ich hab sie abgenommen. Ich bin froh, daß Sie anrufen. Ich muß mich unbedingt mit Ihnen über Killerwale unterhalten.«

»Wie bitte?«

»Ich fühle mich zu Orcas hingezogen. Ich habe ein Jacques-Cousteau-Video darüber gesehen ...«

»Winston, können wir darüber in meiner Praxis reden ...«

»Ich bin besorgt, denn ganz besonders hingezogen fühlte ich mich zu dem Männchen. Heißt das, daß ich homosexuell bin?«

Jesus, er machte sich nicht im geringsten Sorgen darüber, daß er ein verhinderter Walrammler war, solange er kein verhinderter *schwuler* Walrammler war. Als Psychiaterin versuchte sie nach besten Kräften, Worte wie »durchgeknallter Psycho« aus ihrem Vokabular zu streichen, selbst in Gedanken, doch im Fall von Winston Krauss war alle Anstrengung vergebens. Das mußte aufhören. »Winston, die Leute kriegen allesamt wieder ihre SSRIs. Werden Sie die Placebos irgendwie los. Ich werde erst mal allen Paxil verschreiben, um den Medikamentenspiegel so schnell wie möglich hochzukriegen. Schärfen Sie den Prozac-Patienten ein, daß sie im Gegensatz zu früher auf keinen Fall auch nur einen Tag aussetzen dürfen.«

»Sie wollen, daß ich bei allen die Placebos absetze? Wissen Sie, wieviel Geld wir verdienen?«

»Fangen Sie heute damit an. Ich werde meine Patienten anrufen. Ich will, daß Sie die Placebos, die Sie noch übrig haben, verrechnen.«

»Da mache ich nicht mit. Ich habe schon beinahe genug Geld zusammen, daß ich mir einen Monat im Walforschungszentrum auf Grand Bahama leisten kann. Das können Sie mir nicht wegnehmen.«

»Winston, ich werde auf keinen Fall die Gesundheit meiner Patienten aufs Spiel setzen, damit Sie in Urlaub fahren können, um Flipper zu ficken.«

»Ich habe gesagt, ich mache nicht mit. Sie sind diejenige, die das Ganze angeleiert hat. Was war denn damals mit der geistigen Gesundheit Ihrer Patienten?«

»Ich habe einen Fehler gemacht. Ich werde auch nicht allen Patienten wieder Antidepressiva verschreiben, so daß Ihnen auch da einige Gewinneinbußen ins Haus stehen. Aber einige haben den Kram sowieso nicht gebraucht.«

»Nein.«

Val war entsetzt über die Bestimmtheit in Winstons Tonfall. Anscheinend hatte er keinerlei Probleme mehr mit seinem Selbstwertgefühl. Aber mußte er ausgerechnet in diesem Augenblick Fortschritte machen? »Sie wollen also, daß die ganze Stadt von Ihrem kleinen Problem erfährt?«

»Das werden Sie nicht tun, Valerie. Sie haben mehr zu verlieren als ich. Wenn Sie mich verpfeifen, erzähle ich den Zeitungen die ganze Geschichte. Ich falle unter die Kronzeugenregelung, und Sie wandern in den Knast.«

»Sie Bastard. Ich schicke meine Patienten zum Thrifty Mart nach San Junipero, und dann gehen Ihnen auch die normalen Verkäufe durch die Lappen.«

»Nein, das werden Sie nicht tun. Es bleibt alles genau so, wie es war, Dr. Val.« Winston legte auf.

Valerie Riordan starrte den Hörer noch einen Augenblick lang an, bevor sie ihn wieder auf die Gabel legte. Wieso? Wieso zum Teufel hatte sie ihr Leben in die Hände von jemandem wie Winston Krauss gelegt? Und was wichtiger war, wie bekam sie es wieder in den Griff, ohne ins Gefängnis zu wandern?

THEO

Joseph Leander preßte Theo die Pistole in die Rippen. Theos Waffe hatte er auf den Rücksitz geworfen. Leander trug ein Tweedjackett und Anzughosen aus Wolle. Ein Schweißfilm bildete sich auf seiner Stirn. Der Volvo holperte über eine Wurzel auf der unbefestigten Straße, und Theo spürte, wie sich die Mündung der Automatik in seine Rippen bohrte. Er versuchte krampfhaft, sich daran zu erinnern, was in einer solchen Situation zu tun war, doch alles, was ihm einfiel, wenn er an die Kriminalfilme dachte, die er gesehen hatte, war, daß man sich nie die Waffe abnehmen ließ.

»Joseph, könnten Sie vielleicht den Revolver von meinen Rippen wegnehmen oder den Sicherungshebel umlegen oder so was. Die Straße ist ziemlich holprig. Und ich hab keine Lust, meine Lunge zu verlieren, nur weil ich bei den Stoßdämpfern gespart habe.« Das klang schon einigermaßen souverän, dachte er. Kühl und gelassen wie ein Profi. Jetzt mußte er nur noch vermeiden, sich vor Angst einzupissen.

»Sie konnten die Sache einfach nicht ruhen lassen, wie? Mit der Zeit wäre Gras über die Angelegenheit gewachsen, und niemand hätte sich mehr dran erinnert. Aber Sie mußten ja unbedingt überall rumschnüffeln.«

»Also haben Sie sie umgebracht?«

»Sagen wir mal so: Ich habe ihr bei einer Entscheidung geholfen, mit der sie sich ohnehin schon einige Zeit rumgeschlagen hat.«

»Sie war die Mutter Ihrer Kinder.«

»Stimmt, und sie hat mir ungefähr genausoviel Respekt entgegengebracht wie einem Putenstecher.«

»Wow, da komm ich nicht ganz mit, Kollege.«

»Die benutzt man zur künstlichen Besamung, Crowe, Sie elender Kiffer. Ein Spritzer, und sie wandern in den Abfall.«

»Sie waren Ihr Dasein als Putenstecher also irgendwann leid, und da haben Sie halt Ihre Frau aufgehängt?«

»Ihr Kräutergarten hat sie umgebracht. Tee aus Fingerhut. Enthält große Mengen Digitalis. Führt zu Herzstillstand und ist so gut wie nicht nachweisbar, außer man gibt sich wirklich Mühe und sucht danach. Schon ironisch, oder? Von dem ganzen Scheiß hätte ich nicht die geringste Ahnung gehabt, wenn sie mir nicht andauernd die Ohren damit vollgequasselt hätte.«

Theo war überhaupt nicht glücklich darüber, daß Leander ihm dies alles erzählte. Denn es bedeutete, daß er demnächst Schritte zu seiner Rettung einleiten mußte, ansonsten war er ein toter Mann. Vielleicht gegen einen Baum fahren? Er schaute nach, doch Leander war angeschnallt. Wo gab's denn so was – ein Verbrecher, der jemanden kidnappte und nicht vergaß, sich anzuschnallen? Also den Mann erst mal weiter hinhalten. »An der Wand waren Kratzspuren von ihren Absätzen.«

»Ich dachte, das gibt der Sache einen hübschen Touch. Kann aber auch sein, daß sie noch gelebt hat, als ich sie da oben aufgehängt habe.«

Sie kamen nun aus dem Wald heraus, der die Ranch umgab, und steuerten auf offenes Weideland zu. In etwa hundert Meter Entfernung sah Theo den Wellblechschuppen neben einem extrabreiten Trailer. Ein knallroter Dodge Pick-up war neben dem Schuppen geparkt.

»Hmm«, sagte Leander. »Sie haben einen neuen Trailer für die Jungs gekauft. Fahren Sie zu dem Schuppen und parken Sie dort.«

Theo spürte die Panik seine Kehle hochsteigen wie überschäumende Säure und bemühte sich, sie hinunterzuschlucken. Was hatte er mal irgendwo gehört? Solange sie reden, schießen sie nicht, also sorg dafür, daß sie reden. »Sie haben also Ihre Frau umgebracht, weil Sie einen Großbildfernseher haben und mit Betsy ins Bett steigen wollten? Sich scheiden zu lassen ist Ihnen nicht eingefallen?«

Leander lachte, und Theo spürte, wie ihm ein kalter Schauer durch den ganzen Körper lief. »Sie sind wirklich mit Blödheit geschlagen, Crowe. Sehen Sie den Schuppen da? Allein im letzten Jahr habe ich aus diesem Schuppen Metamphetamin für achtundzwanzig Millionen Dollar abgekarrt. Selbst wenn man in Rechnung stellt, daß ich nur einen Teil davon kriege, ist es immer noch ein ganz schönes Sümmchen, das bei mir hängenbleibt. Denn ich bin der einzige Kurier. Ich bin Vertreter, habe Familie, bin harmlos und unauffällig. Wer würde da jemals irgendeinen Verdacht schöpfen, Mister Stullenhirn?«

»Ihre Frau vielleicht?«

»Bess hat es rausgefunden. Das Komische daran ist, daß sie mir hinterhergeschnüffelt hat, weil sie dachte, ich hätte eine Affäre, aber das mit Betsy und mir hat sie nie rausgekriegt. Sie wollte mich verpfeifen und dafür sorgen, daß ich in den Bau wander. Ich hatte keine Wahl.«

Theo steuerte den Wagen vor den Schuppen und stellte den Motor ab. »Aber jetzt haben Sie eine Wahl, Joseph. Sie müssen das hier nicht machen.«

»Ich werde überhaupt nichts tun, außer mein Leben so weiterführen wie bisher, und wenn ich genug Geld auf meinen Konten im Ausland habe, mache ich mich aus dem Staub. Verstehen Sie mich nicht falsch, Crowe. Bess umzubringen hat mir absolut keinen Spaß gemacht. Ich bin kein Killer. Zum Teufel, ich habe noch nie in meinem Leben Drogen genommen. Das hier ist kein Verbrechen, es ist einfach nur eine Liefertour, die richtig gut bezahlt wird.«

»Sie werden mich also nicht erschießen?« Theo versuchte von ganzem Herzen, daran zu glauben, was er gerade gesagt hatte.

»Nicht, wenn Sie tun, was ich Ihnen sage. Steigen Sie aus dem Wagen. Lassen Sie die Schlüssel stecken. Rutschen Sie zu meiner Seite rüber und kommen Sie raus.«

Theo tat wie ihm geheißen, während Leander die ganze Zeit die Pistole auf ihn gerichtet hielt. Woher wußte Leander, wie man so was machte? Solange hatte er seinen Fernseher doch noch gar nicht. Der Kerl mußte ein Fernstudium absolviert haben oder so was.

»Miguel! Ignacio! Kommt mal raus!« Leander gestikulierte mit der Pistole in Richtung des Schuppens. »Gehen Sie da rein.«

Theo duckte sich unter dem Türrahmen hindurch und sah sich einen Augenblick später von Regalen voller Laborgläser, Röhren und Plastikflaschen mit Chemikalien umringt. Ein einzelner Metallstuhl stand vor einem halben Dutzend Elektrokocher, die den Schuppen mit einer unangenehmen Hitze erfüllten.

»Setzen Sie sich«, befahl Leander.

Noch während er sich niederließ, spürte Theo, wie ihm seine Handschellen aus der Gesäßtasche gezerrt wurden.

»Legen Sie die Hände auf den Rücken.« Theo tat wie ihm geheißen, und Leander fädelte die Handschellen zwischen den beiden Metallstäben an der Rückenlehne des Stuhls hindurch und ließ sie um Theos Handgelenke einschnappen.

»Ich muß die Jungs suchen«, sagte Leander. »Vermutlich halten sie gerade Siesta. Was hat sich Burton bloß dabei gedacht, als er den Trailer gleich nebenan aufgestellt hat? Ich bin gleich wieder da.«

»Und was dann?«

»Dann wird Ignacio Sie erschießen, nehme ich an.«

MOLLY

So was war ihr noch nie passiert: ein Kerl, der wirklich tat, was man ihm sagte. Als sie hörte, daß ein Auto den Feldweg heraufkam, hatte sie Steve gebeten, sich in einen Trailer zu verwandeln, und er hatte es getan. Na ja, sie hatte ihm erst mit den Händen in der Luft aufzeichnen müssen, was sie meinte, und beim ersten Mal hatte er's auch nicht ganz geschafft, weil er versucht hatte, so auszusehen wie die Wellblechhütte vor seiner Nase – was allerdings kläglich danebengegangen war, weil nur sein Kopf sich verwandelt hatte und er daraufhin aussah wie ein Drache mit einer Aluminiumtüte über dem Kopf. Doch nach ein paar Sekunden hatte er es geschafft. Was für ein Kerl! Zugegeben, sein Schwanz, der im Trailer-Park immer im Bachbett gelegen hatte, schaute noch raus, aber vielleicht fiel das ja niemandem weiter auf.

»Was für ein Kerl«, sagte er und tätschelte seine Klimaanlage. Oder zumindest das, was in diesem Augenblick aussah wie eine Klimaanlage. Keine Ahnung, welches Körperteil es gewesen war, bevor er sich in den Trailer verwandelt hatte.

Sie tätschelt mein Gerät, dachte Steve, und ein tiefes, vor Wohlgefühl strotzendes Knurren drang aus der Vordertür.

Molly rannte hinter die Hütte und ging dort in Deckung. Sie spähte hinter der Hütte hervor und sah, wie ein weißer Volvo vorfuhr und stehenblieb. Beinahe hätte sie ihre Deckung verlassen, um Theo hallo zu sagen, doch dann sah sie, daß da noch ein anderer Mann im Wagen war, der eine Pistole auf Theo gerichtet hielt. Sie hörte, wie der Kerl mit der Glatze Theo in den Schuppen führte und einige Drohungen ausstieß. Am liebsten wäre sie aus ihrem Versteck herausgesprungen und hätte gesagt: »Nein, Ignacio wird niemanden erschießen, Mister Kahlkopf. Er ist im Augenblick viel zu beschäftigt damit, sich verdauen zu lassen.« Doch der Kerl hatte eine Pistole. Wie konnte sich Theo nur von jemandem gefangennehmen lassen, der aussah wie ein stellvertretender Schuldirektor?

Als klar wurde, daß der Typ mit der Glatze auf dem Weg nach draußen war, rannte sie zum Drachen-Trailer, hielt sich an der Kante der Klimaanlage fest und schwang sich aufs Dach.

Der Typ mit der Glatze ging um den Trailer herum zur Eingangstür. Molly rannte über das Dach und schaute über den Rand nach unten.

»Miguel! Ignacio!« brüllte der Typ mit der Glatze. »Macht, daß ihr rauskommt.« Er schien sich nicht ganz schlüssig, ob er in den Trailer hineingehen sollte.

Ich hab gesehen, wie sie da rein sind«, sagte Molly.

Der Kerl mit der Glatze machte einen Schritt nach hinten. Er blickte sich um, wo die Stimme herkam, und es schien, als würde er jeden Moment vor Wut explodieren.

»Sie sind ein stellvertretender Schuldirektor, stimmt's?« sagte Molly.

Der Kerl mit der Glatze entdeckte sie schließlich und versuchte die Pistole hinter seinem Rücken zu verbergen. »Sie sind doch die durchgeknallte Lady«, sagte er. »Was machen Sie hier?«

Molly baute sich am Rand des Drachen-Trailers auf. »Tschuldigung, wie bitte? Wie war das? Ich bin was?«

Er ignorierte ihre Frage. »Was machen Sie hier?«

»Entschuldigung, Entschuldigung, Entschuldigung«, wiederholte sie in einem seltsamen Singsang. »Aber da auf dem Boden liegt noch eine nicht zurückgenommene abfällige Bemerkung. Die müssen Sie erst aus dem Weg räumen, bevor's weitergeht.«

»Ich entschuldige mich für gar nichts. Was machen Sie hier? Wo sind Ignacio und Miguel?«

»Sie entschuldigen sich also nicht?«

»Nein. Und jetzt kommen Sie da runter.« Er zeigte ihr die Pistole.

»Na gut«, sagte Molly und tätschelte Steve den Kopf beziehungsweise das Dach. »Steve, friß dieses unhöfliche Arschloch auf.«

Sie hatte es bereits zuvor mit angesehen, aber auf Steves Kopf zu sitzen, als er seine Gestalt veränderte und seine Zunge unter ihr herausschoß und sich um den stellvertretenden Schuldirektor wickelte, war ganz besonders aufregend. Nach der Ouvertüre durch ein sattes Schlürfgeräusch war das unvermeidliche Krachen und Malmen, das sie zuvor immer irritiert hatte, diesmal irgendwie ganz wohltuend. Sie wußte nicht recht, ob es daran lag, daß der stellvertretende Schuldirektor eine Pistole auf ihren Freund gerichtet und sie eine durchgeknallte Lady genannt hatte, oder ob sich mittlerweile einfach nur so etwas wie Gewöhnung einstellte.

»Das war einfach klasse«, sagte sie. Sie rannte Steves Rücken entlang, glitt auf die Oberseite der Klimaanlage und sprang von dort aus auf den Boden.

Steve stieß ein Knurren aus, und die Kanten des Trailers schienen zu schmelzen, bis die Rundungen und Sehnen seiner Drachengestalt zu sehen waren. Er rollte sich auf die Seite, und Molly sah mit an, wie sich der Schuppenpanzer an seiner Bauchseite teilte und ein zwei Meter langer Drachenpenis zum Vorschein kam, der so dick und hart war wie ein Telefonmast. Das Gerät schillerte von oben bis unten in sämtlichen Farben des Regenbogens.

»Wow, das ist *echt* beeindruckend«, sagte Molly und machte ein paar Schritte rückwärts.

Steve sandte ihr eine Nachricht, die ähnlich war wie jene, die er dem Tanklastwagen hatte zukommen lassen, nur daß sie bei Molly besser ankam. Ihre Knie wurden weich, ein warmes Kribbeln schoß ihre Schenkel hinauf, und sie spürte, wie ihr Puls in den Schläfen pochte.

Sie schaute Steve in die Augen (na ja, jedenfalls in eines der beiden), ging auf sein Gesicht zu und berührte zärtlich seine Lippen (oder das, was Lippen gewesen wären, wenn er welche gehabt hätte). Dann ließ sie den süß-sauren Geruch seines Atems (eine Mischung aus Old Spice, mannhaften Mexikanern und gekotzten Kühen) über sich hinwegströmen.

»Weißt du«, sagte sie, »ich hab noch nie einen Kerl geküßt, der nach stellvertretendem Schuldirektor aus dem Mund gerochen hat.«

- 19 -

ALLES, WAS MAN DARÜBER WISSEN MUSS

Das Intimleben, also das, was zwischen zwei Menschen in ihrer Privatsphäre vor sich geht (oder zwischen einem Menschen und einem Seeungeheuer auf einer Wiese), geht niemanden etwas an außer die betreffenden Akteure. Doch für den Voyeur in uns allen sei hiermit der Mantel der Verschwiegenheit kurz gelüftet, um die allgemeine Neugierde durch ein oder zwei Appetithäppchen zu befrieden …

Molly gab sich nicht nur Mühe, sie unternahm heldenhafte Anstrengungen, doch selbst eine so wunderbar durchtrainierte Frau wie sie war dieser Aufgabe nicht gewachsen. Allerdings gelang es ihr, in der Nähe des Schuppens einen benzingetriebenen Rasentrimmer aufzutreiben (den die verstorbenen Drogenköche dazu benutzt hatten, feuergefährliches Material aus der näheren Umgebung zu entfernen), und durch den bestimmten, aber sanften Einsatz jener rohen Maschine und unter gutem Zureden schaffte sie es, Steve in einen Zustand zu versetzen, den die Franzosen in ihrer Unergründlichkeit den »kleinen Tod« nennen.

Und bald darauf entpuppte sich das, was zunächst wie ein unüberwindliches Hindernis ausgesehen hatte – nämlich der Größenunterschied –, als ein Vorteil, der es Molly ermöglichte, daß sie mit Steve an jenem Ort des Friedens und der Glückseligkeit vereint war. Wie? Man stelle sich vor, langsam ein glitschiges Geländer in Form einer Zunge hinunterzurutschen, wo jede Geschmacksknospe einen genau an der richtigen Stelle kitzelt, und schon wird man verstehen, wie es dazu kam, daß Molly als ein Pfützchen schieren Wohlgefühls in jener Kuhle zwischen Hals und Schulter endete, die Frauen so lieben (außer, daß in Steves Fall niemandem der Arm dabei einschlief).

Natürlich gab es auch hier einen Moment der Verlegenheit, wie er sich häufig einstellt, wenn frisch Verliebte, die sich kaum kennen, einander erkunden, und so wurde Theos Volvo unter einigem Getöse zertrümmert, bevor Steve merkte, daß sich im Gras herumzurollen nicht die angemessene Art war, seiner Begeisterung Ausdruck zu verleihen. Doch was ist schon ein eckiges schwedisches Auto im Vergleich zu großer Leidenschaft, wenn man in größeren Relationen dachte.

Und das ist alles, was man darüber wissen muß.

- 20 -

THEO

Im Lauf der Jahre hatte Theo gelernt, sich selbst dafür zu verzeihen, daß ihm zu unpassenden Gelegenheiten unangemessene Gedanken durch den Kopf schossen (er sich beispielsweise bei Begräbnissen die

Witwe nackt vorstellte oder bei Erdbeben in der Dritten Welt danach gierte, daß die Zahl der Todesopfer möglichst hoch war, oder er sich überlegte, ob weiße Sklavenhändler sich auf bequeme Ratenzahlungen einließen). Doch just in diesem Augenblick, da er mit Handschellen an einen Stuhl gefesselt war und auf seinen Scharfrichter wartete, überkam ihn nun doch eine gewisse Besorgnis angesichts der Tatsache, daß seine Gedanken eher darum kreisten, eine Nummer zu schieben, als irgendwelche Fluchtversuche zu unternehmen oder seinen Schöpfer um Vergebung zu bitten. Sicher, er hatte bereits versucht zu fliehen, mit dem Resultat, daß der Stuhl umgekippt war und er nun den Dreck auf dem Fußboden aus der Kakerlakenperspektive betrachten konnte. Doch kurz danach, als die Stimmen draußen verstummt waren, war er heimgesucht worden von Gedanken an Frauen, die er gehabt hatte und solche, bei denen das nicht der Fall gewesen war – unter anderem war da eine erotische Gedankenmontage, die die ehemalige Schauspielerin Molly Michon betraf.

Insofern war es eine Kombination aus Verlegenheit und Erleichterung, die er empfand, als im Anschluß an die Geräusche eines Rasentrimmers und ein metallisches Krachen Molly ihren Kopf zur Tür des Schuppens hereinstreckte.

»Hallo, Theo«, sagte sie.

»Molly, was machst du hier?«

»Spazierengehen.« Sie kam nicht herein, sondern reckte nur ihren Kopf um die Ecke.

»Du mußt von hier verschwinden, Molly. Da draußen treiben sich ein paar Typen rum, die gefährlich sind.«

»Kein Problem. Du willst also keine Hilfe?«

»Doch, geh Hilfe holen. Aber mach, daß du von hier wegkommst. Die Typen da draußen haben Knarren.«

»Ich meine, du willst nicht, daß ich dir die Handschellen abnehme oder so?«

»Dafür ist keine Zeit.«

»Es ist haufenweise Zeit. Wo sind die Schlüssel?«

»An meinem Schlüsselring. Im Zündschloß von meinem Wagen.«

»Alles klar. Bin gleich wieder da.«

Und schon war sie verschwunden. Theo hörte ein paar dumpfe Schläge und dann ein Geräusch, das sich anhörte, als würde Sicherheitsglas zerspringen. Eine Sekunde später war Molly wieder zurück und stand in der Tür. Sie warf die Schlüssel auf den Boden unweit von seinem Kopf. »Kommst du da ran?«

»Kannst du die Dinger nicht aufschließen?«

»Ähmm, im Augenblick eigentlich lieber nicht. Aber du kommst da schon irgendwann ran, oder?«

»Molly!«

»Ja oder nein?«

»Sicher, aber...«

»Okay. Bis später, Theo. Tut mir leid wegen deinem Auto.«

Und schon war sie wieder verschwunden.

Als er durch den Dreck zu seinem Schlüssel hinrobbte, machte er sich noch immer Sorgen über die unvermittelte Welle von Geilheit, die über ihn hinweggebrandet war. Konnte es sein, daß sie von den Handschellen ausgelöst worden war? Vielleicht stand er schon seit Jahren auf Fesselungen und hatte es einfach nur nie gemerkt. Andererseits hatte er, als er damals – kurz bevor Sheriff Burton ihn erpreßt hatte, den Posten des Constable zu übernehmen – verhaftet worden war, fast zwei Stunden mit Handschellen gefesselt zugebracht, und er konnte sich nicht erinnern, daß dies eine besonders erotische Erfahrung gewesen wäre. Vielleicht war es der drohende Tod gewesen. Machte ihn der Gedanke, gleich erschossen zu werden, etwa an? Oh, Mann, ich bin ja wohl wirklich krank im Hirn, dachte er.

Es dauerte zehn Minuten, bis er sich sowohl von den Handschellen als auch von den nervenden Gedanken an Tod und Sex befreit hatte. Molly, Joseph Leander und der Trailer waren verschwunden, und er stand vor den Trümmern seines Volvo und sah sich einer Flut gänzlich neuer Fragen ausgesetzt. Das Dach seines Kombi war platt gedrückt und lediglich noch genauso hoch wie die Motorhaube, drei der vier Reifen waren geplatzt, und am Boden um den Wagen herum befanden sich überall Fußspuren von etwas, bei dem es sich eigentlich nur um ein sehr, sehr großes Tier handeln konnte.

In Richtung des Hügels und darüber hinaus war das Gras in zwei

Bahnen niedergedrückt. Bei der einen handelte es sich offensichtlich um die Spur eines Menschen. Die andere hingegen war breiter als der Feldweg, der auf die Ranch führte.

Er streckte den Arm in den Volvo und suchte nach seinem Handy und seiner Pistole, obwohl er bei beidem nicht wußte, was er damit anfangen sollte. Es gab niemanden, den er hätte anrufen können, und erschießen wollte er schon gar niemanden. Außer Sheriff Burton vielleicht. Als er das Gelände absuchte, fand er Joseph Leanders Pistole und steckte sie in den Hosenbund seiner Jeans. In dem allradgetriebenen Pick-up steckten die Schlüssel, und nachdem er eine Minute die moralischen Bedenken, die ein »Ausleihen« des Pick-up mit sich brachte, gegen die Tatsache abgewogen hatte, daß er entführt, mit Handschellen gefesselt und beinahe umgebracht worden war, stieg er in den Wagen und fuhr über die Wiese den Spuren hinterher.

GABE

Gabe und der Rancher standen über die zermatschten Überreste eines Holsteinrinds gebeugt und wischten sich die Fliegen aus dem Gesicht, während Skinner ein paar Meter weiter weg mit angelegten Ohren im Gras kauerte und knurrend die Sauerei betrachtete, die sich vor ihm ausbreitete.

Der Rancher schob schaudernd seinen Stetson in den Nacken. »Wir züchten seit sechzig Jahren Milch- und Schlachtvieh auf dieser Ranch, aber ich hab noch nie von so was gehört, Gabe, und mit eigenen Augen gesehen schon gar nicht.«

Sein Name war Jim Beer. Er war fünfundfünfzig, doch man hätte ihn auch für siebzig halten können. Seine Haut war ledrig von zuviel Sonne und Streß, und in jedem Wort, das er sagte, schwangen Einsamkeit und Traurigkeit mit. Er war groß und dünn, doch seine Haltung war gebeugt wie bei einem geschlagenen Mann. Seine Frau hatte ihn schon vor Jahren verlassen; sie hatte sich einfach in ihren Mercedes gesetzt und war nach San Francisco gefahren, um von nun an dort zu leben, und sie hatte eine Urkunde mitgenommen, der zufolge ihr die Hälfte von Jim Beers hundert Hektar Land gehörte. Sein einziger Sohn, der eigentlich die Ranch hätte weiterführen sollen, war mittlerweile achtundzwanzig und in erster Linie damit beschäftigt, sich aus Colleges und Entzugskliniken überall im Land hinauswerfen zu lassen. Jim Beer lebte allein in einem Haus mit vierzehn Zimmern, das vor Einsamkeit knarrte und das Lachen seiner Rancharbeiter aufzusaugen schien, denen Jim jeden Morgen in seiner riesigen Küche ein Frühstück zubereitete. Nach Jim würde keiner mehr kommen, der noch aus dem gleichen Schrot und Korn war, und wenn er zurückdachte, womit sein Untergang begonnen hatte, dann kam er immer wieder zu dem Ergebnis, daß es die Affäre mit der Hexe gewesen war, die früher in Theos Hütte am Rande der Ranch gelebt hatte. Seitdem lastete ein Fluch auf ihm, oder zumindest glaubte er das. Und wäre die Hexe nicht schon vor zehn Jahren mit dem Eigentümer des Lebensmittelladens zusammen abgehauen, so hätte er jetzt steif und fest behauptet, daß die Verstümmelung seines Viehs auf ihr Konto ging.

Gabe schüttelte den Kopf. »Ich habe keine Ahnung, Jim. Ich kann ein paar Proben nehmen und ein paar Tests durchführen, aber ich weiß nicht, was wir hier vor uns haben.«

»Glauben Sie, es waren Kinder? Vandalen?«

»Kinder kippen Kühe manchmal um, Jim. Aber die hier sehen aus, als wären sie aus zehntausend Meter Höhe runtergefallen.« Gabe wußte, was allem Anschein nach passiert war, aber er war einfach nicht bereit, es zuzugeben. Ein Lebewesen, das zu so etwas in der Lage gewesen wäre, existierte gar nicht. Es mußte eine andere Erklärung geben.

»Sie sagen also, es waren Außerirdische?«

»Nein, ich sage definitiv nicht, es waren Außerirdische. Ich sage *nicht* Außerirdische.«

»Irgendwas war hier. Sehen Sie mal da die Spuren. Ein Satanskult?«

»Verdammt noch mal, Jim, wenn Sie nicht auf der Titelseite von *Total bescheuert* auftauchen wollen, dann hören Sie lieber auf, so daherzureden. Ich kann Ihnen nicht sagen, was für das hier verantwortlich ist, aber ich kann sagen, was es garantiert nicht war. Es waren keine Außerirdischen, keine Satanisten und auch nicht der Bigfoot im Vollrausch. Ich kann ein paar Proben nehmen und einige Tests machen, und dann kann ich Ihnen, vielleicht – vielleicht, wohlgemerkt – sagen, was es war, das das hier getan hat. In der Zwischenzeit rufen Sie besser die Typen vom Landwirtschaftsministerium an, damit die sich das mal ansehen.«

»Das kann ich nicht, Gabe.«

»Warum nicht?«

»Ich kann nicht zulassen, daß Fremde auf meinem Land rumlaufen. Ich will nicht, daß das hier nach außen dringt. Deswegen habe ich ja Sie angerufen.«

»Was ist das?« Gabe hielt den Finger in die Höhe, um konversationstechnisch am Ball zu bleiben, und schaute zu den Hügeln: ein Motorengeräusch. Einen Augenblick später tauchte auf dem Hügelkamm ein roter vierradgetriebener Pick-up auf und kam auf sie zu.

»Es ist besser, wenn Sie gehen«, sagte Jim Beer.

»Warum?«

»Es wäre einfach besser. An diesem Ende der Ranch soll sich außer mir niemand rumtreiben. Deswegen sollten Sie jetzt wirklich verschwinden.«

»Das ist doch Ihr Land?«

»Mein Junge, wir springen jetzt in Ihren Wagen und verduften.«

Gabe kniff die Augen zusammen, um den Pick-up besser sehen zu können, und fing plötzlich an zu winken. »Das ist Theo Crowe«, sagte er. »Was macht der denn in so 'nem Ding?«

»Au Scheiße«, sagte Jim Beer.

Theo steuerte den Pick-up neben Gabes Wagen, würgte den Motor ab und kletterte heraus. Gabe hatte den Eindruck, daß der Constable aussah, als sei er stinksauer, doch er war sich nicht ganz sicher, weil er diesen Gesichtsausdruck bei Theo noch nie gesehen hatte. »Tag, Gabe. Jim.«

Jim Beer starrte auf seine Stiefelspitzen. »Constable.«

Gabe bemerkte, daß Theo zwei Pistolen in seiner Jeans stecken hatte und auf der einen Seite ganz voller Staub war. »Hallo, Theo. Hübscher Wagen. Jim hat mich angerufen, damit ich rauskomme und mal einen Blick auf...«

»Ich weiß, was das ist«, sagte Theo und zuckte mit dem Kopf in Richtung der zermanschten Kuh. »Zumindest glaube ich das.« Er schlenderte auf Jim Beer zu, der den Anschein erweckte, er hätte sich am liebsten ein Loch in den Bauch gestarrt, um darin zu verschwinden.

»Jim, Sie haben da hinten eine Speed-Küche, die genug Stoff produziert, um ganz Los Angeles unter Strom zu setzen. Wollen Sie mir darüber vielleicht was erzählen?«

Es schien, als hätte jemand den Stöpsel gezogen, und mit einem Mal strömte sämtliche Lebensenergie aus Jim Beer heraus Er kippte nach hinten und blieb mit gespreizten Beinen auf dem Boden sitzen. Gabe hatte ihn gerade noch rechtzeitig am Arm gepackt, um zu verhindern, daß er sich das Steißbein brach. Ohne den Kopf zu heben, erklärte Beer: »Als meine Frau weg ist, hat sie eine Urkunde mitgenommen, wonach ihr die Hälfte der Ranch gehört. Sie wollte sie einklagen. Wo sonst sollte ich drei Millionen Dollar auftreiben?«

Gabe ließ seinen Blick von Jim zu Theo wandern, als wollte er sagen: »Was zum Teufel soll denn das nun wieder?«

»Ich erklär's dir später, Gabe. Ich muß dir sowieso noch was zeigen.« Theo schob Jim Beers Stetson zurück, damit er dem Rancher ins Gesicht sehen konnte. »Also hat Burton Ihnen das Geld gegeben, damit er auf Ihrem Land seine Küche aufstellen konnte.«

»Sheriff Burton?« fragte Gabe, der nun gar nicht mehr durchblickte.

»Halt die Klappe, Gabe«, blaffte Theo.

»Nicht alles auf einmal, sondern in Raten. Zum Teufel, was sollte ich denn machen? Mein Großvater hat diese Ranch aufgebaut. Ich konnte doch nicht die Hälfte davon einfach abschreiben.«

»Also sind Sie ins Drogengeschäft eingestiegen?«

»Ich hab die Drogenküche, von der Sie da reden, noch nie gesehen. Und meine Leute auch nicht. Dieser Teil der Ranch ist Sperrgebiet. Burton hat gesagt, er hätte Sie in die Hütte gesetzt, um zu verhindern, daß jemand durch das hintere Tor auf die Ranch kommt. Ich kümmere mich nur um mein Vieh und meine eigenen Angelegenheiten. Ich habe Burton nicht mal gefragt, was er hier draußen treibt.«

»Drei Millionen Dollar! Was zum Teufel haben Sie denn geglaubt, daß er macht? Karnickel züchten?«

Jim Beer gab keine Antwort. Er starrte nur auf den Boden zwischen seinen Beinen. Gabe hielt ihn an der Schulter fest, damit er nicht umkippte, und schaute zu Theo. »Vielleicht können wir das später regeln, Theo?«

Theo drehte sich um und ging in einem engen Kreis umher, wobei er mit den Händen in der Luft herumfuchtelte, als wollte er ein paar nervende Plagegeister verscheuchen.

»Ist mit dir alles in Ordnung?« fragte Gabe.

»Was zum Teufel mache ich jetzt? Heilige Scheiße? Was mache ich? Was sollte ich machen?«

»Dich abregen?« schlug Gabe vor.

»Scheiß drauf! Ich hab hier diverse Morde, Drogenherstellung, irgend so ein verdammtes Riesenvieh von einem Tier, eine ganze Stadt, die durchdreht, mein Wagen ist nur noch Schrott, und ich bin verknallt in eine Frau, die verrückt ist – so was kam in meiner Ausbildung nicht vor! So was kommt in keiner beschissenen Ausbildung vor!«

»Dich abregen ist also zumindest derzeit keine Alternative?« sagte Gabe. »Ich verstehe.«

Theo unterbrach sein panisches Kreisläufertum und wirbelte auf Gabe zu. »Und außerdem hab ich schon seit einer Woche kein Gras mehr geraucht, Gabe.«

»Herzlichen Glückwunsch.«

»Ich bin davon verrückt geworden. Es hat mein Leben ruiniert.«

»Ach, komm schon, Theo. Du hast doch noch nie ein Leben gehabt.« Kaum, daß er es gesagt hatte, fiel Gabe auf, daß er vielleicht die falsche Taktik gewählt hatte, um seinem Freund Trost zu spenden.

»Genau, da war ja noch was.« Theo ging mit großen Schritten auf den roten Pick-up zu und versetzte dem Kotflügel einen Schlag. »Aua! Verdammt noch mal!« Er wandte sich wieder an Gabe. »Und außerdem hab ich mir, glaub ich, gerade die Hand gebrochen.«

»Der Rinderwahnsinn macht mir echt Sorgen«, sagte Jim Beer, der am Boden zerstört dem Stupor anheimgefallen war.

»Halt die Klappe, Jim«, sagte Gabe. »Theo hat 'ne Pistole.«

»Pistolen!« rief Theo.

»Kann's sein, daß ich mich irre«, sagte Gabe, »oder hast du ein riesiges Tier erwähnt?«

Theo massierte sich die Schläfen, als ob er versuchte, auf diese Weise einen zusammenhängenden Gedanken aus seinem Kopf zu quetschen. Nach ein paar Minuten ging er zu der Stelle, wo Jim Beer auf dem Boden saß, und kniete sich vor ihn hin. »Jim, Sie müssen sich mal einen Moment lang zusammenreißen.«

Der Rancher schaute Theo an. Die Falten auf seinen Wangen waren feucht von Tränen.

»Jim, das hier ist alles nie passiert, okay? Sie haben weder mich gesehen, noch haben Sie irgendwas von diesem Ende der Ranch gehört, okay? Wenn Burton Sie anruft, ist alles wie üblich. Sie haben nicht die geringste Ahnung von irgendwas, ist das klar?«

»Nein, mir ist gar nichts klar. Wandere ich ins Gefängnis?«

»Das weiß ich nicht, Jim. Aber ich weiß, daß Burton, wenn er von dem hier erfährt, uns allen einen Heidenärger machen wird. Ich brauche ein bißchen Zeit, um ein paar Sachen herauszufinden. Wenn Sie mir helfen, werde ich tun, was ich kann, um Sie nach Möglichkeit rauszuhalten. Ich verspreche es Ihnen.«

»Okay.« Beer nickte. »Ich werde tun, was Sie sagen.«

»Fein, nehmen Sie Gabes Pick-up, und fahren Sie nach Hause. Wir holen den Wagen in etwa einer Stunde ab.«

Skinner, der Labrador, beobachtete das Geschehen mit großem Interesse. Zaghaft wedelte er mit dem Schwanz, wenn Theo bei seinen Tiraden eine Pause machte, und hoffte ganz tief im Innersten seines Herzens, daß er zu einer Spritztour in dem roten Pick-up mitkommen durfte. Selbst Hunde haben geheime Wünsche.

»Theo, die sind unmöglich echt«, sagte Gabe und strich mit der Hand über einen Fußabdruck von fast einem Meter Durchmesser. »Das ist irgend so 'n Schwindel. Obwohl die Tiefe der Klauenabdrücke und die Schleifspuren darauf hindeuten, daß derjenige, der das hier fabriziert hat, wirklich Ahnung vom Bewegungsablauf von Tieren hat.«

Theo war mittlerweile wieder einigermaßen ruhig; es schien, als hätte er sich mit der ganzen Unwirklichkeit der Situation abgefunden. »Und außerdem haben sie Ahnung, wie man einen Volvo zu Klump haut. Die Dinger sind echt, Gabe. Ich hab schon mal so eine Spur gesehen.«

»Wo?«

»Am Bach. In der Nacht, als der Tanklastwagen in die Luft geflogen ist. Ich hab's damals auch nicht für möglich gehalten.«

Gabe, der noch immer den Fußabdruck betrachtete, schaute auf. »Das war die Nacht, in der meine Ratten alle losgezogen sind.«

»Ja.«

»Unmöglich, Theo. Das kann nicht sein. Gegen ein Wesen, das solche Fußabdrücke hinterläßt, würde ein T. Rex aussehen wie ein Gartenzwerg. Es ist sechzig Millionen Jahre her, seit zum letzten Mal irgendwas von dieser Größe auf diesem Planeten existiert hat.«

»Jedenfalls nichts, das uns bekannt wäre. Paß mal auf, Gabe, ich bin der Spur durch das Gras bis zu den verstümmelten Kühen gefolgt. Ich dachte, das wäre die Richtung, in die sie gegangen sind, aber offensichtlich war es die Richtung, aus der sie kamen.«

»Sie? Du denkst, da ist mehr als eins?«

»Du gibst also zu, daß das hier real ist?«

»Nein, Theo. Ich frage dich nur, was du denkst.«

»Ich denke, daß das Ding mit Molly Michon zusammen unterwegs war.«

Gabe lachte. »Theo, ich glaube, daß der Entzug dir auf die Birne schlägt.«

»Ich mach keine Witze. Molly war hier, kurz nachdem ich gehört habe, wie mein Wagen zu Bruch ging. Sie hat mir die Schlüssel zu den Handschellen gegeben. Als ich rauskam, war sie weg und ebenso Joseph Leander und wer immer es war, mit dem er sich hier treffen wollte.«

»Und was glaubst du, ist mit denen passiert?«

»Das gleiche wie mit den Kühen. Oder was Ähnliches. Das gleiche, was meiner Meinung auch dem kleinen Plotznik passiert ist. Das letzte Mal, daß er gesehen wurde, war im Fly Rod Trailer Park. Und genau dort wohnt Molly.«

Gabe stand da und ließ seinen Blick über die verschiedenen Fußabdrücke schweifen. »Du warst heute noch gar nicht in der Stadt, oder, Theo?«

»Nein, ich hatte zu tun.«

»Les aus dem Eisenwarenladen wird vermißt. Man hat seinen Wagen hinter dem Head of the Slug gefunden, aber von ihm gibt's keine Spur.«

»Gabe, wir müssen uns auf den Weg zu Molly machen.«

»Wir? Theo, ich bin Biologe und kein Bulle. Ich würde sagen, wir versuchen aufzuspüren, was immer das hier ist. Skinner ist ein ziemlich guter Spürhund. Ich wette, wir stoßen auf eine Erklärung, die nichts mit einem riesigen Tier zu tun hat.«

»Ich bin auch kein Bulle mehr. Und was ist, wenn wir das Ding aufspüren, und du hast Unrecht, Gabe? Hast du Lust, plötzlich dem Ding gegenüberzustehen, das mein Auto so zugerichtet hat? Oder die Kühe von eben?«

»Wenn du mich so fragst: ja.«

»Das können wir später immer noch. Allzu schwierig sollte es nicht sein. Was immer es auch ist, zieht einen Trailer.«

»Was?«

»Hier hat ein Trailer gestanden, als Leander mich in den Schuppen gebracht hat. Als ich wieder rauskam, war er weg.«

Gabe schaute auf seine Uhr. »Hast du heute schon was gegessen? Nicht daß ich an dir zweifle, aber vielleicht ist dein Blutzucker im Keller oder so. Gehen wir erst mal was essen, und wenn dein Kopf wieder klar ist, können wir ja bei Molly Michon vorbeifahren.«

»Sicher, ich hab Halluzinationen infolge von einem ganz besonders schlimmen Hunger.«

Gabe packte ihn an der Schulter. »Theo, bitte, ich hab eine Verabredung.«

Theo nickte. »Zuerst zu Molly. Dann komme ich mit zum Essen.«

»Abgemacht«, sagte Gabe, der immer noch auf die Fußabdrücke starrte. »Ich muß später noch mal hierher zurück – mit 'nem Eimer Gips. Selbst wenn es ein Schwindel ist, will ich ihn zumindest dokumentieren.«

Theo war auf dem Weg zum Pick-up, doch er machte kehrt, als er im Schuppen ein Handy klingeln hörte. Er ging hinein, fand das Handy und schaute auf dem Display nach der Nummer des Anrufers. Es war Sheriff Burtons Privatnummer. Er zog seine Magnum .357 und zerschoß das Telefon in tausend Einzelteile. Als er wieder aus dem Schuppen herauskam, sah er, daß sich Gabe hinter dem Kotflügel des roten Pick-up versteckte und Skinner zusammengekauert auf der Ladefläche lag.

»Was zum Teufel soll das heißen, du hast eine Verabredung?«

- 21 -

GABE UND THEO

»Hier habe ich die Ratten gefunden, die nicht mit den anderen mitgezogen sind«, sagte Gabe, als sie in den Fly Rod Trailer Park einbogen.

»Das ist ja hübsch«, sagte Theo, der nur mit halbem Ohr zugehört hatte.

»Hab ich dir erzählt, daß Stanford mir die Resultate von der Analyse der Hirnchemie geschickt hat? Ziemlich interessant, aber ich bin nicht sicher, ob sich dadurch das Verhalten erklären läßt.«

»Bitte, nicht jetzt, Gabe.« Theo stieg auf die Bremsen, und der Wagen kam mit einem Ruck zum Stehen. »Was zum Teufel?« In Molly Michons Trailer brannte kein Licht, doch auf dem leeren Stellplatz nebenan standen mehrere gutgekleidete Erwachsene mit Kerzen in den Händen im Kreis herum.

»Gottesdienst?« schlug Gabe vor. »Es ist Sonntag abend.«

»Das letzte Mal, als ich hier war, stand da ein Trailer«, sagte Theo. »Genauso einer wie der auf der Ranch.«

»Ich weiß. Auf dem Standplatz habe ich die Ratten mit dem niedrigen Serotoninspiegel gefunden.«

Theo stellte den Motor ab, zog die Handbremse und kletterte aus dem Wagen. Dann schaute er noch einmal zurück zu Gabe. »Du hast deine Ratten hier gefunden?«

»Die sechs, die ich finden konnte. Aber das ist auch die Stelle, wo die anderen zuletzt registriert wurden, bevor sie verschwunden sind. Ich kann's dir nachher auf der Grafik zeigen.«

»Das wäre gut.«

Theo zog sein Flanellhemd über die Pistolen in seinem Hosenbund und ging auf die Leute zu, die immer noch im Kreis herumstanden. Skinner sprang aus dem Wagen und rannte voraus; Gabe folgte ohne große Begeisterung. Es machte in der Tat den Eindruck, als würden die Leute beten. Sie hielten ihre Köpfe gesenkt, während eine Frau in einem puderblauen Kostüm mit einem Pillbox-Hut auf dem Kopf vorbetete: »Gib uns deinen Segen, o Herr, denn wir haben in unserem Innersten gespürt, wie deine Macht uns angerührt hat, und sind deinem Ruf folgend zu diesem heiligen Ort gekommen, um an diesem Abend ...«

Skinner stieß der Dame seine Nase in den Schritt, und sie quiekte wie ein Pudel nach einem Wespenstich. Alle in der Gruppe hoben die Köpfe und schauten sich um.

»Entschuldigen Sie«, sagte Theo. »Ich wollte Sie nicht unterbrechen, aber was machen Sie hier?« Einige der Männer schauten irritiert und traten hinter die puderblaue Dame, um ihr den Rücken zu stärken.

Die Frau hielt Skinners Schnauze von ihrem Kleid weg, während sie gleichzeitig bemüht war, mit der Kerzenflamme nicht zu nahe an ihre haarspraystarrende Frisur zu kommen. »Constable Crowe? Hab ich recht?«

»Ja, Ma'am«, sagte Theo. Die Frau war zwar mindestens fünf Jahre jünger als er und recht hübsch, wenn man texanische Maßstäbe anlegte und auf wallende Mähnen stand, doch angesichts ihres Kostüms und der Art, wie sie redete, fühlte sich Theo wie ein Erstkläßler, der von seiner Lehrerin beim Essen von Kleister erwischt worden war.

»Wir sind hierhergerufen worden, Constable«, erklärte die Frau. Sie streckte den Arm nach hinten aus, packte eine Frau an der Schulter, die aussah, als wäre sie ihr Klon in Pink, und zog sie nach vorne.

Skinner führte auch hier seinen Feuchte-Hundenase-Test durch und verpaßte dem pinkfarbenen Rock einen Stempel. »Margie und ich haben es zuerst gespürt, doch als wir nach der Kirche heute nachmittag davon erzählt haben, meinten die anderen ebenfalls, daß sie sich zu diesem Ort hingezogen fühlten. Der Heilige Geist hat uns hierherbeordert.«

»Frag sie, ob sie irgendwelche Ratten gesehen haben«, sagte Gabe.

»Ruf deinen Hund zurück«, blaffte Theo über seine Schulter hinweg.

Gabe rief nach Skinner, und der Labrador schaute sich um. Ich finde, sie riechen ganz gut, Futter-Typ. Wenn du mich fragst, fick sie, dachte Skinner. Doch alles, was er als Antwort erhielt, war eine kleine Strafpredigt.

»Der Heilige Geist hat Sie hierhergerufen?« fragte Theo.

Ernstes Kopfnicken seitens der gesamten Gruppe.

»Hat irgend jemand von Ihnen zufällig die Frau gesehen, die hier nebenan wohnt?«

Mit einer glockenhellen Stimme meldete sich die Frau in Pink zu Wort: »Oh, ja. Sie war es, die unsere Aufmerksamkeit überhaupt erst auf diesen Ort gelenkt hat. Das war am Abend vor zwei Tagen. Wir haben uns selbst erst ein bißchen gewundert, denn sie ist ja etwas seltsam, doch dann hat Katie erklärt«, sie deutete auf ihre Freundin, »daß unser Herr Jesus Christus auch mit Maria Magdalena zusammen gewesen ist, die ja wie Sie sicherlich wissen, eine, ähm… sie war eine…«

»Eine Hure«, schlug Theo vor.

»Nun… ja und deswegen dachten wir, wer sind wir, daß uns darüber ein Urteil zusteht?«

»Das ist sehr gnädig von Ihnen«, sagte Theo. »Aber haben Sie Molly Michon heute abend schon gesehen?«

»Nein, heute abend nicht.«

Theo spürte, wie seine Kraftreserven immer mehr dahinschwanden. »Also jetzt mal herhören, Leute. Sie sollten sich hier nicht aufhalten. Ich weiß nicht, ob es hier sicher ist. Es werden ein paar Leute vermißt…«

»Ach ja, der arme Junge«, sagte Margie.

»Genau, und vielleicht noch ein paar andere. Ich muß Sie bitten, Ihre Zusammenkunft irgendwo anders abzuhalten, bitte.«

In der Gruppe machte sich Enttäuschung breit. Einer von ihnen, ein korpulenter, kahlköpfiger Mitfünfziger, plusterte sich auf und trat nach vorne. »Constable, wir haben das Recht, unsere Gottesdienste abzuhalten, wann und wo es uns beliebt.«

»Ich denke nur an Ihre Sicherheit«, sagte Theo.

»Dieses Land wurde gegründet auf der Basis der Religionsfreiheit, und...«

Theo machte ein paar Schritte auf den Mann zu und baute sich mit seinen ganzen Einsfünfundneunzig vor ihm auf. »Dann fangen Sie mal schön an zu beten, daß ich Sie nicht zusammen mit dem größten und geilsten Arschficker aus dem gesamten Bezirk in eine Zelle werfe, was ich nämlich tun werde, wenn Sie nicht alle sofort nach Hause gehen.«

»Sachte«, meinte Gabe.

Zwing ihn, daß er sich auf den Rücken legt und einpißt, dachte Skinner.

Der kahlköpfige Mann räusperte sich erbost und drehte sich zur Gruppe um. »Treffen wir uns in der Kirche und diskutieren dort die Absetzung unseres örtlichen Polizeibeamten.«

»Ja, aber stellen Sie sich hinten an«, sagte Theo und schaute zu, wie die Gruppe sich auflöste und die einzelnen Leute zu ihren Autos trotteten und wegfuhren.

Als der letzte Wagen zur Ausfahrt hinausfuhr, sagte Gabe: »Irgendwelche Theorien?«

Theo schüttelte den Kopf. »Die gesamte Stadt dreht durch. Ich schaue mal in Mollys Trailer nach, aber ich glaube nicht, daß sie da ist. Soll ich dich nach Hause fahren, damit du noch mal duschen und dich umziehen kannst vor deiner Verabredung?«

Gabe schaute an seinen dreckverschmierten Arbeitshosen und seinem Safarihemd herunter. »Glaubst du, ich sollte?«

»Gabe, du bist der einzige Kerl, neben dem ich aussehe wie aus dem Ei gepellt.«

»Du kommst doch mit, ja?«

»Casanova«, sagte Theo. »Verglichen mit dir komm ich mir vor wie Casanova.«

»Was?« sagte Gabe. »Im H. P.'s gibt's heute Brathähnchen.«

STEVE

Steve lag unter einer Gruppe von Zypressen. Seine neue Freundin kuschelte sich an sein rechtes Vorderbein und schnarchte leise. Er ließ seine Zunge hervorgleiten und berührte mit der Spitze ihren nackten Rücken. Sie gab ein Stöhnen von sich und kuschelte sich enger an ihn. Sie schmeckte ziemlich gut, aber er hatte ja schon all diese anderen Warmblüter gegessen und von daher keinen Hunger mehr.

Als er noch ein Weibchen gewesen war – das war er, bis vor etwa fünfzig Jahren, knapp fünftausend Jahre lang gewesen –, hatte er es sich zur Angewohnheit gemacht, seine Partner nach der Paarung aufzufressen. Man machte das halt so. Doch als Männchen war er sich nicht so sicher. Seit er zum Männchen geworden war, hatte er sich noch mit keinem Artgenossen gepaart, und so war das Verlangen, nach der Paarung einfach gar nichts zu tun, etwas Neues für ihn. Es war ihm einfach nicht danach zumute, das Warmblüterweibchen zu fressen. Sie sorgte dafür, daß er sich besser fühlte, und aus irgendeinem Grund konnte er die Bilder ihrer Gedanken sehen, anstatt nur seine eigenen Signale auszusenden. Er spürte bei ihr keinerlei Furcht, und es schien auch nicht nötig, daß er Signale aussandte, um sie anzulocken. Seltsam für einen Warmblüter.

Er legte seinen Kopf auf das Bett aus Zypressennadeln, um zu schlafen und seine Wunden heilen zu lassen. Irgendwo in seinem Hirn wurde, just in dem Augenblick, als er einschlief, ein Alarm in Form von Furcht ausgelöst. In den fünftausend Jahren seiner Existenz hatte er niemals Überlegungen über ein »Später« oder »Vorher« angestellt, sondern immer nur über das Jetzt. Seine DNS hatte sich selbsttätig neu organisiert und sich so an Veränderungen angepaßt, ohne die Lebenszyklen von Generationen abzuwarten – insofern war er ein einmaliger Organismus –, doch das Konzept von Zeit, von Erinnerung auf einer höheren als der zellulären Ebene, war eine neue Wandlung. Durch seinen Kontakt mit Molly entwickelte er ein Bewußtsein, und die Natur, pragmatischer Mechanismus, der sie nun mal ist, versuchte ihn zu warnen. Das Alptraumwesen war kurz davor, einen Alptraum zu haben.

VAL

Ist das ein Rendezvous? Val saß allein an einem Tisch im hinteren Bereich von H. P.'s Café. Sie hatte ein Glas des hiesigen Chardonnay bestellt und versuchte sich eine Meinung zu bilden, die ihre Empörung in angemessene Worte kleidete, doch unglücklicherweise war der Wein ganz gut. Sie trug ein leichtes Abend-Make-up und ein unauffälliges Kostüm aus Indigo-Rohseide in Kombination mit einer einreihigen Perlenkette, um auf diese Weise optisch nicht allzu mit ihrem Rendezvous zu kollidieren, von dem sie wußte, daß es in Jeans oder Khakihosen auftauchen würde. Ihr Rendezvous? Wenn das ein Rendezvous ist, wie tief bin ich dann gesunken, fragte sie sich selbst. Dieses billige Café in diesem billigen kleinen Nest. Herumsitzen und Warten auf einen Mann, der noch nie in seinem Leben einen Frack oder eine Rolex getragen hat, und sie freute sich auch noch drauf.

Nein, es ist kein Rendezvous. Es ist einfach nur ein Abendessen. Ausnahmsweise mal nicht alleine essen. Auf Spritztour in den Slums der Heimatverbundenen und Gutnachbarlichen, das war's. Eine satirische Kunstperformance namens *Folie Bourgois Brat'ühnère*. Es ging ja noch an, hier bei einer Tasse Kaffee seine Fachzeitschriften zu lesen, aber ein Abendessen?

Gabe Fenton kam zur Tür herein, und Val spürte, wie ihr Puls sich beschleunigte. Sie konnte sich ein Lächeln nicht verkneifen, als sie sah, wie die Bedienung auf ihren Tisch zeigte. Dann tauchte Theo Crowe hinter ihm auf und folgte ihm durch das Restaurant, und Panik schoß ihr das Rückgrat hinauf. Dies war definitiv kein Rendezvous.

Gabe lächelte, und die Fältchen um seine Augen verzogen sich, als würde er gleich lauthals loslachen. Er streckte ihr die Hand entgegen.

»Hallo. Ich hoffe, Sie haben nichts dagegen, daß ich Theo gebeten habe, uns Gesellschaft zu leisten.« Seine Haare waren gekämmt, ebenso sein Bart, und er trug ein ausgebleichtes, aber immerhin sauberes Cambrai-Hemd. Nicht gerade umwerfend, aber immerhin ein gutaussehender Bursche, wenn auch ein wenig hausbacken.

»Aber nein«, sagte Val. »Bitte nehmen Sie doch Platz, Theo.«

Theo nickte und zog noch einen Stuhl an den Tisch, der nur für zwei Personen gedeckt war. Die Bedienung kam angerauscht und trug noch ein weiteres Gedeck auf, bevor sich alle setzten. »Tut mir leid, daß ich so mit reinplatze, aber Gabe hat darauf bestanden«, sagte Theo.

»Aber nicht doch. Leisten Sie uns Gesellschaft, Constable.«

»Sagen Sie doch Theo, bitte.«

»Also gut, dann Theo«, sagte Val und rang sich ein Lächeln ab. Was jetzt? Das letzte Mal, als sie mit diesem Mann gesprochen hatte, stand ihr Leben hinterher Kopf. Sie stellte fest, daß sie Gabe gegenüber Ressentiments aufbaute, wie sie normalerweise nur in Beziehungen auftreten, die schon eine lange Zeit dauern.

Theo räusperte sich. »Ach, Doktor, können wir wieder die Geschichte mit der ärztlichen Schweigepflicht aufrollen?«

Val nickte Gabe zu. »Das macht man gemeinhin im Rahmen einer Sitzung. Und nicht beim Abendessen.«

»Okay, dann sagen Sie einfach gar nichts, aber Joseph Leander hat seine Frau ermordet.«

Val sagte nicht: »Wow.« Beinahe zwar, aber dann doch nicht. »Und das wissen Sie aus welchem Grund?«

»Aus dem Grund, weil er mir's gesagt hat«, erklärte Theo. »Er hat ihr einen Fingerhut-Tee verabreicht. Offensichtlich kann das zu Herzversagen führen und ist obendrein kaum nachweisbar. Danach hat er sie im Eßzimmer aufgehängt.«

»Also haben Sie ihn verhaftet?«

»Nein, ich weiß nicht, wo er ist.«

»Aber Sie haben einen Haftbefehl ausgestellt oder was immer sie in so einem Fall machen?«

»Nein, ich bin nicht ganz sicher, ob ich noch der Constable bin.«

Gabe mischte sich ein. »Wir haben uns darüber schon unterhalten, Val. Ich sage, Theo ist in sein Amt gewählt worden, und von daher kann er seinen Job nur durch ein Absetzungsverfahren wieder verlieren. Selbst dann, wenn sein unmittelbarer Vorgesetzter versucht ihn umzubringen. Was glauben Sie?«

»Ihn umbringen?«

»Sachte«, sagte Theo und grinste zu Gabe hinüber.

»Ach so, vielleicht wär's besser, du erzählst erst mal von der Speed-Küche und dem ganzen Kram.«

Und so fing Theo an zu erklären, erzählte die Geschichte seiner Entführung, von dem Drogenlabor, vom Verschwinden Joseph Leanders und davon, wie Molly Michon ihn befreit hatte, wobei er allerdings sämtliche Theorien über ein riesiges Lebewesen ausließ. Während seiner Erzählung gaben sie ihre Bestellung auf (gebratenes Hühnchen für Theo und Gabe, ein griechischer Salat für Val), und sie waren bereits mitten beim Essen, als Theo seinen Vortrag beendete.

Val starrte auf ihren Salat, und am Tisch herrschte tiefes Schweigen. Wenn es eine Untersuchung in einem Mordfall gab, konnte es sein, daß sie aufflog. Und wenn man herausfand, was sie mit ihren Patienten veranstaltet hatte, war ihre Karriere zu Ende. Es konnte sogar sein, daß sie ins Gefängnis kam. Es war nicht gerecht, schließlich hatte sie nur versucht, ein einziges Mal in ihrem Leben etwas richtig zu machen. Sie widerstand dem inneren Drang, ein Geständnis herauszuposaunen – sich aus schierer Paranoia der Gnade des Gerichts auszuliefern. Statt dessen hob sie den Blick und schaute Gabe an, der dies als Signal deutete, das Schweigen zu brechen.

Gabe sagte: »Und ich weiß noch immer nicht, was der niedrige Serotoninspiegel in den Gehirnen der Ratten zu bedeuten hat.«

»Hä?« sagten nicht nur Val und Theo, sondern auch Jenny, die Bedienung, die vom Tisch nebenan das Gespräch mitgehört hatte und Gabe ebensowenig folgen konnte wie die anderen.

»Verzeihung«, sagte Gabe zu Val. »Ich dachte, Sie würden sich dafür interessieren, was bei den Tests über die chemische Zusammensetzung der Rattenhirne herausgekommen ist. Sie haben gesagt, ich soll Sie auf dem laufenden halten.«

»Es interessiert mich auch«, log Val und biß dabei die Zähne zusammen. »Aber ich bin noch ein wenig durcheinander wegen der Neuigkeit über Bess Leander.«

»Klar, jedenfalls hatten die Ratten, die nicht an der Massenwanderung teilgenommen haben, alle einen ungewöhnlich niedrigen Serotoninspiegel. Die Hirnchemie der größeren Gruppe, also derjenigen, die geflohen sind, lag völlig im Normalbereich. Also nehme ich an, daß...«

»Sie unter Depressionen litten«, sagte Val.

»Wie bitte?« sagte Gabe.

»Natürlich leiden sie unter Depressionen, es sind schließlich Ratten«, sagte Theo.

Gabe schaute ihn an.

»Na ja, stell dir vor, du wachst jeden Morgen auf und denkst«, fuhr Theo fort, »Mann, ist das ein schöner Tag, au Scheiße, ich bin ja noch immer 'ne Ratte. Egal.«

»Nun ja, was Ratten angeht, habe ich keine Ahnung«, sagte Val, »aber beim Menschen hat der Serotoninspiegel eine Vielzahl von Auswirkungen, in der Hauptsache schlägt er sich auf die Stimmung nieder. Ein niedriger Serotoninspiegel kann ein Anzeichen von Depressionen sein. Auf diese Weise funktioniert Prozac. Es macht nichts weiter, als das Serotonin im Gehirn zu halten, um so eine Depression beim Patienten zu verhindern. Vielleicht waren Gabes Ratten also einfach nur zu deprimiert, um abzuhauen.«

Gabe strich sich über seinen Bart. »Daran habe ich überhaupt nicht gedacht. Aber das hilft mir auch nicht groß weiter, denn es erklärt nicht, warum die Mehrzahl der Ratten sich auf die Flucht begeben hat.«

»Aber klar«, sagte Theo. »Wegen dem verdammten Monster.«

»Was?« sagte Val.

»Was?« sagte Jenny, die in der Nähe herumstand.

»Können wir noch mal die Speisekarte haben, wegen dem Nachtisch?« fragte Gabe, so daß Jenny ans andere Ende des Restaurants zurückmußte.

»Ein Monster?« fragte Val.

»Gabe, vielleicht erklärst du das besser«, sagte Theo. »Dein wissenschaftlicher Skeptizismus läßt die ganze Angelegenheit glaubhafter klingen.«

Vals Kinnlade sackte sichtlich herunter, während sie dasaß und zuhörte, wie Gabe von den Fußabdrücken auf der Ranch und den verstümmelten Kühen erzählte, sowie von Theos Theorie bezüglich des rätselhaften Verschwindens von Joseph Leander, Mikey Plotznik und Les aus dem Eisenwarenladen. Als Gabe auf Molly Michon zu sprechen kam, fiel Val ihm ins Wort.

»Sie dürfen nicht glauben, was Molly Ihnen erzählt. Sie ist eine sehr verwirrte Frau.«

»Sie hat mir überhaupt nichts erzählt«, konterte Theo. »Ich glaube einfach, daß sie irgendwas über die ganze Angelegenheit weiß.«

Val wollte schon Theos Drogenkarriere aufs Tapet bringen, um den Gedankengang abzuwürgen, doch dann fiel ihr wieder ein, was Estelle Boyet ihr während der Therapiesitzung erzählt hatte. »Ich werde nicht sagen, wer es war, aber einer meiner Patienten hat in einer Therapiesitzung ein Seeungeheuer erwähnt.«

Gabe fragte: »Wer?«

»Das kann ich nicht sagen«, erklärte Val.

»Estelle Boyet«, sagte Jenny, die an den Tisch kam, um die Bestellung für das Dessert aufzunehmen.

»Verdammt«, sagte Val. »Von mir haben Sie es jedenfalls nicht«, sagte sie zu Theo.

»Sie hat beim Frühstück mit diesem Catfish darüber geredet«, erklärte Jenny.

»Kein Nachtisch«, blaffte Val in Richtung Jenny.

»Ich bringe die Rechnung.«

»Also hat Estelle das Ding gesehen?« fragte Theo.

»Nein, sie sagt, sie hat es gehört. Sie ist nicht der Typ, der einen Schwindel aufzieht, was ich im Falle Molly Michon nicht ganz ausschließen kann. Vielleicht ist sie ja der Ausgangspunkt des ganzen Gerüchts. Ich kann Estelle mal fragen.«

»Machen Sie das«, sagte Theo. »Aber es ist kein Schwindel. Mein Wagen ist total zertrümmert. Das ist ein Beweis. Ich werde heute abend zu Molly rausfahren und auf sie warten. Die Tür war nicht abgeschlossen, als ich eben da war, und nach Hause kann ich sowieso nicht.«

»Glauben Sie, es ist wirklich so gefährlich?« fragte Val.

»Ich weiß es.« Theo erhob sich und zog ein paar Geldscheine aus seiner Tasche. Gabe winkte ab. Theo sagte: »Doktor, können Sie Gabe nach Hause fahren?«

»Sicher, aber …«

»Danke«, sagte Theo. »Ich rufe dich an, Gabe. Danke, daß ich Ihnen Gesellschaft leisten durfte, Doktor. Ich dachte, es würde Sie interessieren, was mit Bess passiert ist. Ich befürchte allerdings, daß ich Ihre Verabredung vermasselt habe.«

Kann man wohl sagen, dachte Val, als sie Theo hinterherschaute, wie er das Restaurant verließ. Nach der ganzen Anspannung fühlte sie sich ausgelaugt und benebelt wie nach einem Eimer Espresso.

»Er hat gerade mit dem Grasrauchen aufgehört«, sagte Gabe. »Da geht ihm der Streß plötzlich nahe.«

»Nicht zu Unrecht. Aber was dieses Seemonster angeht, Sie glauben den ganzen Kram doch nicht etwa auch?«

»Ich habe da ein paar Theorien.«

»Würden Sie mit zu mir nach Hause kommen und mir die bei einer Flasche Wein erklären?«

»Wirklich? Ich meine, sicher. Das wäre nett.«

»Prima«, sagte Val. »Ich denke, ich muß mich mal richtig vollaufen lassen, und es wäre schön, wenn Sie mir Gesellschaft leisten.« Hatte sie seit ihren Collegetagen den Begriff »vollaufen lassen« jemals wieder benutzt? Sie glaubte nicht.

»Ich übernehme die Rechnung«, sagte Gabe.

»Aber sicher.«

»Ich hoffe, es macht Ihnen nichts aus, wenn ein Hund in Ihrem Wagen mitfährt«, sagte Gabe.

Ich bin nicht nur auf Spritztour in den Slums, dachte sie, ich bin dorthin umgezogen.

- 22 -

THEO

Die Wände von Mollys Trailer waren vollgeklebt mit Filmplakaten. Theo stand in der Mitte des Wohnzimmers zwischen verstreut herumliegenden Videokassetten, Zeitschriften und Werbesendungen und drehte sich langsam im Kreis. Es war sie, Molly. Sie hatte die ganze Zeit über nicht gelogen. Die Titel auf den meisten Plakaten waren in irgendwelchen Fremdsprachen abgefaßt, doch überall war eine Molly in jüngeren Jahren zu sehen, wie sie mehr oder weniger leicht bekleidet mit wehender Mähne irgendwelche Waffen in die Höhe hielt oder gegen Fieslinge kämpfte – vor dem Hintergrund einer von Atombomben zerstörten Stadt oder einer Wüste, in der menschliche Schädel und ausgebrannte Autos herumlagen.

Der pubertierende Junge in Theo, jener Wesenszug, den jeder Mann zu begraben sucht, den er dann aber doch bis ins Grab mit sich herumschleppt, bäumte sich auf. Sie war ein Filmstar. Und was für einer! Eine richtig heiße Braut! Und er kannte sie, hatte ihr sogar schon mal Handschellen angelegt. Wenn es doch nur einen Umkleideraum gegeben hätte, eine Straßenecke oder einen Pausenraum, wo er damit vor seinen Freunden hätte angeben können. Aber er hatte ja keine richtigen Freunde, außer Gabe, und Gabe war erwachsen. Doch der Moment der Geilheit und Erregung ging vorüber, und Theo hatte ein schlechtes Gewissen angesichts der Art und Weise, wie er Molly behandelt hatte: herablassend und altväterlich, ganz genau so, wie viele Leute ihn behandelten, wann immer er versucht hatte, etwas anderes zu sein als ein Kiffkopf und eine Marionette.

Vor einem Bücherregal voller Videos ging er auf die Knie, fand eine Kassette mit dem Etikett »KENDRA – WARRIOR BABE OF THE OUTLAND (ENGLISH)«, schob sie in den Videorecorder und schaltete den Fernseher ein. Dann knipste er das Licht aus, legte seine Pistolen auf den Couchtisch und legte sich auf Mollys Sofa, um zu warten, bis sie wiederkam. Eine halbe Stunde lang schaute er sich an, wie die durchgeknallte Lady von Pine Cove sich mit Mutanten und Sandpiraten herumschlug, bis er schließlich einschlief. Die Erholung, die sein Verstand angesichts seiner Probleme nun brauchte, konnte ihm kein Film bieten.

»Hallo, Theo.«

Theo schreckte aus dem Schlaf hoch. Das Zimmer war noch immer ins Flackerlicht des Films getaucht, also konnte er nicht allzulange geschlafen haben. Sie stand im Türrahmen, halb im Schatten, und sah der Frau auf dem Bildschirm mächtig ähnlich. An ihrer Seite hing ein Sturmgewehr herunter.

»Molly, ich habe auf dich gewartet.«

«Wie hat's dir gefallen?« Sie nickte in Richtung Fernseher.

»Super. Ich wußte ja gar nicht ... Ich war einfach so müde ...«

Molly nickte. »Ich brauche nicht lange. Ich wollte mir nur ein paar saubere Sachen holen. Du kannst ruhig hierbleiben.«

Theo wußte nicht, was er tun sollte. Es schien nicht gerade der angemessene Moment, um sich eine der Pistolen auf dem Couchtisch zu schnappen. Die ganze Situation erschien ihm eher peinlich als bedrohlich.

»Danke«, sagte er.

»Es ist der letzte, Theo. Nach ihm gibt's keine mehr von seiner Sorte. Seine Zeit ist vorbei. Ich denke, das ist es, was wir gemeinsam haben. Du weißt ja, wie es ist, wenn man außer einer glorreichen Vergangenheit nichts hat, oder?«

»Ich hab, glaube ich, noch nicht mal das.«

»Das ist einfacher, denn da kann's ja nur bergauf gehen und nicht bergab. So ein Abstieg ist eine finstere Angelegenheit.«

»Wieso? Warum? Wie? Was ist er?«

»Kann ich nicht genau sagen. Ein Drache vielleicht. Wer weiß?« Sie lehnte sich mit dem Rücken gegen den Türrahmen und seufzte. »Aber irgendwie weiß ich, was er denkt. Das liegt vermutlich daran, daß ich verrückt bin. Wer hätte je gedacht, daß mir das mal was nützen würde, hm?«

»Red nicht so über dich, du bist gesünder im Kopf als ich.«

Molly lachte, und Theo sah, wie ihr Filmstargebiß im Licht des

Fernsehers leuchtete. »Du bist ein Neurotiker, Theo. Ein Neurotiker ist jemand, der denkt, mit ihm stimmt was nicht, aber alle anderen denken, er ist normal; ein Psychiater denkt, er ist normal, aber alle anderen denken, irgendwas stimmt nicht mit ihm. Mach mal 'ne Umfrage bei den Leuten von hier, ich bin sicher, ich lande in der zweiten Kategorie, glaubst du nicht auch?«

»Molly, was du da machst, ist gefährlich. Du spielst mit dem Feuer.«

»Er wird mir nichts tun.«

»Es ist nicht nur das, Molly. Du kannst schon dafür ins Gefängnis wandern, weil du mit 'nem Maschinengewehr rumläufst. Es werden Leute umgebracht, stimmt's?«

»Kann man so sagen.«

»Das ist es, was mit Joseph Leander und den Typen passiert ist, die in der Drogenküche gearbeitet haben, stimmt's? Dein Kumpel hat sie gefressen.«

»Die wollten dir was antun, und Steve hatte Hunger. Ich fand, das paßte ganz prima.«

»Molly, das ist Mord!«

»Theo, ich bin verrückt. Was kann man mit mir schon machen?«

Theo zuckte mit den Achseln und ließ sich wieder auf die Couch zurücksinken. »Ich weiß nicht, was ich tun soll.«

»Im Augenblick gibt's ohnehin nichts, was du tun kannst. Also ruh dich erst mal aus.«

Theo ließ den Kopf in die Hände sinken. Sein Handy, das noch immer in seiner Hemdtasche steckte, begann zu klingeln. »Jetzt könnte ich wirklich einen Zug aus der Pfeife vertragen.«

»Im Schrank über der Spüle stehen noch ein paar Vernunftschlumpfe – Neuroleptika und Antipsychotika, die Dr. Val mir gegeben hat. Bei mir haben sie Wunder vollbracht.«

»Wie man sieht.«

»Dein Telefon klingelt.«

Theo zog das Telefon aus seiner Tasche, klappte es auf und drückte den Sprechknopf, um zu sehen, welche Nummer auf dem Display erschien. Es war Sheriff Burtons Handy-Nummer. Mit einem Knopfdruck unterbrach Theo die Verbindung.

»Ich bin volle Kanne am Arsch«, sagte Theo.

Molly nahm Theos .357 Magnum vom Tisch, richtete sie auf ihn und hob dann Joseph Leanders Automatik auf. »Die gebe ich dir wieder, wenn ich gehe. Ich hole mir jetzt ein paar saubere Klamotten und ein bißchen von meinem Mädchenkram aus dem Schlafzimmer. Kommst du hier allein zurecht?«

»Klar, sicher.« Den Kopf noch immer gesenkt, sprach er mit seinen Knien.

»Du machst mich völlig fertig, Theo.«

»Tut mir leid.«

Es dauerte nur fünf Minuten, bis Molly zurückkam; Theo hatte in der Zwischenzeit versucht, die Geschehnisse mental in den Griff zu bekommen. Als Molly zurückkehrte, hatte sie einen Seesack über der Schulter. Sie trug ihr Kendra-Kostüm einschließlich der schenkelhohen Stiefel. Selbst in dem trüben Licht des Fernsehers konnte Theo die zackige Narbe über ihrer Brust erkennen. Sie erwischte ihn dabei, wie er sie betrachtete.

»War das Ende meiner Karriere«, sagte sie. »Heutzutage können sie so was wieder hinbiegen, aber dafür ist es wohl ein bißchen zu spät.«

»Tut mir leid«, sagte Theo. »Für mich siehst du klasse aus.«

Sie lächelte und nahm beide Pistolen in eine Hand. Sie hatte das Sturmgewehr an die Tür gelehnt stehenlassen, und Theo hatte es nicht einmal bemerkt. »Hast du dich jemals als etwas Besonderes gefühlt, Theo?«

»Etwas Besonderes?«

»Nicht besser als alle anderen, sondern einfach nur anders, aber auf eine gute Art und Weise. So, als ob es einen Unterschied macht, ob du auf diesem Planeten existierst oder nicht. Hast du dich jemals so gefühlt?«

»Keine Ahnung. Ich glaube nicht.«

»Ich hatte eine Weile dieses Gefühl. Obwohl es nur abgeschmackte Billigfilme waren, und obwohl ich einige ziemlich erniedrigende Sachen tun mußte, um überhaupt mitmachen zu können, fühlte ich mich, als wäre ich was Besonderes. Dann war das irgendwann weg, Theo. Na ja, und jetzt fühle ich mich wieder so. Das ist der Grund.«

»Der Grund wofür?«

»Das ist der Grund, warum ich zu Steve zurückgehe.«

»Steve? Du nennst ihn Steve?«

»Er sah aus wie 'n Steve«, sagte Molly. »Ich muß jetzt los. Ich lege die Knarren auf die Ladefläche von dem roten Pick-up, den du geklaut hast. Versuch nicht, mir zu folgen, okay?«

Theo nickte. »Molly, laß nicht zu, daß er noch mehr Leute umbringt, versprich mir das.«

»Versprichst du mir, daß du uns in Ruhe läßt?«

»Das kann ich nicht.«

»Okay. Paß auf dich auf.« Sie schnappte sich das Sturmgewehr, stieß die Tür mit einem Fußtritt auf und ging hinaus.

Theo hörte, wie sie die Treppe hinunterstieg, stehenblieb und wieder zurückkam. Sie streckte den Kopf zur Tür herein. »Es tut mir leid, daß du dich nie wie was Besonderes gefühlt hast, Theo.«

Theo rang sich ein Lächeln ab. »Danke, Molly.«

GABE

Gabe stand im Foyer von Valerie Riordans Haus, betrachtete seine Wanderschuhe, dann den weißen Teppich und schließlich wieder seine Wanderschuhe. Val war in die Küche gegangen, um Wein zu holen. Skinner trieb sich draußen herum.

Gabe setzte sich auf den Marmorfußboden, knotete seine Schnürsenkel auf und zog die Schuhe aus. Im biotechnischen Institut in San Jose war er einmal in einem Cleanroom der Stufe neun gewesen, einem Ort, an dem die Luft bis zum letzten Mikron durch Filter und Reinigungsanlagen gejagt wurde und man in einem Hasenkostüm aus Plastik mit eigener Sauerstoffversorgung herumlaufen mußte, um zu vermeiden, daß man die Laborproben kontaminierte. Seltsamerweise hatte er damals ein ähnliches Gefühl gehabt wie in diesem Augenblick, nämlich: »Ich bin der Sämann von Dreck und Schmutz.« Gott sei Dank hatte Theo ihn überredet, vor seinem Date zu duschen und sich umzuziehen.

Val kam zurück in das abgesenkte Wohnzimmer. Sie trug ein Tablett mit einer Flasche Wein und zwei Gläsern. Sie schaute zu Gabe hinauf, der am oberen Ende der Stufen stand, als mache er sich bereit, einen Tümpel flüssiger Lava zu durchwaten.

»Kommen Sie doch und setzen Sie sich«, sagte Val.

Zögerlich machte Gabe einen Schritt vorwärts. »Hübsch haben Sie's hier«, sagte er.

»Danke. Aber es gibt immer noch eine Menge zu tun. Es wäre vermutlich am einfachsten, wenn ich mir einen Inneneinrichter nehmen würde, der die Sache endlich über die Bühne bringt, aber es macht mir soviel Spaß, selbst Sachen aufzustöbern.«

»Stimmt«, sagte Gabe und machte einen weiteren Schritt. »Hier drin könnte man glatt Handball spielen, wenn es einem nichts ausmacht, daß eine Menge Antiquitäten zu Bruch gehen.«

»Das hier ist ein Cabernet vom Wild Horse Vineyard auf der anderen Seite der Hügel. Ich hoffe, er schmeckt Ihnen.« Val schenkte den Wein in zwei Stielgläser ein. Sie nahm ihres und setzte sich auf die Samtcouch. Dann zog sie die Augenbrauen hoch, als wollte sie fragen: »Nun?«

Gabe setzte sich neben sie ans andere Ende der Couch und nippte zögerlich an seinem Wein. »Ganz gut.«

»Für einen lokalen Billiganbieter«, sagte Val.

Eine Weile herrschte eine beklemmende Stille, bis Val erneut mit großem Gestus von dem Wein probierte und schließlich sagte: »Sie glauben doch nicht wirklich dieses Zeug über das Seemonster?«

Gabe war erleichert. Sie wollte mit ihm über die Arbeit reden. Er hatte befürchtet, daß es etwas anderes war, worüber sie sich unterhalten wollte – irgendwas –, und er hatte keine Ahnung, wie er das anstellen sollte. »Na ja, da sind die Spuren, die sehr authentisch aussehen, so daß, wenn jemand sie getürkt hat, dieser Jemand fossile Spuren sehr genau studiert haben muß und sie perfekt nachgebildet hat. Dann ist da der Zeitpunkt der Rattenwanderung, plus Theo und Ihre Patientin Estelle, oder wie sie hieß.«

Val stellte ihr Glas ab. »Gabe, ich weiß, Sie sind Wissenschaftler, und eine Entdeckung wie diese könnte Sie reich und berühmt machen, aber ich glaube einfach nicht, daß sich hier im Ort ein Dinosaurier herumtreibt.«

»Reich und berühmt? Darüber habe ich noch gar nicht nachgedacht. Sicher, ich nehme schon an, daß man eine gewisse Anerkennung ernten kann.«

»Hören Sie, Ihr Metier sind harte Fakten, aber mein alltägliches Geschäft sind die Einbildungen und Konstruktionen in den Hirnen der Leute. Es handelt sich lediglich um Spuren auf dem Boden, vermutlich ist es irgendwas ähnliches wie der Bigfoot-Schwindel in Washington vor ein paar Jahren. Theo ist ein chronischer Drogenkonsument, und Estelle und ihr Freund Catfish sind vom Typ her Künstler. Sie alle haben eine stark ausgeprägte Phantasie.«

Gabe war mehr als nur leicht irritiert von der Art, wie sie seinen Freund Theo und die anderen herabwürdigte. Er dachte einen Augenblick nach und sagte dann: »Als Biologe habe ich eine bestimmte Theorie die Phantasie betreffend. Ich glaube, es ist ziemlich offensichtlich, daß Furcht – sei es vor lauten Geräuschen, sei es vor großer Höhe – einen Überlebensmechanismus darstellt, den wir uns im Laufe der Jahre angeeignet haben. Und im Falle der Phantasie verhält es sich ebenso. Alle Welt glaubt, daß es die großen starken Höhlenmenschen waren, die sich die Mädchen geschnappt haben, und in der Vielzahl der Fälle mag das auch stimmen, aber physische Stärke erklärt nicht, wieso unsere Rasse die Zivilisation entwickelt hat. Ich denke, es gab immer irgendwo einen verschrobenen Träumer, der am Rande des Feuers gesessen hat und die Phantasie hatte, sich Gefahren vorzustellen, der mit seiner Phantasie in die Zukunft schaute und Möglichkeiten erkannte und der deshalb überlebte und seine Gene an die nächste Generation weitergab. Als die großen starken Affenmenschen irgendwann beim Laufen in einen Abgrund stürzten oder bei dem Versuch umkamen, ein Mammut mit Stöcken zur Selbstaufgabe zu zwingen, stand der Träumer am Rande des Geschehens und dachte: ›Hey, das Ganze könnte funktionieren, aber ihr müßt das Mammut dazu bringen, in den Abgrund zu rennen.‹ Und dann ist er los und hat sich mit den Frauen gepaart, deren Versorger umgekommen waren.«

»Also wird die Welt von Eierköpfen beherrscht«, sagte Val mit einem Lächeln. »Aber wenn Furcht und Phantasie einen derartig hohen Entwicklungsstand bedingen, dann müßte eigentlich jemand mit paranoiden Wahnvorstellungen die Welt beherrschen.« Val wurde nun ebenfalls von der Theorie gepackt. Wie seltsam, sich mit einem Mann über Ideen zu unterhalten und nicht über Besitztümer und Karriereplanung. Val gefiel das. Und zwar sehr.

Gabe sagte: »Na ja, im Fall von Hitler waren wir doch schon ziemlich nah dran, oder? Die Evolution leistet sich manchmal auch Fehltritte. Eine Zeitlang funktionierten große Zähne ziemlich gut, bis sie schließlich zu groß wurden. Die Stoßzähne des Mastodons wurden irgendwann so groß, daß sie den Tieren buchstäblich das Genick gebrochen haben. Und vermutlich ist Ihnen auch schon aufgefallen, daß Katzen nicht mehr mit Säbelzähnen herumlaufen.«

»Okay, ich glaube ja, daß die Phantasie einen Quantensprung in der Evolution darstellt. Aber was ist mit Depressionen?« Jetzt, da sie über geistige Verfassung redeten, kam ihr wieder in den Sinn, was sie ihren Patienten angetan hatte. Ihre Vergehen kreisten in ihrem Hirn herum und suchten einen Ausweg. »Die Psychiatrie betrachtet die geistige Verfassung mehr und mehr unter physischen Aspekten, das haut also hin. Deswegen behandeln wir Depressionen mit Drogen wie Prozac. Aber welchen evolutionären Zweck gibt es für Depressionen?«

»Darüber habe ich nachgedacht, seit Sie es beim Essen erwähnt haben«, sagte Gabe. Er trank sein Glas aus und rückte näher zu ihr hin, als ob sie, wenn sie ihm näher war, seine Begeisterung eher teilen würde. Er war voll in seinem Element. »Eine Menge Tiere außer dem Menschen bekommen Depressionen. Höhere Säugetiere wie Wale und Delphine können daran sterben, aber selbst Ratten können sich den Blues einfangen. Ich kann mir auch nicht erklären, welcher Zweck dem zugrunde liegt. Aber beim Menschen verhält es sich wie bei Kurzsichtigkeit: Die Zivilisation dient als Schutz für eine biologische Schwäche, die andernfalls durch natürliche Gefahren oder Raubtiere ausgerottet worden wäre.«

»Raubtiere? Wie das?«

»Ich weiß nicht. Kann sein, daß Depressionen das Beutetier langsamer machen, daß es weniger schnell auf Gefahren reagiert. Wer weiß?«

»Folglich kann es sein, daß sich irgendwann ein Raubtier entwickelt, das ausschließlich Jagd auf deprimierte Beutetiere macht?« Aber klar, dachte Val. Meine Beute waren doch auch ausschließlich deprimierte Leute, davon habe ich mich doch ernährt, oder? Mit einem Mal schämte sie sich für ihr Haus und den puren Materialismus, der daraus sprach. Hier war ein unglaublich kluger und brillanter Mann, der sich um das reine Wissen bemühte, während sie ihre Integrität für einen Mercedes und einen Haufen Antiquitäten verhökert hatte.

Gabe schenkte sich noch ein Glas ein und lehnte sich zurück. Nachdenklich sagte er: »Eine interessante Idee. Ich würde vermuten, daß es einen chemischen oder verhaltenstechnischen Stimulus gibt, der das Raubtier auf das deprimierte Tier lenkt. Ein niedriger Serotoninspiegel kann zum Ansteigen der Libido führen, zumindest zeitweise, das ist doch richtig?«

»Ja«, sagte Val. Deswegen sind alle in der Stadt geil wie Nachbars Lumpi, dachte sie.

»Deswegen«, fuhr Gabe fort, »gibt es mehr Tiere, die sich paaren und die genetische Veranlagung zu Depressionen weitergeben. Die Natur neigt dazu, Mechanismen zu entwickeln, um die Balance zu wahren. Ein Raubtier oder eine Krankheit würden natürlicherweise die deprimierte Population in Grenzen halten. Interessant. Ich fühle mich in letzter Zeit ziemlich geil, und ich frage mich, ob ich an Depressionen leide.« Gabe riß die Augen weit auf, und er schaute Val voller Entsetzen darüber an, was er gerade gesagt hatte. Er kippte seinen Wein hinunter und sagte: »Entschuldigen Sie bitte, ich ...«

Val hielt es nicht mehr aus. Gabes Ausrutscher hatte bei ihr Tür und Tor geöffnet, und sie schritt hindurch. »Gabe, wir müssen uns unterhalten.«

»Es tut mir echt leid. Ich wollte nicht ...«

Sie packte seinen Arm, damit er Ruhe gab. »Nein, ich muß Ihnen etwas sagen.«

Gabe machte sich auf das Schlimmste gefaßt. Eben noch in den luftigen Höhen der Theorie schwebend, war er hinuntergefallen auf das mit Peinlichkeiten verminte, harte Terrain erster Verabredungen, und sie würde nun die Komm-bloß-nicht-auf-falsche-Gedanken-Bombe auf ihn abwerfen.

Sie packte ihn am Arm, und ihre Fingernägel gruben sich tief genug in seinen Bizeps ein, daß er zusammenzuckte.

Sie sagte: »Vor etwas mehr als einem Monat habe ich bei einem Drittel der Leute in Pine Cove sämtliche Antidepressiva abgesetzt.«

»Häh?« Das war keinesfalls das, was er erwartet hatte. »Mein Gott. Warum?«

»Wegen Bess Leanders Selbstmord. Oder was ich für einen Selbstmord gehalten habe. Ich habe mir in meiner Praxis kein Bein ausgerissen, sondern einfach nur Rezepte ausgeschrieben und Gebühren kassiert.« Sie erklärte ihm ihr Arrangement mit Winston Krauss und daß der Apotheker sich geweigert hatte, den Leuten wieder ihre Medikamente auszuhändigen. Als sie am Ende ihrer Erzählung angelangt war und auf sein Urteil wartete, standen ihr Tränen in den Augen.

Er legte zaghaft seine Arme um sie, in der Hoffnung, daß dies genau das war, was man in einer solchen Situation tun sollte. »Warum haben Sie mir das erzählt?«

Sie schmolz an seiner Brust dahin. »Weil ich Ihnen vertraue und weil ich es irgend jemandem erzählen mußte und ich eine Lösung finden muß, was jetzt zu tun ist. Ich will nicht ins Gefängnis, Gabe. Vielleicht haben nicht alle meiner Patienten Antidepressiva gebraucht, aber bei einigen von ihnen waren sie wirklich notwendig.« Sie schluchzte sich an seiner Schulter aus, und er fing an, ihr übers Haar zu streichen, bis er schließlich ihr Kinn nach oben hob und ihre Tränen wegküßte.

»Das kommt schon wieder in Ordnung. Ganz bestimmt.«

Sie blickte ihm in die Augen, auf der Suche nach einem Anzeichen von Arglist, und als sie nichts dergleichen entdecken konnte, küßte sie ihn und zog ihn auf die Couch hinunter.

Eine höhere Macht

Und sie beteten den Lindwurm an,
und jener gab der Bestie Macht.
Und sie beteten die Bestie an und sagten:
Wer kommt der Bestie gleich?

Offenbarung des Johannes 13:4

Ich sollte ein Paar Klauen sein
voller Kanten und Zacken und scharren über den
Grund der schweigenden Meere.

T. S. Elliot »*Das Liebeslied des J. Alfred Prufrock*«

- 23 -

STEVE

Von welchen Schrecken kann ein Drache träumen? Eine Kreatur, die auf ihre Weise den Planeten über Jahrmillionen hinweg beherrscht hat, eine Kreatur, der mickrige menschliche Säugetiere Tempel errichtet haben, eine Kreatur, die keinen Feind hat außer der Zeit – was konnte sich eine solche Kreatur zusammenträumen, das sie in Angst und Schrecken versetzte? Sollen wir es Bewußtsein nennen?

Und so lag der Drache – sexuell befriedigt, den Bauch voller Drogendealer – unter einer Gruppe von Eichen und träumte eine Vision vom Vergehen der Zeit. Das ewige Jetzt, das er immer nur gekannt hatte, war nun plötzlich mit einer Geschichte versehen. In seinem Traum sah er sich als Larve, eingehüllt in einer schützenden Tasche unter der Zunge seiner Mutter, bis es schließlich sicher genug war, unter ihren wachsamen Blicken die Welt draußen zu erkunden. Er sah vor sich das Jagen, die Paarungsvorgänge, die Formen, die er nachzuahmen gelernt hatte, während seine flüchtige DNS sich nicht wie bei anderen Lebensformen im Laufe von Generationen veränderte, sondern im Verlauf von Zellteilungen. Er sah die Männchen, die er nach der Paarung gefressen hatte, als er noch ein Weibchen war, und die drei Jungen, die er damals zur Welt gebracht hatte, einschließlich des letzten, das von einem Warmblüter getötet worden war, der den Blues sang. Er erinnerte sich an die vor nicht allzu langer Zeit erfolgte Umwandlung von einem Weibchen zu einem Männchen, und die Erinnerungen daran erschienen ihm in Gestalt von Bildern und nicht in Form von instinktiven Mustern und konditionierten Reaktionen.

Er sah all diese Bilder in einem Traum, der ausgelöst worden war durch den eigenartigen Paarungsvorgang mit dem Warmblüter, und er fragte sich, warum. Zum ersten Mal in den fünftausend Jahren seiner Existenz fragte er sich: *Warum?* Und sein Traum antwortete mit einer Bilderflut von Ozeanen und Sümpfen, Flüssen und Mooren, Gräben und Gebirgen unter der Meeresoberfläche, und sie waren alle verlassen von seiner Rasse. Er hätte genausogut in der kalten Schwärze am Ende des Universums treiben können, wo das Licht die Hoffnung aufgibt und die Zeit ihrem eigenen Schwanz hinterherjagt, bis sie vor Erschöpfung stirbt, denn genauso allein war er.

Bei manchen Kerls hat Sex nun mal solche Folgen.

VAL

»Oh, mein Gott, die Rattenhirne!« rief Gabe.

Dies war eine ganz andere Art der Reaktion auf sexuelle Aktivitäten. Val wußte nicht genau, ob sie sich gekränkt fühlen sollte, denn sie kam sich in diesem Augenblick ziemlich verletzlich vor mit ihren Knien auf Höhe der Ohren, einem Biologen über sich und ihrer Strumpfhose, die von einem ihrer Füße herunterhing wie eine arg in Mitleidenschaft gezogene Regimentsfahne.

Gabe fiel in ihre Arme, und sie warf einen Blick über die Schulter zum Couchtisch, um nachzusehen, ob sie nicht vielleicht die Weingläser auf den Teppich gekippt hatten.

»Mit dir alles in Ordnung?« fragte sie ein wenig außer Atem.

»Entschuldige, aber mir ist gerade aufgegangen, was mit diesem Wesen los ist.«

»Darüber hast du nachgedacht?« Jawohl, ihre Gefühle waren verletzt, definitiv.

»Nein, nicht währenddessen. Aber gleich danach, da ist es mir aufgegangen, wie eine Erleuchtung. Irgendwie schafft es das Wesen, Säugetiere anzulocken, die einen niedrigeren Serotoninspiegel haben als normal. Und du hast – wieviel? – ein Drittel der Leute, die herumlaufen und sich mit dem Entzug von Antidepressiva herumschlagen.«

Jetzt war sie nicht mehr verletzt, sondern stinksauer. Sie stieß ihn von sich weg, stand auf, zog sich den Rock herunter und marschierte davon. Er wurschtelte sich in seine Hose und schaute sich nach dem Hemd um, das zerfetzt hinter dem Sofa lag. Seine Sonnenbräune endete am Hals und unterhalb der Schultern an den Oberarmen; der Rest seines Körpers war käseweiß. Aus dem Zwischenraum zwischen dem Sofa und dem Couchtisch schaute er mit flehenden Augen zu ihr auf wie aus einem Sarg, in dem er nun lebendig begraben werden würde.

»Es tut mir leid«, sagte er.

Er schaute ihr nicht in die Augen, und Val bemerkte mit einem Mal, daß er seine Worte an ihre nackten Brüste richtete. Sie zog ihre Bluse zu, und eine wahre Kanonade wüster Beschimpfungen kam ihr in den Sinn, doch was hätte es ihr genützt, diese Bosheiten abzufeuern, außer, daß sie sich beide hinterher geschämt hätten? Er war nun mal, wie er war – ehrlich und aufrichtig –, und sie wußte, daß er sie nicht hatte verletzen wollen. Also weinte sie und dachte: Na prima, die Heulerei hat mir den Schlamassel hier überhaupt erst eingebrockt!

Sie ließ sich auf die Couch fallen und vergrub ihr Gesicht in den Händen. Gabe rückte näher und legte seinen Arm um sie. »Es tut mir wirklich leid. Ich bin, was das angeht, ziemlich dämlich.«

»Du bist prima. Es ist einfach nur zuviel.«

»Ich gehe vielleicht besser.« Er machte Anstalten aufzustehen.

Sie packte seinen Arm. »Wenn du jetzt gehst, komm ich dir hinterher und mach dich kalt wie einen tollwütigen Hund.«

»Ich bleibe.«

»Nein, geh«, sagte sie. »Ich versteh schon.«

»Okay, dann gehe ich.«

»Wag es bloß nicht.« Sie schlang ihre Arme um ihn, küßte ihn heftig und zog ihn auf die Couch hinunter. Ein paar Sekunden später waren sie wieder völlig ineinander verschlungen.

Jetzt ist aber Schluß mit der Heulerei, dachte sie. Daran liegt's nämlich. Dieser Kerl wird geil, wenn er mich leiden sieht.

Doch bald darauf waren sie nur noch ein keuchendes, schwitzendes Häufchen auf dem Boden, und der Gedanke an Tränen war Lichtjahre entfernt.

Und dieses Mal sagte Gabe: »Das war wundervoll.«

Val bemerkte ein umgekipptes Weinglas neben ihrem Kopf und eine blutrote Lache Cabernet, die sich auf dem Teppich ausbreitete. »Was war's noch mal – Salz oder Mineralwasser?«

Gabe rückte soweit von ihr ab, daß er ihre Augen sehen konnte, und bemerkte, daß sie auf den Fleck auf dem Teppich gerichtet waren. »Salz und kaltes Wasser, glaube ich. Oder ist das Blut?« Ein Schweißtropfen perlte von seiner Stirn auf ihre Lippen.

Sie schaute ihn an. »Diesmal hast du aber nicht an dieses Wesen gedacht, das gar nicht existiert, oder?«

»Nur an dich.«

Sie lächelte. »Wirklich?«

»Und an einen Rasentrimmer, seltsamerweise.«

»Du machst Witze.«

»Ähm, ja, genau. Ich hab nur an dich gedacht.«

»Du hältst mich also nicht für ein elendes Miststück wegen dem, was ich getan habe?«

»Du hast nur versucht das zu tun, was du für richtig gehalten hast. Was kann daran elend sein?«

»Ich fühl mich elend.«

»Es ist lange her. Ich bin ein bißchen aus der Übung.«

»Nein, nicht deswegen. Wegen meiner Patienten. Glaubst du wirklich, daß irgendein Wesen sich auf die Jagd nach ihnen machen könnte?«

»Das war nur eine Theorie. Vielleicht gibt es so ein Wesen ja überhaupt nicht.«

»Und wenn doch? Sollten wir nicht die Nationalgarde alarmieren oder so was?«

»Ich hab mir überlegt, ob ich Theo anrufen soll.«

»Theo ist doch überhaupt kein richtiger Polizist.«

»Er hat aber ein Recht darauf, Bescheid zu wissen.«

Schweigend lagen sie ein paar Minuten lang da und schauten zu, wie sich der Rotweinfleck auf dem Teppich immer weiter ausbreitete, während sie spürten, wie der Schweiß an ihren Rippen heruntertroff, und sie dem Herzschlag des anderen lauschten.

»Gabe?« flüsterte Val.

»Ja?«

»Vielleicht sollten wir zu einer Partnerberatung gehen.«

»Sollten wir uns vorher nicht lieber erst anziehen?«

»Das mit dem Rasentrimmer war dein Ernst, oder?«

»Ich weiß auch nicht, woher das Bild aufgetaucht ist.«

»In San Junipero gibt es angeblich einen guten Partnertherapeuten, außer du würdest lieber zu einer Frau gehen.«

»Ich dachte, wir wollten die Nationalgarde alarmieren.«

»Nur, wenn sich's nicht vermeiden läßt«, sagte Val und dachte. Wenn wir die ganze Geschichte einem Therapeuten erzählen, lasse ich den Teil mit dem umgekippten Weinglas aber aus.

THEO

Gibt es irgendwas Nervigeres als Leute, die gerade gevögelt haben? Besonders, wenn man es selber nicht getan hat. Und zwar schon eine ganze Weile lang.

O ja, es war nicht zu übersehen – schon als sie zur Tür von Mollys Trailer hereinkamen und Theo zum zweiten Mal in dieser Nacht aufweckten: Gabes Grinsen, das so breit war wie der Kühlergrill eines alten Chryslers, und Val Riordan, die Jeans trug und kaum Make-up. Beide leicht durcheinander und dauernd am Kichern wie kleine Kinder. Theo hätte am liebsten gekotzt. Er freute sich für die beiden, aber dennoch hätte er am liebsten gekotzt.

»Was gibt's?« fragte Theo.

Gabe stand förmlich unter Strom und gab sich alle Mühe, sich nichts anmerken zu lassen. Er steckte die Hände in die Taschen, damit er nicht wild mit ihnen in der Luft herumfuchtelte. »Ich –« Er schaute Val an und lächelte. »*Wir* glauben, daß dieses Wesen, wenn es denn existiert, eventuell von Beutetieren mit einem niedrigen Serotoninspiegel angezogen wird.«

Gabe stand wippend auf seinen Fußballen, während er darauf wartete, daß seine Worte eine Wirkung zeitigten. Theo jedoch saß einfach nur da und starrte ihn mit der unveränderten Miene besorgter Erschöpfung an, die er schon an den Tag gelegt hatte, als die beiden zur Tür hereingekommen waren. Er nahm an, daß von ihm erwartet wurde, daß er nun irgendwas sagte.

»Molly war hier«, erklärte Theo. »Das Wesen existiert. Es hat Mikey Plotznik gefressen und Joseph Leander und wer weiß wen sonst noch. Sie sagt, es ist ein Drache.«

Gabes Lächeln verflüchtigte sich mit einem Schlag. »Das ist großartig. Ich meine, das ist natürlich furchtbar, aber vom Standpunkt des Wissenschaftlers aus gesehen ist es großartig. Ich habe noch eine Theorie über diese Tierart. Ich denke, es verfügt über einen ganz speziellen Mechanismus, um seine Beute anzulocken. Bist du in letzter Zeit geil gewesen?«

»Du brauchst nicht gleich abzuheben, Gabe. Es freut mich ja, daß ihr beide euren Spaß gehabt habt, aber man muß ja nicht unbedingt Salz in die Wunden streuen.«

»Nein, nein, du verstehst mich falsch.« Gabe setzte ihm auseinander, wie es dazu gekommen war, daß Val Riordan bei ihren Patienten sämtliche Antidepressiva abgesetzt hatte und wie infolgedessen das Sinken des Serotoninspiegels zu einem Ansteigen der Libido geführt hatte. »Folglich wimmelt es in Pine Cove nur so von Leuten, die geil sind.«

»Haargenau«, sagte Theo, »und ich komme trotzdem nicht zum Stich.«

Val Riordan lachte, und Theo starrte sie an. Gabe sagte: »Die Ratten, die noch am Leben waren und die ich in der Nähe von diesem Trailer gefunden habe, wo wir glauben, daß dieses Wesen auch gewesen ist, diese Ratten waren dabei, sich zu paaren, als ich sie gefunden habe. Es gibt ein paar Arten fleischfressender Pflanzen, die Sex-Pheromone absondern, um so ihre Beute anzulocken. Bei einigen Tierarten kommt es vor, daß das Verhalten des Männchens – ein Duft, ein Tanz oder sein Federschmuck – die Eierstöcke des Weibchens stimuliert, ohne daß es zu einem physischen Kontakt kommt. Ich denke, das ist mit uns passiert.«

»Unsere Eierstöcke sind stimuliert worden?« Theo rieb sich den Schlaf aus den Augen. »Ich will ganz ehrlich zu dir sein, Gabe, aber ich spüre es nicht.«

Val wandte sich an Gabe. »Das ist aber nicht sehr romantisch.«

»Es ist unglaublich aufregend. Das, womit wir es hier zu tun haben, ist vielleicht das eleganteste Raubtier, das die Welt je gesehen hat.«

Theo schüttelte den Kopf. »Ich habe kein Zuhause, keinen Job, keinen Wagen. Möglicherweise gibt es schon einen Haftbefehl auf meinen Namen, und du willst, daß ich aus dem Häuschen gerate darüber, daß hier in der Stadt ein Monster rumkraucht, das einen geil macht, damit es einen fressen kann? Tut mir leid, Gabe, aber irgendwie kann ich dem keine positiven Seiten abgewinnen.«

Val meldete sich zu Wort: »Unter Umständen ist das aber auch der Grund, warum es dir so leichtgefallen ist, mit dem Grasrauchen aufzuhören.«

»Wie bitte? Leichtgefallen?« Theo wäre am liebsten aufgesprungen und hätte beiden eine gescheuert.

»Hast du's jemals so lange ohne geschafft?«

»Kann gut sein, daß sie recht hat, Theo«, sagte Gabe. »Wenn dieses Ding Auswirkungen auf den Serotoninspiegel hat, dann kann es genausogut sein, daß es auch andere Neurotransmitter beeinflußt.«

»Na prima«, sagte Theo. »Dann machen wir doch eine Entzugsklinik auf! Die eine Hälfte der Patienten verfüttern wir an das Ungeheuer, und die andere wird wieder gesund. Ich kann's kaum erwarten.«

»Du brauchst nicht gleich sarkastisch zu werden«, sagte Gabe. »Wir versuchen bloß, dir zu helfen.«

»Helfen? Helfen wobei? Kneipenschlägereien? Damit komme ich klar. Skateboard-Diebstahl? Kein Problem. Aber in meiner ganzen Polizeikarriere habe ich noch nichts erlebt, das mich auf so was wie das hier vorbereitet hätte.«

»Da hat er recht, Gabe«, sagte Val. »Theo ist doch eher so was wie ein Miet-Polizist. Vielleicht sollten wir doch besser den Sheriff oder die Nationalgarde alarmieren.«

»Und was wollt ihr denen erzählen?« fragte Theo. Miet-Polizist? Nicht mal das bin ich noch.

»Da hat er recht«, sagte Gabe. »Genau betrachtet haben wir schließlich nichts.«

»Der alte Blues-Sänger hat es gesehen«, sagte Val.

Theo nickte. »Wir müssen ihn finden. Vielleicht wird er…«

»Er wohnt bei Estelle Boyet«, sagte Val. »Ich habe die Adresse von ihr in meinem Büro.«

- 24 -

DER SHERIFF

Sheriff John Burton stand neben den Überresten von Theos Volvo und hämmerte mit den Fingern auf die Tastatur seines Handy ein. Der Geruch der Kuhscheiße, in die er hineingetreten war, strömte von seinen Guccis in die Höhe und stieg ihm in die Nase, während der feuchte Wind seine silbrig schimmernde Gelfrisur in alle Himmelsrichtungen abstehen ließ. Sein schwarzer Armani-Anzug war mit der Asche verschmiert, in der er hinter Theos Hütte herumgestochert hatte, weil er dachte, daß vielleicht eine verkohlte Leiche darunter begraben war. Sheriff Burton war alles andere als glücklich.

Ging denn kein Schwein mehr ans Telefon? Er hatte Loseph Leander angerufen, Theophilus Crowe und Jim Beer, den Besitzer der Ranch, doch niemand ging ran. Und haargenau das war der Grund, warum es ihn mitten in der Nacht nach Pine Cove verschlagen hatte und er kurz davor stand, in Panik auszubrechen. Die zweite Schicht von Speed-Köchen sollte in diesem Augenblick bei der Arbeit im Labor sein, doch es war niemand zu sehen. Seine ganze Welt fiel um ihn herum in Scherben, und schuld daran war nur ein verkiffter Constable, der vergessen hatte, daß Inkompetenz seine höchste Dienstpflicht war.

Bei Crowe klingelte das Telefon. Burton hört ein Klicken, und augenblicklich wurde aufgelegt. »Scheiße!« Er klappte das Handy zu und steckte es in die Tasche seines Jacketts. Jemand ging bei Crowe ans Telefon. Entweder war er noch am Leben, oder Leander hatte ihn umgebracht, ihm das Telefon abgenommen und versuchte nun, ihn zu verarschen. Andererseits parkte Leanders Van vor Crowes Hütte. Wo war er also? Zu Hause jedenfalls nicht, da hatte Burton schon nachgesehen und nichts weiter vorgefunden als einen verschlafenen Babysitter und zwei völlig erledigte kleine Mädchen in Nachthemden. Würde Leander sich aus dem Staub machen und seine Töchter zurücklassen?

Burton zückte erneut sein Handy und wählte die Nummer der Datenverarbeitung im Polizeirevier. Spider meldete sich.

»Nailsworth«, sagte der Spider. Burton hörte ihn kauen.

»Legen Sie das Twinkie weg, Sie elender Fettkloß. Sie müssen mir einen Namen und eine Adresse raussuchen.«

»Es ist kein Twinkie, sondern ein Snoball. In Rosa. Und außerdem esse ich nur die Marshmallow-Glasur.«

Burton fühlte, wie seine Schläfen zu pochen begannen, und gab sich große Mühe, seine Wut im Zaum zu halten. Er war so überstürzt nach Pine Cove aufgebrochen, daß er seine Blutdruckmedikamente vergessen hatte. »Der Name lautet Betsy Butler; was ich brauche, ist ihre Adresse in Pine Cove.«

»Die Freundin von Joseph Leander?« fragte der Spider.

»Woher wissen Sie das?«

»Ich muß doch sehr bitten, Sheriff«, sagte der Spider und zog dabei indigniert die Nase hoch. »Sie wissen doch, mit wem Sie reden, oder?«

»Geben Sie mir einfach die Adresse.«Burton hörte Nailsworth tippen. Der Spider war gefährlich, eine ständige Bedrohung seines Unternehmens, doch Burton bekam ihn einfach nicht zu fassen. Er war immun gegen Bestechung oder Drohungen jedweder Art, und es schien, als sei er einfach nur zufrieden mit dem, was er hatte, solange er auf diese Art erreichte, daß alle vor ihm im Staub kriechen mußten. Und den fettleibigen Informationsbeschaffer einfach zu feuern, traute Burton sich auch nicht, denn er hatte zuviel Angst davor, was dieser eventuell über ihn wußte. Vielleicht half ja der Fingerhut-Tee, den Leander bei seiner Frau verwendet hatte. Es war unwahrscheinlich, daß jemand Verdacht schöpfte, wenn ein Mann einen Herzanfall erlitt, der schon beim Auspacken eines Snickers außer Atem geriet.

»Keine Adresse«, sagte Nailsworth. »Nur ein Postfach. Ich habe das Führerscheinamt, die Zulassungsstelle und die Sozialversicherung überprüft. Sie arbeitet im H. P.'s Café in Pine Cove. Wollen Sie die Adresse?«

»Es ist fünf Uhr morgens, Nailsworth. Ich muß diese Frau jetzt gleich auftreiben.«

Spider seufzte. »Der Laden macht um sechs Uhr auf. Wollen Sie die Adresse?«

Burton schäumte vor Wut. »Geben Sie sie mir«, sagte er zähneknirschend.

Der Spider gab ihm eine Adresse in der Cypress Street und sagte: »Probieren Sie mal die Eier Sothoth, die sind angeblich ganz hervorragend.«

»Woher wissen ausgerechnet Sie das? Sie verlassen doch nie Ihr gottverdammtes Büro?«

»Ach, was für Narren sind diese Sterblichen«, erwiderte der Spider mit einem grauenhaften britischen Akzent. »Ich weiß alles, Sheriff. Alles.« Dann legte er auf.

Burton atmete tief durch und schaute auf seine Rolex. Er hatte genug Zeit, um Jim Beer noch einen Besuch abzustatten, bevor das Restaurant öffnete. Der alte Scheißer war vermutlich schon auf den Beinen und gab den Kühen eins zwischen die Hörner oder was zum Teufel Rancher sonst so um diese Uhrzeit anstellten. Jedenfalls ging er nicht ans Telefon. Burton stieg in seinen schwarzen Eldorado und röhrte über den holprigen Feldweg in Richtung auf das Gatter bei Theos Hütte.

Als er auf der Küstenstraße war, um im Bogen um die Ranch herum zum vorderen Gatter zu fahren (nie im Leben hätte er den Caddy zwei Meilen über Kuhfladen gescheucht, eher sollte er der Verdammnis anheimfallen), trat jemand in den Lichtkegel seiner Scheinwerfer, und er stieg mit beiden Füßen auf die Bremse. Das Antiblockiersystem pulste und pochte, und der Caddy kam knapp vor einer Frau in einem weißen Chorgewand zum Stehen. Es war eine ganze Reihe von diesen Gestalten, die den Coast Highway entlangschritten und dabei brennende Kerzen gegen den Wind abschirmten. Sie hoben nicht einmal den Blick, sondern gingen wie in Trance an seinem Wagen vorbei.

Burton kurbelte das Fenster herunter und streckte den Kopf hinaus.

»Hey, Leute, was macht ihr da? Es ist fünf Uhr morgens.«

Ein Mann mit hoher Stirn und einem Chorgewand, das drei Nummern zu klein war, hob den Kopf und zeigte ein glückliches Lächeln. Er sagte: »Wir wurden vom Heiligen Geist gerufen. Wir wurden gerufen.« Dann ging er weiter.

»Na ja, es hätt' nicht viel gefehlt, und ihr hättet ihn jetzt schon gesehen!« rief Burton, doch niemand achtete auf ihn. Er ließ sich auf seinen Sitz zurücksinken und wartete, bis die Prozession vorbeigezogen war. Es waren nicht nur Leute in Chorgewändern, sondern auch alternde Hippies mit Birkenstock-Sandalen, ein halbes Dutzend Angehörige der Generation X in Sonntagsanzügen und ein dürrer Kerl im safrangelben Gewand eines buddhistischen Mönchs.

Burton zerrte seinen Aktenkoffer vom Beifahrersitz und ließ ihn aufklappen. Gefälschter Paß, Führerschein, Sozialversicherungskarte, ein falscher Bart und ein Flugticket zu den Cayman Islands: sein Notgepäck de Luxe, das er immer bei sich trug, falls er sich schnellstens abseilen mußte. Vielleicht war es ja jetzt an der Zeit, sich aus dem Staub zu machen.

SKINNER

Na also, der Futter-Typ hat endlich ein Weibchen abbekommen, dachte Skinner. Lag vermutlich daran, daß er den Geruch haschierter Kühe an sich hatte. Skinner war selbst versucht gewesen, sich in der Brühe zu wälzen, doch er hatte Angst gehabt, daß der Futter-Typ ihn anbrüllen würde. (Und das haßte er.) Außerdem, das hier war noch besser: in einem neuen Auto rumzufahren, zusammen mit dem Futter-Typ, seinem neuen Weibchen und dem langen Kerl, der immer nach verbranntem Gras roch und ihm manchmal Hamburger gab. Er schaute aus dem Fenster und wedelte mit dem Schwanz, den er Theo bei dieser Gelegenheit mehrfach ins Gesicht klatschte.

Jetzt hielten sie an. Junge, Junge, vielleicht würden sie ihn ja im Wagen lassen. Das wäre prima; die Sitze hatten Biß und schmeckten nach Kuh. Aber nein, sie ließen ihn raus, sagten, er solle mitkommen zu einem kleinen Haus. Ein alter Kerl machte die Tür auf, und Skinner rammte ihm zur Begrüßung die Nase in den Schritt. Der alte Kerl kraulte ihm die Ohren. Skinner mochte ihn. Er roch wie ein Hund, der die ganze Nacht lang geheult hat. In seiner Nähe fühlte Skinner das Bedürfnis, ebenfalls zu heulen, was er dann auch tat, aber nur ein einziges Mal, wobei er den traurigen Klang seiner Stimme richtig genoß.

Der Futter-Typ sagte, er solle aufhören.

Der alte Kerl sagte: »Ich glaube, ich weiß, wie's dir geht.«

Sie gingen alle nach drinnen und ließen Skinner auf der Treppe zurück. Sie waren nervös, allesamt, das konnte Skinner riechen, und vermutlich würden sie nicht allzulange drinnen bleiben. Er mußte sich an die Arbeit machen. Es war ein großes Grundstück mit jeder Menge Büsche, wo andere Hunde ihm Nachrichten hinterlassen hatten. Er mußte sie alle beantworten, so bekam jeder nur einen kleinen Spritzer. E-Mail für Hunde.

Er war erst zur Hälfte fertig, als sie wieder herauskamen.

Der lange Kerl sagte: »Nun, Mr. Jefferson, wir wollen das Monster aufspüren, und wir möchten, daß Sie uns helfen. Sie sind der einzige, der es gesehen hat.«

»Ach, wissen Sie, wenn Sie's sehen, werden Sie schon merken, was Sie vor sich haben«, sagte der alte Kerl. »Ich glaub nicht, daß Sie da groß auf meine Hilfe angewiesen sind.«

Alle verströmten einen Geruch von Traurigkeit und Angst, und Skinner konnte sich mit einem Mal nicht mehr beherrschen. Er stimmte ein verzweifeltes Geheul an und hielt den Ton so lange, bis der Futter-Typ ihn am Halsband packte und zum Wagen zerrte. Skinner hatte das unangenehme Gefühl, daß sie zu der Stelle fahren würden, wo die Gefahr lauerte.

Gefahr, Futter-Typ, warnte er. Sein Gebell im Inneren des Mercedes war schier ohrenbetäubend.

ESTELLE

Estelle kochte vor Wut, als sie die Teetassen vom Tisch abräumte und in die Spüle schleuderte. Zwei davon gingen zu Bruch, und sie fluchte, bis sie sich umdrehte und an Catfish wandte, der auf dem Bett saß und eine verhaltene Version des »Walkin' Man's Blues« auf seiner National zupfte.

»Du hättest ihnen helfen sollen«, sagte Estelle.

Catfish schaute auf die Gitarre und sang: »Ich hab ein fieses altes Weib, o Gott, und sie ist sauer die ganze Zeit.«

»Es gibt keinerlei Entschuldigung dafür, deine Kunst zu mißbrauchen, um vor dem Leben davonzurennen. Du hättest ihnen helfen sollen.«

»Ich hab ein fieses altes Weib, o Gott, o Gott, o Gott, und sie ist sauer die ganze Zeit.«

»Komm mir bloß nicht mit der Ignoranzmasche. Catfish Jefferson. Ich rede mit dir. Die Leute in dieser Stadt haben dich gut behandelt. Du solltest ihnen helfen.«

Catfish warf den Kopf nach hinten und sang die Decke an. »Sie weiß nicht, was ihr gehört und was mir, und deshalb gibt's immer Streit.«

Estelle schnappte sich eine Bratpfanne aus dem Regal und hob sie in die Höhe, um Catfish damit eins überzubraten. »Mach schon, sing noch 'ne Strophe über dein ›fieses altes Weib‹. Ich bin schon ganz neugierig, was sich auf ›verdroschen‹ reimt!«

Catfish legte die Gitarre beiseite und setzte seine Sonnenbrille auf. »Weißt du, daß immer wieder erzählt wird, daß es 'ne Frau war, die Robert Johnson vergiftet hat?«

»Weißt du, was sie benutzt hat?« Estelle lächelte nicht. »Ich schreibe gerade meinen Einkaufszettel.«

»Herrgott noch mal, Weib, warum redest du so daher? Ich war immer gut zu dir.«

»Und ich war gut zu dir. Deswegen singst du auch immer nur von einem fiesen alten Weib, stimmt's?«

»Na ja, ›süßes altes Weib‹ klingt ja wohl nicht besonders.«

Estelle ließ die Pfanne sinken. Tränen traten ihr in die Augen.

»Du kannst denen doch helfen, und wenn es vorbei ist, kannst du hierbleiben. Du kannst Musik machen, und ich male. Die Leute in Pine Cove mögen deine Musik.«

»Die Leute hier begrüßen mich auf der Straße, stecken zuviel Geld in mein Glas und spendieren mir Drinks – mir geht's zu gut, ich bin den Blues los.«

»Und was mußt du jetzt machen, um ihn dir wieder aufzuhalsen: deinen Wagen zu Schrott fahren, Baumwolle pflücken oder einen Mann in Memphis abknallen oder was? Und für was?«

»Weil ich nie was andres gemacht habe und sonst nichts andres kann.«

»Du hast nie was anderes probiert. Ich bin hier, und ich bin real. Ist es so schlimm zu wissen, daß man ein warmes Bett hat, in dem man mit jemand zusammen schlafen kann, der einen liebt? Da draußen ist nichts, Catfish.«

»Der Drache ist da draußen, und er wird ewig da draußen sein.«

»Dann stell dich ihm. Du bist ihm schon einmal entkommen.«

»Was kümmert dich das?«

»Weil es für mich alles andere als einfach war, nach allem, was ich durchgemacht habe, mein Herz zu öffnen, und ich für Feiglinge nicht mehr viel übrig habe.«

»Nenn es wie du willst, Mama.«

Estelle machte kehrt und ging in die Küche zurück. »Dann ist es vielleicht wirklich besser, wenn du gehst.«

»Ich hole nur meinen Hut«, sagte Catfish, legte die National in ihren Koffer und ließ die Schlösser zuschnappen. Er nahm seinen Hut vom Tisch und einen Moment später war er verschwunden.

Estelle drehte sich um und starrte auf die Tür. Als sie hörte, wie der Motor des Kombi angelassen wurde, fiel sie zu Boden und spürte plötzlich, wie das, was einmal wie eine von Wärme erfüllte Zukunft ausgesehen hatte, zu einem schwarzen Fleck wurde.

IN DER ZWISCHENZEIT ZU HAUSE AUF DER RANCH

Die Höhle lag unterhalb eines Abhangs in weniger als einer Meile Entfernung von dem Feldweg, der zu Theos Hütte führte. Von ihrem schmalen Eingang aus überblickte man eine breite, grasbewachsene Ebene, die sich bis zum Pazifik erstreckte, und in ihrem Inneren, das sich wie eine Kathedrale aufwölbte, hallte das Krachen der Wellen nach. Die Wände waren übersät von versteinerten Seesternen und Trilobiten, während der Boden mit einer Patina aus Fledermausguano und kristallisiertem Meersalz bedeckt war. Das letzte Mal, als Steve dieser Höhle einen Besuch abgestattet hatte, hatte sie noch unter Wasser gelegen, und er hatte hier einen angenehmen Herbst verbracht, in dem er sich an den Grauwalen sattgefressen hatte, die die Küste entlang zur Baja wanderten, um dort ihre Jungen zur Welt zu bringen. Natürlich hatte er keine bewußte Erinnerung an die Höhle, doch als er spürte, daß Molly nach einem Versteck suchte, hatte er sich von der Karte in seinem Gehirn, die vor langer Zeit in Instinkt übergegangen war, hierherführen lassen.

Seit ihrer Ankunft in der Höhle war Steve von einer düsteren Stimmung befallen worden. Und Molly ebenso. Sie hatte noch ein paar Mal den Rasentrimmer zum Einsatz gebracht, um ihn ein bißchen aufzumuntern, doch jetzt war ihr das Benzin für die Sexmaschine ausgegangen, und außerdem wurde sie allmählich wund zwischen den Schenkeln von den wiederholten Ritten auf seiner Zunge. Es waren zwei Tage vergangen, seit sie zum letzten Mal etwas gegessen hatte, und auch Steve verschmähte seine Kühe (schwarze Angus-Stiere, jetzt, da Molly wußte, daß er auf Milchprodukte allergisch reagierte).

Seit dem Auftauchen des Seeungeheuers war Molly von einer kontrollierten Euphorie befallen gewesen. Die Sorgen über ihre geistige Gesundheit waren dahingeschmolzen, und sie hatte mit ihm den Zen-Moment der animalischen Existenz geteilt; doch seit seinem Traum und der schrecklichen Erkenntnis seiner selbst, die sich über Steve gesenkt hatte, war in Mollys Bewußtsein eine Ahnung aufgestiegen, wie eine Forelle, die auf eine Fliege zusteuert: Sie paßten nicht zusammen.

»Steve«, sagte sie, während sie sich auf ihr Schwert stützte und ihm in eines seiner basketballgroßen Augen starrte. »Du hast einen Mundgeruch, der haut glatt 'nen Geier von 'nem Wagen voller Scheiße.«

Das Seeungeheuer verzichtete lieber darauf, sich gegen diese Anschuldigung zu wehren (denn die einzige Art, sich zu wehren, die Steve einfiel, bestand darin, ihr die Beine abzubeißen). Statt dessen beschränkte er sich darauf, ein jämmerliches Gewinsel anzustimmen, und er versuchte, seinen Kopf unter eines seiner Vorderbeine zu stekken. Augenblicklich bedauerte Molly ihre Bemerkung und bemühte sich, den Schaden wiedergutzumachen.

»Ach, ich weiß ja, daß es nicht deine Schuld ist. Vielleicht verkaufen sie ja demnächst Tic Tacs, die so groß sind wie Ohrensessel. Wir schaffen das schon.« Doch sie meinte es nicht ernst, und Steve spürte ihre Unaufrichtigkeit. »Vielleicht sollten wir öfter vor die Tür gehen«, fügte sie hinzu.

Draußen dämmerte es bereits, und ein Sonnenstrahl schien in die Kathedrale wie die Stablampe eines Polizisten durch eine verräucherte Bar. »Wie wär's mit Schwimmen?« fragte Molly. »Deine Kiemen scheinen ja ganz gut verheilt zu sein?« Woher sie wußte, daß es sich bei den an kleine Bäume gemahnenden Auswüchsen an seinem Hals um Kiemen handelte, war ihr auch nicht ganz klar – vielleicht gehörte dies ja zu den Dingen, über die Verliebte keine Worte verlieren müssen.

Steve hob den Kopf, und Molly dachte schon, sie hätte seine Aufmerksamkeit geweckt, doch dann bemerkte sie den Schatten, der den Eingang der Höhle verdunkelte. Sie hob den Kopf und sah ein halbes Dutzend Leute in Chorgewändern an der Stelle stehen, wo sich die Decke der Höhle zur Kathedrale aufwölbte.

»Wir sind gekommen, um unser Opfer darzubringen«, brachte eine Frau heraus.

»Und ihr habt garantiert keine einzige Pfefferminzpastille dabei«, sagte Molly.

- 25 -

THEO

H.P.'s Café war in der Hauptsache von der allmorgendlichen Frühschicht betagter Kaffeetrinker bevölkert. Theo kippte in rasantem Tempo drei Tassen Kaffee hinunter, wodurch er nur noch unruhiger wurde. Val und Gabe hatten sich zusammen eine Zimtrolle bestellt, von der Val nun ein Stück an Gabe verfütterte, als ob der Mann an ihrer Seite, der es immerhin geschafft hatte, ein mittleres Alter zu erreichen und zwei Doktortitel zu erwerben, nie gelernt hätte, selbständig zu essen. Theo wäre vor Empörung am liebsten geplatzt.

Val sagte: »Ich hoffe nur, es liegt nicht an diesem Ungeheuer, wie ich mich im Augenblick gerade fühle.«

Prima, dachte Theo, laß dir von der Tatsache, daß du all die Leute, die sowieso schon in der Scheiße gesteckt haben, noch tiefer in die Scheiße geritten hast, bloß nicht die Laune vermiesen. Und die strafbaren Handlungen, die du dir im Verlauf dessen hast zuschulden kommen lassen, erwähnen wir einem so putzigen Turteltäubchen gegenüber besser auch nicht. Andererseits war Theos Auffassung von Polizeiarbeit von dem Motto »fehlgeleitet, aber ehrlich« geprägt, und er glaubte aufrichtig daran, daß sie nur versucht hatte, einen Fehler wiedergutzumachen, indem sie die Medikamente bei ihren Patienten absetzte. Und obwohl Val ihn derzeit nervte wie ein Stachelschwein im Hintern, war er doch ehrlich genug einzusehen, daß er in erster Linie eifersüchtig auf das war, was sie in Gabe gefunden hatte. Kaum daß er dies erkannt hatte, fing auch Gabe an, ihm auf die Nerven zu gehen.

»Was sollen wir jetzt anstellen, Gabe? Das Ding irgendwie betäuben? Es erschießen? Oder was?«

»Vorausgesetzt, es existiert.«

»Es existiert«, blaffte Theo. »Aber wenn du noch lange wartest, bis du alle Beweise hast, befürchte ich, daß wir für dich einen Arschspender brauchen, weil das Vieh dir bis dahin deinen abgebissen hat.«

»Du brauchst jetzt nicht pampig zu werden, Theo. Ich bin einfach nur skeptisch, wie es sich für einen Forscher gehört.«

»Theo«, sagte Val, »ich kann dir eine Packung Valium verschreiben. Vielleicht sind dann die Entzugssymptome nicht mehr so schlimm.«

Theo schnaubte verächtlich. Allerdings war verächtlich zu schnauben etwas, das er nicht allzuoft tat, und deshalb machte es auf Gabe und Val den Eindruck, als versuche er, ein Haarknäuel hochzuwürgen.

»Mit dir alles in Ordnung?« fragte Gabe.

»Mir geht's prima. Ich hab nur verächtlich geschnaubt.«

»Worüber?«

»Über unsere Dr. Feelgood, die mir ein Rezept für Valium ausstellen will, damit ich mir von Winston Krauss eine Schachtel M&Ms andrehen lassen kann.«

»Das hatte ich total vergessen«, sagte Val. »Entschuldigung.«

»So wie's scheint, haben wir's mit mannigfaltigen Problemen zu tun, und ich hab nicht die geringste Ahnung, wo wir anfangen sollen«, sagte Theo.

»Mannigfaltigen?« fragte Gabe.

»Einem ganzen beschissenen Haufen«, sagte Theo.

»Ich weiß, was das Wort bedeutet, Theo. Ich kann es nur nicht fassen, es aus deinem Mund zu hören.«

Val lachte fröhlich über Gabes Versuch von Humor. Theo starrte sie nur an.

Jenny, die Kellnerin, die beinahe ebenso gereizt war wie Theo, weil sie am Abend zuvor den Laden dichtgemacht hatte und nun zur Frühschicht schon wieder antreten mußte, nachdem die betreffende Bedienung sich krank gemeldet hatte, kam vorbei, um Kaffee nachzuschenken.

»Da fährt gerade dein Boß vor, Theo. Oder?« fragte sie und nickte in Richtung Vorderfront. Durch das Fenster sah Theo, wie Sheriff Burton sich aus seinem schwarzen Eldorado hievte.

»Hinterausgang?« fragte Theo, ein drängendes Flehen in den Augen.

»Klar, durch die Küche und dann durch Howards Büro.«

Es dauerte keine Sekunde, da war Theo auch schon aufgestanden und auf halbem Weg zur Küche, als ihm auffiel, daß Gabe und Val die gesamte Unterhaltung zwischen ihm und Jenny verpaßt hatten und einander noch immer versonnen in die Augen starrten. Er rannte zurück und klatschte mit der flachen Hand auf den Tisch. Sie schauten ihn an, als wären sie gerade aus einem Traum gerissen worden.

»Achtung«, sagte Theo und versuchte nicht laut zu werden. »Der Sheriff kommt gleich rein? Mein Boß? Ein gefährlicher Drogenhändler? Wir sind Kriminelle. Wir versuchen durch die Hintertür abzuhauen? Jetzt? Hallo?«

»Ich bin kein Krimineller«, sagte Gabe. »Ich bin Biologe.«

Theo packte ihn am Hemdkragen und rauschte, den Biologen im Schlepptau, zur Küche. Da bekam die kriminelle Seelenklempnerin ihren Hintern ebenfalls hoch.

DER SHERIFF

»Ich bin auf der Suche nach Betsy Butler«, sagte Burton und klappte sein Etui mit der Marke auf, als ob angesichts seiner Armani-Anzug-weißer-Stetson-Kombination nicht sowieso jedermann im ganzen Bezirk gewußt hätte, mit wem er es zu tun hatte.

»Was hat sie denn ausgefressen?« fragte Jenny und baute sich zwischen dem Sheriff und der Küchentür auf.

»Das braucht Sie nicht zu kümmern. Ich muß einfach nur mit ihr reden.«

»Na ja, ich bin allein im Laden, also müssen Sie mir schon hinterherlaufen, wenn Sie sich unterhalten wollen, weil ich sonst ins Hintertreffen gerate.«

»Ich will nicht mit Ihnen reden.«

»Auch gut.« Jenny wandte dem Sheriff den Rücken zu und ging zur Kaffeemaschine hinter dem Tresen, um eine neue Kanne Kaffee aufzusetzen.

Burton folgte ihr, wobei er das drängende Verlangen unterdrückte, sie einfach in den Schwitzkasten zu nehmen. »Wissen Sie, wo sie wohnt?«

»Ja«, sagte Jenny. »Aber sie ist nicht zu Hause.« Jenny warf einen verstohlenen Blick durch die Durchreiche, um sicher zu sein, daß Theo und seine Kumpels es durch Howards Büro geschafft hatten.

Burtons Gesicht lief rot an. »Bitte. Könnten Sie mir wohl sagen, wo sie ist?«

Jenny hatte den Eindruck, daß sie den Kerl noch gut und gerne weitere zehn Minuten zappeln lassen konnte, doch es sah nicht so aus, als sei das notwendig. Außerdem war sie sauer, daß Betsy sich krank gemeldet hatte. »Sie hat sich heute morgen krank gemeldet mit der Begründung, es handle sich um einen spirituellen Notfall. Das sind übrigens ihre eigenen Worte. Bei Grippe hab ich ja noch Verständnis, aber daß ich nach der Nachtschicht heute auch noch die Frühschicht machen darf, weil jemand einen spirituellen Notfall …«

»Wo ist Betsy Butler?« bellte der Sheriff.

Jenny machte einen Satz rückwärts. Der Mann sah aus, als würde er jeden Moment seine Waffe ziehen. Kein Wunder, daß sich Theo Hals über Kopf durch die Hintertür aus dem Staub gemacht hatte. »Sie hat gesagt, sie würde mit einer Gruppe von Leuten zur Beer Bar Ranch gehen. Daß sie vom Geist gerufen worden seien, um ein Opfer darzubringen. Ziemlich abgedreht, oder?«

»Ist Joseph Leander mit ihr gegangen?«

»Das zwischen Joseph und Betsy soll eigentlich niemand wissen.«

»Ich weiß über die beiden Bescheid. War er bei ihr?«

»Hat sie nicht gesagt. Sie hat sich angehört, als wär sie ein bißchen hinüber.«

»Kommt Theo Crowe hier manchmal her?«

»Manchmal.« Jenny hatte nicht die geringste Lust, diesem Irren freiwillig Informationen zu liefern. Er war ungehobelt und fies, und er hatte sein Aramis in solchen Mengen aufgetragen, daß davon sogar einem Skunk schlecht geworden wäre.

»War er heute schon hier?«

»Nein, ich hab ihn nicht gesehen.«

Ohne ein weiteres Wort machte Burton kehrt und stürmte zur Tür hinaus zu seinem Cadillac. Jenny ging nach hinten in die Küche, wo Gabe, Val und Theo sich neben den Friteusen drängten und versuchten, den beiden Köchen nicht im Weg zu stehen, während diese Eier wendeten und Bratkartoffeln in Scheiben hackten.

Gabe deutete auf die Hintertür. »Abgeschlossen.«

»Er ist weg«, sagte Jenny. »Er war auf der Suche nach Betsy und Joseph, aber er hat auch nach dir gefragt, Theo. Ich glaube, er ist jetzt auf dem Weg zur Beer Bar Ranch, um Betsy zu suchen.«

«Was macht Betsy auf der Ranch?« fragte Theo.

»Irgendwas von wegen, ein Opfer darbringen. Das Mädchen braucht Hilfe.«

Theo wandte sich an Val. »Gib mir die Schlüssel von deinem Wagen. Ich fahre ihm hinterher.«

»Das glaube ich nicht.« Die Psychiaterin hielt ihre Handtasche von ihm weg.

»Bitte, Val. Ich muß rauskriegen, was er vorhat. Das hier ist mein Leben.«

»Und das da ist mein Mercedes, und den wirst du nicht nehmen.«

»Ich hab zwei Pistolen, Val.«

»Ja, aber du hast keinen Mercedes. Das ist nämlich meiner.«

Gabe schaute sie an, als hätte sie ihm gerade den Saft einer Grapefruit ins Auge gespritzt. »Du willst dich wirklich weigern, Theo dein Auto zu geben?« Seine Stimme klang beinahe tonlos vor Enttäuschung. »Es ist doch nur ein Auto.«

Mit einem Mal starrten sie alle an – selbst die beiden Köche, stämmige Latinos, die bis zu diesem Zeitpunkt die Gegenwart sämtlicher in der Küche befindlicher Personen strikt ignoriert hatten. Val griff in ihre Handtasche, brachte die Autoschlüssel zum Vorschein und reichte sie Theo, als ob sie ihm ein Kind als Opfer darbrachte.

»Wie kommen wir nach Hause?« fragte Gabe.

»Lauft zum Head of the Slug und wartet da. Entweder hole ich euch da ab, oder ich rufe euch von meinem Handy aus an und halte euch auf dem laufenden. Es wird wohl nicht allzu lange dauern.« Mit diesen Worten rannte Theo aus der Küche.

Ein paar Sekunden später zuckte Val Riordan zusammen, als sie hörte, wie Theo mit quietschenden Reifen vom Parkplatz fuhr.

SKINNER

Wie jeder Hund mochte es Skinner, Autos hinterherzujagen, zumal sie nicht so leicht abhauen konnten, wenn man sie mit einem anderen Auto verfolgte, aber trotz der Erregung über die Verfolgungsjagd war Skinner unruhig. Als er gesehen hatte, wie der lange Kerl auf den

Wagen zukam, hatte er gedacht, der Futter-Typ würde auch kommen. Aber nun fuhren sie weg vom Futter-Typ und geradewegs auf die Gefahr zu. Skinner spürte es ganz genau. Er jaulte und rannte auf dem Rücksitz des Mercdes hin und her, er drückte seinen Nasenstempel an die Scheibe und sprang schließlich auf den Beifahrersitz und streckte den Kopf zum Fenster raus. Die Gerüche, die mit Turbodruck in seine Nase drangen, und der Wind in seinen Ohren bereiteten ihm nicht das geringste Vergnügen, sondern verhießen einfach nur Gefahr. Er bellte und kratzte am Türgriff herum, um den langen Kerl zu warnen, aber alles, was er für seine Mühen erntete, war ein flüchtiges Ohrenkraulen, und so kroch er dem langen Kerl auf den Schoß, wo er sich wenigstens ein bißchen sicherer fühlte.

DER SHERIFF

Burton bemerkte den Mercedes hinter sich zum ersten Mal, als er auf die Zufahrtsstraße zum Küsten-Highway einbog. Vor einer Woche hätte er sich darüber keine weiteren Gedanken gemacht, doch mittlerweile sah er hinter jedem Busch einen Feind. Die Drogenfahnder von der DEA würden keinen Mercedes benutzen, ebensowenig das FBI; bei der mexikanischen Mafia wäre das aber durchaus möglich. Mit Ausnahme seines Unternehmens hatten die Mexikaner das gesamte Amphetamingeschäft im Westen in der Hand, und vielleicht hatten sie ja mittlerweile beschlossen, daß sie den ganzen Handel für sich wollten. Das wäre eine Erklärung für das Verschwinden von Joseph Leander, Crowe und den Jungs aus dem Labor. Obwohl, dafür war es eigentlich zu sauber. Die würden Leichen in der Gegend herumliegen lassen und hätten Crowes ganze Hütte niedergebrannt und nicht nur seine Graspflanzung.

Er zog seine Beretta 9mm aus dem Holster und legte sie neben sich auf den Beifahrersitz. Im Kofferraum hatte er noch eine Schrotflinte, aber da nützte sie ihm im Augenblick genausoviel, als wäre sie in Kanada. Wenn es nur zwei waren, konnte er unter Umständen mit ihnen fertigwerden. Wenn es mehr waren, hatten sie vermutlich Uzis dabei oder Mac-10-Maschinenpistolen, und er machte sich besser aus dem Staub. Die Mexikaner hatten gerne Zuschauer, wenn sie jemanden umnieteten. Burton bog abrupt von der Schnellstraße ab und hielt einen Block weiter in einer Seitenstraße an.

THEO

Warum hatte er Skinner nicht beim Café rausgelassen? Er war nicht in der Lage gewesen herauszufinden, wie die elektrische Sitzverstellung des Mercedes funktionierte, so daß er ohnehin schon mit dem Lenkrad zwischen den Knien fuhr, und jetzt hatte er auch noch einen vierzig Kilo schweren Hund auf dem Schoß, dessen Kopf er immer wieder zur Seite schieben mußte, um Burtons Cadillac nicht aus den Augen zu verlieren.

Der Caddy fuhr abrupt vom Highway ab, und Theo schaffte es gerade mal so, den Mercedes um die Kurve zu manövrieren, ohne daß die Reifen platzten. Als er wieder an Skinners Kopf vorbeischauen konnte, stand der Caddy fünfzig Meter vor ihm am Straßenrand. Theo duckte sich rasch auf den Beifahrersitz und vertraute darauf, daß DIE MACHT die Lenkung im Griff hatte, als er an dem Caddy vorbeifuhr.

DER SHERIFF

Sheriff John Burton war darauf gefaßt, sich mit Agenten der DEA auseinanderzusetzen, er war darauf gefaßt, Gas zu geben und zu fliehen, er war sogar darauf gefaßt, sich mit mexikanischen Drogenhändlern eine Schießerei zu liefern, wenn es denn soweit kommen sollte. Er rühmte sich seiner Fähigkeit, in jedweder Situation knallhart und eiskalt zu reagieren; ja, er fühlte sich anderen Männern überlegen, wegen seiner gelassenen Reaktionsweise, wenn er unter Druck geriet. Doch er war trotz alledem nicht im geringsten darauf gefaßt, einen Mercedes an sich vorbeifahren zu sehen, an dessen Steuer ein Labrador saß. Seine *Übermensch*-Arroganz zerbröselte, als er mit offenem Mund dasaß und dem Mercedes nachblickte. Der Wagen bog leicht schlingernd an der nächsten Ecke ab, wobei er einen Bordstein streifte, bevor er hinter einer Hecke verschwand.

Burton war kein Mann, der seine Wahrnehmung in Frage stellte – wenn er etwas sah, dann sah er das –, und so schaltete sein Geist um, und er schlüpfte in seine Rolle als Politiker, um das eben Gesehene einzuordnen. »Das da eben«, sagte er laut, »ist der Grund, warum ich niemals einen Gesetzentwurf unterstützen würde, der Hunden erlaubt, den Führerschein zu machen.«

Allerdings würden ihm seine politischen Gewißheiten herzlich wenig nützen, wenn er nicht bald Betsy Butler fand und herausbekam, was mit seinem Drogenkurier passiert war, der ihm stets treu so wertvolle Dienste geleistet hatte. Er machte kehrt und fuhr wieder zurück zur Küstenstraße, wo ihm auffiel, daß er die Fahrer in den entgegenkommenden Wagen wesentlich genauer betrachtete als sonst.

MOLLY

Insgesamt waren es dreißig. Sechs standen Seite an Seite am Eingang der Höhle, und der Rest drängte sich dahinter und versuchte einen Blick nach drinnen zu erhaschen. Molly erkannte die Wortführerin: Es war die zickige Bedienung aus H.P.'s Café. Sie war Mitte Zwanzig, hatte kurze blonde Haare und eine Figur, die aller Wahrscheinlichkeit schwer ins Birnenförmige gehen würde, sobald sie die Vierzig erreichte, Sie trug ein weißes Chorgewand über einem Paar Jeans und Aerobicschuhen.

»Sie sind doch Betsy aus dem H.P.'s?« fragte Molly auf ihr Schwert gelehnt.

Betsy machte den Eindruck, als würde sie Molly jetzt erst erkennen. »Sie sind die durch-«

Molly hob das Schwert, um das Mädchen zum Schweigen zu bringen. »Immer schön brav bleiben.«

»Entschuldigung«, sagte Betsy. »Wir wurden gerufen. Ich hatte nicht erwartet, daß Sie hiersein würden.«

Zwei Frauen traten neben Betsy. Es waren die beiden pastellfarbenen Kirchendamen, die Molly von dem Drachen-Trailer verscheucht hatte. »Erinnern Sie sich noch an uns?«

Molly schüttelte den Kopf. »Was genau glaubt ihr, daß ihr hier macht?«

Sie schauten einander an, als wäre ihnen diese Frage bis zu diesem Zeitpunkt noch gar nicht in den Sinn gekommen. Sie reckten die Hälse und starrten mit zusammengekniffenen Augen in die Kathedrale, um zu sehen, was hinter Mollys Rücken noch war. Steve lag zusammengerollt im Dunkel des hinteren Teils der Höhle und schmollte.

Molly drehte sich um und sprach in Richtung hintere Höhlenwand: »Steve, hast du diese ganzen Leute kommen lassen? Was hast du dir dabei gedacht?«

Ein lautes, tiefes Winseln kam aus der Dunkelheit. In der Menschenmenge am Eingang erhob sich Gemurmel. Plötzlich trat ein Mann nach vorne und stieß Betsy zur Seite. Er war Mitte Vierzig und trug ein afrikanisches Dashiki-Hemd über Khakihosen und Birkenstocksandalen. Sein langes Haar wurde von einer Perlenschnur aus dem Gesicht gehalten. »Paß auf, Mann, du kannst uns nicht aufhalten. Was hier passiert, ist echt was Besonderes und Spirituelles, und wir lassen uns nicht von 'ner durchgeknallten Lady daran hindern, uns da einzuklinken. Also geh aus dem Weg.«

Molly lächelte. »Ihr wollt euch also da einklinken?«

»Ganz genau«, sagte der Mann. Die anderen hinter ihm nickten.

»Also gut, ich will, daß ihr alle eure Taschen leert, bevor ihr hier reinkommt. Laßt eure Schlüssel, Brieftaschen, euer Geld und alles draußen.«

»Das müssen wir nicht«, sagte Betsy.

Molly trat vor und rammte das Schwert zwischen den Füßen des Mädchens in den Boden. »Auch gut, dann also nackt«, sagte Molly.

»Was?«

»Hier kommt nur rein, wer nackt ist. Also überlegt's euch.«

Es erhoben sich einige Proteste, bis schließlich ein kleiner Asiate mit kahlrasiertem Schädel seine safrangelbe Robe ablegte, nach vorne trat und sich vor Molly verbeugte, wobei er dem Rest der Gruppe sein blankes Hinterteil entgegenstreckte.

Voller Bedauern über den Mönch schüttelte Molly den Kopf. »Ich dachte, ihr Kerls hättet mehr Verstand.« Dann wandte sie sich zum hinteren Teil der Höhle und rief: »Hey, Steve, jetzt ist aber Schluß mit dem Trübsalblasen, ich hab 'nen Chinesen zum Lunch mitgebracht.«

- 26 -

Val und Gabe betraten die Bar, durchquerten den Eingangsbereich und blieben bei dem Flipperautomaten stehen, um ihre Augen an die Dunkelheit zu gewöhnen. Val rümpfte die Nase angesichts des katergeschwängerten Geruchs nach abgestandenem Bier und Zigaretten, während Gabe blinzelnd den Boden in Augenschein nahm, in der Hoffnung, dort Anzeichen interessanter Lebensformen zu erblicken.

Der Morgen war der finsterste Teil des Tages im Head of the Slug Saloon. Es war so dunkel, daß das schmuddlige Interieur der Bar das Licht, das jedesmal von der Straße hereindrang, wenn jemand die Tür öffnete, förmlich einzusaugen schien, woraufhin die Stammgäste der Tagschicht zusammenzuckten und Zischlaute von sich gaben, als ob sie auf ihren Barhockern verdampfen würden, sobald ein Sonnenstrahl sie auch nur streifte. Mit grimmiger Miene und leicht wackligen Schrittes bewegte sich Mavis hinter der Bar auf und ab, trank Kaffee aus einer giftgrünen Henkeltasse, während eine Tarryton Extra Long zwischen ihren Lippen baumelte, von der gelegentlich lange Aschewürste auf ihren Pullover herunterfielen, die aussahen wie die rauchende Kacke winzig kleiner Geisterpudel. Sie war damit beschäftigt, an der noch unbesetzten Rundung der Bar Schnapsgläser mit billigem Bourbon zu füllen, die sie aufbaute wie Soldaten eines Erschießungskommandos. Im Abstand von zwei oder drei Minuten betraten diverse ältere Männer die Bar – samt und sonders in zerbeulten Hosen und gebeugten Ganges, manche gestützt auf einen

Gehstock, andere auf die letzte Hoffnung, einen schmerzlosen Tod zu erleiden – und erklommen einen der leeren Hocker, um ihre arthritischen Klauen um eines der Gläser zu winden und es an die Lippen zu hieven. Die Schnäpse wurden nicht einfach heruntergekippt, sondern gehegt und gepflegt, und als Mavis ihre erste Tasse Kaffee ausgetrunken hatte, sah die Rundung der Bar aus wie die Warteschlange am Eingang der Hölle: gebeugte, keuchende alte Säcke, aufgereiht wie Hühner auf der Stange.

Dürfen wir Ihnen in der Wartezeit ein paar Erfrischungen servieren? Der Sensenmann wird sich gleich um Sie kümmern.

Gelegentlich kam es vor, daß eines der Schnapsgläser unberührt und der dazugehörige Hocker leer blieb, und dann ließ Mavis für gewöhnlich eine Stunde verstreichen, bevor sie den Schnaps zum nächsten Stammgast weiterschob und Theo anrief, damit er den Vermißten aufspürte. Meist rollte der Krankenwagen dann so leise durch die Stadt wie ein Geier im Aufwind, und Mavis wußte, was los war, wenn Theo kurz die Tür öffnete, den Kopf schüttelte und sich wieder davonmachte.

»Hey, Schluß mit dem Trübsal«, sagte Mavis dann gewöhnlich. »Immerhin ist für euch ein Freidrink rausgesprungen. Der Hocker da bleibt jedenfalls nicht lange leer.«

Es hatte immer eine Stammbesetzung gegeben, die ihre Tagschicht hier abriß, und es würde immer eine geben. Der Nachwuchs kam ab neun Uhr morgens hereingeschneit – jüngere Männer, die sich nur jeden dritten Tag rasierten und badeten und den Großteil ihrer Tage am Pooltisch verbrachten, billiges Bier vom Faß tranken und den grünen Filz mit Argusaugen im Blick behielten, um bloß nicht mit ihrem eigenen Leben konfrontiert zu werden. Mochte es früher einmal Frauen und Jobs gegeben haben, so träumten sie nun von brillanten Stößen und ausgefuchsten Strategien. Wenn ihre Träume verblaßten und die Sehkraft nachließ, landeten sie auf den Hockern am Ende der Bar bei der Tagschicht.

Ironischerweise war es die Aura der Verzweiflung, die über der Tagschicht schwebte, die Mavis beinahe einen ähnlichen Nervenkitzel verschaffte wie damals, als sie einem Polizisten mit ihrem Louisville

Slugger eins übergebraten hatte. Wenn sie die Flasche Old Tennis Shoes aus dem Kühlfach zog und am Ende der Bar die Gläser der Stammbesetzung auffüllte, dann schoß ihr eine geradezu elektrische Ladung von Abscheu das Rückgrat hinauf, so daß sie zum anderen Ende der Bar trippelte und dort atemlos stehenblieb, bis ihr Herzschrittmacherdoppel ihren Puls wieder aus dem roten Bereich manövriert hatte. Es war, als würde man dem Tod in die Nase kneifen oder einer Kobra ein »Verpaß mir 'n Tritt«-Schildchen an den Kopf kleben und damit durchkommen.

Gabe und Val beobachteten das Ritual, ohne sich von ihrem Platz neben dem Flipper wegzubewegen. Val war neugierig und wartete nur auf den richtigen Augenblick, um zur Bar zu gehen und zu fragen, ob Theo angerufen hatte, und Gabe war, wie üblich, verlegen in Gegenwart anderer Menschen.

Mavis zog sich zu ihrem Platz neben der Kaffeekanne zurück, wo sie sich außer Reichweite der Klauen des Todes fühlte, und rief dem Pärchen zu: »Wollt ihr beide was zu trinken, oder glotzt ihr nur das Schaufenster an?«

Gabe ging voran zur Bar. »Zwei Kaffee, bitte.« Er warf einen kurzen Blick hinüber zu Val, um sich ihrer Zustimmung zu vergewissern, doch sie stierte auf Catfish, der Mavis gegenüber am Ende der Bar saß. Genau hinter ihm saß ein anderer Mann, ein unglaublich hagerer Herr, dessen Haut so weiß war, daß sie durch den Nebel von Mavis' Zigarettenqualm nahezu durchsichtig wirkte.

»Hallo, ähm, Mr. Fish«, sagte Val.

Catfish, der auf den Boden seines Schnapsglases starrte, hob den Blick und quälte sich ein Lächeln ab, was aber bei den tiefen, katzenjammrigen Sorgenfalten in seinem Gesicht nicht viel nützte. »Jefferson«, sagte er. »Catfish ist mein Vorname.«

»Entschuldigung«, sagte Val.

Mavis notierte sich im Geiste das neue Pärchen. Gabe hatte sie wiedererkannt. Er war schon ein paar Mal mit Theophilus Crowe hier gewesen, doch die Frau war ein neues Gesicht. Sie stellte zwei Kaffee vor Gabe und Val hin. »Mavis Sand«, sagte Mavis, doch sie streckte ihnen nicht die Hand entgegen. Jahrelang hatte sie jegliches Händeschütteln vermieden, weil ihre Arthritis sie danach geschmerzt hatte, und nun, mit ihren neuen Gelenken und Hebeln aus Titan, mußte sie zu sehr aufpassen, damit sie nicht die zarten Fingerglieder ihrer Gäste zerquetschte.

»Entschuldigung«, sagte Gabe. »Mavis, das ist Dr. Valerie Riordan. Sie hat eine psychiatrische Praxis hier in der Stadt.«

Mavis trat zurück, und Val konnte sehen, wie sich der Apparat im Auge der Frau scharfstellte – wenn das Licht vom Snooker-Tisch im richtigen Winkel einfiel, dann schien es, als würde das Auge rot schimmern.

»Erfreut«, sagte Mavis. »Kennen Sie Howard Phillips?« Mavis nickte zu dem hageren Mann am Ende der Bar.

»H.P.«, fügte Gabe hinzu und nickte ebenfalls zu Howard hinüber. »Vom Café.«

Howard Phillips mochte vierzig sein oder sechzig oder siebzig, oder es konnte ebensogut sein, daß er jung gestorben war, denn ungefähr so lebhaft wirkte sein Gesicht. Er trug einen schwarzen Anzug aus dem neunzehnten Jahrhundert, und er hielt ein Glas Guinness Stout zärtlich umklammert, obwohl er nicht so aussah, als ob er sich in den letzten Monaten irgenwelche Kalorien zugeführt hatte.

Val sagte: »Wir kommen gerade aus Ihrem Restaurant. Wirklich nett da.«

Ohne eine Miene zu verziehen sagte Howard: »Als Psychiater, empfinden Sie es da als störend, daß Jung ein Nazi-Sympathisant war?« Er hatte einen tonlosen britischen Upper-Class-Akzent, und Val hatte beinahe das Gefühl, als wäre sie gerade angespuckt worden.

»Was für ein Sonnenscheinchen, unser Howard«, sagte Mavis. »Sieht aus wie der leibhaftige Tod, oder?«

Howard räusperte sich und sagte: »Die gute Mavis glaubt, sich über den Tod lustig machen zu können, da der Großteil ihrer sterblichen Organe durch Apparate ersetzt wurde.«

Mavis beugte sich zu Gabe und Val vor, als ob sie ihnen ein Geheimnis anvertrauen wollte, doch gab sie sich große Mühe, so laut zu flüstern, daß Howard es hören konnte: »Er ist jetzt schon zehn Jahre lang völlig mies gelaunt und außerdem die meiste Zeit besoffen.«

»Ich hatte gehofft, dem Laudanum anheimzufallen – in der Tradition von Byron und Shelley«, sagte Howard. »Doch die Beschaffung jener Substanz ist, gelinde gesagt, schwierig.«

»Ja, aber der eine Monat, in dem du Wick Medinait auf Eis getrunken hast, war auch kein großer Erfolg. Er ist von seinem Hocker runtergekippt wie 'ne Eins oder hat manchmal vier Stunden lang dagesessen und geschlafen, bis er wieder aufgewacht ist und sein Glas ausgetrunken hat. Obwohl ich sagen muß, Howard, du hast kein einziges Mal gehustet.« Wieder lehnte sich Mavis über die Bar. »Manchmal behauptet er, daß er an Schwindsucht leidet.«

»Ich bin sicher, die gute Frau Doktor ist nicht interessiert an Einzelheiten meines Drogenmißbrauchs, Mavis.«

»Eigentlich«, erklärte Gabe, »sind wir nur hier, weil wir auf einen Anruf von Theo warten.«

»Und ich glaube, daß ich statt Kaffee doch lieber eine Bloody Mary möchte«, sagte Val.

»Ihr könnt reden, soviel wie ihr wollt, aber ich werd kein Monster jagen, also versucht erst gar nicht, mich zu überreden«, erklärte Catfish. »Ich hab den Blues, und ich bin beschäftigt mit Trinken.«

»Sei nicht so 'n Jammerlappen, Catfish«, sagte Mavis, während sie Vals Cocktail mixte. »Monster kannst du in der Pfeife rauchen. Howard und ich haben schon mal eins erledigt, was, Howard?«

»War ein sprichwörtlicher Spaziergang«, sagte Howard.

Catfish, Val und Gabe saßen da und starrten Howard an.

Mavis sagte: »Allerdings hat deine Sauferei ziemlich genau nach dem letzten angefangen, oder?«

»Nonstop«, sagte Howard.

THEO

Während er versuchte, in sicherer Entfernung hinter dem Caddy des Sheriffs zu bleiben, der gerade auf die Ranch fuhr, fiel Theo ein, daß er niemals eine richtige Ausbildung in bezug auf das Verfolgen von Personen genossen hatte. Er hatte sich noch niemals jemandem an die Fersen geheftet. Na ja, in den Siebzigern hatte es mal eine Zeit gegeben, da war er den Grateful Dead durchs ganze Land nachgezogen, aber in dem Fall brauchte man nur dem Zug der Batikhemden zu folgen und mußte sich keine Gedanken darüber machen, daß sie einen umbrachten, wenn sie rausbekamen, wer man war (außer damals in Altamont). Was ihm außerdem auffiel, war die Tatsache, daß er keinen Schimmer hatte, warum er Burton verfolgte, außer daß er dadurch eine aggressivere Haltung dokumentierte, als wenn er sich zu einer Kugel zusammengerollt hätte und vor Gram und Sorgen gestorben wäre.

Der schwarze Caddy bog ab und fuhr durch ein Weidegatter zu dem Teil der Ranch, der dem Meer zugewandt war. Theo verlangsamte die Fahrt und hielt unter einer Reihe von Eukalyptusbäumen neben dem Feldweg an, um den Sheriff zwischen den Bäumen hindurch im Auge zu behalten. Auf das weite, grasbewachsene Plateau, das sich bis zum Meer absenkte, konnte er nicht hinausfahren, ohne von Burton bemerkt zu werden. Er mußte warten, bis der Caddy den ersten Hügelkamm überquert hatte, der ungefähr eine halbe Meile weit entfernt war, bevor er es wagen konnte, ihm zu folgen. Theo sah mit an, wie der Caddy durch die tiefen Schlaglöcher des Feldwegs schaukelte und die Vorderräder den Schlamm in die Luft schleuderten, als er den Hügel hinauffuhr, und plötzlich bereute er, daß er nicht den vierradgetriebenen Pick-up genommen hatte. Es konnte sein, daß er mit dem heckgetriebenen Mercedes nicht mehr allzuweit hinterherkam.

Als der Caddy den Hügelkamm erreicht hatte, fuhr Theo los und schoß mit dem Mercedes durch das Weidegatter hinaus aufs freie Feld. Das hohe Gras klatschte lautstark gegen den Unterboden des schweren deutschen Wagens, während Theo von Steinen und Löchern durchgeschüttelt und Skinner durch das Auto geschleudert wurde wie ein Spielzeug. Ihr Schwung trug sie den Abhang des ersten Hügels hinauf. Als sie sich dem Hügelkamm näherten, ging Theo vom Gas. Der Mercedes verlor an Fahrt und blieb stehen. Als Theo wieder auf das Gaspedal trat, drehten die Hinterräder durch und gruben sich ins Erdreich. Sie saßen fest.

Theo ließ Skinner und die Schlüssel im Wagen und rannte zum

Gipfel des Hügels. Von hier aus konnte er weiter als eine Meile in jede Richtung blicken: nach Osten zu einer Felsgruppe in der Nähe der Baumlinie, nach Westen zum Meer und über das Küstenplateau im Norden, das nach einer Biegung an der Küste außer Sicht geriet, Was den Süden anging, da kam er ja gerade her. Da war nichts außer seiner Hütte – und jenseits davon die Speed-Küche. Was er nicht sehen konnte, war der schwarze Cadillac.

Er überprüfte die Batterie seines Handy und schaute bei beiden Pistolen nach, ob sie geladen waren, dann machte er sich zu Fuß auf den Weg zu der Felsformation. Denn dies war die einzige Stelle, wo der Caddy verschwunden sein konnte. Burton mußte dort irgendwo sein.

Zwanzig Minuten später stand er schwitzend am Fuß der Felsgruppe und versuchte wieder zu Atem zu kommen. Vielleicht würde sein Lungenvolumen ja wieder zunehmen, nun, da er kein Gras mehr rauchte. Diese Felsen waren keine Sedimentformation, deren Kanten über die Jahrhunderte hinweg von der zurückweichenden See abgeschliffen worden waren. Diese zerklüfteten Mistviecher sahen aus wie graue Zähne, die durch den heftigen Rülpser eines Vulkans und das knirschende Aufeinandertreffen zweier Kontinentalplatten durch die Erdkruste gerammt worden waren. Flechten und Möwenschiß bedeckten die Oberfläche, und hier und dort versuchten ein paar Kreosotbüsche oder Zypressen, in den Ritzen Fuß zu fassen.

Irgendwo hier in der Nähe gab es angeblich eine Höhle, doch Theo hatte sie noch nie gesehen, und er bezweifelte, daß sie groß genug war, um einen Cadillac darin zu parken. Er hielt sich geduckt und schlich um den Rand der Felsgruppe herum – in der Erwartung, hinter jedem Vorsprung plötzlich einen schwarzen Kotflügel glitzern zu sehen. Er zog seine Dienstwaffe und arbeitete sich, den Lauf der Pistole nach vorn gerichtet, von Ecke zu Ecke vor, um dann seine Strategie zu wechseln. Wenn er weiter so vorging, war es, als würde er ein großes Warnschild vor sich hertragen. Folglich duckte er sich jedesmal, bevor er um eine Ecke herumlinste, ganz tief hinab, gemäß der Überlegung, daß Burton, wenn er Theo hörte oder ihm auflauerte, vermutlich in Kopfhöhe zielen würde. Das Ausmaß dessen, was Theo in bezug auf Überwachungstechniken und Kampfstrategien alles nicht wußte, schien mit jedem Schritt, den er machte, zu wachsen. Er war halt einfach kein gerissener Hund.

Er schlitterte einen schmalen Pfad zwischen zwei Felstürmen entlang, die aussahen wie Reißzähne. Als er sich daranmachte, einen Blick um die vor ihm liegende Ecke zu riskieren, rutschte er mit dem Fuß ab und trat einen Haufen Steine los, die den Abhang herunterkrachten wie Glasscherben. Er blieb stehen, hielt den Atem an und lauschte, ob sich irgendwo zwischen den Felsen etwas regte. Es war nichts weiter zu hören als die Brandung in der Ferne und das tiefe Pfeifen des Windes von der Küste. Er wagte einen kurzen Blick um den Felsvorsprung, und bevor er den Kopf zurückziehen konnte, hörte er hinter seinem Ohr das metallische Klicken einer Pistole, deren Hahn gespannt wurde, und es war, als würde ihm jemand Eiszapfen ins Rückenmark treiben.

MOLLY

Molly wühlte sich durch die Kleiderhaufen, die die Pilgerschar am Eingang der Höhle zurückgelassen hatte. Ihre Ausbeute bestand bislang aus zweihundertfünfzig Dollar in bar, einem Stapel Kreditkarten in Gold und mehr als einem Dutzend Röhrchen mit Antidepressiva.

Eine Stimme in ihrem Kopf sagte: »So viele Pillen hast du nicht mehr zu Gesicht bekommen, seit du in der geschlossenen Abteilung warst. Ganz schön dreist, dich durchgeknallt zu nennen.« Der Erzähler war wieder da, und Molly war kein bißchen froh darüber. In den letzten Tagen war ihr Denken von einer geradezu unglaublichen Klarheit gewesen.

»Sicher, und du bist mir eine echt große Hilfe, was die Selbsteinschätzung meiner geistigen Gesundheit angeht«, sagte sie zu dem Erzähler. »Mir hat's besser gefallen, als ich mit Steve allein war.«

Keiner von den Pilgern schien zu bemerken, daß Molly mit sich selbst redete. Sie befanden sich alle in einem tranceähnlichen Zustand, waren splitterfasernackt und saßen in einem Halbkreis um Steve herum, der, den Kopf unter seinen Vorderbeinen versteckt, im hinteren, dunklen Teil der Höhle lag und gelegentlich seine Flanken in düsteren Farben schimmern ließ: rostrot, olivgrau und ein Blau, das so dunkel war, daß es eher wirkte, wie der Widerschein eines geschlossenen Augenlids als wie eine wirkliche Farbe.

»Ach ja, du und Steve«, sagte der Erzähler abfällig. »Die zwei größten Früher-war-ich-mal-wer-Typen aller Zeiten. Er liegt da rum und schmollt, und du plünderst Leute aus, die noch beknackter sind als du. Und dann wirst du sie auch noch an den alten Lustmolch da drüben verfütterm.«

»Das werd ich nicht.«

»Sieht so aus, als ob keiner von den Leuten da drüben seit dem Sportunterricht in der High School auch nur einen Sonnenstrahl abbekommen hat. Von Training ganz zu schweigen. Außer der eine Kerl mit den Birkenstocks, und der hat 'ne Hautfarbe wie Ghandi und diesen verhungerten Vegetarierblick, der einen vermuten läßt, daß er einen ganzen Kindergarten abschlachten würde, nur um an eine Riesenknackwurst mit Sauerkraut zu kommen. Findest du das eigentlich gut, wenn du diese Leute strippen und vor dem Großen auf die Knie fallen läßt?«

»Ich dachte, das würde sie verscheuchen.«

»Die Echse nutzt dich aus.«

»Wir kümmern uns umeinander. Und jetzt halt endlich die Klappe. Ich versuche nachzudenken.«

»Oh, so wie bisher.«

Molly schüttelte heftig den Kopf in dem verzweifelten Versuch, auf diese Art und Weise den Erzähler los zu werden. Ihr Haar klatschte ihr ins Gesicht und auf die Schultern und stand anschließend in alle Richtungen ab. Der Erzähler war still. Molly zog ein Schminkset aus der Handtasche von einer der Pilgerinnen und betrachtete sich im Spiegel. Sie sah aus wie der helle Wahnsinn in Person. Sie machte sich auf den Kommentar des Erzählers gefaßt, doch es kam nichts.

Sie versuchte, das warme Gefühl wiederzuerwecken, das ihren Körper durchströmt hatte, seit Steve aufgetaucht war, doch es stellte sich nicht ein. Vielleicht sogen die Pilger ja all seine Energie auf. Vielleicht war der Zauber einfach verflogen.

Sie erinnerte sich daran, wie sie einmal auf einem Sonnendeck in Malibu gesessen und auf einen Produzenten gewartet hatte, der kurz zuvor mit ihr geschlafen hatte und dessen mexikanisches Dienstmädchen nun mit einem Glas Wein und einer Entschuldigung auftauchte, daß »der Herr Chef ins Studio fahren mußte, es ihm tun sehr leid, Sie ihn bitte nächste Woche anrufen.« Dabei hatte Molly den Kerl wirklich gemocht. Sie hatte sich den Fuß gebrochen, als sie seinem Zweit-Ferrari beim Gehen noch einen Tritt verpaßte, und während der Dreharbeiten zu ihrem nächsten Film hatte sie so viele Schmerzmittel geschluckt, daß sie hinterher einen Entzug durchmachen mußte. Von dem Produzenten hatte sie nie wieder gehört.

So war das, wenn man ausgenutzt wurde. Das hier war etwas anderes.

»Richtig«, sagte der Erzähler voller Sarkasmus.

»Ssschht«, sagte Molly. Sie hörte das Knirschen von Schritten auf den Felsen vor der Höhle. Sie schnappte sich das Sturmgewehr und legte sich am Eingang der Höhle auf die Lauer.

- 27 -

VAL

Val wünschte sich, sie hätte eine Videokamera dabei gehabt, um die himmelschreiende Lügengeschichte für die Nachwelt festzuhalten, die Mavis Sand und Howard Phillips ihr während der vergangenen Stunde aufgetischt hatten. Wenn man den beiden glauben wollte, so war der Ort Pine Cove zehn Jahre zuvor von einem Dämon aus der Hölle heimgesucht worden, und nur den gemeinsamen Anstrengungen einer Handvoll Trunkenbolde war es zu verdanken gewesen, daß der Dämon wieder dorthin verbannt werden konnte, wo er hergekommen war. Es war eine Wahnvorstellung ganz außergewöhnlichen Ausmaßes, und Val dachte, daß es ihr genügend Material für mindestens eine Arbeit zum Thema Kollektivpsychosen liefern würde. Der

Umgang mit Gabe hatte offenbar ihren wissenschaftlichen Ehrgeiz entfacht.

Als Mavis und Howard ihre Geschichte zu Ende gebracht hatten, erzählte Catfish, wie er von einem Seeungeheuer durch den Bayou gejagt worden war, und es dauerte nicht lange, bis Val und Gabe dessenTheorie zum Besten gaben, wonach das Seeungeheuer die Fähigkeit entwickelt hatte, die Gehirnchemie seiner Beutetiere zu beeinflussen. Leicht beschwipst von ein paar Bloody Marys und mitgerissen von den eigenen Erzählungen, gestand Val, daß sie sämtliche Antidepressiva in Pine Cove durch Placebos hatte ersetzen lassen, doch schon in dem Augenblick, als sie ihr Gewissen erleichterte, war ihr klar, daß ihre und Gabes Geschichten um keinen Deut glaubwürdiger waren als das Märchen, das Mavis und Howard gerade erzählt hatten.

»Dieser Winston Krauss ist ein Aasgeier«, sagte Mavis. »Kommt hier jeden Tag rein und führt sich auf, als würd seine Scheiße nicht stinken, und nimmt dann den ganzen Leuten zuviel Geld ab für etwas, das sie gar nicht kriegen. Ich hätt gleich wissen müssen, daß er 'n Fischficker ist.«

»Das ist aber streng vertraulich«, sagte Val. »Ich hätte das gar nicht erwähnen sollen.«

Mavis stieß ein kehliges Lachen aus. »Na ja, ich werd schon nicht zu Sheriff Burton rennen, um dich zu verpetzen. Der ist ein Aasgeier hoch zehn. Außerdem hat sich dadurch, daß du den ganzen Trantüten ihre Pillen weggenommen hast, mein Umsatz fast verdoppelt, Kleines. Und ich dachte schon, ich hätte das unsrem alten Wuschelkopf da drüben zu verdanken.« Roboterhaft zuckte Mavis' Daumen in Richtung Catfish.

Der Bluesmann stellte sein Glas ab. »Hey!«

Gabe sagte: »Sie glauben also, daß sich da draußen auf der Ranch wirklich ein Seeungeheuer rumtreibt?«

»Welchen Grund hätten Sie, uns anzulügen?« erwiderte Howard. »Allem Anschein nach ist Mr. Fish ja ebenfalls ein Augenzeuge.«

»Jefferson«, sagte Catfish. »Catfish Jefferson.«

»Halt die Klappe, du Hühnerschiß«, blaffte Mavis. »Du hättest

Theo helfen können, als er dich drum gebeten hat. Was glaubt der Junge eigentlich, wer er ist? Einfach so dem Sheriff nachzufahren auf die Ranch! Viel ausrichten kann er ja wohl sowieso nicht.«

Gabe sagte: »Das wissen wir nicht. Er ist einfach losgefahren und hat gesagt, wir sollen hierherkommen und auf seinen Anruf warten.«

»Was seid ihr alle herzlos«, sagte Catfish. »Mir ist eine richtig gute Frau durch die Lappen gegangen, nur wegen dem ganzen Kram hier.«

»Sie ist schlauer, als sie aussieht«, sagte Mavis.

»Theo hat meinen Mercedes«, fügte Val hinzu und bereute es in dem Augenblick, als sie es aussprach. Mit einem Mal schämte sie sich mehr für die Herablassung, die sie diesen Leuten gegenüber empfunden hatte, als für ihre beruflichen Verfehlungen.

»Ich mache mir allmählich Sorgen«, sagte Gabe. »Es ist jetzt schon über eine Stunde her.«

»Ich nehme mal an, keiner von euch ist auf die Idee gekommen, vielleicht *ihn* anzurufen?« fragte Mavis.

»Haben Sie seine Handy-Nummer?« sagte Gabe.

»Er ist der Constable. Und es wird ja wohl kaum so sein, daß er eine Geheimnummer hat.«

»Darauf hätte ich eigentlich auch kommen sollen«, sagte Howard.

Mavis schüttelte den Kopf, und eine ihrer falschen Wimpern schoß in die Höhe wie eine Mausefalle. »Sehe ich das richtig? Da sitzen drei Leute, die zusammen dreißig Jahre am College waren und immer noch zu dämlich sind, ein Telefon zu bedienen?«

»Scharf beobachtet«, sagte Howard.

»Ich war nie am College«, sagte Catfish.

»Na dann Prost auf deine natürliche Blödheit«, sagte Mavis und griff zum Telefon.

Die Stammbesetzung am Ende der Bar rappelte sich kurz aus ihrem Elend hoch, um über Catfish abzulachen, denn nichts bereitet dem Verzweifelten solche Befriedigung, wie wenn er auf jemand anderen herabsehen kann.

THEO

Die Mündung der Pistole bohrte sich mit solcher Kraft in die Stelle hinter seinem Ohr, daß Theo glaubte, seinen Schädel knacken zu hören. Burton griff um ihn herum, nahm ihm die .357 aus der Hand und warf sie weg; dann zog er die Automatik aus Theos Hosenbund und tat damit das gleiche.

»Auf den Boden, Gesicht nach unten.« Burton trat Theo die Füße unter dem Körper weg, stemmte ihm dann das Knie in den Rücken und legte ihm Handschellen an. Theo schmeckte Blut an der Stelle, wo seine Lippe aufgesprungen war, als er auf dem Felsen aufschlug. Er wandte den Kopf zur Seite und rieb mit der Wange über ein paar Flechten. Panik erfüllte ihn. Sämtliche Muskeln seines Körpers brannten vor Schmerz und wollten nur das eine – fliehen.

Burton schlug ihm mit seiner Pistole quer über den Hinterkopf – nicht hart genug, um ihn bewußtlos zu schlagen, doch als das gleißende weiße Licht im Gefolge des Schlags verblaßte, spürte Theo, wie ihm Blut ins rechte Ohr schwappte.

»Du Scheißkiffer. Wie kannst du's wagen, mir in meinen Geschäften rumzupfuschen?«

»Was für Geschäfte?« fragte Theo in der Hoffnung, daß er mit dem Leben davonkam, wenn er sich blöd stellte.

»Ich hab deinen Wagen beim Labor gesehen, Crowe. Das letzte Mal, als ich mit Leander gesprochen habe, war er auf dem Weg zu dir. Und wo bitte schön ist er jetzt?«

»Keine Ahnung.«

Die Pistole traf ihn mit voller Wucht auf der anderen Seite seines Kopfes.

»Ich hab keine verdammte Ahnung!« kreischte Theo. »Er war im Labor, und dann war er verschwunden. Ich hab nicht gesehen, daß er weggefahren ist.«

»Mir ist scheißegal, ob er lebt oder tot ist, Crowe. Und für dich ändert sich dadurch nicht das geringste. Aber ich muß Bescheid wissen. Hast du ihn umgelegt? Ist er abgehauen? Was?«

»Ich glaube, er ist tot.«

»Du glaubst?«

Theo spürte, wie Burton erneut zu einem Schlag ausholte.

»Nein! Er ist tot. Ich weiß es.«

»Was ist passiert?«

Theo versuchte krampfhaft, sich irgendeine plausible Erklärung auszudenken, irgend etwas, womit er eine Minute oder auch nur ein paar Sekunden herausschlagen konnte, doch er war unfähig, einen klaren Gedanken zu fassen. »Ich weiß nicht genau«, sagte er. »Ich – ich habe Schüsse gehört. Ich war in dem Schuppen. Als ich herauskam, war er weg.«

»Woher weißt du dann, daß er tot ist?«

Theo konnte keinen Vorteil darin erkennen, Burton zu verraten, was Molly ihm erzählt hatte. Burton würde Molly aufspüren und sie in das gleiche flache Grab werfen, in dem er selbst enden würde.

»Leck mich«, sagte Theo. »Find es selber raus.«

Die Pistole fuhr über seinen Hinterkopf, und diesmal hätte Theo wirklich beinahe das Bewußtsein verloren. Er hörte ein Klingeln in den Ohren, doch eine Sekunde später fiel ihm auf, daß es nicht seine Ohren waren, die klingelten, sondern das Handy in seiner Brusttasche. Burton drehte ihn auf den Rücken und hielt die Mündung der Pistole vor Theos rechtes Augenlid.

»Wir werden jetzt rangehen, Crowe. Und wenn du's verbockst, wird der Anrufer einen ziemlich lauten Knall hören, wenn das Gespräch zu Ende ist.« Der Sheriff beugte sich herunter, bis sein Gesicht das von Theo beinahe berührte, und griff nach dem Telefon.

Plötzlich ging in ein paar Metern Entfernung eine Reihe von ohrenbetäubenden Explosionen los, und Kugeln pfiffen zwischen den Felsen hindurch wie wütende Wespen. Burton rollte von Theo herunter in eine flache Felsspalte unterhalb von ihnen. Theo spürte, wie jemand ihn am Kragen packte und auf die Füße hievte. Bevor er sehen konnte, wer es war, legten sich ein Dutzend Hände um ihn und zerrten ihn aus der Sonne. Er fiel unsanft auf den Rücken, und die Schüsse hörten auf. Sein Telefon klingelte noch immer. Eine Wolke von Fledermäusen flatterte über ihm in der Luft herum.

Er schaute auf und erblickte Molly, die, ein rauchendes Sturmgewehr in der Hand, über ihm stand, und in diesem Augenblick sah sie haargenau so aus, wie er sich immer einen Racheengel vorgestellt hatte, außer daß sechs nackte weiße Typen neben ihr standen.

»Hallo, Theo«, sagte sie.

»Hallo, Molly.«

Molly deutete mit dem Gewehrlauf auf das Telefon in seiner Hemdtasche. »Soll ich rangehen?«

»Ja, kann sein, daß es wichtig ist«, sagte Theo.

Plötzlich krachte ein Schuß, und eine Kugel prallte an der Höhlenwand ab und schwirrte in die Dunkelheit. Im hinteren Teil der Höhle erhob sich ein Gebrüll, das Theos Rippen erzittern ließ.

DER SHERIFF

Burton streckte die Hand über den Rand der Felsspalte und feuerte einen Schuß in die Richtung ab, wo er den Eingang der Höhle vermutete, um sich gleich darauf gegen einen Feuerstoß aus dem AK-47 zu wappnen, doch statt dessen hörte er ein Gebrüll, das klang, als ob jemand die gesamte Besetzung aus *König der Löwen* in eine Friteuse geworfen hätte. Burton war beileibe kein Feigling, doch man mußte schon geisteskrank sein, um bei diesem Geräusch keine Angst zu bekommen. Hier passierte viel zuviel verrückter Kram innerhalb viel zu kurzer Zeit. Eine Frau in einem Lederbikini mit schenkelhohen Stiefeln, die mit einem AK-47 rumballerte, während sechs nackte Typen Crowe in eine Höhle zerrten. Er brauchte eine Atempause, um sich wieder zu sammeln, Verstärkung anzufordern und eine Flasche Glenlivet zu trinken.

Im Augenblick schien es hier ganz sicher. Solange er sich nicht vom Fleck bewegte, konnte sich niemand in Schußposition bringen und auf ihn schießen, ohne selbst eine Zielscheibe abzugeben. Er nahm sein Handy aus der Jackentasche, verharrte einen Augenblick und überlegte, wen er anrufen sollte. Ein allgemeiner Notruf »Einsatzbeamter in Schwierigkeiten« hatte zur Folge, daß alles und jeder hier aufkreuzte, und das Letzte, was er brauchte, war, daß Hubschrauber voller Fernsehteams hier herumschwirrten. Außerdem hatte er keineswegs vor, die Verdächtigen zu verhaften – er wollte sie vielmehr für immer zum Schweigen bringen. Er konnte die Mannschaft aus der Speed-Küche anrufen, doch als er sich vorstellte, wie eine Horde unausgebildeter illegaler Einwanderer mit automatischen Gewehren um den Hügel herumturnte, erschien ihm das auch nicht gerade als die beste aller Strategien. Er mußte das SWAT-Team rufen, aber nur seine Jungs. Von den zwanzig Mann hatte er acht in der Tasche. Allerdings konnte er auch die nicht über die Zentrale anfordern. Er mußte sie über ihre Privatnummern erreichen. Er wählte die Nummer der Informationszentrale tief im Keller des Bezirksjustizgebäudes. Der Spider hob nach dem ersten Klingeln ab.

»Nailsworth.«

»Hier ist Burton. Mund halten und zuhören. Rufen Sie Lopez, Sheridan, Miller, Morales, O'Hara, Crumb, Connelly und Le May an. Sagen Sie ihnen, daß sie in voller SWAT-Ausrüstung zur Beer Bar Ranch nördlich von Pine Cove kommen sollen, und zwar zur nördlichen Zufahrt. Dort ist eine Höhle. Fummeln Sie sich an Karten raus, was Sie brauchen, um den Jungs Wegbeschreibungen zu geben. Benutzen Sie keine offenen Frequenzen. Die Jungs sollen sich nicht zum Dienst melden oder irgend jemandem Bescheid sagen, wohin sie fahren. Hier sind mindestens zwei Verdächtige mit automatischen Waffen. Ich sitze etwa zehn Meter vom westlichen Eingang entfernt fest. Die anderen sollen sich südlich von den Felsen treffen – das finden sie schon –, und dann soll Sheridan mich anrufen. Kein Flugzeug. Finden Sie raus, ob die Höhle noch einen anderen Zugang hat. Ich brauche sämtliche Leute so schnell wie möglich am Einsatzort. Kriegen Sie das hin?«

»Aber sicher«, sagte Spider. »Es wird allerdings mindestens vierzig Minuten dauern, unter Umständen länger, wenn ich nicht alle erreiche.«

Burton hörte das Tastengewitter, das die fetten Finger von Spider bereits anrichteten. »Schicken Sie, wen Sie auftreiben können. Sagen Sie ihnen, sie sollen in mehreren Wagen kommen und bei der

Anfahrt, wenn's geht, auf Sirenen verzichten. Auf der Ranch auf jeden Fall.«

»Haben Sie eine Beschreibung von den Verdächtigen?«

»Theophilus Crowe und eine Frau, einssiebzig, fünfundfünfzig Kilo, Alter zwischen fünfundzwanzig und vierzig, graue Haare, trägt einen Lederbikini.«

»Fünfundzwanzig bis vierzig? Ziemlich eindeutig«, sagte der Spider voller Sarkasmus.

»Lecken Sie mich, Nailsworth. Was glauben Sie wohl, wie viele Weiber auf diesen Hügeln in Lederbikinis rumlaufen und mit 'nem AK-47 rumballern? Rufen Sie mich an, wenn die Jungs auf dem Weg sind.« Burton brach die Verbindung ab und überprüfte die Batterie seines Telefons. Sie würde noch eine Weile halten.

Nachdem das Gebrüll aus der Höhle gekommen war, hatte Stille geherrscht, doch er traute sich nicht, einen Blick über den Rand der Felsspalte zu riskieren. »Crowe!« rief er. »Es ist noch nicht zu spät, um die ganze Angelegenheit zu regeln.«

THEO

Die nackten Typen standen über Theo gebeugt und lächelten benebelt, als ob sie gerade eine dicke Opiumpfeife zusammen geraucht hätten. »Herrgott, war es das?« fragte Theo, dem Steves Gebrüll noch immer in den Ohren klingelte.

»War *er* das«, korrigierte ihn Molly und hob einen Finger, um Theo zum Schweigen zu bringen, während sie die Sprechtaste seines Handys drückte. »Hallo«, sagte sie ins Telefon. »Geht Sie nix an. Wer spricht denn da?« Sie deckte die Sprechmuschel ab und sagte: »Es ist Gabe.«

»Sag ihm, mit mir ist alles in Ordnung. Und frag ihn, wo er ist.«

»Theo sagt, mit ihm ist alles in Ordnung. Wo sind Sie?« Sie horchte einen Augenblick und hielt dann wieder die Sprechmuschel zu. »Er ist im Slug.«

»Sag ihm, ich rufe ihn gleich zurück.«

»Er ruft gleich zurück.« Sie brach die Verbindung ab und warf das Handy auf den Kleiderhaufen am Eingang.

Theo schaute zu den nackten Typen hoch. Er glaubte ein paar von ihnen wiederzuerkennen, doch das wollte er lieber nicht zugeben. »Könnt ihr 'n bißchen weiter weggehen?« sagte Theo. Sie bewegten sich nicht von der Stelle. Theo schaute zu Molly. »Kannst du ihnen sagen, daß sie woanders hingehen sollen? Sie machen mich ein bißchen nervös.«

»Warum?«

»Molly, ich weiß ja nicht, ob's dir schon aufgefallen ist, aber diese Typen haben alle – eine Erektion.«

»Vielleicht freuen sie sich einfach, dich zu sehen.«

»Würdest du ihnen bitte sagen, daß sie ein bißchen zurückgehen sollen?«

Molly bedeutete den Typen, sich wegzubewegen. »Geht jetzt. Los, Jungs, geht wieder nach hinten in die Höhle. Los. Los. Los.« Sie stieß einigen mit dem Sturmgewehr in die Bäuche. Langsam drehten sie sich um und trotteten weiter nach hinten in die Höhle.

»Was zum Teufel noch mal fehlt denn denen?«

»Was meinst du mit ›fehlt‹? Sie führen sich auf wie alle Typen, nur daß sie ein bißchen ehrlicher sind.«

«Molly, im Ernst, was hast du mit ihnen gemacht?«

»Ich hab gar nichts gemacht. So führen die sich auf, seit sie Steve da hinten gesehen haben.«

Theo schaute in den hinteren Teil der Höhle, doch alles, was er sehen konnte, waren die teilweise erleuchteten Rücken einer Gruppe von Leuten, die auf dem Höhlenboden saßen. »Sieht aus, als wären sie in Trance oder so was.«

»Ja ist das nicht cool? Andererseits haben sie mir geholfen, dich hier reinzuschaffen, als ich's ihnen gesagt habe. Sie sind keine kompletten Zombies. Irgendwie hab ich das Kommando.«

Blut troff von Theos Kopfhaut, verklebte seine Haare und hinterließ Flecken auf seinem Hemd. »Spitzenmäßig, Molly. Aber kannst du mir vielleicht die Handschellen abnehmen?«

»Deswegen wollte ich dich auch schon fragen. Jedesmal, wenn

ich dich sehe, hast du Handschellen an. Bist du Fetischist oder so was?«

»Bitte, Molly, der Schlüssel ist in meiner vorderen Tasche.«

»Er hat dir den Schlüssel gegeben?«

»Es ist mein Schlüssel.«

»Ich verstehe«, sagte Molly und lächelte wissend.

»Alle Handschellen funktionieren mit dem gleichen Schlüssel, Molly, und jetzt hilf mir aus den Dingern raus, bitte!«

Sie kniete sich hin und griff ihm in die Tasche, wobei sie ihm die ganze Zeit tief in die Augen blickte. Sein Kopf pochte, als er sich auf den Bauch rollte, damit sie ihn von den Handschellen befreien konnte.

Während sie ihn losmachte, hörten sie Burton, der draußen rief: »Crowe, es ist noch nicht zu spät. Wir können das immer noch regeln.«

Sobald er die Hände frei hatte, schlang Theo seine Arme um Molly und zog sie an sich. Sie ließ das Gewehr fallen und erwiderte seine Umarmung. Wieder ertönte ein Brüllen aus dem hinteren Teil der Höhle. Zwei der Pilger kreischten, und Molly ließ Theo los. Sie erhob sich und blickte nach hinten in die Dunkelheit.

»Alles in Ordnung, Steve«, sagte sie.

»Was zum Teufel war das?« rief Burton von draußen.

»Das war Steve«, rief Molly zurück. »Sie wollten doch wissen, was mit Joseph Leander passiert ist. Das da eben war's – Steve hat ihn gefressen.«

»Wie viele von euch sind da drin?« fragte Burton.

Molly schaute sich um. »Ein ganzer Haufen.«

»Wer zum Teufel sind Sie?«

»Ich bin Kendra, das Warrior Babe der Atomwüste.« Sie machte ein dämliches Gesicht und lächelte Theo an, der sich bemühte, dem Ganzen zu folgen, während er gleichzeitig aus dem hinteren Teil der Höhle einige beruhigende Geräusche hörte, die den Eindruck erweckten, als sei dort irgendwas im Gange.

»Was wollen Sie?« fragte Burton.

Wie aus der Pistole geschossen sagte Molly: »Zehn Prozent der

Bruttoeinnahmen aus all meinen Filmen, und zwar fünfzehn Jahre rückwirkend, einen professionellen Rasentrimmer inklusive Sprit und den Weltfrieden.«

»Jetzt mal im Ernst. Wir können uns einigen.«

»Okay, ich will sechzig Sandwiches mit Erdnußbutter und Marmelade, acht Liter Cola Light, und ...« Sie wandte sich an Theo. »Willst du irgendwas?«

Theo zuckte mit den Achseln. Andererseits, solange es sowieso nicht voranging: »Einen neuen Volvo Kombi.«

»Und einen neuen Volvo Kombi«, rief Molly. »Und zwar mit Getränkedosenhaltern links und rechts, du Mistbock, oder du kannst dein Geschäft vergessen.« Sie drehte sich um und strahlte Theo an.

»Das hat was.«

»Du hast es verdient«, sagte Molly. Plötzlich riß sie die Augen weit auf, während sie an Theo vorbeischaute. »Nein, Steve!« kreischte sie.

Theo rollte sich herum und sah ein riesiges Paar Kiefer, das sich auf ihn herabsenkte.

- 28 -

DER SHERIFF

Für Burton hörte es sich an, als ob es dreißig oder vierzig Leute wären, die in der Höhle ein kollektives Gejammer anstimmten, ganz zu schweigen von dem Ding, das dieses Gebrüll von sich gab. So leicht, wie er es sich vorgestellt hatte, würde es nicht werden, die Zeugen los zu werden. Wenn all die Leute, an denen er zuvor auf der Straße vorbeigefahren war, sich hier in der Höhle befanden, dann hätten die Scharfschützen des Sondereinsatzkommandos eine Menge zu tun. Eines war jedenfalls klar: Er konnte auf keinen Fall zulassen, daß Crowe und die Frau, wer immer sie auch sein mochte, die Ranch lebend verließen.

Sein Handy klingelte, und er drückte auf die Empfangstaste.

»Was?« Er legte seine Waffe hin und hielt sich das Ohr zu, damit der Krach aus der Höhle ihn weniger störte.

»Nailsworth hier«, sagte Spider. »Sie sind auf dem Weg. Brauchen etwa vierzig Minuten. Die Höhle hat keinen anderen Zugang.«

Burton war nicht erfreut über die Aussicht, noch weitere vierzig Minuten in der Felsspalte herumliegen zu müssen, doch sobald das SWAT-Team ankam, war es ja vorbei. »Nailsworth, das hier ist ein Schuß ins Blaue, aber haben Sie jemals von jemandem namens Kendra, das Warrior Babe mit dem Atombusen, gehört?«

»Das Warrior Babe der Atomwüste«, korrigierte ihn der Spider. »Klar, das sind die absolut großartigsten Filme über die Zukunft nach dem Atomschlag, die je gedreht wurden. Kendra ist ein Superstar. Vielmehr war ein Superstar. Die Schauspielerin hieß Molly Michon. Warum?«

»Schon gut. Eine der Verdächtigen hält sich für komisch.«

»Wenn Sie ein paar Filme aus der Reihe auf Video haben wollen, kann ich Ihnen ein paar Kassetten für zwanzig Dollar das Stück verkaufen. Ich habe sie fast komplett.«

»Nailsworth, Sie sind ein jämmerliches Stück Scheiße.«

Burton unterbrach die Verbindung. Aus der Höhle klangen noch immer Klagelaute, und die Frau kreischte etwas, das er nicht verstehen konnte.

MOLLY

Zwischen Steves Zähnen schauten noch Theos Turnschuhe heraus. Molly packte ihr Schwert, rannte das Vorderbein des Seeungeheuers hinauf und sprang auf seinen breiten Nacken. Sie drosch mit solcher Wucht mit dem Schwert auf die Stelle zwischen seinen Augen ein, daß ihre Hände taub wurden. »Spuck ihn aus! Spuck ihn aus!«

Steve warf den Kopf herum, um sie abzuschütteln, doch sie hielt ihre Schenkel um seinen Hals gepreßt und hackte weiter auf seinen Kopf ein. Schuppige Klumpen segelten durch die Luft, und das Schwert sprühte Funken. »Spuck ihn aus! Spuck ihn aus!« kreischte

Molly und drosch im Takt ihrer panischen Litanei mit dem Schwert auf Steves Schädel ein. Sie wußte, wenn sie erst einmal das qualmende Geräusch hörte, war Theo erledigt.

Das Seeungeheuer öffnete die Kiefer, um Theo den Gnadenstoß zu versetzen, und Molly hörte, wie Theo einen gurgelnden Schrei ausstieß. Sie sprang auf die Füße, kletterte auf Steves Stirn und richtete die Spitze des Schwertes auf seinen Augenwinkel. Sie machte sich bereit, sich mit ihrem ganzen Körpergewicht gegen den Griff zu wuchten, um ihm das Schwert in die Augenhöhle zu stoßen. »Spuck ihn aus! Sofort!«

Steve verdrehte die Augen und schielte, um seinen Angreifer sehen zu können. Dann gab er einen Grunzlaut von sich und spie den Constable auf den Boden. Er warf den Kopf herum, und Molly wurde drei Meter durch die Luft geschleudert, bis sie mit dem Rücken gegen die Höhlenwand krachte und zu Boden sank.

Die Klagelaute der Pilger wurden zu einem Schluchzen, als Steve sich umdrehte und in den hinteren Teil der Höhle zurücktrottete.

Theo, der von einer klebrigen Mischung aus Blut, Fledermausguano und Drachensabber überzogen war, stemmte sich auf alle viere und schaute zu Molly hinüber. »Bist du in Ordnung?«, keuchte er.

Sie nickte. »Ich glaube schon. Und du?«

Theo nickte und schaute an sich hinunter, um sicherzugehen, daß seine Beine noch dran waren. »Ja.« Er kroch zu ihr hinüber und lehnte sich neben sie an die Höhlenwand. Er keuchte, um wieder zu Atem zu kommen. »Nette Freunde hast du. Warum hat er aufgehört?«

»Ich glaube, seine Gefühle sind verletzt.«

»Das tut mir leid.«

»Er kommt drüber weg. Er ist ein großer Junge.«

Theo konnte nicht anders, er mußte einfach lachen, und es dauerte nicht lange, da saßen er und Molly aneinandergelehnt da und kicherten unkontrolliert vor sich hin.

»Steve, hmm?« sagte Theo.

»Er sieht aus wie 'n Steve, findest du nicht?« fragte Molly.

Theo wischte sich den Drachensabber von seinem Mund und

lehnte sich hinüber, um sie zu küssen. Sie packte ihn am Kinn und schob ihn von sich weg. »Ich glaube, das wäre keine so gute Idee.«

Wieder erhob sich ein Gebrüll aus dem hinteren Teil der Höhle, doch diesmal klang es verglichen mit dem letzten Mal eher traurig.

»Gut möglich«, sagte Theo.

»Crowe, was zum Teufel geht da drin vor?« rief Burton von draußen. »Du hast nicht allzuviel Zeit für irgendwelche Sperenzchen. Ein SWAT-Team ist im Anmarsch. Also, was willst du?«

»Ich hab keine Ahnung, wovon Sie reden«, rief Theo zurück.

»Was willst du, um von hier zu verschwinden? Den Staat zu verlassen und alles zu vergessen. Wieviel? Nenn mir eine Summe.«

Theo schaute Molly an, als ob sie die Antwort wüßte. Sie sagte: »Ich dachte, wir hätten unsere Forderungen ziemlich klar zum Ausdruck gebracht.«

»Er wird mich nicht gehenlassen, Molly. Und dich wird er mittlerweile auch nicht mehr ziehen lassen. Wenn wirklich ein SWAT-Team auf dem Weg hierher ist, sitzen wir schwer in der Klemme.«

»Ich muß mit Steve reden.« Molly stand auf und bahnte sich einen Weg zwischen den schluchzenden Pilgern hindurch zum hinteren Teil der Höhle. Theo sah ihr nach, wie sie in der Dunkelheit verschwand, wo das Seeungeheuer lag und bläßliche Flecken in Grün und Blau an seinem Körper aufleuchten ließ. Theo rieb sich die Augen, um deutlicher sehen zu können.

»Also Crowe, wie sieht's aus?«

»Machen Sie mir 'n Angebot«, sagte Theo und dachte krampfhaft darüber nach, wie er sich absichern konnte. Was er sagen mußte, um länger als zwei Sekunden am Leben zu bleiben, sobald er einen Schritt aus der Höhle machte.

»Ich geb dir hunderttausend. Das ist ein faires Angebot, Crowe. Du kannst sowieso nichts beweisen. Jedenfalls nicht, wenn Leander tot ist. Schnapp dir das Geld, und mach dich aus dem Staub.«

»Ich bin ein toter Mann«, murmelte Theo. Die Höhe der Summe, die Burton genannt hatte, verriet, daß sein Angebot nicht ernst gemeint war. Nie im Leben würde er Theo lebendig davonkommen lassen. »Wir müssen uns hier erst mal drüber unterhalten«, rief Theo.

Sein Kopf pochte von den Schlägen mit der Pistole, und die Sicht auf seinem linken Auge war trübe. Irgendwo in dem Haufen mit den Kleidern der Pilger piepte sein Handy, und er wühlte sich durch die Klamotten und Pillenfläschchen. Plötzlich wurde ihm schwarz vor Augen, und er mußte sich einen Augenblick ruhig halten, bis er wieder sehen konnte. Schließlich fand er sein Telefon – verstrickt in eine Damenstrumpfhose – und drückte die Sprechtaste.

STEVE

Feinde erkannte er auf den ersten Blick. Er spürte die Wellen der Aggression und Furcht, die sie ausstrahlten, und er hatte gefühlt, daß solche Schwingungen nun von seiner warmblütigen Freundin ausgingen. Sogar jetzt, da sie durch die Gruppe der Beutemenschen auf ihn zukam, spürte er ihre Furcht. Wenn sie doch sowieo schon ein neues Männchen gefunden hatte, warum hatte sie sich dann noch die Mühe gemacht, ihm sein Futter auszupacken?

Es störte ihn nicht im geringsten, daß sie mit dem scharfen Ding auf ihn eingeschlagen hatte, im Gegenteil, es fühlte sich ganz gut an, und er dachte, sie wollte sich wieder mit ihm paaren. Doch dann, als sie es auf sein Auge gerichtet hatte, da wußte er, daß sie ihn umgebracht hätte. Er spürte es. Sie hatte die Fronten gewechselt, und ihre Loyalität galt nun jemand anderem. Er zog in Erwägung, ihr den Kopf abzubeißen – nur um ihr zu zeigen, wie mies er sich fühlte.

Als sie nun auf ihn zukam, steckte er den Kopf unter eines seiner Vorderbeine. Sie rieb eine seiner Kiemen, und er ließ einen scharlachroten Balken auf seinem Rücken aufleuchten, um ihr zu bedeuten, daß sie aufhören sollte.

»Es tut mir leid, Steve. Ich habe nicht allzu viele Freunde. Ich konnte nicht zulassen, daß du Theo auffrißt.«

Er spürte das Wohlwollen in ihrem Tonfall, doch er traute ihr nicht mehr. Vielleicht sollte er ihr einfach mal probehalber einen Arm abbeißen. Er leuchtete abwechselnd in Magenta und Blau.

»Du mußt verschwinden, Steve. Ein Sondereinsatzkommando ist

auf dem Weg hierher. An dem Kerl draußen kommst du ohne Probleme vorbei. Du kannst ihn fressen, wenn du willst. Ich fände es sogar richtig prima, wenn du den Kerl draußen fressen würdest.«

Sie machte ein paar Schritte von ihm weg. »Steve, du mußt hier raus, oder die bringen dich um.«

Er ließ ein trübes, olivfarbenes Muster aufleuchten und steckte seinen Kopf weiter unter sein Vorderbein. Sie wollte, daß er wegging, das konnte er deutlich spüren. Und er wollte ja auch weg, aber er wollte nicht, daß sie wollte, daß er wegging. Er wußte, daß sie niemals das sein konnte, was er wollte, und er verstand mittlerweile auch, was niemals bedeutete, doch er wollte auch nicht, daß der andere Warmblüter sie für sich hatte. Farbwogen kräuselten sich wie Sorgenfalten über seine Schuppen.

»Ich will dich nicht loswerden«, sagte Molly. »Ich versuche nur, dir das Leben zu retten.«

Sie drängte sich zwischen den Pilgern hindurch, die alle auf dem Boden knieten und schluchzten. Eine rothaarige Frau in den Dreißigern mit künstlichen Brüsten, die der Schwerkraft spotteten, packte sie am Arm. »Ich kann das Opfer bringen«, sagte die Frau. »Wirklich.«

Molly entwand sich dem Griff der Frau. »Verpiß dich, Alte«, sagte Molly. »Märtyrium ist ein Klacks, für so was braucht man nur 'nen Klempner zu bestellen.«

THEO

Erst als er das Telefon an sein Ohr hielt, fiel Theo wieder ein, daß Burton ihn mit einem seiner Schläge genau dort getroffen hatte. »Auaah, verdammte Scheiße, auaah!« schrie er und humpelte im Kreis herum, obwohl seine Beine nicht im geringsten verletzt waren.

»Theo?« drang Gabes Stimme blechern aus dem Hörer.

»Ja, ich bin's.« Theo wechselte mit dem Handy ans andere Ohr, doch er hielt es trotzdem ein paar Zentimeter weit weg.

»Wo bist du? Wer war eben am Telefon?«

»Das war Molly Michon. Wir sind in der Höhle oben auf der Ranch, wo früher die Pilzfarm war. Burton hat uns hier festgenagelt und ein SWAT-Team angefordert.«

»Hast du's gesehen?«

»Ja, ich hab's gesehen, Gabe. Ich glaube, du hast recht mit dem, was du über die Hirnchemie gesagt hast. Hier ist ein Haufen Leute, die alle völlig weggetreten sind und sagen, sie wurden hergerufen, um sich zu opfern. Sie haben alle Medikamente dabei, die ihnen von Val verschrieben wurden.«

»Wow«, sagte Gabe. »Wow. Wie sieht das Ding aus?«

»Ziemlich groß, Gabe.«

»Könntest du dich ein bißchen genauer ausdrücken?«

»Paß auf, Gabe, wir brauchen Hilfe. Burton will uns umbringen. Ich brauche Zeugen hier oben, damit er nicht behaupten kann, wir hätten auf seine Leute geschossen. Ruf das Fernsehen an und die Zeitungen. Sorg dafür, daß ein Hubschrauber vom Nachrichtensender herkommt.«

Theo spürte, wie Molly ihn an der Schulter packte. Er drehte sich um und sah, daß sie den Kopf schüttelte. »Einen Moment mal, Gabe.« Er deckte die Sprechmuschel mit seiner Hand ab.

»Keine Reporter, Theo.«

»Warum nicht?«

»Weil, wenn herauskommt, daß Steve existiert, sperren sie ihn in einen Käfig oder bringen ihn um. Also keine Reporter und keine Kameras.« Sie verstärkte den Griff, bis es weh tat; Tränen traten ihr in die Augen. »Bitte.«

Theo nickte. »Gabe«, sagte er ins Telefon. »Vergiß das mit den Reportern. Keine Nachrichtenleute, keine Kameras. Aber ihr müßt kommen. Ich brauche Zeugen, die nicht für Burton arbeiten.«

»Du hast gesagt, da draußen sind ein Haufen Leute.«

»Die sind alle völlig weggetreten und insofern absolut wertlos. Außerdem sind sie nackt.«

Einen Augenblick herrschte Schweigen. Schließlich fragte Gabe: »Warum sind sie nackt?«

Theo schaute Molly an. »Warum sind sie nackt?«

»Um sie davon abzubringen, in die Höhle zu kommen.«

»Um sie davon abzubringen, in die Höhle zu kommen«, sagte Theo ins Telefon.

»Na ja, das scheint ja nicht besonders gut geklappt zu haben, oder?« sagte Gabe. »Warum hat sie nicht versucht, sie mit dem Ungeheuer wegzuscheuchen?«

»Das habe ich dir doch schon erzählt, Gabe. Sie sind hier, weil sie dem Ungeheuer nahe sein wollen.«

»Faszinierend. Und Molly hat es unter Kontrolle?«

Theo betrachtete den Drachensabber, der an seinen Jeans heruntertroff. »Nicht so richtig, Gabe, bitte, schnapp dir Val und sieh zu, daß du deinen Arsch hier hochbewegst. Du kannst behaupten, du wärst aus wissenschaftlichen Gründen hier oder so was, und Val kann sagen, sie wäre psychologische Expertin bei Verhandlungen mit Geiselnehmern. Die Leute hier sind Patienten von ihr, dadurch wird die Sache noch glaubwürdiger. Bring so viele Leute mit, wie du kannst.«

Molly packte Theo erneut am Arm und schüttelte den Kopf. »Nur die Leute, die sowieso Bescheid wissen.«

Theo stieß einen leisen Fluch aus. »Streich das letzte, Gabe. Nur du und Val. Erzähl sonst niemandem davon.«

»Mavis und Howard und Catfish wissen schon Bescheid.«

»Dann sollen die auch mitkommen. Bitte, Gabe, leih dir das Auto von Mavis, und komm hier rauf.«

»Theo, das bringt doch nichts. Wir können vielleicht verhindern, daß du umgebracht wirst, aber Burton wird euch trotzdem verhaften. Das weißt du selbst. Und sobald er euch erst einmal eingelocht hat, nun, das kannst du dir ja ausrechnen.«

»Immer eins nach dem anderen.«

»Theo, wir müssen dieses Wesen retten. Das ist die größte ...«

»Gabe«, unterbrach ihn Theo. »Ich versuche meinen Arsch zu retten. Jetzt tu mir einen Gefallen, und mach dich auf den Weg.«

»Du mußt dieses Wesen da rausschaffen, Theo. Kann sein, daß sie euch nicht erschießen, weil Zeugen dabei sind, aber dieses Wesen lassen sie garantiert nicht in Ruhe.«

»Er rührt sich nicht von der Stelle. Er ist hinten in der Höhle und schmollt.«

»Schmollt?«

»Ich weiß auch nicht, Gabe. Komm einfach her, okay?« Theo drückte die Ende-Taste und setzte sich. Zu Molly sagte er: »Gabe hat recht. Wenn wir hier Zeugen auffahren, erreichen wir nur, daß wir das Unvermeidliche ein wenig verschieben. Vielleicht sollten wir Burton einfach überrennen, bevor das SWAT-Team hier auftaucht.«

Molly hob das AK-47 vom Boden auf, klappte das Magazin auf und kippte es so, daß Theo sehen konnte, daß es leer war. »Keine so gute Idee.«

THE HEAD OF THE SLUG

»Psychologische Expertin in Verhandlungen mit Geiselnehmern«, sagte Val Riordan. »In meinem Praktikum habe ich nur mit Eßstörungen zu tun gehabt. Das einzige Mal, daß ich auch nur entfernt mit so was wie Geiselnahme oder Erpressung zu tun hatte, war, als ich einer Schauspielerin im Zuckerrausch ausreden mußte, vierzehn Packungen Ben & Jerry's Monkey Chunks zu futtern, nachdem sie ihre Rolle in Baywatch verloren hatte.«

»Das reicht schon«, sagte Gabe, der Theos Bericht weitergegeben hatte und ihm nun zu Hilfe eilen wollte, während Val sich sträubte.

»Ich glaube, der Süßkram heißt Chunky Monkey«, sagte Howard.

»Egal«, sagte Val. »Ich seh nicht ein, wieso Theo ausgerechnet uns braucht, wo er doch eine ganze Höhle voll mit meinen Patienten hat.«

Gabe bemühte sich um Geduld, doch im Hinterkopf hörte er eine Uhr ticken, und mit jedem Ticken sanken die Aussichten, seinen Freund zu retten und mit eigenen Augen ein lebendes Exemplar einer Tierrasse aus der Kreidezeit zu sehen. »Ich hab doch schon erklärt, daß Theo gesagt hat, sie seien völlig neben der Spur.«

»Absolut logisch«, sagte Howard.

»Und wieso?« fragte Val, die offensichtlich von dem Tonfall des steifen Restaurantbesitzers irritiert war.

»Die Tradition der Opferung ist so alt wie die Menschheit. Gut möglich, daß es mehr ist als einfach nur eine Tradition. Die Babylonier brachten Tiamet, der Schlange, Opfer dar. Die Azteken und Mayas opferten Schlangengottheiten. Vielleicht handelt es sich bei diesem Wesen um die Schlange, die schon die Mayas und Azteken verehrt haben.«

»Das ist doch lächerlich«, sagte Val. »Das Ding frißt Leute.«

Howard lachte in sich hinein. »Die Menschen haben über Jahrtausende hinweg rachsüchtige Götter verehrt. Wer sagt denn, daß es nicht die Rache ist, die jene Liebe inspiriert? Möglicherweise existiert, wie Dr. Fenton bereits ausgeführt hat, eine wie auch immer geartete symbiotische Beziehung zwischen dem Jagdverhalten dieser Kreatur und der Gehirnchemie seiner Beute. Vielleicht wird dadurch sowohl Liebe als auch sexuelle Stimulation hervorgerufen. Wissen Sie, dieses Gefühl muß nicht notwendigerweise auf Gegenseitigkeit beruhen. Es kann gut sein, daß dieses Wesen seiner Gefolgschaft gegenüber ebenso gleichgültig ist wie jede andere Gottheit. Es nimmt die Opfer als etwas Selbstverständliches hin, ohne daß damit irgendeine Verantwortung von seiner Seite einhergeht.«

»Das ist wirklich ein Haufen Bockmist, der stinkt ja schier zum Himmel«, platzte Catfish heraus. »Ich war schon ganz nahe dran an dem Vieh, und das einzige, was es bei mir hervorgerufen hat, war, daß ich mir fast in die Hosen geschissen hätte vor Angst.«

»Ist das hundertprozentig richtig, Mr. Fish?« sagte Howard. »Oder ist es nicht vielmehr so, daß die Inspiration durch dieses Wesen zu einer lebenslangen musikalischen Karriere geführt hat? Vielleicht sollten Sie sich bei der Bestie bedanken.«

»Wenn ich überhaupt irgendwem was schulde, dann euch, und zwar 'ne Freifahrt zur Klapsmühle.«

»Schluß jetzt!« rief Gabe. »Ich mach mich auf den Weg. Ihr könnt mitkommen oder hierbleiben, aber ich werde Theo helfen und zusehen, ob ich dafür sorgen kann, daß dieses Wesen am Leben bleibt. Mavis, kann ich mir deinen Wagen leihen?«

Mavis warf die Schlüssel auf die Bar. »Ich würde liebend gern mitkommen, Kleiner.«

»Darf ich mich Ihnen anschließen?« fragte Howard.

Gabe nickte und schaute zu Val. »Es sind deine Patienten.«

Sie preßte sich mit dem Rücken gegen die Bar. »Das geht doch in die Hose, und wenn alles rauskommt, wander ich ins Gefängnis. Und dabei soll ich auch noch helfen?«

»Ja«, sagte Gabe.

»Warum?«

»Weil es das Richtige ist, und weil es mir wichtig ist und du mich liebst.«

Val starrte ihn an und schnappte sich dann ihre Handtasche, die auf der Bar lag. »Ich komme mit, aber ich schwöre euch, daß ich euch allen bitterböse Briefe aus dem Gefängnis schreiben werde.«

Mavis schaute zu Catfish hinüber. »Wie sieht's aus?«

»Fahrt ihr mal. Ich muß mich mit dem Blues rumschlagen.«

Sie gingen zur Tür hinaus. »Mach dir keine Gedanken, Süße«, rief Mavis ihnen nach. »Du landest schon nicht im Knast. Dafür wird Mavis sorgen.«

- 29 -

GABE

Bis zu dem Zeitpunkt, als Steve den Ort heimgesucht hatte, war das furchteinflößendste prähistorische Wesen an der Central Coast Mavis Sands 1956er Cadillac Cabrio gewesen. Es war gelb wie ein Zitronenkuchen und hatte einen riesigen verchromten Kühlergrill, der den Eindruck machte, als würde er die Straße im Fahren aufschlabbern. Außerdem war er mit goldfarbenen Bordsteinfühlern ausgestattet, die im Fahrtwind zitterten wie Schnurrhaare aus Metallfedern. Bei der Stammbesetzung hieß der Wagen nur »die Banane«, und irgendwann einmal hatten sie in einem Anfall von Ehrgeiz und Schaffenskraft ein überdimensionales blaues Chiquita-Schild gemalt und es auf den Kofferraumdeckel geklebt, während Mavis bei der Arbeit war. »Na ja«, sagte Mavis, die von den Anstrengungen ihrer Klientel nicht schlecht überrascht war, »es ist nicht die erste Banane, auf der ich rumgeritten bin, aber was die Größe angeht, schlägt sie alle anderen um mindestens einen halben Meter.«

Mit so was wie der Banane war Gabe selbst in seiner Jugend niemals rumgefahren. Der Wagen lenkte sich wie ein Schiff und schaukelte und schwappte über Unebenheiten und Schlaglöcher wie ein leckgeschlagener Kahn. Beim Einsteigen hatte Gabe aus Versehen das automatische Verdeck geöffnet und seitdem noch nicht herausbekommen, wie man es wieder zumachte.

Gabe sah Vals Mercedes, der am Abhang eines Hügels abseits der Straße stand. Daneben parkten sechs weitere Autos, alles aufgemotzte Geländewagen mit Vierradantrieb: zwei davon Blazers und zwei Suburbans, die etwas größere Variante. Eine Gruppe von Männern in schwarzen Strampelanzügen stand neben den Autos, und der Größte von ihnen beobachtete Gabe und seine Begleiter durch ein Fernglas und sprach in ein Funkgerät oder ein Handy.

»Vielleicht hätten wir lieber ein etwas weniger auffälliges Auto nehmen sollen«, sagte Gabe.

»Warum sind wir nicht mit Ihrem Auto gefahren, Howard?« fragte Val, die auf dem Beifahrersitz kauerte.

Steif wie eine Schaufensterpuppe saß Howard auf der Rückbank und kniff die Augen zusammen, als sei dies das erste Mal in seinem Leben, daß er dem Sonnenlicht ausgesetzt war. »Ich besitze einen Jaguar. Ganz hervorragende Automobile, einzigartig in der Welt und nur vergleichbar mit Bentley und Rolls. Walnußverkleidung an sämtlichen glatten Oberflächen im Innenraum.«

»Fährt wohl nicht, häh?«

»Tut mir leid«, sagte Howard.

Gabe blieb mit der Banane am Weidegatter stehen. »Was soll ich machen? Sie beobachten uns.«

»Fahr weiter bis da oben hin«, sagte Val. »Deswegen sind wir ja schließlich hier.« Mit einem Mal war sie ganz tapfer und mutig geworden.

Gabe war sich seiner Sache nicht so sicher. »Kann mir noch mal jemand erklären, warum der Sheriff uns nicht einfach zusammen mit Molly und Theo abknallen wird?«

Val steigerte sich allmählich in die Sache hinein, denn sie spürte, daß dies unter Umständen die einzige Möglichkeit war, das wiedergutzumachen, was sie ihren Patienten angetan hatte. »Gabe, ich bin Psychiater, und du hast einen Doktor. Auf Leute wie uns schießt die Polizei nicht.«

»Du machst bloß Witze, stimmt's?«

Howard sagte. »Muß man einen höheren akademischen Grad haben, um gegen Schußwaffen immun zu sein, oder genügt auch lebenslange Forschungsarbeit?«

»Fahr los, Gabe«, sagte Val. »Uns passiert schon nichts.« Gabe schaute zu ihr hinüber, und sie lächelte ihn an. Er lächelte zurück oder versuchte es zumindest; dann steuerte er die Banane auf die Weide in Richtung auf fünf schwerbewaffnete Männer, die nicht im geringsten den Eindruck machten, als würden sie sich über diesen Besuch freuen.

THEO

Unter Zuhilfenahme eines Einwegfeuerzeuges, von dem er sich aus schierer Vergeßlichkeit nicht getrennt hatte, als er seine Haschgiftsucht abgelegt hatte, durchsuchte Theo den Rest der Höhle. Außer dem einen Zugang, vor dem Burton auf der Lauer lag, hatte die Kathedrale keinen weiteren Ausgang. Im großen Bogen ging Theo um das Seeungeheuer herum zu Molly, die direkt am Eingang der Höhle stand.

Von draußen rief Burton: »Crowe, wir haben deine Freunde geschnappt. Das hier ist deine letzte Chance, um einen Deal zu machen. Ich geb dir fünf Minuten, dann setzen wir Gas ein.«

Von Panik erfaßt wandte sich Theo an Molly. »Wir müssen die Leute hier rausschaffen, Molly. Sobald die erste Gasgranate hier reinfliegt, ist alles vorbei.«

»Brauchen wir denn keine Geiseln?«

»Wozu? Er wird sowieso nicht verhandeln. Alles, was er will, ist meine – und vermutlich auch deine – Leiche.«

»Warum rufst du nicht irgendwen an und erzählst ihm, was du weißt? Dann hat Burton keinen Grund mehr, uns umzubringen.«

»Alles, was ich weiß, ist das, was ich gesehen habe. Jetzt, wo Leander tot ist, gibt es niemanden mehr, der Burton mit dem Labor in Verbindung bringen kann. Ich hatte Gabe und Val davon erzählt, und jetzt sind sie in seiner Gewalt. Ich war ein Idiot, daß ich die beiden da mit reingezogen habe.«

»Das tut mir leid«, sagte Molly.

»Warte mal.« Theo klappte sein Handy auf und wählte eine Nummer. Am anderen Ende klingelte es achtmal, und Theo warf einen Blick auf die Ladeanzeige, aus der zu ersehen war, daß der Akku gerade mal viertelvoll war, als sich endlich die Stimme eines Mannesmeldete.

»Nailsworth«, sagte der Spider und ließ den Anrufer darüber im ungewissen, daß er mit der Informationszentrale des Sheriffs verbunden war.

»Nailsworth, hier ist Theo. Ich brauche Ihre Hilfe.«

»Sie haben wohl 'n schlechten Tag, Theo?«

Was für ein Arschloch, dachte Theo. »Hören Sie zu, ich sitze in der Falle ...«

»Ich weiß, wo Sie sind, Theo. Denken Sie dran, ich weiß alles. Allerdings muß ich sagen, ich bin richtig froh, daß Sie anrufen. Da war nämlich was, das ich Sie fragen wollte.«

Theo mußte sich beherrschen, um diesen größenwahnsinnigen Spinner nicht einfach anzubrüllen. »Bitte, Nailsworth, ich weiß nicht, wie lange die Batterie noch mitmacht. Sie müssen mir einen Gefallen tun.«

»Zuerst bin ich dran.«

»Also los«, blaffte Theo.

»Nun ja, als Burton mich angerufen hat, erwähnte er, daß Ihre Komplizin behauptet, sie wäre Kendra, das Warrior Babe der Atomwüste. Also hab ich Erkundigungen eingezogen, und wie sich herausstellte, wurde eine gewisse Molly Michon mehrmals in die Bezirksnervenklinik eingeliefert. Sie hat als Wohnsitz eine Adresse in Pine Cove angegeben. Und da habe ich mich gefragt, ob…«

»Sie ist es«, sagte Theo.

»Wow, kein Scheiß? Echt? Das gibt's doch nicht!«

»Sie steht hier neben mir.« Theo schaute zu Molly hinüber und zuckte mit den Achseln. »Hören Sie zu. Sie wollten nicht, daß ich auf die Ranch rausfahre. Wußten Sie über Burtons Speed-Handel Bescheid?«

»Kann schon sein«, sagte Nailsworth.

»Jetzt mal keine falsche Scham. Sie wissen alles. Was ich allerdings wissen muß, ist, ob Sie Zugang zu Informationen haben, die als Beweismittel gegen ihn verwendet werden könnten – Überweisungen, Schecks, Auslandskonten, Telefonrechnungen und so weiter –, also irgendwelchen Kram, den Sie dem Staatsanwalt übergeben könnten?«

»Was ist los, Theo? Sie hören sich auf einmal an wie ein richtiger Bulle.«

»Können Sie den Kram auftreiben?«

»Theo, Theo, Theo, jetzt machen Sie sich doch nicht lächerlich. Ich kann den Kram nicht nur auftreiben, ich habe ihn schon. Ich bin schon seit Jahren damit befaßt, eine Akte zusammenzustellen.«

»Können Sie das Zeug an den Geneneralstaatsanwalt weiterleiten, und zwar jetzt gleich?«

»Was springt für mich dabei heraus?«

»Nailsworth, er wird uns umbringen.«

»Kendra steht also direkt neben Ihnen, hä? Ich kann's einfach nicht fassen.«

Theo schauderte vor Panik und Zorn gleichermaßen. Er hielt Molly das Telefon hin. »Sag was Kendra-mäßiges.«

Molly räusperte sich und sagte: »Stirb, du schleimfressendes Mutantenschwein. Das einzige, was du von mir zu spüren kriegst, ist kalter Stahl.«

»O mein Gott! Sie ist es!« rief der Spider.

»Klar ist sie's. Helfen Sie uns jetzt?« fragte Theo.

»Ich will eine Kopie der norwegischen *Battle Babes*. Kann ich eine bekommen?«

Theo deckte die Sprechmuschel ab und schaute Molly an. »Norwegische Battle Babes?«

Molly lächelte. »*Kendra VI: Battle Babes in der Arena des heißen Öls*. Die norwegische Version ist die einzige mit kompletten Nacktszenen in der Arena. Sehr rar.«

Theo klappte die Kinnlade herunter. Von so was sollte sein Überleben abhängen? »Also hast du eine Kopie davon?«

»Aber klar.«

»Gebongt«, sagte Theo ins Telefon. »Ich bringe Kendra nackt und höchstpersönlich in Ihr Büro, wenn Sie jetzt endlich in die Gänge kommen.«

»Ich glaube nicht«, sagte Molly.

»Ich schicke die Akte nach Sacramento«, sagte der Spider, »aber großartig nützen wird Ihnen das auch nicht. Selbst wenn Sie es Burton sagen, so hat er sie doch in einer perfekten Situation, um Sie umzubringen. Sie brauchen die Medien.«

»Medien? Helikopter? Wir sind zu weit nördlich, als daß sie's noch rechtzeitig schaffen könnten«, sagte Theo.

»Nein!« rief Molly.

»Ich werde sie anrufen«, sagte der Spider. »Halten Sie den Sheriff und seine Leute noch zwanzig oder fünfundzwanzig Minuten lang hin.«

»Wir haben nichts, womit wir ihn aufhalten könnten, außer einen Haufen nackter Leute und ein eifersüchtiges Seeungeheuer.«

»Gehören die auch zu Ihrem Drogenring?« fragte der Spider.

»So ist die Lage. Wenn die da draußen Gas einsetzen, haben wir keine zwanzig Minuten mehr.«

»Das werden sie nicht.«

»Woher wissen Sie …«

»Fünfundzwanzig Minuten. Und *Battle Babes* in der Originalhülle, bitte schön.« Der Spider legte auf. Theo klappte sein Handy zu.

»Theo, ich habe doch gesagt, keine Hubschrauber«, erklärte Molly. »Selbst wenn wir hier rauskommen, werden sie Steve was antun. Du mußt ihn noch mal anrufen und ihm sagen, daß er die Hubschrauber zurückpfeifen soll.«

Theo spürte, daß er kurz davor war auszurasten. Mit aller Macht ballte er seine Fäuste zusammen, um sie nicht anzuschreien. Er senkte die Stimme zu einem Flüsterton. »Molly, selbst wenn wir einen Haftbefehl für Burton bekommen, wird er uns trotzdem umbringen. Wenn du willst, daß dein Drache am Leben bleibt, dann mußt du ihn hier rausschaffen, bevor die Hubschrauber hier sind.«

»Er geht hier nicht weg. Er hört nicht mehr auf mich. Sieh ihn dir doch an, Theo. Ihm ist mittlerweile alles egal.«

SHERIDAN

Sergeant Rich Sheridan war einsachtundachtzig groß, wog hundertzehn Kilo, hatte dunkles Haar, einen Schnurrbart und eine lange Hakennase, die schon diverse Male gebrochen war. Ebenso wie die anderen Männer auf dem Hügel trug er eine schußsichere Weste, eine Kopfhörer-Mikrophon-Kombination und einen Waffengürtel. Er war der einzige, der sein M-16 nicht in der Hand hielt, sondern statt dessen in ein Handy sprach. Bei der Polizei war er seit zehn Jahren, wovon er mittlerweile acht nebenbei für Burton arbeitete. Wäre dies ein offizieller Einsatz des Special Weapons and Tactics Teams gewesen, wäre er der stellvertretende Kommandant gewesen, doch da Burton den regulären Kommandeur nicht unter seiner Fuchtel hatte, war Sheridan der Einsatzleiter.

Er wartete, bis seine Männer die Passagiere des gelben Cadillac im Visier hatten, bevor er auf den Wagen zuging. Über das Handy brüllte Sheriff Burton ihn an.

»Ich sitze hier fest, Sheridan, regeln Sie den Kram, und bewegen Sie dann gefälligst Ihren Arsch hier rauf.«

»Jawoll, Sir. Und was soll ich mit den Leuten machen?«

»Stellen Sie fest, wer sie sind, legen Sie ihnen Handschellen an und lassen Sie sie an Ort und Stelle. Und zwar dalli.«

Sheridan legte auf. »Steigen Sie aus dem Wagen. Halten Sie die Hände so, daß ich sie sehen kann.«

Die beiden Männer und die Frau taten, wie ihnen geheißen und ließen sich von Sheridans Leuten nach Waffen abtasten. Als ihnen Handschellen angelegt wurden, packte Sheridan den jüngeren der Männer und drehte ihn ruckartig herum.

»Wer sind Sie?«

»Gabe Fenton. Ich bin Biologe.« Gabe lächelte schwach. »Schöne Kopfhörer. Wie wär's mit 'nem Abo für *Bakschisch – das Wochenmagazin in Sachen Korruption?* Ich kann Ihnen und Ihren Jungs da ein super Angebot machen.«

Sheridan zeigte keinerlei Reaktion. »Was machen Sie hier?«

»Schutz einer bedrohten Tierart. In der Höhle da oben lebt eine überaus seltene Gattung.«

Val zuckte zusammen. »Mußtest du ihm das auf die Nase binden?« flüsterte sie.

»Was hat Sie veranlaßt herzukommen?« fragte Sheridan.

»Dies ist der Lebensraum des kalifornischen Rotschenkelfrosches, einer überaus bedrohten Tierart. Ich habe Ihr SWAT-Spezialfahrzeug vorbeifahren sehen, und der Fahrer hatte dieses Ich-will-ein-paar-ganz-seltene-Frösche-killen-Glänzen in den Augen.« Gabe blickte hinüber zu einem der anderen Mitglieder des Sondereinsatzkommandos. Es war ein gedrungener Latino, der ihn durch das Visier seines M-16 anstarrte. »Da sehen Sie, das ist der typische Blick, von dem ich rede.«

»Wir haben das SWAT-Fahrzeug gar nicht dabei«, sagte Sheridan tonlos.

»Tatsache ist«, sprang Val in die Bresche, »daß ich klinische Psychologin bin. Ich habe Erfahrung in Verhandlungen mit Geiselnehmern. Ich habe an meinem Scanner zu Hause mitbekommen, wie das SWAT-Team angefordert wurde, und wo Sie doch so weit nördlich sind, dachte ich mir, Sie brauchen vielleicht Hilfe. Dr. Fenton hat sich bereiterklärt, mich zu begleiten.«

»Wir sind nicht über Funk angefordert worden«, sagte Sheridan und wischte Vals Geschichte weg wie eine lästige Fliege. Er schaute Howard an. »Und Sie?«

»Howard Phillips. Ich bin nur hier, um ein Ungetüm aus grauer Vorzeit in Augenschein zu nehmen, das sich aus den dunkelsten Tiefen des Styx erhoben hat, um die Zivilisation zu verheeren und sich an Menschenfleisch gütlich zu tun.« Howard lächelte das Lächeln eines Bestattungsunternehmers, der gerade von einem Busunglück erfahren hat, doch immerhin war es ein Lächeln.

Sheridan starrte Howard nur ausdruckslos an und sagte gar nichts.

»Er ist vom Partyservice«, erklärte Gabe hastig. »Wir haben ihn mitgebracht, um Ihre Bestellungen aufzunehmen. Ich wette, keiner von euch Jungs hat daran gedacht, sich ein Freßpaket mitzubringen, oder?«

»Wer hat Ihnen gesagt, daß Sie herkommen sollen?«

Gabe schaute zu Val und Howard in der Hoffnung, dadurch auf die richtige Antwort zu kommen. »Niemand«, erklärte er.

Sheridan nickte. »Wir werden Sie zu Ihrer eigenen Sicherheit in dem Geländewagen da drüben unterbringen«, sagte er. Dann wandte er sich an seine Männer: »Sperrt sie in den K-9. Wir müssen los.«

- 30 -

THEO

»Hör mal«, sagte Theo und horchte mit einem Ohr in Richtung des Höhleneingangs. »Autos. Das SWAT-Team ist da.«

Molly warf einen Blick in den hinteren Teil der Höhle. Im Licht der Farben, in denen Steve schimmerte, erkannte sie, daß die Pilger sich um das Seeungeheuer gruppiert hatten und seine Schuppen streichelten. Sie wandte sich wieder an Theo: »Du mußt die Helikopter aufhalten. Ruf sie an und pfeif sie zurück.«

»Molly, es sind nicht die Fernseh-Helikopter oder wir, die Steve was antun werden. Es sind die Kerls, die gerade draußen vorgefahren sind.« Theo riskierte einen Blick aus der Höhle und sah zwei vierradgetriebene Autos, die in etwa hundert Meter Entfernung auf dem Küstenplateau parkten. Natürlich, dachte er, die glauben, sie brauchen immer noch Deckung.

Molly zückte ihr Schwert und richtete es auf Theos Bauch. »Wenn ihm was passiert, werde ich dir das nie verzeihen, Theo Crowe. Ich werde dir nachspüren bis ans Ende der Welt und dich plattmachen wie den radioaktiven Abschaum, der du sowieso bist.«

»Ist das Kendra oder Molly, die da spricht?«

»Ich mein's ernst!« kreischte sie beinahe hysterisch. Im hinteren Teil der Höhle brüllte Steve.

»Molly, jetzt dreh hier nicht durch. Jedenfalls nicht meinetwegen. Ich tue mein Bestes. Aber alles, was deinen Kumpel anscheinend interessiert, ist mich aufzufressen. Ansonsten läßt seine Motivation schwer zu wünschen übrig.«

Molly sank auf die Knie und ließ den Kopf hängen, als hätte jemand ein Ventil an einem ihrer Stiefel geöffnet und sämtliche Energie aus ihr abgesogen. Theo riß sich schwer zusammen, um sie nicht in den Arm zu nehmen, aus Angst, daß das Seeungeheuer schon auf ihn losgehen würde, sobald er nur ihre Schulter berührte.

Dann fiel es ihm wie Schuppen von den Augen. Er klappte sein Handy auf und wählte die Nummer des Head of the Slug.

MAVIS

Mavis hatte ihr Leben damit zugebracht, Fehler zu machen und aus ihnen zu lernen, und aus diesem Bewußtsein heraus war sie zu der Überzeugung gelangt, daß sie wußte, was für die Leute gut war, und zwar besser als diese selbst. Folglich war Mavis eine Vermittlerin. Die meiste Zeit begnügte sie sich damit, Informationen als das Instrument ihrer Wahl und Gerüchte als Mittel zu ihrer Überbringung zu nutzen. Was eine Person wußte und wann sie es erfuhr, bestimmte das Handeln dieser Person. (Spider, der aus seinem unterirdischen Netz heraus digitale Fäden zog, hing exakt der gleichen Philosophie an.) Am heutigen Tag war eine wahre Wagenladung von Problemen auf ihren Schultern abgeladen worden, die sie allesamt nur peripher betrafen, und sie hatte den ganzen Morgen erfolglos darüber gebrütet, wie sich die Informationen manipulieren ließen, so daß sie zur Lösung dieser

Probleme führten. Dann kam der Anruf von Theo, und es machte klick: Theo hatte recht, man konnte die Instinkte des Monsters nutzen, um es aus der Höhle zu locken, doch wenn sie ihr Blatt richtig ausspielte, konnte sie auch noch ein paar andere Probleme lösen.

Sie legte den Hörer auf, und Catfish fragte: »Wer war 'n das?«

»Theo.«

»Hat der alte Drache ihn noch nicht gefressen? Der Kerl muß ja ein Glück haben.«

Mavis lehnte sich da, wo Catfish saß, über die Bar, ergriff seine Hand und drückte sie fest. »Süßer, kratz all deine Überzeungskraft zusammen. Ich möchte, daß du zur Apotheke zischst und was für mich abholst.«

»Jawoll, Ma'am«, sagte Catfish und wand sich unter ihrem Griff, der ihm die Knochen in der Hand zusammendrückte.

Als der Bluesman gegangen war, erledigte Mavis noch einen kurzen Anruf und ging dann ins Hinterzimmer der Bar, wo sie in Schachteln und Regalen herumwühlte, bis sie gefunden hatte, was sie suchte: eine kleine schwarze Kiste mit einem langen Kabel, an dessen Ende ein Stecker angebracht war, der in den Zigarettenanzünder eines Autos paßte. »Mach dir keine Sorgen, Theo«, murmelte sie. »Ich habe mein Leben schon vor einer Ewigkeit in die Hände der Technik gelegt, und es läuft wie geschmiert.« Sie kicherte, und es klang wie der knirschende Anlasser eines Ford mit leerem Tank.

CATFISH

Wenn ein Bluesman eines haßt, dann herumkommandiert zu werden. Autoritäten reizen ihn, lassen ihn aufbegehren und rebellieren und spielen seinem Verlangen nach Selbstzerstörung in die Hände. Ein Bluesman duldet keinen Boß über sich, es sei denn, er ist auf einer Gefängnisfarm (und der Boß einer Gefängnisfarm kommt in der Hierarchie der Blues-Musen knapp hinter einem fiesen alten Weib und einem süßen jungen Ding an dritter Stelle und rangiert damit noch knapp vor schlechtem Fusel, einem toten Hund und »dem Mann«).

Catfish hatte einen Boß, der *in der Tat* ein fieses altes Weib war, wodurch die Blues-Schraube noch eine Drehung strammer angezogen wurde, und für einen Bluesman mit weniger Mumm in den Knochen wäre dies Anlaß genug gewesen, sich zu erschießen oder sich erschießen zu lassen, irgendwelchen schlechten Fusel aufzutreiben oder seine Gitarre zu Klump zu hauen und sich einen Job in der nächsten Fabrik zu suchen. Doch Catfish hatte nicht nahezu achtzigmal diese elend grausame Sonne umrundet, ohne wenigstens eine Perspektive zu entwickeln, und so machte er sich also auf den Weg zur Apotheke, wie man es ihm gesagt hatte. Er würde sich den fischefickenden weißen Knaben vorknöpfen, dessen zurückgekämmte Haare abstanden wie der Deckel einer Dose Bohnen. Und wenn er das erledigt hatte, würde er das fiese alte Weib dazu bringen, ihm endlich sein Geld auszuzahlen, auf dem sie saß wie eine Geiselnehmerin, um anschließend mit seinem faltigen schwarzen Arsch aus der Stadt zu verschwinden und seinen Liebeskummer auf dem Rücken der grauen Schlange zu pflegen, die immer für ihn da war und immer für ihn dasein würde – die Straße.

Also schlenderte Catfish wiegenden Schrittes, wie ein gealterter Michael Jackson aus dem Mississippi-Delta (und es schien, als umwaberte ihn dabei der Duft von Sassafras und Tanzbuden), zur Tür des Pine Cove Drug and Gift hinein, was dazu führte, daß die vier blauhaarigen Hühner hinter dem Tresen sich beinahe gegenseitig über den Haufen rannten bei dem Versuch, sich ins Hinterzimmer des Ladens zu verdrücken. Man stelle sich vor: ein Wesen aus dem Reich der Dunkelheit mitten unter ihnen. Was, wenn er ein Fläschchen Afro-Glanzöl verlangte – oder irgendein anderes ethnisch orientiertes Produkt, mit dem sie gänzlich unvertraut waren? Die Rauchmelder würden glatt schmelzen und ein Geheul anstimmen wie sterbende Hexen, bei dem Qualmausstoß, den ihre Gehirne verursachten, wenn sie mit quietschenden Bremsen zum Stillstand kamen. Machen wir den Eindruck, als wären wir auf wilde Abenteuer aus? Ist es damit, daß wir ein Schild mit der Aufschrift *»No Habla Español«* ins Fenster gestellt haben, noch nicht getan? Denn immerhin dokumentieren wir doch damit, daß wir die Existenz von dreißig Prozent der Bevölkerung zur

Kenntnis nehmen, wenn auch in negativem Sinne. Oh, nein, wir werden nicht weichen vom sicheren Pfad, nein danke, und in Ermangelung von Sand, in den wir unsere Köpfe stecken könnten, werden wir uns in die hinteren Räume verziehen.

Winston Krauss, der hinter seiner Glasscheibe Pseudo-Zolofts zählte, blickte von seiner Tätigkeit auf und sah Catfish den Gang entlangkommen. Augenblicklich bedauerte er, daß er damals kein kugelsicheres Glas hatte einbauen lassen. Andererseits war Winston Krauss ein Mann von Welt, und man kann nicht delphinschänderischen Sexualphantasien nachhängen, ohne sich mit den Gepflogenheiten von Menschen dunkler Hautfarbe vertraut zu machen, denn mit solchen geben sich Delphine nun mal bevorzugt ab, wenn sie sich nicht mit den Cousteaus herumtreiben – jedenfalls war dies der Eindruck, den der Discovery Channel einem vermittelte. Mutig ging der Apotheker dem Besucher entgegen.

»Willkommen, Brother-Mon, ye«, sagte Winston in seinem besten Insel-Dialekt. »Womit kann ich dir behilflich sein?« Das Ganze war garniert mit einem Begrüßungslächeln, zu dem nur noch die Dreadlocks und ein weißer Sandstrand fehlten, um auf dem Poster eines Reiseveranstalters zu landen.

Catfish kniff die Augen zusammen, setzte seinen Fedora-Hut ab und strich sich mit einer Hand über die glänzende Glatze. Er machte einen Schritt zurück, drehte den Kopf leicht zur Seite und musterte für einen Augenblick den Apotheker, bevor er sagte: »Paß mal auf, gleich gibt's einen Satz warme Ohren. Ist das klar?«

»Verzeihung«, sagte Winston und hüstelte, als ob er versuchte, den jamaikanischen Akzent, der sich in seine Kehle verirrt hatte, wieder los zu werden. »Was kann ich für Sie tun, Sir?«

»Mavis vom Slug hat mich geschickt, damit ich Sie was frage.«

»Ich bin mit ihrer Krankenakte vertraut«, sagte Winston. »Sie können ihr bestellen, daß sie mich anrufen soll, wenn sie eine Frage hat.«

»Schon klar, aber sie will Sie nicht anrufen. Sie will, daß Sie zu ihr rüberkommen.«

Winston rückte seinen Bolo-Tie zurecht. »Ich bedaure, aber Sie müssen ihr ausrichten, daß sie mich anrufen soll. Ich kann das Geschäft nicht verlassen.«

Catfish nickte. »Genau das hat sie sich schon gedacht. Sie hat gesagt, ich soll Ihnen bestellen, daß Sie 'n großes Glas mit den Zuckerpillen mitbringen sollen, die Sie anstelle von richtigen Medikamenten verhökern.«

Winston warf einen verstohlenen Blick zum Hinterzimmer, wo sich seine Angestellten hinter der Tür zusammenkauerten, wie Anne Frank samt Familie, und durch den Spalt linsten. »Sagen Sie ihr, ich komme sofort«, sagte Winston.

»Sie hat gesagt, ich soll warten und Sie begleiten.«

Winston geriet nun sichtbar ins Schwitzen; auf seiner Kopfhaut bildeten sich ölige Perlen. »Ich sage nur meinen Angestellten, wo ich hingehe.«

»Beeilen Sie sich, Flipper, ich hab nicht den ganzen Tag Zeit«, sagte Catfish.

Von einem Schauder gepackt rückte Winston Krauss seine Knikkerbockers zurecht und watschelte um den Tresen herum. »Meine Damen, ich bin in ein paar Minuten wieder zurück«, rief er über die Schulter hinweg.

Catfish lehnte sich auf den Tresen, fixierte die Reihe von Augen, die durch den Türspalt linsten und sagte: »Und meine Wenigkeit, meine Damen, kommt in ein paar Minuten auch wieder. Ich brauche dringend irgendein Mittel für den schwarzen Riesenschwanz, den ich mit mir rumschleppen muß. Das Ding ist so schwer, daß es mir schier das Kreuz bricht.«

Es folgte ein kollektives Luftholen, infolgedessen der Luftdruck so heftig in den Keller ging, daß das Barometer an der Wand seinen Geist aufgab und Catfish die Ohren zugingen.

Winston Krauss drehte sich um und knurrte Catfish an: »Ist das denn wirklich nötig?«

»Man hat ja schließlich einen Ruf zu verlieren«, erwiderte Catfish.

Burton hatte seine Leute angewiesen, ihm Deckung zu geben, während er sich über die Felsen und die Grasebene zu den Geländewagen vorarbeitete. Schließlich war es geschafft, und er fand Sheridan, der hinter dem Kotflügel seines Wagens kauerte und mit seinem M-16 den Höhleneingang anvisierte.

»Harter Tag gewesen, Sheriff?« sagte Sheridan mit dem Anflug eines Lächelns angesichts Burtons in Mitleidenschaft gezogenem Anzug.

Burton schaute in die Runde und betrachtete die anderen Männer des Einsatzkommandos, die allesamt den Eingang zur Höhle durch ihre Zielfernrohre anvisierten. »Wir haben also nur fünf Leute?«

»Morales trainiert die Footballmannschaft an der Grundschule, und die anderen haben regulären Dienst. Die abzuziehen war unmöglich.«

Burton knurrte. »Soweit ich weiß, haben sie nur eine Waffe, aber das ist ein vollautomatisches AK. Ich will, daß sich je zwei Leute auf jeder Seite des Höhleneingangs aufbauen. Einer postiert sich in dem Felsspalt, wo ich eben festgenagelt war, und feuert von dort aus das Tränengas ab, gefolgt von Blendgranaten. Ich bleibe hier und knöpfe mir mit dem Scharfschützengewehr jeden vor, der es schafft, an der Mannschaft am Eingang vorbeizukommen. Schießen Sie auf alles, was sich bewegt. Also los, in fünf Minuten. Auf mein Kommando.«

»Tränengas is' nicht«, sagte Sheridan.

»Was?«

»Kein Tränengas und keine Blendgranaten. Sie wollten, daß wir hier rauskommen, ohne einzuchecken. Der ganze Kram ist unter Verschluß im Justizgebäude. Alles, was wir haben, sind kugelsichere Westen und unsere persönlichen Waffen.«

Burton warf erneut einen Blick in die Runde. »Soll das heißen, ihr Jungs habt alle euer privates M-16, aber keine Granaten?«

»Jawoll, Sir.«

»Dann herrscht also Waffengleichheit? Das ist mir schon mal passiert, Sheridan. Und es war kein großer Erfolg. Kommen Sie mit.« Er schob ein neues Magazin in seine 9mm und wandte sich an die übrigen. »Gebt uns Feuerschutz.«

Burton führte den Commander des SWAT-Teams zu einer felsigen Stelle unmittelbar unterhalb des Höhleneingangs. »Crowe?« rief Burton. »Du hattest jetzt genug Zeit, um über mein Angebot nachzudenken.«

»Angebot?« fragte Sheridan.

Burton zischte ihn an, damit er den Mund hielt.

»Ich bin mir noch nicht ganz im klaren darüber«, rief Theo. »Wir haben hier drin dreißig Leute, mit denen wir über die Angelegenheit diskutieren, und die sind nicht sonderlich kooperativ.«

Sheridan schaute Burton an. »Dreißig Leute? Wir können unmöglich dreißig Leute erschießen. Ich jedenfalls erschieße keine dreißig Leute.«

»Fünf Minuten, Crowe«, sagte Burton. »Danach hast du keine Wahl mehr.«

»Was ist das für ein Angebot?« flüsterte Sheridan dem Sheriff zu.

»Machen Sie sich darüber keine Gedanken. Ich versuche nur das Subjekt von den Geiseln zu trennen, damit wir ihn erledigen können.«

»Dann wär's vielleicht ganz gut, wenn wir eine Beschreibung von dem Subjekt hätten, meinen Sie nicht auch?«

»Er hat Handschellen an«, sagte Burton.

»Na, Sie sind ja 'n richtiger Held«, blaffte Sheridan.

SKINNER

Skinner schaute vom Vordersitz des Mercedes zu, wie der Futter-Typ in den Käfig im Heck des Geländewagens gesperrt wurde. Die fiesen Typen hatten das Fenster noch nicht mal einen Spalt weit aufgelassen. Wie sollte der Futter-Typ denn da atmen? Er konnte seinen Kopf jedenfalls nicht zum Fenster rausstrecken. Der Futter-Typ tat Skinner richtig leid. Er krabbelte auf den Rücksitz, um erst mal ein Nickerchen zu machen – vielleicht gingen die Sorgen davon ja weg.

THE HEAD OF THE SLUG

Das erste, was Catfish sah, als er durch die Tür des Head of the Slug trat, war Estelle, die an der Bar stand. Augenblicklich fühlte er, wie die Verkrustungen um sein Herz abblätterten wie alte Farbe. Sie trug ihr Haar offen, und es reichte ihr bis zur Hüfte. Außerdem trug sie eine pinkfarbene, mit Farbflecken übersäte Latzhose und ein weißes Männer-T-Shirt – sein T-Shirt, wie ihm auffiel. Sie sah genauso aus, wie er sich immer vorgestellt hatte, daß es aussah, wenn man ein Zuhause hatte, doch als Bluesman war er durch die Tradition dazu verpflichtet, cool zu bleiben.

»Hey, Mädchen, was machst du 'n hier?«

»Ich hab sie angerufen«, sagte Mavis. »Sie ist dein Fahrer.«

»Wozu brauche ich 'n Fahrer?«

»Ich werd's dir erklären.« Estelle nahm seine Hand und führte ihn zu einer Nische in der Ecke des Lokals.

Einen Augenblick später kam Winston Krauss zur Tür herein, und Mavis winkte ihn zu sich an die Bar. »Sohnemann, ich werd dich zum glücklichsten Mann auf der ganzen weiten Welt machen.«

»Ach wirklich? Warum?«

»Weil ich es gern sehe, wenn Leute bekommen, was sie wollen. Und ich habe genau das, was du willst.«

»Ach wirklich?«

Mavis trat näher an die Bar heran und begann in einem leisen Verschwörerton, Winston Krauss die prickelndste und haarsträubendste erotische Geschichte zu erzählen, die je über ihre Lippen gekommen war, wobei sie die ganze Zeit über bemüht war, nicht zu vergessen, daß der Mann, auf den sie einredete, besessen von dem Verlangen nach Sex mit Meereslebewesen war.

In der Nische des Lokals war mittlerweile Catfishs letztes Quentchen Coolness dahingeschmolzen. Estelle saß da und lächelte, während ihre Augen gleichzeitig feucht von Tränen waren. »Ich würde dich nicht darum bitten, wenn ich das Gefühl hätte, daß dir dabei wirklich Gefahr droht. Ehrlich.«

»Das weiß ich«, sagte Catfish mit einer Sanftheit in der Stimme, die normalerweise für neugeborene Kätzchen und Verkehrspolizisten reserviert war. »Das Problem ist nur, daß ich genau davor mein ganzes Leben lang davongelaufen bin.«

»Ich glaube, es ist eher umgekehrt«, sagte Estelle. »Ich glaube, daß du dein ganzes Leben lang genau dem hinterhergelaufen bist.«

Catfish grinste. »Du willst wohl wirklich, daß ich den elenden alten Blues endgültig los werde, stimmt's?«

»Das weißt du.«

»Na, dann mal so.« Catfish erhob sich und drehte sich zu Mavis und Winston um.

»Sind alle fertig? Seid ihr alle soweit?« Er bemerkte, daß sich die Vorderpartie von Winstons Hosen arg spannte. »Klar, Sie sind soweit. Sie sind krank im Kopf, aber Sie sind soweit.«

Mavis nickte, untermalt von einem mechanisch knarrenden Geräusch, das aus ihrer Halsgegend drang. »Nehmt die zweite Abfahrt, nicht die erste«, sagte sie zu Estelle. »Von da an geht's immer an der Küste lang, und man muß nicht über die Hügel.«

»Ich muß aber erst noch meine Flossen und die Taucherbrille holen«, jammerte Winston.

- 31 -

MOLLY

»Sind die fünf Minuten schon vorbei?« Molly saß im Schneidersitz auf dem Boden, das Schwert ruhte auf ihren Knien. Theo sprang auf, als hätte ihn jemand mit einem Eispickel gestochen, und schaute auf seine Uhr. Er duckte sich am Eingang der Höhle und lauschte, ob von draußen etwas zu hören war, das entweder ihre Erlösung oder den Tod verhieß.

»Wir haben noch eine Minute. Wo zum Teufel bleiben die bloß? Molly, vielleicht solltest du zusehen, daß du irgendwo in Deckung gehst.«

»In Deckung gehen? Wo denn?« Sie schaute sich in der Höhle um. Es war nichts weiter als ein großes Gewölbe. Das einzige, was einem eventuell Deckung bieten konnte, war die Dunkelheit im hinteren Teil der Höhle.

»Hinter Steve.«

»Nein«, sagte Molly. »Das mache ich nicht.« Sie hörte eine Stimme in ihrem Hinterkopf. »Geh in Deckung, du dämliches Weibstück. Oder bist du scharf drauf zu sterben?«

»Mein Auftrag ist klar: kämpfen bis zum letzten. Kommt gar nicht in Frage, daß ich jemanden im Stich lasse«, sagte Molly.

»Was?« sagte Theo.

»Mit dir hab ich nicht geredet.«

»Na, prima, dann stirb halt. Was geht's mich an«, sagte der Erzähler.

»Bastard«, sagte Molly.

»Was?« sagte Theo.

»Nicht du!«

»Molly, wie hast du die Leute dazu gebracht, rauszukommen und mich in die Höhle zu schleifen?«

»Ich hab ihnen einfach gesagt, daß sie's tun sollen.«

»Dann bring ihnen jetzt ihre Klamotten und sag ihnen, daß sie sich anziehen sollen.«

»Warum?«

»Mach's einfach. Und sag ihnen, sie sollen sich an Steve festhalten und nicht loslassen – egal, was er auch macht.«

»Wer ist hier eigentlich durchgeknallt?«

»Molly, bitte, ich versuche ihn zu retten.«

Burton schaute auf seine Uhr. »Das war's. Alle Mann in Position. Wir stürmen.«

Sergeant Sheridan war sich nicht ganz sicher. »Die haben dreißig Geiseln, und wir haben keine Ahnung, wo genau sie sich aufhalten. Außerdem haben wir kein komplettes Team. Wollen Sie diesen Kerl wirklich in Gegenwart von dreißig Zeugen erledigen?«

»Verdammt noch mal, Sheridan, bringen Sie Ihre Leute in Position. Auf mein Zeichen geht's los.«

»Sheriff Burton«, erklang Theos Stimme.

»Was?«

»Ich werde Ihr Angebot annehmen«, sagte Theo. »Geben Sie mir noch weitere fünf Minuten, und ich komme raus. Wir können alle zusammen von hier weggehen. Die anderen kommen raus, wenn Sie weg sind.«

»Sie wollen doch eh nur ihn, oder?« sagte Sheridan. »Er ist der einzige, der dem Unternehmen gefährlich werden kann.«

Burton dachte angestrengt nach. Er hatte fest vorgehabt, den Constable und die Frau aus dem Weg zu räumen, doch jetzt mußte er die Lage neu überdenken. Wenn es ihm gelang, Crowe von den anderen zu trennen, konnte er ihn eventuell erledigen, ohne daß es Zeugen gab.

Burtons Handy klingelte. »Burton«, meldete er sich.

»Sie hätten sich die abfälligen Bemerkungen über mein Gewicht besser verkneifen sollen, Sheriff.« Es war Spider.

»Nailsworth, Sie elendes Stück Sch…« Doch die Leitung war schon tot.

Plötzlich ertönte das gequälte Kreischen einer Blues-Gitarre über der Grasebene. Burton und die Männer des SWAT-Teams wandten sich um und sahen einen alten weißen Kombi, der am Rand der Ebene entlangfuhr – genau dort, wo das Plateau zum Strand hin abfiel.

Ein unmenschliches Gebrüll erhob sich im Inneren der Höhle, und als Burton wieder zur Höhle schaute, sah er nur noch ein riesiges Echsengesicht, das auf ihn zustürmte.

WINSTON KRAUSS

Winston saß im Fond des Kombi und hielt den Marshall-Verstärker fest, aus dem die kreischenden Töne von Catfishs Stratocaster dröhnten. Der Verstärker war in die kleine schwarze Box von Mavis eingestöpselt, von der aus ein Kabel über die Sitze zum Zigarettenanzünder verlief, während Catfish auf dem Beifahrersitz saß und spielte. Nach den ersten paar Tönen war Winston bereits taub geworden, doch das kümmerte ihn nicht im geringsten. Er konnte sein Glück kaum fassen. Mavis hatte ihm die erregendste sexuelle Erfahrung seines Lebens versprochen, und er hatte ihr nicht ganz geglaubt. Doch nun sah er es. Es war das grandioseste Wesen, das er je zu Gesicht bekommen hatte.

STEVE

Selbstmitleid, Eifersucht und Liebeskummer waren Gefühle, die ihm neu waren, doch in dem Augenblick, als er den Klang seines Feindes vernahm, brach sich etwas Bahn, das tief in seinem Echsenhirn eingeprägt war. Mit einem Schlag wurden all die neuen Empfindungen weggewischt, und an ihre Stelle traten blindwütiger Haß und unbezähmbare Angriffslust.

Rasend vor Zorn schoß er zur Höhle hinaus, behangen mit Pilgern, die sich an dem Kamm von Panzerplatten festklammerten, der sich in seinem Rückgrat aufwölbte. Zwei schützende Hautschichten glitten über seine Augen und beeinträchtigten seine Sicht, doch er wurde ohnehin von dem Klang geleitet. Es war der Klang, der die Erinnerung an seinen Feind am stärksten wachrief. Seine Schuppen leuchteten strahlend rot und gelb, während er über die Felsen in Richtung Küste auf seinen Feind zuraste und dabei die abgestellten Wagen zur Seite fegte und die Pilger durch die Luft schleuderte.

Molly stand am Eingang der Höhle und schrie Steve an, daß er stehenbleiben sollte. Theo packte sie an der Hüfte und zog sie im letzten Augenblick vom Eingang weg, als das Seeungeheuer an ihnen vorbeirauschte. Sie rammte Theo ihren Ellbogen gegen die Stirn. Er verlor einen Augenblick die Orientierung, und schon war sie zur Höhle hinaus. Auf dem Felsvorsprung vor dem Höhleneingang holte Theo sie ein und hielt sie fest.

»Nein!«

Er schlang seine Arme um sie, so daß sie die ihren nicht mehr bewegen konnte, und hob sie in die Höhe. Sie strampelte mit den Beinen und trat wild um sich, während Theo sich darauf gefaßt machte, daß gleich die Schießerei losgehen würde. Doch nichts geschah.

Genau unterhalb von ihnen versuchte Burton, auf die Füße zu kommen. Seine ganze Aufmerksamkeit galt dem Seeungeheuer, das an ihm vorbeiraste. »Knallt das Ding ab! Knallt es ab! Knallt es ab!«

Der Commander des SWAT-Teams hatte sich zur Seite gerollt und war nun wieder auf den Beinen, die Waffe im Anschlag, doch weil das Ungeheuer ganz und gar mit Menschen behangen war, wußte er nicht, wohin er schießen sollte. Er ließ statt dessen seine Waffe sinken, während er voller Erstaunen das Geschehen betrachtete.

Burton zog eine Pistole und rannte dem Seeungeheuer hinterher. Weiter unten kamen zwei weitere Mitglieder des SWAT-Teams gerade noch rechtzeitig hinter den Geländewagen hervorgerannt, als das Ungeheuer diese umstieß wie Kegel auf einer Bowlingbahn. Die beiden anderen Männer wurden unter einem der zertrümmerten Fahrzeuge eingeklemmt. Die Pilger, die nach und nach abgeschüttelt wurden, rappelten sich auf, so schnell es ging, und rannten dem Seeungeheuer hinterher, das schnurstracks über das grasbewachsene Plateau auf den weißen Kombi zuschoß.

Theo beobachtete, wie der Wagen anhielt, aus dessen Fond noch immer die klagende Slide-Gitarre kreischte. Estelle Boyet kletterte vom Fahrersitz und rannte um den Wagen herum zum Heck. Die Gitarre verstummte für einen Augenblick, als die Beifahrertür geöffnet wurde und Catfish Jefferson mit einer Fender Stratocaster in der Hand ausstieg.

»Laß mich los!« kreischte Molly. »Ich muß ihn retten, ich muß ihn retten!« Theo zerrte sie zurück in Richtung Höhle.

Sheriff Burton rannte dem Seeungeheuer hinterher, wobei er mit seiner Waffe wild in der Gegend herumfuchtelte – in dem Versuch, zum Schuß zu kommen, ohne dabei einen der Pilger zu treffen. Schließlich blieb er stehen, ließ sich auf ein Knie nieder, stützte die eine Hand ab, zielte und feuerte. Das Seeungeheuer brüllte und wirbelte herum, wobei die letzten Pilger ins Gras geschleudert wurden.

Molly warf den Kopf zurück und traf Theo am Kinn, während sie ihm gleichzeitig mit dem Absatz gegen das Knie trat. Theo ließ los und sie rannte über die Felsen bergab in Richtung auf das Ungeheuer.

CATFISH

Estelle hatte den Wagen am Rande der Grasebene zum Stehen gebracht – genau dort, wo sie sich in einem felsigen Abhang zum Strand senkte.

Catfish betrachtete die Brandung, die gegen die Felsen unterhalb von ihnen klatschte. Er musterte die zusammengerollten Gitarrenkabel auf dem Vordersitz und schaute zu den Felsen. Konnte sein, daß sie gerade lang genug waren. Doch der Drache würde sie erwischen, bevor er es herausfand.

»Beeil dich!« rief Estelle.

Catfish stand angesichts des Monsters wie angewurzelt da, das auf sie zugeschossen kam und keine hundert Meter mehr entfernt war.

»Geht jetzt«, sagte er leise, »seht zu, daß ihr wegkommt.«

»Nein!« sagte Winston Krauss. »Sie hatten es versprochen.«

Plötzlich krachte ein Schuß, und die Bestie wirbelte herum, und Catfish konnte wieder klar denken. »Dann mal los«, sagte er zu Winston Krauss. Er schaute über das Dach des Wagens zu Estelle hinüber und blinzelte ihr zu. »Du machst dich besser aus dem Staub. Du bist noch nicht dran.«

Catfish spielte ein paar Noten auf der Stratocaster und wankte hinter Winston auf die brandende See zu. Der Apotheker rannte, bis ihm das Wasser bis zu den Knien ging, und drehte sich dann um. Catfish hatte einige Mühe, über die Felsen zu klettern und gleichzeitig zu vermeiden, daß das Kabel dazwischen hängenblieb.

»Das ist weit genug«, sagte Catfish. Er schritt durch die Brandung, stellte sich neben Winston und hielt die Gitarre in die Höhe, um zu vermeiden, daß sie in der Gischt naß wurde.

»Geben Sie her«, verlangte Winston.

»Sie haben auch nicht den geringsten Funken Verstand im Kopf, oder?«

»Her damit«, wiederholte Winston.

Catfish spielte vier Takte von »Green Onions« auf der Strat, die aus dem Verstärker im Heck des Kombi dröhnten; dann legte er Winston den Gurt um den Hals und reichte ihm ein Plektrum. »Viel Spaß«, sagte er.

»Den hab ich garantiert«, sagte Winston, ein laszives Grinsen auf dem Gesicht. »Und das wissen Sie auch ganz genau.«

»Spielen Sie schon«, sagte Catfish, während er sich umdrehte und in Richtung Strand rannte. Er sah Estelle, die an der Küste entlanglief, um dem allgemeinen Getümmel zu entgehen. Hinter ihm drangen grausig falsche, schnarrende Töne aus dem Verstärker, während das Krachen von Schüssen die Luft erfüllte.

MOLLY

Während er vor dem Monster zurückwich, feuerte der Sheriff noch drei weitere Schüsse ab, doch er verfehlte nicht nur das Seeungeheuer, sondern auch den gesamten amerikanischen Kontinent. Molly hechtete ihm seitlich in die Kniekehlen und riß ihm die Beine unter dem Körper weg. Sie rollte sich ab und kauerte plötzlich zwischen dem Sheriff und dem Seeungeheuer. Burton glaubte auf einmal den Song »Green Onions« zu hören und schüttelte den Kopf, um die Halluzinationen los zu werden. Das Ungeheuer brüllte erneut, und der Sheriff richtete sich ruckartig auf und war schon bereit zu feuern, doch anstelle eines Monsters sah er vor sich eine Frau in einem Lederbikini. Er schaute über die Schulter und sah, wie das Seeungeheuer den weißen Kombi mit seinen Kiefern packte, ihn in die Höhe hob und zur Seite schleuderte. Die Gitarre verstummte, und das Seeungeheuer glitt über die Klippe zum Strand. Nun, da die Gefahr vorüber war, richtete er seine Waffe auf die Frau, während rechts und links von ihm Leute vorbeiströmten, die dem Monster hinterherrannten und dabei kreischten wie ein Schwarm Todesengel.

Molly blickte hinter sich, und als sie sah, daß Steve auf dem Weg ins Wasser war, drehte sie sich wieder zu Burton um. »Mach schon, du Stinkschwanz. Ist mir völlig egal.«

»Wird erledigt«, sagte Burton.

WINSTON KRAUSS

Mittlerweile drosch er nur noch auf die Saiten ein, doch das war sowieso egal. Der Verstärker funktionierte ohnehin nicht mehr, und dieses wunderbare Wesen kam auf ihn zu. Winston war so hin und weg, daß er glaubte, vor Erregung zu explodieren. Sie kam zu ihm, die Geliebte seiner Träume, und er riß sich die Gitarre vom Hals, bereit sie zu empfangen.

»Oh, ja, komm her, Baby. Komm zu Papa«, sagte er.

Das Seeungeheuer preschte ins Wasser. Die Gischt spritzte zwanzig Meter hoch. Schließlich ließ es seine Kiefer über Winston zuschnappen und zerteilte den Körper des Apothekers in zwei Teile. Das Seeungeheuer verschlang Winstons Beine, stieß ein fürchterliches Gebrüll aus und schnappte sich das andere Stück, bevor es ins Wasser tauchte.

DER SHERIFF

»Ich glaube nicht, Sheriff«, sagte Sheridan.

Seine Waffe weiterhin auf Molly gerichtet, blickte Burton über seine Schulter hinweg nach hinten. Sheridan zielte mit seinem M-16 auf den Rücken des Sheriffs. »Kommen Sie mir bloß nicht auf die krumme Tour, Sheridan. Wir beide hängen da zusammen drin.«

»In *dieser* Sache hänge ich nicht mit drin. Und jetzt runter mit der Waffe, Sir.«

Burton ließ die Waffe sinken und drehte sich zu Sheridan um. Molly setzte zum Sprung an, doch der Commander des SWAT-Teams richtete sein M-16 auf sie. »Keine Bewegung«, sagte er. Molly rührte sich nicht.

Die Pilger standen nun alle an der Küste und schauten unter großem Klagen aufs Meer hinaus. Molly deutete in ihre Richtung, und Sheridan nickte. Sie rannte zum Wasser.

»Was jetzt?« fragte Burton.

»Keine Ahnung«, sagte Sheridan, »aber bis jetzt ist noch niemand erschossen worden, und ich habe das Gefühl, als würde die ganze Angelegenheit ein reges Interesse auf sich ziehen, weshalb auch niemand erschossen werden wird.«

»Sie Weichei.«

»Und wenn schon«, sagte Sheridan.

»Hey, Burton!« Theo kam den Hügel herunter auf die beiden zugelaufen. »Hören Sie das?«

Als sie nach oben schauten, duckte sich Theo hinter einen der zertrümmerten Geländewagen und deutete in südlicher Richtung zum Himmel. »Kamera-Team auf elf Uhr.«

Hubschrauber. Auch Burton konnte sie jetzt hören. Er schaute nach Süden und sah die beiden Punkte, die sich vom Horizont her näherten. Zwei Männer des SWAT-Teams erklommen gerade den nächsten Hügel. Sie waren davongerannt, als das Monster aus der Höhle gekommen war. Die anderen beiden waren noch immer unter einem der umgestürzten Geländewagen eingeklemmt. Burton drehte sich wieder zu Sheridan um. Der Polizist schaute zu, wie die Hubschrauber immer näher kamen. »Das Spiel ist aus«, sagte Sheridan. »Ich denke, ich werde mir wohl ein paar Gedanken über meinen Deal mit dem Staatsanwalt machen.«

Burton schoß ihm ins Gesicht und rannte los zur anderen Seite der Felsen, um bei seinem Eldorado zu sein, bevor die anderen merkten, was passiert war.

Theo trat von hinten an Molly heran und berührte sacht ihre Schulter. Als sie sich umdrehte, sah er, daß ihre Wangen tränenüberströmt waren. Dann wandte sie sich wieder um und starrte aufs Meer hinaus wie all die anderen. Sie sagte: »Ich wollte mich nur einmal wie etwas Besonderes fühlen. Einmal das Gefühl haben, daß ich nicht so bin wie alle anderen.«

Theo legte den Arm um sie. »Jeder möchte das.«

»Aber ich hatte es geschafft, Theo. Mit Steve in meinem Leben noch mehr als durch all die Filme, die ich gemacht habe. Diese Leute hier haben es auch gespürt, aber nicht so wie ich.«

Die beiden Hubschrauber waren nun so nahe, daß Theo ihr ins Ohr sprechen mußte, um die ratternden Rotoren zu übertönen. »Niemand ist so wie du.«

Knapp hinter der Brandungslinie wurde das Wasser aufgewirbelt, und es erhob sich etwas aus dem Seetang. Theo konnte die Kiemen erkennen, die aus dem Hals des Seeungeheuers hervorragten. Steve war auf dem Weg zum Strand. Theo versuchte, Molly fester an sich zu ziehen, doch sie machte sich frei, sprang die Klippen hinunter und rannte in die Brandung. Noch im Laufen hob sie zwei tennisballgroße Steine auf.

Theo lief ihr hinterher und war schon auf halbem Weg zwischen den Felsen und dem Wasser, als sie sich umdrehte und ihn so flehend und voller Verzweiflung anschaute, daß er mitten im Lauf stehenblieb. Die Hubschrauber schwebten gerade mal dreißig Meter über dem Strand. Ihre Rotoren wirbelten den Sand in die Gesichter der Zuschauer.

Das Seeungeheuer kam auf den Strand zu. Nur seine Augen und die Kiemen ragten aus dem Wasser. Molly schleuderte einen der Steine nach ihm. »Nein! Hau ab! Verschwinde!« Der zweite Stein traf das Auge des Seeungeheuers, und es hielt inne. »Und komm bloß nicht wieder!« schrie Molly.

Langsam tauchte das Seeungeheuer unter die Wasseroberfläche.

DER SHERIFF

Die Tachonadel des Eldorado bewegte sich auf sechzig Meilen zu, als Burton den letzten Hügel vor dem Weidegatter hinauffuhr. Er mußte es zum Flughafen schaffen und das Ticket in seinem Aktenkoffer benutzen, um auf die Cayman Islands zu verduften, wo sein Geld auf ihn wartete, bevor irgend jemand rausbekam, wohin er verschwunden war. Er hatte dies die ganze Zeit über geplant, weil er wußte, daß es irgendwann einmal knapp werden würde, doch womit er nicht gerechnet hatte, war, daß zwei Geländewagen und ein Mercedes knapp hinter dem Gipfel des Hügels parkten.

Wider besseres Wissen trat er unwillkürlich auf die Bremse und riß das Lenkrad nach links herum. Die Reifen gruben sich in den grasbewachsenen Boden, und der Eldorado neigte sich zur Seite, bis er nur noch auf zwei Rädern fuhr, bevor er sich schließlich überschlug. Es gab keinerlei Zeitlupe oder eine schnelle Abfolge der Ereignisse des Lebens, wie sie sich manchmal bei Unfällen ereignen. Der Sheriff sah, wie es hell und wieder dunkel wurde, spürte, wie sein Körper im Inneren des Caddy herumgeschleudert wurde, und hörte das Krachen von Metall beim Aufprall und das Zerbersten von Glas. Und dann passierte gar nichts.

Übersät mit kleinen Splittern von Sicherheitsglas lag er auf dem Dachhimmel des umgestürzten Eldorado und versuchte herauszubekommen, ob irgendwelche seiner Gliedmaßen gebrochen waren. Es schien ihm nichts zu fehlen, er spürte seine Füße, und es schmerzte auch nicht, wenn er atmete. Doch er roch Benzin. Das reichte aus, um ihn daran zu erinnern, daß er sich besser aus dem Staub machen sollte.

Er schnappte sich seinen Aktenkoffer mit der Fluchtausrüstung und glitt durch das zerbrochene Heckfenster nach draußen. Der Eldorado lehnte halb zertrümmert auf der Motorhaube eines weißen Geländewagens. Burton rappelte sich auf die Füße und rannte auf den Truck zu. Er war abgeschlossen. Sheridan, du elender Arsch, sieht dir ähnlich, deinen Wagen abzuschließen, dachte er. Die Leute, die mit

Handschellen gefesselt im Hundekäfig im Fond des Wagens steckten, bemerkte er gar nicht.

Der Mercedes war seine letzte Chance. Er lief um ihn herum und riß die Fahrertür auf. Die Schlüssel steckten im Zündschloß. Er stieg ein und holte tief Luft. Er mußte sich beruhigen. Von jetzt an keine Fehler mehr, sagte er sich. Er ließ den Motor an und drehte sich um, um den Wagen rückwärts den Hügel hinunterzufahren, als ihn der Hund anfiel.

- 32 -

CATFISH UND ESTELLE

»Das war 'ne gute Gitarre«, sagte Catfish. Er hatte seine Arme um Estelle geschlungen, die ihr Gesicht an seine Brust gedrückt hatte, als das Ungeheuer auf Winston Krauss losgegangen war.

»Ich hatte ja keine Ahnung«, sagte Estelle. »Ich hatte überhaupt nicht damit gerechnet, daß er so was tun würde.«

Catfish strich ihr übers Haar. »Und das war auch 'n gutes Auto. Ist kein einziges Mal liegengeblieben.«

Estelle schob Catfish von sich weg und schaute ihm in die Augen. »Du hast es gewußt, hab ich recht?«

»Was ich gewußt habe, war, daß dieser Typ unbedingt mit 'nem Seemonster auf Tuchfühlung gehen wollte, und das hat er ja auch gekriegt. Nur falls du's nicht bemerkt hast, er war glücklich, als es passiert ist.«

»Und was jetzt?«

»Ich denke, wir bringen dich nach Hause, Mädchen. Nach all dem hier sollten wohl einige Bilder bei rauskommen.«

»Nach Hause? Heißt das, du kommst mit mir?«

»Sieht so aus. Ich hab ja kein Auto mehr, um sonstwohin zu fahren.«

»Heißt das, du willst bleiben? Du hast keine Angst mehr, daß dir der Blues abhanden kommt und davor, glücklich und zufrieden zu sein?«

Catfish grinste, und der Goldzahn mit der eingravierten Achtelnote glitzerte in der Morgensonne. »Ein Drache hat mein Auto, meine Gitarre und meinen Amp gefressen – Kleines, was den Blues angeht, das reicht für 'ne ganze Weile. Ich denke, ich werde ein paar neue Songs schreiben, während du deine Bilder malst.«

»Mir würde das gefallen«, sagte Estelle. »Ich würde gerne mal den Blues malen.«

»Solange du dir nicht das Ohr abschneidest wie der alte Vincent. Frauen mit einem Ohr wirken auf Männer furchtbar unattraktiv.«

Estelle zog ihn fest an sich. »Ich werd mir Mühe geben.«

»Andererseits gab's da mal 'ne Frau unten in der Gegend von Memphis, die kannte ich, Sally hieß sie, und sie hatte nur ein Bein. Alle nannten sie One Leg Sally ...«

»Davon will ich gar nichts hören.«

»Was willst du dann hören?«

»Ich will hören, wie die Tür hinter uns ins Schloß fällt, wie das Feuer im Ofen knistert und wie mein Teekessel zu pfeifen anfängt, während mein Mann auf seiner National Steel Guitar den ›Walkin' Man Blues‹ spielt.«

»Du machst es einem ja leicht«, sagte Catfish.

»Dacht ich mir, daß dir das gefallen würde«, sagte Estelle, nahm seine spinnenfingrige Hand in ihre und führte ihn die Klippe hinauf, um nach irgend jemandem Ausschau zu halten, der sie nach Hause fahren würde.

THEO UND MOLLY

Ein derartig überwältigendes Gefühl hatte Theo in seinem ganzen Leben noch nie empfunden. Er spürte, daß die ganze Aufregung und die Gefahr vorüber waren, und dennoch hatte er das Gefühl, als würde über ihm ein Ungeheuer lauern, das mindestens genauso furchterregend war wie jenes, das gerade im Meer versunken war. Er wußte nicht, ob er noch einen Job hatte, und vielleicht mußte er sogar seine Hütte räumen, denn die war Teil seines Gehalts. Er hatte nicht einmal mehr seine Wasserpfeifensammlung und seine Graspflanzung, in der er sich hätte verkriechen können. Die Verwirrung und das Entsetzen über das, was gerade geschehen war, steckten ihm noch in den Knochen, doch er empfand keinerlei Erleichterung darüber, daß es nun vorbei war. Er stand einfach nur da – gerade mal drei Meter von Molly Michon entfernt, die im Wasser stand – und hatte nicht den blassesten Schimmer, was der Rest seines Lebens ihm noch zu bieten hatte.

»Hey«, rief er. »Mit dir alles in Ordnung?«

Er sah, wie sie nickte, ohne sich umzudrehen. Die Wellen brachen sich knapp vor ihr, und Schaum und Seegras schwappten an ihren Schenkeln hinauf. Dennoch stand sie ungerührt da und starrte hinaus aufs Meer.

»Glaubst du, du kommst wieder in Ordnung?«

Ohne sich umzudrehen, sagte sie: »Ich bin doch schon seit Jahren nicht mehr in Ordnung. Da kannst du jeden fragen.«

»Kommt drauf an, wie man's sieht. Ich finde dich schwer in Ordnung.«

Nun schaute sie ihn über die Schulter hinweg an. Ihr Haar war vom Wind zerzaust und salzverkrustete Tränenbahnen zeichneten sich auf ihren Wangen ab. »Wirklich?«

»Ich bin ein großer Fan.«

»Du hast doch noch nie von meinen Filmen gehört, bis du in meinem Trailer gewesen bist, oder?«

»Stimmt, trotzdem bin ich ein großer Fan.«

Sie drehte sich um und schritt durchs Wasser auf ihn zu. Und plötzlich zeichnete sich ein Lächeln auf ihrem Gesicht ab. Es war zwar ein Lächeln, auf dem eine viel zu lange Geschichte lastete, doch immerhin war es ein Lächeln.

»Der Erzähler sagt, du hast dich gut gehalten«, sagte sie.

»Der Erzähler?« Theo merkte, daß auch er lächelte, obwohl er den Tränen so nahe war wie noch nie seit dem Tod seines Vaters, doch immerhin, er lächelte.

»Ja. Das ist diese Stimme, die ich immer höre, wenn ich eine Zeitlang meine Medikamente nicht nehme. Er ist irgendwo ein Arsch, aber sein Urteilsvermögen ist besser als meines.«

Sie stand jetzt genau vor ihm – sie schaute zu ihm auf, eine Hand in die Hüfte gestützt, ein herausforderndes Filmstar-Lächeln auf den Lippen. Sie wirkte mehr wie Kendra, das Warrior Babe, als auf all den Filmplakaten. Die zwölf Zentimeter lange Narbe prangte über ihrer linken Brust wie ein Orden, Seewasser und Schlick zogen sich in Streifen über ihren Körper, und in ihren Augen schimmerte der Blick von jemandem, der schon zu oft mitangesehen hatte, wie seine Zukunft in einem Atompilz aufging. Sie raubte ihm schier den Atem.

»Glaubst du, wir drei könnten vielleicht irgendwann mal zusammen essen gehen?«

»Ich hab gerade eine unglückliche Liebe hinter mir.«

Theo sank das Herz in die Hose. »Klar, kann ich verstehen.«

Sie ging um ihn herum und machte sich auf den Weg den Abhang hinauf. Er folgte ihr und verstand nun zum ersten Mal, wie sich die Pilger gefühlt hatten, als sie dem Seeungeheuer in die Höhle gefolgt waren.

»Ich habe nicht nein gesagt«, erklärte Molly. »Ich dachte mir nur, es ist besser, wenn du Bescheid weißt. Der Erzähler meint allerdings, daß ich beim Essen nicht über meinen Ex reden soll.«

Theos Herz machte einen himmelhohen Satz. »Ich denke allerdings, daß jede Menge Leute über deinen Ex reden werden.«

»Du hast keine Angst?«

»Klar hab ich Angst. Aber nicht vor ihm.«

»Der Erzähler hält das Ganze für keine so gute Idee. Er sagt, wir beide zusammen geben ein Prachtstück von Verlierer ab.«

»Boah, er ist wirklich 'n Arsch.«

»Ich laß mir von Dr. Val ein paar Medikamente verschreiben, dann wird er verschwinden.«

»Glaubst du, das ist eine gute Idee?«

»Ja«, sagte sie und drehte sich noch einmal zu ihm um, bevor sie weiter den Abhang hinaufstieg, an dessen Ende die Pilger warteten. »Ich wäre gerne mit dir allein.«

SKINNER

Was der Mann auf dem Fahrersitz anscheinend nicht kapierte, war die Tatsache, daß Skinner, soweit es den Mercedes betraf, das Alpha-Männchen darstellte. Der Mann roch nach Furcht, Zorn und Aggression in Kombination mit Schießpulver und Schweiß, und Skinner hatte ihn schon vom ersten Moment an, als er in den Wagen gestiegen war, nicht leiden können. Der Mercedes war Skinners neues mobiles Territorium. Folglich mußte Skinner dem Mann dies klarmachen, und das tat er auf die traditionelle Art und Weise, indem er den Herausforderer mit den Zähnen an der Gurgel packte und darauf wartete, daß er in Demutspose verfiel. Der Mann hatte sich gewehrt und sogar auf Skinner eingeschlagen, doch er hatte nicht »böser Hund, böser Hund« gesagt, so daß Skinner einfach nur geknurrt und den Druck seiner Kiefer verstärkt hatte, bis er Blut schmeckte und der Mann sich ganz ruhig verhielt.

Skinner wartete immer noch auf eine Demutsgeste seitens des Herausforderers, als der lange Kerl die Wagentür öffnete.

»Braver Hund, Skinner, braver Hund«, sagte Theo.

»Schafft mir diesen elenden Köter vom Hals«, sagte der Herausforderer.

Skinner wedelte mit dem Schwanz und schloß seine Kiefer fester um die Gurgel des Herausforderers, bis dieser nur noch ein gurgelndes Geräusch von sich gab. Der lange Kerl kraulte Skinner die Ohren und legte dem Herausforderer irgendwelche Metallstücke um die Pfoten.

»Laß jetzt los, Skinner«, sagte der lange Kerl. »Ich hab ihn.«

Skinner ließ los und leckte Theo übers Gesicht, bevor der Constable den Sheriff aus dem Wagen hinaus auf den Boden zerrte und ihm einen Fuß in den Nacken setzte.

Der lange Kerl schmeckte irgendwie nach Eidechsenspucke. Das war seltsam. Skinner dachte einen Augenblick darüber nach, doch Hund, der er war, verlor er schnell das Interesse an dieser Frage, und so sprang er aus dem Wagen, um nachzusehen, was der Futter-Typ im

Heck des Geländewagens machte. Das Weibchen des langen Kerls war dabei, die Heckscheibe des Trucks mit einem Eisenstab herauszubrechen, und Skinner bellte sie an, um ihr klarzumachen, daß sie dem Futter-Typ dabei nicht weh tun sollte.

DIE GUTEN

»Ist das Lebewesen noch da?« war Gabes erste Frage an Molly, als er aus dem Heck des Suburban kletterte. Völlig außer sich vor Freude sprang Skinner an Gabe hoch, der infolge der Handschellen nicht in der Lage war, Skinners feuchte Bekundungen seiner Zuneigung abzuwehren. »Sitz, mein Junge, sitz.«

»Nein, er ist weg«, sagte Molly, während sie Val und Howard aus dem Suburban half. Sie nickte Val zu. »Hallo, Doc. Ich glaube, ich hatte eine Episode oder so was. Sie müssen das wohl in 'ner Sitzung wieder hinbiegen oder so.«

Valerie Riordan nickte. »Ich werde in meinem Terminkalender nachsehen, was sich da machen läßt.«

Theo kam um das Heck des Mercedes herum. »Ist mit euch alles in Ordnung?«

»Hast du deinen Schlüssel dabei?« fragte Gabe und drehte ihm den Rücken zu, damit er die Handschellen sehen konnte.

»Wir haben Schüsse gehört«, sagte Val. »Ist jemand ...?«

»Einer aus dem SWAT-Team ist tot. Burton hat ihn erschossen. Einige deiner Patienten haben ein paar Schrammen abgekriegt, aber das wird schon wieder. Winston Krauss ist aufgefressen worden.«

»Aufgefressen?« Die Farbe wich aus Vals Gesicht.

»Das ist eine lange Geschichte, Val«, sagte Theo. »Mavis hat das Ganze eingefädelt, nachdem ihr schon weg wart. Catfish und Estelle haben auch mitgemacht und das Monster aus der Höhle gelockt. Winston war so was wie ein Köder.«

»Oh, mein Gott!« rief Val. »Sie hat irgendwas davon gesagt, daß ich keinen Ärger bekommen würde.«

Theo hielt sich den Zeigefinger vor die Lippen, um sie zum Schweigen zu bringen, und nickte mit dem Kopf in Richtung Sheriff Burton, der immer noch auf dem Boden lag. »Es ist nie passiert, Val. Absolut gar nichts ist passiert. Ich weiß jedenfalls von nichts.« Er drehte sie herum und schloß ihre Handschellen auf. Dann tat er das gleiche bei Gabe und Howard.

Der ausgemergelte Restaurantbesitzer wirkte noch trübsinniger als sonst. »Ich hatte so sehr gehofft, einen Blick auf diese Kreatur zu erhaschen.«

»Ich auch«, sagte Gabe und legte seinen Arm um Valerie.

»Tut mir leid«, sagte Theo. Und an Val gewandt fügte er hinzu. »Die Reporter aus den Hubschraubern müßten jeden Moment hier ankommen. Wenn ich du wäre, würde ich mich aus dem Staub machen.« Er reichte ihr den Schlüssel für den Mercedes. »Der Staatsanwalt schickt einen Deputy, um Burton einzusammeln, deswegen muß ich hierbleiben. Kannst du Molly in die Stadt mitnehmen?«

»Klar doch«, sagte Val. »Was wirst du den Journalisten erzählen?«

»Keine Ahnung«, sagte Theo. »Vermutlich werde ich alles abstreiten und so tun, als wäre nichts gewesen. Kommt drauf an, was sie für Fragen stellen und was sie auf Band haben. Aber nachdem ich mein ganzes Leben lang immer so getan habe, als wäre nichts gewesen, bin ich ja prächtig in Übung und werde schon mit ihnen klarkommen.«

»Entschuldige, daß ich – es tut mir leid, daß ich deine Fähigkeiten angezweifelt habe, Theo.«

»Ging mir selbst so, Val. Ich rufe euch nachher an und sage Bescheid, was los ist.«

Gabe rief Skinner, und nachdem sie in den Mercedes gestiegen waren, standen nur noch Molly und Theo einander gegenüber. Theo starrte auf seine Schuhspitzen. »Vermutlich sehen wir uns ja mal wieder.«

Sie streckte sich und küßte ihn auf die Wange. Dann krabbelte sie ohne ein weiteres Wort zu Howard und Skinner auf den Rücksitz des Mercedes und machte die Tür zu.

Theo schaute ihnen nach, als sie zurückstießen, wendeten und über die Grasebene in Richtung Weidegatter davonfuhren.

»Crowe, du kommst genausowenig davon wie ich!« schrie Burton, der immer noch am Boden lag.

Theo erblickte etwas Glänzendes, das knapp hinter dem Suburban im Gras lag, und ging darauf zu. Es war Mollys Schwert. Er konnte regelrecht spüren, wie er übers ganze Gesicht strahlte, als er es aufhob und damit zu der Stelle ging, wo Burton lag.

»Sie haben das Recht zu schweigen«, sagte Theo. »Und ich würde vorschlagen, daß Sie von diesem Recht Gebrauch machen. Und zwar augenblicklich.« Theo rammte das Schwert etwa anderthalb Zentimeter vor Burtons Nase in die Erde und sah zu, wie sich die Augen des Sheriffs vor Schreck weiteten.

- 33 -

WINTER

Der Winter in Pine Cove ist so etwas wie eine Erholungspause, eine Auszeit, eine ausgedehnte Kaffeepause. Eine gewisse Langsamkeit legt sich über die Stadt, und die Leute bleiben mit ihren Wagen mitten auf der Straße stehen, um mit einem Nachbarn zu plaudern, der gerade des Weges kommt, ohne sich dabei über irgendwelche Touristen Gedanken machen zu müssen, die einen anhupen, weil man sie daran hindert, sich in ihrem Urlaub im Eiltempo zu erholen (verdammt noch mal!). Die Bedienungen in den Restaurants und die Angestellten der Hotels machen halbe Schichten, und der Geldfluß kommt nahezu zum Erliegen. Ehepaare verbringen ihre Abende vor dem Kamin, und der Duft regengeschwängerten Rauches von Feuerholz erfüllt die Luft, während die Singles den Entschluß fassen, irgendwo hinzuziehen, wo das Leben ein nie endendes Vergnügen ist.

Der Winter an der Küste ist kalt. Der Wind schiebt einen salzigen Nebel an Land, und die See-Elefanten kommen zur Küste, wo sie herumtrompeteten, sich paaren und ihre Jungen zur Welt bringen. Rentner ziehen ihren Schoßhündchen Pullover über und zerren sie in allnächtlichen Hundeerniedrigungsparaden durch die Straßen. Die Surfer wappnen sich mit Taucheranzügen gegen die Kälte der sturmgepeitschten Wellen, und die Weißen Haie nehmen folienverschweißte Mackerhäppchen auf Fiberglas-Crackern in ihren Speiseplan auf. Doch es ist eine frische Kälte, die eine gewisse Nachsicht zeigt und sich nur allmählich über die Stadt legt, so daß der kollektive Stoffwechsel des Ortes sich ohne Schock zu einer Art Halbwinterschlaf verlangsamen kann.

So jedenfalls ist es in den meisten Winter.

Nach dem Auftauchen des Seeungeheuers war der Winter eine rauschende Party mit allen Höhen und Tiefen. Die Filmberichte aus den Helikoptern wurden über Satellit in die ganze Welt ausgestrahlt, und mit einem Mal war Pine Cove als Reiseziel unter den Spinnern dieser Welt noch beliebter als Roswell, New Mexico. Auf den Videobändern war zwar nicht viel zu sehen – lediglich eine Gruppe von Leuten am Strand und die verschwommenen Umrisse von etwas Großem im Wasser –, doch in Verbindung mit den Fußabdrücken und den Augenzeugenberichten, reichte es vollkommen aus. Die Läden füllten sich mit abgeschmackten Echsensouvenirs, und H. P.'s Café nahm ein Sandwich mit dem Namen Theosaurus in die Speisekarte auf, denn so lautete der offizielle wissenschaftliche Name des Seeungeheuers (geprägt von dem Biologen Gabriel Fenton). Die Hotels waren ausgebucht, die Straßen verstopft, und Mavis Sand mußte sogar einen zweiten Barmann anstellen, um all die herbeiströmenden Suffköpfe abfüllen zu können.

Estelle Boyet eröffnete in der Cypress Street ihre eigene Galerie, wo sie eine neue Serie von Gemälden verkaufte, die den rätselhaften Titel *Steve* trugen, und daneben die neue CD von Catfish Jefferson mit dem Titel *The What Do I Do Now That I'm Happy? Blues*.

Je mehr die Geschichte von dem Seeungeheuer verbreitet und aufgebauscht wurde, desto stärker erwachte das Interesse an einer obskuren B-Movie-Schauspielerin namens Molly Michon. Die *Warrior-Babe*-Serie wurde remastered und auf Picture Discs und Videokassetten neu aufgelegt. Das Publikum reagierte begeistert, und die Schauspielergewerkschaft fiel über die Produzenten her wie ein

Racheengel in Gestalt eines Buchhalters, um Molly einen Teil der Einnahmen zu sichern.

Valerie Riordans Praxis lief wieder in geordneten Bahnen, nachdem sie zu einer ausgewogenen Mischung aus Gesprächstherapie und dem Verordnen von Medikamenten gefunden hatte. Und sie war schließlich sogar in der Lage, ihre Praxis für einige Zeit zu schließen, um ihren Verlobten Gabe Fenton auf einer ozeanographischen Expedition an Bord eines Forschungsschiffes zu begleiten, von wo aus er nach Anzeichen dafür suchen wollte, daß sich der Theosaurus in den tiefen Meresgräben vor der kalifornischen Küste aufhielt.

Nachdem er gegen John Burton vor Gericht ausgesagt hatte und jener zu lebenslänglich verurteilt worden war, legte sich der Winter über Theophilus Crowe wie eine warme Decke. Nachdem er über einen Monat clean war, stellte er fest, daß seine Sucht nach Marihuana nichts weiter gewesen war als eine Reaktion auf seine Langeweile. Wie ein Kind, das einen ganzen Sommertag nur jammert und nörgelt, daß es nichts zu tun hat, dabei aber nicht die geringste Anstrengung unternimmt, irgendwas zu unternehmen, hatte Theo mit sich selbst nichts anfangen können, und es hatte ihm an jeglichem Ehrgeiz gemangelt, daran etwas zu ändern. Nun, da er sein Leben mit Molly teilte, löste sich dieses Problem, und Theo stellte fest, daß, so mitgenommen und erschöpft er von den Anforderungen seiner Arbeit und seiner neuen Geliebten auch sein mochte, ihm niemals langweilig war. Mollys Trailer wurde umgesetzt und stand nun neben seiner Hütte am Rande der Ranch. Morgens aßen sie gemeinsam ihre herzhafte Frühstückspizza in ihrer Behausung, während sie sich das Abendessen an seiner Kabeltrommel schmecken ließen. Sie nahm die Anrufe für ihn entgegen, wenn er bei der Arbeit war, und er nahm sich der seltsamen Gestalten aus ihrer Fangemeinde an, die so fanatisch waren, daß sie sie sogar bis zur Ranch verfolgten. Es verging kein Tag, an dem er Molly nicht sagte, daß sie etwas ganz Besonderes war, und im Lauf der Zeit verstummte der Erzähler in ihrem Kopf und meldete sich nie wieder.

Kein Winter herrschte zwei Meilen unter dem Wasserspiegel in dem tiefen Meeresgraben vor der kalifornischen Küste. Alles war wie immer: eine dunkle, von hohem Druck geprägte Eintönigkeit, in der das Seeungeheuer neben seinem Schwarzen Raucher lag und einer verlorenen Liebe nachtrauerte. Es graste nicht mehr die Felsen nach Tiefseewürmern ab, und sein großer Körper begann unter der Last der Jahre und der Wassermassen dahinzusiechen. Er beschloß, sich nie wieder zu bewegen – einfach nur noch dazuliegen, bis sein großes Herz stehenblieb und mit ihm auch der pochende Schmerz über sein gebrochenes Herz –, als plötzlich die Sinneszellen in seinen Flanken ein Signal auffingen. Etwas, das er seit einem halben Jahrhundert nicht mehr gespürt hatte, das Signal einer Kreatur, von dem er gedacht hatte, daß er es nie wieder zu spüren bekommen würde. Er schlug mit dem Schwanz und brach den Panzer der Einsamkeit auf, der sich um ihn gebildet hatte, und mit einem Mal empfing das Organ, das tief unter seinem Reptilienhirn verborgen war, die Nachricht eines Weibchens. Grob übersetzt lautete sie: »Hey, Matrose, wie wär's mit ein bißchen Spaß?«

DANKSAGUNG

Mein Dank gilt Dr. Kenneth Berv und Dr. Roger Wunderlich für ihren Rat zum Thema geistige Gesundheit und psychoaktive Drogen; desweiteren Galen und Lynn Rathbun für ihre Hilfe im Zusammenhang mit Fragen der Biologie und dem Markieren von Ratten, sowie Charlee Rodgers, Dee Dee Leichtfuss und Jean Brody für das Gegenlesen des Manuskripts und für Ratschläge; Nick Ellison, der sich als Agent um alles mögliche kümmerte, Rachel Klayman für ihre Geduld und Genauigkeit als Redakteurin und schließlich all jenen Leuten, die bereit waren, ihre Erfahrungen mit Antidepressiva und anderen psychotropen Drogen zu teilen – ihr wißt schon, wer gemeint ist, ihr elenden Spinner (war nur 'n Witz).

Flossen weg!

Deutsch von Jörn Ingwersen

Für Jim Darling, Flip Nicklin
und Meagan Jones:
außergewöhnliche Menschen, die
außergewöhnliche Arbeit leisten

ERSTER TEIL

Das Lied

Ein Meer ohne seine namenlosen Ungeheuer
wäre wie ein Schlaf ohne Träume.

John Steinbeck

Die Wissenschaft ist nichts weiter
als ein Regelsystem, das uns daran hindern soll,
einander zu belügen.

Ken Norris

1

Groß und schlüpfrig. Nächste Frage?

Amy nannte den Wal »Pummelchen«.

Er war sechzehn Meter lang, breiter als ein Stadtbus und wog vierzig Tonnen. Ein wohlplatzierter Schlag seiner mächtigen Schwanzflosse könnte das Fiberglasboot mühelos zersplittern, und an die Besatzung würden nur noch rote Pfützen in den Fluten vor Hawaii erinnern. Amy beugte sich über die Reling und ließ das Hydrophon zum Wal hinunter. »Guten Morgen, Pummelchen« sagte sie.

Nathan Quinn schüttelte den Kopf. Er musste aufpassen, dass ihm bei Amys zuckersüßem Getue nicht übel wurde, während er verstohlen einen Blick auf ihren Hintern warf und sich dabei ein wenig schäbig fühlte. Wissenschaft konnte eine komplexe Angelegenheit sein. Nate war Wissenschaftler. Amy war ebenfalls Wissenschaftlerin, aber in Khaki-Shorts sah sie einfach umwerfend aus, rein wissenschaftlich betrachtet.

Unter ihnen sang der Wal, und das Boot vibrierte bei jedem Ton. Vorn am Bug fing die Reling an zu summen, und Nate spürte, wie die tieferen Töne in seinem Brustkorb widerhallten. Der Wal war bei einem Teil des Liedes angekommen, den man »die grünen Melodien« nannte, eine lange Tonfolge, die sich anhörte, als kurvte ein Krankenwagen durch Wackelpudding. Ein weniger geübter Zuhörer hätte vielleicht angenommen, der Wal sagte »Hallo« und freute sich des Lebens, wollte alle Welt wissen lassen, dass es ihn gab und er gut drauf war, aber Nate war ein erfahrener Zuhörer, vielleicht der erfahrenste von allen, und für seine geübten Ohren klang es, als sagte der Wal … tja, im Grunde hatte er keine Ahnung, was der Wal eigentlich sagte. Deshalb dümpelten sie ja hier draußen vor Maui in einem kleinen Motorboot herum und würgten um sieben Uhr morgens ihr Frühstück herunter: Niemand wusste, wieso die Buckelwale sangen. Seit fünfundzwanzig Jahren belauschte, beobachtete, fotografierte Nate die Tiere und piekste sie mit Stöcken, aber er hatte immer noch keine Ahnung, wieso sie eigentlich sangen.

»Er ist bei seinen ›Ribbits‹, sagte Amy, als sie den Teil des Walgesangs erkannte, der normalerweise kam, kurz bevor das Tier auftauchte. »Ribbit« war der wissenschaftliche Begriff für dieses Geräusch, denn genau so hörte es sich an – wie ein Quaken. Wissenschaft konnte manchmal ganz einfach sein.

Nate spähte über die Reling und sah den Wal, der etwa fünfzehn Meter unter ihnen kopfüber im Wasser hing. Fluke und Brustflossen waren weiß, ein leuchtend blaues V im dunkelblauen Wasser. Das große Tier lag still, als schwebte es durchs All, wie der letzte Wächter einer ausgestorbenen Rasse Weltraumreisender, nur gab es Laute von sich, die eher zu einem daumengroßen Baumfrosch als zu einer archaischen Superrasse gepasst hätten. Nate lächelte. Er mochte die »Ribbits«. Der Wal schlug einmal kurz mit seinem Schwanz und war für Nate nicht mehr zu sehen.

»Er kommt rauf«, sagte Nate.

Amy nahm ihre Kopfhörer ab und griff sich die vollautomatische Nikon mit dem 300 mm-Objektiv. Eilig zog Nate das Hydrophon hoch und rollte das nasse Tau am Boden vor seinen Füßen auf. Er wandte sich dem Kontrollpult zu und ließ den Motor an.

Dann warteten sie.

Hinter sich hörten sie einen Wal ausblasen. Beide fuhren herum und sahen eine Säule aus Wasserdampf in der Luft hängen, aber sie war weit entfernt, gut dreihundert Meter hinter ihnen, zu weit, als dass es ihr Wal sein konnte. Das war das Problem mit diesen Gewässern zwischen Maui und Lanai. Es gab dort so viele Wale, dass es oft nicht einfach war, den einen, den man beobachtete, von den hunderten anderer zu unterscheiden. Die Menge der Tiere war Segen und Fluch zugleich.

»Ist das da unser Bursche?«, fragte Amy. Alle Sänger waren männlich. Zumindest soweit sie wussten. Die DNS-Tests hatten es ergeben.

»Glaub ich nicht.«

Weiter links blies noch einer aus, erheblich näher. Nate konnte die weiße Fluke, die beiden Schaufeln seiner Schwanzflosse, unter Wasser sehen, selbst auf hundert Meter Entfernung. Amy startete ihre Stoppuhr. Nate schob den Gashebel nach vorn, und schon waren sie unterwegs. Amy drückte ein Knie gegen die Konsole, um sich abzustützen, und hielt die Kamera auf den Wal gerichtet, während das Boot durch die Wellen pflügte. Drei-, viermal würde er ausblasen, dann seine Fluke zeigen und abtauchen. Amy musste bereit sein, wenn der Wal tauchte, um ein gutes Bild von seiner Schwanzflosse zu bekommen, damit er identifiziert und katalogisiert werden konnte. Als sie bis auf dreißig Meter herangekommen waren, nahm Nate Gas weg und hielt das Boot in Position. Noch einmal blies der Wal, und sie waren so nah dran, dass sie etwas von dem Sprühnebel abbekamen. Er stank nicht nach Fisch und Mundgeruch wie die Wale, mit denen man es in Alaska zu tun hatte. Buckelwale fraßen nichts, wenn sie vor Hawaii waren.

Der Wal zeigte seine Fluke, und Amy schoss zwei Bilder mit der Nikon.

»Braver Junge«, sagte Amy zu dem Wal. Sie drückte ihre Stoppuhr.

Nate stellte den Motor ab, und das Boot schaukelte in der sanften Dünung. Er warf das Hydrophon über Bord, dann drückte er den Aufnahmeknopf am Rekorder, der mit einem elastischen Band am Pult befestigt war. Amy legte die Kamera auf den Sitz vor dem Pult, dann nahm sie ihr Notizbuch aus der wasserdichten Tasche.

»Er ist bei genau sechzehn Minuten«, sagte Amy, checkte die Tauchzeit, hielt sie in ihrem Notizbuch fest und schrieb Zeit und Bildziffern auf den Film, den sie eben verschossen hatte. Nate las ihr die laufende Nummer vom Rekorder vor, dann Längen- und Breitengrad vom tragbaren GPS-Gerät. Amy legte die Aufzeichnungen weg, und sie lauschten. Diesmal waren sie nicht direkt über dem Wal, konnten ihn aber aus den Lautsprechern des Rekorders singen hören. Nate setzte seine Kopfhörer auf und lehnte sich zurück.

So war das mit der Feldforschung. Augenblicke frenetischer Aktivität, gefolgt von endlosen Phasen des Wartens. (Nates erste Ex-Frau hatte einmal angemerkt, das sei in ihrem Sexualleben auch nicht anders gewesen, aber da waren sie schon nicht mehr zusammen, und sie hatte ihm nur eins auswischen wollen.) Im Grunde war es mit dem Warten vor Maui nicht so schlimm … zehn, fünfzehn Minuten am Stück. Als er im Nordatlantik über Glattwale geforscht hatte, musste Nate manchmal wochenlang warten, bis er einen Nordkaper fand, den er beobachten konnte. Normalerweise nutzte er die Tauchzeit, um darüber nachzudenken, ob er sich nicht besser einen richtigen Job hätte suchen sollen, einen, bei dem man auch Geld verdiente und die Wochenenden frei hatte, oder wenigstens irgendwas, bei dem die Ergebnisse seiner Arbeit greifbarer waren, wie etwa beim Versenken von Walfangschiffen – als Pirat und Retter.

Heute gab sich Nate alle Mühe, Amy nicht dabei zu beobachten, wie sie sich mit Sonnencreme einrieb. Amy war eine Schneeflocke im Land der Sonnenbräune. Die meisten Walforscher verbrachten viel Zeit unter freiem Himmel, auf dem Wasser – größtenteils ein unerschrockener Haufen, der gern an der frischen Luft war, Leute, die ihre von Wind und Sonne gegerbten Gesichter wie Kriegsveteranen stolz zur Schau trugen. Es gab nur wenige ohne diesen semipermanenten Waschbären-Look um die Augen und sonnengebleichtes Haar oder so eine schuppige, kahle Stelle am Hinterkopf. Amy dagegen hatte milchweiße Haut und glattes, kurzes, schwarzes Haar, so dunkel, dass manche Strähnen in der Sonne Hawaiis blau leuchteten. Sie trug kastanienbraunen Lippenstift, was in dieser Umgebung so atemberaubend unpassend wirkte, dass es schon fast komisch war. Sie sah aus wie die Königin der pazifischen Gruftis, was tatsächlich auch einer der Gründe war, weshalb ihre Anwesenheit Nate derart verwirrte. (Er sagte sich: Ein wohlgeformter Hintern – selbst halb nackt – war nur ein wohlgeformter Hintern, aber hängte man einen wohlgeformten Hintern an eine blitzgescheite Frau und fügte einen Hauch Unbeholfenheit hinzu, schon hatte man… na ja, Probleme.)

Nate sah nicht hin, als sie den Sonnenschutzfaktor 50 auf ihren Beinen verrieb, auf Knöcheln und Füßen. Er sah nicht hin, als sie sich auszog – bis auf ihr Bikinioberteil – und Sonnencreme über Brust und Schultern verteilte. (Die Tropensonne kann einen sogar versengen, obwohl man Kleider trägt.) Vor allem aber achtete Nate nicht darauf, wie sie seine Hand nahm, Sonnencreme hineinspritzte, sich dann umdrehte und ihm bedeutete, dass er sie auf ihrem Rücken verteilen sollte, was er auch tat – wobei er sie nicht näher beachtete. Professionelle Zurückhaltung. Er war bei der Arbeit. Er war Wissenschaftler. Er lauschte dem Lied des *Megaptera novaeangliae* (»Großer Flügel von Neuengland« hatte ein Wissenschaftler diesen Wal getauft und damit eindeutig bewiesen, dass Wissenschaftler zu viel trinken), und er war keineswegs verzaubert von ihrem bezaubernden Hintern, da er in der Vergangenheit schon vergleichbare Daten gesammelt und ausgewertet hatte. Nates Analyse zufolge verwandelten sich bezaubernde Hintern in 66,666 Prozent aller Fälle in Ehefrauen, und Ehefrauen verwandelten sich in exakt 100 Prozent aller Fälle in Ex-Ehefrauen – plus/minus fünf Prozent, was auf den nachehelichen Sex zurückzuführen war.

»Soll ich's dir machen?«, fragte Amy und streckte die Hand aus, mit der sie am meisten Erfahrung im Verreiben von Sonnencreme hatte.

Geh gar nicht erst darauf ein, dachte Nate, nicht mal im Scherz. Eine falsche Antwort auf so einen Satz, und schon konnte man seine Stellung an der Universität verlieren, wenn man denn eine hätte, was bei Nate nicht der Fall war, aber trotzdem ... Daran dachte man nicht einmal.

»Nein, danke, dieses Hemd hat extra einen eingewebten UV-Schutz«, sagte er und stellte sich vor, wie es wäre, wenn Amy es ihm machte.

Misstrauisch musterte Amy sein ausgewaschenes T-Shirt mit der Aufschrift WE LIKE WHALES CONFERENCE '89 und verteilte den Rest Sonnencreme an ihrem Bein. »Ach was«, sagte sie.

»Weißt du, ich wünschte wirklich, ich könnte rausfinden, wieso die Burschen singen«, sagte Nate, nachdem der Kolibri seiner Gedanken sämtliche Blumen im Garten gekostet hatte und wieder bei diesem Plastikgänseblümchen angekommen war, das einfach keinen Nektar geben wollte.

»Echt wahr?«, erwiderte Amy todernst und dennoch lächelnd. »Aber wenn du es rausgefunden hast, was machen wir dann morgen?«

»Herumprahlen«, antwortete Nate grinsend.

»Ich würde den ganzen Tag lang tippen, Ergebnisse analysieren, Fotos vergleichen, Tonaufnahmen archivieren …«

»Uns ein paar Donuts holen«, fügte Nate hilfreich hinzu.

Amy fuhr fort, zählte die Liste an den Fingern ab: »… leere Tonbänder besorgen, die Autos und Boote waschen, rüber zum Fotolabor laufen –«

»Nicht so eilig«, unterbrach Nate.

»Wie? Du willst mir die Freude vorenthalten, rüber zum Fotolabor zu laufen, während du dich im wissenschaftlichen Ruhm sonnst?«

»Nein, du darfst zum Labor laufen, aber Clay hat jemanden eingestellt, der die Autos und Boote wäscht.«

Eine zarte Hand wanderte zu ihrer Stirn, als wäre sie einer Ohnmacht nah, die Südstaatenschönheit, von Schwermut umfangen. »Wenn ich falle und über Bord gehe, lass mich nicht ertrinken.«

»Weißt du, Amy«, sagte er, während er die Armbrust auspackte, »ich weiß nicht, wie ihr es in Boston gehalten habt, aber in der Verhaltensforschung wird von Assistenten eigentlich nur erwartet, dass sie sich über erniedrigende Hilfsarbeiten beklagen. So war es, als ich dabei war, so ist es seit Jahrhunderten, immer schon. Selbst Darwin hatte jemanden auf der *Beagle*, der ihm die toten Vögel archiviert und die Karteikarten sortiert hat.«

»Hatte er nicht. Darüber habe ich nie was gelesen.«

»Natürlich nicht. Niemand schreibt über Forschungsassistenten.« Wieder grinste Nate, feierte seinen kleinen Sieg. Er merkte, dass er seinen Pflichten dieser Assistentin gegenüber nicht ausreichend nachkam. Clay, sein Partner, hatte sie vor gut zwei Wochen eingestellt, und mittlerweile hätte Nate sie eigentlich terrorisieren müssen. Stattdessen hatte sie ihn im Griff wie einen Sklaven bei Starbucks.

»Zehn Minuten«, sagte Amy mit einem Blick auf den Timer ihrer Uhr. »Willst du auf ihn schießen?«

»Es sei denn, *du* möchtest.« Nate legte den Pfeil in die Armbrust. Er stopfte den Anorak, in den sie die Armbrust »einwickelten«, unter die Konsole. Es war politisch höchst unkorrekt, im Hafen von Lahaina eine Waffe bei sich zu führen, um damit auf Wale zu schießen, und deshalb versteckten sie die Armbrust im Anorak und taten, als hinge die Jacke auf einem Bügel.

Amy schüttelte heftig den Kopf. »Ich fahre das Boot.«

»Du solltest es ruhig lernen.«

»Ich fahre das Boot«, wiederholte Amy.

»Niemand fährt das Boot.« Zumindest kein anderer als Nate. Zugegeben, die *Constantly Baffled* war nur ein Acht-Meter-Mako-Speedboot, und an einem windstillen Tag wie heute hätte selbst ein aufgeweckter Vierjähriger damit umgehen können. Trotzdem: Er fuhr dieses Boot. Niemand anders. Männer empfanden nun mal erhebliches Unbehagen bei dem Gedanken, dass eine Frau Gewalt über ein Speedboot oder gar eine Fernsehfernbedienung haben mochte.

»Er kommt rauf«, sagte Nate. Sie hatten jetzt eine Aufnahme des gesamten, sechzehnminütigen Liedes. Er stoppte den Rekorder und zog das Hydrophon herauf, dann ließ er die Maschine an.

»Da«, sagte Amy und deutete auf die weißen Flossen und die Fluke, die sich unter Wasser bewegten. Der Wal blies nur zwanzig Meter vor ihrem Bug aus. Nate gab Vollgas. Amy wurde glatt von den Füßen gerissen und klammerte sich gerade noch rechtzeitig an die Reling neben der Ruderkonsole, als das Boot einen Satz nach vorn machte. Nate blieb rechts neben dem Wal, kaum zehn Meter abseits, als das Tier zum zweiten Mal auftauchte. Er hielt das Ruder mit der Hüfte, hob die Armbrust an und schoss. Der Bolzen prallte von dem gummiartigen Rücken ab. Wie eine bleistiftgroße Plätzchenform trennte die hohle Spitze Haut und

Fettgewebe heraus, bis das breite Plastikende ein weiteres Eindringen verhinderte.

Der Wal hob seinen Schwanz aus dem Wasser und schlug ihn in die Luft, gab ein Geräusch von sich, als knackte ein mächtiges Gelenk, als er die massigen Schwanzmuskeln anspannte.

»Er ist genervt«, sagte Nate. »Nehmen wir eine Messung vor.«

»Jetzt?«, fragte Amy. Normalerweise warteten sie den nächsten Tauchzyklus ab. Offensichtlich fürchtete Nate, der Wal könnte weiterziehen, obwohl sie erst die Hautprobe genommen hatten. Sie konnten ihn verlieren, bevor eine Größenmessung vorgenommen war.

»Jetzt. Ich schieße, du bedienst den Entfernungsmesser.«

Nate nahm das Gas zurück, damit er die Schwanzflosse auch wirklich ganz in den Sucher bekam, wenn der Wal abtauchte. Amy schnappte sich den lasergesteuerten Entfernungsmesser, der aussah wie ein Fernglas für Zyklopen. Indem sie genau ermittelten, wie weit der Schwanz entfernt war, und diesen Wert mit der Schwanzgröße auf dem Bild verglichen, konnten sie die Größe des Tieres relativ genau berechnen. Nate hatte einen Algorithmus gefunden, mit dem sie die Länge eines Wales mit 98 %iger Genauigkeit ausrechnen konnten. Noch vor wenigen Jahren hatten sie im Flugzeug sitzen müssen, wenn sie wissen wollten, wie lang ein Tier war.

»Fertig«, sagte Amy.

Der Wal blies aus und wölbte seinen Rücken zu einem hohen Buckel auf, als er sich zum Tauchen bereitmachte (deshalb nannte man sie »Buckelwale«). Amy richtete den Entfernungsmesser auf den Walrücken. Nate hielt das Teleobjektiv auf dieselbe Stelle, und die kleinen Motoren zur Autofokussierung summten leise, glichen die Bewegungen des Bootes aus.

Der Wal zeigte seine Fluke, hob den Schwanz hoch in die

Luft, und dort sah man – statt der markanten, schwarzweißen Zeichnung, nach der Buckelwale identifiziert wurden – in dreißig Zentimeter hohen schwarzen Buchstaben die Worte FLOSSEN WEG!

Nate drückte den Auslöser. Vor Schreck fiel er rückwärts in den Kapitänssitz und riss dabei den Gasgriff nach hinten. Die Nikon sank auf seinen Schoß.

»Ich glaub's nicht!«, rief Nate. »Hast du das gesehen?«

»Was gesehen? Ich hab hier dreiundsiebzig Fuß«, sagte Amy, während sie den Entfernungsmesser abnahm. »Von da, wo du bist, wahrscheinlich sechsundsiebzig. Was waren deine Bildziffern?« Sie griff nach dem Notizbuch, als sie sich zu Nate umdrehte. »Bist du okay?«

»Alles klar. Bild Nummer sechsundzwanzig, aber ich hab ihn verpasst«, log er. Sein Hirn blätterte in einem gewaltigen Stapel Karteikarten, durchforstete eine Million Artikel, die er gelesen hatte, suchte eine Erklärung für das, was er eben gesehen hatte. Es konnte unmöglich wahr sein. Der Film würde es beweisen. »Dir ist keine ungewöhnliche Zeichnung aufgefallen, als du das Foto gemacht hast?«

»Nein, dir?«

»Nein, vergiss es.«

»Ganz ruhig, Nate. Wir kriegen ihn, wenn er wieder hochkommt«, sagte Amy.

»Kehren wir um.«

»Willst du denn keine Längenmessung vornehmen?« Um die Daten zu komplettieren, brauchten sie ein Erkennungsfoto, eine Tonaufnahme von mindestens einem vollständigen Liedzyklus, eine Hautprobe zur Ermittlung von DNS und Toxinen – und eine Längenmessung.

»Kehren wir lieber nach Lahaina zurück«, sagte Nate und starrte die Kamera auf seinem Schoß an. »Du fährst.«

2

Maui No Ka Oi (Maui ist der Beste)

Am Anfang war der alte Schwindler Maui, der im Kanu saß, seine Leine auswarf und die Inseln vom Grund des Meeres angelte. Er sah sich an, was er da heraufgezogen hatte. Mitten in der Kette sah er eine Insel, die aus zwei großen Vulkanen bestand, wie die warmen, schiefen Brüste des Meeres. Zwischen diesen beiden lag ein tiefes Tal, das in Mauis Augen wie ein weiblicher Busen aussah, was ihm gut gefiel. Und so gab Maui der Insel mit den beiden Möpsen seinen Namen, und ihr Spitzname wurde »Buseninsel«, was so blieb, bis ein paar Missionare auftauchten und sie in »Insel des Tales« umtauften (denn im Aufspüren und Vernichten von Frohsinn sind Missionare ungeschlagen). Dann landete er mit seinem Kanu an einem stillen, schmalen Strand an der Westküste seiner neuen Insel und sagte sich: »Ich könnte ein paar Cocktails und 'ne kleine Nummer vertragen. Ich lauf nach Lahaina und besorg mir was.«

Nun, die Zeit verging, und ein paar Walfänger kamen auf die Insel, brachten Stahlwerkzeuge, Syphilis und andere Wunderdinge aus dem Westen mit, und bevor noch jemand wusste, was los war, dachten auch die Walfänger, sie hätten nichts gegen ein paar Cocktails und eine kleine Nummer einzuwenden. Statt nun also wieder ums Horn zurück nach Nantucket zu segeln, um ein paar Gläschen Grog und die Röcke der erstbesten Hester, Millicent oder Prudence zu lüpfen (so schnell, dass die gute Frau dachte, sie sei in einen Schornstein gefallen und auf einer Zucchini gelandet), fuhren sie nach Lahaina ein, angelockt vom trunkenen Sexzauber des alten Maui. Sie waren nicht wegen der Wale nach Maui gekommen. Sie kamen, um zu feiern.

Und so wurde aus Lahaina eine Walfängerstadt. Obwohl jedoch die Buckelwale nun seit einigen Jahren dorthin kamen, um zu kalben und zu singen, und es in den Gewässern um Hawaii von geflügelten Sängern nur so wimmelte, machten die Walfänger dort keineswegs wegen der Buckelwale Station. Die waren wie ihre Furchenwal-Brüder – die stromlinienförmigen Blau-, Finn-, Sei-, Zwerg- und Brydewale – einfach zu schnell, als dass man sie mit Segelschiffen und Ruderbooten jagen konnte. Nein, die Walfänger kamen nach Lahaina, um sich auszuruhen und sich auf dem Weg in die japanischen Gewässer zu amüsieren, wo sie den großen Glattwal jagten, der wie ein dicker, tumber Baumstamm im Wasser dümpelte, so dass man einfach hinrudern und ihm eine Harpune in den Kopf rammen konnte. Erst nach Erfindung der Dampfschiffe und der Dezimierung jener riesigen, fetttriefenden Glattwale richteten die Jäger ihre Harpunen auf die Buckelwale.

Den Jägern folgten die Missionare, die Zuckerfarmer, die Chinesen, Japaner, Filipinos und Portugiesen – die allesamt auf den Zuckerplantagen arbeiteten – und Mark Twain. Mark Twain fuhr wieder nach Hause. Alle anderen blieben. In der Zwischenzeit vereinigte König Kamehameha I. die Inseln durch den geschickten Einsatz von Feuerwaffen gegen Holzspeere und machte Lahaina zur Hauptstadt von Hawaii. Kurze Zeit darauf fuhr Amy am Steuer eines Acht-Meter-Mako-Speedboots in den Hafen von Lahaina ein, mit einem großen, fassungslos dreinblickenden Doktor der Biologie auf dem Bugsitz.

Das Funkgerät piepste. Amy nahm es und drückte den Sprechknopf. »Ich höre, Clay.«

»Stimmt irgendwas nicht?« Offenbar stand Clay Demodocus am Hafen und sah sie kommen. Es war noch nicht mal acht Uhr morgens. Wahrscheinlich machte er gerade sein Boot bereit, um rauszufahren.

»Ich weiß nicht genau. Nate will Feierabend machen. Ich frag ihn, wieso.« Zu Nate sagte sie: »Clay will wissen, wieso.«

»Anomale Daten«, erwiderte Nate.

»Anomale Daten«, wiederholte Amy ins Funkgerät.

Es folgte eine Pause. Dann sagte Clay: »Oh, okay ... schon verstanden.«

Der Hafen von Lahaina ist nicht sehr groß. Nur etwa hundert Boote finden innerhalb der Hafenmauern Platz, und dabei handelt es sich bei den meisten um geräumige Vergnügungsjachten oder Katamarane, fünfundzwanzig Meter lange Boote voll sonnencremetriefender Touristen, die auf dem Wasser alles Mögliche treiben, von Schlemmerfahrten übers Sportangeln und Schnorcheln am halb versunkenen Krater von Molokini bis hin zum »Whale Watching«. Jet Ski, Parasailing und Wasserski waren von Dezember bis April verboten, solange sich die Buckelwale in diesen Gewässern befanden, und daher waren viele der kleineren Boote, mit denen normalerweise unbescholtene Meeresbewohner im Namen der Freizeit terrorisiert wurden, während der Saison an Walforscher vermietet. An einem ganz normalen Wintermorgen konnte man unten im Hafen von Lahaina keine Kokosnuss werfen, ohne damit einen Doktor der Cetologie zu treffen (und man hatte gute Chancen, mit einem Querschläger zwei Magister zu streifen, die an ihrer Dissertation arbeiteten).

Clay Demodocus war mit einem Doktor und einem Marineoffizier in eine Partie Forschungslügenpoker verstrickt, als Amy das Mako rückwärts in den Liegeplatz manövrierte, den sie sich mit drei Beibooten von Segeljachten teilten, die draußen vor dem Hafen lagen, einem Elf-Meter-Motorsegler und dem anderen Boot der Maui Whale Research Foundation (Clays Boot), der *Always Confused*, einem nagelneuen Sieben-Meter-Grady White-Fisherman mit Mittelkonsole. (Liegeplätze waren in Lahaina schwer zu bekommen, und die Umstände zwangen die Maui Whale Research Foundation – Nate und Clay – in dieser Saison, tagtäglich ein nautisches Kuddelmuddel mit sechs weiteren Booten aufzuführen. Was tut man nicht alles, nur um mit einem Stock Wale pieksen zu können?)

»Schade«, sagte Clay, als ihm Amy die Heckleine zuwarf. »Was für ein schöner, windstiller Tag.«

»Wir haben alles, bis auf die Längenmessung von dem einen Sänger«, erwiderte Amy.

Der Wissenschaftler und der Marineoffizier auf dem Anleger hinter Clay nickten, als verstünden sie nur zu gut. Clifford Hyland, ein grauhaariger Walforscher aus Iowa, stand neben dem jungen Captain L. J. Tarwater in frisch gebügelter schneeweißer Uniform, der aufpasste, dass Hyland das Geld der Navy auch angemessen verwendete. Hyland wirkte immer etwas verlegen und mied den Blickkontakt mit Amy und Nate. Ohne Geld ging es nicht, und Forscher nahmen, was sie kriegen konnten, aber Navy-Geld, also … es stank.

»Morgen, Amy«, sagte Tarwater und strahlte sie mit seinem makellosen, schneeweißen Lächeln an. Er war schlank, dunkelhaarig und wirkte beklemmend tüchtig. Neben ihm sahen Clay und die anderen Wissenschaftler aus, als hätte man sie mit einem Sack voll Lavaasche in den Trockner gesteckt.

»Guten Morgen, Captain. Morgen, Cliff.«

»Hi, Amy«, sagte Cliff Hyland. »Hi, Nate.«

Nathan Quinn schüttelte seine Benommenheit ab wie ein Golden Retriever, der seinen Namen irgendwie im Zusammenhang mit Futter gehört hatte. »Was? Wie? Oh, hi, Cliff. Was?«

Hyland und Quinn gehörten einer Gruppe von dreizehn Wissenschaftlern an, die zum ersten Mal in den Siebzigern nach Lahaina gekommen war (»Die Killer-Elite« nannte Clay sie noch heute, nachdem sie sich alle zu Autoritäten auf ihrem Gebiet entwickelt hatten). Ursprünglich wollten sie gar keine Gruppe sein, merkten jedoch schon bald, dass sie nur auf der Insel bleiben konnten, wenn sie ihre finanziellen Mittel zusammenlegten und auch gemeinsam wohnten. Jahrelang lebten dreizehn Personen – manchmal sogar mehr, wenn sie sich Assistenten, Frauen oder Freundinnen leisten konnten – während der Saison gemeinsam in einem kleinen Haus, das sie in Lahaina angemietet hatten. Hyland verstand Quinns Neigung, sich in seine Forschungen zu vertiefen, bis er alles um sich herum vergaß, und so konnte es ihn auch nicht überraschen, dass der schlaksige Forscher mit seinen Gedanken woanders war.

»Anomale Daten, hm?«, fragte Cliff, da er vermutete, dass Nate deshalb in anderen Sphären schwebte.

»Äh … nichts, was ich mit Bestimmtheit sagen könnte. Ich meine, im Grunde funktioniert nur der Rekorder nicht richtig. Irgendwas schleift. Muss vielleicht gereinigt werden.«

Und alle, einschließlich Amy, sahen Quinn einen Moment lang an, als wollten sie sagen: *Was du nicht sagst, du verlogener Popel Walrotz, das ist ja wohl die müdeste Geschichte, die ich je gehört habe, wen willst du hier eigentlich verarschen?*

»Schade«, sagte Clay. »So einen strahlend blauen Tag da draußen zu verpassen. Vielleicht könnt ihr mit dem anderen Rekorder wieder rausfahren, bevor Wind aufkommt.« Clay wusste, dass mit Nate irgendwas los war, aber er vertraute ihm auch, und deshalb drängte er ihn nicht. Nate würde schon damit rausrücken, sobald ihm danach zumute war.

»Apropos«, sagte Hyland. »Ich glaube, wir sollten langsam mal los.« Er schlenderte den Anleger zu seinem Boot hinunter. Tarwater starrte Nate gerade so lange an, dass seine Abscheu deutlich wurde, dann machte er auf dem Absatz kehrt und marschierte Hyland hinterher.

Als sie weg waren, sagte Amy: »Tarwater ist ein ekliger Typ.«

»Der ist schon in Ordnung. Er macht einfach seine Arbeit«, erwiderte Clay. »Was war mit dem Rekorder?«

»Der Rekorder ist okay«, sagte Nate.

»Was war denn los? Es ist doch ein perfekter Tag.« Clay fasste gern das Offensichtliche in Worte, sofern es denn positiv war. Es war sonnig, still, kein Lüftchen regte sich, und die Unterwassersicht betrug fast siebzig Meter. Es war tatsächlich ein perfekter Tag für die Walforschung.

Nate begann, Clay die wasserdichten Kisten mit der Ausrüstung rüberzureichen. »Ich weiß nicht. Könnte sein, dass ich da draußen was gesehen habe, Clay. Ich muss drüber nachdenken und die Bilder sehen. Ich geb meinen Film im Labor ab, dann lauf ich rüber nach Papa Lani und schreib ein paar Berichte, bis der Film entwickelt ist.«

Clay zuckte, wenn auch nur kurz. Es war Amys Aufgabe, Filme abzugeben und Berichte zu schreiben. »Okay. Wie steht's mit dir, Kleine?«, sagte Clay zu Amy. »Mein neuer Helfershelfer scheint nicht aufzutauchen, und ich brauch jemanden oben, wenn ich unten bin.«

Amy sah Nate an, als wollte sie so was wie seine Erlaubnis, aber als er einfach weiter Kisten entlud, ohne zu reagieren, zuckte sie mit den Schultern. »Klar, gerne.«

Plötzlich wurde Clay ganz unsicher und scharrte mit seinen Flip-Flops, so dass er einen Moment eher wie ein Fünfjähriger aussah, nicht wie ein Fünfzigjähriger mit fassförmigem Oberkörper. »Wenn ich dich ›Kleine‹ genannt habe, wollte ich dich damit keineswegs erniedrigen oder so was in der Art. Das weißt du, oder?«

»Ich weiß«, antwortete Amy.

»Und ich wollte damit auch keine Bemerkung hinsichtlich deiner Kompetenz machen.«

»Ich verstehe, Clay.«

Clay räusperte sich unnötigerweise. »Okay«, sagte er.

»Okay«, sagte Amy. Sie schnappte sich zwei wasserdichte Kisten mit Ausrüstung, stieg auf den Anleger und schleppte das Zeug zum Parkplatz hinüber, damit es in Nates Pick-up verladen werden konnte. Über die Schulter hinweg rief sie: »Ihr zwei Jungs solltet dringend mal einen wegstecken.«

»Ich denke, das nennt man sexuelle Belästigung, nur seitenverkehrt«, sagte Clay zu Nate.

»Vielleicht leide ich unter Halluzinationen«, sagte Nate.

»Nein, sie hat es wirklich gesagt«, betonte Clay.

Nachdem Quinn gegangen war, stieg Amy auf die *Always Confused* und machte die Heckleine los. Sie warf einen Blick über die Schulter zu der Dreizehn-Meter-Kabinen-Jacht, an deren Bug Captain Tarwater posierte, als machte er Werbung für ein besonders scharfes Waschmittel – »Weißer Riese Ultrasteif« vielleicht.

»Clay, hast du schon mal gehört, dass Forscher bei der Arbeit von einem uniformierten Marineoffizier begleitet werden?«

Clay blickte auf; er checkte gerade die Batterien im GPS. »Nur wenn der Forscher von einem Marineschiff aus arbeitet. Ich bin mal auf einem Zerstörer mitgefahren, um vor Ort die Folgen hochexplosiver Sprengstoffe auf die Seelöwenpopulation der Falklandinseln zu studieren. Sie wollten sehen, was passiert, wenn man eine Fünftausend-Kilo-Bombe in der Nähe einer solchen Kolonie zündet. Dafür war ein Offizier in Uniform verantwortlich.«

Amy warf die Leine auf den Anleger und wandte sich zu Clay um. »Und was ist passiert?«

»Na ja, sie sind in die Luft gegangen. Ich meine, das war eine Menge Sprengstoff.«

»*Das* haben sie dich für *National Science* filmen lassen?«

»Nur Fotos«, sagte Clay. »Ich glaube, sie haben nicht damit gerechnet, dass so was ablaufen würde. Ich hab ein paar tolle Aufnahmen von regnenden Seehunden.« Clay ließ die Maschine an.

»Igitt.« Amy band die Fender los und zog sie ins Boot. »Aber hier hast du bisher noch keinen Uniformierten gesehen? Bis jetzt, meine ich?«

»Noch nie«, antwortete Clay. Er drückte den Gashebel herunter. Es tat einen dumpfen Schlag, und das Boot fuhr langsam an.

Amy stieß sie mit einem gepolsterten Bootshaken von den umliegenden Booten ab. »Was glaubst du, was die hier machen?«

»Ich war gerade dabei, sie auszufragen, als ihr beiden reingekommen seid. Sie hatten eine ziemlich große Kiste verladen. Ich habe sie gefragt, was es war, und Tarwater wollte nicht so recht damit rausrücken. Cliff sagte, es sei irgendwas Akustisches.«

»Richtmikrofone?«, fragte Amy. Manchmal zogen Forscher eine ganze Reihe von Hydrophonen hinter sich her, mit denen man – im Gegensatz zu einem einzelnen Hydrophon – die Richtung bestimmen konnte, aus welcher die Laute kamen.

»Könnte sein«, sagte Clay. »Nur dass sie keine Winsch auf ihrem Boot haben.«

»Einen Flunsch? Was willst du damit sagen, Clay?« Amy spielte die Gekränkte. »Dass ich einen Flunsch ziehe?«

Clay lächelte sie an. »Ich bin alt und habe eine Freundin, und von daher bin ich gegen solche Anspielungen immun. Bitte unterlass deine sinnlosen Versuche, mich in Verlegenheit zu bringen.«

»Fahren wir ihnen nach.«

»Sie arbeiten auf der Leeseite von Lanai. Ich möchte mit der *Confused* nicht aufs offene Meer fahren.«

»Also *hast* du versucht, rauszufinden, was sie vorhaben?«

»Ich habe danach gefischt, aber nichts gefangen. Cliff sagt kein Wort, solange Tarwater neben ihm steht.«

»Also, fahren wir ihnen hinterher.«

»Wir könnten heute eine Menge schaffen. Schließlich ist bestes Wetter, und wer weiß, ob wir in dieser Saison ein Dutzend windstiller Tage zusammenbekommen. Wir können es uns nicht leisten, einen vollen Tag zu verlieren, Amy. Wobei mir einfällt: Was ist eigentlich los mit Nate? Sieht ihm gar nicht ähnlich, einen Arbeitstag ausfallen zu lassen.«

»Du weißt doch, dass er 'ne Schraube locker hat«, sagte Amy, als sei die Antwort nahe liegend. »Er denkt einfach zu viel über Wale nach.«

»Ach ja, stimmt. Hatte ich ganz vergessen.« Als sie aus dem Hafen fuhren, winkte Clay ein paar Forschern drüben am Tankanleger zu, die sich gerade einen Kaffee holten. Zwanzig Universitäten und ein Dutzend Stiftungen waren in dieser Gruppe vertreten. Clay hatte es höchstpersönlich in die Hand genommen, aus den Wissenschaftlern, die von Lahaina aus arbeiteten, ein soziales Gefüge zu formen. Er kannte sie alle, und er konnte nichts dagegen tun: Er mochte Menschen, die mit Walen arbeiteten, und es freute ihn, wenn sie sich gut verstanden.

Er hatte wöchentliche Treffen und Präsentationen von Forschungsarbeiten im Gebäude der Walschutzstation in Kihei organisiert, bei denen sämtliche Wissenschaftler zusammenkamen, miteinander redeten, Informationen austauschten und versuchten, den anderen nützliche Daten aus dem Kreuz zu leiern, um sich die mühevolle Feldforschung zu ersparen.

Auch Amy winkte der Gruppe, während sie in einer der

orangefarbenen, wasserdichten Kisten herumwühlte. »Komm schon, Clay, folgen wir Tarwater und sehen nach, was er im Schilde führt.« Sie holte ein riesiges Fernglas aus der Kiste und zeigte es Clay. »Wir könnten es uns aus einiger Entfernung ansehen.«

»Vielleicht solltest du lieber vorn am Bug nach Walen Ausschau halten, Amy.«

»Wale? Die sind groß und schlüpfrig. Muss man sonst noch was wissen?«

»Ihr Wissenschaftler erstaunt mich doch immer wieder«, sagte Clay. »Komm, halt mal das Steuer. Ich hol mir einen Stift. Das muss ich mir aufschreiben.«

»Los, fahren wir Tarwater hinterher!«

3

Ein Stückchen Natodraht um den Himmel

Das Tor zum Gelände von Papa Lani stand offen, als Nate näher kam. Nicht gut. Clay achtete gewissenhaft darauf, dass sie das Tor jedes Mal mit dem großen Vorhängeschloss verriegelten, sobald sie das Gelände verließen.

Papa Lani war eine Ansammlung von Holzhäusern auf zwei Morgen Land nordöstlich von Lahaina, umgeben von einem halben Dutzend Zuckerrohrfelder, die eine reiche Frau Maui Whale gespendet hatte. Clay und Nate nannten sie nur liebevoll die »Komische Alte«. Das Anwesen bestand aus sechs kleinen Bungalows, die früher als Unterkunft für Plantagenarbeiter gedient hatten, aber vor seit langer Zeit zu Wohnungen, Labor und Büro für Clay, Nate und sämtliche Assistenten, Forscher oder Filmcrews umgebaut worden waren, die während der Saison bei ihnen arbeiteten. Dieses Gelände zu bekommen, war für Maui Whale ein Geschenk Gottes gewesen, angesichts der Kosten für Unterkunft und Einlagerung in Lahaina. Clay hatte es »Papa Lani« getauft (Hawaiianisch für »Himmel«) zu Ehren ihrer Glückssträhne, aber irgendwer hatte das Tor zum Himmel offen stehen lassen, und soweit Nate sehen konnte, war die Engelskacke schon am Dampfen.

Noch bevor er aus seinem Truck stieg, sah Nate einen ramponierten, grünen BMW auf dem Gelände stehen. Vor dem Gebäude, das sie als Büro benutzten, lagen Akten verteilt. Er sammelte einiges davon auf, während er über die sandige Auffahrt und die Stufen in den kleinen Bungalow hinaufhastete. Drinnen herrschte Chaos: Schubladen waren aus Aktenschränken gerissen worden, Kassettenregale umgekippt, die Bänder wie Luftschlangen im Raum verteilt, Computer umgeworfen, die Gehäuse an der Seite aufgebrochen, so dass Drähte heraushingen. Nate stand mitten im Chaos, wusste nicht recht, was er tun oder wohin er schauen sollte. Er fühlte sich geschändet. Fast hätte er sich übergeben. Selbst wenn nichts fehlte, war doch sein Lebenswerk im Wind verweht.

»Oh … Jah, steh bei mir!«, hörte er eine Stimme hinter sich. »Wenn das kein ekelhaft abscheulich Schweinerei ist, Mann! Aber echt jetzt!«

Nate fuhr herum und ging in Kampfstellung – ungeachtet des Umstands, dass er von asiatischer Kampfkunst keine Ahnung hatte – und quiekte wie ein kleines Mädchen. Die Silhouette einer schlangenhaarigen Gorgone war in der Tür zu sehen, und Nate hätte gleich noch einmal aufgeschrien, wäre die Gestalt nicht ins Licht getreten, so dass ein magerer, halb nackter Teenager mit Surfershorts und Flip-Flops sichtbar wurde, mit einem mächtigen Gewirr aus blonden Dreadlocks und etwa sechshundert Nasenringen.

»Cool bleiben, Bruder, cool bleiben ist halbe Miete«, nuschelte der Junge. Gras und Steeldrums sprachen aus seiner Stimme, Spott und Jugend und zwei fette Joints, die ihn vom Rest der Wirklichkeit trennten.

Augenblicklich schwenkte Nate von Furcht zu Fassungslosigkeit um. »Was redest du für 'n Scheiß?«

»Relax, Bruder. Kona kommt, um dir zu helfen.«

Nate überlegte, ob er sich vielleicht besser fühlen würde, wenn er den Bengel würgte – nicht die volle Würgung, nur so ein kleines Frustrationswürgen, um etwas von dem Schock über das zerstörte Labor abzureagieren –, aber stattdessen fragte er: »Wer bist du? Was machst du hier?«

»Kona«, sagte der Junge. »Diese Boss mit Name Clay hat mich am Tag vor heute für die Boote angeheuert.«

»Du bist der Junge, den Clay für die Boote eingestellt hat?«

»Scheiße, Mann, hab ich das nicht eben gesagt? Was bist du, Bruder? Ninja?«

Der Junge nickte, dass die Dreads um seine Schultern wippten, und Nate wollte ihn schon wieder anschreien, als er merkte, dass er noch immer in seiner Pseudopose dastand und vermutlich wie ein kompletter Schwachkopf aussah.

Er richtete sich auf, zuckte mit den Schultern, dann tat er, als strecke er sich, und rollte großspurig mit dem Kopf, wie er es bei Boxern gesehen hatte, als hätte er eben einen besonders gefährlichen Gegner auf die Bretter geschickt. »Du wurdest vor einer Stunde unten am Anleger erwartet.«

»Supergeile Wellen heute früh im Norden, ging nicht anders.« Der Junge zuckte mit den Schultern. Was sollte man da machen? Supergeile Wellen. Da konnte er nicht anders.

Nate blinzelte den Surfer an, der eine Mischung aus Rasta, Pidgin, Surfersprache und … na ja, Schwachsinn redete. »Hör auf zu quatschen, sonst bist du auf der Stelle gefeuert.«

»Clay sagt, du bist große Wal-Kahuna, hey?«

»Yeah«, sagte Nate. »Ich bin hier der Wal-Kahuna. Und du bist gefeuert.«

»Echt jetzt, Mann?«, sagte der Junge. Dann zuckte er mit den Schultern, drehte sich um und schlurfte zur Tür. »Jah liebt dich, Alter. Halt dein Ohren steif«, murmelte er noch über die Schulter.

»Warte«, sagte Nate.

Der Junge fuhr herum, und die Dreads umrahmten sein Gesicht wie ein pelziger Oktopus, der im Begriff stand, einen Krebs zu fressen. Er spuckte eine Dreadlock aus und wollte etwas sagen.

Quinn hob einen Finger, um ihm zu zeigen, dass er schweigen sollte. »Kein Wort Pidgin, Hawaiianisch oder Rasta – oder du fliegst.«

»Okay.« Der Junge wartete.

Quinn nahm Haltung an und betrachtete die Schweinerei, dann den Jungen. »Da draußen fliegen überall Papiere rum. Sie hängen in den Zäunen, in den Büschen. Wäre schön, wenn du sie einsammeln und so ordentlich wie möglich stapeln könntest. Würdest du das tun?«

Der Junge nickte.

»Ausgezeichnet. Ich bin Nathan Quinn.« Nate hielt ihm die Hand hin.

Der Junge kam herüber und drückte seine Hand mit kräftigem Griff. Fast wäre der Wissenschaftler zurückgewichen, aber stattdessen erwiderte er den Druck und versuchte zu lächeln.

»Pelekekona«, sagte der Junge. »Nenn mich Kona.«

»Willkommen an Bord, Kona.«

Dann sah sich der Junge um, und es schien, als würde er einiges von seiner Kraft einbüßen, nachdem er seinen Namen preisgegeben hatte, als wäre er plötzlich ganz schwach, trotz seiner Muskeln an Brust und Bauch. »Wer war das?«

»Keine Ahnung.« Nate hob eine Kassette auf, deren Band herausgerissen und zu einem Vogelnest aus braunem Plastik zusammengeknüllt war. »Geh und sammel unsere Unterlagen ein. Ich ruf die Polizei. Oder ist das ein Problem?«

Kona schüttelte den Kopf. »Wieso sollte es?«

»Nur so. Hol die Papiere. Weggeworfen wird nur, wenn ich es sage, klar?«

»Klar wie Muschelsuppe, Bruder«, erwiderte Kona und grinste

Nate an, während er sich auf den Weg in den Sonnenschein machte. Draußen drehte er sich um und rief: »Hey, Kahuna Quinn.«

»Was?«

»Wie kommt es, dass die Buckel singen?«

»Was glaubst du?«, fragte Nate, und aus seiner Frage sprach Hoffnung. Obwohl der Kleine jung, etwas nervig und vermutlich bekifft war, hoffte der Wissenschaftler aufrichtig, dass Kona – unbelastet von allzu viel Wissen – eine Antwort darauf wüsste. Es war ihm egal, wie oder woher diese Antwort kam (und sie würde immer noch bewiesen werden müssen). Er wollte es einfach wissen – was ihn von den Durchschnittsforschern, den Möchtegerns, den falschen Fuffzigern und Egotrippern auf dem Gebiet unterschied. Nate wollte es einfach wissen.

»Ich glaube, vielleicht wollen sie Babylon niedersingen.«

»Du wirst mir erklären müssen, was das bedeutet.«

»Kümmern wir uns um das Sauerei hier, dann zünden wir uns eine kleine Joint an und denken nach, Bruder.«

Fünf Stunden später kam Clay wortreich zur Tür herein. »Wir haben heute ein paar unglaubliche Bilder gemacht, Nate. Das beste Kuh/Kalb-Zeug, das ich je geschossen habe.« Clay war so aufgedreht, dass er fast hüpfte.

»Okay«, sagte Nate mit zombiegleichem Mangel an Begeisterung. Er saß vor seinem zusammengeflickten Computer an einem der Schreibtische. Das Büro war größtenteils wiederhergestellt, aber das offene Gehäuse des Computers, dessen Drähte sich zu einer Diaspora fehlender Laufwerke auffächerten, kündete von entlaufenen Daten. »Hier waren Einbrecher. Sie haben das Büro verwüstet.«

Clay wollte sich die Laune nicht verderben lassen. Er hatte ein tolles Video dabei. Als er die Ventilatoren und Drähte sah, kam ihm plötzlich in den Sinn, dass möglicherweise jemand seine Video-Konsole verwüstet haben könnte. Er fuhr herum und erblickte seinen 42-Zoll-Flachbildschirm an der Wand. Ein langer Sprung ging quer durchs Glas. »Oh«, sagte er. »Oh, nein.«

Lächelnd kam Amy herein. »Nate, du glaubst nicht, was –« Sie blieb stehen, sah, dass Clay seinen kaputten Monitor anstarrte, sah Einzelteile von Computern auf Nates Schreibtisch, Akten, die nicht standen, wo sie stehen sollten. »Oh«, sagte sie.

»Hier waren Einbrecher«, sagte Clay verzweifelt.

Sie legte Clay die Hand auf die Schulter. »Heute? Am helllichten Tag?«

Nate drehte sich auf seinem Stuhl herum. »Sie haben auch unsere Zimmer durchsucht. Die Polizei war schon da.« Er sah, dass Clay seinen Monitor anstarrte. »Ach, und der ist auch hinüber. Tut mir Leid, Clay.«

»Ihr Jungs seid doch versichert, oder?«, sagte Amy.

Unverwandt starrte Clay seinen geborstenen Monitor an. »Dr. Quinn, haben Sie die Versicherung bezahlt?« Clay nannte Nate nur »Doktor«, wenn er ihn offiziell daran erinnern wollte, wie professionell sie eigentlich arbeiten sollten.

»Letzte Woche. Ging mit der Bootsversicherung raus.«

»Na, dann wird doch alles wieder gut«, sagte Amy, stieß Clay an, drückte seine Schulter, boxte gegen seinen Arm, kniff ihm in den Hintern. »Heute Abend können wir einen neuen Monitor bestellen, du Mondkalb«, zwitscherte sie wie das Glücksvögelchen aus einer finsteren Gruft.

»Hey!« Clay grinste. »Yeah, alles wird wieder gut.« Lächelnd wandte er sich Nate zu. »Noch was kaputt? Fehlt irgendwas?«

Nate deutete auf den Papierkorb, aus dem ein Haufen zerknäulter Tonbänder hervorquoll. »Das war zusammen mit den Akten über das ganze Gelände verteilt. Die meisten Bänder sind unbrauchbar… die letzten zwei Jahre.«

Plötzlich war Amy gar nicht mehr so fröhlich und machte einen entsprechend besorgten Eindruck. »Was ist mit den Digitalaufnahmen?« Mit dem Ellbogen stieß sie den grinsenden Clay an, und er schloss sich ihrem Trübsinn an. Beide runzelten die Stirn. (Nate hielt sämtliche Tonaufnahmen auf Analogband fest und überspielte sie dann zur Analyse auf den Computer. Theoretisch sollte es von allem eine digitale Kopie geben.)

»Die Festplatten sind gelöscht. Ich kann überhaupt nichts runterziehen.« Nate holte tief Luft, seufzte, dann rotierte er auf seinem Stuhl und schlug mit der Stirn auf die Schreibtischplatte, mit einem Knall, der den ganzen Bungalow erschütterte.

Amy und Clay zuckten zusammen. Da lagen reichlich Schrauben auf dem Tisch. Clay sagte: »Na, so schlimm kann es nicht gewesen sein, Nate. Du hast ja schnell wieder aufgeräumt.«

»Der Junge, den du eingestellt hast, hat mir geholfen.« Nate sprach mit dem Tisch, drückte seine Nase auf die Platte, genau dort, wo er aufgeschlagen war.

»Kona? Wo ist er?«

»Ich hab ihn zum Labor geschickt. Da war ein Film, den ich so schnell wie möglich sehen wollte.«

»Ich wusste, dass er uns an seinem ersten Tag nicht sitzen lässt.«

»Clay, ich muss mit dir reden. Amy, würdest du uns bitte einen Moment entschuldigen?«

»Klar«, sagte Amy. »Ich seh mal nach, ob in meiner Hütte was fehlt.« Sie marschierte hinaus.

Clay fragte: »Willst du da so sitzen bleiben? Soll ich am Boden knien, wenn ich dir ins Gesicht sehen möchte?«

»Könntest du den Erste-Hilfe-Kasten holen, bevor wir reden?«

»Hast du Schrauben in der Stirn?«

»Vier oder fünf vielleicht.«

»Die sind aber nicht besonders groß, nur so klitzekleine Dinger.«

»Clay… immer versuchst du, mich aufzuheitern.«

»So bin ich nun mal«, sagte Clay.

4

Die Walmänner von Maui

Clay war jemand, der alles und jeden mochte – Menschen, Tiere, Autos, Boote. Er besaß ein fast übernatürliches Talent, die Liebenswürdigkeit in allem und jedem aufzuspüren. Wenn er durch die Straßen von Lahaina lief, hieß er sonnenverbrannte Touristenpärchen im Aloha-Partnerlook willkommen (in den Augen der meisten Einheimischen nur menschlicher Bodensatz) und begrüßte im nächsten Moment einen Trupp einheimischer Brüder auf dem Parkplatz des ABC Store mit einem lässigen Rückhand-Shaka (Daumen und kleiner Finger ausgestreckt, die drei mittleren umgeknickt, immer mit dem Handrücken, wenn man Einheimischer ist), ohne böse Blicke oder Pidgin-Flüche zu ernten wie die meisten Bleichgesichter. Die Menschen konnten spüren, dass Clay sie mochte, genauso wie die Tiere, was vermutlich der Grund war, wieso Clay überhaupt noch lebte. Fünfundzwanzig Jahre hatte er mit Jägern und Riesen im Wasser verbracht, und nur einmal war er in den Strudel der Schwanzflosse eines Nordkapers geraten, der ihn (wie im Comic) in die langsam laufende Schraube eines Schlauchboots gespült hatte. (Oh, zweimal wäre er fast ertrunken und hatte eine Unterkühlung davongetragen, aber das lag nicht an den Tieren. Es war die See, und die tötete einen, ob man sie nun leiden konnte oder nicht … was allerdings bei Clay der Fall war.) Das zu tun, was er tat, und seine grenzenlose Verbundenheit mit allem machten Clay Demodocus zu einem glücklichen Menschen, aber er war auch klug genug, mit seiner Glückseligkeit nicht hausieren zu gehen. Tiere mochten sich die Grinserei vielleicht gefallen lassen, aber Menschen drehen einem dafür irgendwann den Hals um.

»Wie macht sich der Neue?«, fragte Clay, um vom Jod abzulenken, das er auf Nates Stirn tupfte, während er gleichzeitig ausrechnete, wie lange der Discountladen in Seattle brauchen würde, um einen neuen Monitor nach Maui zu schicken. Clay liebte Apparate aller Art.

»Er ist kriminell«, sagte Nate.

»Er wird schon zurechtkommen. Er ist ein Wassermensch.« Für Clay sagte das alles. Entweder man war ein Wassermensch oder nicht. Wenn nicht … na, dann war man eher nutzlos, oder?

»Er war eine Stunde zu spät dran … und dann noch am falschen Ort.«

»Er ist Einheimischer. Er wird uns mit der Walbullerei helfen.«

»Er ist kein Einheimischer. Er ist blond, Clay. Er ist weißer als du, verdammt.«

»Es wird schon gehen. Bei Amy hatte ich auch Recht, oder?«, sagte Clay. Er mochte den Jungen, diesen Kona, trotz des Einstellungsgespräches, das folgendermaßen gelaufen war:

Clay saß mit seinem 42-Zoll-Monitor im Rücken da. Seine weltberühmten Fotografien von Walen und Flossenfüßern liefen hinter ihm als Diashow. Da er ein Einstellungsgespräch führte, hatte er seine absolut besten Flip-Flops aus dem ABC Store an den Füßen. Kona stand mitten im Büro, mit Sonnenbrille, Sackhose und – da er sich um einen Job bewarb – einem roten Batikhemd.

»In deiner Bewerbung stand, dass du Pelke … äh, Pelekekona Ke …« Kapitulierend hob Clay die Hände.

»Ich heiße Pelekekona Keohokalole – vom Stamm der Krieger – Löwe von Zion, Bruder.«

»Darf ich dich Pele nennen?«

»Kona«, sagte Kona.

»In deinem Führerschein steht aber, dass du Preston Applebaum heißt und aus New Jersey kommst.«

»Ich bin hundertprozent Hawaii. Kona ist beste Bootshelfer auf ganze Insel, yeah. Ich bin bestimmt die Nummer-Eins-Helferhelfer, um sich um alles und jeden von weiße Forscherboss zu kümmern, damit er eingeborene Brüder unterdrücken und unser Land und beste Wahines klauen kann. Nieder mit den Besatzern! Aber erst wenn dieser Bruder seine Miete zahlen kann. Klaro?«

Clay grinste den blonden Jungen an. »Du bist echt am Ende, oder?«

Kona legte seine Rastanummer und die Coolness ab. »Hören Sie, ich bin hier geboren, als meine Eltern auf Urlaub waren. Ich bin wirklich Hawaiianer, irgendwie, und ich brauch diesen Job ganz dringend. Ich muss aus meiner Wohnung raus, wenn ich nicht diese Woche ein bisschen Geld verdiene. Ich kann nicht noch mal am Strand von Paia pennen. Letztes Mal ist mir mein ganzes Zeug geklaut worden.«

»Hier steht, du hast zuletzt als ›Forensischer Kalligraph‹ gearbeitet. Was ist das? Handschriftenanalyse?«

»Äh, nein. Eigentlich hatte ich mich selbständig gemacht, um Abschiedsbriefe von Selbstmördern zu verfassen.« Keine Spur von Pidgin mehr in seiner Sprache, nicht der leiseste Hauch von Reggae. »Ist nicht so gut gelaufen. Auf Hawaii will sich keiner umbringen. Ich glaube, wenn ich es zu Hause in New Jersey angefangen hätte, oder vielleicht in Portland, wäre es bestimmt gegangen. Sie wissen ja, wie es mit guten Geschäften ist: Der Standort ist entscheidend.«

»Ich dachte, das gilt nur für Immobilien.« Clay spürte allen Ernstes den leisen Stich einer verpassten Chance, denn wenn er auch ein abenteuerliches Leben führte und genau das tat, was er tun wollte, und obwohl er sich oft wie der unintelligenteste Mensch weit und breit fühlte (da er sich mit Wissenschaftlern umgab), merkte er jetzt, während er mit Kona sprach, dass er sein Potenzial als selbstbetrügerischer Dickkopf nie ganz ausgeschöpft hatte. Aaaahh ... welch schmerzliches Bedauern! Clay mochte diesen Jungen.

»Sehen Sie, ich bin ein Wassermensch«, sagte Kona. »Ich kenn mich mit Booten aus, mit Ebbe und Flut, mit den Wellen. Ich liebe das Meer.«

»Hast du Angst davor?«, fragte Clay.

»Absolut.«

»Gut. Wir treffen uns morgen früh um halb neun auf dem Anleger.«

Mittlerweile kratzte Nate an den kreuz und quer verlaufenden Pflastern an seiner Stirn herum, während Clay in der anderen Ecke des Zimmers unter dem Tisch die wasserdichten Kisten mit der Kameraausrüstung durchwühlte. Der Einbruch und der darauf folgende Wirbelwind an Aktivitäten hatten ihn ganz von dem abgelenkt, was ihm am Morgen über den Weg gelaufen war. Langsam sank eine schwarze Wolke aus Selbstzweifeln auf ihn nieder, und er fragte sich, ob er das, was er gesehen hatte, Clay überhaupt erzählen sollte. In der Welt der Verhaltensforschung existierte nur, was auch veröffentlicht war. Egal, wie viel man wusste ... real wurde es erst, wenn es in einer wissenschaftlichen Zeitschrift geschrieben stand. Im Alltag dagegen war eine Veröffentlichung sekundär. Wenn er Clay erzählte, was er gesehen hatte, würde es urplötzlich real werden, und er war gar nicht sicher, ob er das wirklich wollte – genau wie die Sache mit Amy oder die schmerzliche Erkenntnis, dass seine jahrelangen Forschungen verloren waren.

»Wieso musstest du eigentlich Amy rausschicken?«, fragte Clay.

»Clay, ich sehe nichts, was nicht auch wirklich zu sehen ist, okay? Ich meine, in der ganzen Zeit, die wir jetzt zusammen arbeiten, habe ich nie irgendwas behauptet, bevor ich nicht die entsprechenden Daten hatte, um es auch beweisen zu können, stimmt's?«

Clay blickte von seiner Inventarliste auf und sah die bestürzte Miene seines Freundes. »Hör mal, Nate, wenn dir der Junge solche Sorgen bereitet, können wir uns auch einen anderen suchen…«

»Es geht nicht um den Jungen.« Nate schien abzuwägen, was er sagen sollte, doch dann sprudelte es auf einmal aus ihm heraus. »Clay, ich glaube, auf der Schwanzflosse von diesem Sänger heute Morgen standen zwei Worte geschrieben.«

»Eine Narbenzeichnung, die nach Buchstaben aussah? So was hab ich auch schon gesehen. Ich hab ein Bild von einem Delphin mit Bissspuren an der Seite, die aussehen wie *zap*.«

»Nein, es war was anderes. Keine Narben. Da stand ›Flossen weg!‹.«

»Mh-hm«, machte Clay und gab sich alle Mühe, dass es nicht so klang, als würde er denken, sein Freund habe nicht mehr alle Nadeln an der Tanne. »Na ja… dieser Einbruch, Nate, der hat uns alle irgendwie erschüttert.«

»Das war vorher. Ach, ich weiß auch nicht. Ich glaube, es müsste auf dem Film zu sehen sein. Deshalb bin ich ja reingekommen, um ihn gleich ins Labor zu bringen, aber da habe ich dann die Schweinerei hier entdeckt. Also habe ich den Jungen mit meinem Truck rüber zum Labor geschickt, obwohl ich ziemlich sicher bin, dass er ein Krimineller ist. Warten wir, bis er mit dem Film zurückkommt, okay?« Nate drehte sich um und starrte auf den Schreibtisch voller Drähte und Teile, als hätte er sich in seinen Überlegungen verstrickt.

Clay nickte. Ganze Tage hatte er mit dem schlaksigen Wissenschaftler auf dem selben Acht-Meter-Boot verbracht, und sie hatten nicht mehr zueinander gesagt als »Sandwich?« und »Danke.«

Wenn Nate bereit wäre, ihm mehr zu erzählen, würde er es tun. Bis dahin wollte er ihn nicht bedrängen. Man treibt einen Denker nicht an, und man spricht auch nicht mit ihm, wenn er gerade denkt. Das wäre einfach rücksichtslos.

»Was denkst du?«, fragte Clay. Okay, er konnte manchmal rücksichtslos sein. Sein großer Monitor war nicht mehr zu reparieren, und er war selbst traumatisiert.

»Ich denke, wir werden bei vielen dieser Studien wieder ganz von vorn anfangen müssen. Sämtliche Ton- und Bildaufnahmen sind unbrauchbar, aber soweit ich sehen kann, fehlt nichts. Wer sollte so etwas tun, Clay?«

»Kids«, sagte Clay, während er ein Nikon-Objektiv auf angerichteten Schaden hin untersuchte. »Von meinen Sachen fehlt nichts, und vom Monitor mal abgesehen scheint alles in Ordnung zu sein.«

»Ach so. Deine Sachen.«

»Ja, meine Sachen.«

»Deine Sachen sind mehrere hunderttausend Dollar wert, Clay. Wieso sollten Kids das Zeug nicht mitnehmen? Alle Welt weiß, dass eine Nikon-Ausrüstung teuer ist, und jeder auf dieser Insel hat schon mal davon gehört, dass Unterwassergehäuse viel Geld kosten. Wer also sollte unsere Bänder und Disketten zerstören und alles andere stehen lassen?«

Clay ließ das Objektiv sinken und stand auf. »Falsche Frage.«

»Wieso ist das die falsche Frage?«

»Die Frage ist, wer sich für unsere Forschungen interessiert, abgesehen von uns selbst, der Komischen Alten und ungefähr einem Dutzend Biologen und Walfreaks auf der ganzen Welt. Sieh es ein, Nate: Niemand interessiert sich für singende Wale. Es gibt kein Motiv. Die Frage ist: *Wen* interessiert es?«

Nate sank auf seinem Sessel in sich zusammen. Clay hatte Recht. Es interessierte tatsächlich niemanden. Die Menschen kümmerten sich lediglich um die Anzahl der Wale, so dass im Grunde nur die Inspektoren – die Walzähler – Daten sammelten. Warum? Wenn man wusste, wie viele Wale es noch gab, wusste man auch, wie viele man töten durfte oder nicht. Solche Zahlen liebten und verstanden die Menschen. Sie glaubten, sie könnten damit etwas beweisen und auch etwas Geld verdienen. Verhaltensforschung… nun, Verhaltensforschung war doch Kinderkram, mit dem man höchstens Viertklässler begeistern konnte.

»Wir waren nah dran, Clay«, sagte Nate. »Irgendwas im Gesang haben wir noch nicht begriffen. Aber ohne die Bänder…«

Clay zuckte mit den Schultern. »Kennt man ein Lied, kennt man alle.« Was auch stimmte. Die Wale sangen ausnahmslos das gleiche Lied. Zwar mochte es sich von einer Saison zur nächsten ändern oder sogar im Laufe der Saison weiterentwickeln, aber – egal wie viele Buckelwale dort sein mochten – alle sangen das gleiche Lied. Niemand konnte sich erklären, wieso.

»Wir besorgen uns neue Aufnahmen.«

»Ich hatte die Spektrogramme schon gereinigt, gefiltert und analysiert. Es war alles auf den Festplatten.«

»Wir machen es noch mal neu, Nate. Wir haben Zeit. Niemand wartet auf uns. Interessiert doch sowieso keinen.«

»Das musst du nicht immer wieder sagen.«

»Es nervt mich aber langsam«, sagte Clay. »Kümmert doch kein Schwein, ob du rausfindest, was es mit dem Gesang der Buckelwale auf sich hat.«

Ein Flip-Flop kam ins Zimmer geflogen, gefolgt vom Rastafarisingsang des heimkehrenden Kona. »Irie, Clay, meine feuchte Freund! Ich bring dir Film und Kraut für diese Abend, auf dass wir preisen Jah und sein unendlich Gnade. Peace, Mann.«

Kona stand da, mit einem Umschlag voller Negative und Kontaktabzüge in der einen Hand. Mit der anderen hielt er eine Filmdose hoch über seinen Kopf. Er sah hinauf, als enthielte sie das Elixier des Lebens.

»Hast du einen Schimmer, was er gesagt hat?«, fragte Nate. Zielstrebig durchquerte er den Raum und riss Kona die Negative aus der Hand.

»Ich glaube, es ist aus *Jabberwocky*«, antwortete Clay. »Hat er von dir Geld für die Filmentwicklung bekommen? Du darfst ihm kein Bargeld geben.«

»Und hier einsam Dopedose mit heiliges Kraut«, sagte Kona. »Ich such mein Papers, und wir nehmen den Schiff nach Hause... nach Zion, Mann.«

»Du kannst ihm doch kein Geld und eine leere Filmdose geben, Nate. Er sieht es als seine religiöse Pflicht, sie aufzufüllen.«

Nate hatte den Kontaktbogen aus dem Umschlag genommen und sah ihn sich mit einer Lupe an. Zweimal suchte er den Bogen ab, zählte die Bilder, checkte die Ziffern am Rand. Bild Nummer sechsundzwanzig war nicht da. Er hielt den Bogen mit den Negativen ins Licht, suchte zweimal die Bilder und dreimal die Ziffern am Rand ab, dann legte er den Bogen weg und checkte die früheren Fotos, die Amy von der Schwanzflosse des Wales gemacht hatte. Schließlich ging er zu Kona und packte ihn bei den Schultern. »Wo ist Bild Nummer sechsundzwanzig, verdammt? Was hast du damit gemacht?«

»So hab ich den Film gekriegt, Mann. Ich hab nichts gemacht.«

»Er ist ein Krimineller, Clay«, sagte Nate. Dann nahm er das Telefon und rief im Labor an.

Man konnte ihm nur sagen, dass der Film normal entwickelt worden war und vorn im Kasten gelegen hatte. Eine Maschine schnitt die Negative auseinander, bevor sie in die Hüllen kamen – vielleicht war das Bild dabei verloren gegangen. Für seine Unannehmlichkeiten wollten sie Nate gern einen neuen Film zukommen lassen.

Zwei Stunden später saß Nate am Schreibtisch, hielt einen Stift in der Hand und sah sich ein Blatt Papier an. Sah es sich nur an. Es war dunkel, abgesehen von der Schreibtischlampe, die gerade so weit reichte, dass es in den Ecken, in denen das Unbekannte lauerte, finster blieb. Es gab ein Nachtschränkchen, den Schreibtisch und ein schmales Bett mit einer Truhe am Ende und einer Decke als Kissen oben drauf. Nathan Quinn war ein großer Mann, und seine Füße ragten übers Bett hinaus. Er hatte festgestellt, wenn er die Truhe wegschob, träumte er, dass er im blauen Meer versank. Für gewöhnlich wachte er dann stöhnend auf. Die Truhe war voller Bücher, Zeitschriften und Decken, aber nichts davon hatte er bisher angerührt, seit das Zeug vor neun Jahren hergeschafft worden war. Früher hatte ein Tausendfüßler von der Größe eines Pontiac hinten in der rechten Ecke der Truhe gelebt, aber mittlerweile war er ausgezogen, als er einsehen musste, dass er sich nie auf seine hundert Hinterbeine stellen, wie eine genervte Katze fauchen und einem nackten Fuß den Todesbiss versetzen würde. Es gab einen kleinen Fernseher, einen Radiowecker, eine schmale Küchenzeile mit zwei Kochplatten und einer Mikrowelle, zwei volle Bücherregale unter dem Fenster mit Blick auf das Gelände und einen vergilbten Druck mit zwei von Gaugins Tahiti-Mädchen zwischen den Fenstern über dem Bett. Früher, bevor die Plantagen automatisiert worden waren, hatten wahrscheinlich zehn Leute in diesem Raum geschlafen. An der Uni in Santa Cruz hatte Nathan Quinn ein Zimmer gehabt, das ungefähr genauso groß gewesen war. So was nannte sich dann Fortschritt.

Das Blatt Papier auf Nates Schreibtisch war leer, die Flasche Myer's Dark Rum halbleer. Tür und Fenster standen offen, und Nate konnte hören, wie der warme Wind die Blätter der beiden großen Kokospalmen draußen rascheln ließ. Es klopfte an der Tür. Nate blickte auf und sah Amys Silhouette in der Tür. Sie trat ins Licht.

»Nathan, darf ich reinkommen?« Sie trug ein Kleid aus T-Shirt-Stoff, das ihr gerade bis zum Oberschenkel reichte.

Nate legte seine Hand auf das Blatt Papier, peinlich berührt, weil es noch leer war. »Ich wollte mir nur einen Plan ausdenken, um ...« Sein Blick wanderte zu der Flasche und dann wieder zu Amy. »Möchtest du was trinken?« Er nahm die Flasche, sah sich nach einem Glas um, dann hielt er ihr die Flasche einfach hin.

Amy schüttelte den Kopf. »Bist du okay?«

»Ich habe mit diesen Forschungen begonnen, als ich in deinem Alter war. Ich weiß nicht, ob ich die Kraft habe, noch mal von vorn anzufangen.«

»Es war viel Arbeit. Es tut mir so Leid.«

»Wieso? Du hast doch nichts getan. Ich war nah dran, Amy. Irgendwas habe ich übersehen, aber ich war ganz nah dran.«

»Es ist noch immer da. Wir haben die Notizen aus den letzten beiden Jahren. Ich werde dir dabei helfen, so viel wie möglich davon wieder zusammenzusetzen.«

»Das weiß ich, aber Clay hat Recht. Es interessiert kein Schwein. Ich hätte in die Biochemie gehen sollen – oder Ökokrieger werden oder irgendwas.«

»Mich interessiert es.«

Nate sah ihre Füße an, um ihr nicht in die Augen sehen zu

müssen. »Das weiß ich. Aber ohne die Tonaufnahmen … na ja … dann …« Er zuckte mit den Schultern und nahm einen Schluck aus der Flasche. »Ich sollte nicht trinken«, sagte er, jetzt ganz der Professor, der Doktor, der Oberforscher. »Ich sollte so was nicht tun … nichts im Leben darf die Walforschung behindern.«

»Okay«, sagte Amy. »Ich wollte nur mal sehen, ob du okay bist.«

»Ja, ich bin okay.«

»Wir fangen gleich morgen früh damit an, alles wieder zusammenzusuchen. Schlaf gut, Nate.« Rückwärts ging sie zur Tür hinaus

»Nacht, Amy.« Nate fiel auf, dass sie unter ihrem T-Shirt nackt war, und fühlte sich deswegen ein wenig schmierig. Er wandte seine Aufmerksamkeit wieder dem leeren Blatt Papier zu, und bevor er sich erklären konnte, wieso, schrieb er FLOSSEN WEG in großen Blockbuchstaben und unterstrich die Worte so fest, dass die Seite einen Riss bekam.

5

Hey, Kleiner, Wozu das Riesenhirn?

Am nächsten Morgen standen die Vier in einer Reihe vor dem alten Pioneer Hotel und blickten auf die Schaumkronen jenseits des Hafens von Lahaina. Der Wind peitschte die Palmen, und drüben bei der Hafenmauer versuchten sich zwei kleine Mädchen im Wellensurfen. Ihre Gesichter waren vom Wind ganz aufgeblasen, und ihre Locken wehten wie bei Hundert-Meter-Läufern.

»Vielleicht lässt der Wind noch nach«, sagte Amy. Sie stand neben Kona und dachte: *Die Muskeln von diesem Typen sind so stramm, dass man Visitenkarten drunter stecken könnte, ohne dass sie runterfallen würden. Und – mein Gott – ist er braun gebrannt!* Da, wo Amy herkam, war niemand braun gebrannt. Sie lebte noch nicht sehr lange auf Hawaii und konnte daher nicht wissen, dass Sonnenbräune nur zum Prahlen gut war.

»Soll die nächsten drei Tage so bleiben«, sagte Nate. Er gab sich enttäuscht, war aber im Grunde erleichtert, dass sie heute früh nicht rausfahren würden. Er hatte einen schlimmen Kater, und hinter der Sonnenbrille waren seine Augen blutrot. Die Selbstverachtung hatte eingesetzt, und er dachte: *Mein Lebenswerk ist einen Dreck wert, und wenn wir heute rausfahren würden und ich nicht den ganzen Morgen über die Reling reihern müsste, würde ich mich eigentlich am liebsten ertränken*. Lieber noch hätte er über Wale nachgedacht, denn daran dachte er normalerweise. Dann fiel ihm auf, dass Amy heimlich Blicke auf Konas nackte Brust warf, was seine Laune nicht besserte.

»Yeah, Mann. Kona könnte Kraut anzünden und für seine neue Forscherfreunde alle Wogen glätten. Lasst uns den Boot nehmen, wohin uns Wind auch wehen mag«, sagte Kona. Er dachte: *Ich hab keinen blassen Schimmer, was ich da rede, aber am allerliebsten wäre ich draußen bei den Walen.*

»Frühstück im Longee's, und danach sehen wir mal, wie es aussieht«, sagte Clay. Er dachte: *Wir frühstücken im Longee's, und danach sehen wir, wie es aussieht.*

Keiner rührte sich von der Stelle. Sie standen nur da und starrten aufs Meer hinaus. Hin und wieder blies ein Wal, und wie ein verschrecktes Gespenst wehte der Dunst übers Wasser.

»Ich geb einen aus«, sagte Clay.

Und dann marschierten sie alle die Front Street hinauf zu Longee's Restaurant, einem einstöckigen, grauweißen Holzbau im Neuengland-Stil, mit großen, offenen Fenstern, die einen Blick auf die Front Street boten, über einen Steindamm hinweg und hinaus auf den Au'au-Kanal. Um nicht halb nackt in einem Restaurant zu sitzen, zog sich Kona den zerfetzten Nautica-Anorak über, den er um seine Hüften geknotet hatte.

»Segelst du viel?«, fragte Amy mit Blick auf das Nautica-Logo. Sie hatte die Bemerkung als Spitze, als Revanche gedacht, weil Kona bei ihrer ersten Begegnung gesagt hatte: »Und wer wohl mag dieses Sahneschnittchen sein?« In dem Moment hatte Amy nur ihren Namen genannt, rückblickend aber gemerkt, dass sie vermutlich hätte gekränkt sein sollen, weil man sie nicht nur als »Sahne«, sondern auch als »Schnitte« bezeichnet hatte – *das war doch erniedrigend, oder?*

»Haifischköder, mein Sahneschnittchen«, antwortete Kona, womit er meinte, dass der Anorak von einem Touristen stammte. Die Surfergemeinde in Paia am North Shore, der Kona noch bis vor kurzem angehört hatte, sicherte ihre Existenz einzig und allein durch kleinere Diebstähle, meist indem sie Mietwagen die Scheiben einwarf.

Als der Wirt sie durch den vollen Gastraum zu einem Tisch am Fenster führte, beugte sich Clay über Amys Schulter und flüsterte: »Ein Schnittchen ist was Gutes.«

»Das weiß ich selbst«, flüsterte Amy zurück. »Wie eine Gurke, ja?«

»Vorsicht«, sagte Clay, als Amy einen Khaki-gewandeten Ausbund an kahlköpfigem Ehrgeiz anrempelte, besser bekannt als Jon Thomas Fuller. Er war Hauptgeschäftsführer der Hawaii Whale Inc., einer gemeinnützigen Gesellschaft mit Vermögenswerten von mehreren zehn Millionen Dollar, die sich als Forschungsprojekt tarnte. Fuller hatte seinen Stuhl ein Stück zurückgeschoben, um Amy abzufangen.

»Jon Thomas!« Clay lächelte, blickte hinter der verunsicherten Amy hervor und wollte Fuller die Hand geben. Fuller ignorierte Clay und hielt Amy an der Taille fest, damit sie nicht stürzte.

»Hey, hey, immer langsam«, sagte Fuller. »Wenn du mich kennen lernen möchtest, musst du es nur sagen.«

Amy nahm seine Hände und legte sie vor ihm auf den Tisch, dann trat sie einen Schritt zurück. »Hi, ich bin Amy Earhart.«

»Ich weiß genau, wer du bist«, sagte Fuller, der inzwischen stand. Er war kaum größer als Amy, braun gebrannt und gertenschlank, mit einer Hakennase und Geheimratsecken. »Ich weiß nur nicht, wieso du nicht zu mir gekommen bist, wenn du einen Job suchst.«

Mittlerweile grübelte Nate schon wieder über Walgesänge, hatte sich hingesetzt, die Speisekarte aufgeklappt, Kaffee bestellt und überhaupt nicht mitbekommen, dass er ganz allein am Tisch saß. Er blickte auf und merkte, dass Jon Thomas Fuller seine Assistentin bei den Hüften hielt. Also legte er seine Speisekarte weg und machte sich auf den Weg hinüber.

»Nun, zum Teil –«, Amy lächelte die drei jungen Frauen an Fullers Tisch an, »weil ich noch einen Hauch von Selbstachtung besitze«, sie verneigte sich, »und zum Teil, weil Sie eine Laus und ein Schlawiner sind.«

Fullers strahlendes Lächeln sank an den Rändern ein wenig ein. Die Frauen an seinem Tisch, die allesamt khakifarbene Safari-Kleidung trugen, die dem Discovery-Channel-Ideal dessen entsprach, wie eine Wissenschaftlerin auszusehen hatte, wandten sich demonstrativ ab, wischten sich die Münder, nippten an ihren Wassergläsern herum, überhörten geflissentlich, dass ihr Boss verbal von einer Forschungs-Elfe eins hinter die Löffel bekam.

»Nate«, sagte Fuller, als er merkte, dass sich Nate der Gruppe angeschlossen hatte. »Ich habe gehört, dass bei euch eingebrochen wurde. Ich hoffe, es ist nichts Wichtiges abhanden gekommen.«

»Geht schon. Ein paar Aufnahmen sind weg«, erwiderte Nate.

»Ach, na dann. Gibt 'ne Menge Gauner auf der Insel.« Fuller sah Kona an.

Der Surfer grinste. »Scheiße, Mann, gleich werd ich rot.«

Fuller grinste. »Wie geht's dir, Kona?«

»Alles cool, Bruder. Bwana Fuller schlecht drauf, oder was?«

Von den anderen Tischen sahen die Gäste herüber. Fuller nickte, dann schaute er wieder Quinn an. »Können wir euch irgendwie helfen, Nate? Die meisten unserer Aufnahmen kann man in den Läden kaufen, falls es euch was nützt. Ihr Jungs kriegt natürlich Kollegenrabatt. Wir sitzen doch alle im selben Boot.«

»Danke«, sagte Nate, während Fuller sich schon wieder setzte, ihm den Rücken zuwandte und sein Frühstück fortsetzte. Sie waren entlassen. Die Frauen am Tisch sahen aus, als wäre es ihnen peinlich.

»Frühstück?«, sagte Clay. Er trieb seine kleine Herde an ihren Tisch.

Sie bestellten und tranken ihren Kaffee schweigend, starrten allesamt aufs Meer hinaus, mieden jeden Blickkontakt, bis Fuller und seine Entourage draußen waren.

Nate wandte sich zu Amy um. »Ein Schlawiner? Lebst du in einem James Cagney-Film, oder was?«

»Wer ist der Typ?«, fragte Amy. Sie brach – brutaler als nötig – eine Ecke von ihrem Toast.

»Was ist ein Schlawiner?«, fragte Kona.

»Eine Art Würstchen, oder?«, sagte Clay.

Nate sah Kona an. »Woher kennst du Fuller?« Nate hob den Zeigefinger und warf dem Jungen einen warnenden Blick zu, ein deutliches Zeichen, dass er weder Rasta noch Pidgin noch sonst irgendwelchen Unsinn von ihm hören wollte.

»Ich hab drüben in Kaanapali seine Jet Ski vermietet.« Nate sah Clay an, als wollte er sagen: *Wusstest du das?*

»Wer ist der Typ?«, fragte Amy.

»Er ist der Chef von Hawaii Whale«, antwortete Clay. »Kommerz – als Wissenschaft getarnt. Sie nutzen ihre Genehmigung, um mit drei großen Touristen-Booten möglichst nah an die Wale heranzukommen.«

»Der Typ ist Wissenschaftler?«

»Er ist Doktor der Biologie, aber ich würde ihn nicht als Wissenschaftler bezeichnen. Diese Frauen, die er da bei sich hat, sind seine Naturfreundinnen. Ich schätze, heute war es selbst ihm zu windig, um rauszufahren. Er besitzt Läden auf der ganzen Insel – verkauft Waldung, angeblich für einen guten Zweck. Hawaii Whale war die einzige Forschungsgruppe, die sich gegen das Verbot von Jet Ski während der Walsaison ausgesprochen hat.«

»Weil Fuller Geld ins Jet Ski-Geschäft investiert hatte«, fügte Nate hinzu.

»Sechs Dollar die Stunde hab ich verdient«, sagte Kona.

»Nate war entscheidend dafür verantwortlich, dass die Jet Ski-Gleitsegler verboten wurden«, sagte Clay. »Fuller mag uns nicht.«

»Es könnte sein, dass ihm die Schutzbehörde bald seine Genehmigung entzieht«, erklärte Nate. »Was die an Wissenschaft betreiben, ist *üble* Wissenschaft.«

»Und das macht er dir zum Vorwurf?«, fragte Amy.

»Ich... wir haben den Großteil der Forschungen zur Geräuschbelastung in diesen Gewässern durchgeführt. Die Behörde hat uns etwas Geld gegeben, damit wir untersuchen, ob der Hochfrequenzlärm von Jet Ski und Parasail-Booten Einfluss auf das Verhalten der Wale nimmt. Wir kamen zu dem Schluss, dass genau das der Fall ist. Fuller war nicht begeistert. Es hat ihn Geld gekostet.«

»Er will einen Delfinpark bauen, oben an der La Perouse Bay«, sagte Kona.

»Was?«, sagte Nate.

»Wie?«, sagte Clay.

»Ein Schwimmbad mit Delfinen drin?«, sagte Amy.

»Ja, Mann. Die karren Leute aus Ohio ran und setzen sie für zweihundert Dollar zu den Tümmlern ins Becken.«

»Wusstet ihr denn nichts davon?« Amy sah Clay an. Er schien immer alles zu wissen, was in der Welt der Wale los war.

»Das höre ich zum ersten Mal. Aber ohne eingehende Untersuchungen wird man es ihm doch bestimmt nicht erlauben...« Er sah Nate an. »Oder?«

»Wenn er seine Forschungsgenehmigung verliert, haben wir

nichts zu befürchten«, sagte Nate. »Es wird eine Überprüfung geben.«

»Und du sitzt in der Prüfungskommission?«, fragte Amy.

»Nates Name wäre eine Hilfe«, sagte Clay. »Man wird ihn sicher fragen.«

»Dich nicht?«, fragte Kona.

»Ich bin hier nur der Fotograf.« Clay blickte zu den Schaumkronen auf dem Kanal hinaus. »Sieht nicht danach aus, als könnten wir heute rausfahren. Esst auf, dann gehen wir deine Miete bezahlen.«

Nate sah Clay fragend an.

»Man kann ihm kein Geld in die Hand geben«, sagte Clay. »Er raucht es nur auf. Ich werde seine Miete begleichen.«

»Is' wahr.« Kona nickte.

»Du arbeitest doch nicht mehr für Fuller, oder, Kona?«, fragte Nate.

»Nate!«, mahnte Amy.

»Na ja, er war da, als ich ins Büro kam und jemand alles auf den Kopf gestellt hatte.«

»Lass ihn in Frieden«, erwiderte Amy. »Er ist viel zu niedlich, um böse zu sein.«

»Stimmt genau«, sagte Kona. »Schwester Schnittchen sagt die Wahrheit. Ich bin voll niedlich.«

Clay legte einen Stapel Scheine auf den Tisch. »Übrigens, Nate … am Dienstag hast du einen Vortrag in der Schutzstation. Sind noch vier Tage. Du und Amy, ihr könntet die Auszeit nutzen, um euch was einfallen zu lassen.«

Nate fühlte sich, als hätte man ihn geohrfeigt. »Vier Tage? Wir haben doch keine Unterlagen mehr. Alles war auf diesen Festplatten.«

»Wie gesagt: Vielleicht wollt ihr die Auszeit nutzen.«

6

Walmädchen

Als Biologe neigte Nate dazu, Analogien im Verhalten von Mensch und Tier zu suchen – möglicherweise etwas öfter, als für ihn gut war. Wenn er beispielsweise über die Anziehungskraft nachdachte, die Amy auf ihn ausübte, fragte er sich, weshalb das Ganze so komplex sein musste. Wieso das menschliche Paarungsritual dermaßen viele Finessen beinhaltete. Warum können wir nicht wie der Gemeine Tintenfisch sein? Das Männchen rudert einfach zum Weibchen, reicht ihr eine ordentliche Ladung Spermien rüber, die sie sich in aller Ruhe unter ihren Umhang klemmt, und schon schwimmen sie getrennter Wege. Ihre Pflicht der Spezies gegenüber ist getan. Einfach, elegant, keine Tücken zwischen den Zeilen …

Nate hielt Amy den Pappbecher hin. »Ich hab dir einen Kaffee mitgebracht.«

»Danke, mir kommt der Kaffee schon aus den Ohren wieder raus«, erwiderte Amy.

Nate stellte ihren Becher auf den Nachbarschreibtisch und setzte sich vor den Computer. Amy kauerte auf einem Hocker links von ihm und ging die gebundenen Forschungsberichte der vergangenen vier Jahre durch. »Meinst du, daraus ließe sich ein Vortrag zusammenbasteln?«

Nate rieb an seinen Schläfen herum. Trotz einer Hand voll

Aspirin und sechs Bechern Kaffee pochte es in seinem Kopf. »Ein Vortrag? Worüber?«

»Na, worüber wolltest du denn sprechen, bevor das Büro verwüstet wurde? Vielleicht können wir es mit Hilfe der Forschungsberichte aus der Erinnerung rekonstruieren.«

»Ich hab kein so gutes Gedächtnis.«

»Doch, hast du wohl. Du brauchst nur ein paar Eselsbrücken aus diesen Berichten hier.«

Offen und hoffnungsfroh wie ein Kind sah sie ihn an. Sie wartete, dass etwas von ihm kam, nur ein Wort, das sie auf die Suche schickte. Das Problem war nur, dass das, was er eigentlich wissen wollte, nicht auf dem Gebiet der biologischen Feldforschung zu finden war. Er brauchte ganz andere Antworten. Er machte sich Gedanken darüber, dass Fuller von dem Einbruch gewusst hatte. Und zwar erstaunlich früh. Außerdem machte er sich Gedanken darüber, dass jemand ihn scheinbar unglaublich verachtete. Nate war in British Columbia geboren und aufgewachsen, und Kanadier ließen sich nicht gern beleidigen. Es gehörte zum Nationalcharakter. »Sei höflich«, lautete das ungeschriebene, unausgesprochene Gesetz, das fest in der Psyche des gesamten Landes verankert war. (Natürlich gab es – wie bei jedem Gesetz – Ausnahmen: Teile von Quebec, wo man die Geisteshaltung der Franzosen pflegte, »abweisend bis zum Streit, mit anschließender Kapitulation«; und Eishockey, bei dem Kanadier ungestraft andere Menschen schubsen, schlagen, boxen, rempeln, rammen und prügeln dürfen, einzig unterbrochen von Gotteslästerungen, Beschimpfungen, Sodomie-Vorwürfen, und das normalerweise – wie der Zufall es will – auf Französisch.) Nate war kein Frankokanadier und auch kein großer Hockeyspieler, so dass die Vorstellung, jemanden dermaßen gegen sich aufgebracht zu haben, dass dieser Mensch bereit war, seine gesamte Forschungsarbeit zu vernichten … nun, sie beschämte ihn.

»Amy«, sagte er, als er – nur Sekunden später, wie er hoffte – wieder im Zimmer gelandet war, »habe ich bei unserer Arbeit etwas übersehen? Ist mir bei den Daten was entgangen?«

Amy nahm auf ihrem Hocker die Pose von Rodins *Der Denker* ein, das Kinn auf ihre Hand gestützt, die Stirn in ernste, nachdenkliche Falten gelegt. »Nun, Dr. Quinn, darauf könnte ich Ihnen eine Antwort geben, wenn Sie mir diese Daten mitgeteilt hätten, aber da ich nur weiß, was ich eigenhändig gesammelt oder analysiert habe, muss ich – wissenschaftlich formuliert – sagen: Keine Ahnung.«

»Danke«, sagte Nate und musste unwillkürlich lächeln.

»Du hast nur gesagt, da gäbe es etwas, dessen Entschlüsselung kurz bevorstünde. Im Gesang der Wale, meine ich. Was war das?«

»Na, wenn ich es wüsste, hätte ich es ja entschlüsselt, oder?«

»Du hast doch eine Vermutung. Du musst eine Theorie haben. Sag mir, was es ist, und dann wenden wir die Daten auf deine Theorie an. Ich bin bereit, die Arbeit zu übernehmen, die Daten zu rekonstruieren, aber du musst mir schon vertrauen.«

»Keiner Theorie hat ein Abgleich mit Daten je genützt, Amy. Daten töten Theorien. Einer Theorie geht es am allerbesten, wenn sie nackt vor einem liegt, rein, ungetrübt von Fakten. Belassen wir es lieber dabei.«

»Dann hast du also eigentlich gar keine Theorie?«

»Genauso ist es.«

»Du verlogener Fischkopf.«

»Ich könnte dich feuern. Selbst wenn Clay dich eingestellt hat, bin ich bei diesem Unternehmen noch nicht vollkommen überflüssig. Ich habe hier das Sagen, mehr oder weniger. Ich könnte dich feuern. Wovon willst du dann leben?«

»Ich verdiene hier ja gar kein Geld.«

»Siehst du? Wieder ein makelloses Konzept ... von Fakten ruiniert.«

»Dann feuer mich eben.« Amy gab nicht mehr den *Denker*. Sie sah jetzt eher aus wie ein böser, dunkler Elf.

»Ich glaube, sie kommunizieren«, sagte Nate.

»Selbstverständlich kommunizieren sie, du Dummbart. Meinst du, sie singen, weil sie sich am Klang ihrer eigenen Stimme ergötzen?«

»Es steckt mehr als das dahinter.«

»Dann erzähl es mir!«

»Wer nennt denn jemanden Dummbart? Was zum Teufel ist ein Dummbart?«

»Ein Dummerjan mit Doktortitel. Wechsel nicht das Thema.«

»Ist doch egal. Ohne die akustischen Daten kann ich dir nicht mal zeigen, was ich vermute. Außerdem fürchte ich, dass meine kognitiven Kräfte bald versagen.«

»Will sagen?«

Will sagen, dass ich langsam seltsame Dinge sehe, dachte er. *Will sagen, dass ich dich, ungeachtet des Umstands, dass du da stehst und mich anschreist, am liebsten packen und küssen würde*, dachte er. *Mann, bin ich im Arsch*, dachte er. »Will sagen, dass ich leicht verkatert bin. Tut mir Leid. Sehen wir mal nach, was wir aus den Notizen zusammenbasteln können.«

Amy glitt vom Hocker und sammelte die Forschungsberichte ein.

»Wo willst du hin?«, fragte Nate. Hatte er sie irgendwie gekränkt?

»Uns bleiben vier Tage, um einen Vortrag zusammenzustellen. Ich geh rüber in meine Hütte und leg los.«

»Wie? Worüber?«

»Vielleicht ›*Buckelwale: Unsere feuchten, wundersamen Freunde aus der Tiefe ...*‹«

»Es werden eine ganze Menge Forscher da sein. Biologen ...« Nate legte eine kurze Pause ein.

»›*... und wieso wir sie mit Stöcken pieksen sollten*‹.«

»Schon besser«, sagte Nate.

»Das kriegen wir hin«, sagte sie und ging hinaus.

Aus irgendeinem Grunde war er voller Hoffnung. Erregt sogar. Wenn auch nur eine Sekunde lang, Dann, nachdem sie zur Tür hinausgegangen war, riss ihn eine Woge der Melancholie mit sich, und zum dreißigsten Mal an diesem Tag bereute er, nicht Apotheker geworden zu sein oder Charter-Kapitän oder irgendwas, das einem das Gefühl gab, lebendiger zu sein ... Pirat etwa.

Die Komische Alte wohnte auf einem Vulkan und glaubte, die Wale sprächen mit ihr. Gegen Mittag rief sie an, und Nate wusste schon, dass sie es war, bevor er den Hörer abgenommen hatte. Er wusste es, weil sie immer anrief, wenn es zu windig war, um rauszufahren.

»Nathan, wieso seid ihr nicht draußen auf dem Kanal?«, sagte die Komische Alte.

»Hallo, Elizabeth, wie geht es dir heute?«

»Bleib beim Thema! Sie haben mir gesagt, dass sie mit dir sprechen wollen. Heute. Wieso bist du nicht draußen?«

»Du weißt, wieso ich nicht draußen bin, Elizabeth. Es ist zu stürmisch. Du siehst die Schaumkronen genauso gut wie ich.« Vom Hang des Haleakala beobachtete die Komische Alte das Treiben auf dem Kanal mit einem Himmels-Teleskop und einem Fernglas, das aussah wie eine Stereo-Bazooka auf einem Präzisionsstativ, verankert in tonnenschwerem Beton.

»Sie sind verärgert, weil du nicht draußen bist. Deshalb ruf ich an.«

»Und ich freue mich, dass du anrufst, Elizabeth, aber ich hab gerade alle Hände voll zu tun.«

Nate hoffte, dass er nicht zu harsch klang. Die Komische Alte meinte es gut. Und in gewisser Weise waren sie abhängig von der Gnade ihrer Großzügigkeit, denn wenn sie das Papa-Lani-Gelände auch »gespendet« haben mochte, hatte sie es ihnen doch nicht direkt überschrieben. Sie befanden sich sozusagen in einem Zustand permanenter Pacht. Elizabeth Robinson war allerdings wirklich sehr großzügig und warmherzig, wenn sie auch komplett durchgeknallt sein mochte.

»Nathan, ich bin doch nicht durchgeknallt », sagte sie.

Oh, doch, das bist du, dachte er. »Das weiß ich«, sagte er. »Aber ich muss heute wirklich einiges fertig kriegen.«

»Woran arbeitest du?«, fragte Elizabeth. Nate konnte hören, dass sie mit einem Bleistift auf ihrem Schreibtisch herumfuhrwerkte. Sie machte sich Notizen, wenn sie sich unterhielten. Er wusste nicht, was sie mit den Notizen anstellte, aber es störte ihn.

»Ich muss in vier Tagen einen Vortrag halten – in der Schutzstation.« Warum, warum nur hatte er es ihr erzählt? Warum? Jetzt würde sie in ihrem uralten Mercedes, der aussah, als hätte er einer Nazigröße gehört, den Berg heruntergeklappert kommen, im Publikum sitzen und endlos Fragen stellen, von denen sie genau wusste, dass er sie nicht beantworten konnte.

»Sollte kein Problem sein. Wie oft hast du das schon gemacht? Zwanzig Mal?«

»Ja, Elizabeth, aber gestern ist bei uns eingebrochen worden. Meine gesamten Notizen, die Bänder, die Analysen… alles weg.«

Einen Moment lang war es still in der Leitung. Nate konnte die Komische Alte atmen hören. Schließlich: »Das tut mir wirklich Leid, Nathan. Sind alle soweit okay?«

»Ja, es ist passiert, als wir draußen bei der Arbeit waren.«

»Kann ich irgendwas tun? Ich meine, ich kann euch nicht viel geben, aber wenn –«

»Nein, es wird schon gehen. Ich hab nur viel Arbeit, mit der ich wieder ganz von vorn anfangen muss.« Früher mochte die Komische Alte mal steinreich gewesen sein, und sie wäre es sicher auch wieder, wenn sie den Grund und Boden verkaufte, auf dem Papa Lani stand, aber Nate glaubte nicht, dass sie nach der letzten Baisse am Markt viel Geld entbehren konnte. Und selbst wenn sie es konnte, wäre das Problem mit Bargeld nicht zu lösen.

»Nun, dann geh du nur wieder an die Arbeit. Aber versuch, morgen rauszufahren. Da draußen ist ein großer Bulle, der möchte, dass du ihm ein scharfes Pastrami-Sandwich auf dunklem Brot mitbringst.«

Nate grinste und schnaubte fast ins Telefon. »Elizabeth, du weißt doch, dass sie hier in unseren Breiten nichts fressen.«

»Ich geb die Nachricht nur weiter, Nathan. Und lach mich nicht aus. Es ist ein riesiger Bulle, der anscheinend gerade aus Alaska kommt... ehrlich gesagt, weiß ich nicht, wieso er Hunger haben sollte. Er ist groß wie ein Haus. Jedenfalls... mit Schweizer Käse und scharfem, englischem Senf, das war unmissverständlich. Er hat eine ungewöhnliche Zeichnung an der Fluke. Ich konnte sie von hier aus nicht erkennen, aber er sagt, du würdest ihn wiedererkennen.«

Nate merkte, wie sein Gesicht vor Schreck ganz taub wurde. »Elizabeth –«

»Ruf mich an, wenn du irgendwas brauchst, Nathan. Grüß mir Clay. Aloha.«

Nathan Quinn ließ den Hörer aus der Hand gleiten, dann stolperte er wie ein Zombie aus dem Büro in seine Hütte, wo er den Entschluss fasste, ein kleines Nickerchen zu machen und liegen zu bleiben, bis er aufwachen würde und die Welt nicht mehr so entnervend undurchschaubar wäre.

Am Rande eines Traums, in dem er vergnügt eine Zwanzig-Meter-Jacht die Second Street in Seattle entlangsteuerte und dabei langsamere Fahrzeuge beiseite spülte, während Amy im silbernen Bikini und ungewohnt sonnengebräunt am Bug stand und den Menschen zuwinkte, die an den Fenstern ihrer Büros im ersten Stock die Freiheit und Macht des *Mighty Quinn* bestaunten – am Rande eines Traums, der nicht schöner hätte sein können, platzte Clay herein.

»Kona zieht in Hütte Sechs ein.«

»Wirf ein paar Leinen ins Wasser, Amy«, sagte Nate, den Morpheus' Arme immer noch umschlungen hielten. »Wir kommen gleich zum Pike's Place Market, und da gibt's Fisch.«

Clay wartete, lächelte nicht wirklich, aber auch nicht unwirklich, während sich Nate aufsetzte und den Schlaf aus seinen Augen rieb. »Du fährst mit einem Boot auf der Straße?«, sagte Clay nickend. Alle Skipper hatten diesen Traum.

»Seattle«, erklärte Nate. »Das Zodiac wohnt in Hütte Sechs.«

»Wir haben unser Schlauchboot seit zehn Jahren nicht mehr benutzt. Es verliert Luft.« Clay trat in den Schrank, der als Raumteiler zwischen Wohn- und Schlafbereich und Küche diente. Er nahm einen Stapel Bettwäsche und dann ein paar Handtücher. »Du würdest nicht glauben, wie sie diesen Jungen untergebracht hatten, Nate. Es war so eine Blechbaracke draußen beim Flughafen. Zwanzig, dreißig Leute in kleinen Ställen mit Feldbetten. Die haben nicht mal genug Platz, sich umzudrehen, ohne mit den Ellbogen irgendwo anzustoßen. Die elektrischen Leitungen waren ganz normale Verlängerungskabel, die oben über den Ställen entlangliefen. Für sechshundert Dollar im Monat.«

Nate zuckte mit den Schultern. »Und? Wir haben in den ersten paar Jahren auch so gelebt. So macht man das. Es könnte sein, dass wir die Hütte Nummer Sechs noch brauchen. Als Lager oder so.«

»Nein«, sagte Clay. »Diese Blechbaracke war eine Sauna und außerdem brandgefährdet. Da wird er nicht wohnen. Er ist einer von uns.«

»Aber Clay, er ist doch erst seit gestern hier. Außerdem ist er wahrscheinlich kriminell.«

»Er ist einer von uns«, wiederholte Clay, und das war 's dann. In Fragen der Loyalität hatte Clay sehr konkrete Vorstellungen. Wenn Clay beschlossen hatte, dass Kona einer von ihnen war, dann war er einer von ihnen.

»Okay«, sagte Nate und fühlte sich, als sollte die Medusa bei ihnen einziehen. »Die Komische Alte hat angerufen.«

»Wie geht's ihr?«

»Noch immer durchgeknallt.«

»Und du?«

»Auf bestem Wege.«

7

Schützt Mich! Schützt Mich! Rief der Buckelwal.

Wenn Besucher zum ersten Mal in die »Hawaiian Islands Humpback Whale«-Schutzstation kommen – fünf babyblaue Holzhäuser, abgesetzt in Kobaltblau, direkt an der gewaltigen Maalaea Bay, mit Blick auf die Ruinen eines alten Salzwasser-Fischteiches –, ist die erste Reaktion meist: »Hey, das ist ja keine besonders tolle Schutzstation. Da kriegt man ja vielleicht gerade mal drei Wale unter, wenn's hochkommt.« Bald allerdings merken sie dann, dass es sich bei diesen Gebäuden nur um Büros und ein Besucherzentrum handelt. Das eigentliche Schutzgebiet umfasst die Kanäle, die von Molokai zur großen Insel Hawaii führen, die Gewässer zwischen Maui, Lanai und Kahoolawe und dazu die Nordküsten von Oahu und Kauai, wo es reichlich Platz für einen ganzen Haufen Wale gibt, was auch der Grund sein dürfte, wieso man sie dort hält.

Etwa hundert Leute standen draußen vor dem Vortragssaal herum, als Nate und Amy mit dem Pick-up auf den Parkplatz einbogen.

»Scheint gut besucht zu sein, oder?«, sagte Amy. Sie war erst einmal bei einem der wöchentlichen Vorträge in der Schutzstation gewesen, und den hatte Gilbert Box gehalten, ein mürrischer Biologe, der mit Unterstützung der Internationalen Walfangkommission forschte und Grafiken und Zahlen herunterratterte, bis die zehn Anwesenden am liebsten eigenhändig einen Wal geschlachtet hätten, nur um ihm das Maul zu stopfen.

»Guter Durchschnitt. Verhaltensforschung zieht immer mehr als bloße Statistik. Wir sind eben sexy«, sagte Nate grinsend.

Amy schnaubte. »Oh ja, ihr Jungs seid die Mae Wests unter den Freaks.«

»Wir sind Action-Freaks«, erwiderte Nate. »Abenteuer-Freaks. Romantik-Freaks.«

»Freaks«, sagte Amy.

Nate sah den klapperdürren Gilbert Box ein wenig abseits der Menge stehen, mit einem Strohhut, dessen Krempe so breit war, dass sie im Zweifel noch drei weiteren Leuten Schatten bot. Dazu trug er eine gigantische Sonnenbrille, wie man sie zum Schweißen oder als Schutz vor einem Atomblitz aufsetzte. Sein ausgemergeltes Gesicht war weiß vom Zinkoxid, das er als Sonnenschutz verwendete, wenn er nicht im Wasser war. Er trug ein langärmliges Khakihemd mit entsprechender Hose und stützte sich auf einen weißen Sonnenschirm, ohne den er niemals vor die Tür ging. Es war eine halbe Stunde vor Sonnenuntergang, eine warme Brise wehte von der Maalaea Bay heran, und Gilbert Box sah aus wie Gevatter Tod auf einem Verdauungsspaziergang – vor einer arbeitsamen Nacht, in der er Millionen glücklichen Gewinnern Herzinfarkte und Tumore bringen würde.

Nate hatte Box den Spitznamen »Graf Zahl« verpasst, nach dem Sesamstraßen-Vampir mit dem besessenen Drang, alles zu zählen. (Nate war für die Sesamstraße schon zu alt gewesen, hatte sie aber noch in der zehnten Klasse gesehen, wenn er seinen kleinen Bruder Sam hütete.) Die Leute waren der Ansicht, »Graf Zahl« sei ein ausgesprochen passender Name für einen Walzähler mit einer Aversion gegen Wasser und Sonnenlicht, und so hatte sich der Name sogar außerhalb von Nates und Clays unmittelbarem Dunstkreis durchgesetzt.

Panik krabbelte an Nates Rückgrat hinauf. »Sie werden merken, dass wir nur so tun als ob. Der Graf wird uns den Vortrag um die Ohren hauen, sobald ich irgendwas sage, was wir nicht mit Daten untermauern können.«

»Woher soll er es wissen? Vor einer Woche hattest du die Daten ja noch. Außerdem: wieso wir? Ich bediene hier nur den Projektor.«

»Vielen Dank auch.«

»Da drüben ist Tarwater«, sagte Amy. »Wer sind diese Frauen, mit denen er da redet?«

»Wahrscheinlich irgendwelche Walliebhaberinnen«, sagte Nate und tat, als wären seine gesamten geistigen Kapazitäten damit ausgelastet, den Pick-up in eine Parklücke zu quetschen, in der vier Autos Platz gefunden hätten. Die Frauen, mit denen sich Tarwater unterhielt, waren Dr. Margaret Painborne und Dr. Elizabeth »Libby« Quinn. Sie arbeiteten mit zwei ausgesprochen maskulin wirkenden, jungen Frauen zusammen und studierten das Kuh/Kalb-Verhalten und Soziale Lautgebung. Sie leisteten gute Arbeit, dachte Nate, selbst wenn ihm das Thema zu geschlechtsspezifisch war. Margaret war Ende vierzig, klein und rund, mit langem, grauem Haar, das sie permanent zu einem Zopf gebunden trug. Libby war fast zehn Jahre jünger, schlank und langbeinig, mit blondem, leicht ergrautem, kurzem Haar, und sie war – vor nicht allzu langer Zeit – Nates dritte Frau gewesen. Eine zweite, gänzlich anders geartete Woge der Beklommenheit spülte über Quinn hinweg. Es war das erste Mal, dass er Libby begegnete, seit Amy im Team war.

»Die sehen nicht wie Walliebhaberinnen aus«, sagte Amy. »Eher wie Wissenschaftlerinnen.«

»Wieso das?«

»Die sehen aus wie Action-Freaks.« Amy schnaubte erneut und kletterte aus dem Truck.

»Das ist nicht sehr professionell«, sagte Nate, »dieses Schnauben, das du dauernd drauf hast.« Aber Amy war schon auf dem Weg zum Vortragssaal, mit einem Rundmagazin voller Dias unter dem Arm.

Nate zählte über dreißig Forscher in der Menge, als er näher kam. Und das waren nur diejenigen, die er persönlich kannte. Die ganze Saison über kamen neue Leute vom Festland herüber – Doktoranden, Film-Crews, Reporter, Leute von der Fischereibehörde, Förderer –, und alle bemühten sich um die wenigen Forschungsgenehmigungen, die für das Schutzgebiet erteilt wurden.

Aus unerfindlichem Grund steuerte Amy zielstrebig auf Cliff Hyland und Tarwater, den Marine-Wachhund, zu, der seine Uniform abgelegt und gegen Dockers und ein Tommy Bahama-T-Shirt eingetauscht hatte. Allerdings wirkte er noch immer fehl am Platz, weil auch diese Kleidung messerscharf gebügelt war. Seine Schuhe hatte er mit Spucke poliert, und er stand da, als hätte man ihm eine kalte Eisenstange ans Rückgrat geschnallt.

»Hey, Amy«, sagte Cliff. »Tut mir Leid, das mit dem Einbruch. Schlimm?«

»Wird schon wieder«, erwiderte Amy.

Nate schlenderte hinter Amy heran. »Hey, Cliff. Captain.« Er nickte beiden zu.

»Tut mir Leid, das mit dem Einbruch, Nate«, sagte Cliff noch einmal. »Ich hoffe, euch ist nichts Wichtiges abhanden gekommen.«

»Wir sind im Arsch«, sagte Nate.

Und Tarwater lächelte – zum ersten Mal überhaupt, wie Nate glaubte.

»Wir kommen schon zurecht.« Amy grinste und schwenkte ihr Dia-Magazin wie einen Talisman mit Zauberkräften.

»Ich überleg schon, ob ich mir einen Job bei Starbucks suchen soll«, sagte Nate.

»Hey, Cliff, woran arbeiten Sie eigentlich gerade?«, fragte Amy, nachdem sie irgendwie nah genug an Cliff Hyland herangerückt war, dass sie ihn mit großen, mädchenhaft blauen Augen und diesem Ausdruck eines faszinierten Kindes ansehen konnte.

Nate zuckte zusammen. Das war nicht … also, so was tat man einfach nicht. Man fragte nicht, jedenfalls nicht so unverblümt.

»Nur so Sachen für die Navy«, sagte Cliff und wollte offensichtlich von Amy abrücken, wusste aber, wenn er es täte, würde er wohl sein Gesicht verlieren.

Nate sah, wie Amy das männliche Ego seines nicht mehr ganz jungen Freundes in Angriff nahm, indem sie einfach einen Schritt näher trat. Auch Tarwater reagierte, schien genervt zu sein, dass sich Amy nur um Cliff kümmerte. Oder vielleicht war er auch nur genervt von Amy, weil sie nervig war. Manchmal musste sich Nate daran erinnern, nicht wie ein Biologe zu denken.

»Wissen Sie, Cliff«, sagte Amy, »neulich habe ich mal einen Blick auf die Karte geworfen, und Sie sollten sich festhalten, denn es könnte Sie schockieren, aber in Iowa gibt es gar keine Küste. Ich meine, stört das nicht irgendwie beim Studium von Meeressäugern?«

»Stimmt … wenn man es so sieht«, sagte Cliff. »Wo waren Sie vor zehn Jahren, als ich den Posten angenommen habe?«

»Grundschule«, antwortete Amy. »Was ist das für eine große Kiste in Ihrem Boot? Sonaranlage? Infraschall? Machen Sie wieder so eine LFA-Studie?«

Tarwater räusperte sich.

»Amy«, unterbrach Nate das Geplänkel, »wir sollten da drinnen lieber aufbauen.«

»Stimmt«, sagte Amy. »War nett, mit Ihnen zu plaudern.«

Sie ging. Nate grinste… aber nur eine Sekunde. »Tut mir Leid. Du weißt ja, wie es ist.«

»Yeah.« Cliff Hyland lächelte. »Wir haben dieses Jahr zwei Examenskandidaten bei uns.«

»Aber *wir* haben unsere Handlanger zu Hause gelassen, damit sie Daten auswerten«, fügte Tarwater hinzu.

Nate und Cliff sahen sich an wie zwei alte Löwen mit abgebrochenen Zähnen, denen der Stolz schon lange abhanden gekommen war – müde, aber überzeugt davon, dass sie, wenn sie sich zusammentäten, das jüngere Männchen bei lebendigem Leib zerfleischen könnten. Cliff zuckte fast unmerklich mit den Schultern, und diese kleine Geste sagte: *Tut mir Leid, Nate. Ich weiß, er ist ein Arschloch, aber was soll ich machen? Er gibt das Geld.*

»Ich geh lieber rein«, sagte Nate und klopfte auf die Notizen in seiner Hemdtasche. Er kam noch an ein paar Bekannten vorbei, sagte im Vorübergehen »Hallo!« und platzte dann gleich hinter der Tür in einen kleinen Albtraum: Amy war in ein Gespräch mit seiner Ex-Frau Libby und deren Partnerin Margaret verstrickt.

Es war folgendermaßen gewesen: Sie hatten sich vor zehn Jahren kennen gelernt, im Sommer in Alaska, eine abgelegene Hütte auf Baranof Island an der Chatham Strait, wo man Wissenschaftlern Zugang zu ein paar festen Schlauchbooten und so viel Dosenbohnen, Räucherlachs und russischem Wodka gewährte, wie sie konsumieren konnten. Nate hatte damit begonnen, das Ernährungsverhalten seiner geliebten Buckelwale zu beobachten und Laute aufzunehmen, die ihm helfen sollten, dieses Lied zu interpretieren, das sie sangen, wenn sie vor Hawaii waren. Libby machte Biopsien zur Population der einheimischen (fischfressenden) Killerwale, um zu beweisen, dass die vielen verschiedenen Familien im Grunde demselben Clan angehörten und in Wahrheit blutsverwandt waren. Zwei Jahre zuvor hatte er sich von seiner zweiten Frau scheiden lassen. Libby war dreißig und hatte noch zwei Monate bis zum Abschluss ihrer Dissertation in Cetologie. Entsprechend hatte sie seit der Highschool im Grunde nur Zeit für ihre Forschungen gehabt – neben gelegentlichen Affären mit Skippern, älteren Forschern, Examenskandidaten, Fischern und hin und wieder einem Fotografen oder Dokumentarfilmer. Sie wechselte ihre Partner nicht besonders häufig, aber man segelte durch ein Meer von Männern, wenn man Wale erforschte, und sofern man sein Leben nicht einsam und allein verbringen wollte, lief man hin und wieder in einen gemütlichen, wenn auch etwas verlotterten Hafen ein. Die Rastlosigkeit der Arbeit vertrieb manch eine Frau aus dieser Forschung. Andererseits gab sich Nate alle Mühe, die männliche Seite der Balance zu sichern, indem er eine Walforscherin heiratete, da nur jemand, der genauso besessen, rastlos und eindimensional war, in der Lage wäre, diese Qualitäten in seinem Partner würdigen zu können. Diese Argumentation kündete natürlich von einem Sieg der Romantik über die Vernunft, der Ironie über den klaren Geist und der reinen Dummheit über den gesunden Menschenverstand. Mit einer Wissenschaftlerin verheiratet zu sein, hatte Nate lediglich die Frage erspart, woran er gerade dachte, wenn er sich im Bett postkoital an sein Weib schmiegte. Sie wusste, was er dachte, weil sie beide an das Gleiche dachten: Wale.

Sie waren beide schlank und blond und wettergegerbt, und eines Abends, als sie Ausrüstung an Land schleppten, zog Libby den Reißverschluss an ihrem Rettungsanzug auf und knotete die Ärmel um ihre Taille, um sich freier bewegen zu können. Nate sagte: »Das steht dir richtig gut.«

Niemand, absolut niemand, sieht in einem Rettungsanzug gut aus (es sei denn, man steht auf orange phosphoreszierende Marshmallow-Männchen), aber Libby machte sich nicht mal die Mühe, die Augen zu verdrehen. »In meiner Hütte gibt es Wodka und eine Dusche«, sagte sie.

»Ich hab auch eine Dusche in meiner Hütte«, erwiderte Nate.

Libby schüttelte nur den Kopf und stapfte den Pfad hinauf. Über die Schulter hinweg rief sie: »In fünf Minuten steht unter meiner Dusche eine nackte Frau. Unter deiner auch?«

»Oh«, sagte Nate.

Noch immer waren sie beide schlank, nur nicht mehr blond. Nate war komplett ergraut und Libby auf dem besten Weg dorthin. Sie lächelte, als sie ihn kommen sah. »Wir haben von eurem Einbruch gehört, Nate. Ich wollte dich anrufen.«

»Schon okay«, sagte er. »Da kann man nicht viel machen.«

»Meinst *du*«, sagte Amy. Sie wippte auf den Fußballen, als würde sie jeden Augenblick explodieren oder durch den Saal tigern.

»Ich glaube, das hier könnte den Verlust möglicherweise lindern«, erklärte Libby. Sie holte den Rucksack von ihrer Schulter, langte hinein und holte eine Hand voll CDs in Papphüllen hervor. »Wetten, die hattest du schon vergessen? Du hast sie uns letztes Jahr geliehen, damit wir uns die soziale Kommunikation im Hintergrund rauskopieren können.«

»Es sind sämtliche Aufnahmen von Walgesängen aus den letzten zehn Jahren«, sagte Amy. »Ist das nicht toll?«

Nate fühlte sich, als müsste er gleich in Ohnmacht fallen. Erst ging die Arbeit der letzten zehn Jahre verloren, und kaum hatte er sich mit dem Verlust abgefunden, da bekam er alles zurück. Er legte eine Hand auf Libbys Schulter, um sich abzustützen. »Ich weiß gar nicht, was ich sagen soll. Ich dachte, du hättest sie mir längst zurückgegeben.«

»Wir haben Kopien angefertigt.« Margaret trat näher an Quinn heran und stellte so einen Fuß zwischen ihn und seine

Ex-Frau. »Du hast gesagt, es sei okay. Wir haben sie nur benutzt, um sie mit unseren eigenen Aufnahmen abzugleichen.«

»Ist auch okay«, erwiderte Nate. Fast hätte er ihr auf die Schulter geklopft, aber als er sich in ihre Richtung bewegte, zuckte sie zurück, und er ließ die Hand sinken. »Danke, Margaret.«

Margaret hatte sich mittlerweile zwischen Nate und Libby geschoben, machte sich selbst zur Barrikade (ein Verhalten, das sie offenbar aus ihren Kuh/Kalb-Studien übernommen hatte, denn eine Buckelwalmutter machte es nicht anders, wenn sich ihrem Kalb Boote oder verliebte Bullen näherten).

Amy riss Libby den Stapel CDs aus der Hand. »Die sollte ich mir schnell mal ansehen. Vielleicht finde ich ein paar passende Aufnahmen, mit denen wir die Dias untermalen können, wenn ich mich beeile.«

»Ich komme mit«, sagte Margaret, wobei sie Amy musterte. »Meine Schrift lässt zu wünschen übrig. Möglich, dass du die Katalognummern nicht entziffern kannst.«

Und schon waren sie auf dem Weg zum Projektor, während Nate bei Libby stehen blieb und sich fragte, was genau hier eigentlich vor sich ging.

»Sie hat wirklich einen bemerkenswerten Hintern, Nate«, sagte Libby, während sie Amy hinterhersah.

»Jep«, sagte Nate, um diesem Gespräch zu entgehen. »Sie ist auch ziemlich aufgeweckt.«

Irgendwann in der letzten Woche hatte eine leise Stimme in seinem Kopf gefragt: *Kann es noch viel schräger werden?* Und nun hatte er innerhalb von zwei Minuten diverse Zustände durchlitten: Angst, Verlegenheit, Angst, Erleichterung, Dankbarkeit, und jetzt lechzte er gemeinsam mit seiner Ex-Frau irgendwelchen Bräuten hinterher. O *ja, kleine Stimme, schräger kann es immer werden.*

»Mir scheint, Margaret ist auf Rekrutierungsmission«, sagte Libby. »Ich hoffe, sie hat vorher unser Budget gecheckt.«

»Amy arbeitet unentgeltlich«, erklärte Nate.

Libby stellte sich auf die Zehenspitzen und flüsterte: »Ich glaube, eben wurde der erste Schritt zu einem echten Mädchenteam getan.« Dann gab sie ihm einen Kuss auf die Wange. »Mach die Bande heute Abend nieder, Nate.« Und schon lief sie Amy und Margaret nach.

Clay und Kona trafen ein, als Libby gerade gegangen war, und ärgerlicherweise starrte Kona Libby hinterher.

»Irie, Boss Nate. Wer ist das knackige Tantchen, das da eben an dir rumgenuckelt hat?« (Wie so viele echte Hawaiianer nannte Kona jede Frau aus einer älteren Generation »Tantchen«, selbst wenn er scharf auf sie war.)

»Du hast ihn mitgebracht«, sagte Nate zu Clay, ohne sich nach ihm umzudrehen.

»Er muss noch viel lernen«, erwiderte Clay. »Libby kam mir so freundlich vor.«

»Sie ist scharf auf Amy.«

»Oh, welch mieses Niedertracht, ein Mann um seine Schnittchen zu berauben, und dann noch wegen unlautere Beweggründe, nur um sich an ihr zu schubbern. Das Schnittchen gehört zu unserem Stamm.«

»Libby war Nates dritte Frau«, erklärte Clay, als könnte das in irgendeiner Form erhellen, wieso Libby niederträchtigerweise darauf aus war, ihr Sahneschnittchen zu entführen.

»Echt jetzt?«, sagte Kona und schüttelte verwirrt sein Medusenhaupt. »Du hast 'ne Lesbe geheiratet?«

»Es lag an den Walpimmeln«, erklärte Clay, was nicht eben zur Erhellung beitrug.

»Ich geh mal lieber und hol meine Unterlagen«, sagte Nate.

8

Gut gesprochen

»Biologie«, sagte der Pseudo-Hawaiianer, »der Scheiß macht uns alle zu Sexmarionetten.« Clay hatte ihm eben alles erzählt. Die Geschichte ging folgendermaßen:

Nach fünf Ehejahren mit Nathan Quinn war Libby den Sommer über ans Beringmeer gefahren, um weibliche Nordkaper mit Satellitensendern auszustatten. Sie arbeitete bereits mit Margaret Painborne zusammen, die damals das Verhalten der Wale während ihrer Paarungszeit und der Trächtigkeit erforschte. Das Beste war, die Kühe durchgehend im Auge zu behalten. Nun kann es unglaublich schwierig sein, das Geschlecht eines Wals zu bestimmen, da die Genitalien aus hydrodynamischen Gründen allesamt von außen nicht zu sehen sind. Ohne eine Biopsie oder einen Aufenthalt im Wasser bei den Tieren (was im Beringmeer nach drei Minuten den Tod bedeutet), bleibt einem zur Geschlechtsbestimmung im Grunde nur, eine Kuh zu erwischen, wenn sie ihr Kalb bei sich hat, oder den Moment abzuwarten, in dem sich die Tiere paaren. Libby und Margaret hatten beschlossen, sie bei der Paarung zu markieren. Ihr Basisschiff war ein Fünfundzwanzig-Meter-Schoner, den Scripps ihnen für das Projekt ausgeliehen hatte. Zum eigentlichen Markieren benutzten sie jedoch ein wendiges Schlauchboot mit 40-PS-Motor.

Sie hatten eine Kuh entdeckt, die sich der Avancen zweier

riesiger Bullen zu erwehren versuchte. Der Nordkaper ist eines der wenigen Tiere auf der Welt, das bei der Paarung eine Art Ausspülungs-Methode anwendet. Das heißt, dass sich Kühe mit mehreren Bullen paaren, aber nur derjenige, der das Sperma aller anderen Mitbewerber am gründlichsten ausspült, gibt seine Gene an die nächste Generation weiter. Entsprechend siegt oft genug der Bulle mit dem größten Gemächt, und männliche Nordkaper haben das gewaltigste Gemächt der Welt, mit Hoden, die bis zu einer Tonne wiegen, und drei Meter langen Penissen, die nicht nur lang sind, sondern mit denen sie auch greifen können, so dass es ihnen möglich ist, um die Flanke einer Kuh zu langen und sich heimlich, still und leise einzuschleichen.

Libby saß am Bug des Bootes und machte sich mit einer fünf Meter langen Fiberglasstange bereit, deren Spitze (neben der Satelliteneinheit) mit einem stählernen Widerhaken ausgestattet war. Margaret steuerte den Außenborder, manövrierte sich auf eisigen Zwei-Meter-Wellen in eine Position, aus der heraus Libby den Sender anbringen konnte. Nordkaper sind nicht besonders schnell (die Walfänger haben sie allen Ernstes von Ruderbooten aus erlegt), aber sie sind groß und breit, und im Wahn der Paarungshatz bietet ein kleines Motorboot in etwa so viel Schutz vor ihren zuckenden Sechzig-Tonnen-Leibern, als würde man mit einer Rüstung aus Alufolie ins Turnier ziehen. Und die edle Libby, Action-Freak-Girl, das sie war, sah aus wie ein tapferer Ritter in phosphoreszierendem Orange, die Lanze bereit, während ihr treues Ross *Evinrude* sie über die Wogen trug.

Und als sich das Boot der Kuh näherte, die links und rechts von gewaltigen Bullen umzingelt war, rollte sie sich auf den Rücken, so dass ihre Genitalien gen Himmel deuteten. Dann wurde sie langsamer, und Margaret steuerte das Boot zwischen die Schwänze der beiden Bullen, damit Libby den Sender anbringen konnte. Die Kuh ließ sich unter das Boot treiben, und

Margaret fuhr den Motor herunter, um das Tier nicht mit dem Propeller zu verletzen.

»Scheiße!«, schrie Libby. »Hol uns hier raus! Hol uns raus!« Ein einziger Flukenschlag würde sie ins Wasser stoßen, wo Unterkühlung und Tod schon warteten. Libby hatte ihren Überlebensanzug heruntergerollt, um die Harpune manövrieren zu können. Sie wäre in Sekundenschnelle abgesoffen.

Plötzlich ragten zu beiden Seiten zwei gewaltige Penisse aus dem Wasser auf. Die Bullen suchten ihr Ziel, rückten näher an die Kuh heran, machten solche Wellen, dass die beiden Frauen auf den Boden ihres Bootes fielen. Über ihnen ragten zwei rosige Türme auf, suchten ihr Ziel, tasteten an den Rändern des Bootes herum, so dass Schleim über die Gummiwand des Bootes rann (und über die Biologinnen), stocherten herum, peitschten und missbrauchten die beiden Frauen in jeder Hinsicht. Die Kuh hatte das Schlauchboot mittlerweile direkt über ihrem Geschlecht, benutzte es als provisorisches Diaphragma. Dann begegneten sich die beiden Walpimmel direkt über dem Boot, und beide Bullen dachten offenbar, sie hätten ihr Ziel gefunden, und da sie nicht zu spät kommen wollten, spritzten sie gewaltige Ströme von klebrigem Walsperma ins Boot, über die Ausrüstung und die Forscherinnen, überspülten die Dollborde, setzten den Motor unter Sperma, bis so ziemlich alles – bis auf die Waldame – vollständig und widerlich voll gewichst war. Nach erfüllter Mission schwammen sie davon, um sich etwas postkoitalen Krill aus den Barten zu stochern. Margaret erlitt eine Gehirnerschütterung und trug eine teilweise abgetrennte Netzhaut davon, Libby eine ausgerenkte Schulter und diverse Schürfungen und Prellungen. Das eigentliche Trauma aber ließ sich nicht mit Mullbinden, Pflastern und Betadine lindern.

Einige Wochen später war Libby wieder bei Nate, der zusammen mit Clay unten an der Chatham Strait das Ernährungsverhalten der Tiere filmte. Sie kam in seine Kabine spaziert, umarmte ihn, dann trat sie einen Schritt zurück und sagte: »Nate, ich glaube, ich möchte nicht mehr verheiratet sein.« Eigentlich aber meinte sie: »Mit Penissen bin ich endgültig fertig, Nate, und so nett du sein magst, weiß ich doch, dass du auch an so einem Ding befestigt bist. Mir steht es Oberkante Unterlippe, sozusagen. Ich mag nicht mehr.«

»Okay«, sagte Nate. Später erzählte er Clay, er hätte seit Stunden Hunger gehabt und sich die ganze Zeit vorgenommen, eine Pause einzulegen und was zu essen, aber nachdem Libby aufgetaucht war, hatte er gemerkt, dass es gar kein Hunger gewesen war. Er hatte sich nur leer gefühlt, aus Einsamkeit. Und seit jenem Tag fühlte sich Nate mehr oder weniger einsam und liebeskrank (auch wenn er sich nicht beklagte, sondern es sich nur anmerken ließ). Diesen Teil hatte Clay Kona vorenthalten. Whiskeygetränkte Geständnisse am Lagerfeuer waren vertrauliche Informationen. Eine Frage der Loyalität.

»Also«, sagte Nate, »da der Gesang in den meisten Fällen die Aufmerksamkeit anderer Bullen weckt, die sich dem Sänger daraufhin oft anschließen, sollte man vermuten, dass kein direkter Zusammenhang zwischen Gesang und Paarungsaktivitäten besteht, abgesehen davon, dass beides zur gleichen Zeit geschieht. Und da bisher noch niemand den Paarungsvorgang bei Buckelwalen beobachtet hat, könnte selbst diese Vermutung schlicht falsch sein. Sollte der Gesang tatsächlich den Versuch des Bullen darstellen, sein Territorium abzustecken, so scheint mir dieses Vorgehen nicht eben wirkungsvoll, da sich andere Bullen zu den Sängern gesellen, selbst solche, die Kühe und Kälber begleiten. Die Studie spricht eine Empfehlung für weitere Studien aus, um herauszufinden, ob – wie bisher angenommen – ein direkter Zusammenhang zwischen Walgesang und

Paarungsaktivität besteht. Vielen Dank. Sollten Sie Fragen haben …«

Hände zuckten in die Luft. Jetzt ging es los: die Kristallkugelgucker, die Wal-Umarmer, die Hippies, die Jäger, die Touristen, die Förderer, die Spinner, die Forscher (Gott steh uns bei, die *Forscher*) und Leute, die einfach nur neugierig waren. Nate hatte nichts gegen Neugierige. Sie waren die Einzigen, die nichts im Schilde führten. Alle anderen suchten nur Bestätigung, keine Antworten. Sollte er zuerst auf die Forscher eingehen? Damit er sie hinter sich hatte? War vielleicht keine schlechte Idee.

»Ja, Gilbert.« Er deutete auf den Grafen. Der lange Wissenschaftler hatte seine Sonnenbrille abgenommen, die Krempe an seinem Hut jedoch weit heruntergezogen, als müsste er die glühend roten Kohlen seiner Augen verbergen. Oder vielleicht bildete sich Nate das auch nur ein.

Graf Zahl sagte: »Man kann also bei so wenigen Beispielen – Sie sprachen von fünfmaligem Vorkommen einer Interaktion zwischen Sängern und anderen – nicht ernstlich eine Schlussfolgerung hinsichtlich des Zusammenhangs mit der Fortpflanzung oder der Widerstandsfähigkeit einer Population ziehen? Richtig?«

Nate seufzte. *Pissnelke*, dachte er. Er wandte sich den fremden Gesichtern im Publikum zu, den Nichtprofis. »Wie Sie wissen, Dr. Box, sind Beispiele für das Verhalten von Walen gewöhnlich rar gesät. Es liegt in der Natur der Sache, dass wir aus den Daten über Wale mehr herauslesen müssen als bei anderen Tieren, die leichter zu beobachten sind. Wenige Beispiele sind auf diesem Forschungsgebiet ein akzeptiertes Handikap.«

»Damit wollen Sie also sagen«, fuhr Box fort, »dass Sie versuchen, das Verhalten eines Tieres, das kaum drei Prozent seiner Zeit an der Oberfläche verbringt, nach seinem Verhalten an eben jener Oberfläche zu beurteilen. Wäre das nicht ungefähr so, als wollte man die menschliche Zivilisation extrapolieren, indem man sich am Strand unter Wasser die Beine von Menschen ansieht? Ich sehe nicht, wie das möglich sein sollte.«

Nate sah sich im Saal um, in der Hoffnung, dass einer der anderen Verhaltensforscher einspringen, ihm helfen, ihm einen Ball zuspielen würde, aber offenbar waren die Anschläge am Schwarzen Brett, die Deckenventilatoren und die Planken am Boden von unwiderstehlichem Interesse.

»In letzter Zeit beobachten wir die Tiere immer öfter auch im Wasser. Clay Demodocus besitzt mittlerweile über sechshundert Stunden Videoaufnahmen über das Verhalten der Buckelwale unter Wasser. Aber erst in jüngster Zeit wurde die Unterwasserbeobachtung durch Digitalkameras und Rebreather-Technik wirklich praktikabel. Und es bleibt noch immer das Problem des Antriebs. Kein Taucher schwimmt so schnell, dass er den Buckelwalen bei ihrer Wanderung folgen könnte. Ich denke, dass alle Forscher in diesem Raum den Wert von Beobachtungen dieser Tiere unter Wasser begreifen werden, und man muss gewiss nicht extra erwähnen, dass eine Forschung ohne Berücksichtigung des Unterwasserverhaltens unvollständig wäre. Da sind wir sicher einer Meinung, Dr. Box.«

Überall im Saal wurde ersticktes Kichern laut. Nathan Quinn lächelte. Graf Zahl ging unter keinen Umständen ins Wasser. Entweder hatte er schreckliche Angst davor, oder er war dagegen allergisch, aber wenn man ihn auf seinem Boot beobachtete, war nicht zu übersehen, dass er den Kontakt mit dem feuchten Nass um jeden Preis vermied. Wollte er aber auch weiterhin Gelder von der Internationalen Walfangkommission bekommen, musste er rausfahren und Wale zählen. *Auf* dem Wasser, niemals *im* Wasser. Quinn war der Ansicht, dass Box' Arbeit schlechte Wissenschaft war und er seine Beraterdienste »dunklen Mächten« anbot. Er betrieb Studien und beschaffte Daten für den höchsten Bieter, und Nate zweifelte nicht daran, dass diese Daten im Interesse seiner Geldgeber verzerrt wurden. Mehrere Nationen in der Internationalen Walfangkommission wollten das Fangverbot für Wale aufheben, aber vorher mussten sie geprüft haben, ob sich die Population so weit erholt hatte, dass die Jagd wieder freigegeben werden konnte. Gilbert Box versorgte sie mit Zahlen. Nate wartete ab, bis der ausgemergelte Forscher nickte, dann nahm er die nächste Frage an.

»Ja, Margaret.«

»Ihre Studie scheint sich auf den Blickwinkel männlicher Tiere zu beschränken, ohne Einbeziehung der Rolle des weiblichen Wals. Könnten Sie dazu etwas sagen?«

Na, das kommt jetzt aber überraschend, dachte Nate. »Nun, ich denke, zum Kuh/Kalb-Verhalten wird bereits gute Arbeit geleistet, wie auch hinsichtlich der oberflächenaktiven Gruppen, was wir für paarungsverwandtes Verhalten erachten, aber da sich meine Arbeit mit den Sängern beschäftigt und es sich bei diesen Sängern, soweit wir wissen, ausschließlich um männliche Tiere handelt, neige ich dazu, mich auch mit männlichen Tieren beschäftigen zu wollen.« Okay, das sollte genügen.

»Sie können also nicht definitiv ausschließen, dass die weiblichen Tiere das Artverhalten prägen?«

»Margaret, wie mir meine Forschungsassistentin wiederholt versichert hat, lässt sich über Buckelwale im Grunde nur eindeutig sagen, dass sie groß und schlüpfrig sind.«

Alle lachten. Quinn sah Amy an, und sie zwinkerte ihm zu, und dann, als er sich wieder Margaret zuwandte, sah er Libby neben ihr, die ihm ebenfalls zuzwinkerte. Zumindest hatte sich die Anspannung unter den Forschern gelegt, und Quinn merkte, dass Captain Tarwater und Jon Thomas Fuller samt seinem Gefolge nicht länger die Hände hoben, um Fragen zu stellen. Vielleicht merkten sie, dass sie nichts Neues in Erfahrung bringen würden, und ganz sicher wollten sie nicht vor Publikum ihre eigenen Themen preisgeben oder abgeschmettert werden wie Gilbert Box. Nate nahm die Fragen der Nichtwissenschaftler entgegen.

»Könnte es sein, dass sie ›Hallo‹ sagen?«

»Ja.«

»Wenn sie hier nicht fressen und es nichts mit der Paarung zu tun hat, wieso singen sie dann?«

»Das ist eine gute Frage.«

»Wissen die Tiere vielleicht, dass die Aliens Kontakt zu uns aufgenommen haben, und versuchen nun, das Mutterschiff zu kontaktieren?«

Ah, tut immer gut, mal wieder von den Spinnern zu hören, dachte Nate. »Nein, das glaube ich nicht.«

»Vielleicht benutzen sie ihr Sonar, um andere Wale zu finden.«

»Soweit wir wissen, orientieren sich Bartenwale, die ihre Nahrung durch Schichten von Barten filtern, nicht – wie Zahnwale – mit Hilfe einer Echoortung.«

»Wieso springen sie die ganze Zeit? Andere Wale springen nicht so.«

»Manche glauben, sie häuten sich oder versuchen, Parasiten abzuschütteln, aber nach jahrelanger Beobachtung bin ich der Ansicht, dass sie einfach nur gern aufs Wasser klatschen ... das Gefühl auf der Haut. So wie man vielleicht gern die Füße in einem Brunnen baumeln lässt. Ich glaube, sie machen nur Blödsinn.«

»Ich habe gehört, dass jemand in Ihr Büro eingebrochen ist und Ihre gesamte Forschung vernichtet hat. Was glauben Sie, wieso sollte jemand so etwas tun?«

Nate stutzte. Die Frau, die das gefragt hatte, hielt einen Stenoblock in der Hand. *Maui Times*, wie er vermutete. Sie war aufgestanden, um ihre Frage zu stellen, als befände sie sich auf einer Pressekonferenz und nicht bei einem ganz normalen Vortrag.

»Die Frage, die Sie sich selbst stellen sollten«, sagte Nate, »lautet: Wer interessiert sich überhaupt für die Erforschung der Walgesänge?«

»Was glauben Sie denn, wer?«

»Ich, ein paar Leute in diesem Saal hier und vielleicht ein knappes Dutzend Forscher auf der ganzen Welt. Im Moment zumindest. Sobald wir mehr herausfinden, werden sich auch mehr Leute dafür interessieren.«

»Sie wollen also sagen, dass jemand, der sich in diesem Saal befindet, Ihr Büro aufgebrochen und Ihre gesamte Forschung vernichtet hat?«

»Nein. Als Biologe muss man sich davor hüten, Motive zu vermuten, wo keine sind, und mehr aus dem Verhalten abzulesen, als die Daten hergeben. Ungefähr so wie die Antwort auf die Frage, wieso sie springen. Man könnte sagen, es sei Teil eines unfassbar komplexen Kommunikationssystems, und damit könnte man auch Recht haben, aber die nahe liegende Antwort – und vermutlich auch die korrekte – ist, dass sich die Wale einfach austoben. Ich denke, der Einbruch war nur ein wahlloser Akt von Vandalismus, der sich den Anschein gibt, ein Motiv zu haben.« *Schwachsinn*, dachte Quinn.

»Danke, Dr. Quinn«, sagte die Reporterin und setzte sich.

»Danke Ihnen allen, dass Sie gekommen sind«, sagte Nate.

Applaus. Nate sortierte seine Notizen, während sich einige Leute um das Podium versammelten.

»Das war Schwachsinn«, sagte Amy.

»Totaler Schwachsinn«, sagte Libby Quinn.

»Was für 'n Scheiß«, sagte Cliff Hyland.

»Gut gesprochen Rede, Doc«, sagte Kona. »Aus dir singt Marleys Geist.«

9

Relativität

Lederhäutige Bardamen betrieben die Buden am Hafen, rauchten Basic 100s und sprachen mit Stimmen, die sich anhörten, als würde jemand Strohrum in heißes Fett schütten – ein Spritzer Liebenswürdigkeit auf jeden Liter Galle. Sie waren fünfunddreißig oder fünfundsechzig, mahagonifarben, dürr und zäh vom Leben auf Booten, vom Schnaps, von Fisch und Enttäuschung. Sie waren aus einem guten Dutzend Küstenorten hergekommen, manche in kleinen Booten vom Festland, und hatten vergessen, sich etwas Mut für die Rückreise aufzusparen. Ausgesetzt – wie auf einer einsamen Insel. Mann für Mann, Boot für Boot, Jahr für Jahr – Salz und Suff und Sonne hatten sie so ausgetrocknet, dass sie bereits Staub husteten. Wenn sie hundert Jahre durchhielten, was einigen gelingen konnte, dann würde in einer mondlosen Nacht ein großer Geist mit einer Kapuze auf dem Kopf in den Hafen einschweben und sie zu einer fernen Felseninsel tragen, die auf keiner Karte zu finden war und die kein Mensch mehr als einmal lebend zu Gesicht bekam. Dort würden sie den Zauber des Meeres am Leben halten, verirrte Seeleute ans Ufer locken, ihnen die Körpersäfte aus den Leibern saugen und die vertrockneten Hüllen auf den Felsen liegen lassen, für die Krebse und die schwarzen Möwen. So wurden Meerhexen geboren... aber das ist eine andere Geschichte. Heute zogen sie Clay nur damit auf, dass er zwei Mädchen den Anleger hinunterführte.

»Es ist wie mit Außenbordern, Clay: Man braucht zwei, wenn immer einer laufen soll«, rief Margie, die einmal – nach zehn Mai-Tais – versucht hatte, dem hölzernen Kapitän einen zu blasen, der draußen vor der Tür vom Pioneer Inn stand. Debbie, die eine geheime Quelle für Kleine-Jungs-Pipi hatte, das sie den Schwarzkorallentauchern bei Entzündungen in die Ohren träufelte, sagte: »Gib der Jüngeren die erste Wache, Clay. Lass sie sich ein bisschen ausruhen.«

»Guten Morgen, die Damen«, rief Clay über die Schulter hinweg. Er grinste und lief so puterrot an, dass seine Ohren sogar an Stellen leuchteten, die gar nicht von der Sonne verbrannt waren. In seinen fünfzig Lebensjahren hatte er in allen sieben Meeren getaucht, war von Haien angegriffen worden, hatte Malaria und malaysische Piraten überlebt, war in einer Titankugel acht Kilometer tief in den Tongagraben hinuntergetaucht ... und dennoch lief er rot an.

Clair – seit vier Jahren Clays Freundin –, eine vierzigjährige japanisch-hawaiianische Lehrerin, die sich bewegte, als tanzte sie den Hula zu einem Sousa-Marsch (seltsame Mischung aus hoheitsvoller Haltung und milder Brise), grüßte die Nuttessen mit einem lockeren Rückhand-Shaka und sagte grinsend: »Mädels, sie kommt nur mit, um Wasser auf seine Spulen zu gießen, damit er mir nicht heiß läuft.«

»Oh, Mann, ihr seid immer so verdammt nautisch«, sagte Amy, die sich mit einer riesigen, wasserdichten Kiste abmühte, in der sich der Rebreather befand. Sie rutschte ihr aus der Hand, und das Ding schlug ihr ans Schienbein, bevor sie es abfangen konnte. »Autsch! Verdammt. Ja, ja, alle lieben euren Salzwassercharme.«

Der gackernde Chor vor den Buden erlitt einen gemeinschaftlich keuchenden Hustenanfall. Zurück zu den Katzen, den Hexenkesseln, dem Kokosöl, den heiligen Jimmy-Buffett-Songs, die man um Mitternacht betrunkenen, weißbärtigen Möchtegern-Hemingways ins Ohr säuselte, damit der rumgetränkte Mast nur noch dieses eine, letzte Mal von den Toten auferstand. Die ledernen Bardamen widmeten sich wieder ihrem Gewerbe, als Kona vorüberging.

»Irie, Schwester Amy. Reich mir deine Bürde«, rief Kona und kam den Anleger hinuntergehetzt, um Amy den schweren Rebreather abzunehmen und sich auf die Schulter zu hieven.

Amy rieb ihren Arm. »Danke. Wo ist Nate?«

»Ist rüber zum Tankpier, holt Kaffee für den ganzen Stamm. Ein Löwe, der Mann.«

»Ja, er ist ein Guter. Du fährst heute mit ihm. Ich muss mit Clay und Clair raus, als Sicherung.«

»Schuhe aus an Bord!«, sagte Clay zum hundertsten Mal zu Clair. Sie verdrehte die Augen und kickte ihre Flip-Flops von den Füßen, bevor sie die *Always Confused* betrat. Sie reichte Clay eine Hand, und er stützte sie, als würde er eine Hofdame des Königs zur Tanzfläche führen.

Kona reichte Clay den Rebreather hinunter. »Ich kann auch tauchen.«

»Du kriegst doch deine Ohren nie mehr frei. Bei den vielen Nasenringen kannst du ja deine Nase überhaupt nicht zukneifen.«

»Die gehen raus. Hier, schon passiert.« Er warf Amy die Ringe zu, aber sie trat schnell einen Schritt zur Seite und ließ sie ins Wasser plumpsen.

»Uups.«

»Amy ist geprüfte Taucherin, Kleiner. Tut mir Leid. Du fährst heute mit Nate.«

»Weiß er das?«

»Ja, weiß er das?«, fragte Clair.

»Er wird es bald erfahren. Sei so nett und hol die Leinen rein, Amy.«

»Ich könnte das Boot fahren.« Kona war kurz davor zu betteln.

»Niemand außer mir fährt dieses Boot«, sagte Clay.

»*Ich* fahre das Boot«, verbesserte ihn Clair.

»Du musst mit Clay schlafen, wenn du das Boot fahren willst«, sagte Amy.

»Tu einfach, was Nate dir sagt«, meinte Clay. »Du kommst schon zurecht.«

»Kann ich das Boot fahren, wenn ich mit Amy schlafe?«

»Niemand fährt dieses Boot«, sagte Clay.

»*Ich* fahre das Boot«, sagte Clair.

»Niemand schläft mit Amy«, sagte Amy.

»*Ich* schlafe mit Amy«, sagte Clair.

Alle stutzten und sahen Clair an.

»Wer möchte Milch?«, fragte Nate, der in diesem Moment mit einem Tablett voller Kaffeebecher auftauchte. »Zucker könnt ihr euch selbst nehmen.«

»Sag ich doch«, sagte Clair. »*Sisters are doing it for themselves.*«

Und Nate hing in der Luft, mit einem Becher und einem Zuckertütchen, einem kleinem Holzlöffel zum Umrühren und verdutzter Miene.

Clair grinste. »Kleiner Scherz. Mannometer … Jungs!«

Alle atmeten auf. Kaffee wurde verteilt, die Ausrüstung verladen, Clay fuhr die *Always Confused* aus dem Hafen, nahm sich die Zeit, dem Grafen und seiner Mannschaft zuzuwinken, die ihr Zeug in ein Zehn-Meter-Zodiac verluden, das man normalerweise zum Parasailing benutzte. Der Graf bog seine Hutkrempe herunter und stand am Bug, präsentierte den Sonnenschirm wie ein Gewehr und sah aus wie Washingtons Skelett, das den Strom des Vergessens überquert. Die Mannschaft winkte. Gilbert Box zog ein finsteres Gesicht.

»Ich mag ihn«, sagte Clay. »Er ist berechenbar.«

Aber Amy und Clair hörten diese Bemerkung nicht. Sie trugen Sonnencreme auf und redeten vorn am Bug, was Mädchen eben so reden.

»Manchmal redest du wie ein Flittchen«, sagte Amy. »Ich wünschte, ich könnte auch so sein.«

Clair bohrte ihr einen langen, rot lackierten Fingernagel ins Bein. »Verkauf dich bloß nicht unter Preis, Süße.«

Der Ersatz-Hawaiianer balancierte auf der Bugreling, als hinge er meterweit über den Sieben-Meter-Mako hinaus, und winkte im Vorbeifahren der Mannschaft auf dem Zodiac. »Irie, meine Forscherfreunde! Wir forschen schon mal los!« Aber als Graf Zahl seinen Gruß ignorierte, rief er, wie auf der Insel üblich: »Was ist los? Hab ich Schulden bei dir?«

»Ganz ruhig, Kona«, sagte Nate. »Und komm da runter.«

Kona bahnte sich einen Weg, zum Kommandostand. »Meister Stinkauge guckt dich mit'm Arsch nicht an. Was ist los? Glaubt er, du bist Agent von Babylon?«

»Er macht schlechte Wissenschaft. Wenn Leute zu mir kommen und mich nach ihm fragen, sage ich ihnen, er macht schlechte Wissenschaft.«

»Und wir machen gute Wissenschaft!«

»Wir manipulieren keine Zahlen, um den Leuten, die uns finanzieren, zu gefallen. Die Japaner zum Beispiel wollen nur Zahlen, die belegen, dass sich die Population der Buckelwale erholt hat, damit ihnen die Internationale Walfangkommission wieder gestattet, Jagd auf die Tiere zu machen. Gilbert tut alles, um ihnen diese Zahlen zu beschaffen.«

»Die Buckels töten? Nein.«

»Doch.«

»Nein. Wozu?«

»Um sie zu essen.«

»Nein«, sagte der blonde Rastamann und schüttelte den Kopf, als sollte das Böse wieder aus seinen Ohren rieseln.

Quinn lächelte in sich hinein. Das Fangverbot war schon in Kraft gewesen, als Kona auf die Welt kam. Soweit der Junge wusste, waren Wale vor Jägern sicher. Quinn wusste es besser. »Walfleisch zu essen, hat in Japan Tradition. Es ist ein ähnliches Ritual wie unser Thanksgiving. Aber es ist im Aussterben begriffen.«

»Dann ist ja alles gut.«

»Nein. Es gibt eine Menge alter Männer, die den Walfang als Tradition wiederaufleben lassen wollen. Die japanische Walfangindustrie wird von der Regierung subventioniert. Es ist nicht mal ein rentables Geschäft. Sie verteilen Walfleisch an den Schulen, damit sich die Kinder an den Geschmack gewöhnen.«

»Nein. Kein Mensch isst Wal.«

»Die Internationale Walfangkommission erlaubt ihnen, fünfhundert Zwergwale pro Jahr zu töten, aber sie töten mehr. Und Biologen haben auf japanischen Märkten Walfleisch von einem halben Dutzend gefährdeter Spezies gefunden. Sie versuchen, es als Zwergwal zu deklarieren, aber die DNS lügt nicht.«

»Zwerge? Dieser Teufel mit der weißen Kriegsbemalung tötet unsere Zwerge?«

»Es gibt hier vor Hawaii keine Zwergwale.«

»Na logo nicht, wenn Graf Zahl sie tötet. Wir werden diese Schweinerei auf der Stelle niedersingen.« Kona langte tief in seinen rot-gold-grünen Bauchbeutel. Heraus kam ein erstaunlich komplexes Gebilde aus Plastik, Messing und stählernen Röhren, das Kona in Sekundenschnelle zu etwas zusammenbastelte, das für Quinn wie ein besonders kleiner, eleganter Teilchenbeschleuniger aussah oder – wahrscheinlicher noch – ein unfassbar kompliziertes Bong.

»Fahr langsam, Bruder. Ich zünd mir einen an, im Namen der Freiheit. Lasst uns Babylon niedersingen und in die Schlacht ziehen, Jah zu Ruhm und Ehre, Mann. Fahr langsam.«

»Pack das weg.«

Kona stutzte, hielt sein Einwegfeuerzeug über die Kugel. »Willst du unser Schiff schon jetzt zurück nach Zion lenken, Bruder?«

»Nein, wir haben zu tun.« Nate bremste das Boot und stellte die Maschine ab. Sie lagen etwa eine Meile vor Lahaina.

»Babylon niedersingen?« Kona hielt das Feuerzeug in die Höhe.

»Nein. Steck das weg. Ich zeig dir, wie man das Hydrophon ins Wasser lässt.« Quinn checkte die Kassette im Rekorder am Pult.

»Unsere Zwerge retten?« Kona schwenkte das Feuerzeug in Kreisen über der Kugel.

»Hat dir Clay gezeigt, wie man ein Erkennungsfoto macht?« Nate nahm das Hydrophon und die aufgerollte Leine aus der Kiste.

»Mit Jahs Kräutern ins Mystische entschweben?«

»Nein! Leg das Ding weg und hol die Kamera aus der Kiste vorn am Bug.«

Kona zerlegte das Bong mit einigem Surren und Klicken und steckte es zurück in seinen Bauchbeutel. »Okay, Bruder, aber wenn sie deine Zwerge aufgegessen haben, gib nicht Jah die Schuld.«

Eine Stunde später, nachdem sie gelauscht hatten und gefahren waren und wieder gelauscht hatten, fanden sie ihren Sänger. Kona hing über dem Dollbord des Bootes und starrte den großen Bullen an, der unter ihrem Boot parkte und so ein ersticktes

Quieken von sich gab, wie ein Entführungsopfer, dem man den Mund mit Gaffa-Tape verklebt hatte.

Immer wieder blickte Kona vom Wal zu Nate hinüber, grinste, dann sah er sich wieder den Wal an und kauerte und balancierte dabei auf dem Dollbord, wie ein Wasserspeier auf der Brüstung einer Kirche. Nate schätzte, dass er vielleicht noch zwei Minuten in dieser Haltung verharren konnte, bis seine Knie endgültig einrasteten und er sein Leben hockend wie ein Frosch zubringen musste. Dennoch neidete er Kona seine Freude, die Begeisterung, diesen Tieren zum ersten Mal ganz nah zu sein. Er neidete ihm seine Kraft und Jugend. Und während er dem Lied in seinen Kopfhörern lauschte (wobei das Lied ganz offenbar einen Ausdruck des Paarungswillens darstellte und doch keinen direkten Hinweis darauf geben wollte, dass es auch wirklich so war), fühlte sich Nate plötzlich zutiefst bedeutungslos. Sexuell, intellektuell, finanziell, gesellschaftlich, wissenschaftlich unbedeutend – ein Sack voll entliehener Atome in Form eines Nate. Weder Wirkung noch Sinn oder Stabilität.

Er versuchte, genauer hinzuhören, was der Wal machte, um sich in der Analyse dessen zu verlieren, was da unten vor sich ging, doch schien das den Verdacht zu unterstreichen, dass er nicht nur alt wurde, sondern möglicherweise den Verstand verlor. Es war das erste Mal, dass er seit dem »FLOSSEN WEG!«-Zwischenfall wieder draußen war, und seitdem hatte er sich gesagt, dass es sich dabei nur um eine Art Halluzination gehandelt haben konnte. Trotzdem verkrampfte er sich jedes Mal, wenn ein Wal ihm seinen Buckel zeigte, denn er fürchtete, dass auf den Fluken eine Botschaft geschrieben stand.

»Er kommt rauf, Boss.«

Nate nickte. Der Junge lernte schnell. »Halt deine Kamera bereit, Kona. Er wird drei-, viermal Luft holen, bevor er abtaucht. Also, sei bereit!«

Abrupt endete der Gesang in den Kopfhörern. Nate zog das Hydrophon nach oben und ließ die Maschine an. Sie warteten.

»Da drüben, Boss«, sagte Kona und deutete auf die Steuerbordseite. Nate wendete das Boot langsam auf der Stelle und wartete.

Sie sahen in die Richtung, in die der Wal nach Konas Ansicht geschwommen war, als er plötzlich hinter ihnen auftauchte, kaum drei Meter neben dem Boot, so dass die beiden beim Ausblasen vor Schreck zusammenzuckten und die Gischt als Regenbogenwolke über sie hinwegwehte.

»Ho! Da ist der Fettsack, Boss!«

»Blitzmerker«, knurrte Nate. Er gab Gas und brachte das Boot hinter den Wal. Beim nächsten Atemzug rollte sich das Tier auf die Seite und schlug mit seiner langen Brustflosse auf die Wasseroberfläche, so dass Kona klatschnass wurde und eine fette Ladung Gischt sich über dem Pult verteilte. Wenigstens war der Junge klug genug, die Kamera zu schützen.

»Ich liebe diesen Wal!«, rief Kona, und sein Rastaslang schmolz dahin, was seinen Mittelklasse-Akzent aus New Jersey zum Vorschein brachte. »Am liebsten würde ich ihn mit nach Hause nehmen und in eine Kiste mit Gras und Steinen tun. Und ihm ein Quietsche-Entchen kaufen.«

»Mach dich für dein ID-Foto bereit«, kommandierte Nate.

»Kann ich ihn behalten, wenn wir fertig sind? Bittebittebitte!«

»Da kommt er, Kona. Stell scharf!«

Der Wal machte einen Buckel, dann zeigte er seine Fluke, und Kona schoss vier schnelle Bilder nacheinander.

»Hast du ihn?«

»Geile Bilder. Totengeil!« Kona legte die Kamera auf den Sitz vor dem Pult und warf ein Handtuch darüber.

Nate richtete das Boot auf den Flukenabdruck, eine Sieben-Meter-Linse aus glattem Wasser an der Oberfläche, hervorgerufen durch den Schwanz des Wals. Solche Linsen hielten sich manchmal bis zu zwei Minuten und dienten den Forschern als Fenster, durch die sie die Wale beobachten konnten. Zu Zeiten der alten Walfänger glaubte man, Flukenabdrücke würden durch ein Öl hervorgerufen, das die Wale ausschieden. Nate stellte die Maschine ab und ließ das Boot direkt darüber gleiten. Sie hörten, wie der Walgesang von unten an die Oberfläche trieb, und spürten, wie das Boot unter ihren Füßen vibrierte.

Nate ließ das Hydrophon hinunter, drückte den Aufnahmeknopf und setzte die Kopfhörer auf. Kona hielt die Bildziffern und GPS-Koordinaten im Notizbuch fest, wie Nate es ihm gezeigt hatte. *Jeder Affe ist dem Job gewachsen*, dachte Nate. *Nach einer Stunde macht der Kiffer ihn schon. Der Bengel ist jünger, kräftiger und schneller als ich, und ich bin mir nicht mal sicher, ob ich schlauer bin, als wäre das nicht egal. Ich bin absolut bedeutungslos.*

Aber vielleicht war es ja doch nicht egal. Vielleicht ging es nicht allein um Kraft. Kultur und Sprache versauten die normale biologische Evolution. Wozu sollte sich bei uns Menschen ein so großes Gehirn entwickelt haben, wenn es bei der Paarung nur auf Kraft und Größe ankam? Auch früher hatten Frauen ihre Partner nach der Intelligenz ausgewählt. Vielleicht hatten die frühen Schlauberger so was gesagt wie: »Da drüben hinter den Felsen sitzt ein leckeres Faultier und wartet nur darauf, erlegt zu werden. Schnappt es euch, Jungs!« Und wenn er die stärkeren, dümmeren Typen auf der Hatz nach einem imaginären Faultier über die Klippen geschickt hatte, machte er es sich mit den süßesten Cro-Magnon-Schätzchen gemütlich, um ein paar Gene zu mixen. »Ja, ja! Beiß mir in den Brauenwulst. Beiß mich!« Nate lächelte.

Kona sah über die Reling zum Sänger hinab, dessen Schwanz sich kaum sieben Meter unter dem Boot befand (auch wenn sein Kopf dreizehn Meter weiter unten war). Er sang erst seit ein paar

Minuten. Mindestens zehn Minuten würde er noch unten bleiben.

»Kona, wir brauchen eine DNS-Probe.«

»Wie machen wir das?«

Nate nahm zwei Schwimmflossen aus dem Pult und gab sie mit einem leeren Kaffeebecher an den Surfer weiter. »Du wirst wohl eine Samenprobe besorgen müssen.«

Der Surfer schluckte. Sah den Wal an, dann den Becher. Dann blickte er wieder über die Reling zum Wal hinunter. »Ohne Deckel?«

10

Sicherheit

Clay Demodocus trieb lautlos am Schwanz des *Luftanhalters* vorüber, nur mit dem leisen Zischen seines eigenen Atems in den Ohren. Luftanhalter wurden so genannt, weil sie bis zu vierzig Minuten kopfüber einfach so im Wasser hingen und die Luft anhielten. Ohne zu schwimmen, zu singen oder sonst irgendwas zu tun. Sie hingen einfach nur da, manchmal zu dritt oder viert, und zeigten mit den Schwänzen in alle Himmelsrichtungen, wie ein Kompass. Als hätte jemand eine Hand voll schlafender Wale fallen gelassen und vergessen, sie wieder aufzuheben. Nur dass sie nicht schliefen. Wale schliefen nicht wirklich, soweit man wusste. Nun, der Theorie nach schliefen sie mit einer Hirnhälfte, während die andere dafür sorgte, dass sie nicht ertranken. Für einen Luftatmer stellt es ein nicht unerhebliches Problem dar, im Wasser zu schlafen, ohne zu ertrinken. (Machen Sie nur, versuchen Sie es. Wir warten.)

Einzuschlafen wäre mit dem Rebreather so einfach, dachte Clay. Das Gerät war extrem leise, was auch der Grund war, wieso Clay es verwendete. Statt die Luft aus einem Tank zu holen und in Form von Blasen wieder abzugeben, schickte der Rebreather die ausgeatmete Luft des Tauchers durch einen CO_2-Absorber, um das Kohlendioxid herauszufiltern, an ein paar Sensoren und einem Tank vorbei, der etwas Sauerstoff hinzufügte, damit der Taucher die Luft wieder einatmen konnte. Ohne Blasen, weshalb der Rebreather für das Studium der Wale perfekt geeignet war (und dafür, sich an feindliche Schiffe heranzuschleichen, was der Grund war, wieso die Navy so ein Gerät überhaupt entwickelt hatte.)

Buckelwale setzten Luftblasen als Kommunikationsmittel ein, besonders die Bullen, die einander mit ihren Blasenvorführungen zu imponieren versuchten. Entsprechend war es fast unmöglich, mit einer Tauchausrüstung nah an einen Wal heranzukommen, besonders an ein unbewegliches Tier wie einen Sänger oder einen Luftanhalter. Mit den Blasen blubberte der Taucher in der Walsprache, ohne den leisesten Schimmer zu haben, was er da redete. Früher hatte sich Clay mehrmals Luftanhaltern mit seiner Tauchausrüstung genähert, aber die Tiere schwammen weg, wenn er näher als zwanzig Meter herankam. Er vermutete, dass die Wale sagten: »Hey, da kommt schon wieder dieser dürre Bursche, der nur Blödsinn quasselt. Verschwinden wir lieber.«

Aber dieses Jahr hatten sie den Rebreather bekommen, und Clay schoss seine ersten vernünftigen Bilder von einem Luftanhalter. Als er neben dem Schwanz trieb, checkte er seine Instrumente, blickte auf, um nach Amy zu sehen, die da oben schnorchelte, als Silhouette in einem Sonnenstrahl, mit einem kleinen Tank auf dem Rücken, bereit, ihm zu Hilfe zu eilen, falls etwas schief ging. Ein großer Nachteil beim Rebreather war, dass es sich dabei um ein reichlich komplexes Gerät handelte, und sollte er kaputtgehen, standen die Chancen gut, dass der Taucher diesen Umstand mit dem Leben bezahlte. (Clays Erfahrung nach konnte man sich auf dieser Welt nur auf eines verlassen: Irgendwas ging immer kaputt.)

Um ihn herum war alles klar und blau – vom Wal mal abgesehen. Auch unter ihm nur Blau. Trotz bester Sicht konnte er den Grund nicht sehen, irgendwo hundertachtzig Meter tiefer.

Als er am Schwanz vorbei war, befand er sich bei dreiunddreißig Metern. Die Navy hatte den Rebreather bei über dreihundertfünfzig Metern getestet (und da er theoretisch sechzehn Stunden unten bleiben konnte, wenn es sein musste, stellte auch die Dekompression kein Problem dar), aber Clay passte trotzdem lieber auf, dass er nicht zu tief tauchte. Der Rebreather war nicht darauf eingestellt, die Gase für einen solchen Tauchgang zu mischen, und von daher bestand noch immer die Gefahr eines Tiefenrausches – einer Art Vergiftung, hervorgerufen durch komprimierten Stickstoff im Blut. Clay war schon öfter narkotisiert worden, einmal beim Filmen von Belugawalen unter dem arktischen Eis. Hätte man ihn damals nicht mit einem Nylonseil aus dem Eisloch gezogen, wäre er wohl ertrunken.

Noch ein Stückchen weiter, und er würde das Geschlecht des Luftanhalters bestimmen können, etwas, das ihnen noch nicht oft gelungen war, und damals nur mit Hilfe einer Armbrust und einer DNS-Analyse. Die Frage lautete: Sind Luftanhalter allesamt männlich – wie die Sänger? Und wenn ja: Hat dieses Luftanhalten etwas mit ihrem Gesang zu tun? Clay und Quinn hatten sich ursprünglich zusammengetan, um das Geschlecht der Sänger zu bestimmen, vor gut siebzehn Jahren, als DNS-Analysen noch sehr selten waren.

»Kannst du unter den Schwanz schwimmen?«, hatte Nate gefragt. »Und Fotos von den Genitalien machen?«

»Schweinkram«, hatte Clay gesagt. »Klar, kann ich versuchen.«

Von wenigen Gelegenheiten abgesehen, bei denen Clay die Luft so lange anhalten konnte, bis er sich unterhalb des Tieres befand, war es ihm natürlich nicht gelungen, einen Walporno zu drehen. Aber jetzt, mit dem Rebreather …

Als er unter dem Schwanz trieb, so nah, dass das Weitwinkelobjektiv nur ein Drittel der Fluke einfing, bemerkte Clay eine ungewöhnliche Zeichnung am Schwanz. Er sah von seiner Anzeige auf, als sich der Wal gerade bewegte, aber es war zu spät. Der Wal zuckte, und der massige Schwanz schlug Clay an den Kopf, was ihn augenblicklich zehn Meter abwärts drückte. Der Stoß der Fluke ließ ihn einen dreifachen Salto rückwärts machen, bis er langsam in die Tiefe sank, bewusstlos.

Als er sah, wie der Pseudo-Hawaiianer schon das achte Mal versuchte, zum Wal hinunterzugelangen, dachte Nathan Quinn: *Es ist ein Initiationsritus. Ähnliches hat man mit mir auch gemacht, als ich Student war. Hat mich Dr. Ryder nicht losgeschickt, um Nahaufnahmen vom Atemloch eines Grauwals zu machen, der eine schreckliche Kopfgrippe hatte? Habe ich nicht jedes Mal, wenn der Wal auftauchte, einen basketballgroßen Klumpen Schnodder abbekommen? Und war ich nicht trotzdem dankbar für die Gelegenheit, rausgehen und echte Forschungen anstellen zu dürfen? Natürlich war ich das. Deshalb bin ich auch weder grausam noch unprofessionell, wenn ich diesen jungen Mann immer wieder runterschicke, damit er dem Wal einen runterholt.*

Das Funkgerät piepste, zeigte an, dass sich die *Always Confused* meldete. Nate drückte den Sprechknopf am Walkie-Talkie, mit dem die beiden Boote untereinander kommunizierten. »Ich höre, Clay.«

»Nate, hier spricht Clair. Clay ist vor einer Viertelstunde runtergegangen, aber Amy ist ihm mit dem Rettungstank hinterhergetaucht. Ich weiß nicht, was ich tun soll. Sie sind zu tief. Ich kann sie nicht sehen. Der Wal ist weg, und ich kann die beiden nicht mehr sehen.«

»Wo bist du, Clair?«

»Draußen, etwa zwei Meilen vor der Müllkippe.«

Nate schnappte sich das Fernglas und suchte die Insel ab, fand die Müllkippe, suchte von dort aus. Er sah zwei oder drei Boote in der Gegend. Bei Vollgas sechs bis acht Minuten entfernt.

»Such weiter, Clair. Mach dich bereit, ihnen einen Sauerstofftank runterzulassen, für den Fall, dass sie dekomprimieren müssen. Ich bin da, sobald ich den Jungen aus dem Wasser habe.«

»Was macht er denn im Wasser?«

»Falsche Entscheidung meinerseits. Halt mich auf dem Laufenden, Clair. Versuch, Amys Blasen zu folgen, falls du sie sehen kannst. Du solltest ihnen so nah wie möglich sein, wenn sie raufkommen.«

Nate ließ die Maschine an, als Kona eben auftauchte, den Schnorchel ausspuckte und wild nach Luft schnappte. Kona schüttelte den Kopf, um anzuzeigen, dass er seine Mission nicht erfüllt hatte.

»Zu tief, Boss.«

»Komm, komm, komm! An die Seite.« Nate winkte ihn zum Boot.

Quinn wendete, bis er neben Kona lag, dann reichte er ihm beide Hände. »Komm schon.« Kona nahm die Hände, und Quinn zerrte den Surfer über das Dollbord. Kona sank am Boden des Bootes zusammen.

»Boss –«

»Moment, Clay hat Probleme …«

»Aber, Boss –«

Quinn gab Vollgas, riss das Boot herum und zuckte zusammen, als es kreischte wie ein Kaninchen im Mixer, weil sich das Hydrophon-Kabel um die Schraube wickelte und zu einem Bündel überteuerter, wasserdichter Lakritzstangen zerstückelt wurde.

»Scheiße!« Nate riss seine Baseballmütze vom Kopf und knallte sie ans Pult.

Das Hydrophon sank friedlich auf den Grund, berührte den

Sänger im Vorübersinken am Rücken. Nate stellte die Maschine ab und schnappte sich das Funkgerät. »Clair, sind sie schon wieder oben? Ich kann nicht kommen.«

Amy fühlte sich, als hackte ihr jemand Eispickel in die Trommelfelle. Sie kniff die Nasenlöcher zu und blies hinein, um den Druck auszugleichen, während sie noch strampelte, um tiefer zu gelangen.

Inzwischen war sie fünfzehn Meter tief. Clay trieb dreißig Meter unter ihr. Der Druck würde sich verdreifachen, bevor sie bei ihm wäre. Es kam ihr vor, als würde sie durch dicken, blauen Honig schwimmen. Sie hatte gesehen, wie der Schwanz Clay traf und abwärts drückte, aber zum Glück war keine Blasenwolke aufgestiegen. Die Chancen standen gut, dass Clay den Atemregler noch im Mund hatte und atmete. Natürlich konnte das auch bedeuten, dass er tot war oder sich das Genick gebrochen hatte und gelähmt war. In jedem Fall sank er sicher nicht freiwillig langsam immer weiter dem Meeresgrund entgegen.

Amy kämpfte gegen den Druck, den Wasserwiderstand und löste auf dem Weg nach unten Rechenaufgaben. Der Rettungstank enthielt nur ein Drittel der Kapazität eines normalen Tanks. Vermutlich würde sie zwischen sechzig und siebzig Meter tief sein, bis sie Clay einholte. Damit bliebe ihr gerade genug Sauerstoff, um ihn an die Luft zu bekommen, allerdings ohne die nötige Zeit für eine Dekompression. Falls Clay also unverletzt war, setzte sie ihn der Taucherkrankheit aus. Sollte er überleben, musste er drei bis vier Tage in der Dekompressionskammer von Honolulu verbringen.

Ach, wahrscheinlich ist das große Mondkalb sowieso längst tot, dachte sie, um sich etwas aufzuheitern.

Obwohl Clay Demodocus ein abenteuerliches Leben gehabt hatte, war er doch kein Abenteurer. Wie Nate suchte auch er nicht die Gefahr und fand auch keine Erfüllung, indem er testete, wie weit er der Natur standhalten konnte. Er suchte ruhiges Wetter, sanfte See, bequeme Unterkünfte, freundliche, loyale Menschen und Sicherheit. Einzig und allein für seine Arbeit war er bereit, diese Ziele zu gefährden. Das Letzte, was er zu gefährden bereit gewesen wäre, war seine Sicherheit. Das hatte ihn der Verlust seines Vaters, eines Helmtauchers, gelehrt. Der alte Mann war eben bei zweihundertsiebzig Meter Tiefe am Grund angekommen, als ein betrunkener Deckhelfer mit dem Hintern gegen den Anlasser der Maschine kam, so dass die Schraube den Luftschlauch seines Vaters kappte. Der Druck presste Papa Demodocus' gesamten Körper in den Bronzehelm, bis nur noch seine bleibeschwerten Schuhe zu sehen waren, und in diesem Helm war er dann auch begraben worden. Der kleine Clay (*Cleandros* damals in Griechenland) war erst fünf Jahre alt gewesen, und dieser letzte Anblick seines Vaters verfolgte ihn noch Jahre später. Nie konnte er sich einen »Marvin der Marsianer«-Comic ansehen – diesen großen, dämlichen Helmkopf mit Monsterschuhen –, ohne dass er mit den Tränen zu kämpfen hatte.

Als Clay ins salzige Blau hinuntertrieb, sah er ein helles Licht und dunkle Umrisse, die ihn auf der anderen Seite erwarteten. Aus dem Licht kam eine kleine, vertraute Gestalt. Das Gesicht war dunkel, aber Clay kannte die Stimme, selbst noch nach so vielen Jahren. »Willkommen, Erdenwesen«, sagte der vakuumverpackte Grieche.

»Papa«, sagte Clay.

Clair zerrte den schweren Tank aus seinem Schacht auf der *Always Confused* und versuchte, den Atemregler daran zu befestigen. Sie wollte ihn an einer Leine zu Amy und Clay hinunterlassen, damit sie genügend Luft für die Dekompression bekamen. Ein Dutzend Mal hatte Clay ihr gezeigt, wie man es machte, aber sie hatte nie aufgepasst. Es war seine Aufgabe, das Technikzeug zusammenzubasteln. Sie musste davon nichts verstehen. Nie im Leben würde sie ohne ihn tauchen gehen. Sie hatte ihn einfach brabbeln lassen, Sicherheit hier, lebensbedrohlich da, während sie ihre Aufmerksamkeit dem Verreiben ihrer Sonnencreme oder dem Flechten ihrer Zöpfe widmete, damit sie sich nicht in der Ausrüstung verhedderten. Jetzt blinzelte sie ihre Tränen weg und verfluchte sich dafür, dass sie nicht zugehört hatte. Als sie glaubte, den Atemregler endlich richtig aufgeschraubt zu haben, nahm sie den Tank und schleppte ihn an die Reling des Bootes. Schon hielt sie den Atemregler wieder in der Hand.

»Gottverdammt!« Sie riss das Funkgerät an sich und drückte den Sprechknopf. »Nate, ich brauch deine Hilfe.«

»Hau rein, Schwester«, hörte sie. »Er paddelt gerade im Trüben und repariert die Schraube.«

»Kona, weißt du, wie man einen Lungenautomaten am Tank befestigt?«

»Klar, Mann. Du musst die Kugel immer über Wasser halten, sonst wird dein Dope nass und brennt nicht richtig.«

Clair atmete tief und rang ein Schluchzen nieder. »Versuch mal, ob du Nate ranholen kannst.«

Drüben – bei der *Constantly Baffled* – war Nate im Wasser, mit Schnorchel und Schwimmflossen, und kämpfte mit der Last von einem halben Dutzend Schraubenschlüsseln in den Taschen seiner Shorts. Fast hatte er die Schraube vom Boot gelöst. Mit etwas Glück könnte er in ein paar Minuten den Scherstift installiert haben und unterwegs sein. Es war eigentlich kein schwieriges Unterfangen. Es war nur komplizierter geworden, als Nate feststellen musste, dass er die Schraube nicht von innen erreichen konnte. Und plötzlich war seine Luftzufuhr abgeschnitten.

Er strampelte nach oben, spuckte seinen Schnorchel aus und starrte Kona ins Gesicht. Der falsche Hawaiianer beugte sich übers Heck des Bootes, mit dem Daumen der einen Hand auf Nates Schnorchel und dem Walkie-Talkie in der anderen.

»Anruf für dich, Boss.«

Nate schnappte nach Luft und riss Kona das Gerät aus der Hand – nahm es aus dem *Wasser*. »Was zum Teufel machst du da? Das Ding ist nicht wasserdicht.« Er versuchte, das Gerät trocken zu schütteln und drückte den Sprechknopf. »Clair? Kannst du mich hören?« Nichts, nicht mal Rauschen.

»Aber es ist gelb«, sagte Kona, als würde das irgendwas erklären.

»Ich seh selbst, dass es gelb ist. Was hat Clair gesagt? Ist mit Clay alles in Ordnung?«

»Sie wollte wissen, wie man den Lungenautomaten auf den Tank kriegt. Ich hab ihr gesagt, man muss die Kugel über Wasser halten.«

»Sie hat doch kein Bong, du Blödmann. Es geht um eine Sauerstoffflasche. Hilf mir mal.«

Nate reichte ihm seine Flossen, dann hielt er sich am Heck fest und zog sich ins Boot. Am Pult stellte er den Seefunk an und rief: »Clair? Kannst du mich hören? Hier ist die *Constantly Baffled*. Ich rufe die *Always Confused*. Clair, bist du da?«

»*Constantly Baffled*«, ging eine harsche, offiziell klingende Männerstimme dazwischen, »hier spricht die Walschutzpolizei. Haben Sie Ihre Genehmigungsflagge gehisst?«

»Walschutzpolizei, wir haben einen Notfall. Ein Taucher drüben bei unserem anderen Boot hat Probleme. Ich habe einen gebrochenen Scherstift und kann mich nicht rühren. Das andere Boot liegt etwa zwei Meilen vor der Müllkippe.«

»*Constantly Baffled*, wieso haben Sie Ihre Genehmigungsflagge nicht gehisst?«

»Weil ich das blöde Ding vergessen habe. Zwei unserer Taucher sind im Wasser, beide möglicherweise in Schwierigkeiten, und die Frau an Bord kann keinen Dekompressionstank zusammenbauen.« Nate blickte sich um. Er konnte das Boot der Walpolizei etwa einen Kilometer westlich in Richtung Lanai ausmachen. Es lag neben einem anderen Boot. Nate sah die vertraute Gestalt des Grafen am Bug stehen, die dort aufragte wie ein Höllenfürst beim Osterpicknick. *Scheißkerl!*

»*Constantly Baffled*, bleiben Sie, wo Sie sind. Wir kommen zu Ihnen.«

»Kommen Sie nicht zu mir! Ich kann hier sowieso nicht weg. Fahren Sie zu dem anderen Boot. Ich wiederhole: Die haben einen Notfall und antworten nicht.«

Das Polizeiboot hob sich aus dem Wasser, getragen von der Kraft zweier 125-PS-Honda-Außenbordmotoren, und hielt geradewegs auf ihn zu.

»Scheiße!«

Nate ließ das Mikro sinken und fing an zu zittern, ein Beben, das nicht von der Temperatur herrührte (bei siebenundzwanzig Grad Celsius), sondern von der Frustration und der nackten Angst. Was war mit Clay passiert, dass Amy zu ihm runtertauchen musste? Vielleicht hatte sie die Situation nur falsch eingeschätzt, und die ganze Aktion war gar nicht nötig. Sie hatte keine große Erfahrung im Wasser, oder zumindest glaubte er das. Aber wenn alles okay war, wieso waren sie dann nicht längst wieder aufgetaucht…?

»Kona, hat Clair gesagt, ob sie Amy und Clay sehen kann?«

»Nein, Boss, sie wollte nur das mit dem Lungenautomaten wissen.« Kona kauerte am Boden des Bootes, mit dem Kopf zwischen den Knien. »Tut mir Leid, Boss, ich dachte, wenn es gelb ist, darf es ins Wasser. Es ist mir aus der Hand gerutscht.«

Nate wollte dem Jungen sagen, dass es schon in Ordnung sei,

aber er mochte nicht lügen. »Clay hat deinen Namen doch auf die Forschungsgenehmigung gesetzt, oder, Kona? Du erinnerst dich, dass du einen Zettel mit vielen Namen drauf unterschrieben hast?«

»Nein, Mann. Die Hawaii-Fünf-Nuller da drüben … kommen die etwa her?«

»Ja, Walpolizei. Und wenn Clay dich nicht auf die Genehmigung gesetzt hat, wirst du wohl mit denen nach Hause fahren.«

11

Meerjungfrau und Marsmännchen

Der Tiefenmesser zeigte siebzig Meter an, als Amy endlich Clays Rebreather zu fassen bekam und sich zu ihm hinunterzog, um einen Blick in seine Tauchermaske zu werfen. Wäre da nicht das Blut gewesen, das von seiner Kopfhaut rann, was aussah, als lecke Motoröl ins Blaue, hätte es ausgesehen, als schliefe er. Unwillkürlich musste sie lächeln. *Der alte Seebär lebt.* Irgendwie – vielleicht durch die jahrelange Konditionierung seiner Reflexe – hatte Clay auf das Mundstück des Rebreathers gebissen. Er atmete gleichmäßig. Sie hörte, dass der Apparat zischte.

Sie war nicht sicher, ob Clays Mundstück beim Aufstieg drinnen bleiben würde. Wenn es herausfiel, würde er bestimmt ertrinken, selbst wenn sie es ihm schnell wieder in den Mund schob. Im Gegensatz zur normalen Tauchausrüstung, die beängstigend leicht zu entleeren war, durfte in einen Rebreather kein Wasser gelangen, da sonst die CO_2-Absorber in Mitleidenschaft gezogen wurden, was das Gerät funktionsuntüchtig machte. Und sie würde beide Hände brauchen, um nach oben zu gelangen. Eine, um Clay festzuhalten, und eine, um die Luft seiner Rettungweste zu regulieren, damit sie nicht nach oben katapultiert wurden. (Amy trug weder eine Schwimmweste noch einen Neoprenanzug. Sie hatte nicht damit gerechnet, dass sie so etwas brauchen würde.) Nachdem sie kostbare dreißig Sekunden Luft verbraucht hatte, um über das Problem nachzudenken, öffnete sie ihr Bikinioberteil und band es Clay um den Kopf, damit er sein Mundstück nicht verlor. Dann hakte sie ihre Hand unter seine Schwimmweste und begann den langsamen Aufstieg.

Bei fünfzig Metern machte sie den Fehler, aufzublicken. Die Wasseroberfläche hätte kilometerweit entfernt sein können. Dann sah sie auf ihre Uhr und riss Clays Arm hoch, damit sie den Tauchcomputer an seinem Handgelenk ablesen konnte. Schon jetzt blinkte die LCD-Anzeige. Clay würde beim Aufstieg zweimal dekomprimieren müssen. Einmal bei fünfzehn und dann bei sieben Metern, jeweils zwischen zehn und fünfzehn Minuten. Mit seinem Rebreather hatte er genügend Luft. Amy trug keinen Tauchcomputer, aber bei einem Blick auf ihre Druckanzeige schätzte sie, dass ihr noch etwa fünf bis zehn Minuten Luft blieben. Ihr fehlte etwa eine halbe Stunde.

Das wird noch haarig werden, dachte sie.

Die Walbullen trugen hellblaue Uniformhemden mit Shorts und pilotenmäßig verspiegelte Sonnenbrillen, die aussahen, als hätte man sie den Männern ins Gesicht operiert. Beide waren über dreißig und hatten einige Zeit im Sportstudio verbracht, auch wenn der eine deutlich schwerer war und seine kurzen Ärmel aufgerollt hatte, damit sein Grapefruit-Bizeps atmen konnte. Der andere war dünn und drahtig. Sie brachten ihr Boot längsseits und warfen einen Fender aus, damit die Boote auf den Wellen nicht aneinander schrammten.

»Alles im Lack, Brüder?«, rief Kona.

»Jetzt nicht«, flüsterte Nate.

»Ich möchte Ihre Genehmigung sehen«, sagte der dickere Cop.

Nate hatte einen Plastikumschlag unter der Konsole hervorgezogen, als die Polizisten sich näherten. Mehrmals im Jahr machten sie so etwas mit. Den Umschlag reichte er dem Mann, der das Dokument herausnahm und entfaltete.

»Ich brauche Ihre Ausweise.«

»Ach, kommen Sie…«, sagte Nate und reichte ihm seinen Führerschein. »Sie kennen mich doch. Wir haben einen Schaden an der Schraube, und auf unserem anderen Boot gibt es einen Notfall.«

»Möchten Sie, dass wir die Küstenwache rufen?«

»Nein, ich möchte, dass Sie uns da rüberbringen.«

»Das ist nicht unsere Aufgabe, Dr. Quinn«, sagte der schmale Cop und blickte von der Genehmigung auf. »Die Küstenwache ist für Notfälle ausgerüstet. Wir nicht.«

»Haole lolo pela, er da«, sagte Kona. (Was hieß: Der ist doch nur ein dummes Weißbrot.)

»Komm mir nicht mit dem Scheiß«, sagte der dickere Cop. »Wenn du Hawaiianisch sprechen willst, spreche ich Hawaiianisch mit dir, aber komm mir nicht mit dem Pidgin-Quatsch. Also, wo ist dein Ausweis?«

»In meiner Bude.«

»Dr. Quinn, Ihre Leute müssen auf einem Forschungsschiff zu jedem Zeitpunkt einen Ausweis bei sich führen. Das wissen Sie.«

»Er ist neu.«

»Wie heißt du, Kleiner?«

»Pelekekona Keohokalole«, sagte Kona.

Der Cop nahm seine Sonnenbrille ab – wohl zum ersten Mal in seinem Leben, dachte Nate. Er musterte Kona.

»Du stehst nicht auf der Genehmigung.«

»Versuchen Sie es mit Preston Applebaum«, sagte Kona.

»Willst du mich etwa verarschen?«

»Das will er allerdings«, sagte Nate. »Nehmen Sie ihn einfach mit, und auf dem Weg setzen Sie mich bei unserem Boot ab.«

»Ich glaube, wir nehmen Sie beide mit und sehen uns die Genehmigung mal näher an, wenn wir im Hafen sind.«

Plötzlich, mitten im Rauschen des Seefunks, hörte man Clairs Stimme: »Nate, bist du da? Ich hab Amys Luftblasen verloren. Ich kann sie nicht mehr sehen! Ich brauch Hilfe! Nate! Oder sonst irgendjemand!«

Nate sah den Cop an, der seinen Partner ansah, der sich abwandte.

Kona sprang auf das Dollbord des Polizeiboots und beugte sich ganz nah vor das Gesicht des drahtigen Polizisten. »Können wir mit dem Macho-Machtspiel-Scheiß weitermachen, wenn wir unsere Taucher aus dem Wasser geholt haben, oder müsst ihr erst zwei Leute umbringen, um allen zu zeigen, was für dicke Pimmel ihr habt?«

Clair lief auf dem Boot herum und suchte nach Amys Luftblasen, hoffte, sie hätte sie nur übersehen, in den Wellen verloren, hoffte, sie sei noch irgendwo. Sie betrachtete den Sauerstofftank am Boden des Bootes, noch immer nicht mit dem Atemregler verbunden, dann lief sie wieder zu den Funkgeräten, drückte auf dem Seefunkgerät und dem Walkie-Talkie herum und versuchte, nicht zu schreien.

»SOS. Bitte, ich bin hier zwei Meilen vor der Müllkippe. Unsere Taucher haben Probleme.«

Der Hafenmeister von Lahaina meldete sich, sagte, er werde jemanden schicken, und dann sagte ein Tauchboot draußen vor den Lavakathedralen von Lanai, sie müssten erst ihre Leute aus dem Wasser holen, könnten aber in einer halben Stunde dort sein. Dann meldete sich Nathan Quinn.

»Clair, hier spricht Nate. Ich bin unterwegs. Wie lange siehst du schon keine Blasen mehr?«

Clair blickte auf ihre Uhr. »Vier, fünf Minuten.«

»Kannst du die beiden sehen?«

»Nein, nichts. Amy ist weit unten. Ich hab gesehen, wie sie getaucht ist. Irgendwann war sie weg.«

»Hast du die Deko-Tanks im Wasser?«

»Nein, ich krieg die verdammten Atemregler nicht fest. Das hat Clay immer gemacht.«

»Binde die Tanks ab, knote die Atemregler an den Tanks fest, und wirf alles über die Reling. Amy und Clay können sie dann zusammenschrauben, falls sie es so weit schaffen.«

»Wie tief? Ich hab hier drei Tanks.«

»Dreißig, zwanzig und zehn Meter. Wirf sie einfach ins Wasser, Clair. Um die genaue Tiefe machen wir uns Gedanken, wenn ich bei dir bin. Häng sie nur raus, damit die beiden sie finden können. Mach Leuchtstäbe daran fest, wenn du welche findest. Wir müssten in fünf Minuten da sein. Wir können dich schon sehen.«

Clair begann, die Plastikbänder um die Hälse der schweren Sauerstofftanks zu binden. Alle paar Sekunden suchte sie die Wellen nach Spuren von Amys Luftblasen ab, fand aber keine. Nate hatte gesagt: »*Falls* sie es so weit schaffen.« Sie blinzelte die Tränen aus den Augen und konzentrierte sich auf ihre Knoten. *Falls?* Nun, *falls* Clay es schaffte, konnte er sich gleich mal nach einem sichereren Job umsehen. Ihr Mann würde nicht Hunderte von Metern tief im Meer umkommen, denn von jetzt an würde er Hochzeiten und Bar-Mizwas oder Kinder bei JC Penney's fotografieren – oder sonst irgendwas auf dem Trockenen.

Auf der anderen Seite des Kanals, vor Kahoolawe, hatte Libby Quinn den Wortwechsel zwischen Clair und Nate am Seefunk mit angehört. Ohne gefragt worden zu sein, sagte ihre Partnerin Margaret: »Wir haben keine Tauchausrüstung an Bord. So tief, wie die sind, da können wir nicht viel machen.«

»Clay ist sowieso unsterblich«, sagte Libby und versuchte, blasierter zu klingen, als ihr zumute war. »Der kommt wieder rauf und schwärmt uns vor, was für tolle Bilder er geschossen hat.«

»Ruf sie. Biete ihnen unsere Hilfe an«, sagte die ältere Frau. »Wenn wir unsere Instinkte als Hüterinnen verleugnen, verleugnen wir unser Frausein.«

»Ach, Blödsinn, Margaret! Ich biete ihnen unsere Hilfe an, weil alles andere eine Sauerei wäre.«

Währenddessen saß Cliff Hyland auf der Meerseite von Kahoolawe im provisorischen Labor seines Kajütkreuzers, trug Kopfhörer und las die Anzeige auf dem Oszilloskop, als eine seiner Studentinnen in die Kabine kam und ihm eine Hand auf die Schulter legte.

»Hört sich an, als hätte Nathan Quinns Gruppe Probleme«, sagte das Mädchen, eine sonnengegerbte Brünette mit einer Kriegsbemalung aus Zinkoxid auf Nase und Wangen und einem Hut von der Größe eines Mülleimerdeckels.

Hyland nahm die Kopfhörer ab. »Wer? Was? Feuer? Sinkt? Wieso?«

»Sie haben zwei Taucher verloren. Diesen Fotografen Clay und das blasse Mädchen.«

»Wo sind sie?«

»Etwa zwei Meilen vor der Müllkippe. Sie bitten nicht um Hilfe. Ich dachte nur, Sie wollen es vielleicht wissen.«

»Das ist ein gutes Stück zu fahren. Holt die Mikrofone rein. Wir können in einer halben Stunde dort sein.«

In diesem Moment stieg Captain Tarwater in die Kabine hinunter. »Vergessen Sie die Anweisung, Miss. Bleiben Sie bei Ihrer Mission. Wir haben heute eine Untersuchung abzuschließen – und eine Sprengung zu dokumentieren.«

»Diese Leute sind Freunde von mir«, sagte Hyland.

»Ich habe die Lage im Blick, Dr. Hyland. Wir wurden nicht

angefordert, und – offen gesagt – ich wüsste nicht, wie wir mit unserem Boot helfen könnten. Wie es scheint, haben sie zwei Taucher verloren. Das kommt vor.«

»Wir sind hier nicht im Krieg, Tarwater. Wir *verlieren* Leute nicht so einfach.«

»Bleiben Sie bei Ihrem Auftrag. Jeder Rückschlag, den Quinn erleidet, kann unserer Operation nur nützlich sein.«

»Sie Schwein«, sagte Hyland.

Drüben – auf dem Kanal – stand Graf Zahl am Bug des Zodiac und beobachtete, wie das große Polizeiboot die *Constantly Baffled* abschleppte. Er sah seine drei Forscher an, die sich alle Mühe gaben, am Bootsheck einen geschäftigen Eindruck zu machen. »Lassen Sie es sich eine Lehre sein! Der Schlüssel zu guter Wissenschaft besteht darin, seine Papiere in Ordnung zu halten. Da sehen Sie, wieso ich jeden Morgen so kleinlich damit bin, ob Sie Ihre Ausweise dabeihaben.«

»Ja, für den Fall, dass irgendein anderer Forscher uns bei der Walschutzpolizei anschwärzt«, sagte eine Frau.

»Wissenschaft ist ein Wettbewerb, Miss Wextler. Falls Sie an diesem Wettbewerb nicht teilhaben wollen, dürfen Sie gern Ihr Zwischenprüfungszeugnis nehmen und seekranke Touristen beim Whale-Watching trösten. Nathan Quinn hat die Glaubwürdigkeit unserer Organisation in der Vergangenheit oft genug in Zweifel gezogen. Es ist nur fair, wenn ich deutlich mache, dass er sich nicht im Rahmen der Schutzgebietsbestimmungen bewegt.«

Die Meeresbrise trug das geflüsterte »Arschloch« der jungen Forscher fort von Gilbert Box' Ohren, über den Kanal hinweg und spülte es ans Kliff von Molokai.

Nate nahm die schluchzende Clair in die Arme und hielt sie fest. Als die Tauchzeit die erste halbe Stunde überschritt, spürte

Nate, wie sich sein Magen vor Sorge, Angst und Übelkeit verknotete. Nur indem er sich damit beschäftigte, dass er nach Clay und Amy Ausschau hielt, konnte er verhindern, dass er sich übergeben musste. Als Amy über eine Dreiviertelstunde unten war, hatte Clair zu weinen begonnen. Clay mochte mit seinem Rebreather so lange unten bleiben können, aber mit dem winzigen Rettungstank hatte Amy unmöglich genügend Luft zum Atmen. Zwei Taucher von einem Ausflugsboot in der Nähe hatten bereits je einen vollen Tank bei der Suche verbraucht. Das größte Problem war die Dreidimensionalität unter Wasser. Normalerweise suchte man am Meeresgrund, allerdings nicht, wenn der Grund zweihundert Meter tief war. Bei den Strömungen im Kanal… nun, die Suche war sowieso kaum mehr als eine Geste.

Als Wissenschaftler war Nate ein Freund der Wahrheit, und so hörte er nach einer Stunde auf, Clair zu erzählen, dass alles wieder gut werden würde. Er glaubte nicht daran, und die Trauer prasselte auf ihn nieder wie ein Schwarm schwarzer Pfeile. Hatte er früher einen Verlust oder ein Trauma erlitten, das ihm das Herz brach, hatte ein Überlebensmechanismus eingesetzt, der es ihm ermöglichte, monatelang zu funktionieren, bevor er den Schmerz tatsächlich spürte, doch diesmal kam der Schmerz sofort, ging tief und war vernichtend. Sein bester Freund war tot. Die Frau, die er… also, er war sich nicht ganz sicher, was er für Amy empfand, aber selbst jenseits von Sexualität und ungeachtet des großen Altersunterschieds – er mochte sie einfach. Er mochte sie sehr, und schon nach wenigen Wochen hatte er sich daran gewöhnt, dass sie da war.

Einer der Taucher kam neben dem Boot hoch und spuckte seinen Atemregler aus. »Ich weiß nicht, wo ich suchen soll. Alles scheißblau… so weit das Auge reicht.«

»Ja«, sagte Nate. »Ich weiß.«

Clay sah blaugrüne Brüste, die vor seinen Augen wippten, und war überzeugt davon, dass er ertrunken war. Er merkte, dass man ihn aufwärts zerrte, schloss die Augen und gab auf.

»Nein, nein, nein, mein Sohn«, sagte Papa. »Du bist nicht im Himmel. Die Titten im Himmel sind nicht blau. Du bist noch am Leben.«

Papas Gesicht war fest gegen das Glas in seinem Helm gepresst, mit einer Miene, wie er sie vielleicht gehabt hätte, wenn er volle Pulle gegen eine kugelsichere Scheibe gerannt wäre, und doch konnte Clay sehen, dass seine Augen lächelten.

»Mein kleiner Cleandros, du weißt, dass es für dich noch nicht an der Zeit ist, zu mir zu kommen?«

Clay nickte.

»Und wenn die Zeit gekommen ist, dann sollte es so sein, weil du alt und müde und bereit bist, nicht weil das Meer dich holen will.«

Wieder nickte Clay, dann schlug er die Augen auf. Diesmal spürte er einen stechenden Schmerz im Kopf, aber er blinzelte hindurch und sah Amys Gesicht hinter ihrer Tauchermaske. Sie hatte seinen Atemregler im Mund und hielt Clay am Hinterkopf, damit er sie ansah. Als sie sicher sein konnte, dass er bei Bewusstsein war und wusste, wo er sich befand, machte sie ein kleines Okay-Zeichen und wartete, bis er es erwiderte. Dann ließ Amy Clays Atemregler los, und sie schwammen langsam aufwärts, um etwa vierhundert Meter von dort, wo sie abgetaucht waren, wieder aufzutauchen.

Augenblicklich sah sich Clay nach dem Boot um, fand es aber nicht, wo er es erwartet hatte. Und die nächsten Boote waren zu weit entfernt, als dass eines davon die *Always Confused* sein konnte.

Er sah auf seinen Tauchcomputer. Fünfundsiebzig Minuten war er unten gewesen. Das konnte nicht stimmen.

»Das sind sie«, sagte Amy. Sie sah ins Wasser. »Uups. Ich nehm dir mal eben mein Oberteil aus dem Gesicht.«

»Okay«, murmelte Clay in den Rebreather.

Kona war in Tränen aufgelöst, heulte wie Bob Marley in der Bärenfalle. »Clay tot. Sahneschnittchen tot. Und ich wollte ihr doch so gern meinen Tintenfisch zeigen.«

»Was du nicht sagst«, erwiderte Nate.

Aber der nachgemachte Hawaiianer hörte nicht zu. »Da!«, rief Kona und sprang dem stämmigen Walpolizisten auf die Schultern, um besser sehen zu können. »Das weiße Weib! Gelobt sei Jah! Gepriesen Seine Kaiserliche Majestät Haile Selassie! Fahrt hinüber, Sheriff! Rettung tut not!«

»Leg dem Bengel Handschellen an«, sagte der Cop.

12

Ein Loblied auf die edlen Retter

Wenn die Walpolizisten eine unbefugte Person auf einem Forschungsschiff antrafen, nahmen sie normalerweise den Verstoß gegen die Vorschrift auf, stellten ein Ticket aus, dann entfernten sie die Person vom Boot und brachten sie in den Hafen von Lahaina zurück. Es wurde ein Bußgeld gezahlt, und im nächsten Jahr, wenn die Genehmigungen zur Verlängerung anstanden, dachte man sich eine Strafe aus. Im Gegensatz dazu beförderte man Kona ins Gefängnis von Maui, an Händen und Füßen gefesselt und mit einem Stück Klebeband auf dem Mund.

Nate und Amy warteten im Eingangsbereich des County-Gefängnisses von Maui in Wailuku, hockten auf Metallstühlen, die dafür gemacht waren, Unbehagen und geriffelte Hintern hervorzurufen. »Es ist echt okay, wenn er über Nacht bleiben muss«, sagte Nate. »Oder vielleicht auch für eine Woche.«

Amy boxte Nate gegen die Schulter. »Du Idiot! Ich dachte, wenn Kona nicht gewesen wäre, hätten die Leute euch gar nicht zu uns gebracht.«

»Trotzdem: Gefängnis schult den Charakter. Hab ich gehört. Vielleicht tut es ihm gut, wenn er mal ein paar Tage ohne sein Kraut auskommen muss.« Kona hatte Nate seinen Bauchbeutel voll Gras und Gerätschaften zugesteckt, bevor er abgeführt worden war.

»Charakter? Wenn er hier seine Reden über die Unabhängigkeit der Eingeborenen vom Stapel lässt, ziehen ihm die echten Hawaiianer die Ohren lang.«

»Der kommt schon zurecht. Um dich mach ich mir eher Sorgen. Willst du dich nicht untersuchen lassen?« Clair hatte Clay ins Krankenhaus gebracht, damit man eine Computertomographie vornahm und seine Platzwunde nähte.

»Mir geht es gut, Nate. Ich war nur aufgeregt, weil ich mir um Clay Sorgen gemacht habe.«

»Du warst lange unten.«

»Ja. Ich musste mich an Clays Tauchcomputer orientieren. Wir haben uns einer kompletten Dekompression unterzogen. Am schlimmsten aber war, dass ich mir den Arsch abgefroren habe.«

»Ich kann kaum glauben, dass du die Ruhe hattest, obwohl Clay schon nicht mehr bei Bewusstsein war. Ich weiß nicht, ob ich das gekonnt hätte. Himmelarsch, ich bin mir sicher, dass ich es nicht gekonnt hätte. Mir wäre nach zehn Minuten die Luft ausgegangen. Wie hast du …?«

»Ich bin klein, Nate. Ich brauch nicht so viel Luft wie du. Und ich konnte sehen, dass Clays Atmung okay war. Die größte Gefahr für uns beide war der Tiefenrausch, also hab ich mich nach dem Computer gerichtet, hab aus Clays Reserve geatmet, als meine zu Ende ging, und so ist keinem was passiert.«

»Ich bin echt beeindruckt«, sagte Nate.

»Ich habe nur getan, was ich tun musste. Keine große Sache.«

»Ich hatte richtig Angst… ich dachte, du… du hast mir einen Schrecken eingejagt.« Großväterlich tätschelte er ihr Knie, und sie blickte auf seine Hand.

»Vorsicht, sonst werd ich noch ganz heulig«, sagte Amy.

Sie führten den Surfer in eine große Zelle, in der alle den gleichen orangefarbenen Overall trugen wie er. »Irie, meine Brüder«, sagte Kona. »Lasst uns Sheriff John Brown in unseren Kürbiskutten niedersingen!«

Alle blickten auf: ein gigantischer Samoaner, der mit dem Baseball-Schläger ein Oldsmobile zu Tode geprügelt hatte, als es mitten auf dem Kuihelani Freeway nicht mehr weiterwollte, ein weißer Trinker, der an einem Privatstrand in Wailea eingeschlafen war und den Fehler begangen hatte, sein morgendliches Geschäft in einer der Cabanas zu erledigen, ein Bassist aus Lahaina, der eingeliefert worden war, weil Bassisten eigentlich immer irgendwelchen Blödsinn im Schilde führen, ein wütender Rastamann, der erwischt worden war, als er an der La Perouse Bay einen Mietwagen aufgebrochen hatte, und schließlich zwei Schweinejäger aus dem Landesinneren, die versucht hatten, ihren Geländewagen voller Pitbulls rückwärts in einen Vulkan zu setzen, nachdem sie zwei Dosen Sprühfarbe geschnüffelt hatten. Kona sah ihnen an, dass sie schnüffelten, an den glasigen Augen und den großen, roten Ringen um Mund und Nase, die von der Tüte herrührten.

»Hey, Mann, Krylon?«

Einer der Schweinejäger nickte und verlor kurz die Kontrolle über seine Kopfbewegungen.

»Geht nichts über ein knalliges Rot.«

»Meine Rede«, sagte der Schweinejäger. »Meine Rede.«

Kona steuerte eine Ecke der Zelle an, der Wachmann verriegelte die Tür, und alle Anwesenden gingen wieder dazu über, ihre Schuhe anzustarren, nur der Samoaner nicht, denn er wartete darauf, dass Kona ihn ansah, damit er ihn töten konnte.

»Weißt du, Bruder«, sagte Kona mit freundlicher Stimme, »von mein Forscherfreund hab ich gelernt, Dinge kritisch zu betrachten. Und ich glaub, ich weiß, wo das Problem ist, wenn man sich auf Maui mit Bullen anlegt.«

»Was?«, fragte der Samoaner.

»Es ist ein Insel, oder? Man muss beknackt sein, wenn man gegen das Gesetz verstößt, obwohl man nicht abhauen kann.«

»Nennst du mich blöd, Bleichgesicht?«

»Nein, Mann, ich sag nur Wahrheit.«

»Und wieso sitzt du hier, weißes Mädchen?«

»Ich glaub, weil ich einem Buckelwal nicht richtig wissenschaftlich einen runterholen konnte.«

»Ich fick dich und töte dich.«

»Könntest du mich vielleicht erst töten?«

»Egal«, sagte der Samoaner, kam auf die Beine und streckte sich zu seiner vollen Godzilla-Größe.

»Danke, Bruder. Friede auf Erden. Jah sei uns gnädig«, sagte der todgeweihte Surfer.

Nachdem Nate die erforderlichen Formulare ausgefüllt hatte, wurde Kona eine Dreiviertelstunde später von einem Gefängniswärter – einem untersetzten Hawaiianer mit Schultern wie ein Gewichtheber – durch die Stahltüren ins Wartezimmer geführt. Der Surfer schlurfte herein, mit gesenktem Kopf, sah beschämt und etwas windschief aus. Amy legte ihm einen Arm um die Schultern und tätschelte seinen Kopf.

»Oh, Schwester Amy, es war einfach abscheulich.« Er nahm Amy in den Arm, dann ließ er seine Hand zur Rundung ihres Hinterns gleiten. »Abscheulich … wahrlich und wahrhaftig.«

Der Schließer grinste. »Es gab eine kleine Meinungsverschiedenheit mit einem großen Samoaner. Wir haben den Streit beendet, bevor die Sache zu weit ging. In den Zellen gibt es Überwachungskameras.«

»Hat mir meine halben Dreads rausgerupft.« Kona zog eine Hand voll Dreadlocks aus der Tasche seiner Surfershorts. »Wird reichlich Kohle kosten, die Dinger wieder anzukleben. Ich spüre schon, wie mir die Kräfte schwinden.«

Der Gefängniswärter schwenkte seinen Zeigefinger unter Konas Nase. »Damit du Bescheid weißt, Kleiner: Wäre es anders gelaufen – hätte der Samoaner beschlossen, dich erst hinterher zu töten –, wäre ich nicht so schnell eingeschritten. Hast du mich verstanden?«

»Ja, Sheriff.«

»Halt dich von hier fern, sonst sag ich ihm nächstes Mal, was er zuerst mit dir machen soll, okay?« Der Gefängniswärter wandte sich zu Quinn um. »Es wird keine Anklage erhoben, die eine Inhaftierung rechtfertigen würde. Es sollte nur mal deutlich werden, dass uns die Sache ernst ist.« Dann beugte er sich zu Nate vor und flüsterte, wobei es durch den Größenunterschied so aussah, als spräche er mit jemandem, der in der Hemdtasche des Wissenschaftlers saß: »Sie müssen dem Kleinen helfen. Er hält sich für einen Hawaiianer. Überall sehe ich diese Vorstadt-Rastas... Mann, ganz Paia ist voll davon, aber der hier hat echte Probleme. Wenn einer von meinen Jungs so wäre, würde ich ihm einen Psychiater spendieren.«

»Er ist nicht mein Sohn.«

»Ich weiß, wie Ihnen zumute sein muss. Aber seine Freundin ist niedlich. Da fragt man sich doch, wie die sich gefunden haben, was?«

»Danke, Officer«, sagte Nate. Nachdem er mehr väterliche Kameraderie genossen hatte, als ihm lieb war, wandte er sich ab und trat in die blendende Sonne Mauis hinaus.

Amy sagte zu Kona: »Wieder besser, Baby?«

Kona nickte an ihrer Schulter, tat, als suche er Trost, indem er sich an sie schmiegte.

»Gut. Dann nimm deine Hand da weg.«

Der Surfer spielte mit den Fingern an ihrem Hintern herum wie Anemonen in der Strömung, fest verankert und doch fließend.

»Es reicht«, sagte Amy. Sie schnappte sich eine Hand voll seiner verbliebenen Dreadlocks und eilte durch die Glastüren, zerrte den gekrümmten Surfer hinter sich her.

»Autsch, autsch, autsch«, jammerte Kona im makellosen Vierviertel-Reggae-Rhythmus.

13

Spirits in the Night

Nate verbrachte den gesamten Nachmittag und den Großteil des Abends mit dem Versuch, Spektrogramme der Aufnahmen von Walgesängen zu analysieren, Verhaltensmuster abzugleichen und dann die entsprechenden Interaktionsmuster auszuwerten. Das Problem bestand darin, herauszufinden, was eigentlich bei einem vierzig Tonnen schweren Tier als Interaktion gelten konnte. Interagierten die Tiere, wenn sie fünfhundert Meter voneinander entfernt waren? Einen Kilometer? Zehn Kilometer? Ihr Gesang war weit zu hören. Die Infraschall-Frequenzen konnten sich im Tiefseebecken buchstäblich Tausende von Kilometern weit ausbreiten.

Nate versuchte, sich in ihre Welt hineinzuversetzen – eine Welt ohne Grenzen, ohne Hindernisse, eine Welt der Geräusche, und doch konnten sie gut sehen, sowohl im Wasser als auch außerhalb. Sie besaßen spezielle Augenmuskeln, die es ihnen ermöglichten, sich auf die unterschiedlichen Erfordernisse einzustellen. Sie pflegten sowohl Kontakt zu Tieren, die sie sehen konnten, als auch zu solchen, die sie nicht sehen konnten. Wenn sich Nate und Clay teure Sender leisteten oder einen Hubschrauber mieteten, mit dem sie die Tiere aus größerem Abstand beobachten konnten, schien es, als reagierten die Wale kilometerweit aufeinander. Wie erforscht man ein Tier, das den

Kontakt zu seinen weit entfernten Artgenossen aufrechterhält? Die Antwort musste im Gesang zu finden sein, irgendwo im akustischen Signal. Nur so konnte man sich dem Problem nähern.

Um Mitternacht saß er noch immer allein in seinem Büro, das nur vom leuchtenden Bildschirm erhellt war, hatte vergessen zu essen, zu trinken und pinkeln zu gehen, seit vier Stunden schon, als Kona hereinkam.

»Was ist das?«, fragte der Surfer und deutete auf den Monitor.

Nate fiel vor Schreck fast vom Stuhl, dann fing er sich wieder und nahm die Kopfhörer ab. »Was da läuft, ist das Spektrogramm vom Gesang eines Buckelwals. Die verschiedenen Farben sind Frequenzen oder Tonhöhen. Die krakelige Linie in dem Kasten da ist ein Oszilloskop. Es zeigt die gleiche Frequenz an, aber damit kann ich jeden Ton isolieren, indem ich ihn einfach anklicke.«

Kona aß eine Banane. Er gab Nate auch eine, ohne sich vom Bildschirm abzuwenden. »So sieht es aus? Das Lied?« Kona hatte ganz vergessen, mit Akzent zu sprechen, sodass Nate vergaß, etwas Sarkastisches zu entgegnen.

»So kann man es sehen. Menschen sind visuell ausgerichtete Tiere. Unsere Gehirne können visuelle Informationen besser verarbeiten als akustische, und deshalb ist es für uns einfacher, über Geräusche nachzudenken, indem wir sie betrachten. Das Gehirn von einem Wal oder Delfin ist so strukturiert, dass es eher akustische Reize verarbeitet, nicht so sehr visuelle.«

»Wonach suchst du?«

»Ich weiß nicht genau. Ich suche nach einem Signal. Nach einem Informationsmuster in der Struktur des Liedes.«

»Wie eine Botschaft?«

»Vielleicht eine Botschaft.«

»Und sie ist nicht in der Musik?«, fragte Kona. »In den verschiedenen Tönen? Wie in einem Song? Du weißt, dass der Prophet Bob Marley Seine Weisheit in Form von Songs übermittelt hat.«

Quinn fuhr auf seinem Stuhl herum und stutzte, hatte den Mund voll Banane. »Seine? Wen meinst du?«

»Seine Kaiserliche Majestät Haile Selassie, Kaiser von Äthiopien, Löwe von Zion, Jesus Christus auf Erden, Gottes Sohn. Sein Segen sei mit uns. Jah, Mann.«

»Du meinst Haile Selassie, den äthiopischen König, der in den 70ern gestorben ist? *Den* Haile Selassie?«

»Ja, Mann. Den direkten Nachkommen Davids, wie bei Jesaja prophezeit, durch das göttliche Paar Salomon und Makeda, die Königin von Saba. Von deren Söhnen stammen alle Kaiser Äthiopiens ab. Deshalb glauben wir Rastas, dass Jesus Christus in Haile Selassie auf Erden lebt.«

»Aber er ist tot. Wie soll das gehen?«

»Es hilft, wenn man stoned ist.«

»Verstehe«, sagte Nate. Nun, das erklärte so einiges. »Jedenfalls, um deine Frage zu beantworten: Ja, wir haben uns die musikalische Übertragung angesehen, aber trotz Bob Marley glaube ich, dass die Antwort hier im unteren Register zu finden ist, aber nur, weil es sich am schnellsten ausbreitet.«

»Kannst du das anhalten?«, sagte Kona und deutete auf das Oszilloskop, einen grünen Strich, der auf schwarzem Hintergrund tanzte.

Nate klickte darauf und fror die gezackte Linie auf dem Bildschirm ein. »Wieso?«

»Diese Zähne da? Guck mal, da sind lange Zacken und nicht so lange.«

»Man spricht von Mikro-Oszillationen. Sie sind nur zu sehen, wenn man sie angehalten hat.«

»Was wäre, wenn der lange Zacken eine Eins wäre und der kurze eine Null? Was dann?«

»Binär?«

»Ja, Mann, was wäre, wenn das Computersprache wäre?«

Nate war sprachlos. Nicht weil er dachte, Kona hätte Recht, sondern weil der Junge tatsächlich die kognitive Kraft besaß, eine Frage aufzuwerfen. Nate hätte sich kaum mehr wundern können, wenn ein Team aus Eichhörnchen den Toaster erfunden hätte. Vielleicht war dem Kleinen das Dope ausgegangen und dieser Intelligenzausbruch nicht mehr als eine Entzugserscheinung.

»Das ist gar nicht so dumm, Kona, aber die Wale wüssten nur davon, wenn sie Oszilloskope hätten.«

»Und die haben sie nicht?«

»Nein, haben sie nicht.«

»Oh, und dieses akustische Gehirn? Das könnte so was nicht sehen?«

»Nein«, sagte Nate, nicht gänzlich sicher, ob es der Wahrheit entsprach. Er hatte noch nie darüber nachgedacht.

»Okay, ich werd mal schlafen gehen. Kann ich dir sonst noch irgendwie helfen?«

»Nein. Danke für die Banane.«

»Jahs Segen mit dir, Mann. Danke, dass du mich heute aus dem Gefängnis geholt hast. Fahren wir morgen früh raus?«

»Vielleicht nicht alle. Wir müssen sehen, wie Clay sich fühlt. Er ist gleich in seiner Hütte verschwunden, nachdem Clair ihn aus dem Krankenhaus abgeholt hat.«

»Oh, bei Boss Clay ist alles cool. Er leidet Sweet Agonies mit Schwester Clair. Hab draußen eben ihre Love Jams gehört.«

»Na denn«, erwiderte Nate und dachte, was immer auch Kona gesagt haben mochte, es musste was Gutes gewesen sein – nach seinem Tonfall und dem Lächeln zu urteilen. »Gute Nacht, Kona.«

»Gute Nacht, Boss.«

Bevor der Surfer draußen war, hatte Nate sich schon wieder dem Bildschirm zugewandt und begann, die unteren Ausschläge des Walgesangs zu vermessen. Er würde sich ein paar Artikel über Blauwalrufe heraussuchen müssen, die tiefsten, lautesten, weitreichendsten Tierlaute auf dem Planeten, und er würde nachsehen müssen, ob jemand eine numerische Untersuchung über die Sonar-Clicks von Delfinen angestellt hatte. Bis dahin brauchte er eine verwertbare Probe, um zu prüfen, ob das Ganze Sinn machte. Es war natürlich lachhaft. Es wäre nie so simpel, und ebenso wenig wäre es so komplex. Natürlich konnte man die Werte Eins und Null verschiedenen Teilen der Lieder zuordnen – das war einfach. Das bedeutete aber nicht, dass es Sinn machte. Es würde nicht zwingend eine ihrer Fragen beantworten, war aber ein neuer Blickwinkel. Walruf-Binärcode – niemals.

Zwei Stunden später teilte er noch immer Einsen und Nullen verschiedenen Mikro-Oszillationen im Wellenmuster der Walgesänge zu, und es kam ihm vor, als könnte er – seltsamerweise, erstaunlicherweise – allen Ernstes etwas daraus ablesen, als Clay zur Tür hereinkam, in einem knielangen, pinkfarbenen Kimono, verziert mit großen, weißen Chrysanthemen. Er hatte ein kleines Pflaster an der Stirn und an der Wange etwas, das nach Lippenstift aussah und vom Mund bis zum rechten Ohr reichte.

»Gibt's hier noch Bier?« Clay nickte in Richtung Küche. Die Bürohütte war – wie alle anderen Hütten von Papa Lani – in alten Zeiten Unterkunft für eine ganze Familie gewesen und besaß daher – neben dem großen Raum, den sie als Büro nutzten – außerdem eine richtige Küche, zwei kleinere Lagerräume und ein Badezimmer.

Clay trabte vorbei und riss den Kühlschrank auf. »Mist. Dann wohl Wasser. Ich bin ganz ausgetrocknet.«

»Alles okay?«, sagte Nate. »Was macht deine CT? Wie war's im Computerohr?«

»Alles gut. Mein Rohr ist in Ordnung.« Clay kam ins Büro zurück und sank auf den Stuhl vor seinem kaputten Monitor. »Dreizehn Stiche am Kopf, möglicherweise eine leichte Gehirnerschütterung. Wird schon werden. Aber es könnte sein, dass Clair mich heute Abend umbringt... Herzinfarkt, Schlaganfall, Ekstase. Geht doch nichts über eine todesnahe Erfahrung, wenn man das Feuer einer Frau entfachen will. Du glaubst nicht, was sie mit mir anstellt. Und dabei ist sie Lehrerin. Es ist schändlich.« Clay grinste, und Nate bemerkte etwas Lippenstift an seinen Zähnen.

»Du hast da noch was von der Schande.« Nate zeigte Clay, dass er sich den Mund abwischen sollte.

Der Fotograf fuhr sich übers Gesicht, fand eine Hand voll Farbe und betrachtete sie. »Ich glaube, es ist Erdbeer-Lipgloss. Dass eine Frau in ihrem Alter noch Lipgloss mit Geschmack trägt... Die Schande ist in meinem Herzen.«

»Sie hat sich ernste Sorgen um dich gemacht, Clay. Ich auch. Wenn Amy keinen kühlen Kopf bewahrt hätte... na ja –«

»Ich hab Scheiße gebaut. Ich weiß. Ich hab nur noch im Sucher gelebt und vergessen, wo ich war. Es war ein echter Amateurfehler. Aber du wirst nicht glauben, was für Bilder ich durch den Rebreather bekommen habe. Endlich komm ich unter die Sänger, neben sie, wohin du willst. Ich darf nur nicht vergessen, wo ich bin.«

»Du hast unglaubliches Glück gehabt.« Nate wusste, dass Clay sich jeden Vorwurf, den man ihm machen konnte, schon dutzendfach selbst gemacht hatte. Trotzdem musste er was sagen. Ungeachtet des Ausgangs hatte er doch einen Freund verloren, wenn auch nur für vierzig Minuten. »Bewusstlos, so tief, so lange... heute hast du mehrere Leben verbraucht. Dass du dein Mundstück nicht verloren hast, ist ein Wunder.«

»Also, das war kein Zufall. Ich hatte die Schläuche extra fest gezogen, weil der Rebreather so empfindlich ist, wenn Wasser eindringt. Im Lauf der Jahre ist mir schon hundert Mal das Mundstück rausgeschlagen worden, rausgetreten von anderen Tauchern, Kamera verheddert, vom Delfin gerammt. Weil man beim Filmen sowieso die meiste Zeit den Kopf zurücknehmen muss, damit das Ding in deinem Mund bleibt, muss man es vor allem dicht halten. Der Urinstinkt des Menschen ist das Nuckeln.«

»Und heute Abend gibst du dich ausgiebig deinen Instinkten hin? Oder was willst du mir jetzt erzählen?«

»Hör zu, Nate, ich weiß, du bist sauer, aber es geht mir gut. Irgendwas war mit diesem Tier los. Das hat mich abgelenkt. Es wird nicht wieder vorkommen. Wobei ich dem Mädchen sicher was schuldig bin.«

»Wir dachten, wir hätten sie auch verloren.«

»Sie ist gut, Nate. Wirklich gut. Sie hat die Ruhe bewahrt und getan, was zu tun war, und ich habe keinen Schimmer, wie sie es geschafft hat, aber sie hat meinen haarigen Arsch heil wieder raufgeholt. Ich an ihrer Stelle hätte nie im Leben Dekompressionsstopps eingelegt … und dann stellt sich raus, dass sie genau das Richtige getan hat. So ein Urteilsvermögen kann man nicht lernen.«

»Du willst nur vom Thema ablenken.«

Clay wollte tatsächlich vom Thema ablenken. »Wie hat Toronto heute Abend gegen Edmonton gespielt?«

Na klar, dachte Nate, *versuch an meine angeborene, kanadische Schwäche für Eishockey zu appellieren. Als ob es mich ablenken könnte, wenn du die Hockey-Karte spielst …* »Ich weiß nicht. Sehen wir nach.«

Von draußen vor dem Fliegengitter hörte man Clairs Stimme. »Clay Demodocus, trägst du meinen Hausmantel?«

»Oh, ja, Liebes, tu ich«, rief Clay und warf Quinn einen peinlich berührten Blick zu, als wäre ihm eben erst aufgefallen, dass er einen Damenkimono trug.

»Nun, das bedeutet wohl, dass ich nichts anzuziehen habe, oder?« Sie stand nicht nah genug vor der Tür, dass man sie durch das Gitter sehen konnte, aber Quinn zweifelte nicht daran, dass sie nackt war, ihre Fäuste in die Hüften stemmte und mit einem Fuß ungeduldig im Sand tappte.

»Das bedeutet es wohl«, sagte Clay. »Wir wollten gerade mal nach den Hockey-Ergebnissen sehen. Möchtest du reinkommen?«

»Hier draußen steht ein dürrer Junge mit einem halben Kopf voll Dreadlocks und einer Erektion und starrt mich an, Clay. Ich fühle mich etwas befangen.«

»Ich bin damit aufgewacht, Bwana Clay«, sagte Kona. »Ist nichts Persönliches.«

»Er ist unser Mitarbeiter, Liebes«, sagte Clay beruhigend. Dann flüsterte er Quinn zu: »Ich sollte lieber gehen.«

»Das solltest du«, erwiderte Quinn.

»Wir sehen uns morgen früh.«

»Du solltest dir einen Tag freinehmen.«

»Nein, wir sehen uns morgen. Woran arbeitest du eigentlich?«

»Ich übertrage den Infraschallbereich der Lieder in einen Binärcode.«

»Ah, interessant.«

»Mir ist hier draußen so wehrlos zumute«, sagte Clair. »Wehrlos und wütend.«

»Ich sollte lieber gehen«, sagte Clay.

»Nacht, Clay.«

Eine Stunde später, als Nate eben das Gefühl hatte, er hätte hinreichend Proben im Binärcode markiert, so dass er nun nach einem System Ausschau halten konnte, kam der dritte Geist in dieser Nacht zur Tür herein: Amy, in einem Männer-T-Shirt, das ihr eine Handbreit über den Hintern reichte, gähnend und augenreibend.

»Was zum Teufel machst du hier um diese Zeit? Es ist drei Uhr früh.«

»Arbeiten vielleicht?«

Barfüßig tappte Amy über den Boden und betrachtete den Monitor, an dem Quinn saß, versuchte, die Benommenheit aus ihren Augen zu blinzeln. »Das untere Ende vom Lied?«

»Ja, das und ein paar Blauwal-Rufe zum Vergleich.«

Quinn roch Amys duftendes Blütenshampoo und spürte überdeutlich ihre Wärme, mit der sie sich an seine Schulter lehnte. »Ich verstehe nicht. Du digitalisierst sie manuell? Das kommt mir etwas primitiv vor. Das Signal ist doch schon digitalisiert, wenn es auf der Festplatte ist, oder?«

»Ich betrachte es von einer anderen Warte aus. Wahrscheinlich wird es sowieso ein Schlag ins Wasser, aber ich sehe mir die untersten Frequenzen an. Es gibt kein erkennbares Muster, an dem ich mich orientieren könnte, also ist es wohl reine Zeitverschwendung.«

»Und trotzdem sitzt du morgens um drei noch da und gibst Einsen und Nullen ein. Darf ich fragen, wozu?«

Quinn wartete einen Moment, bevor er antwortete, versuchte zu überlegen, was er tun sollte. Er wollte sich umdrehen, um sie anzusehen, aber sie stand so nah, dass ihr Gesicht direkt vor seinem gewesen wäre. Es war nicht der richtige Augenblick. Stattdessen ließ er seine Hände in den Schoß sinken und seufzte schwer, als wäre ihm das alles viel zu langweilig. Er sah auf den Monitor, während er sprach. »Okay, Amy. Ich sag dir, wozu. Ich sage es dir. Die Kirsche auf dem Pudding, das Sahnehäubchen, der Sinn und Zweck von allem, was wir hier tun, okay?«

»Okay.« Sie spürte das Unbehagen in seiner Stimme und trat einen Schritt zurück.

Nate drehte sich um und sah ihr in die Augen. »Es könnte draußen auf dem Boot passieren, wenn du am Abend zurückfährst, oder es könnte im Labor passieren, um vier Uhr morgens, nachdem du fünf Tage deine Daten bearbeitet hast, aber irgendwann kommt der Punkt, an dem du was rausfindest, an dem du etwas siehst, oder wo plötzlich irgendwas zusammenpasst, und du merkst, dass du etwas weißt, was kein anderer auf der Welt weiß. Nur du allein. Niemand sonst. Dir wird bewusst, dass alles, was dir etwas wert ist, in dieser einen Sache liegt, und du wirst es nur kurze Zeit für dich allein haben, bis du es jemandem erzählst, aber bis dahin bist du lebendiger als in irgendeinem anderen Augenblick. Darum geht es, Amy. Dafür macht man es, dafür findet man sich mit schlechter Bezahlung und hohem Risiko und beschissenen Umständen und gescheiterten Beziehungen ab. Man macht es für diesen einen Moment.«

Amy stand da, die Fäuste geballt, die Arme nach unten gestreckt wie ein kleines Mädchen, das eine Strafpredigt über sich ergehen lässt. Sie sah zu Boden. »Du willst mir also sagen, dass du kurz vor so einem Moment stehst und ich dir auf die Nerven gehe?«

»Nein, nein, das will ich damit nicht sagen. Ich weiß nicht, was ich tue. Ich sage dir nur, warum ich es mache. Und deshalb machst du es auch. Du weißt es nur noch nicht.«

»Und was wäre, wenn dir jemand sagen würde, dass du nie wieder so einen Moment erleben wirst … würdest du weitermachen?«

»Das wird nicht passieren.«

»Dann stehst du also kurz davor? Mit dieser Binär-Sache?«

»Vielleicht.«

»Hat nicht Ryder den Gesang daraufhin analysiert, wie viele

Informationenen man damit transportieren kann? Und ist er dabei nicht auf lausige 0,6 Bits pro Sekunde gekommen? Das reicht nicht wirklich aus, als dass es was bedeuten könnte, oder?«

Growl Ryder war Quinns Doktorvater an der Uni in Santa Cruz gewesen. Einer aus der ersten Generation der Größen auf dem Gebiet, neben Ken Norris und Roger Payne – ein echter Kahuna. Eigentlich hieß er mit Vornamen Gerard, aber alle, die ihn kannten, nannten ihn nur Growl, wegen seiner sauertöpfischen Art. Vor zehn Jahren war er vor den Aleuten allein mit einem Schlauchboot rausgefahren, um Blauwal-Rufe aufzunehmen, und spurlos verschwunden. Quinn lächelte, als er an den Alten dachte. »Stimmt, aber Ryder ist umgekommen, bevor er seine Arbeit beenden konnte, und er hat sich die Töne und Themen angesehen, um daraus etwas zu lesen. Ich dagegen interessiere mich für die Wellenformen. Nach allem, was ich heute Abend gesehen habe, scheint es, als könnte man bis auf fünfzig, sechzig Bits pro Sekunde gehen. Das wäre eine ganze Menge Information.«

»Das kann nicht stimmen. Es würde nicht funktionieren«, entgegnete Amy. Sie schien diese Information etwas emotionaler aufzunehmen, als Nate erwartet hatte. »Wenn man so viele Informationen im Infraschallbereich übertragen könnte, würde die Navy das Prinzip für ihre U-Boote einsetzen. Außerdem: Wie sollten die Wale Frequenzmuster nutzen? Sie bräuchten Oszilloskope.« Inzwischen stand sie auf den Zehenspitzen und schrie beinahe.

»Immer mit der Ruhe. Ich sehe es mir nur an. Delfine und Fledermäuse brauchen keine Oszilloskope, um mit Hilfe von Schallwellen sehen zu können. Vielleicht ist doch was dran. Nur weil ich einen Computer benutze, um mir diese Daten anzusehen, glaube ich doch nicht, dass Wale digitale Wesen sind. Es ist lediglich ein Denkmodell.« Er wollte ihr auf die Schulter klopfen, um sie zu trösten, doch dann fiel ihm ein, wie sie im Gefängnis darauf reagiert hatte.

»Du siehst dir keine Daten an, Nate, du denkst sie dir aus. Du verschwendest deine Zeit, und ich bin mir nicht sicher, ob du nicht auch meine Zeit verschwendest. Diesen Job anzunehmen, könnte ein großer Fehler gewesen sein.«

»Amy, ich verstehe nicht, wieso –«

Aber sie gab ihm keine Chance, sich zu verteidigen. »Geh ins Bett, Nate. Du phantasierst. Wir haben morgen reichlich Arbeit vor uns, und du bist nicht zu gebrauchen, wenn du nicht geschlafen hast.« Sie machte kehrt und stürmte in die Nacht hinaus. Während sie über den Hof zu ihrer Hütte lief, konnte Nate hören, wie sie vor sich hin schimpfte. Die Worte »Blödian«, »unterbelichtet« und »jämmerlicher Verlierer« stiegen zum Himmel auf und regneten auf Nates Ego herab.

Seltsamerweise empfand er eine gewisse Erleichterung, als ihm bewusst wurde, dass die romantischen Illusionen, die er sich hinsichtlich seiner Forschungsassistentin gemacht hatte, genau das waren und nicht nichts anderes: Illusionen. Sie hielt ihn für eine Witzfigur. Zufrieden mit sich selbst – zum ersten Mal, seit Amy mit an Bord war – speicherte er seine Arbeit, fuhr den Rechner herunter und ging ins Bett.

14

Hinunter zum Hafen

Hinunter zum Hafen ging ihre Reise – vorbei an Wohnblocks, Zuckerrohrfeldern, dem Golfplatz, dem Burger King, dem Friedhof mit seinem großen, grünen Buddha, glückselig dort am Meer, vorbei an Steakhäusern, an Touristenfallen, dem alten Mann auf seinem Mädchenfahrrad, der die Front Street entlangrollerte, mit einem Papagei auf dem Kopf – hinunter zum Hafen ging ihre Reise. Sie winkten den Forschern am Tankanleger, nickten den hübschen Hexen vor ihren Buden zu, grüßten die Tauchlehrer und die Kapitäne und schleppten Forschungszeug den Anleger entlang, um ihren Tag zu beginnen.

Tako Man stand am Heck seines Bootes und frühstückte Reis mit Oktopus, als die Mannschaft von Maui Whale – Clay, Quinn, Kona und Amy – vorbeikam. Er war ein kompakter, kräftiger Malaysier mit langen Haaren, einem ausgefransten Unterlippenbärtchen und knöchernen Angelhaken in den Ohren, mit denen er wie ein Pirat aussah. Er gehörte zu den Schwarzkorallentauchern, die im Hafen lebten, und er trug – wie immer – seinen Tauchanzug.

»Hi, Tako«, sagte Clay. Der Taucher blickte von seiner Schale auf. Seine Augen sahen aus, als hätte jemand Blut hineingespritzt. Kona fiel auf, dass sich der kleine Oktopus in der Schale noch bewegte, und als er den Anleger hinuntermarschierte, spürte er, wie ihm das kalte Grausen den Rücken hinaufkroch.

»Nightwalker, die Grauen, heute Nacht auf eurem Boot. Hab sie gesehen«, sagte Tako Man. »Nicht zum ersten Mal.«

»Gut zu wissen«, erwiderte Clay herablassend und ging weiter. Man musste sich mit allen, die im Hafen wohnten, gut stellen, besonders mit den Schwarzkorallentauchern, die ein Leben führten, das weit über alles hinausging, was die meisten Menschen als normal empfanden. Sie spritzten Heroin, waren schwere Trinker und tauchten tagein, tagaus siebzig Meter tief, suchten Schwarzkorallen, wertvoll wie Edelsteine, und dann warfen sie ihr Geld bei wochenlangen Partys aus dem Fenster, die mehr als einmal damit endeten, dass einer von ihnen tot am Pier lag. Sie lebten auf ihren Booten und aßen Reis und alles, was das Meer hergab. Tako Man wurde so genannt, weil der grauhaarige Malaysier jeden Nachmittag, den Gott werden ließ, mit einem Netz voll *tako* (Oktopus) herumlief, die er am Riff aufgespießt hatte, um sie am Abend zu verspeisen.

»Hi«, sagte Amy schüchtern zu Tako Man, als sie an ihm vorüberkam. Finster stierte er durch blutigen Nebel, und sein Kopf tat einen Ruck, dass er fast sein Frühstück herausnickte. Amy lief schneller und rammte Quinn ihre Kiste von hinten in den Oberschenkel.

»Verdammt, Amy!« sagte Quinn. Fast wäre er gestürzt.

»Tauchen die Typen etwa in diesem Zustand?«, flüsterte sie und klebte an Quinn wie ein Schatten.

»Schlimmer. Könntest du vielleicht etwas abrücken?«

»Der ist mir unheimlich. Du sollst mich beschützen, du Memme. Wieso kriegen sie damit keine Probleme?«

»Pro Jahr bleibt mindestens einer auf der Strecke. Komischerweise sterben die meisten an einer Überdosis.«

»Harter Job.«

»Harte Burschen.«

Tako Man rief: »Scheiß auf euch, ihr Walpisser! Ihr werdet's noch sehen! Verdammte Nightwalker. Scheiß auf euch, ihr weißen Arschgesichter!« Er warf sein Frühstück nach ihnen. Es fiel ins Wasser, und kleine Fische kamen angeschwommen und stritten sich um die Brocken.

»Rum«, sagte Kona. »In dem Zeug ist zu viel Bitternis. Rum kommt vom Zuckerrohr, und Zuckerrohr kommt von der Versklavung, und die ganze Unterjochung wird in Flaschen destilliert und macht die Menschen böse, böse, böse.«

»Ganz genau«, sagte Clay zu Quinn. »Wusstest du das mit dem Rum nicht?«

»Wo ist dein Boot?«, fragte Quinn.

»Mein Boot?«

»Dein Boot, Clay«, sagte Amy.

»Nein«, sagte Clay. Er blieb stehen und ließ zwei Kisten mit Kameraausrüstung auf den Pier fallen. Die *Always Confused*, das sieben Meter lange, schnelle, grandiose Grady White-Fischerboot mit Steuerstand, Clays ganzer Stolz, war nicht mehr da. Eine Rettungsweste, eine Wasserflasche und diverses, vertraut wirkendes Treibgut dümpelten sanft in einem Regenbogen aus Benzin, wo sonst das Boot lag.

Jeder dachte, jemand anders sollte etwas sagen, aber mindestens eine volle Minute passierte überhaupt nichts. Sie standen da, starrten dorthin, wo Clays Boot sein sollte, sahen aber nur einen großen, bootlosen Klumpen tropischer Luft.

»Blöd«, sagte Amy schließlich und sprach im Namen aller.

»Wir sollten beim Hafenmeister nachfragen«, sagte Nate.

»Mein Boot«, sagte Clay, der sich über den leeren Liegeplatz beugte wie über seinen jüngst überfahrenen Hund aus Kindertagen. Er hätte ihn geherzt und seine kleinen, toten Hundeohren gekrault, wenn er gekonnt hätte, aber stattdessen fischte er die ölige Rettungsweste aus dem Wasser, setzte sich auf den Anleger und hielt sie im Arm.

»Er hatte das Boot richtig gern«, sagte Amy.

»Du sprichst große Wahrheit, Schwester«, erwiderte Kona.

»Die Versicherung ist bezahlt«, sagte Nate und machte sich auf den Weg zum Hafenmeister.

Tako Man war von seinem Boot herübergekommen, um sich mit düsterer Miene das leere Wasser anzusehen. Amy tat einen Schritt zurück, um bei Kona Schutz zu suchen, aber Kona war selbst schon einen Schritt zurückgetreten und hatte den Menschen hinter sich angerempelt, der sich als Captain Tarwater entpuppte, strahlend in seinem Marineweiß und den neuen, von Kona besudelten Schuhen.

»Irie, Eisverkäufer.«

»Du stehst auf meinen Schuhen.«

»Was ist passiert?«, fragte Cliff Hyland, der hinter dem Captain über den Anleger kam.

»Clays Boot ist weg«, sagte Amy.

Cliff trat näher und legte Clay eine Hand auf die Schulter. »Vielleicht hat es sich nur jemand ausgeliehen.« Clay nickte. Er wusste, dass Cliff ihn trösten wollte.

Als Quinn mit einem Maui-Cop im Schlepptau vom Büro des Hafenmeisters zurückkam, standen drei Schwarzkorallentaucher, ein halbes Dutzend Biologen und ein Pärchen aus Minnesota dort herum, das Erinnerungsfotos von der ganzen Sache machte. Als der Polizist kam, ließen sich die finsteren Taucher an den Rand der Meute treiben und verdrückten sich.

Jon Thomas Fuller, der Wissenschaftler/Unternehmer, der sich in Begleitung dreier seiner liebreizenden Naturfreundinnen befand, stellte sich neben Quinn. »Das ist ja furchtbar, Nate. Einfach entsetzlich. Dieses Boot muss für euch beide doch bestimmt eine kapitale Investition gewesen sein.«

»Überhaupt nicht. Im Grunde war es nur etwas, mit dem wir auf dem Wasser rumfahren konnten.« Nate besaß einiges Talent zum Sarkasmus, aber das sparte er sich für Leute auf, die ihn nervten. Und Jon Thomas Fuller nervte ihn.

»Wird schwer werden, es zu ersetzen.«

»Das schaffen wir schon. Es war versichert.«

»Vielleicht solltet ihr euch diesmal etwas Größeres anschaffen. Unsere Zweiundzwanzig-Meter-Schiffe bieten ein gerüttelt Maß an Sicherheit, und in der Kajüte kann man Computer, Kameras und alles Mögliche installieren, was auf kleinen Speedbooten wirklich nicht drin wäre. Ein Schiff von angemessener Größe würde eurem Unternehmen einiges an Legitimität verleihen.«

»Eigentlich haben wir uns entschlossen, auf die Legitimität zu bauen, die wir durch glaubwürdige Forschung erlangen, Jon Thomas.«

»Wir haben uns diese Zahlen nicht einfach ausgedacht!« Fuller merkte gerade noch, dass er mit lauter Stimme sprach. Der Cop, der Clay befragte, blickte über seine Schulter, und Fuller sprach leise weiter. »Es handelte sich nur um berufsbedingte Eifersucht von Seiten unserer Kritiker.«

»Eure größten Kritiker waren die Fakten selbst. Was hattest du erwartet? Eure Untersuchung lief darauf hinaus, dass die Buckelwale es im Grunde ihres Herzens genießen, von Jet Skis gerammt zu werden.«

»Einigen geht es tatsächlich so.« Fuller schob seinen Tropenhelm aus der Stirn und setzte ein ehrliches Lächeln auf, das unter seinem eigenen Gewicht zusammenbrach.

»Was hast du vor, Jon Thomas?«

»Nate, ich könnte euch so ein Boot besorgen, wie wir es haben, mit allem Drum und Dran, und ein Forschungsbudget, und ihr müsstet nur ein einziges, kleines Projekt für mich durchführen. Eine Saison. Maximal. Und euer Unternehmen könnte das Boot behalten, verkaufen… was ihr wollt.«

Einzig das Angebot, Fuller ins ölige Wasser zu stoßen, hätte Quinn gern angenommen, aber fragen musste er trotzdem. Es waren wirklich schöne Schiffe. »Sag, was du zu sagen hast.«

»Ich möchte, dass du deinen Namen unter eine Studie setzt, in der steht, dass Delfine in Begegnungsstätten für Mensch und Tier keinen Schaden nehmen, und eine Studie anfertigst, in der steht, dass der Bau eines solchen Aquariums an der La Perouse Bay keine negativen Umwelteinflüsse nach sich ziehen würde. Dann möchte ich, dass du bei den entsprechenden Anhörungen aufstehst und für die Sache eintrittst.«

»Da bin ich nicht der Richtige, Jon Thomas. Erstens bin ich kein Delfin-Mann. Das weißt du.« Nate mied es, hinzuzufügen, was er eigentlich sagen wollte, nämlich: *Und zweitens bist du eine miese Ratte, die nur auf Geld aus ist, ohne einen Gedanken an die Wissenschaft oder die Tiere, die du erforschst.* Stattdessen sagte er: »Es gibt Dutzende von Leuten, die Studien über Delfine in Gefangenschaft durchführen. Warum gehst du nicht zu denen?«

»Die Studie liegt schon bereit. Du musst nichts mehr machen. Ich will nur deinen Namen dafür.«

»Haben die Leute, von denen diese Studie stammt, denn nichts dagegen einzuwenden?«

»Nein. Das ist denen nicht so wichtig. Ich brauche deinen Namen und deine Präsenz, Nate.«

»Ich kann mir wirklich nicht vorstellen, vor Komitees und Planungskommissionen auszusagen.«

»Okay, meinetwegen. Clay oder Amy könnte das übernehmen. Setz einfach deinen Namen unter das Papier, und mach die Studie über die Umwelteinwirkungen. Ich brauch deine Glaubwürdigkeit.«

»Die ich nicht mehr haben werde, sobald ich mich von dir benutzen lasse. Es tut mir Leid, aber mein guter Ruf ist alles, was ich nach fünfundzwanzig Jahren Arbeit vorzuweisen habe. Den kann ich nicht verkaufen, nicht mal für ein hübsches Boot.«

»Ach ja, welch Edelmut im Angesicht des Hungertodes. Scheiß drauf, Nate, und scheiß auf deine hohen Ideale. Ich tue mehr für diese Tiere, indem ich sie der Öffentlichkeit vorführe, als du in deinem ganzen Leben mit deinen Aufnahmen und Diagrammen der Gesänge. Und bevor du dich wieder in deinen Elfenbeinturm auf der ethischen Hochebene verziehst, solltest du dir deine Leutchen lieber mal genauer ansehen. Der Kleine da ist ein gemeiner Dieb, und von deiner hübschen, neuen Assistentin hat noch nie jemand gehört.« Fuller fuhr herum und winkte seinem Ensemble von Waletten, und gemeinsam gingen sie zu ihrem Boot.

Quinn hielt nach Amy Ausschau und sah sie hinter dem Polizisten stehen, der mit Clay sprach. Er lief Fuller hinterher, packte den kleinen Mann am Arm und riss ihn herum. »Was redest du da? Amy hat in Woods Hole studiert, bei Tyack und Loughten.«

»Ach ja? Vielleicht solltest du lieber mal anrufen und nachfragen. Die haben noch nie von ihr gehört. Entgegen deiner Annahme stelle ich sehr wohl Recherchen an, Nate. Wenn du jetzt so freundlich wärst und wieder zu deiner Ein-Boot-Flotte gehen würdest.«

»Sollte ich rausfinden, dass du mit dieser Sache irgendwas zu tun hast…«

Fuller riss sich los und grinste Quinn an. »Genau… was würdest du dann tun? Noch unbedeutender werden? Leck mich am Arsch, Nate.«

»Was hast du gesagt?«

Aber Fuller ignorierte ihn und ging an Bord seines Millionen-Dollar-Forschungsschiffes, während Quinn über den Anleger zurück zu seinen Freunden schlich. Allerdings schien das ölige Treibgut seinen Reiz verloren zu haben, denn die Menge hatte sich zerstreut. Nur noch Amy, Clay, der Cop und das Pärchen aus Minnesota waren übrig.

»Sie da! Sie sind doch jemand, oder?«, rief die Frau, als Nate näher kam. »Liebling, der Mann da ist irgendwer. Ich bin mir sicher, dass ich ihn im Discovery Channel gesehen habe. Fotografier mich mit ihm!«

»Wer ist das?«, fragte »Liebling«, während seine Frau Nate am Arm packte und posierte, als hätte er ihr eben einen Scheck ausgehändigt.

»Ich weiß nicht. Einer von diesen Ozeanleuten«, sagte sie durch ihr Grinsen, als posiere sie mit einer der geschnitzten Statuen, mit denen die Hauseingänge in Lahaina geschmückt waren. »Mach einfach ein Foto.«

»Sind Sie einer von den Cousteau-Knaben?«

»*Oui*«, sagte Nate. »Jetzt muss ich mich aber mit meiner guten Freundin Sylvia Earle unterhalten«, fuhr er mit französischem Akzent fort und machte sich auf den Weg hinüber zu Amy. »Ich muss dich mal sprechen.«

»Sylvia Earle! Die ist von National Geographic. Mach ein Foto von den beiden zusammen, Liebling.«

»Er lügt, Nathan«, sagte Amy. »Du kannst es nachprüfen, wenn du willst. Es stand alles im Lebenslauf, den ich Clay gegeben habe.« Sie schien nicht böse zu sein, nur verletzt, hintergangen vielleicht. Ihre Augen waren groß und tränenfeucht, und langsam sah sie aus wie eines dieser gruseligen Keane-Fotos von Kindern mit traurigen Augen. Quinn fühlte sich, als hätte er einen Sack mit kleinen Kätzchen gegen die Stoßstange seines Pick-ups geschmettert.

»Ich weiß«, sagte er. »Es tut mir Leid. Ich wollte nur … na ja,

Jon Thomas ist ein Arschloch. Ich hab mich verunsichern lassen.«

»Schon okay.« Amy schniefte. »Es ist nur … nur … ich habe so hart gearbeitet.«

»Ich muss es nicht überprüfen, Amy. Du leistest gute Arbeit. Es war mein Fehler, an dir zu zweifeln. Schnappen wir uns Clay, und machen wir uns an die Arbeit.«

Behutsam legte er den Arm um sie und führte sie hinüber, wo Clays Befragung durch den Polizisten eben zu Ende ging. Clay sah die Tränen auf Amys Wangen und nahm sie in die Arme. Sie schmiegte ihren Kopf an seine Schulter. »Ich weiß. Es war ein tolles Boot, aber es war nur ein Boot. Wir kriegen ein neues.«

»Wo ist Kona?«, fragte Nate.

»Vor einer Sekunde war er noch da«, sagte Clay.

In diesem Moment läutete Nates Handy. Er fischte es aus seinem Hemd und antwortete. »Nathan, ich bin's«, sagte die Komische Alte. Nate hielt die Sprechmuschel zu.

»Es ist die Komische Alte«, sagte Nate zu Clay.

»Amy, geh du und hol Kona, solange ich hier mit dem Polizisten zu tun habe, okay?«, sagte Clay.

Amy nickte und machte sich auf den Weg. Clay wandte sich wieder dem Polizisten zu.

Die Komische Alte fuhr fort: »Nathan, ich habe wieder mit dem großen Walbullen gesprochen, und er will unbedingt, dass du ihm ein scharfes Pastrami-Sandwich auf dunklem Brot mitbringst, wenn du rausfährst. Er sagt, es sei sehr wichtig.«

»Da hast du bestimmt Recht, Elizabeth, aber ich bin nicht sicher, ob wir heute überhaupt rausfahren. Es ist was mit Clays Boot passiert. Es ist weg.«

»O je, er wird verzweifelt sein. Ich komme runter und kümmere mich um ihn, aber *du* musst heute auf den Kanal rausfahren. Ich spüre einfach, dass es von großer Bedeutung ist.«

»Ich denke nicht, dass du extra runterkommen musst, Elizabeth. Clay schafft das schon.«

»Na, wenn du es sagst. Aber du musst mir versprechen, dass du heute rausfährst.«

»Versprochen.«

»Und du nimmst ein scharfes Pastrami-Sandwich auf dunklem Brot für diesen großen Bullen mit.«

»Ich will es versuchen, Elizabeth. Ich muss jetzt los. Clay braucht mich für irgendwas.«

»Mit Schweizer Käse und scharfem Senf!«, sagte die Komische Alte, als Nate die Verbindung unterbrach.

Clay bedankte sich bei dem Polizisten, der Nate im Gehen zunickte. Selbst das Pärchen aus Minnesota war weitergezogen, und nur noch Clay und Nate standen auf dem Pier. »Wo sind denn unsere Kinder?«, fragte Nate und krümmte sich bei der bloßen Vorstellung: er und Clay, das Pärchen in den besten Jahren, das die Verantwortung trug, traurig und langweilig, während die Kids einfach wegliefen und spielten und Abenteuer erlebten.

»Ich habe Amy gebeten, Kona zu suchen. Die könnten sonstwo sein.«

»Clay, ich muss dich was fragen, bevor sie wiederkommen.«

»Schieß los.«

»Hast du irgendeine von Amys Empfehlungen geprüft, bevor du sie eingestellt hast? Ich meine, hast du jemanden angerufen? In Woods Hole? Oder in dieser anderen Schule … welche war das noch?«

»Cornell. Nein. Sie war schlau, sie war süß, sie schien zu wissen, wovon sie redet, und sie wollte ohne Bezahlung arbeiten. Ihre Vertrauenswürdigkeit machte auf dem Papier einen guten Eindruck. Ein geschenkter Gaul, Nate.«

»Jon Thomas Fuller sagt, er hat es nachgeprüft und in Woods Hole hätte noch nie jemand von ihr gehört.«

»Fuller ist ein Schwein. Hör mal, es ist mir eigentlich egal, ob sie die Highschool abgeschlossen hat. Die Kleine hat sich bewährt. Die hat Mumm.«

»Trotzdem, vielleicht sollte ich Tyack anrufen. Für alle Fälle.«

»Wenn es sein muss. Ruf ihn heute Nachmittag an, wenn du wieder da bist.«

»Ich bin mir sicher, dass Fuller mich nur mal treten wollte. Er hat uns ein Schiff angeboten, so eins wie er es hat, wenn wir sein Delphin-Park-Projekt unterstützen.«

»Und du hast abgelehnt?«

»Selbstverständlich.«

»Aber das sind großartige Schiffe. Unsere Armada wurde auf die Hälfte reduziert. Unsere nautischen Ressourcen sind um fünfzig Prozent geschrumpft. Unser Defizit, was Boote angeht, liegt bei Null Komma fünf.«

»Was gibt's?«, sagte Amy. Sie war den Anleger heruntergekommen und schien ihre Melancholie abgelegt zu haben.

»Clay gibt sich gerade wissenschaftlich. Fuller hat uns ein Zwanzig-Meter-Forschungsschiff angeboten, inklusive Budget, wenn wir sein Delfin-Projekt unterstützen.«

»Muss ich dafür mit ihm schlafen?«

»Das haben wir noch nicht ins Spiel gebracht«, erwiderte Clay, »aber ich wette, wir könnten noch eine Sonaranlage rausschlagen, wenn du dir etwas Mühe gibst.«

»Verdammt, Nate, nimm an!«, sagte Amy.

»Es wäre der Ausverkauf meiner Glaubwürdigkeit«, sagte Quinn und war entsetzt darüber, dass seine Kollegen solche Huren waren. »Wir würden auf die dunkle Seite wechseln.«

Amy zuckte mit den Achseln. »Das sind schicke Schiffe.« Ihr Mundwinkel zuckte, als versuchte sie, nicht zu grinsen, und Nate merkte, dass sie ihn wahrscheinlich nur auf den Arm nahm.

»Ja«, sagte Clay. »Echt schick.« Auch Clay nahm ihn auf den Arm.

Nate schüttelte den Kopf, sah aus, als könnte er es gar nicht fassen, aber eigentlich versuchte er nur, die Erinnerung an seinen Traum abzuschütteln, in dem er ein großes Kajütboot durch die Straßen von Seattle gesteuert hatte, mit Amy als Bikini-Galionsfigur. »Wenn du okay bist, Clay, sollten wir rausfahren, bevor Wind aufkommt.«

»Fahr nur«, sagte Clay. »Ich kümmere mich um den Polizeibericht für die Versicherung.« Zu Amy sagte er: »Hast du Kona gefunden?«

»Er ist da hinten bei diesem Tako-Typen.«

»Was macht er?«

»Es sah aus, als würde er ein Saxophon zusammenschrauben. Ich bin nicht näher rangegangen.«

Quinn schlenderte ein Stück über den Anleger und beobachtete Kona, während dieser mit Tako Man sprach. »Nein, das ist sein Bong. Man kann es zum Transport auseinander bauen.«

»Was ist ein Bong?«

»Wirklich niedlich, Amy. Hilf mir, die Gerätschaften an Bord zu bringen.«

Plötzlich fing Kona an zu schreien und rannte ihnen über den Anleger entgegen. »Bwanas! Ich hab das Boot gefunden!«

Clay richtete sich auf. »Wo?«

»Da hinten. Tako Man sagt, es liegt da hinten. Er ist heute früh da drüben getaucht.«

Kona deutete auf einen Fleck von trübem, jadegrünem Wasser in der Mitte des Hafens. Jadegrün wegen der Abwässer von den Wohnbooten, den Ködern, der Vogelscheiße, dem Erbrochenen und den Fischinnereien, die im Wasser gelandet waren, bevor die Aasfresser sie sich hatten holen können. Das alles rief eine ständige Algenblüte hervor.

»Mein Boot«, sagte Clay mit verlorenem Blick aufs Wasser.

Amy trat vor und legte Clay einen Arm um die Schulter, weil er Trost gebrauchen konnte. »In dem Wasser ist er getaucht?«

»Nightwalker haben es versenkt, Bwana Clay. Tako Man hat sie gesehen. Dürre, blaugraue Leute. Er nennt sie Nightwalker. Ich glaube, es waren Aliens.«

»Aliens sind immer grau, oder?«, erkundigte sich Quinn.

»Das hab ich auch gesagt«, erwiderte Kona. »Aber er meint: nein, nicht mit so 'nem Kürbiskopf. Er meint, sie waren groß und froschig.«

»Du bist high«, sagte Clay.

»Tako Man hatte echt mystisches Zeug, Bruder. War meine spirituelle Pflicht.«

»Er wollte dich nicht kritisieren, Kona«, erklärte Quinn. »Uns war klar, dass du high bist. Clay bezweifelt nur die Glaubwürdigkeit deiner Geschichte.«

»Ihr glaubt mir nicht? Gib mir eine Maske. Ich tauch runter und hol einen Beweis vom Boot.«

»Du wirst dir da unten nur Hepatitis holen«, sagte Amy.

»Ich mach mich an die Arbeit«, sagte Nate.

»Mein Boot«, sagte Clay.

Nate kam zu dem Schluss, dass er vielleicht doch etwas Trost spenden sollte. »Sieh auch das Gute, Clay. Wenigstens sind Wale groß.«

»Wieso sollte das gut sein?«

»Stell dir vor, wir würden Viren erforschen. Hast du eine Ahnung, was es kostet, ein Elektronenmikroskop zu ersetzen?«

»Mein Boot«, sagte Clay.

15

Sing für dein Essen

Amy wählte den Wal aus. Es war ein stressiger Morgen gewesen, und Quinn wollte ihr sein Vertrauen beweisen, indem er ihr die Kopfhörer überließ und Anweisungen entgegennahm, während sie sich darauf konzentrierten, welcher der Wale eigentlich ihr Sänger war.

»Warte mal«, sagte Amy. »Mach die Maschine aus.«

Und dann tat sie etwas, was Quinn seit fünfundzwanzig Jahren nicht gesehen hatte. Damals hatte sein Mentor es getan, Gerard Ryder, den die meisten Leute für so exzentrisch hielten, dass mancher meinte, er habe nicht mehr alle Muscheln in der Pfanne. Amy baumelte mit den Knien von der Reling und hielt ihren Kopf unter Wasser. Nach dreißig Sekunden kam sie wieder hoch, warf in hohem Bogen Wasser übers Boot und zeigte nach Norden.

»Er ist da drüben.«

»Das funktioniert so nicht«, sagte Quinn. Es galt als einigermaßen gesichert, dass Menschen unter Wasser nicht hören konnten, aus welcher Richtung ein Geräusch kam. Er wollte sie nur vorsichtig daran erinnern.

»Fahr rüber! Da ist unser Wal.«

»Okay, vielleicht gibt es da drüben wirklich einen Sänger, aber du hast ihn nicht mit deinem Gehör lokalisiert.«

Sie stand nur neben ihm – tropfte auf seine Füße, das Pult, die Aufzeichnungen – und sah ihn eindringlich an.

»Okay, ich fahr rüber.« Er ließ die Maschine an und betätigte den Gashebel. »Sag mir Bescheid, wenn wir da sind.«

Zwei Minuten später bedeutete ihm Amy, er solle den Motor abstellen, und sie hängte sich wieder über die Reling, mit dem Kopf im Wasser, obwohl das Boot noch fuhr.

»Also, das ist doch total bescheuert«, sagte Nate, als Amy unter Wasser war.

Amy tauchte gerade so lange auf, dass sie »Das hab ich gehört«, sagen konnte.

»Sieht aus, als würdest du vor den Walen einen Diener machen, wenn du mich fragst.«

»Halt den Mund«, entgegnete Amy. »Ich versuch, was zu hören.«

»Du siehst echt aus wie im Comic.«

»Da drüben«, sagte Amy, als sie hochkam und zeigte in die Richtung, die sie meinte. »Sechshundert Meter etwa.«

»Sechshundert Meter? Bist du sicher?«

»Plus minus fünfzig.«

»Sollte sich im Umkreis von einer halben Meile ein Sänger finden, lade ich dich zum Essen ein.«

»Okay. Was meinst du, was es kostet, einen Hummer aus Maine auf meinen Teller in Lahaina zu fliegen?«

»Das werde ich wohl kaum wissen müssen.«

»Bitte, fahr los! Da rüber.« Wieder zeigte sie, welche Richtung sie meinte, ähnlich wie Babe Ruth, bevor er seinen weltberühmten, angekündigten Homerun schlug (abgesehen davon, dass Amy schlank war, ein Mädchen und noch am Leben).

Quinn hörte den Sänger schon, bevor das Hydrophon im Wasser war. Das ganze Boot hallte von seinem Gesang wider, während sie einen Bogen fuhren.

Amy sprang auf den Bug und deutete auf ein paar weiße Punkte, die unter der Wasseroberfläche tanzten – Brustflossen und Schwanz. »Da ist er!«

Wären Zuschauer dabei gewesen – sie wären ausgeflippt.

Quinn lächelte. Amy drehte sich zu ihm um und grinste. »Steak *und* Hummer«, sagte sie. »Etwas Rotes, Teures, Französisches als Wein, etwas Flambiertes zum Nachtisch – egal was, solange es brennt – und dann eine Rückenmassage, bevor ich dich allein in deine Hütte schicke, verwirrt und enttäuscht. Ha!«

»Wir haben ein Date«, sagte Quinn.

»Nein, kein Date. Es war eine Wette, die du jämmerlich verloren hast, weil du so unverfroren warst, an mir zu zweifeln, was dir noch ewig Leid tun wird. Ha!«

»Wollen wir jetzt arbeiten? Oder möchtest du dich noch etwas damit brüsten?«

»Hmmm, mal überlegen …«

So klein ist sie und trägt doch so viel Bosheit in sich, dachte Quinn. Er warf ihr das große Notizbuch zu und las Längen- und Breitengrad vom GPS ab. »In der Kamera ist ein Film. Neue Rolle. Hab ihn heute Morgen eingelegt.«

»Ich dachte gerade, ich würde mich doch lieber noch etwas damit brüsten.« Amy nahm das Notizbuch, dann stutzte sie, als sie es aufschlug und zu schreiben begann. »Er singt nicht mehr.«

»Manchmal denke ich, sie hören nur auf zu singen, um mich verrückt zu machen.«

»Er bewegt sich«, sagte Amy und deutete auf das Tier.

»Bewegt sich«, wiederholte Quinn. Er warf einen Blick über die Reling und sah die weißen Brustflossen und die Fluke verschwinden. »Moment mal.« Er ließ den Motor an.

»Den können sie meinetwegen ruhig jagen, wenn du mich fragst«, sagte Quinn, nachdem sie dem Wal zwei Stunden gefolgt waren.

Sie hatten drei vollständige Gesangszyklen auf Band und eine Armbrust-Biopsie vorgenommen, aber der Wal wollte einfach seine Fluke nicht zeigen, und deshalb hatten sie bisher kein Erkennungsfoto machen können. Eine DNS-Probe nützte einem überhaupt nichts, wenn das Tier nicht zu identifizieren war.

»Sollen sie Hundefutter draus machen«, schimpfte Nate. »Seine verdorbenen, nicht-Schwanzflossen-zeigenden Gene aus dem Genpool entfernen.«

»Vielleicht solltest du einen Donut oder irgendwas essen, um deinen Blutzuckerspiegel zu erhöhen«, sagte Amy.

»Seine jämmerlichen, nicht-Schwanzflossen-zeigenden Barten zu Korsetts und Regenschirmen verarbeiten. Seine Rückenwirbel als Schemel benutzen. Aus seinen Därmen riesige, nicht-Schwanzflossen-zeigende Walwürstchen herstellen, die auf Jahrmärkten verkauft werden. Seine stinkenden, nicht-Schwanzflossen-zeigenden Gonaden entfernen und –«

»Ich dachte, du magst diese Tiere.«

»Ja, aber nicht, wenn sie nicht kooperieren.«

Der Wal hatte sie acht Kilometer in Richtung Molokai und fast bis aufs offene Meer gelockt, wo die Wellen zu hoch waren und die Strömungen zu schnell, um einem Sänger folgen zu können. Sollte der Wal weiter in diese Richtung schwimmen, hätten sie ihn innerhalb der nächsten beiden Tauchzyklen verloren, und der Tag wäre vergeudet. Noch frustrierender war, dass dieses Tier im Wasser hing und sang, mit dem Schwanz kaum ein paar Meter unterhalb der Oberfläche. Normalerweise blieben die Sänger im Kanal etwa zehn bis fünfzehn Meter tief, aber der hier hielt sich bei etwa zwei Metern. Dauernd musste Nate das Hydrophon hochziehen, damit es nicht gegen den Wal stieß, während sie über ihm trieben.

»Er kommt hoch«, sagte Amy. Sie nahm die Kamera vom Sitz und richtete sie auf die Stelle, an der er vermutlich auftauchen würde, etwa sieben Meter vor dem Boot, damit Autofokus und Belichtungszeit fertig eingestellt waren.

Mit zwei ruckartigen Bewegungen zog Nate das Hydrophon herauf und ließ den Motor an. Diesmal bewegte sich der Wal schneller. Nate stellte den Gashebel so ein, dass Amy den richtigen Abstand für eine Großaufnahme der Schwanzflossen hatte.

Ein Atemzug, und er tauchte für zehn Sekunden ab, dann noch ein Atemzug, zwölf Sekunden, dann noch einer, und die gewaltige Schwanzwurzel ragte hoch in die Luft.

»Sieht so aus, als würde er es gleich tun«, erklärte Nate.

»Fertig«, sagte Amy.

Der Schwanz kam kaum einen halben Meter aus dem Wasser, so dass nur die schmale Seite zu sehen war, aber Nate meinte, etwas erkennen zu können. Etwas, das aussah wie schwarze Buchstaben – an der Schwanzunterseite.

»Hast du ihn? Hast du ihn?«

»Ich hab alles, was es da zu sehen gab. Er hat sich nicht deutlich gezeigt.« Amy hatte die automatische Kamera während des gesamten Tauchvorgangs laufen lassen und etwa acht Bilder verschossen.

»Hast du die Zeichnung gesehen? An der Unterseite? Die schwarzen… äh, Streifen?« Quinn riss seine Sonnenbrille herunter und wischte sie an seinem T-Shirt sauber.

»Streifen? Nate, durch die Kamera konnte ich nur den Rand sehen.«

»Verdammt!«

»Aber er hat seine Fluke gezeigt. Vielleicht macht er es noch mal.«

»Das ist nicht der Punkt.«

»Nicht?«

»Geh nach vorn und sieh nach, ob du ihn finden kannst.«

Amy stellte sich auf den Bug und dirigierte Quinn. Als sie ihren Arm sinken ließ, stellte er den Motor ab. Und dort war der Wal, hing im Wasser, sang und hielt den Schwanz kaum drei Meter unter der Oberfläche. Sie lagen keine hundert Meter vor dem offenen Meer, und das Boot trieb schneller als bisher vom Wal ab. Sie waren nur etwa eine Minute über ihm gewesen. So nah am offenen Meer würden sie ihn wohl verlieren, wenn er wieder auftauchte. Nate wollte sich auf keinen Fall am Abend fragen müssen, ob er schon wieder unter Halluzinationen litt.

»Amy, sei so nett und gib mir meine Maske und die Flossen aus dem Bugspind.«

»Du willst ins Wasser?«

»Ja.«

»Aber sonst gehst du nie ins Wasser.«

»Ich gehe ins Wasser.« Nate klappte eine Plastikkiste auf und holte seine Nikonos-IV-Unterwasserkamera heraus, sah nach, ob ein Film drin war.

»Du bist kein Wassermensch.«

»Sieh nach, ob da auch ein Bleigürtel drin ist.«

»Clay sagt, du bist kein Wassermensch. Du bist ein Bootsmensch.«

»Ich werde unter seinen Schwanz tauchen und ein Erkennungsfoto machen. Sollte er etwas Entgegenkommen zeigen und nah an der Oberfläche bleiben, kriege ich das Foto.«

»Kannst du das?«

»Wieso nicht?«

Sie reichte ihm einen Gürtel, der mit fünf Kilogramm beschwert war, und Nate schnallte ihn sich um die Hüften. Er setzte die Maske auf und zog die Flossen an, dann setzte er sich mit dem Rücken zum Wasser auf den Dollbord. »Du wirst von mir abtreiben. Ich werde nicht versuchen, hinter dir her zu schwimmen. Also dreh um und sammel mich ein. Warte, bis ich winke.

Ich will nicht, dass du den Motor anlässt, bevor ich sicher sein kann, dass ich das Foto habe. Nimm alles auf, bis du mich holen kommst.«

»Okay.« Amys Mund stand ein Stück offen, als hätte sie gerade eine Ohrfeige bekommen.

»Das ist keine große Sache.«

»Stimmt. Soll ich es für dich machen? Es war meine Schuld, dass ich beim letzten Mal kein Bild bekommen habe.«

»Es war nicht deine Schuld. Das Bild war nicht da. Bis gleich.«

Quinn schob sich den Schnorchel in den Mund und ließ sich rückwärts vom Boot fallen. Mit dreiundzwanzig Grad war das Wasser noch immer so kalt, dass ihm kurz die Luft wegblieb. Er trieb an der Oberfläche und versuchte, kontrolliert zu atmen, bis er sich daran gewöhnt hatte.

Der Wal war ganz nah, nur etwa dreißig Meter entfernt. Der Gesang vibrierte in Nates Rippen, als er hinüberschwamm. Es musste der »FLOSSEN WEG!«-Wal sein. Selbst wenn er sich geirrt hatte, was die Buchstaben anging, hatte dieses Tier doch fraglos eine seltsame Zeichnung an seiner Schwanzflosse. Und da steckte sicher noch mehr dahinter, wenn er beweisen konnte, dass es dasselbe Tier war. Es würde bedeuten, dass sich der Wal länger als drei Wochen im Bereich des Au'au-Kanals aufgehalten hatte, was eher ungewöhnlich war. Bei fehlenden Daten ließen sich natürlich keine echten Schlussfolgerungen ziehen. Es könnte zum Beispiel sein, dass der Katalog der hawaiianischen Erkennungsfotos nicht so computerisiert war wie der in Alaska. Und ohne ein Bild gab es keinen Beweis dafür, dass es sich hier um dasselbe Tier handelte. Aber Quinn würde es wiedererkennen. Er würde es bestimmt erkennen. Das war der Grund für diese alberne Mission. Es ging nicht nur darum, zu beweisen, dass er keine Halluzinationen hatte. Er war ein Mann der Wissenschaft, der Fakten, der Vernunft. Er musste nicht beweisen, dass er bei Verstand war.

Ich hab sie nicht mehr alle, dachte er. Noch nie hatte er gehört, dass jemand versucht hätte, unter Wasser ein Erkennungsfoto zu schießen.

Dass Tier war absolut bewegungslos, eine mächtige, graue Wand vor endlos blauem Hintergrund. Aber Quinn meinte, auf der anderen Seite des Wals eine Bewegung gesehen zu haben. Er hob den Kopf aus dem Wasser und sah sich nach dem Boot um. Amy hielt den Daumen hoch. Er holte tief Luft und tauchte, um sein Foto zu bekommen.

Mit Sauerstofftanks auf dem Rücken hätte er sich vielleicht vom Bleigürtel langsam abwärts ziehen lassen, aber er wusste, dass er nur vierzig bis sechzig Sekunden würde unten bleiben können, und deshalb tauchte er kopfüber, paddelte, bis er sechs, sieben Meter tief war. Dann hielt er die Kamera vor sich und sah zur Unterseite der Fluke auf.

Da stand es, in großen, serifenlosen Buchstaben – wie Graffiti: FLOSSEN WEG! Fast vergaß er, zu fotografieren. Wie war das möglich? Hatte sich das Tier in jungen Jahren in einem Netz verfangen und war von einem zynischen Fischer markiert worden, bevor er es wieder freiließ? War es eins von diesen Tieren, die einen Fluss hinaufgeschwommen und gestrandet waren?

Er zentrierte den Schwanz im Sucher und drückte den Auslöser. Drehte den Film weiter und schoss noch ein Foto. Dann musste er Luft holen. Er schwamm nach oben, aber wieder sah er die dunkle Gestalt, die sich neben dem Wal bewegte. *Remora*, dachte er, obwohl der Schatten zu groß aussah, als dass es sich um einen dieser Parasitenfische handeln konnte, die sich oft an Wale hängten.

An der Wasseroberfläche sah er zum Sänger hinab, zur linken Brustflosse, wo er die Bewegung gesehen hatte. Das Tier machte seine Ribbits. Quinn lächelte um seinen Schnorchel herum, holte dreimal tief Luft, hielt sie an, dann tauchte er erneut.

Diesmal sah er – noch bevor er die Kamera anheben konnte – die Bewegung einer dunklen Flosse auf der anderen Seite des Wals, und er blinzelte, um weit ins ferne Blau zu spähen. Taucherparanoia, so nannte er das immer. Dieses Gefühl, das man bekommt, wenn man merkt, dass sich von überallher etwas Großes, Fleischfressendes auf einen stürzen könnte, und man anfängt, sich im Blau nach schnellen Schatten umzusehen, so ähnlich, als erwartete man hinter einem dunklen Fenster eine unheilvolle Fratze.

Dann kam Bewegung in den Wal. Der Strudel vom Schwanz her warf Quinn zurück, aber er behielt die Orientierung und paddelte aufwärts, versuchte, das Tier im Auge zu behalten. Der Wal wendete mehr oder weniger auf der Stelle und schoss auf Nate zu. Dieser strampelte seitlich, versuchte, zur einen oder anderen Seite zu gelangen, dann aufwärts, so dass er sich eher über dem Tier als darunter befand, da es ihm beim Auftauchen definitiv einen Stoß versetzen würde.

Er sah sich um, über seine Schwimmflossen hinaus, während er strampelte, und bemerkte, dass der Wal seine Richtung änderte und wieder direkt auf ihn zuhielt. Noch einmal nahm Quinn Schwung in Richtung Oberfläche, dann warf er einen Blick hinunter und sah, dass sich das gewaltige Maul des Tieres unter ihm öffnete. *Nein, das kann nicht sein*, dachte er.

Die Panik, die in seiner Brust aufwallte, forderte Luft, aber es war, als klaffte unter ihm ein Loch im Meer … er würde es nicht bis an die Oberfläche schaffen. Das Tier kam halb aus den Fluten, als es ihn aus dem Wasser fischte, und Nate sah Himmel und weißes Wasser und Barten – wie Fransen über ihm am Oberkiefer, alles eingerahmt von einem mächtigen Trapez, dem offenen Maul des Wales. Dann spürte er, wie das Tier sank, und er sah, wie sich die Barten über ihm schlossen. Er rollte sich zusammen, hoffte, nicht von den Kiefern zermalmt zu werden, hoffte, als schrecklicher Fehlgriff in der Futterwahl gleich wieder ausgespuckt zu werden. Doch dann kam die riesige Zunge, warm und rau, und drückte ihn gegen die Barten, was sich anfühlte, als würde man von einem feuchten VW-Bus an ein schmiedeeisernes Tor gepresst. Er spürte, wie die Barten die Haut an seinem Rücken aufrissen, während die Zunge ihn umfing, das Meerwasser um ihn herum presste, als wollte das Tier Krill aussieben; dann drückte es immer fester zu, bis er keine Luft mehr bekam und ihm schwarz vor Augen wurde.

ZWEITER TEIL

Jonas' Volk

Die Menschen brauchen Seeungeheuer
in ihren persönlichen Meeren.
Denn die Meere, bodenlos und schwarz in ihren Tiefen,
sind wie die dunklen Ebenen unseres Geistes,
in denen Traumsymbole reifen
und manchmal an die Oberfläche treiben
wie der Alte Mann aus dem Meer.

John Steinbeck

16

Schuhe aus im Wal!

»Schuhe aus im Wal!«, sagte eine Männerstimme aus dem Dunkel.

Quinn konnte nichts sehen. Ihm tat alles weh, als wäre er, na ja, durchgekaut worden. Auf allen vieren kroch er über etwas, das sich wie feuchter Latex anfühlte. Er streckte die Hand aus und tastete nach seinen Füßen. Er trug noch immer Schwimmflossen, und bei aller Verwirrung protestierte doch seine Logik. »Ich trage keine Schuhe. Das sind Schwimmflossen.«

»Schuhe aus im Wal! Und versuch gar nicht erst, dich durch den After zu verdrücken.«

Zwei Dinge, von denen Nate, hätte man ihn eine Stunde vorher befragt, mit einiger Gewissheit beteuert hätte, dass er sie nie im Leben hören würde.

»Was?«, sagte Quinn und blinzelte ins Dunkel. Er merkte, dass er noch seine Tauchermaske trug, und schob sie aus dem Gesicht.

»Ich wette, er hat auch das Pastrami-Sandwich nicht dabei, um das ich ihn gebeten hatte, oder?«, sagte die Stimme.

Umrisse wurden im Dunkel sichtbar, und Nate sah direkt vor seiner Nase ein Gesicht. Er stöhnte auf und wich zurück, denn wenn es ihn auch mit großem Interesse zu begutachten schien, so war es doch kein menschliches Gesicht.

Clay Demodocus galt weltweit als einer der ruhigsten, ausgeglichensten, großzügigsten und rücksichtsvollsten Menschen im gesamten Bereich der Meeresbiologie. Sein Ruf eilte ihm voraus, und die Leute erwarteten, dass er auf einer langen Seereise in beengten Quartieren sowohl liebenswert als auch tüchtig wäre, was seine Arbeit anging, respektvoll der Arbeit anderen gegenüber und besonnen im Notfall. Da er sich bei seinen Aufträgen oft Forschern unterordnen musste, ließ sich Clay nicht auf Ego-Wettbewerbe und Testosteron-Schlachten mit der Mannschaft oder anderen Wissenschaftlern ein. Keine dieser Qualitäten war ihm anzumerken, als er sich über den Schreibtisch des Kommandanten der Küstenwache beugte und den hoch gewachsenen, athletischen Offizier fast mit dem Kopf rammte. »Brechen Sie die Suche jetzt ab, und ich sorge dafür, dass man Ihren Namen bis ans Ende aller Zeiten gemeinsam mit Adolf Eichmann und Vlad, dem Pfähler, nennt. Nathan Quinn ist eine Legende auf seinem Gebiet, und jedes Mal, wenn eine Dokumentation über Wale im Discovery Channel, bei *National Geographic*, Animal Planet oder PBS oder meinetwegen auch im Kinderkanal läuft, sorge ich dafür, dass Ihr Name in einem Atemzug mit Nate genannt wird, als der Mann, der ihn da draußen im Stich gelassen hat. Sie werden für die nächsten hundert Jahre der offizielle Sündenbock der Küstenwache sein. Das hier wird das My Lai der Coast Guard. Jedes Mal, wenn ein Kind ertrinkt, wird man Ihren Namen nennen, jedes Mal, wenn sich jemand auch nur nasse Füße holt, wird man den Namen von Kommodore Was-weiß-ich-wie-Sie-heißen hervorkramen und Ihr Bildnis auf den Straßen verbrennen, Ihren Kopf auf einen Pfahl spießen, mit Lippenstift beschmieren und für alle Zeiten auf den Schulhöfen dieser Welt mit Füßen treten. Und alles nur, weil Sie zu gottverdammt lahmarschig sind, um ein paar Hubschrauber loszuschicken, die meinen Freund suchen. Wollen Sie das?«

Clay hatte konkrete Vorstellungen, wenn es um Loyalität ging.

Der Kommodore war schon fast sein ganzes Leben bei der Küstenwache, hatte seine Zeit und Energie dafür eingesetzt, entweder Leute zu retten oder andere dafür auszubilden, und daher fühlte er sich von Clays Tirade mächtig vor den Kopf gestoßen. Er blickte durch sein Büro zu Kona und Amy hinüber, die bei der Tür standen und fast so mitgenommen aussahen, wie er sich fühlte. Der Surfer starrte ihn an und schüttelte traurig den Kopf.

»Es ist drei Tage her, Mr. Demodocus. Auf dem offenen Meer und ohne Schwimmweste? Sie sind doch kein Tourist. Sie wissen, wie die Chancen stehen. Falls er noch leben sollte, wäre er inzwischen zu weit abgetrieben. Wir haben auf Maui nicht weniger als zehn Rettungseinsätze täglich. Ich kann unsere Hubschrauber nicht raus aufs Meer schicken, wenn keine Chance mehr besteht.«

»Was ist mit den Gezeitenkarten, den Strömungen?«, bettelte Clay. »Können wir nicht berechnen, in welche Richtung er abgetrieben sein könnte? Es würde die Suche eingrenzen.«

Der Kommodore musste sich von Clay abwenden, um ihm antworten zu können. Als der Surferbengel mit den halben Dreadlocks in sein Büro gekommen war, hatte er gesagt: »In deiner Haut möchte ich nicht stecken, Mann.« Und im Augenblick konnte ihm der Kommodore nur Recht geben. Er hatte Freunde auf See verloren. Er verstand diese Leute. »Tut mir Leid«, sagte er.

Clay seufzte schwer und ließ die Schultern hängen. Amy trat vor und nahm ihn beim Arm. »Gehen wir nach Hause, Clay.«

Clay nickte und ließ sich aus dem Büro des Kommodore führen.

Auf dem Weg über den Parkplatz zu Clays Wagen sagte Kona: »Das war erstaunlich, Clay.«

»Der Wutanfall? Ja, ich bin echt stolz darauf, besonders da es so gut funktioniert hat.«

»Wieso hast du ihm nichts davon gesagt, dass der Wal Nate gefressen hat?« In den drei Tagen, seit Nate verschwunden war, hatte Kona fast völlig vergessen, sein Kauderwelsch aus Mumpitz und Rasta-Slang zu sprechen, und jetzt hörte er sich an wie ein Junge aus New Jersey mit »Hey, Alter«-Surfer-Akzent.

»Wale fressen keine Menschen, Kona«, erwiderte Clay. »Das weißt du doch.«

»Ich weiß, was ich gesehen habe«, sagte Amy.

Clay blieb stehen und trat von den beiden zurück. »Hör mal, wenn das hier was bringen soll, müssen wir pragmatisch vorgehen. Ich glaube wohl, dass du gesehen hast, was du da sagst, aber es hilft uns nicht weiter. Erstens ist der Rachen eines Buckelwals nur dreißig Zentimeter groß. Er könnte einen Menschen gar nicht verschlingen, selbst wenn er wollte. Sollte der Wal also tatsächlich nach Nate geschnappt haben, stehen die Chancen gut, dass er ihn bald wieder ausgespuckt hat. Zweitens: Hätte ich diese Geschichte herumerzählt, würden dich alle für hysterisch halten oder – falls sie dir glauben – annehmen, dass Nate ertrunken ist. Und dann hätten sie gar nicht erst nach ihm gesucht. Ich glaube dir, Kleine, aber die anderen bestimmt nicht.«

»Und was jetzt?«, fragte Kona.

Clay sah die beiden an, die wie mutterlose Welpen vor ihm standen, und schob seine eigene Trauer beiseite. »Wir führen Nates Arbeit zu Ende. Wir machen einfach weiter. Und jetzt muss ich erst mal den Berg rauf zur Komischen Alten. Nate war wie ein Sohn für sie.«

»Du hast es ihr noch nicht erzählt?«, fragte Amy.

Clay schüttelte den Kopf. »Warum sollte ich? Ich habe Nate ja noch nicht aufgegeben. Ich hab schon zu viel gesehen. Letztes Jahr dachten sie, sie hätten einen von den Schwarzkorallentauchern verloren. Das Boot kam an die Stelle zurück, wo sie ihn abgesetzt hatten, und er war nicht mehr da. Eine Woche später rief er von Molokai aus an, sie sollten ihn abholen. Er war rübergeschwommen und so mit dem Feiern beschäftigt gewesen, dass er ganz vergessen hatte, anzurufen.«

»Das passt nicht zu Nate«, erwiderte Kona. »Er sagt, er steht nicht auf Spaß.«

»Trotzdem wäre es falsch, der Komischen Alten nicht mitzuteilen, was passiert ist«, erklärte Amy.

Clay klopfte beiden auf die Schultern. »Ich mach das schon«, sagte er.

Während er den Vulkan hinauffuhr, suchte Clay nach einfühlsamen Worten, mit denen er der Komischen Alten die Neuigkeit schonend beibringen konnte. Seit dem Tod seiner Mutter nahm Clay das Überbringen schlechter Nachrichten sehr ernst – so ernst, dass er es normalerweise jemand anderem überließ. Er war im Auftrag von *National Science* in der Antarktis gewesen, sechs Monate eingeschneit in der Wetterstation, als seine Mutter, die noch in Griechenland lebte, plötzlich verschwand. Sie war fünfundsiebzig, und die Leute aus dem Dorf wussten, dass sie nicht weit gekommen sein konnte, doch so sehr man auch nach ihr suchte, sie blieb drei Tage lang verschwunden. Schließlich verriet fauliger Gestank, wo sie geblieben war. Man fand sie tot auf einem Olivenbaum, auf den sie geklettert war, um ihn zu stutzen. Clays ältere Brüder – Hektor und Sidor – wollten ihre Mutter nicht ohne Clay, den jüngsten Sohn, bestatten, wussten aber, dass ihr Bruder noch monatelang nicht zu erreichen wäre. »Er ist der reiche Ami«, jammerten sie im Ouzo-Rausch. »Soll er sich um Mama kümmern. Vielleicht fliegt er uns sogar zur Bestattung nach Amerika.« Und so setzten die beiden Brüder, die den Hang der Mutter zum Alkohol und das schlechte Urteilsvermögen ihres Vaters geerbt hatten, die sterblichen Überreste von Mutter Demodocus in ein Olivenfass, füllten es mit einer Salzlake und schickten es an die Adresse ihres reichen, kleinen Bruders nach San Diego. Das Problem war nur, dass sie in ihrer Trauer (oder vielleicht war es auch der Vollrausch) vergaßen, einen Brief zu schreiben, eine Nachricht beizufügen oder einen Paketschein auf das Fass zu kleben, so dass sich Clay, als er es auf seiner Veranda stehen sah, sofort darauf stürzte, weil er dachte, es enthielte eine Ladung köstlicher Oliven aus der Heimat. Es war nicht schön, auf diese Weise vom Tod der Mutter zu erfahren, und brachte mit sich, dass Clay sehr klare Vorstellungen von Loyalität und dem Überbringen schlechter Nachrichten hatte.

Ich werde es richtig machen, dachte er, als er die Auffahrt der Komischen Alten nahm. *Es gibt keinen Grund, weshalb es ein Schock sein müsste*.

Überall waren Katzen und Kristalle. Die Komische Alte führte ihn durchs Haus und ließ ihn auf einem ausladenden Korbstuhl mit Blick auf den Kanal Platz nehmen, während sie einen Mango-Eistee holte. Das Haus hätte von Gauguin entworfen sein können, der Garten von Rousseau gestaltet. Es war klein, hatte nur fünf Zimmer und einen Carport, aber es stand auf zwanzig Morgen Obstsalat-Dschungel: Bananenstauden, Mangos, Zitronen, Mandarinen, Orangen, Papayas und Kokospalmen, und dazu ein Floristentraum von Orchideen und anderen tropischen Blumen. Die Komische Alte hielt das weiche Gras unter den Bäumen kurz wie einen Golfplatz auf einem Schweizer Käse. Das Haus bestand fast ausschließlich aus dunklem Koa-Holz, nussbraun mit schwarzer Maserung, samtig poliert und hart wie Ebenholz. Es gab ein spitzes Dach aus galvanisiertem Blech, mit einem Belüftungsturm in der Mitte, der die Hitze oben hinausblies und die kühle Luft unter dem breiten Dachvorsprung ins Haus sog. Es gab keine Fenster, nur offene Schiebetüren, und von überall sah man den tropischen Garten. Das Teleskop der Komischen Alten und das Großfernglas standen auf Stahl- und Betonsockeln direkt dort, wo Clay saß, und wirkten reichlich fehl am Platz: die Artillerie der Wissenschaft, aufgestellt im Paradies. Zu Clays Füßen knabberte eine magere Katze selig einem Skorpion die Beine ab.

Die Komische Alte reichte Clay ein hohes, eisgekühltes Glas und setzte sich neben ihn auf einen anderen dieser großen Korbstühle. Sie war barfüßig und trug einen geblümten Kaftan und eine gelbrote Hibiskusblüte im Haar, halb so groß wie ihr Kopf. *Wahrscheinlich war sie früher mal 'ne scharfe Braut, zu Lincolns Zeiten*, dachte Clay.

»Wie schön, dich zu sehen, Clay. Ich bekomme nicht viel Besuch. Nicht dass ich einsam wäre, du weißt schon. Ich hab die Katzen und die Wale, wenn ich reden will. Aber es ist nicht dasselbe, als wenn mich einer meiner Jungs besucht.«

Oje, dachte Clay. *Einer ihrer Jungs. Oje*. Er musste es ihr sagen. Er wusste, dass er es ihr sagen musste. Er war hierher gekommen, um es ihr zu sagen, und er würde es ihr sagen, Schluss aus. »Das ist ausgezeichneter Tee, Elizabeth. Mango, sagtest du?«

»Stimmt genau. Mit einem Hauch von Minze. Also, worüber musst du so dringend mit mir sprechen?«

»Mit Eis? Ich finde, die Kühlung macht ihn so … gibt ihm so eine fantastische, mh …«

»Temperatur? Ja, Eis ist ein essenzieller Bestandteil von Eistee, Clay. Daher der Name.«

Sarkasmus ist bei alten Leuten so hässlich, dachte Clay. *Niemand mag sarkastische Rentner*. Er sagte: »Du meinst Eistee?« *Oh, Mann, es wird sie umbringen*, dachte er.

»Falls es um ein neues Boot gehen sollte, Clay, nur nicht so schüchtern. Ich weiß, wie gern du dieses Boot hattest, und wir werden dir ein neues beschaffen. Ich weiß nur nicht, ob es wieder so ein schönes wird. Meine Geldanlagen sind in den letzten beiden Jahren nicht mehr so gut gelaufen.«

»Nein, nein, es geht nicht ums Boot. Das Boot war versichert. Es geht um Nate.«

»Wie geht es Nathan? Ich hoffe, er behandelt seine kleine Schwärmerei für eure neue Mitarbeiterin inzwischen mit etwas mehr Würde. An diesem Abend in der Schutzstation war es nicht zu übersehen. Man sollte meinen, dass ein Mann, der so klug wie Nathan ist, sich besser im Griff hat.«

»Nate hatte ein Auge auf Amy geworfen?« Clay wollte es ihr erzählen, wirklich. Er war auf dem besten Wege dazu.

»Du sagst ›hatte‹?«, fragte die Komische Alte. »Du sagst, Nate ›hatte‹ ein Auge auf Amy geworfen.«

»Elizabeth, es hat einen Unfall gegeben. Vor drei Tagen ist Nate getaucht, um sich einen Sänger genauer anzusehen, und … na ja, wir konnten ihn nicht wiederfinden.« Clay stellte seinen Tee ab, damit er die alte Frau auffangen konnte, falls sie in Ohnmacht fallen sollte. »Es tut mir sehr Leid.«

»Ach, das. Ja, ich hab davon gehört. Nate geht es gut, Clay. Der Wal hat es mir erzählt.«

Und plötzlich fand sich Clay in einem anderen Dilemma wieder. Sollte er ihr den Glauben lassen, so verrückt dieser auch sein mochte, oder sollte er sie mit der Wahrheit unglücklich machen?

Während Nate Elizabeths Exzentrizität meist als ärgerlich empfunden hatte, gefiel Clay ihr Beharren darauf, dass die Wale mit ihr sprachen. Er wünschte, es wäre wahr. Er trat an ihren Stuhl und nahm ihre Hand.

»Elizabeth. Ich glaube, du verstehst nicht, was ich sage –«

»Er hat das Pastrami-Sandwich mit dunklem Brot doch mitgenommen, oder? Er hatte es versprochen.«

»Mmh, das ist nicht wirklich relevant. Seit drei Tagen ist er verschwunden, und sie waren kurz vor dem offenen Meer, drüben bei Molokai, als es passiert ist. Raue See. Wahrscheinlich ist er nicht mehr unter uns, Elizabeth.«

»Aber natürlich ist er nicht mehr unter uns, Clay. Ihr werdet einfach weitermachen müssen, bis er wiederkommt.« Dann tätschelte sie seine Hand. »Er hat das Sandwich doch mitgenommen, oder? Der Wal hat genau gesagt, was er wollte.«

»Elizabeth! Du hörst mir nicht zu. Hier geht es nicht um die Wale, die dir durch die Bäume was vorsingen. Nate ist nicht mehr da!«

»Schrei mich nicht an, Clay Demodocus. Ich versuche, dich zu trösten. Und es war nicht das Rauschen der Bäume. Was glaubst du denn? Dass ich eine komische Alte bin? Der Wal hat mich angerufen.«

»Oh, Jesus, Maria und Josef. Ich weiß nicht, wie ich das hier handhaben soll.«

»Noch etwas Tee?«, fragte die Komische Alte.

Als Clay sich auf dem Weg den Vulkan hinab zurück nach Papa Lani befand, versuchte er zu verhindern, dass er Hoffnung schöpfte. Die Komische Alte war überzeugt davon, dass es Nathan Quinn bestens ging, obwohl sie es nur damit begründen konnte, dass der Wal – nachdem er ein Pastrami-Sandwich mit dunklem Brot bestellt hatte – versicherte, alles würde gut werden.

»Und woher wusstest du, dass du den Wal am Telefon hattest?«, fragte Clay.

»Na, er hat mir gesagt, wer dran ist.«

»Und es war eine männliche Stimme?«

»Na, was denn sonst? Er ist doch ein Sänger, oder?«

So hatte sie immer weiter geredet, ihn getröstet, ihn ermutigt, wieder an die Arbeit zu gehen, hatte alles an Schuld oder Trauer abgeschmettert, so dass er fast schon draußen am Tor war, als es ihm wieder einfiel.

»Sie ist total meschugge!«, sagte er zu sich selbst, als müsste er die Worte gesprochen hören, um ihren Wahrheitsgehalt zu spüren. *Nichts ist in Ordnung. Nate ist tot.*

Clair wollte heute Nacht zu Hause schlafen, und obwohl es schon spät war, konnte er unmöglich ins Bett gehen. Stattdessen marschierte er ins Büro, denn er wusste, dass nichts auf der Welt so viel Zeit kostete wie das Schneiden von Videos. Er verkabelte einen Camcorder mit seinem Computer und stellte den nagelneuen Riesenmonitor an. Tiefes Blau füllte den Bildschirm aus. Er spürte eine Abwärtsbewegung, hörte aber nur das leise Zischen seines Atems, nicht die übliche Salve von Luftblasen aus dem Lungenautomaten. Es war das Rebreather-Material von dem Tag, an dem er fast ertrunken wäre. Das hatte er völlig vergessen. Der Schwanz des Luftanhalters kam ins Bild.

Seine Ahnung hatte ihn nicht getrogen. Es waren großartige Aufnahmen – die besten, die er von einem Luftanhalter je gemacht hatte. Als er am Schwanz vorüberschwebte, kam der Genitalschlitz ins Bild, und er sah, dass sie es mit einem Bullen zu tun hatten. Er hatte ein schwarze Zeichnung an der Unterseite seiner Schwanzflosse, aber man sah noch immer nur die schmale Seite, und er konnte die Form der Zeichnung nicht erkennen. Ein leises Geräusch wie von einem Kazoo war zu hören, und er spulte das Band zurück, drehte die Lautstärke auf.

Diesmal klang sein Atmen wie von einem Stier beim Angriff, das Kazoo wie eine Stimme hinter Wachspapier. Noch einmal spulte er zurück, drehte die Lautstärke voll auf und nahm die hohen Frequenzen heraus, damit es nicht so zischte. Eindeutig Stimmen.

»Da ist jemand draußen, Käpt'n.«

»Hat er mein Sandwich dabei?«

»Er ist nah dran, Käpt'n, ganz nah. Zu nah.«

Dann kam der Schwanz auf ihn zu, und ein ohrenbetäubender Schlag war zu hören. Das Bild zuckte in ein halbes Dutzend Richtungen, dann beruhigte es sich, wobei winzige Bläschen vor blauem Hintergrund vorübertrieben. Das Objektiv fing Clays Schwimmflossen ein, während er sank, und dann war alles blau. Gelegentlich sah man ein Bild von der Kordel, mit der die Kamera an seinem Handgelenk befestigt war.

Clay spulte das Band noch mal zurück, um sich dieser Stimmen zu vergewissern, dann machte er sich bereit, alles auf seine Festplatte zu überspielen, damit er die Aufnahme am Bildschirm bearbeiten konnte, wie sie es mit den Gesängen machten. Obwohl er sicher war, was er da auf diesem Band gehört hatte, konnte er sich doch unmöglich erklären, wie es dorthin gekommen war. Er lächelte vor sich hin, denn es war der Augenblick, in dem er normalerweise zu Nate gegangen wäre, wie er es schon so oft getan hatte, damit der ihm half, genau herauszufinden, was sie da hörten oder sahen, aber Nate war nicht mehr da. Er sah auf seine Uhr, kam zu dem Schluss, dass es noch nicht übermäßig spät war, und machte sich auf den Weg, um Amy zu holen.

17

Jonathan Livingston Sensenmann

Amy trug ein übergroßes, zerrissenes Nachthemd mit der Aufschrift »I'M WITH STUPID« und Local-Motion-Flipflops. Ihr Haar war auf der einen Seite völlig platt und stand auf der anderen als stacheliges Sonnenrad vom Kopf ab, was aussah, als trotze sie einem kleinen Hurrikan. Allerdings legte sie das längste Gähnen an den Tag, das Clay jemals gesehen hatte.

»Maa ui, ee-o oeee«, sagte sie in Gähnsprache, dem Hawaiianischen nicht unähnlich, das für seinen Mangel an Konsonanten bekannt war. (*Mach ruhig, ist schon okay*, meinte sie damit.) Sie bedeutete Clay, fortzufahren.

Er ließ das Band laufen und fummelte am Ton herum. Auf dem Monitor fuhr ein Walschwanz vor blauem Hintergrund durchs Bild.

»Da ist jemand draußen, Käpt'n.«

»Hat er mein Sandwich dabei?«

Amy hörte auf zu gähnen und rückte abrupt auf ihrem Hocker vor. Als der Walschwanz abwärts schlug, hielt Clay das Band an und sah sich zu ihr um.

»Na?«

»Spiel es noch mal.«

Das tat er. »Können wir irgendwie ein Gefühl für die Richtung bekommen?«, fragte Amy. »Dieses Gerät hat Stereomikrofone, oder? Was wäre, wenn wir die Lautsprecher weit auseinander stellen – kriegen wir dann ein Ahnung davon, woher es kommt?«

Clay schüttelte den Kopf. »Die Mikros liegen direkt nebeneinander. Man müsste sie mindestens einen Meter weit voneinander trennen, um einen räumlichen Eindruck zu erhalten. Ich kann dir nur sagen, dass es aus dem Wasser kommt und nicht besonders laut ist. Hätte ich keinen Rebreather verwendet, hätte ich es nie gehört. Du bist unsere Audio-Spezialistin. Was kannst du mir dazu sagen?«

Er spulte zurück und spielte es noch mal ab.

»Es ist eine menschliche Stimme.«

Clay sah sie an, als wollte er sagen: *Klar, ich hab dich aufgeweckt, damit du mir erzählst, was ich schon weiß.*

»Und es ist militärisch.«

»Wieso meinst du, es ist militärisch?«

Amy warf Clay den gleichen Blick zu, mit dem er sie bis eben angesehen hatte. »›Käpt'n‹?«

»Oh, richtig«, sagte Clay. »Lautsprecher im Wasser? Taucher mit Unterwasserfunk? Was meinst du?«

»Hört sich nicht so an. Hat es sich für dich danach angehört, als käme es aus kleinen Lautsprechern?«

»Nein.« Clay ließ es noch mal laufen. »Sandwich?«, sagte er.

»Sandwich?«

»Die Komische Alte hat gesagt, jemand hätte sie angerufen und behauptet, er sei ein Wal, und sie dann gebeten, Nate zu sagen, dass er ihm ein Sandwich mitbringen soll.«

Amy drückte Clays Schulter. »Er ist tot, Clay. Ich weiß, du glaubst mir nicht, was ich gesehen habe, aber es hatte ganz bestimmt nichts mit einer Sandwich-Verschwörung zu tun.«

»Das sage ich ja nicht, Amy. Ich sage nicht, dass es einen Zusammenhang mit Nates« – er wollte *Ertrinken* sagen, bremste sich aber, – »Unfall gibt. Aber vielleicht hat es damit zu tun, dass jemand unser Labor auf den Kopf gestellt hat, dass die Bänder gestohlen wurden und jemand versucht, die Komische Alte durcheinander zu bringen. Irgendjemand spielt mit uns, Amy, und es könnte sehr wohl derjenige sein, der auf diesem Band zu hören ist.«

»Und es kann nicht sein, dass die Kamera ein Signal aus der Luft eingefangen hat, irgendwas auf derselben Frequenz oder so? Ein Handy oder irgendwas?«

»Durch ein festes Aluminiumgehäuse und dreißig Meter Wasser? Nein, das Signal ist durchs Mikro reingekommen. Da bin ich mir ganz sicher.«

Amy nickte und sah sich das Standbild auf dem Monitor an. »Also suchst du jemanden vom Militär und jemanden, der sich für Nates Arbeit interessiert.«

»Kein Mensch interessiert sich –« Clay stutzte, als ihm wieder einfiel, was er zu Nate gesagt hatte, als das Labor verwüstet worden war. Dass sich niemand für ihre Arbeit interessierte. Offenbar doch. »Tarwater?«

Amy zuckte mit den Schultern. »Vielleicht. Er ist vom Militär. Lass das Band draußen liegen. Ich mache morgen früh ein Spektrogramm der Tonaufnahme. Vielleicht kann ich dann sagen, ob es aus einem Verstärker oder so was kommt. Heute Nacht schaff ich das nicht mehr. Ich bin zu kaputt.«

»Danke«, sagte Clay. »Ruh dich aus, Kleine. Ich hau mich auch aufs Ohr. Morgen früh fahr ich gleich runter zum Hafen.«

»Okay.«

»Oh, und hey, das mit der ›Kleinen‹... ich wollte damit nicht sagen –«

Amy nahm ihn in die Arme und gab ihm einen Kuss auf die Stirn. »Du großes Mondkalb. Keine Sorge, wir schaffen das schon.« Sie drehte sich um und machte sich auf den Weg zur Tür.

»Amy?«

Sie blieb in der Tür stehen. »Ja?«

»Darf ich dir eine, na ja … persönliche Frage stellen?«

»Schieß los.«

»Dieses Hemd … wer ist ›stupid‹?«

Sie sah ihr Hemd an, dann wieder ihn und grinste. »Scheint immer zu passen, Clay. Egal wo oder bei wem ich bin, irgendwann lichtet sich der Nebel, und das Hemd stimmt. Man muss die Wahrheit festhalten, wenn man sie findet.«

»Ich mag die Wahrheit«, sagte Clay.

»Nacht, Clay.«

»Nacht, Kleine.«

Am nächsten Tag schlug das Wetter um, mit Schaumkronen auf dem Kanal bis rüber nach Lanai, und die Kokospalmen bewegten sich wie epileptische Staubwedel. Clay fuhr in seinem Truck zum Hafen und bemerkte das Kajütboot, das Cliff Hylands Gruppe benutzt hatte, an seinem Liegeplatz. Als er schließlich am hundert Jahre alten Pioneer Inn vorbeifuhr, sah er im Augenwinkel Captain Tarwaters Marineweiß vor der grünen Wand. Er parkte seinen Wagen unter dem großen Feigenbaum neben der Tür und lief ins Restaurant.

Als er reinkam, führte die Kellnerin eben Cliff Hyland, Tarwater und eine Studentin, eine junge, blonde Frau mit Waschbären-Sonnenbrand und strohtrockenem Haar, an ihren Tisch.

»Hi, Cliff«, sagte Clay. »Hast du einen Moment Zeit?«

»Clay, wie geht's?« Hyland nahm seine Sonnenbrille ab und stand auf, um ihm die Hand zu reichen. »Komm, setz dich zu uns.«

Clay sah Tarwater an, und der Marineoffizier nickte. »Tut mir Leid, das mit Ihrem Partner«, sagte er. Dann wandte er sich wieder seiner Speisekarte zu. Die junge Frau, die bei ihnen saß, beobachtete die Dynamik zwischen den drei Männern, als sollte sie einen Aufsatz darüber schreiben.

»Nur einen Moment«, sagte Clay. »Wenn ich dich kurz draußen sprechen könnte.«

Tarwater blickte auf, sah Cliff an und schüttelte kaum merklich den Kopf.

»Sicher, Clay«, sagte Cliff. »Gehen wir ein Stück.« Er sah die junge Forscherin an. »Wenn sie kommt: Kaffee, portugiesische Wurst, Eier kurz gewendet, Vollkornbrot.«

Das Mädchen nickte. Hyland folgte Clay zum Vorderausgang des Hotels, von wo aus man den Tankanleger und die *Carthaginian*, den stählernen Nachbau eines Walfangschiffes, sehen konnte, in dem sich ein schwimmendes Museum befand. Sie standen nebeneinander und blickten auf den Hafen hinaus, beide mit einem Fuß auf der Kaimauer.

»Was ist los, Clay?«

»Woran arbeitet ihr gerade, Cliff?«

»Du weißt, dass ich darüber nicht sprechen darf. Ich habe so einen Verschwiegenheits-Wisch unterschrieben.«

»Habt ihr Taucher im Wasser? Leute mit Unterwasserfunk?«

»Sei nicht albern, Clay. Du hast meine Mannschaft doch gesehen. Bis auf Tarwater sind es nur Kids. Was soll das alles?«

»Irgendjemand will uns fertig machen, Cliff. Die haben mein Boot versenkt, das Büro verwüstet, Nates Unterlagen und Bänder mitgenommen. Die machen sich sogar an unsere Mäzenin ran. Ich bin nicht mal sicher, ob diese Leute nicht auch was mit Nates –«

»Und du glaubst, ich hätte was damit zu tun?« Hyland nahm seinen Fuß von der Mauer und drehte sich zu Clay um. »Ich war auch mit Nate befreundet. Ich kenne euch Jungs seit … wie lange? Zweiundzwanzig, dreiundzwanzig Jahre? Du glaubst doch nicht, dass ich so was tun würde.«

»Ich meine nicht dich persönlich. Woran arbeitest du mit Tarwater, Cliff? Was könnte Nate wissen, was dem, woran ihr arbeitet, in die Quere kommen würde?«

Hyland starrte auf seine Füße. Kratzte sich am Bart. »Ich weiß nicht.«

»Du weißt es nicht? Du weißt doch, was du tust … überleg mal. Hör zu, ich weiß, dass ihr eine große Sonaranlage hinter euch herschleppt, stimmt's? Was sieht sich Tarwater an? Eine neue Art von aktivem Sonar? Wenn nicht irgendwas Verdächtiges dran wäre, würde er nicht hier vor Ort sein. Seeminen vielleicht?«

»Verdammt, Clay, ich darf es dir nicht sagen! Ich kann dir nur versichern, wenn ich annehmen müsste, dass es den Tieren schadet oder irgendwem, der auf dem Gebiet arbeitet, würde ich es nicht machen.«

»Erinnerst du dich noch an das Pacific-Biological-Ocean-Science-Programm? Hattest du damit zu tun?«

»Nein. Vögel, oder?«

»Ja, Seevögel. Die Navy kam mit einem Riesenbatzen Geld zu ein paar Forschern. Die Vögel sollten markiert werden, ihre Wanderwege verfolgt, Verhalten beobachtet, Infos über Population, Lebensraum, alles. Man dachte schon, der Himmel hätte sich aufgetan, und es würde Geld regnen. Man dachte, die Navy ließe eine Studie zum Schutz der Vögel anlegen. Weißt du, wozu die Studie tatsächlich gut sein sollte?«

»Nein, das war vor meiner Zeit, Clay.«

»Sie wollten die Vögel als Boten für biologische Waffen einsetzen. Sie wollten sicher vorhersagen können, ob die Tiere auch wirklich zum Feind fliegen. Etwa fünfzig Wissenschaftler haben zu dieser Studie beigetragen.«

»Aber es ist nichts passiert, oder, Clay? Ich meine, die Daten waren von wissenschaftlichem Wert, aber das Waffenprojekt hat nicht geklappt.«

»Soweit wir wissen. Das ist der Punkt. Wir wissen es erst, wenn uns eine Möwe mit Anthrax vollscheißt.«

Cliff Hyland war in den paar Minuten, die sie dort standen, um einiges gealtert. »Ich verspreche dir, Clay: Sollte es einen Hinweis darauf geben, dass Tarwater, die Navy oder irgendeine von den finsteren Gestalten, die hier hin und wieder auftauchen, versuchen, euch zu sabotieren, rufe ich dich auf der Stelle an. Das verspreche ich dir. Aber ich darf dir nicht sagen, woran wir arbeiten. Ich schwimme nicht gerade im Geld. Wenn ich diesen Kontakt verliere, erkläre ich Erstsemestern den Unterkiefer der Delfine. So weit bin ich noch nicht. Ich muss unter freiem Himmel arbeiten.«

Clay warf ihm einen Seitenblick zu und sah ehrliche Sorge, vielleicht sogar einen Funken Verzweiflung in Hylands Augen. »Weißt du, vielleicht würde dir die Finanzierung leichter fallen, wenn du deine Basis nicht in Iowa hättest.«

Hyland lächelte über den Seitenhieb. »Danke, dass du mich noch mal darauf hingewiesen hast.«

Clay hielt ihm die Hand hin. »Versprichst du, mir Bescheid zu sagen?«

»Absolut.«

Clay war fix und fertig, als er ging. Der gewaltige Druck, der sich in einer unruhigen Nacht angestaut hatte, war Erschöpfung und Verwirrung gewichen. Er stieg in seinen Truck und saß da, während ihm der Schweiß am Hals hinunterrann. Er beobachtete die Touristen in Aloha-Kleidung, die unter dem großen Feigenbaum herumwieselten wie Zombies in Geschenkpapier.

Cliff Hylands Eier dampften noch, als er an den Tisch zurückkehrte.

Tarwater blickte von seinem Frühstück auf und legte seine schneeweiße Mütze ein Stück von Hylands Teller weg, damit der zerzauste Wissenschaftler nicht – fahrig wie er war – Eigelb über die goldenen Anker kleckerte. »Alles in Ordnung?«

Die junge Frau wurde unruhig. Am liebsten wäre sie unsichtbar gewesen.

»Clay ist noch immer etwas durcheinander. Verständlicherweise. Er hat lange mit Nathan Quinn zusammengearbeitet.«

»Sie hatten Glück, dass sie so lange durchhalten konnten, ohne sich selbst zu vernichten«, sagte Tarwater. »So schludrig, wie sie ihr Unternehmen führen. Haben Sie diesen Bengel gesehen, der für sie arbeitet? Der ist nicht mal den Dreck unter seinen Fingernägeln wert.«

Cliff Hyland ließ seine Gabel auf den Teller fallen. »Nathan Quinn war einer der brillantesten Biologen auf unserem Gebiet. Und Clay Demodocus dürfte wohl der beste Unterwasser-Fotograf der Welt sein, wenn es um Wale geht. Sie haben kein Recht, so zu reden.«

»Die Welt dreht sich, Doc. Die Alphas von gestern sind die Betas von heute. Verlierer verlieren nun mal. Das lehrt ihr Biologen doch, oder etwa nicht?«

Cliff Hyland stand kurz davor, Tarwater seine Gabel in die sonnengebräunte Stirn zu rammen, doch stattdessen stand er langsam auf. »Ich muss mal kurz zur Toilette. Entschuldigt mich.«

Als er ging, hörte Hyland noch, wie Tarwater der jungen Forscherin einen Vortrag darüber hielt, dass nur die Starken überlebten. Cliff fischte sein Handy aus dem Safarihemd und ging sein Adressbuch durch.

Clay war kurz davor, auf dem Fahrersitz einzudösen, als sein Handy trillerte. Ohne einen Blick aufs Display zu werfen, nahm er an, dass Clair wohl nach ihm sehen wollte. »Hi, Baby.«

»Clay, hier ist Cliff Hyland.«

»Cliff? Was gibt's?«

»Unter dem Mantel der Verschwiegenheit, Clay. Es kostet mich den Arsch.«

»Hab ich begriffen. Was ist es, Cliff?«

»Es geht um Torpedos. Wir machen Lagestudien für ein Torpedo-Testgebiet.«

»Doch nicht in der Schutzzone?«

»Mitten in der Schutzzone.«

»Schockschwerenot, Cliff, das ist das Letzte. Ich weiß nicht, ob mein Mantel groß genug ist, das für mich zu behalten.«

»Du hast mir dein Wort gegeben, Clay. Wieso ›Schockschwerenot‹? Wer sagt denn heute noch ›Schockschwerenot‹?«

»Amy. Sie ist etwas exzentrisch. Erzähl mir mehr. Hat die Navy Taucher im Wasser?«

18

Ekelhaft abscheuliche Schweinerei

»Schockschwerenot«, sagte Amy. Sie saß an Quinns Computer. Girlanden aus Videobändern waren auf ihrem Schoß und über dem Schreibtisch drapiert.

»Oh, was für ein ekelhaft abscheulich Schweinerei«, sagte Kona. Er kauerte auf dem hohen Hocker hinter Amy und gab sich allem Anschein nach Mühe, etwas zu lernen, als Clay hereinkam.

»Die haben im Windschutz von Kahoolawe mit großen Unterwasser-Lautsprechern Detonationen simuliert und die unterschiedlichen Levels gemessen. Die Lautsprecher sind in dieser großen Kiste, die wir auf ihrem Boot gesehen haben.«

»Wir haben ein paar Explosionen auf den Bändern, aber die waren weit entfernt«, sagte Amy. »Nate meinte, es könnten Marineübungen draußen auf See gewesen sein.«

»Da wir gerade davon sprechen …« Clay nahm eines der Bänder in die Hand. »Das sind doch nicht etwa meine Rebreather-Aufnahmen, oder?«

»Tut mir Leid, Clay. Das Video konnte ich nicht retten, aber die Tonaufnahme waren schon überspielt, bevor es passiert ist. Möchtest du das Spektrogramm sehen?«

Kona fragte: »Glaubst du, diese Stimmen im Wasser sind Marinetaucher?«

Clay sah Amy an, hob eine Augenbraue.

»Er wollte es unbedingt wissen.«

»Cliff sagt, sie hatten keine Taucher im Wasser. Seine ist die einzige militärische Operation hier im Schutzgebiet. Aber vielleicht weiß er nur nichts davon.«

Amy knüllte das Videoband zusammen und stopfte das ganze Vogelnest in den Papierkorb. »Wie können sie das tun, Clay? Wie können die ein Torpedo-Testgebiet mitten in der Buckelwal-Schutzzone einrichten? Es ist ja nun nicht so, als würde keiner was davon merken.«

»Ja, groß ist Mutter Meer. Wieso hier?«, fragte Kona.

»Keine Ahnung. Vielleicht wollen sie sichergehen, dass sie ihre Munition in eigenen Gewässern verballern. Wenn sie die Torpedos zwischen amerikanischen Inseln abschießen, kann es keine Missverständnisse geben.«

»Keine Schnallung«, sagte Kona. »Daten unverwertbar. Alarm. Alarm. Kontrollraum braucht Kräuter.« Der Rastafari hatte einen neuen Akzent angenommen, eine ausgezeichnete Entsprechung dessen, wie ein bekiffter Roboter klingen mochte.

»Unterwasser-Kriegsführung ist das reine Versteckspiel«, sagte Clay. »Unter Wasser sind die U-Boot-Mannschaften autonom. Sie entscheiden selbst, ob sie sich angegriffen fühlen und verteidigen wollen. Würde die Navy ihre Torpedos auf dem offenen Meer abschießen, könnte jemand diesen Vorgang als Angriff verstehen. Allerdings ist es kaum vorstellbar, dass ein russisches U-Boot zum Brunch nach Wailea kommt und sich irrtümlich angegriffen fühlt.«

»Das können sie nicht machen«, sagte Amy. »Die können doch nicht Sprengladungen in der Nähe von Kühen und Kälbern zünden! Das ist Wahnsinn.«

»Sie werden tief tauchen und sagen, dass es die Tiere nicht stört. Die Navy wird garantieren, dass sie nicht oberhalb von, sagen wir, hundertzwanzig Metern schießt. Die Wale tauchen in diesem Kanal nicht so tief.«

»Tun sie wohl«, sagte Amy.

»Nein, tun sie nicht«, sagte Clay.

»Tun sie wohl.«

»Darüber gibt es keine Daten, Amy. Genau danach hat mich Cliff Hyland gefragt. Er wollte wissen, ob wir Forschungen zur Tauchtiefe der Buckelwale anstellen. Er sagt, nur dafür würde sich die Navy interessieren.«

Abrupt stand Amy auf und stieß den Schreibtischstuhl zurück. Er prallte so heftig gegen Konas Schienbeine, dass er zusammenzuckte. »Locker bleiben, Schwester.«

»Amy, es war doch nicht meine Idee«, sagte Clay. »Ich erzähl dir nur, was ich von Hyland weiß.«

»Ganz toll«, sagte Amy. Sie schob sich an Clay vorbei und steuerte die Tür an.

»Wohin gehst du?«

»Woandershin.« Sie knallte das Fliegengitter hinter sich zu.

Clay wandte sich an Kona, der konzentriert die Zimmerdecke musterte. »Was?«

»Hast du dir diese U-Boot-Kriegsgeschichte ausgedacht?«

»Mehr oder weniger. Ich hab mal ein Buch von Tom Clancy gelesen. Hör zu, Kona, ich weiß überhaupt nichts. Nate wusste was. Ich knips hier nur die Fotos.«

»Du meinst, die Navy hat dein Boot versenkt? Vielleicht haben die auch was mit Nate gemacht!«

»Das mit dem Boot vielleicht. Aber ich kann mir nicht vorstellen, dass sie irgendwas mit Nate zu tun haben. Das war wohl ein Unglück.«

»Die kleine Sahneschnitte – ihr geht das alles unter die Haut.«

»Mir auch.«

»Ich geh und mach, dass sie wieder ruhig wird.«

»Danke«, sagte Clay. Er sank auf seinen Stuhl vor dem großen Monitor und rief sein Programm zur Videobearbeitung auf.

Eine halbe Stunde später hörte er eine leise Stimme durchs Fliegengitter. »Tut mir Leid«, sagte Amy.

»Schon okay.«

Sie trat ein und sah gar nicht so glasig aus, wie er erwartet hatte, nachdem Kona sie mit seinen Kräutern beruhigen wollte. »Das mit deinem Video tut mir auch Leid. Die Kamera hat beim Abspielen irgendwie so geknirscht, und da hatte ich es wohl zu eilig, die Kassette rauszuholen.«

»Kein Problem. Es war dein großer Auftritt. Ich seh dabei sowieso nur wie ein Amateur aus. Ich glaub, das meiste hab ich auf der Festplatte.«

»Hast du?« Sie trat an den Monitor. »Das da?« Standbild, Walschwanz von der Seite, schwarze Zeichnung kaum zu erkennen.

»Ich seh es mir nur an, weil ich wissen will, ob das Mikro noch was anderes aufgenommen hat. Die Kamera lief die ganze Zeit, als du mir den Hals gerettet hast.«

»Wieso machst du nicht Feierabend und lässt dich von mir zum Mittagessen einladen?«

»Es ist halb elf.«

»Bist du plötzlich Mr. Stechuhr geworden, oder was? Geh mit mir essen. Ich fühl mich mies.«

»Fühl dich nicht mies, Amy. Es ist ein schrecklicher Verlust. Ich … ich komm selbst nicht besonders gut damit klar. Weißt du, um diese Arbeit in Gang zu halten, werden wir etwas akademischen Input brauchen.«

Amy starrte das Standbild vom Walschwanz an. »Was? Ach, du wirst schon jemanden finden. Erzähl es einfach rum, und schon rennen dir qualifizierte Doktoren die Tür ein, um mit dir zu arbeiten.«

»Ich hatte eigentlich an dich gedacht.«

»An mich? Ich bin ein Nichts. An mir ist nicht mal die Haarfarbe echt. Die Tinte auf meinem Magister ist noch gar nicht trocken. Du hast meinen Lebenslauf doch gelesen.«

»Ehrlich gesagt, nicht.«

»Nicht?«

»Du kamst mir intelligent vor. Du hast keine Bezahlung verlangt.«

»Aber Nate hat ihn doch gelesen, oder?«

»Ich habe ihm gesagt, dass du gut bist. Und falls es dir ein Trost sein sollte: Er hat große Stücke auf dich gehalten.«

»So stellt ihr eure Leute ein? Ich bin schlau und billig ... mehr nicht? Was für einen Standard habt ihr hier eigentlich?«

»Hast du Kona schon kennen gelernt?«

Sie sah auf den Monitor, dann wieder zu Clay. »Ich fühle mich so ausgenutzt. Geehrt, aber ausgenutzt. Hör zu, ich finde es toll, dass du mich behalten möchtest, aber ich bringe dir weder Geld noch Legitimation.«

»Lass das nur meine Sorge sein.«

»Mach dir deine Sorgen nach dem Mittagessen. Komm, ich geb einen aus.«

»Du hast doch gar kein Geld. Außerdem treffe ich mich um eins mit Clair zum Essen.«

»Okay. Kann ich Nates, äh ... den grünen Truck ausleihen?«

»Die Schlüssel liegen auf dem Tresen.« Clay winkte über seine Schulter hinweg in Richtung Küche.

Amy nahm die Schlüssel, dann ging sie zur Tür hinaus, stoppte, kam zurück und schlang die Arme um den Fotografen. »Ich weiß es wirklich zu schätzen, dass du mich bittest, bei euch zu bleiben.«

»Geh. Nimm Kona mit. Füttere ihn. Spritz ihn ab.«

»Nein, wenn du nicht mitkommst, geh ich allein. Grüß Clair von mir.«

»Geh.«

Er wandte sich dem Computer zu, sah aus dem Fenster in die strahlende Sonne Mauis, dann machte er den Computer aus und fühlte sich, als wäre es sowieso egal, was er tat – und so würde es wohl auch bleiben.

19

Scooter miept nicht

Der Wal bebte wie eine Achterbahn, die sich durch Tomatensuppe quälte – gewaltige Wogen von Muskelarbeit, bei denen sich einem der Magen umdrehte. Quinn ließ sich auf Hände und Knie sinken und rülpste sein Frühstück als Spritzmuster über den grauen Gummiboden, dann erbrach er sich im Rhythmus der Schwimmbewegungen, bis er leer und erschöpft war.

»Kotzpatrouille!«, wurde eine Stimme aus dem Dunkel laut.

»Kurze Spülung, Jungs. Der Doc hat da hinten Ballast abgeworfen«, hörte man eine andere Stimme.

Quinn rollte sich auf seinen Hintern und rutschte rückwärts, fort von den Stimmen, bis er an ein Schott stieß, das warm und feucht war und bei Berührung nachgab. Er fühlte gewaltige Muskeln, die sich unter der Haut bewegten, und schreckte zurück. Er rutschte fort davon und saß schließlich in etwa dort, wo er sich übergeben hatte. Kaltes Meerwasser schwappte von vorn herein, umspülte seine Füße und nahm das kürzlich preisgegebene Frühstück mit. Es knackte in seinen Ohren, weil sich der Druck erhöhte, und einen Moment später war das Wasser schon wieder weg.

Das Innere des Wals sah aus wie der schlecht gemachte Van-Ausbau von einem Latex-Freak: feuchte, gummiartige Haut, beleuchtet von mattem Hellblau, das durch die Augen weiter vorn kam, der Rest trübe erhellt von grüner Biolumineszenz, die oben in Streifen am tränenförmigen Raum entlanglief. Vorn in diesem Raum, bei den Augen, saßen zwei Wesen, umschlungen von ihren Sitzen. Quinn wusste nicht, was sie waren, und sein Verstand fühlte sich an, als platze er förmlich bei dem Versuch, die Lage zu umreißen. Details wie nichtmenschliche Menschen mit grauer Haut fanden gar nicht genügend Raum in seiner Wahrnehmung, als dass sie untersucht oder analysiert werden konnten. Vor allem aber konnte er seine Augen nur ein paar Sekunden offen halten, bis ihm wieder übel wurde.

In seinem Innern roch der Wal nach Fisch.

Hinter den sitzenden Wesen standen – oder besser: *ritten*, da alles im Wal in Bewegung war – zwei Männer, einer um die vierzig, der andere fünfundzwanzig, beide barfüßig, aber in militärischem Khaki ohne Insignien oder Rangabzeichen. Der Ältere hatte offensichtlich das Kommando. Vier oder fünf Mal hatte Quinn versucht, ihnen die Fragen zu stellen, die ihm durch den Kopf gingen, aber jedes Mal, wenn er den Mund aufmachte, musste er sich beinahe übergeben. Bisher hatte er sich immer für einigermaßen seefest gehalten.

»Was …?«, brachte er gerade noch hervor.

»Es hilft gegen die Fassungslosigkeit, wenn Sie akzeptieren, dass Sie tot sind«, sagte der ältere Mann.

»Ich bin tot?«

»Das habe ich nicht gesagt, aber wenn Sie akzeptieren, dass Sie es sind, überwinden Sie Ihre Angst.«

»Genau. Denn wenn Sie schon tot sind, was kann dann noch Schlimmes passieren?«, sagte der jüngere Mann.

»Dann *bin* ich also tot?«

»Nein. Atmen Sie, und geben Sie sich der Bewegung hin«, sagte der Ältere. »Sie wird nicht aufhören. Und wenn Sie dagegen ankämpfen, haben Sie schon verloren.«

»Zumindest Ihr Mittagessen«, fügte der junge Mann hinzu und kicherte über seinen eigenen Scherz.

»Vorn ist weniger Bewegung. Der Kopf bleibt beinahe ruhig. Aber das wissen Sie ja.«

Bisher hatte Quinn nichts von seinen analytischen Fähigkeiten auf diese Situation anwenden können, weil er schlicht nicht in der Lage war, sie zu akzeptieren. Ja, in einer anderen Welt war ihm sehr wohl bewusst, dass sich der Kopf eines Wales weniger bewegte als der Schwanz, aber er hätte nie geglaubt, dass er eines Tages aus der Perspektive eines inneren Organs darüber nachdenken würde.

»Ich bin in einem Wal?«

»Ding, ding, ding, das war die Bonusfrage.« Der junge Mann lehnte sich mit dem Hintern gegen die Rückseite des Sitzes, auf dem eine der grauen Kreaturen saß, und ein stuhlähnlicher Auswuchs kam aus dem Boden, um ihn aufzufangen. »Sagen Sie ihm, was er gewonnen hat, Käpt'n.«

»Gastfreundschaft, Poe. Helfen Sie dem Doktor nach vorn, damit wir reden können, ohne dass sich ihm dauernd der Magen umdreht.«

Der Jüngere half Quinn auf die Beine und über den wogenden Boden zu dem stuhlartigen Ding hinüber, das hinter einem der grauen Wesen mit Blick auf das Heck des Schiffes emporgewachsen war. Bei diesen Wesen angekommen, konnte sich Quinn gar nicht von ihnen abwenden. Sie waren insofern humanoid, als sie zwei Arme hatten, zwei Beine, einen Torso und einen Kopf, aber ihre Köpfe sahen aus wie die von Grindwalen, vorn mit einer großen Melone ausgestattet – für Sendung und Empfang von Unterwassergeräuschen, wie Quinn vermutete –, und ihre Augen saßen sehr weit an der Seite, so dass sie vermutlich über binokulares Sehen verfügten. Ihre Hände steckten in Konsolen, die aus dem Boden wuchsen und keine Instrumente zu besitzen schienen, abgesehen von ein paar biolumineszierenden Hubbeln, die wie trübe Augäpfel aussahen und unterschiedliche Lichtfarben abgaben. Diese Wesen sahen aus, als seien sie Teil des Wales.

»Wir nennen sie unsere ›Walbengel‹«, sagte der ältere Mann. »Sie steuern den Wal.«

»Der eine direkt hinter Ihnen ist Scooter, der andere heißt Skippy. Sagt ›Hallo‹, Jungs.«

Die beiden Kreaturen drehten sich um, soweit die Sitze es ihnen gestatteten, und gaben klickende und quiekende Geräusche von sich, dann schienen sie Quinn anzulächeln. Beim Lächeln zeigten sie scharfe, spitze Zähne. Mit diesen Zähnen inmitten dunkelgrauer Haut und der Melone darüber erinnerten die Walbengel Quinn an fröhlichere Versionen des Wesens aus den *Alien*-Filmen. Scooter salutierte vor Nate mit einer Hand, die aus vier sehr langen Fingern mit Schwimmhäuten und der Andeutung eines Daumens bestand.

»Sie sagen ›Hallo‹«, erklärte Poe. »Ich bin Poe. Das ist Käpt'n Poynter.«

Poynter, der ältere Mann, tippte an seine Mütze und reichte Quinn die Hand. Der nahm sie und schüttelte sie kraftlos.

»Die Walbengel sprechen keine Sprache, wie wir sie kennen«, sagte Poe, »obwohl sie ein paar Quieker beherrschen, die wie Worte klingen. Sie haben direkten Zugang zum Nervensystem des Wals. Sie lenken ihn und steuern, wenn nötig, sämtliche Abläufe. Ohne die beiden können wir hier im Wal nicht viel ausrichten. Ganz sicher könnten wir ihn niemals fahren. Die Wale und die Walbengel sind füreinander geschaffen.«

Poe drückte gegen die Rückseite von Skippys Sitz, und ein weiterer Sitz wuchs aus dem Boden und hielt ihn fest, als er sich dagegen lehnte. »Ich liebe es«, sagte Poe.

Poynter lehnte sich rückwärts an ein Gummischott, und auch dort wuchs ein Sitz aus der Wand und fing ihn auf.

»Wenn sie ordentlich aufpassen, lassen sie einen nie fallen«, grinste Poe. »Natürlich ist fast alles hier weich – kindersicher sozusagen – bis auf das Rückgrat, das oben entlangläuft, so dass man sich im Grunde nicht verletzten kann, wenn man fällt. Trotzdem werden wir gesichert, sobald sie Manöver fahren. Falls Sie glauben sollten, dass Ihnen jetzt übel ist … warten Sie, bis wir einen Brecher landen. Flippen Sie bloß nicht aus.« Poe drehte sich zu den Walbengels um. »Sichert den Doc, Jungs.«

Die Sitzlehnen schlossen sich um Quinns Schoß. Sie schoben sich über seine Schultern und wuchsen vor der Brust zusammen, dann griffen sie um seine Hüften und hielten ihn fest. Quinn flippte aus.

»Nehmt das weg! Nehmt das weg! Ich krieg keine Luft!«

»Bereit für den Brecher«, sagte Poynter.

Scooter zwitscherte. Skippy grinste. Ähnliche Haltegurte wuchsen auch aus ihren Sitzen hervor und sicherten sie.

Die Lage des Wales veränderte sich, stieg auf einen Winkel von fast sechzig Grad an. Dann wurde der Winkel immer steiler, und Quinn blickte rückwärts zum Schwanzteil des tränenförmigen Raums. Das Schlingern der leuchtenden Streifen bereitete ihm Übelkeit. Er fühlte, wie sich seine inneren Organe bei der Beschleunigung verschoben, dann stand das Walschiff senkrecht und flog durch die Luft. Auf dem Höhepunkt des Fluges wollte Quinns Magen durch seinen Schließmuskel entkommen, dann verschob er sich, als sie seitwärts abstürzten. Es gab eine enorme Erschütterung, als das Schiff aufs Wasser schlug. Langsam schwamm der Wal eine Wende, und sie waren wieder waagrecht.

Die Walbengel zirpten und klickten vor Begeisterung, grinsten erst Quinn an, dann einander und nickten, als wollten sie sagen: *War das cool, oder was?* Ihre Hälse waren fast so breit wie ihre Schultern, und Quinn sah kräftige Muskeln, die sich unter der Haut bewegten.

»Sie lieben es«, sagte Poynter.

»Ich mag es auch irgendwie«, sagte Poe. »Außer wenn sie es übertreiben und zwanzig oder dreißig Brecher nacheinander bringen. Da wird sogar mir übel. Und der Lärm … na ja, Sie haben es ja gehört.«

Quinn schüttelte den Kopf, schloss die Augen, dann schlug er sie wieder auf. Diesem Erlebnis war er nur gewachsen, wenn er es für bare Münze nahm: Er saß in einem Wal, der irgendwie von menschlichen und nichtmenschlichen intelligenten Lebewesen als U-Boot benutzt wurde. Nichts von allem, was er kannte, besaß noch Geltung, aber andererseits vielleicht ja doch. Die Erkenntnis, dass die Walbengel so dicke Hälse hatten, half ihm wieder auf die weniger durchgeknallte Seite seines Verstandes.

»Sie sind amphibisch, stimmt's?«, fragte Quinn Poynter. »Ihre Hälse sind dick, um der Belastung des Schwimmens bei hohen Geschwindigkeiten gewachsen zu sein.« Quinn setzte sich auf, soweit die Gurte es ihm gestatteten, und sah, dass Scooter tatsächlich ein Atemloch kurz hinter seiner Melone hatte. Er war entweder ein menschenartiger Wal oder ein Delfinmensch. Scooter konnte es nicht geben. Das alles war unmöglich. *Die Details, nicht das Gesamtbild*, rief Quinn sich in Erinnerung. *Im Gesamtbild liegt der Irrsinn*. »Sie sind wie eine Kreuzung aus Mensch und Wal, hab ich Recht?«

»Was auch der Grund sein könnte, wieso wir sie Walbengel nennen«, sagte Poynter.

»Moment mal: Soll das etwa ein Vorwurf sein?«, fragte Poe. »Diese Jungs sind keine Kinder der Liebe zwischen uns und Walen. So was tun wir nicht.«

»Also, da war dieses eine Mal«, sagte Poynter.

»Okay, ja, nur das eine Mal«, sagte Poe.

Aber Quinn musterte Scooter, und Scooter erwiderte seinen Blick. »Auch wenn es scheint, als könnten sie die Köpfe drehen wie Belugas. Vermutlich sind ihre Halswirbel nicht starr wie bei den meisten Walen.« Der Wissenschaftler in ihm kam hoch, und Quinn fühlte sich nun sicherer und merkte, dass seine Furcht der Neugier wich. Er konzentrierte sich darauf, etwas herauszufinden, was für ihn vertrautes Terrain war, selbst in dieser gänzlich irrealen Situation. Solange er sich auf die Details konzentrierte, konnte ihn das Gesamtbild nicht über die Klippe in den sabbernden Irrsinn stoßen.

»Fragen wir sie«, sagte Poe. »Scooter, sind deine Wirbel fest verbunden, oder bist du nur ein großer, grauer, halsloser Klotz?«

Scooter drehte seinen Kopf zu Poe herum und gab einen lautes, abfälliges Schnauben von sich, spritzte Poes Hose vorn mit Walspucke voll, und der Gestank nach fauligem Fisch wuchs in der Kajüte um den Faktor zehn.

»Wir wissen nicht, was die beiden sind, Dr. Quinn«, sagte Käpt'n Poynter. »Sie waren schon hier, als wir kamen, und wir sind genauso hierher gekommen wie Sie. Wir sitzen hier alle im gleichen Boot.«

»Miep«, sagte Skippy.

»Das habe ich ihm beigebracht«, erklärte Poe.

»Das ist aus einem Warner-Brothers-Zeichentrickfilm«, sagte Quinn. »Road Runner.«

»Nein, das wären zwei Mieps. Skippy macht nur einen. Deshalb ist es ein Original. Hab ich Recht, Skippy?«

»Miep.«

Aus irgendeinem Grund war dieses Miep zu viel. Mancher Verstand, vor allem einer mit wissenschaftlicher Neigung, einem Hang zu Wahrheit und Gewissheit, hat seine Grenzen hinsichtlich der Absurdität, die er ertragen kann. Und Quinn stellte nun fest, dass er seine Grenzen weit überschritten hatte.

»Skippy und Scooter und Poynter und Poe ... das ist zu viel!«, schrie er.

Er fühlte sich, als wäre sein Verstand ein Gummiband, das bis zum Zerreißen gespannt war, und dieses Miep hatte daran gezogen. Er schrie, bis er spürte, wie die Adern an seiner Stirn pulsierten.

»Lassen Sie es raus«, sagte Käpt'n Poynter. »Wehren Sie sich nicht.« Dann, an Poe gewandt: »Wissen Sie, ich hätte nicht geglaubt, dass die Alliteration es bringt. Haben Sie so was schon mal gehört?«

»Nein, ich hatte mal einen Onkel, dem bei den Artikelüberschriften im *Reader's Digest* übel wurde. Sie wissen schon: ›Widerliche Wahrheit über Warzenheiler‹. Aber ich dachte, es läge eher daran, dass er sie im Wartezimmer beim Arzt gelesen hat, nicht so sehr an der Alliteration. Sind Sie sicher, dass es nicht am Miep lag?«

»Das darf nicht wahr sein. Das darf nicht wahr sein«, sagte Quinn immer wieder. Er hyperventilierte und sah alles nur noch verschwommen. Sein Herz hämmerte, als hätte er einen Sprint auf elektrifiziertem Boden hinter sich.

»Angstattacke«, sagte Poynter. Er hielt eine Hand an Quinns Stirn und sagte sanft: »Okay, Doc. So viel in Kürze: Sie befinden sich in einem lebenden Schiff, das aussieht wie ein Wal, aber kein Wal ist. Es sind noch zwei andere Leute an Bord, die schon das Gleiche durchgemacht haben, also werden auch Sie es überleben. Hinzu kommt, dass es hier noch zwei gibt, bei denen es sich streng genommen nicht um Menschen handelt, aber die tun Ihnen nichts. Sie werden damit leben müssen. Es ist real. Sie sind nicht verrückt. Und jetzt kommen Sie endlich runter, Mann!«

Poynter trat einen Schritt zurück, und Poe schüttete Quinn einen Eimer kaltes Meerwasser ins Gesicht.

»Hey«, sagte Quinn. Er spuckte und zwinkerte das Salzwasser aus seinen Augen.

»Ich hab doch gesagt, Sie sollen sich lieber für tot halten, aber Sie wollten ja nicht hören«, sagte Poe.

Es hatte sich nichts verändert, aber die Lage und sein Puls beruhigten sich, und Quinn sah in die Runde. »Wo kam dieser Eimer her? Ich hab hier drinnen keinen Eimer gesehen. Hier waren nur wir. Und woher hatten Sie das Wasser?«

Poe hielt den Eimer bereit. »Sind Sie auch bestimmt okay? Ich möchte nicht, dass Sie noch mal ausflippen.«

»Ja, ich bin okay«, erwiderte Quinn. Und das war er auch. Er beschloss, sich darauf einzulassen, dass er tot war, und dadurch schien sich alles irgendwie zu ordnen. »Ich bin tot.«

»So ist es recht«, sagte Poe. Er hielt den Eimer gegen die Wand, eine kleine Öffnung entstand und nahm den Eimer auf. Quinn hätte schwören können, dass dort in der Wand keine Fugen gewesen waren, die auf eine solche Öffnung hingedeutet hätten.

»Hey«, sagte Poynter und klang gekränkt. »Da Sie nun tot sind, habe ich mit Ihnen noch ein Hühnchen zu rupfen. Sie haben mir kein Sandwich mitgebracht.«

Quinn betrachtete die scharfen Züge und die eng zusammenstehenden Augen des Käpt'ns, der ernstlich böse zu sein schien. Ein Schauer lief ihm über den Rücken, der nichts mit dem kalten Meerwasser zu tun hatte, das ihm aus den Haaren rann. »Tut mir Leid«, sagte er und zuckte mit den Schultern, soweit ihm das mit den Haltegurten möglich war.

»Verdammt, das kann doch nicht so schwer sein! Sie haben schließlich einen Doktortitel... und können kein beschissenes Pastrami-Sandwich mit dunklem Brot besorgen? Am liebsten würde ich Sie durch den After rausdrücken.«

»Schschschscht, Käpt'n«, sagte Poe. »Es sollte doch eine Überraschung werden.«

»Miep«, sagte Skippy.

20

Schnittchen fehlt, Thunfisch zappelt

»Bwana Clay, hast du das Käsige Schnittchen gesehen?«

Clay und Clair saßen auf dem Lanai vor Clays Bungalow, tranken Mai Tais und beobachteten, wie Rauch aus dem Abzug eines Gartengrills aufstieg. Kona hatte sich sein Surfbrett unter den Arm geklemmt und war auf dem Weg zu seinem Maui Cruiser, einem hellgrünen, verrosteten 1975er BMW 2002 ohne Scheiben. Die Sitze waren mit verlotterten Decken bespannt.

Clay war zwei Mai Tais vom Absturz entfernt, aber noch konnte er sprechen. »Sie ist heute Morgen mit Nates Wagen in die Stadt gefahren. Hab sie seitdem nicht gesehen.«

»Die Schwester wollte, dass ich ihr das Surfen beibringe. An der Westseite kommen ein paar seichte Wellen rein. Die wären gut.«

»Sorry«, sagte Clay. »Wir räuchern hier ein fettes Stück Thunfisch. Vielleicht möchtest du dich zu uns gesellen.«

»Nein«, sagte Clair.

»Danke, aber ich fahr runter nach Lahaina und such das Sahneschnittchen. Gehen wir morgen wieder an die Arbeit?«

»Vielleicht«, erwiderte Clay und versuchte, in seiner Rumwolke einen klaren Gedanken zu fassen. Sie hatten die *Always Confused* vom Grund des Hafens gehoben, und die Werft sagte, es würde wohl etwa eine Woche dauern, bis sie wieder schwamm, und auch dann würde man sie erst mal gründlich reinigen müssen. Aber sie hatten noch Nates Boot. Er sah Clair an.

»Du wirst morgen nicht zu Hause sitzen und mir was von deinem Kater vorjammern«, sagte Clair. »Du fährst da raus aufs Meer und übergibst dich wie ein echter Mann.« Sie hatte ihre Meinung geändert, was Clay und das Meer anging. Er war, wer er war.

»Ja, geh davon aus, dass wir rausfahren, wenn es nicht zu windig ist«, sagte Clay. »Hey, soll es Wind geben?« Clay fiel auf, dass er sich nicht mehr ums Wetter gekümmert hatte, seit Nate verschwunden war.

»Ruhig am Morgen, nachmittags Wind«, antwortete Kona. »Wir können arbeiten.«

»Sag es Amy, wenn du sie siehst, okay? Nimm mein Handy mit. Ruf mich an, wenn du sie findest. Und du willst bestimmt nicht mit uns essen?«

»Nein«, sagte Clair.

»Nein«, sagte Kona und grinste Clair an. »Tantchen, ist dir peinlich, dass Kona dich nackt gesehen hat? Du siehst toll aus, echt.«

Clair stand auf. »Sag noch mal ›Tantchen‹ zu mir, und ich reiß dir deine letzten Dreads raus, um daraus Katzenspielzeug zu basteln.«

»Ruhig Blut, ich geh das Schnittchen suchen.« Und er lief zu seinem BMW, schob das Surfbrett durchs Heckfenster, hakte die Finne hinter dem Beifahrersitz fest, um es zu sichern, dann fuhr er nach Lahaina und machte sich auf die Suche nach Amy.

Es war zwei Uhr morgens, als das Telefon in Clays Bungalow klingelte. »Sag nicht, dass du schon wieder im Gefängnis sitzt«, blaffte Clay.

»Nein, nein, Bwana Clay, aber vielleicht solltest du dich lieber hinsetzen.«

»Ich lieg im Bett und schlafe, Kona. Was ist?«

»Der Truck, Bwana Nates Truck. Er steht hier beim Kajak-Verleih in Lahaina. Sie sagen, Amy hat heute Morgen ein Kajak gemietet, so gegen elf.«

»Die sind noch da?«

»Ich hab den Mann geweckt.«

»Die wissen nicht, wohin sie wollte? Sie haben sie allein fahren lassen? Keiner hat uns angerufen, als es dunkel wurde?«

»Sie hat gesagt, sie wollte das Kajak nur hinter dem Boot herziehen. Er weiß, dass sie nach Walen forscht, also hat er sich nichts dabei gedacht. Manche Leute mieten Kajaks für zwei, drei Tage.«

»Hast du nachgesehen? Sie ist nicht auf dem Boot?«

»Du meinst das, das nicht untergegangen ist?«

»Das andere kommt ja wohl kaum in Frage.«

»Ja, hab nachgesehen. Das Boot liegt am Platz. Ohne Kajak.«

»Bleib da. Ich bin in ein paar Minuten bei dir. Ich muss mir nur was anziehen und die Küstenwache rufen.«

»Der Kajak-Typ sagt, er kann nichts dafür – sie hat einen Verzicht unterschrieben. Ist das was Religiöses?«

»Kona, sie hat eine Verzichtserklärung unterschrieben. Bist du high?«

»Ja.«

»Natürlich. Entschuldige. Okay, ich bin gleich da.«

Nate war schon drei Tage in diesem Wal, als er fragte: »Sie heißen doch nicht wirklich Poynter und Poe, oder?«

»Verzeihung?«, sagte Poynter. »Sie werden von einem gewaltigen Walschiff gefressen und machen sich Sorgen darüber, dass wir möglicherweise unter falschem Namen reisen? Legen Sie los, Poe.«

»Einmal durchspülen, Jungs!«, sagte Poe.

Ein Schwall Wasser spülte von vorn über den Boden des Wals. Der hosenlose Fähnrich Poe nahm drei Schritte Anlauf und schlitterte dem Schwanzende entgegen, als rutschte er im Regen auf einer Plastikplane übers Gras. Als er ganz hinten angekommen war, breitete er die Arme aus. Man hörte ein schmatzendes Geräusch, und er versank bis zu den Achseln in einer Öffnung, die noch einen Augenblick zuvor nicht mehr als eine Mulde in der Haut gewesen war.

»Brrr, ist das kalt«, sagte Poe. »Wie tief sind wir?«

Scooter klickte und pfiff mehrmals.

»Dreißig Meter«, sagte Poynter. »Kann nicht so schlimm sein.«

»Fühlt sich kälter an. Ich glaub, mein Darm hat sich in den Magen zurückgezogen.«

Nate starrte mit offenem Mund die Arme und den Kopf des Fähnrichs dort am Boden an.

»Sehen Sie, Doc«, sagte Poynter, »meistens sprechen wir vom ›Spundloch‹ statt vom After, denn – na ja – wenn wir da rein und raus gehen, könnten die falschen Assoziationen wach werden. Der untere Teil seines Körpers befindet sich momentan im Wasser, bei drei Atmosphären Druck, aber das Spundloch umschließt ihn fest, ohne ihm die Brust zu zerquetschen. Es zerquetscht Ihre Brust doch nicht, oder, Poe?«

»Nein, Sir. Es ist ziemlich eng, aber ich kann atmen.«

»Wie ist das möglich?«, fragte Nate.

»Sie sind Taucher. Sie waren schon – wie tief? Vierzig, fünfundvierzig Meter?«

»Fünfzig, aus Versehen, aber was hat das damit zu tun?«

»Ihr Schließmuskel hat bei der Tiefe nie versagt, oder? Sie wurden nicht wie ein Kugelfisch aufgebläht?«

»Nein.«

»Na, da haben Sie es doch, Nate. Das hier ist hoch entwickelte Furzkanal-Technologie. Wir verstehen es selbst nicht, aber es ist der Schlüssel zur Hygiene auf diesen kleinen Schiffen, und auf dem Weg kommen wir auch rein und raus. Normalerweise lässt sich der Mund bei solchen Buckelschiffen gar nicht öffnen, wodurch wir erheblich mehr Platz bekommen, aber dieses hier ist speziell dafür gebaut, ›Schmutzfinken‹ zu bergen. Damit seid *ihr* Leutchen gemeint.«

»Gebaut? Von wem?« Natürlich waren sie gebaut. Nichts Derartiges konnte sich entwickelt haben.

»Später«, sagte Poynter. »Poe, sind Sie fertig?«

»Aye, aye, Käpt'n.«

»Kommen Sie wieder rein.«

»Mächtig kalt hier draußen, das kann ich Ihnen sagen, Sir. Mein kleiner Freund dürfte aussehen, als wollte ich für ein Babyfoto posieren.«

»Dessen ist sich der Doktor zweifellos bewusst.«

Nate spürte eine leichte Druckveränderung in seinen Ohren, und Poe flutschte wieder in den Wal zurück. Die Öffnung schloss sich hinter ihm, wobei kaum Wasser am Boden blieb. Wie ein Krebs kroch der Fähnrich in den vorderen Teil des Schiffes und schützte seine Weichteile mit den Händen Er holte seine Hose aus einem kleinen Stauraum hinter einem Hautlappen – der ganze Raum war übersät von Nischen, aber im trüben Licht der Biolumineszenz waren keine Fugen zu erkennen.

»Sie werden schon noch lernen, wie es geht, Nate, als zivilisierter Mensch. Bis wir Sie auf den Blauen transferieren. Sie können Ihr Geschäft unmöglich hier im Schiff erledigen.«

Wenn er bisher zur Toilette musste, hatten sie Nate ins Heck des Wales geschickt, wo er auf den Boden machte. Sekunden später hatten die Walbengel etwas Wasser durchs Maul hereingelassen, das dann über den Boden lief und alles sehr wirkungsvoll aus dem Spundloch spülte.

»Auf den Blauen?«, fragte Nate.

»Ja, mit diesem kleinen Ding können wir Sie nicht dahin bringen, wohin man Sie haben will. Sie steigen um auf einen Blauen, und dann schicken wir Sie weiter. Sie werden durch den Furzkanal aussteigen müssen.«

»Dann gibt es also auch ein Blauwalschiff?«

»*Schiffe*«, verbesserte Poynter. »Ja, und auch noch andere Spezies.«

»Glattwale sind mir die liebsten«, sagte Poe. »Mörderlangsam, aber irre breit. Reichlich Platz. Sie werden es sehen.«

»So genau können die Walbengel den Druck regulieren? Sie können Wasser reinlassen, es ausstoßen und verhindern, dass wir hier drinnen die Taucherkrankheit kriegen? Und so ermöglichen, dass wir von einem dieser Schiffe ins nächste umsteigen?«

»Jep. Sie sind direkt mit dem Wal verbunden. Ich denke, sie sind wie seine Großhirnrinde. Die Walschiffe haben ein Gehirn, aber das kümmert sich nur um autonome Funktionen. Es ermöglicht ihm, sich stundenlang wie ein Wal zu verhalten – Tauchen, Atmen, solche Sachen. Aber wenn nicht einer der Walbengel angeschlossen ist, sind sie nur dumme Maschinen mit begrenzter Funktion. Die Piloten kontrollieren die ausgefeilteren Funktionen – Navigation und so was. In diesen Buckelwalen zeigen sie so richtig, was sie drauf haben – die Brecher, das Singen, Sie wissen, was ich meine.«

»Dieses Ding hier singt?« Nate konnte nicht anders. Er wollte einen Wal von innen singen hören.

»Aber selbstverständlich. Sie haben es schon gehört.«

Seit sich Nate an Bord des Walschiffes befand, hatte er nur das Schlagen der mächtigen Fluke gehört und alle zehn Minuten dieses explosive Ausatmen.

»Ich hasse es, wenn sie singen«, sagte Poe.

»Was ist der Sinn dieser Gesänge?«, fragte Nate. Es war ihm

egal, wer diese Typen waren und was sie trieben. Jetzt hatte er Gelegenheit, die Antwort auf eine Frage zu bekommen, der er den größten Teil seines Erwachsenenlebens auf der Spur war. »Warum singen sie?«

»Weil wir es ihnen sagen«, antwortete Poynter. »Was glauben Sie denn?«

»Das ist nicht fair!« Nate schlug die Hände vors Gesicht. »Von Debilen entführt.«

Scooter zwitscherte aufgeregt. Der Walbengel starrte durch das Auge in den blauen Pazifik.

»Thunfische. Ein ganzer Schwarm«, sagte Poe.

»Mach schon, Scooter«, sagte Poynter. »Besorg uns welche.«

Die Haltegurte um Scooters Bauch zogen sich zurück, und das Wesen stand auf, zum ersten Mal seit Nate an Bord gekommen war. Es war größer als Nate, vielleicht einsfünfundneunzig, mit schlanken, grauen Beinen, die aussahen wie von einem riesenhaften Ochsenfrosch, gekreuzt mit einem Footballspieler. Sie endeten in langen Füßen mit Schwimmflossen, ähnlich den Hinterbeinen eines Walrosses. Scooter tat drei schnelle Schritte und warf sich auf den Boden im Heck des Wales. Ein Rauschen wallte auf, und er verschwand kopfüber durch das Spundloch, das sich mit einem geräuschvollen Plopp hinter ihm schloss.

Poe ging zu Scooters Sitz und warf einen Blick durchs Auge. »Nate, sehen Sie sich das an. Wie diese Typen jagen.«

Nate beobachtete, wie Scooters geschmeidige Gestalt draußen vor dem Auge mit unfassbarer Geschwindigkeit schwamm, erstaunlich wendig hin und her schoss, auf der Jagd nach einem Zehn-Kilo-Thunfisch.

Im Wasser wölbten sich die Augen des Walbengels nicht mehr so sehr wie drinnen. Nate merkte, dass die Walbengel – wie Wale und Delfine – Muskeln besaßen, mit denen sie die Form ihrer Augen ändern konnten, je nachdem, ob sie im Wasser oder an der Luft sehen wollten. Scooter schwamm eine abrupte Wende und schnappte den Thunfisch mit den Zähnen, kaum drei Meter von dem Walauge entfernt. Nate hörte das Knacken und sah Blut im Wasser um Scooters Mund.

»Yeah!«, rief Poe. »Heute Abend gibt's Sashimi.«

Nate hatte nichts als rohen Fisch gegessen, seit er an Bord des Walschiffes war, aber heute sah er zum ersten Mal, wie er gefangen wurde. Trotzdem konnte er Poes Begeisterung nicht teilen. »Essen Sie denn nie was anderes? Nur rohen Fisch?«

»Besser als die Alternativen«, erwiderte Poe. »Der Wal hat eine Nährpaste vorrätig. So was wie Krill-Püree.«

»O mein Gott«, sagte Nate.

Poynter lehnte sich zu Nate vor, bis er nur noch wenige Zentimeter vom Ohr des Wissenschaftlers entfernt war. »Daher die in gewisser Weise beträchtliche Nachfrage nach kulinarischer Abwechslung wie etwa – ach, ich weiß nicht – ein Pastrami-Sandwich mit dunklem Brot!«

»Ich hab doch gesagt, es tut mir Leid«, murmelte Nate.

»Ich bin begeistert.«

»Setzen Sie mich irgendwo ab. Ich hol Ihnen eins.«

»Wir landen mit diesen Dingern nirgends an.«

»Nicht?«

»Nur wenn wir ›FLOSSEN WEG!‹ auf die Fluken schreiben«, sagte Poe.

»Ja, nur dafür«, stimmte Poynter zu.

Skippy miepte, als Scooter mit einem Thunfisch in der Hand durch den Furzkanal hereingeschossen kam. Als er den Piloten erblickte, dachte Nate an Flucht, zum ersten Mal, seit er gefressen worden war.

Das ist doch bescheuert, dachte Amy. Seit vier Stunden paddelte sie wie eine Wahnsinnige und hatte noch immer kaum den halben Weg nach Molokai geschafft. Seit zwei dieser vier Stunden war sie auf dem offenen Meer und kämpfte gegen meterhohe Wellen und einen Seitenwind an, der sie aufs Meer hinauszutreiben drohte.

»Wer gibt GPS-Koordinaten für ein Treffen an? Wer macht denn so was?« Seit einer Stunde schrie sie immer wieder in den Wind, dann checkte sie die kleine Flüssigkristall-Karte auf dem Display des GPS-Geräts. Der »Sie sind hier«-Punkt schien sich überhaupt nicht zu bewegen. Nun, das stimmte nicht. Wenn sie beim Paddeln eine Pause einlegte, um einen Schluck Wasser zu trinken oder etwas Sonnencreme aufzutragen, schien der Punkt jedes Mal eine Meile vom Kurs abzukommen.

»Seid ihr Typen auf Droge?«, schrie sie gegen den Wind.

Ihre Schultern taten weh, und sie hatte fast ihre ganze Zwei-Liter-Flasche Wasser leer getrunken. Langsam bereute sie, dass sie nichts zu essen mitgenommen hatte. »Leicht zu schaffen. ›Miete dir ein Kajak. Brauchst kein Motorboot.‹ Ich treib hier in einer Tupperware-Kiste auf dem Meer rum, ihr Dumpfbacken!«

Sie lehnte sich im Kajak zurück, um Luft zu holen, und betrachtete die Anzeigen für Richtung und Geschwindigkeit auf dem GPS. Vielleicht konnte sie sich fünf Minuten ausruhen, ohne zu weit abzutreiben. Sie schloss die Augen und ließ sich von den Wogen in einen leichten Dämmerschlaf wiegen. Es war still, nur das Rauschen von Wind und Wasser war zu hören, und nicht mal Wellen klatschten ans Kajak. Es war so leicht, dass es lautlos über die Wellenkämme trieb. Sie dachte an Nate und daran, wie groß seine Angst in den letzten Augenblicken gewesen sein musste, und dass sie die Arbeit mit ihm gerade zu genießen begonnen hatte. *Action-Freak.* Sie lächelte vor sich hin, ein melancholisches Lächeln, während sie eindöste, doch dann schreckte sie plötzlich von einer Salve aus Luftblasen neben dem

Kajak auf. Es war ein gewaltiger Ausbruch von Luft, als hätte jemand weit unter der Wasseroberfläche eine Explosion ausgelöst.

Sie wollte paddeln, fort von den Blaseneruptionen, doch plötzlich verdunkelte sich das Meer um sie herum, das Kristallblau verwandelte sich in einen gigantischen Schatten unter dem Kajak. Dann rammte irgendetwas das kleine Boot, so dass Amy meterhoch in die Luft flog, bevor sie ins Wasser fiel und von Dunkelheit umfangen war.

21

Leck mich am Strom

Der Sonnenuntergang auf Maui hatte den Himmel in Brand gesteckt, und alles im Bungalow leuchtete rosarot wie im Paradies – oder in der Hölle, je nachdem, wie man es sehen wollte. Clay zerlegte den Vogel und gab die Einzelteile auf einen Teller, um sie zum Grill zu transportieren.

»Du wirst etwas brauchen, mit dem du das Zeug reinbringen kannst«, sagte Clair. Ihr Kleid war mit roten Hibiskusblüten bedruckt, und die Orchidee, die sie im Haar trug, sah aus wie vögelnde Libellen. Sie schnippelte Mixed Pickles in den Makkaroni-Salat.

»Wieso nicht den hier?« Clay hielt den Teller mit dem rohen Hühnchen hoch.

»Man darf nicht denselben Teller benutzen. Sonst kriegt man Salmonellen.«

»Na toll. Scheiß drauf«, sagte Clay und warf den Teller auf den Hof. Die Hühnchenteile hüpften davon und panierten sich selbst mit einer dünnen Schicht aus Sand, Ameisen und trockenem Gras. »Wann hat sich das harmlose Hühnchen eigentlich in so was wie Plutonium verwandelt? Man darf es ja nicht mal mehr anfassen, ohne daran zu sterben. Und Eier und Hamburger bringen einen auch um, wenn man sie nicht kocht, bis sie steinhart sind! Und wenn man sein beschissenes Handy anmacht, stürzt das Flugzeug gleich als Feuerball vom Himmel? Und ohne Helm und Knieschützer dürfen Kinder nicht mal mehr auf den Topf, so dass sie immer wie der Road Warrior aussehen. Oder? Oder was? Verdammt, was ist bloß mit dieser Welt passiert? Seit wann ist alles so verflucht tödlich? Hm? Seit dreißig Jahren bin ich auf dem Meer unterwegs, und bis jetzt hat mich noch nichts umgebracht. Ich bin mit allem geschwommen, was beißen, stechen oder einen fressen könnte, und ich habe jede Dummheit begangen, die ein Mensch in der Tiefe nur begehen kann – aber ich lebe noch! Scheiße, Clair, vor kaum einer Woche war ich eine Stunde lang bewusstlos unter Wasser, und es hat mich nicht umgebracht. Und jetzt willst du mir erzählen, dass mich eine beschissene Hühnchenkeule das Leben kostet? Na, dann vergiss es doch einfach!«

Er wusste nicht, wohin er sollte, also ging er wieder rein und knallte die Fliegengittertür hinter sich zu, dann machte er sie wieder auf und knallte sie ein zweites Mal zu. »Verdammt!« Schwer atmend stand er da und starrte vor sich hin.

Clair legte Messer und Mixed Pickles beiseite und wischte sich die Hände ab. Während sie zu Clay hinüberging, löste sie die große Spange in ihrem Haar, und lange, dicke Locken wallten über ihre Schultern. Sie nahm Clays rechte Hand und küsste jede einzelne seiner Fingerspitzen, leckte seinen Daumen, dann nahm sie den Zeigefinger in den Mund und zog ihn betont langsam und mit maximaler Feuchtigkeit wieder heraus. Clay blickte zu Boden. Er zitterte.

»Baby«, sagte sie, als sie die Haarspange zwischen Clays feuchten Daumen und den Zeigefinger schob. »Ich möchte, dass du rüber an die Wand gehst und diese Spange so fest wie möglich in die Steckdose rammst.«

Endlich sah Clay sie an.

»Denn«, fuhr sie fort, »ich weiß, dass du nicht auf mich böse bist und nur um deine Freunde trauerst, aber ich denke, man sollte dich daran erinnern, dass du nicht unverwundbar bist und noch erheblich schlimmere Schmerzen erleiden könntest. Und ich glaube, es wäre besser, wenn du es selbst in die Hand nimmst, denn ansonsten müsste ich dir deine eigene Eisenpfanne über den Schädel ziehen.«

»Das wäre nicht richtig«, sagte Clay.

»Die Welt ist grausam, Baby.«

Clay nahm sie in die Arme und vergrub sein Gesicht in ihrem Haar.

Seit zweiunddreißig Stunden war Amy verschwunden. Am Morgen hatte ein Fischer ihr Kajak gefunden, das auf Molokai gegen ein paar Felsen trieb, und die Vermietung auf Maui angerufen. Vorn im Boot sei eine Schwimmweste befestigt, sagte er. Die Küstenwache hatte ihre Suche bereits aufgegeben.

»Jetzt lass mich los«, sagte Clair. »Ich muss dieses Hühnchen aufsammeln und abspülen.«

»Ich glaube nicht, dass wir es essen sollten.«

»Keine Sorge. Ich bereite es für Kona zu. Du wirst mich ausführen.«

»Werde ich das?«

»Allerdings.«

»Sobald ich das hier in die Dose gesteckt habe, richtig?«

»Du darfst trauern, Clay, das ist genau, wie es sein sollte… aber du darfst dich nicht schuldig fühlen, weil du noch am Leben bist.«

»Ich muss dieses Ding also nicht in die Dose stecken?«

»Du hast in meiner Gegenwart Schimpfworte benutzt, Baby. Ich sehe keine andere Möglichkeit.«

»Ja, das ist wahr. Geh du Konas Hühnchen einsammeln. Ich erledige das hier.«

Am zweiten Morgen, nachdem Amy auf See verschollen war, spazierte Clay ans Meer, an einen felsigen Strand zwischen Apartmenthäusern nördlich von Lahaina – zu kurz für morgendliche Jogger, zu seicht für die Badegäste. Er stand auf einem Felsvorsprung, ließ sich von Wellen umtosen und versuchte, den reinen Hass aus seinem Herzen fließen zu lassen. Clay Demodocus mochte alles Mögliche, aber mit am liebsten mochte er die See, doch heute Morgen empfand er nur Verachtung für seine alte Freundin. Ihr Saphirblau war mittelmäßig, die Wellen waren arrogant. Sie konnte einen töten, ohne je deinen Namen zu erfahren. »Du Biest«, sagte Clay so laut, dass die See ihn hören konnte. Er spuckte ihr ins Gesicht und ging nach Hause.

Der alte Schwindler Maui hatte in der Nähe auf einem Felsen gehockt und zugesehen. Er lachte über Clays Anmaßung. Maui bewunderte Menschen mit mehr Mumm als Hirn, selbst wenn sie Bleichgesichter waren. Er sprach einen leisen Segen für den Fotografen – nur eine kleine Prise, so zum Spaß, eine magische Mango –, und dann machte er sich auf den Weg zum großen Feigenbaum, um die Filme japanischer Touristen zu vernebeln.

Als er wieder im Büro war, das er nun ganz für sich allein hatte, suchte Clay Amys Lebenslauf heraus. Dann starrte er das Telefon an und überlegte, wie er diesen Fremden beibringen sollte, dass ihre Tochter vermisst wurde und man davon ausging, dass sie ertrunken war. Er fühlte sich traurig und allein, und sein Ellbogen tat ihm weh von dem elektrischen Schlag, den er am Abend vorher bekommen hatte. Er wollte es nicht tun. Er griff nach dem Telefon, dann hielt er inne und schloss die Augen, als konnte er das alles ungeschehen machen, doch auf der Rückseite seiner Augenlider sah er das Gesicht seiner Mutter, wie sie aus dem Olivenfass zu ihm aufblickte: »Ruf an, Weichei. Wenn irgendjemand weiß, wie man schlechte Nachrichten nicht bekommen sollte, dann du. Zur Loyalität gehört auch, auf Worte Taten folgen zu lassen, du elender Feigling. Sei nicht wie deine Brüder.«

Ach, liebe Mama, dachte Clay. Er wählte eine Nummer mit der Vorwahl 716 für Tonawanda, New York. Es läutete dreimal, dann kam eine Ansage, die erklärte, diese Nummer sei vorübergehend nicht erreichbar. Er prüfte sie nach, dann wählte er die nächste Nummer, bekam aber auch hier keinen Anschluss. Er rief die Auskunft von Tonawanda an, um sich nach Amys Eltern zu erkundigen, und man teilte ihm mit, es gäbe keinen Eintrag auf diesen Namen. Ratlos rief er das Meereskundliche Zentrum in Woods Hole an, wo Amy ihren Abschluss gemacht hatte. Clay kannte Marcus Loughten, einen ihrer Ausbilder, ein aufbrausender Brite, der seit zwanzig Jahren in Woods Hole lehrte und mit seinen Arbeiten zur Unterwasser-Akustik Berühmtheit erlangt hatte. Loughten antwortete beim dritten Klingeln.

»Loughten«, sagte Loughten.

»Marcus, hier ist Clay Demodocus. Wir haben zusammen in –«

»Ja, Clay, ich bin doch nicht blöd. Ich weiß, wer Sie sind. Sie rufen von Hawaii aus an, was?«

»Na, ja, ich –«

»Vermutlich sechsundzwanzig Grad Celsius bei milder Brise? Wir haben hier minus zwanzig. Mitten im ewigen Blizzard installiere ich Heulbojen, damit die Supertanker nicht unsere Glattwale überrollen.«

»Ach ja, die Heulbojen. Wie machen die sich?«

»Gar nicht.«

»Nicht? Wieso?«

»Na, die Glattwale sind blöd, oder? Ist ja nicht so, als wären Supertanker leise. Wenn sie sich von Geräuschen vertreiben ließen, müsste der Maschinenlärm ja wohl genügen. Die sehen den Zusammenhang einfach nicht. Blindfische.«

»Oh, tut mir Leid, das zu hören. Mmh, wieso machen Sie dann weiter?«

»Es wird finanziert.«

»Ach ja. Hören Sie, Marcus, ich bräuchte ein paar Informationen über eine Ihrer Studentinnen, die hier für uns arbeitet. Amy Earhart? Müsste etwa bis zum Herbst letzten Jahres bei Ihnen gewesen sein.«

»Nein, den Namen kenn ich nicht.«

»Natürlich kennen Sie das Mädchen. Einsdreiundsechzig, dünn, blass, dunkles Haar mit irgendwie unnatürlich blauen Strähnen, schlau wie ein Fuchs.«

»Tut mir Leid, Clay. Das passt auf keine meiner Studentinnen.«

Clay holte tief Luft und redete einfach weiter. Biologen waren berüchtigt dafür, dass sie ihre Studenten wie Untermenschen behandelten, aber es überraschte Clay, dass sich der Mann nicht an Amy erinnerte. Sie war süß, und der Brite war ein ziemlicher Aufreißer, wie Clay nach einer durchzechten Nacht mit Loughton während einer Meeressäuger-Konferenz in Frankreich zu wissen glaubte.

»Toller Arsch, Marcus. Sie würden sich erinnern.«

»Würde ich bestimmt. Tu ich aber nicht.«

Clay warf einen Blick auf den Lebenslauf. »Was ist mit Peter? Würde er …?«

»Nein, Clay. Ich kenne Peters Studenten gut. Haben Sie ihre Empfehlungen gecheckt, bevor das Mädchen eingestellt wurde?«

»Tja. Nein.«

»Gute Arbeit. Mit ihren Nikons durchgebrannt?«

»Nein, sie wird vermisst. Ich versuche, Kontakt zu ihrer Familie aufzunehmen.«

»Das tut mir Leid. Ich wünschte, ich könnte helfen. Ich seh mal in den Akten nach, zur Sicherheit – für den Fall, dass ich vielleicht einen leichten Schlaganfall hatte und der Teil in meinem Gehirn kaputt ist, der sich an hübsche Hintern erinnert.«

»Danke.«

»Viel Glück, Clay. Grüße an Quinn.«

Clay verkrampfte sich. Es stellte sich heraus, dass er tatsächlich nicht gut darin war, schlechte Nachrichten zu überbringen. »Mach ich, Marcus. Wiederhören.« Clay legte auf und starrte sein Telefon an. *Tja*, dachte er, *nichts von allem, was ich über diese Frau zu wissen glaubte, stimmt*. Libby Quinn hatte bereits angerufen (schluchzend), um ihm zu sagen, dass sie eine Art gemeinschaftliche Zeremonie für Nate und Amy organisieren wollten und Clay dort eine kleine Ansprache halten sollte. Was konnte er über Amy sagen? *Meine Lieben, ich glaube, wir alle kannten Amy als Wissenschaftlerin, als Kollegin, als Freundin, eine Frau, die aus dem Nichts auftauchte, mit einer komplett erlogenen Vergangenheit, aber ich denke, da sie mir das Leben gerettet hat, habe ich sie wohl besser kennen gelernt als jeder andere, und ich kann Ihnen allen glaubhaft versichern, dass sie ein Besserwisser mit einem hübschen Hintern war.*

Ja, daran würde er noch arbeiten müssen. Verdammt, sie fehlten ihm beide.

Clay beschloss, den Tag mit dem Schneiden von Videos totzuschlagen: die reine Beschäftigungstherapie, eine Flucht vor der Realität. Am Nachmittag ging er das Rebreather-Material von dem Tag durch, als ihm der Wal eins übergezogen hatte, ging zum ersten Mal über die Stelle hinaus, an der er ohnmächtig geworden war, nur um zu sehen, ob die Kamera etwas Brauchbares aufgenommen hatte. Clay ließ das Video laufen: zehn Minuten nur blaues Wasser, die Kamera ruckt am Ende der Leine an seinem Handgelenk, dann Amys Bein, als sie verhindern will, dass er weiter sinkt. Er drehte die Lautstärke auf. Ein Zischen von

Hintergrundgeräuschen, dann die Blasen aus Amys Lungenautomat, das langsame Rauschen seines eigenen Atems durch den Rebreather. Als Amy zur Oberfläche schwimmt, fängt die Kamera seine Flossen ein, die vor blauem Hintergrund schlaff herunterhängen. Immer wieder kommen Amys Flossen ins Bild.

Clay warf einen Blick auf die Zeitangabe des Videos. Fünfzehn Minuten. Amy macht ihren ersten Dekompressionsstopp. Aus den Boxen hörte er den Chor ferner Buckelwale, einen Bootsmotor, nicht weit entfernt, und Amys stete Luftblasen. Dann keine Blasen mehr.

Die Kamera ist auf seinen Oberschenkel gerichtet und treibt ab, das Objektiv ist aufwärts gerichtet, fängt Licht von der Wasseroberfläche ein, dann hält Amys Hand seine Auftriebsweste fest und liest die Daten von seinem Tauchcomputer. Ihr Atemregler steckt nicht in ihrem Mund. Auf der Tonspur ist nur sein Atmen zu hören. Die Kamera schwenkt zur Seite.

Zehn weitere Minuten vergingen. Clay lauschte darauf, wann Amy wieder atmen würde. Als sie sich an die Notreserve des Rebreathers anschließt, müsste die Kamera eigentlich wackeln, aber es bleibt beim immer gleichen, sanften Treiben. Sie bewegen sich aufwärts. Etwa fünfundzwanzig Meter. Amy legt den nächsten Dekompressionsstopp ein, ganz vorschriftsmäßig, trotz des Notfalls. Seltsam, dass er noch immer nur einen von ihnen atmen hörte.

Sie zieht ihn ins Oberflächenwasser. Das Bild hellt auf, und die Kamera schwenkt herum, wobei der Weitwinkel den bewusstlosen Clay und die strampelnde Amy zeigt, deren Atemregler aus dem Mund hängt, während sie nach oben blickt. Sie benutzt den Nottank an Clays Rebreather nicht und hat, soweit Clay es beurteilen konnte, seit vierzig Minuten keine Luft geholt. Da stimmte was nicht.

Er lauschte, sah es sich an, bis die Zeitangabe 60:00 zeigte und das Band endete. Das Ganze war auf Harddisk überspielt. Er spulte am Bildschirm zurück, ließ es langsamer laufen, sobald nicht nur Blau zu sehen war, und lauschte erneut.

»Das gibt's doch nicht.«

Clay wich vom Monitor zurück, sah, wie das Video anhielt und das Standbild Amy zeigte, die ihn unter Wasser gepackt hielt, ohne Atemregler im Mund.

Er rannte zur Tür. »Kona! Kona!«

Der Surfer kam in einer Qualmwolke aus seinem Bungalow geschlurft. »Ich räucher gerade Navy-Spione aus, Boss.«

»Wo habt ihr den Rebreather gelassen? An dem Tag, als ihr mich ins Krankenhaus gebracht habt?«

»Ist im Lagerschuppen.«

Clay lief schnurstracks zu dem Bungalow, in dem sie Tauch- und Bootsausrüstung aufbewahrten. Er winkte Kona, ihm zu folgen. »Komm.«

»Was?«

»Habt ihr Jungs Sauerstoff und Nottanks nachgefüllt?«

»Wir haben nur alles abgespült und in den Kasten gelegt.«

Clay zog den großen, wasserdichten Kasten von einem Stapel Sauerstofftanks, und öffnete die Verschlüsse. Der Rebreather lag warm und trocken in seiner Schaumstoffpolsterung. Clay riss ihn heraus, legte ihn auf den Boden, und stellte den integrierten Computer an. Er drückte auf mehrere Knöpfe und sah, wie das graue LCD-Display die Ziffern durchging. Der letzte Tauchgang: Die Tauchzeit hatte fünfundsiebzig Minuten und dreiundvierzig Sekunden betragen. Der Sauerstofftank war fast voll. Die Notreserve auch. Randvoll. Sie war nicht mal angerührt worden. Irgendwie war Amy ohne Sauerstoffversorgung eine Stunde unter Wasser geblieben.

Clay wandte sich dem Surfer zu. »Kannst du dich erinnern? Hat Nate dir irgendwas gezeigt, woran er gearbeitet hat? Ich brauche Einzelheiten – so ungefähr weiß ich selbst Bescheid.« Clay war nicht sicher, wonach er suchte, aber das Ganze musste etwas zu bedeuten haben, und er konnte nur auf das zurückgreifen, woran Nate gerade geforscht hatte.

Der Surfer kratzte die dreadlose Seite an seinem Kopf. »Irgendwas davon, dass die Wale binär singen.«

»Komm, zeig es mir.« Clay stürmte zur Tür hinaus, zurück in sein Büro.

»Was suchst du?«

»Ich weiß es nicht. Hinweise. Geheimnisse. Sinn.«

»Du bist doch lolo, oder?«

22

Bernard rührt den Kaffee um

Etwa zu dem Zeitpunkt, als es Nathan Quinn gelang, seiner Übelkeit wegen der unaufhörlichen Bewegung des Walschiffes Herr zu werden, ergriff eine andere Macht von ihm Besitz. Er spürte eine Beklommenheit, die in Wogen über ihn kam, und etwa zwanzig Sekunden lang fühlte er sich dann, als müsste er aus der Haut fahren. Dann ging es vorbei, und ein paar Sekunden lang fühlte er sich wie taub, bis es wieder von vorn anfing.

Poynter und Poe rannten in der kleinen Kajüte herum und sahen sich biolumineszierende Hubbel und Knubbel an, als hätten sie was zu bedeuten, aber so sehr er sich auch bemühte, Nate konnte nicht erkennen, was sie überwachten. Es hätte geholfen, wenn er hätte aufstehen können, um es sich genauer anzusehen, aber Poynter hatte die Anweisung gegeben, ihn zu sichern, nachdem er sich das erste Mal auf das Spundloch gestürzt hatte. Fast hätte er es sogar geschafft. Er hatte sich darauf gestürzt, wie es die Walbengel machten, aber leider hatte nur ein Arm hindurchgepasst, und am Ende steckte er in der Walrosette, mit dem Gesicht am Gummiboden und einer Hand draußen im kalten Ozean.

»Nun, das war phänomenal dumm«, tadelte Poynter.

»Ich glaub, ich hab mir die Schulter ausgerenkt«, sagte Nate.

»Ich sollte Sie da liegen lassen. Vielleicht saugt sich ein Remora an Ihrer Hand fest und erteilt Ihnen eine Lektion.«

»Oder ein Plätzchenstecherhai«, sagte Poe. »Üble Biester.«

Die Walbengel drehten sich auf ihren Sitzen um und kicherten, nickten mit den Köpfen und schnaubten abfällig, was einiges an Feuchtigkeit von ihrer zehn Zentimeter breiten Zunge mit sich brachte. Offenbar war Quinn für die Zetazeen der Brüller. Das hatte er schon immer befürchtet.

Poynter ging auf alle viere und sah Nate ins Gesicht. »Solange Sie da unten sind, möchte ich gern, dass Sie darüber nachdenken, was geschehen wäre, wenn Sie sich erfolgreich durch diese Öffnung gezwängt hätten. Erstens befinden wir uns in einer Tiefe von – Skippy, wie tief?«

Skippy zwitscherte und klickte ein paar Mal.

»Fünfzig Metern. Abgesehen von der Tatsache, dass Ihnen wahrscheinlich auf der Stelle die Trommelfelle platzen würden, sollten Sie darüber nachdenken, wie Sie ohne einmal Luft zu holen an die Wasseroberfläche gelangen wollen. Und wenn Sie es bis nach oben geschafft hätten, was wollten Sie dann tun? Wir sind fünfhundert Seemeilen vom nächsten Ufer entfernt.«

»Ich hatte den Plan nicht zu Ende gedacht.«

»Also könnte ich es im Grunde als Erfolg verbuchen? Sie wollten nur die Wassertemperatur prüfen?«

»Genau«, sagte Nate, weil er es für das Klügste hielt, ihm Recht zu geben.

»Spüren Sie Ihre Hand?«

»Es ist etwas kühl, aber: ja.«

»Oh, gut.«

Und dann ließ man ihn ein paar Stunden dort am Boden liegen, mit etwa fünfzehn Zentimetern seines Armes draußen im Meer, während der Wal vor sich hin schwamm, und als sie ihn schließlich herauszogen, fixierten sie ihn auf seinem Sitz und ließen ihn nur zum Essen frei, und wenn er zur Toilette musste. Er hatte versucht, sich zu entspannen und zu beobachten – so viel wie möglich in Erfahrung zu bringen –, doch nun spülten seit ein paar Minuten diese Wogen der Beklommenheit über ihn hinweg.

»Er hat Sonarsausen«, sagte Poe.

Poynter wandte sich von Skippys Pult ab. »Es liegt an den Infraschallwellen, Doc. Sie spüren sie, ohne sie hören zu können. Wir kommunizieren schon seit etwa zehn Minuten mit dem Blauen.«

»Sie hätten ruhig was sagen können.«

»Hab ich doch gerade.«

»In zwei Stunden sitzen Sie im Blauen, Doc. Da können Sie auch wieder aufstehen und rumlaufen. Und etwas für sich sein.«

»Sie kommunizieren mit ihm also im Infraschallbereich?«

»Jep. Genau wie Sie es sich gedacht haben, Doc. Der Ruf hatte etwas zu bedeuten.«

»Ja, aber ich hatte mir nicht vorgestellt, dass da Menschen und menschenähnliche Wesen in den Walen sitzen. Wie zum Teufel kann das sein? Wieso wusste ich nichts davon?«

»Dann geben Sie Ihre ›Ich bin tot‹-Strategie also auf?«, fragte Poe.

»Worum geht's? Außerirdische?«

Poynter knöpfte sein Hemd auf und zeigte seine Brustbehaarung. »Seh ich aus wie ein Alien?«

»Na ja, nein, aber die da.« Nate nickte zu den Walbengels hinüber. Sie sahen einander an und kicherten, wobei eine Art keuchendes Prusten aus ihren Blaslöchern drang; dann waren sie kurz still, sahen sich noch einmal zu Nate um und kicherten erneut.

»Vielleicht hat sich intelligentes Leben auf ihrem Planeten eher von Walen als von den Affen aus entwickelt«, fuhr Quinn fort. »Ich kann mir gut vorstellen, wie sie hier gelandet sind. Sie haben diese Walschiffe losgeschickt und sind vom Radar der

Menschen unentdeckt geblieben. So konnten sie sich unbehelligt umsehen. Ich meine, der Mensch ist ja offensichtlich nicht das friedlichste aller Lebewesen.«

»Das glauben Sie, Doc?«

»Auf ihrem Planeten haben sie eine Technologie entwickelt, deren Basis organisch ist und nicht wie unsere auf Verbrennung und Verarbeitung von Bodenschätzen beruht.«

»Oh, *das* ist wirklich gut«, erklärte Poe.

»Er hat eine Glückssträhne«, sagte Poynter. »Auf dem besten Weg, das Geheimnis zu lüften.«

Skippy und Scooter nickten einander zu und grinsten.

»Das ist es also? Dieses Schiff ist außerirdisch?« Quinn spürte den kleinen Siegesrausch, den man erlebt, wenn man seine Hypothese bestätigt findet – selbst wenn sie so abwegig ist, dass darin Aliens in Walschiffen herumfuhren.

»Natürlich«, sagte Poe, »das könnte ich glauben. Und Sie, Käpt'n?«

»Ja, Marsmännchen, das seid ihr!«, sagte Poynter zu den Walbengels.

»Miep«, sagte Scooter.

Und mit hoher, quäkender Kleinmädchenstimme krächzte Skippy: »Nach Hause telefonieren.«

Die Walbengel klatschten die Hände gegeneinander und brachen vor hysterischem Quieken fast zusammen.

»Was hat er gesagt?« Nate verdrehte schmerzhaft seinen Hals, als er sich trotz der Haltegurte umzudrehen versuchte. »Die können sprechen?«

»Na, ja, ich denke schon, wenn man es denn Sprechen nennen will«, erwiderte Poe. Die Walbengel unterbrachen ihren Lachanfall und fuhren mit dem Walschiff drei Rollen seitwärts, was die ungesicherten Poe und Poynter wie zwei Lumpenpuppen durch die weiche Kajüte warf.

Poynter stand mit blutender Lippe auf, die er sich mit dem eigenen Knie zugefügt hatte. Poe hatte sich beim Herumfliegen das Schienbein am Kopf eines der beiden Walbengel angeschlagen. Angeschnallt, wie er war, konzentrierte sich Nate darauf, keine Wiederaufführung seines Mittagessens aus rohem Thunfisch zu erleben.

»Fischköpfe!«, sagte Poe.

»Hätten Sie das von Ihrer Rasse superintelligenter, weltraumreisender Außerirdischer gedacht, Nate?« Poynter wischte Blut von seiner Unterlippe und schnippte es in Scooters Richtung.

Dem schwedischen Arzt Carl von Linné, der sich im 18. Jahrhundert auf die Behandlung der Syphilis spezialisierte, wird die Erfindung jenes Systems zugeschrieben, welches noch heute zur Klassifizierung von Pflanzen und Tieren Anwendung findet. Linné ist dafür verantwortlich, dass der Buckelwal auf den Namen *Megaptera novaeanglia* oder »Großer Flügel von Neuengland« getauft wurde. Später dann taufte er den Blauwal auf den Namen *Balaenoptera musculus* oder »Kleine Maus«, und das bei fast vierzig Metern Länge und über hundert Tonnen Gewicht, ein Tier, dessen Zunge allein größer ist als ein ausgewachsener afrikanischer Elefant. »Kleine Maus«? Mancher hat spekuliert, diese unglaublich unzutreffende Bezeichnung sei allein dazu eingeführt worden, um Linnés Assistenten zu verwirren, etwa: *Geh und fang mir draußen eine »kleine Maus«, Sven.* Andere meinen, die Syphilis sei ihm zu Kopf gestiegen.

Quinn kauerte über dem Spundloch, Skippy und Scooter hielten ihn bei den Armen, Poynter und Poe hockten salutierend vor ihm. Er fühlte die Struktur der Öffnung unter seinen nackten Füßen wie ein nasses Reifenprofil.

»War mir ein Vergnügen, Doc«, sagte Poynter. »Gute Reise.«

»Wir sehen uns in der Basis«, sagte Poe. »Und jetzt entspannen Sie sich. Sie werden kaum mit dem Wasser in Berührung kommen. Halten Sie sich die Nase zu, und blasen Sie.«

Das tat Quinn.

Poynter zählte: »Eins, zwei…«

»Miep.«

Nate wurde durch die Öffnung gesogen, spürte kurz Kälte und einen leichten Druck auf den Ohren, dann fand er sich in einem Raum wieder, der nur wenig höher war als der in dem Buckelwal, in Gesellschaft einer ziemlich amüsierten Frau.

»Sie können jetzt aufhören mit dem Blasen«, sagte sie.

»Und wieder ein Satz, von dem ich nicht geglaubt hätte, dass ich ihn jemals hören würde«, sagte Nate. Er ließ seine Nasenflügel los und atmete tief ein. Die Luft schien frischer zu sein als im Buckelwal.

»Willkommen in meinem Blauen, Dr. Quinn. Ich bin Cielle Nuñez. Wie fühlen Sie sich?«

»Wie ausgeschissen.« Quinn grinste. Sie war etwa in seinem Alter. Eine Latina mit kurzem, dunklem, grau meliertem Haar und großen, braunen Augen, in denen sich die Biolumineszenz von den Wänden widerspiegelte, was aussah, als lachte sie. Sie war barfüßig und trug Khakis wie Poynter und Poe. Er reichte ihr die Hand.

»Putzig«, sagte sie. »Kommen Sie, Doktor. Es ist bestimmt schon eine Weile her, dass Sie aufrecht stehen konnten.« Sie führte ihn einen Korridor entlang, der Nate daran erinnerte, wie er mit seinen Kumpels, als sie noch Kinder waren, die Kanalisation von Vancouver erkundet hatte. Die Decke war hoch genug, dass man einigermaßen aufrecht gehen, aber nicht so hoch, dass man bequem stehen konnte.

»Im Grunde bin ich kein richtiger Doktor, Cielle. Ich habe zwar einen Titel, aber das mit dem ›Kommen Sie, Doktor‹ –«

»Ich verstehe. Ich bin der Kapitän auf diesem Boot, aber wenn Sie mich ›Käpt'n‹ nennen, werde ich Sie ignorieren.«

»Ich wollte doch den Buckelwal singen hören, bevor ich los muss. Sie wissen schon, von innen.«

»Das werden Sie. Sie haben Zeit genug.«

Der Korridor wurde immer breiter, je weiter sie kamen, und Nate konnte tatsächlich normal gehen, zumindest so normal, wie man barfüßig auf Walhaut gehen kann. Die Haut sah gesprenkelt aus, während sie im Buckelwal fast durchgehend grau gewesen war. Ihm fiel auf, dass auf diesem Schiff breite, biolumineszierende Adern am Boden verliefen und gelbliches Licht abgaben, so dass alles gespenstisch grün erglühte. Nuñez blieb vor etwas stehen, bei dem es sich um Durchgänge auf beiden Seiten zu handeln schien.

»Diese Stelle ist so gut wie jede andere«, sagte sie. »Jetzt drehen Sie sich seitwärts, und nehmen Sie meine Hand.«

Quinn tat, was man von ihm verlangte. Ihre Hand fühlte sich warm an, aber trocken. Sie war klein, aber kräftig, und er spürte die Stärke in ihrem Griff. »Wir gehen einfach los, wenn sich das Schiff dreht. Bleiben Sie erst stehen, wenn ich es sage, sonst sitzen Sie gleich auf Ihrem Allerwertesten.«

»Was?«

»Okay, Scooter, Rolle seitwärts.«

»Scooter?«

»Alle Piloten heißen Scooter oder Skippy. Das haben die Ihnen nicht erzählt?«

»Man war nicht gerade freigiebig mit Informationen.«

»Buckelwal-Mannschaften sind üble Schlitzohren.« Nuñez lächelte. »Sie kennen die Sorte, wie Navy-Kampfpiloten an Deck? Nur Ego und Testosteron.«

»Wohl eher Halunken als Schlitzohren«, entgegnete Nate.

»Bei dem speziellen Haufen, ja.«

Der ganze Korridor begann sich zu bewegen.

»Los geht's: Schritt, Schritt, Schritt, so ist es gut.« Sie liefen an der Wand entlang, während das Schiff seitwärts rollte. Als sie an der Decke standen, hörte die Bewegung auf. »Schön, Scooter«, sagte Nuñez, die offenbar über eine unsichtbare Sprechanlage mit ihm kommunizierte. Dann zu Nate: »Er ist so gut.«

»Wir lagen beim Transfer auf dem Rücken?«

»Exakt. Sie sind ein helles Köpfchen. Sehen Sie hier, das sind Kabinen.« Sie berührte einen leuchtenden Knoten an der Wand, und ein Vorhang aus Haut faltete sich zurück. Nate dachte unwillkürlich an das Blasloch eines Zahnwals, aber es war so groß, mehr als einen Meter zwanzig breit, es war einfach ... unnatürlich. Pulsierend flammten Lichtstreifen jenseits der Tür auf und boten einen Blick in die kleine Kabine, ein Bett – offenbar aus derselben Haut gearbeitet wie alles im Raum –, aber auch ein Tisch und ein Stuhl. Nate konnte nicht erkennen, aus welchem Material sie wohl gemacht sein mochten, aber es sah aus wie Plastik.

»Knochen«, sagte Nuñez, als sie sah, was er sah. »Sie sind ebenso Teil des Schiffes wie die Wände. Alles lebendes Gewebe. Hinter den Schotten, die jetzt geschlossen sind, gibt es Regale und Fächer für Ihre Sachen. Selbstverständlich muss alles verstaut sein für kleine Manöver wie gerade eben. Die Schwimmbewegung ist nicht so schlimm wie bei den Buckelwalen. Sie werden feststellen, dass man sich daran gewöhnt, und dann läuft man wie an Land.«

»Sie haben Recht. Ich hab gar nicht gemerkt, dass wir unterwegs sind.«

»Das dürfte daran liegen, dass wir es auch nicht sind«, sagte Nuñez.

Das Kichern eines Walbengels hallte ihnen durch den Korridor entgegen.

»Ihr Lümmel sollt arbeiten«, rief Nuñez. »Macht euch bereit.« Sie drehte sich zu Quinn um. »Kann ich Ihnen was Warmes spendieren? Und vielleicht ein paar Fragen beantworten?«

»Sie bieten mir was an?« Quinns Herz hüpfte vor Freude. Informationen ohne Poynters und Poes entnervendes Katz-und-Maus-Spiel? Er war begeistert. »Das wäre phantastisch.«

»Machen Sie sich nicht gleich in die Hose, Quinn. Es geht nur um Kaffee.«

Der Korridor führte auf eine große Brücke. Der Kopf des Blauen war riesig, verglichen mit dem Buckelwal. Auf beiden Seiten des Eingangs stand ein Walbengel und grinste sie an, als sie vorbeikamen. Beide waren größer als Quinn, und im Gegensatz zu Scooter und Skippy vom Buckelwal war ihre Haut gesprenkelt und von hellerer Farbe.

Nate blieb stehen und grinste zurück. »Lasst mich raten – Skippy und Scooter?«

»Eigentlich Bernard und Emily 7«, sagte Nuñez.

»Sie haben doch gesagt, alle wären –«

»Ich habe gesagt, alle Piloten heißen Skippy und Scooter.« Sie deutete auf den vorderen Teil der Brücke, wo sich zwei Walbengel, die dort an den Kontrollpulten saßen, grinsend auf ihren Sitzen umdrehten. Vielleicht, dachte Nate, schien es nur so, als grinsten sie andauernd – wie Delfine. Er hatte einen echten Amateurfehler begangen und angenommen, dass ihr Gesichtsausdruck der menschlichen Mimik entsprach. Das machten die Menschen oft so bei Delfinen, obwohl die Tiere keinerlei Gesichtsmuskulatur besaßen, mit der sich Mimik herstellen ließe. Selbst traurige Delfine schienen zu lächeln.

»Was grinst ihr zwei?«, fragte Nuñez. »Machen wir uns auf den Weg.«

Die Piloten runzelten die Stirn und wandten sich wieder ihren Pulten zu.

»Tja, Scheiße«, sagte Nate.

»Was?«

»Nichts, nur mal wieder eine Theorie im Arsch.«

»Ja, diese Operation hat's in sich, oder?«

Nate spürte etwas an seiner hinteren Hosentasche, fuhr herum und sah einen dünnen, dreißig Zentimeter langen, rosafarbenen Penis, der aus Bernards Genitalschlitz ragte. Das Ding winkte ihm zu.

»Heilige Scheiße!«

»Bernard!«, fuhr Nuñez ihn an. »Steck ihn weg. Das tut man nicht.«

Bernards Gerät ließ merklich den Kopf hängen, als er getadelt wurde. Er sah es an und zirpte zerknirscht.

»Aus!«, bellte Nuñez.

Bernards Bester zuckte in seinen Genitalschlitz zurück. »Tut mir Leid«, sagte Nuñez zu Nate. »Daran werde ich mich nie gewöhnen. Es ist wirklich beunruhigend, wenn man mit einem von ihnen arbeitet und ihn bittet, mal eben den Schraubenzieher rüberzureichen, und er hat schon alle Hände voll zu tun. Kaffee?«

Sie führte ihn an einen kleinen, weißen Tisch, um den herum vier Knochenstühle aus dem Boden ragten – ohne Rückenlehnen, aber mit organischen Rundungen und dem feuchten Glanz lebender Knochen – eher Antonio Gaudí als Fred Feuerstein. Quinn setzte sich, während Nuñez einen Knoten an der Wand berührte, der sich zu einer meterbreiten Nische öffnete, mit einer Spüle, mehreren Kanistern und etwas, das wie eine Kaffeemaschine aussah. Nate wunderte sich, woher wohl der elektrische Strom kommen mochte, zwang sich aber zu warten, bevor er fragte.

Während Nuñez den Kaffee zubereitete, sah sich Quinn um. Die Brücke war ohne weiteres viermal so groß wie der gesamte

Innenraum des Buckelwals. Statt im Minivan zu reisen, war es, als säße man in einem geräumigen Wohnmobil – ein eher rundliches, schlecht beleuchtetes Wohnmobil, aber ungefähr dieselbe Größe. Blaues Licht drang durch die Augen herein, schien in die Gesichter der Piloten, die schimmerten wie Lackleder. Langsam wurde Nate bewusst, dass zwar alles organisch – lebendig – sein mochte, auf dem Walschiff aber die gleiche Effizienz herrschte wie auf allen Schiffen: Jeder Raum wurde genutzt, alles war gut verstaut, alles funktional.

»Wenn Sie zum Abtritt müssen, gehen Sie den Korridor wieder zurück, vierte Luke auf der rechten Seite.«

Emily 7 klickte und quiekte, und Nuñez lachte. Sie hatte ein warmes, ungezwungenes Lachen. Es kam einfach aus ihr heraus, sanft und leicht. »Emily sagt, eigentlich wäre es logischer, wenn der Abtritt hinten beim Austritt wäre, aber … na, ja, so viel zur Logik.«

»Das mit der Logik habe ich schon vor ein paar Tagen aufgegeben.«

»Sie müssen nichts aufgeben, nur neu anpassen. Der Abtritt ist wie alles andere auf dem Schiff lebendig, aber ich denke, Sie werden schnell merken, wie es geht. Es ist erheblich unkomplizierter als eine Flugzeugtoilette.«

Scooter zwitscherte, und das große Schiff setzte sich in Bewegung, mit einem heftigen Wogen, das bald zu einem sanften Rollen wurde. Es war wie auf einem großen Segelschiff bei mittelschwerer See.

»Hey, wenn du vielleicht kurz vorher was sagen könntest, Scooter, hm?«, tadelte Nuñez. »Fast hätte ich Nathans Kaffee verschüttet. Ist es okay, wenn ich Sie Nathan nenne?«

»Lieber Nate.«

Nuñez passte sich dem Rollen des Schiffes an, bahnte sich einen Weg zum Tisch und stellte zwei dampfende Kaffeebecher ab. Dann ging sie Zuckerschale, Löffel und eine Dose Kondensmilch holen. Nate nahm die Dose und betrachtete sie.

»Das ist hier drinnen das Erste, was ich auch von draußen kenne.«

»Tja, ein Sonderwunsch. Walmilch will man nicht im Kaffee haben. Ist wie Sprühkäse mit Krillgeschmack.«

»Urks.«

»Meine Rede.«

»Cielle, ich hoffe, es macht Ihnen nichts, wenn ich sage, dass Sie mir nicht sehr militärisch vorkommen.«

»Ich? Nein, war ich auch nie. Mein Mann und ich hatten ein großes, schönes Segelboot. Wir sind vor Costa Rica in einen Hurrikan geraten und gesunken. Da haben sie mich geholt. Mein Mann hat nicht überlebt.«

»Das tut mir Leid.«

»Ist okay. Es liegt schon lange zurück. Aber, nein, ich war nie beim Militär.«

»Aber so, wie Sie hier Kommandos geben –«

»Zuallererst müssen wir ein Missverständnis aufklären, dem Sie offensichtlich unterliegen, Nate. Ich ... wir, die Menschen auf diesen Schiffen, haben keineswegs das Kommando. Wir sind nur ... ich weiß nicht, wie Botschafter oder so was. Wir klingen wie Befehlshaber, weil diese Typen den ganzen Tag nur rumhängen würden, aber wir besitzen keine echte Autorität. Der Colonel gibt die Befehle, und die Walbengel schmeißen den Laden.«

Scooter und Skippy kicherten wie ihre Pendants im Buckelwal, und Bernard und Emily 7 stimmten mit ein, wobei Bernard seinen Greifpimmel ausfuhr wie eine Papiertröte auf dem Kindergeburtstag.

»Und die Walmädchen?« Nate nickte zu Emily 7 hinüber, die grinste – es war ein sehr breites, äußerst zahnreiches Lächeln, ein wenig kokett, wie man es – sagen wir – von einem naiven Püppchen erwarten würde, dessen Biss einem aber den Arm abtrennen konnte.

»Einfach nur Walbengel. Es ist wie mit dem Begriff ›Mannschaft‹. Der weibliche Teil wird fallen gelassen. Hier ist es genau das Gleiche. Alte Männer haben ihnen diesen Namen gegeben.«

»Wer ist der Colonel?«

»Er hat das Sagen. Wir kriegen ihn nie zu sehen.«

»Aber menschlich?«

»Soweit ich weiß.«

»Sie sagen, Sie sind schon lange hier. Wie lange?«

»Lassen Sie mich Ihnen noch einen Kaffee holen, und dann erzähle ich Ihnen, was ich weiß.« Sie drehte sich um. »Bernard, würdest du dieses Ding bitte aus der Kaffeekanne nehmen?«

23

Clair rührt einen Neuronensturm

Bei aller Bewunderung für die Biologen, mit denen er über die Jahre zusammengearbeitet hatte, bewahrte sich Clay doch ein leises Gefühl der Überlegenheit: Wenn alles getan war, hatten sie nur die Oberfläche dessen, was sie erreichen wollten, angekratzt, aber wenn Clay seine Bilder im Kasten hatte, ging er damit zufrieden nach Hause. Selbst Nathan Quinn gegenüber hatte er sich eine gewisse, schändliche Selbstherrlichkeit zugelegt und den Freund mit dessen anhaltender Frustration aufgezogen. Für Clay hieß es: Besorg die Bilder und dann: Was gibt's zum Abendessen? Bis jetzt. Nun musste er sich einigen Mysterien stellen, und unwillkürlich dachte er, dass die Macht der Ironie ihre Muskeln spielen ließ, um ihm heimzuzahlen, dass er so lange sorglos gelebt hatte.

Kona dagegen zollte seiner Furcht vor der Ironie des Schicksals schon lange Tribut, indem er – wie viele Surfer – kein Haifleisch aß. »Ich esse sie nicht, sie fressen mich nicht. So läuft das.« Doch nun spürte auch er den scharfen Sägezahn im Biss der Ironie. Nachdem er seit dem dreizehnten Lebensjahr seiner geistigen Klarheit durch den Gebrauch der monumentalsten Rauchwaren, die Jah ihm bieten konnte (Dank sei IHM), die Schärfe genommen hatte, blieb ihm nun nichts anderes übrig, als mit schmerzhafter Unerbittlichkeit nachzudenken.

»Denk nach!«, sagte Clair und klopfte dem Surfer mit einem Löffel an die Stirn, mit dem sie Sekunden zuvor Honig in einen Becher Kräutertee gerührt hatte.

»Autsch«, sagte Kona.

»Hey, das ist nicht nett«, sagte Clay und kam Kona zu Hilfe. Loyalität bedeutete ihm was.

»Halt den Mund. Gleich kommst du dran.«

»Okay.«

Sie hatten sich um Clays großen Monitor versammelt. Das Spektrogramm eines Walgesangs von Quinns Computer breitete sich auf dem Bildschirm aus, und nach den Informationen, die sie ihm entnahmen, hätte es sich auch um die Auswirkungen eines Gotcha-Krieges handeln können, denn danach sah es aus.

»Was haben die beiden gemacht, Kona?«, fragte Clair und hielt dabei den Löffel schlagbereit – dampfend vor kräuternder Gelassenheit. Als Lehrerin von Viertklässlern einer öffentlichen Grundschule, in der körperliche Züchtigung verboten war, hatte sie ihre Wut jahrelang aufgestaut und genoss es in gewisser Weise, diese nun an Kona auszulassen, in dem sie ein Paradebeispiel für das Versagen der Öffentlichen Erziehung sah. »Nate und Amy sind das alles hier mit dir durchgegangen. Jetzt erinner dich daran, was sie gesagt haben!«

»Es sind nicht diese Dinger, es ist das Oszilloskop«, sagte Kona. »Nate hat nur dieses Unterwasser-Zeug genommen und eine Skala angelegt.«

»Es ist alles Unter*wasser*«, sagte Clay. »Du meinst Unter*schall*.«

»Ja, genau. Er hat gesagt, da ist was. Ich hab gesagt, so was wie Computersprache. Einsen und Nullen.«

»Das hilft uns nicht weiter.«

»Er hat sie per Hand markiert«, erklärte Kona. »Indem er die grüne Linie eingefroren und dann die Ausschläge gemessen hat.

Er hat gesagt, so könnte das Signal erheblich mehr Informationen transportieren, aber die Wale bräuchten dafür Oszilloskope und Computer.«

Staunend sahen Clay und Clair den Surfer an.

»Aber die haben sie nicht«, sagte Kona. »Tja.«

Es war, als sei eine Woge der Erkenntnis über ihn gekommen. Sie starrten ihn nur an.

Kona zuckte mit den Schultern. »Hauptsache, du schlägst mich nicht wieder mit dem Löffel.«

Clay schob seinen Stuhl zurück, um den Surfer an die Tastatur zu lassen. »Zeig es mir.«

Bis spät in die Nacht arbeiteten alle drei, markierten die Ausdrucke und notierten Einsen und Nullen auf ihren gelben Notizblöcken. Clair ging um zwei Uhr früh ins Bett. Um drei hatten sie fünfzig Seiten voll mit Einsen und Nullen. In einer anderen Situation wäre es Clay vielleicht so vorgekommen, als hätten sie gute Arbeit geleistet. Schon früher hatte er an Bord bei der Datenauswertung geholfen. Man schlug Zeit tot und schmeichelte sich bei dem jeweiligen Projektleiter ein, für den man fotografierte, aber er hatte die Arbeit immer an jemanden weiterreichen können, der sie dann für ihn beenden musste. Langsam dämmerte es ihm: Wissenschaftliche Arbeit konnte ätzend sein.

»Das ist ätzend«, sagte Kona.

»Nein, ist es nicht. Sieh dir an, was wir hier haben«, sagte Clay und deutete auf das, was sie hatten.

»Was ist es denn?«

»Eine ganze Menge, das ist es. Sieh's dir an.«

»Was bedeutet es?«

»Keine Ahnung.«

»Was hat das mit Nate und dem Sahneschnittchen zu tun?«

»Sieh dir das alles doch mal an«, sagte Clay und sah sich das alles an.

Kona stand von seinem Stuhl auf und rollte mit den Schultern. »Mann, Bwana Clay, Jah hat dir ein großes Herz gegeben. Ich geh ins Bett.«

»Was willst du mir damit sagen?«, fragte Clay.

»Herz haben wir genug, Bruder. Jetzt brauchen wir Hirn.«

»Bitte?«

Und so hatte Clay am Morgen zwar ein kolossales Stück Information zum Tausch anzubieten (das Torpedo-Testgebiet), aber keinen echten Hinweis darauf, was er eigentlich wissen musste (alles andere), als er Libby Quinn dazu überredete, nach Papa Lani zu kommen.

»Also, damit ich dich auch richtig verstehe…«, sagte Libby Quinn, während sie von Clays Computer in die Küche und zurück lief. Kona und Clay standen etwas abseits, folgten ihrem Hin und Her wie Hunde einem Frikadellen-Tennis. »Ihr habt eine alte Frau, die behauptet, ein Wal habe sie angerufen und gesagt, Nate solle ein Pastrami-Sandwich mitbringen?«

»Mit dunklem Brot, Schweizer Käse und scharfem Senf«, ergänzte Kona, um zu verhindern, dass ihr relevante, wissenschaftliche Details entgingen.

»Und ihr habt eine Tonaufnahme von Stimmen, unter Wasser, vermutlich militärisch, die fragen, ob jemand ein Sandwich dabei hat.«

»Korrekt«, sagte Kona. »Ohne nähere Angaben zu Brot, Fleisch oder Käse.«

Libby warf ihm einen bösen Blick zu. »Und ihr sagt, die Navy simuliert Detonationen, weil sie ein Torpedo-Testgebiet mitten in der Buckelwal-Schutzzone einrichten will.« Sie legte eine bedeutungsvolle Pause ein und drehte sich nachdenklich um – wie Hercule Poirot in Badelatschen. »Ihr habt ein Video von Amy, auf dem es scheint, als würde sie eine Stunde lang die Luft anhalten, ohne Nebenwirkungen.«

»Barbusig«, fügte Kona hinzu. Wissenschaft.

»Ihr sagt, Amy hätte behauptet, Nate sei von einem Wal verschlungen worden, was – wie wir alle wissen – unmöglich ist, wenn man den Durchmesser der Kehle eines Buckelwals bedenkt – falls ihn überhaupt einer fressen wollte, was kaum der Fall sein dürfte.« (Was das anging, war sie nur ein Fährtenleser, ein denkender Kürbis, ein Sherlock Holmes ohne Koks in den Taschen.) »Dann fährt Amy ohne ersichtlichen Grund mit einem Kajak raus und verschwindet, ertrinkt vermutlich. Und ihr sagt, Nate hätte daran gearbeitet, ein Binärsystem in den tiefen Frequenzen des Walgesangs zu finden. Und ihr glaubt, das hätte irgendwie was zu bedeuten? Hab ich euch da richtig verstanden?«

»Ja«, sagte Clay. »Aber da ist auch noch der Einbruch in unser Büro, bei dem die Tonaufnahmen verschwunden sind, und außerdem die Sache mit meinem Boot, das jemand versenkt hat. Okay, ich gebe zu, als wir gestern Nacht darüber gesprochen haben, klang der Zusammenhang nahe liegender.«

Libby Quinn blieb stehen, drehte sich um und musterte die beiden. Sie trug Cargo-Shorts, Hightech-Sandalen und einen Jogging-BH, und es schien, als sei sie bereit, jeden Augenblick loszurennen, um draußen etwas Anstrengendes zu tun. Sie blickten beide zu Boden, überwältigt, als wären sie nach wie vor der Bedrohung von Clairs tödlichem Löffel ausgesetzt. Insgeheim hatte Clay schon immer ein Auge auf Libby geworfen, sogar schon, als sie noch mit Quinn verheiratet gewesen war, und erst im Lauf des letzten Jahres hatte er überhaupt Blickkontakt mit ihr aufnehmen können. Kona dagegen hatte sich Dutzende Videos über lesbisches Leben angesehen, besonders solche, bei denen mitten in einem intimen Augenblick ein Dritter auftauchte (gewöhnlich mit einer Pizza), so dass er Libby schon lange scharf fand, trotz des Umstands, dass sie doppelt so alt war wie er.

»Hilf uns«, sagte Kona, versuchte, Mitleid erregend zu klingen, und starrte zu Boden.

»Das ist alles, was ihr habt, und ihr glaubt, weil ich ein bisschen was von Biologie verstehe, könnte ich mir einen Reim darauf machen?«

»Und auf das hier«, sagte Clay und deutete auf die mittlerweile geordneten Seiten voller Einsen und Nullen auf seinem Schreibtisch.

Libby ging hinüber und blätterte darin herum. »Clay, das ist nichts. Damit kann ich nichts anfangen. Selbst wenn Nate wirklich was gefunden haben sollte, was glaubt ihr denn? Dass es für uns irgendeinen Sinn ergeben könnte, wenn wir darin ein Muster erkennen? Hör mal, Clay, ich habe Nate auch geliebt, das weißt du, aber –«

»Sag uns nur, wo wir anfangen sollen«, unterbrach Kona sie.

»Und sag mir, ob du hier irgendwas erkennst.« Clay ging zum Computer und drückte eine Taste. Ein Standbild von der schmalen Seite des Walschwanzes, das er bei seinem Rebreather-Tauchgang aufgenommen hatte, war auf dem Bildschirm zu sehen. »Nate sagte, er hätte eine Zeichnung an einem Walschwanz gesehen, Libby. Schriftzeichen. Nun, ich dachte, an diesem Wal wäre auch so was, bevor er mich k.o. geschlagen hat. Aber das hier ist die beste Aufnahme von dem Schwanz, die wir haben. Es könnte was bedeuten.«

»Was zum Beispiel?« Ihre Stimme klang liebenswürdig.

»Ich weiß nicht was, Libby. Wenn ich es wüsste, hätte ich dich nicht angerufen. Aber es passieren so viele merkwürdige Dinge, die beinahe zusammenpassen, und wir wissen nicht mehr, was wir tun sollen.«

Libby betrachtete das Standbild. »Da *ist* irgendwas. Ein besseres Bild hast du nicht?«

»Nein, *das* weiß ich genau. Ein besseres hab ich nicht.«

»Weißt du, Margaret und ich haben mal in Texas einem Typen geholfen, der dabei war, ein Software-Programm zu entwickeln, mit dem sich die Perspektive von Walaufnahmen verschieben ließ, damit sich Bilder aus ungünstigen Blickwinkeln bearbeiten und zu brauchbaren Erkennungsfotos extrapolieren ließen. Du weißt, wie viele wegen der falschen Perspektive weggeworfen werden.«

»Hast du dieses Programm?«

»Ja, es steckt noch im zweiten Testdurchlauf, aber es funktioniert. Ich glaube, wir können diese Aufnahme drehen, und falls es etwas zu sehen gibt, werden wir es sehen.«

»Cooles Ding«, sagte Kona.

»Was diese Sache mit dem Binärcode betrifft, ist das wohl eher ein Schuss ins Blaue, aber falls es etwas zu bedeuten haben sollte, werden wir den Computer mit euren Einsen und Nullen füttern müssen. Kona, kannst du tippen?«

»Einsen und Nullen? Ist meine Spezialität, Mann.«

»Okay. Ich richte dir eine einfache Textdatei ein – nur Einsen und Nullen –, und danach überlegen wir, ob wir was damit anfangen können. Keine Fehler, ja?«

Kona nickte.

Schließlich sah Clay auf und lächelte. »Danke, Libby.«

»Ich sage nicht, dass was dran ist, Clay, aber ich war nicht gerade fair Nate gegenüber, als er noch da war. Vielleicht bin ich ihm was schuldig, jetzt, wo er nicht mehr unter uns ist. Außerdem ist es windig. Draußen zu arbeiten, wäre heute nichts. Ich werde Margaret anrufen und sie bitten, uns das Programm zu bringen. Ich helfe dir, wenn du versprichst, dass du deinen ganzen Einfluss geltend machst, dieses Torpedo-Testgebiet zu verhindern, und Maui Whale mit unter die Petition gegen das Aktive Niederfrequenz-Sonar setzt. Habt ihr damit ein Problem?«

Sie sah Clay und Kona mit ihrem »Todeslöffel«-Blick an, so

dass es den beiden schien, als sei es etwas, das allen Frauen angeboren war, nicht nur Clair, und dass sie davor große, große Angst haben sollten.

»Nie im Leben«, sagte Kona.

»Klingt gut. Ich setz Kaffee auf«, sagte Clay.

»Margaret wird ausrasten, wenn sie das von den Torpedos hört«, sagte Libby Quinn, während sie nach Clays Telefon griff.

24

Blau ist die Hoffnung

Über seinem Kopf ereignete sich eine kleine Explosion, und Nate tauchte unter den Tisch. Als er aufblickte, beugte sich Emily 7 über ihn und starrte ihn mit ihren wässrigen Walaugen und einem milden Ausdruck der Sorge an. Nuñez hockte lächelnd am anderen Ende des Tisches.

»Das war das Ausblasen, Nate«, erklärte Nuñez. »Etwas heftiger als beim Buckel, was? Vergessen Sie nicht: Diese Schiffe verhalten sich wie echte Wale. Das Blasloch befindet sich direkt über unseren Köpfen. Wissen Sie, etwa alle zwanzig Minuten geht es los. Sie werden sich daran gewöhnen.«

»Klar wusste ich das«, sagte Nate und kroch unter dem Tisch hervor. Er war schon vor Santa Cruz draußen gewesen, auf der Suche nach den Blauen. Normalerweise fand man sie durch ihr Prusten beim Ausblasen, das man bis auf zweieinhalb Kilometer Entfernung hören konnte. Er blickte auf, erwartete, durchs Blasloch den Himmel zu sehen, sah jedoch stattdessen nur noch mehr glatte Walhaut.

»Sie verhalten sich wie Wale, aber die Physiologie ist wegen der Unterkünfte eine völlig andere. Ich verstehe es nicht wirklich, aber das Blasloch beispielsweise ist mit ein paar Hilfslungen verbunden, die den Sauerstoffaustausch mit dem Blut regeln. Ich habe überhaupt keine Ahnung, wie sie uns Elektrizität beschaffen. Ich meine, ich habe gesagt, ich wollte eine Kaffeemaschine, und sie haben eine Steckdose eingebaut. Überall auf der Brücke gibt es Stromkreise für unsere Geräte. Die anderen Körperfunktionen scheinen von kleineren Versionen der Leber, Nieren und so weiter an der Außenseite der Kabinen gesteuert zu werden. Die Hauptwirbelsäule läuft oben am Schiff entlang. Es gibt keinen Verdauungstrakt. Das Verdauungssystem dieses Schiffes befindet sich in der Basis. Es wird angeschlossen und pumpt nährstoffreiches Blut ins Schiff, das genügend Energie im Blubber speichert, um sechs Monate über die Meere fahren zu können ... oder mindestens einmal um die Erde. Wir können zwanzig Knoten machen, solange keiner zusieht.«

»Was meinen Sie damit: ›solange keiner zusieht‹?«

»Ich meine Leute wie Sie: Biologen. Wenn einer von Ihnen uns beobachtet, müssen wir nach ein paar Stunden langsamer machen. Besonders wenn wir markiert sind.«

»Dieses Schiff hat einen Satellitensender bekommen? Was machen Sie damit?«

»Wir halten uns eine Weile bedeckt. Dann tauchen wir ab, und einer von den Walbengeln geht raus und entfernt den Sender. Zweimal sind wir schon von diesem Bruce Mate von der Oregon State-Uni markiert worden. Der Typ ist eine Nervensäge. Wahrscheinlich hat er sogar seiner Frau einen Sender angehängt, damit er weiß, wann sie auf den Topf geht. Wenn man mich gefragt hätte, würde *der* jetzt mit uns fahren.«

»Sie wissen, wer er ist?« Nate war sprachlos. Als Wissenschaftler kämpfte man immer damit, sich nicht von seiner Unwissenheit überwältigen zu lassen, aber das schiere Ausmaß dieser Operation – es war einfach zu viel.

»Selbstverständlich. Seit der kommerzielle Walfang zurückgegangen ist, haben wir unseren Nachrichtendienst auf die Cetologen konzentriert. Was glauben Sie, weshalb Sie hier sind?«

»Okay, weshalb bin ich hier?«

»Ich kenne nicht die ganze Geschichte, aber es hat irgendwas mit dem Gesang zu tun. Offenbar waren Sie etwas zu nah daran, unser Signal im Gesang zu entdecken, also hat man Sie sich gegriffen.«

»Die Außerirdischen haben sich dafür interessiert, was ich tue?«

»Welche Außerirdischen?«

»Diese Außerirdischen«, sagte Nate und nickte zu den Piloten und Bernard und Emily 7 hinüber, die zu einem Tisch auf der anderen Seite des Korridors gegangen waren.

»Die Walbengel sind keine Außerirdischen. Wer hat Ihnen das denn erzählt?«

»Nun ja, Poynter und Poe haben es angedeutet.«

»Diese Penner. Nein, es sind keine Außerirdischen. Sie sind etwas seltsam, aber nicht so seltsam, dass sie von einem anderen Planeten kommen könnten.«

Bernard blickte von etwas auf, das eine Art Seekarte zu sein schien, und gab sein typisches, beiläufiges Schnauben von sich.

»Das machen sie ziemlich oft«, sagte Nate.

»Wenn Sie eine zehn Zentimeter breite Zunge hätten, würden Sie es auch oft machen. Es ist eine Art Imponiergehabe, wie Bernards Penisschwenken.«

»Wie männliche Killerwale.«

»Bingo. Sehen Sie, für jemanden mit Ihrem Hintergrund ist es einfach zu erklären. Ich habe anfangs kein Wort verstanden.«

»Es tut mir Leid, aber ich kann nicht glauben, dass dieses Schiff hier, die Walbengel, die ganze Perfektion in dem, wie sie arbeiten, ein Werk der natürlichen Auslese sein soll. Da muss doch ein Plan dahinter stecken. Irgendwer hat das alles erschaffen.«

Cielle nickte lächelnd. »Ich bin in meinem Leben vielen Wissenschaftlern begegnet, Nate, aber Sie sind sicher der erste, der für einen großen Schöpfer votiert. Wie nennt man es, das ›Uhrmacher-Argument‹?«

Da hatte sie natürlich Recht. Es galt als akzeptierte Prämisse, dass ein intelligentes Konstrukt nicht notwendigerweise das Ergebnis von Intelligenz sein musste, sondern nur der Mechanismus einer natürlichen Auslese von Überlebenseigenschaften und wirklich langen, langen Zeiträumen, in denen sich die Auslese abspielen konnte. Nates Lebenswerk fußte auf dieser Annahme, aber jetzt stieß er Darwin über Bord, weil sein – Nates – Verstand zu klein war, die Vorstellung dieses Schiffes zu umreißen. Ja, verdammt! Scheiß auf Darwin! Das Ganze war einfach zu abgefahren.

»Tut mir Leid. Ich hab nur Probleme, das alles in meinen Schädel zu kriegen. Ich weiß nicht, wie Sie damit fertig werden, hier gefangen zu sein, aber es ist mir auch egal. Außerdem konnte ich im Buckelwal kaum schlafen, weil er alle paar Minuten ausgeblasen hat, und seit gut fünf Tagen habe ich nichts als rohen Fisch und Wasser zu mir genommen. Ich müsste ja einen Sprung in der Schüssel haben, wenn es mir nicht unwirklich vorkäme.«

Bernard gab einen wimmernden Laut von sich, und Skippy und Scooter schlossen sich ihm einen Moment später an, bis sie wie ein Korb voll hungriger Welpen klangen, und dann brachen sie allesamt in pfeifendes Kichern aus. Emily 7 sah stirnrunzelnd herüber.

»Natürlich, ich verstehe, Nate«, sagte Nuñez. »Vielleicht sollten Sie Ihren Kaffee austrinken und sich in Ihre Unterkunft zurückziehen. Ich habe etliche Energiedrinks in meiner Kajüte, die Ihr Gehirn mit ein paar Kohlehydraten versorgen, und ich kann Ihnen was bringen, das beim Einschlafen hilft – unsere Schiffsärztin ist voll ausgerüstet, was Medikamente angeht.«

Mütterlich tätschelte sie seine Hand. Nate schämte sich ein wenig dafür, dass er gejammert hatte.

»Dann sind Sie nicht der einzige Mensch auf diesem Schiff?«

»Nein, wir haben vier Menschen und sechs Walbengel an Bord. Die anderen sind in ihren Quartieren. Aber alle sind sehr gespannt darauf, Sie kennen zu lernen. Seit Wochen wird davon gesprochen.«

»Sie wussten schon seit Wochen, dass Sie mich holen würden?«

»Mehr oder weniger. Wir standen Gewehr bei Fuß. Der Auftrag kam erst einen Tag, bevor wir Sie eingesammelt haben.«

»Und Sie und der Rest der Mannschaft, Sie sind auch Gefangene?«

»Nate, alle Leute auf diesem Schiff – auf allen Walschiffen – wurden aus sinkenden oder gesunkenen Schiffen, über dem Meer abgestürzten Flugzeugen oder sonst welchen Katastrophen gerettet, bei denen sie andernfalls umgekommen wären. Es ist geschenkte Zeit, und – offen gesagt – wenn Sie erst akzeptiert haben, wo Sie sind und was Sie tun, werde ich Sie fragen, wo Sie lieber wären. Okay?«

Nate suchte in ihrem Gesicht nach Spuren von Sarkasmus oder Bosheit. Aber er fand nur ein sanftes Lächeln.

»Gehen Sie in Ihre Unterkunft. Ich schicke Ihnen die Medikamente gleich rüber. Bernard, würdest du Dr. Quinn sein Quartier zeigen?«

»Ich bin eigentlich gar kein richtiger Doktor«, flüsterte Nate.

»Verschaffen Sie sich bei denen jeden Respekt, den Sie bekommen können, Nate.«

Bernard wartete am Eingang zum Korridor, rieb sich den glatten, schimmernden Bauch und grinste. Ein weißer Kaffeebecher ragte vor Bernards Unterleib auf, im festen Griff seines Geschlechts.

»Das wollte ich schon immer mal versuchen«, sagte Nate. Er war entschlossen, dem Walbengel nicht die Genugtuung zu lassen, dass er sich einschüchtern ließ. »Wäre echt praktisch beim Autofahren.« Nate verbeugte sich in Richtung Korridor. »Nach Ihnen, Bernard.«

Bernard schmollte den Flur entlang, mit einer Pose, die als Voll-Schnute durchgegangen wäre, wenn er denn Lippen gehabt hätte, mit denen er die Schnute hätte ziehen können. Auf dem Weg ließ er eine Kaffeespur hinter sich zurück.

25

Intime Bekenntnisse zetazeeischer Schlampen

Nate machte sich gerade mit der Vorstellung einer organischen Koje vertraut, in der er schlafen würde, bevor er sich tatsächlich auf dem Bett niederließ. Er war kein Gottesmensch, aber er stellte fest, dass er dennoch jemandem für das frische Bettzeug und das Federkissen dankte. Ganz bestimmt wollte er nicht mit dem Gesicht auf Walhaut schlafen. Draußen vor dem Schott war ein leiser Pfiff zu hören, und der große Hautlappen zog sich zurück, um den Weg zum Korridor frei zu machen. Emily 7 stand dort mit einem Tablett, auf dem sich zwei Dosen Protein Shake, ein Glas Wasser und eine einzelne, kleine Pille befanden. Sie grinste, versuchte aber nicht, einzutreten. Nate hatte sich ziemlich bücken müssen, als er durch das kleine Schott hereingeklettert war, und daher vermutete er, dass sie das Tablett bei dem Versuch wohl fallen lassen würde. Andererseits wollte sie vielleicht nur höflich sein. Sie wartete, während Nate die Sachen vom Tablett auf den flachen Tisch stellte.

Emily 7 pfiff und warf ihm einen Seitenblick zu, wobei sich ihr rechtes Auge hervorwölbte, wie er es bei Buckelwalen gesehen hatte, wenn sie ein Boot auf dem Wasser betrachteten. Sie bedeutete ihm, dass er die Pille nehmen sollte.

»Du gehst erst, wenn du siehst, dass ich meine Medizin einnehme?«

Emily 7 nickte.

»Na, wenn ihr mich loswerden wolltet, wäre es erheblich einfacher gewesen, mich umzubringen, ohne mich extra hierher zu schaffen, um mich zu vergiften.« Nate nahm die Pille, spülte sie mit dem Wasser hinunter und machte den Mund auf, um zu zeigen, dass die Pille weg war. »Okay, Schwester?«

Emily pfiff und nickte, dann nahm sie Nate das leere Glas aus der Hand. Sie streckte sich und drückte auf den Knoten, und das Schott schloss sich zwischen ihnen. Nate hörte, wie sie die ersten Takte eines Wiegenliedes flötete. *Die ist niedlich*, dachte er, ein bisschen wie eine große, bösartige Gummipuppe.

Fast eine Woche lang hatte Nate nur dann Schlaf gefunden, wenn er auf dem Sitz im Buckelwal festgeschnallt war, und selbst dann schlief er unruhig, da das Schiff alle paar Minuten ausblies und die Walbengel pfeifend kommunizierten. Nun sank er trotz des laut blasenden Blauwalschiffes in tiefen Schlaf. Er träumte von sich und Amy, ihre nackten Leiber eng verschlungen, feucht vor Schweiß im sanften Kerzenschein. Seltsamerweise kam ihm noch im Traum der halbwegs klare Gedanke, dass er sich erinnerte, früher – wenn er Schlaftabletten genommen hatte – nie Träume gehabt zu haben. Doch dieser Gedanke wich dem Gefühl von Amys weicher Haut, als seine Finger sanft über ihre muskulösen Beine strichen, ihre vier langen Finger mit den Schwimmhäuten schlossen sich liebevoll um seinen –

»Hey!« Nate schlug die Augen auf. Ein weich beleuchteter Zaun aus spitzen Zähnen lächelte über ihm, und dampfender Fischatem wehte ihm entgegen.

»Oh-oh«, sagte Emily 7 mit hoher, krächzender Stimme, fast wie eine Ente.

Nate sprang aus dem Bett und prallte gegen die Wand auf der anderen Seite der Kajüte.

Emily 7 zog die Decke über ihren Kopf und drückte sich an die Wand, vergrub ihre Melone unter dem Kissen. Dann lag sie still.

Nate stand da und schnappte nach Luft. Sobald er den Boden berührt hatte, war die Biobeleuchtung heller geworden. Er stieß sich von der weichen Wand ab, dann wurde er plötzlich verlegen und nahm sein T-Shirt von der Stuhllehne, um seine Erektion zu verbergen, auch wenn diese rapide ihren Lebensmut verlor.

Emily 7 lag nur da.

»Hallo? Ich kann dich sehen.«

Eingerollt. Rührte sich nicht. Da unter der Decke. Alles walig.

»Damit kannst du keinem was vormachen. Du bist größer als ich. Man kann dich sehen.«

Nur das leise Geräusch ihres Blaslochs, das sich öffnete und schloss.

»Komm schon, wir gehören unterschiedlichen Spezies an. Das ist echt gruselig.«

Dann ein kleines Quieken, eher wie ein Wimmern, gefolgt von einem winzigen »Oh-oh«, wie eine kleine Elfe, die von einem schweren Buch unter der Decke zermalmt worden war und mit »Oh-oh« ihren letzten, kläglichen Seufzer von sich gegeben hatte.

»Also, hier kannst du nicht bleiben.«

Er erinnerte sich daran, wie ihm zumute gewesen war, als Libby ihn verlassen und zur näheren Erklärung gesagt hatte: »Nate, ich weiß nicht, ich habe nicht mal mehr das Gefühl, als würden wir derselben Spezies angehören.« Damals hatte er sich gefühlt, als würde ihm der Magen umgekrempelt. Über ein Jahr lang hatte es ihn zwischenmenschlich zum Krüppel gemacht. Länger noch, wenn er das Fiasko seiner Faszination für Amy mitrechnete.

Er trat an die Koje. Emily 7 drückte sich in die Ecke zwischen Wand und Bett. Nate zupfte am Rand der Decke und schob vorsichtig ein Bein darunter. Der Klumpen, der Emily 7s Kopf war, bewegte sich, als würde sie lauschen.

»Aber du bleibst auf deiner Seite, okay?«

»Okay«, quiekte Emily 7 mit dieser Stimme einer zermalmten Elfe.

Nate wachte zum Frohlocken von Killerwalen auf – hohen Jagdlauten. Die Herde schien fröhlich eine Jagd zu feiern oder zumindest eine andere Herde zu rufen, die kommen und helfen sollte. Es kam ihm in den Sinn, dass er sich auf einem Schiff befand, das als Futter für die Orcas dienen konnte und Gefahr lief, angegriffen zu werden. Er würde Nuñez danach fragen müssen. Er schwang seine Beine aus der Koje, und das Licht ging an. Er merkte, dass er allein war, und seufzte erleichtert.

Frische Khakis hingen über dem Stuhl, und auf dem Tisch stand eine Flasche Wasser. Es gab ein kleines Waschbecken an der Wand gegenüber der Koje, kaum größer als eine Müslischale und aus derselben Haut wie das gesamte Schiff. Es war ihm vorher gar nicht aufgefallen. Über dem Becken befanden sich drei dieser beleuchteten Knötchen, mit denen man auch die Türen aktivierte, aber Nate sah nicht, wo das Wasser herauskommen sollte. Er drückte auf einen der Knoten, und das Becken füllte sich aus einem Schließmuskel am Boden. Er drückte einen anderen, und das Wasser wurde durch dieselbe Öffnung herausgesogen. Er gab sich Mühe, eine gewisse wissenschaftliche Distanz an den Tag zu legen, scheiterte jedoch kläglich: Es lief ihm eiskalt über den Rücken. Nate musste dringend duschen und sich rasieren, aber er wollte gar nicht erst versuchen, seine Einsfünfundachtzig in einem Zwanzig-Zentimeter-Becken zu waschen, das ein … na ja, ein Arschloch am Boden hatte. Er hatte mehr als genug von fortgeschrittener Furzkanal-Technologie, danke der Nachfrage. Er spritzte sich etwas Wasser ins Gesicht und zog die Khakis an, wobei er überlegte, ob sich das Walschiff wohl auch einen Spiegel wachsen lassen würde, damit er sich rasieren konnte.

Die gesamte Mannschaft schien wach zu sein und sich auf der Brücke herumzutreiben, als Nate eintrat. Vier Walbengel saßen am Tisch mit den Karten rechts der Luke, die beiden Piloten an ihren Pulten. Nuñez stand am Tisch links der Luke, an dem eine blonde Frau von Mitte dreißig und zwei Männer saßen, einer dunkel, vielleicht Anfang zwanzig, und einer kahl und graubärtig, um die fünfzig. Kein sonderlich militärisch wirkender Haufen. Alle drehten sich um, als Nate eintrat. Sämtliche Gespräche – Worte und Pfiffe – erstarben abrupt. Das Echo der Killerwale hallte in der Brücke nach. Emily 7 wandte sich von Nates Blick ab. Nuñez lehnte an der Wand neben der Nische, in der die Kaffeemaschine untergebracht war, und gab sich alle Mühe, ihn nicht anzusehen.

»Hi«, sagte Nate, als er den Blick des Kahlköpfigen auffing, der ihn anlächelte.

»Nehmen Sie Platz«, sagte der Kahle und deutete auf den leeren Stuhl am Tisch. »Wir besorgen Ihnen was zu essen. Ich bin Cal Burdick.« Er schüttelte Nate die Hand. »Das sind Jane Palovsky und Tim Milam.«

»Jane, Tim«, sagte Nate und gab beiden die Hand. Nuñez lächelte ihn an, dann wandte sie sich eilig ab, als müsste sie sich dringend um die Kaffeemaschine kümmern oder laut loslachen – oder beides.

Alle am Tisch nickten, starrten vor sich hin, als wollten sie sagen: *Da sitzen wir nun also in einem riesigen Blauwalschiff, tief unten im Meer, von Killerwalen umzingelt, und Nate hat ein Alien gefickt, also …*

»Ist nichts passiert«, verkündete Nate allen auf der Brücke.

»Was?«, sagte Jane.

»Das Quartier ist also zu Ihrer Zufriedenheit?«, fragte Tim mit hoch gezogenen Augenbrauen.

»Ist nichts passiert«, wiederholte Nate, und obwohl nichts passiert war, hätte er es sich dem Klang seiner Stimme nach zu urteilen selbst nicht geglaubt. »Ehrlich.«

»Natürlich«, sagte Tim.

Alle Walbengel kicherten, nur Emily 7 nicht. Als er sich umsah, schwenkten alle Männchen ihre Pimmel rhythmisch hin und her, als wiegten sie sich zu einem pornografischen Weihnachtslied. Emily 7 legte ihren großen Walkopf auf den Tisch und versteckte sich unter ihren Armen.

»Es ist nichts passiert!«, schrie Nate. Es wurde still auf der Brücke, bis auf das Echo der Killerwale. »Sind wir in Gefahr?«, fragte Nate Nuñez in dem verzweifelten Versuch, das Thema zu wechseln. »Greifen die Tiere das Schiff an? Es sind doch Futterrufe, oder?« Wenn Orcas einen Wal fanden, der zu groß war, als dass er von einer einzelnen Herde überwältigt werden konnte, oder sie auf einen besonders großen Fischschwarm stießen, riefen sie andere Schulen zu Hilfe. Nate kannte die Rufe von Forschungen, die er gemeinsam mit einem befreundeten Biologen in Vancouver angestellt hatte.

»Nein, die sind hier aus der Gegend«, sagte Nuñez. »Sie freuen sich nur über den Schwarm, den sie gefunden haben. Wahrscheinlich Sardinen.« *Sesshafte* Killerwale fraßen nur Fisch, *wandernde* fraßen Säugetiere wie Wale und Seehunde. In den letzten Jahren neigten Wissenschaftler dazu, sie als völlig unterschiedliche Spezies zu betrachten, obwohl sie für den Laien absolut gleich aussahen.

»Sie erkennen sie an ihrem Ruf?«

»Mehr noch«, sagte Cal. »Wir verstehen, was sie sagen. Die Walbengel können übersetzen.«

»Alle Killerwale heißen Kevin. Das wussten Sie, oder?«, sagte Jane. Sie hatte einen leicht osteuropäischen Akzent, russisch vielleicht. Sie wirkte amüsiert, die blauen Augen dunkel im gelben Licht der Biolumineszenz, aber sie schien nicht zu scherzen. Sie klopfte auf den Platz neben sich, bedeutete Nate, dass er sich setzen sollte.

»So wie alle Piloten Scooter und Skippy heißen?«, sagte Nate.

»Eigentlich haben sie Zahlen wie Emily, die sie sich im Übrigen selbst aussuchen, aber da sich nie mehr als ein Paar davon auf einem Schiff befindet, sparen wir uns diese Zahlen.«

Plötzlich fiel Nate auf, dass die Piloten während seiner ganzen Zeit auf beiden Schiffen – abgesehen von den paar Malen, wenn einer von ihnen ausgestiegen war, um Fisch zu fangen – durchgehend an den Kontrollpulten gesessen hatten. »Schlafen sie denn nie?«

»Doch«, sagte Jane. »Wir sind ziemlich sicher, dass eine Hirnhälfte zur Zeit schläft, wie bei den Walen, so dass man bei zwei an Bord immer einen ganzen Piloten hat. Wenn nicht wenigstens einer am Pult sitzt, ist das Ganze hier im Grunde nur ein großer Klumpen Fleisch.«

»Sie sagen, Sie sind ziemlich sicher. Sie wissen es nicht?«

»Na ja, *die* wissen es nicht so genau«, erwiderte Jane. »Und sie sind auch nicht gerade begeistert, wenn wir Experimente mit ihnen anstellen. Nachdem Sie nun allerdings zu uns gestoßen sind, können Sie vielleicht herausfinden, was mit ihnen los ist. Wir stellen eigentlich nur Vermutungen an. Die Walbengel und der Colonel schmeißen den Laden. Cielle, haben Sie ihm denn nicht alles erzählt?«

»Er war ziemlich fertig«, sagte Nuñez. »Ich wollte vor allem, dass er sich hier möglichst schnell einrichtet.«

Am liebsten hätte Nate gegen diese Bemerkung protestiert. Schließlich war er ihr Gefangener, auch wenn sich diese Leute nicht wie Entführer benahmen. Ihn beeindruckte, dass hier die gleiche Dynamik herrschte, die er von Forschungsteams kannte, so eine »Wir sitzen alle im selben Boot, lasst uns das Beste daraus machen«-Haltung. Er wollte diese Leute nicht anschreien. Dennoch beunruhigte es ihn ein wenig, dass sie so freigiebig mit Informationen waren. Wenn dir deine Entführer ihre Gesichter zeigen, teilen sie dir mit, dass du nicht wieder nach Hause kommst.

Nuñez stellte einen Teller vor ihm ab. Darauf waren ein gemischter Salat aus Seetang, Karotten und Pilzen, ein Stück gekochter Fisch, der nach Heilbutt aussah, und etwas, bei dem es sich um Reis zu handeln schien.

»Essen Sie«, sagte sie. »So ein paar Nährstoffdrinks bringen Sie nicht wieder voll in Gang. Wir essen viel rohen Fisch, auch hier auf dem Blauen, aber Sie brauchen ein paar Kohlehydrate, um sich an diese Ernährung zu gewöhnen. Da ist noch reichlich Reis, wenn Sie mehr wollen.«

»Danke.« Nate ließ es sich schmecken, während alle anderen – bis auf Cal – sich entschuldigten, um in anderen Teilen des Schiffes ihrer Arbeit nachzugehen. Der ältere Mann hatte offenbar den Auftrag, Nates zweite Orientierungseinheit zu übernehmen.

Cal kratzte sich am Bart, sah sich nach den Piloten um, dann beugte er sich zu Nate vor und sprach mit leiser Stimme. »Die Bengel sind ausgesprochen promisk. Sie wissen doch, dass sich Delfinweibchen mit allen Bullen der Herde paaren, damit keiner sicher sein kann, wer der Vater ihres Kalbes ist? Die Kühe glauben, es hält die Bullen davon ab, ihr Kalb zu töten, wenn es auf die Welt kommt.«

»Das ist die Theorie«, sagte Nate.

»So sind sie, und drüben in der Basis kriegt man es mit einer riesigen Schule zu tun. Lässt man sich erst darauf ein ... na ja, da hat man eine ganze Menge Walbengel zu beglücken.«

»Ich hab sie nicht beglückt«, zischte Nate und spuckte Reis

über den Tisch. »Ich beglücke überhaupt keine Walbengel … äh – mädchen –«

»Wie dem auch sei. Sehen Sie … sie stehen sich sehr nah. Hier auf dem Schiff haben sie keine getrennten Unterkünfte – sie teilen sich eine große Kabine. Sex ist für sie eine eher beiläufige Angelegenheit, aber sie begreifen, dass es uns etwas mehr bedeutet. Manche von ihnen scheinen auf die menschliche Scheu anzusprechen. Wir lassen uns normalerweise sexuell nicht auf sie ein. Es ist nicht verboten, aber es ist … na ja, verpönt. Aber es ist wohl nur natürlich, wenn ein Mann neugierig –«

Nate legte seine Gabel weg. »Cal, ich hatte keinen Sex, mit niemandem … ich meine, auch nicht mit *irgendetwas.*«

»Genau. Und passen Sie auf, wenn Sie Männchen um sich haben. Besonders wenn Sie mit denen im Wasser sind. Die rammeln Sie, nur um zu sehen, wie Sie zucken.«

»Du meine Güte.«

»Ich meine es nur gut mit Ihnen.«

»Danke, aber ich werde nicht so lange hier sein, dass ich mir darum Sorgen machen müsste.«

Der ältere Mann lachte, schnaubte beinahe den Kaffee durch seine Nase aus. Als er sich wieder gefangen hatte, sagte er: »Nun, ich hoffe, Sie meinen damit, dass Sie bald sterben wollen, denn hier kommt keiner weg.«

Nate beugte sich nah an Cals Gesicht. »Macht es Ihnen nichts aus, gefangen zu sein?«

»Keiner von uns wäre noch am Leben, wenn die Walbengel ihn nicht aufgegriffen hätten.«

»Ich wohl.«

»Besonders Sie nicht. Sie waren immer zwölf Stunden vom Tod entfernt, seit wir Sie im Auge haben. Sicher ist Ihnen schon mal in den Sinn gekommen, wie viel leichter es gewesen wäre, Sie einfach umzubringen.«

Nate starrte einen Moment nur vor sich hin. Es war ihm tatsächlich schon in den Sinn gekommen, und er begriff nicht, wieso man ihn am Leben hielt, wenn man doch nur seine Forschungen verhindern wollte. Er wagte nicht, dieses Argument in Worte fassen, aber dennoch ...

»Denken Sie nicht zu viel darüber nach, Nate. Sollten Sie je daran gezweifelt haben, dass das Leben ein Abenteuer ist ... jetzt ist es ganz bestimmt eins.«

»Stimmt«, sagte Nate. »Aber bevor Sie mich fragen, wo ich lieber wäre, möchte ich Sie daran erinnern, dass sich am Boden meines Waschbeckens ein Schließmuskel befindet.«

»Dann haben Sie die Dusche noch nicht gesehen? Warten Sie es ab.«

Nachdem er gegessen hatte, lieh Cal ihm zum Lesen eine Ausgabe der *Schatzinsel*, aber als Nate wieder in seine Kabine kam, konnte er sich kaum auf das Buch konzentrieren. Bemerkenswert, was man in einem kurzen Gespräch alles über sich erfahren kann. Erstens, dass er sich lieber vorwerfen ließ, Sex mit einer anderen Spezies als mit einem anderen Mann (selbst von einer anderen Spezies) gehabt zu haben. Interessantes Vorurteil. Zweitens, dass er im Grunde dankbar war – nicht nur dafür, am Leben zu sein, sondern dafür, jeden Augenblick völlig neue Erfahrungen zu machen, sogar in Gefangenschaft. Drittens, dass Lernen nach wie vor das Größte war, aber er brannte darauf, es mit jemandem zu teilen. Und schließlich, dass er etwas eifersüchtig war, sich ein wenig unbedeutend fühlte, nachdem er nun wusste, dass Emily 7 mit sämtlichen Walbengeln an Bord Sex hatte. Die kleine Schlampe.

Er döste ein, mit Robert Louis Stevenson auf seiner Brust und den Rufen der Killerwale in der Ferne.

Draußen stießen die zwanzig Orcas der Schule – meist Söhne oder Töchter der Matriarchin – laute Rufe aus, während sie sich an dem riesigen Heringsschwarm zu schaffen machten. Seit langem schon stellten Biologen Spekulationen zum unfassbar komplexen Vokabular des Killerwals an, wobei spezifische linguistische Gruppen identifiziert worden waren, die sogar denselben »Dialekt« sprachen, aber sie hatten den Rufen noch nie eine Bedeutung zuordnen können, die etwas anderes ausdrückte als »Fressen«, »Gefahr« oder »Zusammengehörigkeit«. Wäre ihnen jedoch die Gunst einer Übersetzung zuteil geworden, hätten sie Folgendes gehört:

»Hey, Kevin, Fische!«

»Fische! Ich liebe Fische!«

»Guck mal, Fische!«

»Mmmh, Fische.«

»Du, Kevin, schwimm mal durch die Lücke da, täusch links an, bieg rechts ab, rein in den Schwarm, alles voller Fische!«

»Hat da jemand ›Fische‹ gesagt?«

»Yeah, Fische. Hier drüben, Kevin.«

»Mmmmmh, Fische.«

Und immer so weiter. In Wahrheit sind Orcas nicht so komplex, wie Wissenschaftler es gern hätten. Die meisten Killerwale sind nur tonnenschwere Trantüten, als Streifenwagen verkleidet.

26

Finger weg von fremden Spinden

»Flossen weg!?«, sagte Libby Quinn, als sie gelesen hatte, was auf dem Schwanz stand.

Langsam drehte sich der Walschwanz im digitalen Raum, Pixel für Pixel, während der Computer den neuen Blickwinkel errechnete. Margaret Painborne saß vor dem Monitor, Clay und Libby standen hinter ihr. Kona arbeitete auf der anderen Seite an Quinns zusammengeschraubtem Rechner.

»›Flossen weg!‹?«, wiederholte Clay. »Das kann nicht stimmen.« Nate hatte ihm erzählt, er hätte genau so einen Schwanz gesehen. Ein kalter Schauer lief ihm über den Rücken.

Margaret tippte auf die Tastatur ein, dann drehte sie sich auf Clays Stuhl um. »Soll das irgendwie ein Witz sein, Clay?«

»Nicht von mir, Margaret. Das war unbearbeitetes Material.« So sehr sich Clay zu Libby hingezogen fühlte, so unheimlich war ihm Margaret. Vielleicht Letzteres wegen Ersterem. Es war komplex. »Die Aufnahme der Schwanzflosse – bevor du sie bearbeitet hast – zeigt genau das, was ich gesehen habe, als ich da unten war.«

»Ihr habt doch immer gesagt, dass ihre Kommunikationsfähigkeit hoch entwickelt ist«, sagte Kona in dem Versuch, wissenschaftlich zu klingen, brachte aber im Grunde nur alle gegen sich auf.

»Die Frage ist: Wie?«, sagte Libby. »Selbst wenn man es wollte – wie könnte man eine Walfluke anmalen?«

Margaret und Clay schüttelten nur die Köpfe.

»Rostschutzfarbe«, schlug Kona vor, und alle drehten sich um und sahen ihn böse an. »Guckt mich nicht so an. Es muss doch wasserfest sein, oder nicht?«

»Bist du fertig damit, diese Seiten einzugeben?«, sagte Clay.

»Ja, Mann.«

»Na, dann speicher sie ab, und geh irgendwo was harken oder mähen oder irgendwas.«

»Speicher es als Binärdatei«, fügte Margaret eilig hinzu, aber Kona hatte die Datei bereits gespeichert, und der Bildschirm war leer.

Margaret rollte auf ihrem Stuhl durch das Büro, so dass sie mit ihrem flatternden grauen Haar aussah wie die Böse Hexe von den Büroinseln. Sie stieß Kona zur Seite. »Scheiße«, sagte sie.

»Was?«, fragte Clay.

»Was?«, fragte Libby.

»Du hast gesagt, ich soll es speichern«, sagte Kona.

»Du hast es als ASCII-Datei, als Textdatei, gespeichert, nicht als Binärdatei. Scheiße! Ich will sehen, ob es okay ist.« Sie öffnete die Datei, und auf dem Bildschirm erschien Text. Ihre Hand fuhr zum Mund, und sie lehnte sich langsam auf Clays Stuhl zurück. »O mein Gott.«

»Was?«, riefen alle im Chor.

»Bist du sicher, dass du alles fehlerfrei eingegeben hast?«, fragte sie Kona, ohne ihn anzusehen.

»So wahr mir Jah helfe«, erwiderte Kona.

»Wieso?«, sagten Libby und Clay.

»Es muss irgendwie ein Scherz sein«, murmelte Margaret.

Clay und Libby eilten herbei, um sich den Bildschirm anzusehen. »Was denn?«

»Es ist Englisch«, erklärte Margaret. »Wie ist das möglich?«

»Das ist nicht möglich«, sagte Libby. »Kona, was hast du gemacht?«

»Was? Ich hab nur Einsen und Nullen getippt!«

Margaret schnappte sich eines der Notizblätter mit den Einsen und Nullen und begann, die Ziffern in eine neue Datei einzugeben. Als sie drei Zeilen hatte, speicherte sie diese, dann öffnete sie die Datei als Text. Dort stand: WERDE DAS ZWEITE BOOT VERSENKEN, UM...

»Das kann nicht sein.«

»Scheinbar doch.« Clay sprang auf Margarets Schoß und begann, den Text von Konas Abschrift durchzusehen. »Seht euch das an: Es geht eine ganze Weile so weiter, dann ist es nur noch Kauderwelsch, dann geht es wieder los.«

Margaret sah sich nach Libby um, mit *Rette mich* in ihrem Blick. »Unmöglich kann der Gesang eine Nachricht in englischer Sprache übertragen. Die Binärdatei war ein Versuch, aber ich weigere mich zu glauben, dass Buckelwale für ihre Kommunikation den ASCII-Code und Englisch verwenden.«

Libby sah zu Kona hinüber. »Du hast das hier von Nates Bändern übernommen, genau so, wie du es mir gezeigt hast?«

Kona nickte.

»Kinder, seht euch das an«, sagte Clay. »Das hier sind Arbeitsprotokolle. Längen- und Breitengrade, Uhrzeiten, Daten. Da steht die Anweisung, mein Boot zu versenken. Die Schweine haben mein Boot versenkt.«

»Welche Schweine?«, sagte Margaret. »Ein Buckelwal, auf dessen Fluke ›Flossen weg!‹ steht?« Sie versuchte, um Clays breiten Rücken herumzuspähen. »Wenn das möglich wäre, würde die Navy es schon lange einsetzen.«

Clay sprang auf und sah Kona an. »Von welchem Band stammt dieser letzte Teil?«

»Vom letzten, das Nate und Amy gemacht haben, an dem Tag, als Nate ertrunken ist. Wieso?«

Clay setzte sich wieder auf Margarets Schoß und deutete auf eine Textzeile am Bildschirm. Alle beugten sich vor und lasen: QUINN AN BORD – RENDEZVOUS MIT BLAU-6 – VEREINBARTE KORODINATEN – 1600 DIENSTAG – KEIN PASTRAMI

»Das Sandwich«, sagte Clay unheilschwanger.

In dem Moment betrat Clair, die gerade aus der Schule kam, das Büro und sah ein Knäuel aus Action-Freaks vor Quinns Computer sitzen. »Ihr Penner träumt immer nur von einem flotten Dreier mit zwei Frauen, und dabei ist eine allein schon zu viel für euch.«

»Nicht der Löffel!«, jaulte Kona, und seine Hand zuckte zu der dicken Beule an seiner Stirn.

Nathan wachte auf und fühlte sich, als müsste er sich häuten. Hätte er das Gefühl nicht schon mal gehabt, hätte er wohl vermutet, dass er von hochgradigem Muffensausen befallen war (wissenschaftlich formuliert), aber er kannte es inzwischen und wusste, dass es von heftigen Infraschallwellen ausgelöst wurde. Das Blauwalschiff stieß einen Ruf aus. Nur weil dieser frequenzmäßig unterhalb seines Hörvermögens lag, bedeutete das nicht, dass der Ruf nicht laut war. Blauwalrufe konnten sich über Zehntausende von Kilometern weit ausbreiten, und er vermutete, dass auch das Schiff ähnliche Laute von sich gab.

Nate stieg aus seiner Koje und fiel beinahe hin, als er nach seinem Hemd griff. Noch etwas, das er nicht gleich gemerkt hatte – das Schiff stand, aber er schwankte noch immer wie ein Seemann.

Eilig zog er sich an und lief den Korridor zur Brücke hinunter. Zwischen den beiden Walbengeln stand eine große Konsole, die dort vorher nicht gewesen war. Im Gegensatz zum Rest des

Schiffes schien sie von Menschenhand gebaut, aus Plastik und Metall. Sonargeräte, Computer, Apparate, die Quinn noch nie gesehen hatte. Nuñez und die blonde Frau – Jane – standen an den Sonarbildschirmen und trugen Kopfhörer. Tim saß neben einem der Walbengel direkt vor der Konsole und zwei Monitoren. Er trug Kopfhörer und tippte etwas ein. Der Walbengel schien ihn dabei zu beobachten.

Nuñez sah Nate hereinkommen, lächelte und bedeutete ihm, dass er näher kommen sollte. Diese Leute waren als Entführer völlig unfähig. Sie verbreiteten weder Angst noch Schrecken, zumindest die Menschen nicht. Wäre da nicht dieses Sonarsausen gewesen, hätte er sich wie zu Hause gefühlt.

»Wo kommt das denn her?«

Neben dem eleganten, organischen Design des Walschiffes und den Walbengeln – aber auch neben der menschlichen Mannschaft – sah das elektronische Gerät eher grobschlächtig aus. Von Menschenhand gebaute Geräte mit biologischen Systemen zu vergleichen, war Nate früher nie ernstlich in den Sinn gekommen, weil er darauf konditioniert war, Tiere nicht als Konstrukt zu betrachten. Das Walschiff hatte seiner darwinistischen Vorstellung eine ordentliche Delle verpasst.

»Das ist unser Spielzeug«, erklärte Nuñez. »Die Konsole bleibt unter dem Boden, solange wir sie nicht brauchen. Für die Walbengel ist sie völlig nutzlos, weil sie direkt mit der Schnittstelle des Schiffes verbunden sind, aber uns vermittelt sie das Gefühl, als wüssten wir, was vor sich geht.«

»Außerdem tippen sie echt scheiße«, sagte Tim, knickte seine Daumen um und machte eine Geste, als hämmere er auf die Tasten ein. »Winzige Däumchen.«

Der Walbengel neben ihm trompetete ein feuchtes Schnauben über Tims Monitor, dann zirpte er zweimal, und Tim nickte und tippte etwas ein.

»Können sie denn lesen?«, fragte Nate.

»Lesen, ein bisschen schreiben, und die meisten verstehen mindestens zwei menschliche Sprachen, obwohl sie, wie Ihnen sicher aufgefallen sein dürfte, nicht sonderlich viel sprechen.«

»Keine Stimmbänder«, sagte Nuñez. »Sie haben Luftkammern im Kopf, mit denen sie ihre Laute produzieren, aber es fällt ihnen schwer, Worte zu bilden.«

»Aber sie *können* sprechen. Ich hab gehört, wie Em – ich meine … ähm.«

»Am besten lernen Sie einfach Wal-Slang. Im Grunde sprechen sie genau so, wie sie untereinander kommunizieren, nur dass sie ihre Laute in den Frequenzbereich verlegen, den unser Gehör wahrnehmen kann. Es ist leicht zu lernen, wenn man bereits andere klangintensive Sprachen wie Navaho oder Chinesisch beherrscht.«

»Leider nicht«, sagte Nate. »Das Schiff sendet also einen Ruf aus?«

Tim setzte seinen Kopfhörer ab und reichte ihn an Nate weiter. »Die Tonhöhe ist auf unsere Frequenz angehoben. Deshalb kann man es hören.«

Nate hielt eine Seite des Kopfhörers an sein Ohr. Da er das Signal nun hören konnte, spürte er auch genauer in seiner Brust, wie es begann und endete. Es linderte das Unbehagen, weil er es kommen hörte. »Ist das eine Nachricht?«

»Jep«, sagte Jane und nahm eine Seite ihres Kopfhörer vom Ohr. »Genau wie Sie vermutet hatten. Wir geben es ein, der Computer teilt die Nachricht in Spitzen und Täler der Wellenform ein, wir spielen den Walbengeln die Frequenzen vor, und sie lassen den Wal entsprechend singen. Das haben wir im Lauf der Jahre so eingerichtet.«

Nate fiel auf, dass der Walbengel an der Metallkonsole seine Hand in einer organischen Steckdose hatte, wie ein Kabel aus

Fleisch und Blut, das durch den Sockel des Geräts mit dem Walschiff verbunden war, wie bei den organischen Pulten, vor denen die Piloten saßen.

»Wozu die Computer und das ganze Zeug, wenn die Walbengel das alles ... ja, wie machen sie es? Instinkt?«

Der Walbengel an der Konsole grinste Nate an, quiekte, dann machte er das internationale Zeichen für Wichsen.

»Nur so bleiben wir auf dem Laufenden«, sagte Jane. »Glauben Sie mir, für lange Zeit waren wir hier nur Passagiere. Die Walbengel besitzen den gleichen navigatorischen Sinn wie die Wale. Wir begreifen nichts davon. Es handelt sich um eine Art magnetisches Vokabular. Erst seit die Schmutzfinken – das sind Sie – Computer entwickelt haben und wir ein paar Leute bekamen, die sie auch bedienen konnten, nehmen wir an dem teil, was hier vor sich geht. Inzwischen können wir GPS-Koordinaten feststellen, sie übermitteln und mit den anderen Mannschaften kommunizieren. Wir haben eine *gewisse* Ahnung davon, was wir tun.«

»Sie sagen ›für lange Zeit‹. Wie lange?«

Unruhig sah Jane Nuñez an, die ihren Blick nervös erwiderte. Einen Moment dachte Nate, sie wollten eilig zusammen auf der Toilette verschwinden, was seiner Erfahrung nach das war, was Frauen machten, bevor sie größere Entscheidungen trafen – etwa welche Schuhe sie kaufen sollten oder ob sie jemals wieder mit ihm schlafen würden oder nicht.

»Für lange Zeit, Nate. Wir wissen nicht genau, wie lange. Noch vor den Computern, okay?«

Womit sie meinte, dass sie es ihm nicht sagen wollte und sie ihn, wenn er drängte, belügen würde. Plötzlich fühlte sich Nate eher wie ein Gefangener, und als Gefangener war ihm, als sei es seine Pflicht und Schuldigkeit, zu fliehen. Er war sicher, dass genau das die Pflicht und Schuldigkeit eines Gefangenen war. Er hatte es in einem Film gesehen. Auch wenn sein früherer Plan, aus dem Spundloch ins Meer zu springen, ihm im Rückblick nun etwas übereilt schien.

Er fragte: »Wie tief sind wir?«

»Normalerweise senden wir bei etwa siebenhundert Metern. Das bringt uns ziemlich genau in den SOFAR-Kanal, egal wo wir uns geografisch befinden.«

Der SOFAR-Kanal war eine natürliche Kombination aus Druck und Temperatur in bestimmter Tiefe, die einen Korridor aus verringertem Widerstand entstehen ließ, in dem sich der Schall über viele tausend Kilometer ausbreiten konnte. Der Theorie nach verwendeten ihn Blau- und Buckelwale, um miteinander über große Entfernungen hinweg navigatorische Details zu kommunizieren. Offensichtlich machten es die Walbengel und die Leute, die auf ihren Schiffen arbeiteten, genauso.

»Entspricht dieses Signal dem natürlichen Ruf eines Blauwals?«

»Ja«, sagte Tim. »Das ist einer der Vorteile, wenn man innerhalb der Wellenform auf Englisch kommuniziert. Als die Walbengel noch für die direkte Kommunikation gesorgt haben, war der Ruf erheblich variantenreicher, aber unser Signal ist gut versteckt, mehr oder weniger. Nur nicht vor ein paar Übereifrigen, die zufällig darüber stolpern.«

»Wie ich?«

»Ja, wie Sie. Wir sind in großer Sorge wegen der Akustik-Leute in Woods Hole und beim Hatfield Marine Center in Oregon. Die verbringen viel zu viel Zeit mit ihren Spektrogrammen von Unterwassergeräuschen.«

»Sie sind sich darüber im Klaren«, sagte Nate, »dass ich diese Sache mit Ihren Schiffen vielleicht nie rausgefunden hätte. Ich habe keineswegs eine Eingebung gehabt, was die binären Signale angeht. Ein bekiffter Surfer hat mich darauf gebracht.«

»Ja«, sagte Jane. »Wenn es Ihnen damit besser geht, können Sie ihm die Schuld dafür geben, dass Sie jetzt hier sind. Wir haben gewartet, bis Sie anfingen, im Signal nach dem Binärcode zu suchen. Da haben wir Sie abberufen, sozusagen.«

Nate wünschte wirklich, er könnte Kona die Schuld zuschieben, aber da es so schien, als sollte er nie wieder in die Zivilisation zurückkehren, war es nicht mehr wichtig, einen Sündenbock zu finden. »Woher wussten Sie es? Ich habe ja nicht gerade eine Pressemitteilung rausgegeben.«

»Wir haben unsere Möglichkeiten«, erwiderte Nuñez, wobei sie sich Mühe gab, nicht allzu geheimnisvoll zu klingen, was ihr jedoch misslang. Das wiederum amüsierte den Walbengel an der Konsole und die beiden Piloten maßlos.

»Ihr könnt mich mal«, sagte Nuñez. »Es ist ja nun nicht gerade so, als wärt ihr Jungs Raketentechniker, oder?«

»Und ihr Jungs wart die Nightwalker, von denen Tako Man gesprochen hat«, sagte Nate zu den Piloten. »Ihr habt Clays Boot versenkt.«

Die Piloten hoben die Arme in Gruselmonster-Pose über ihre Köpfe, fletschten die Zähne und gaben ein gespieltes Knurren von sich, dann stießen sie wieder diese Laute aus, die Nate inzwischen für Walgekicher hielt. Auch der Walbengel an der Konsole klatschte in die Hände und lachte laut.

»Franklin! Wir sind hier noch nicht fertig. Könnten wir die Schnittstelle zurückbekommen?«

Franklin – offenbar der Walbengel, der die Konsole bedient hatte – sank in sich zusammen und schob seine Hand wieder in die Steckdose. »Tschuldigung«, hörte man eine leise Stimme aus seinem Blasloch.

»Blöde Kuh«, kam es leise von einem der Piloten.

»Schicken wir es noch mal ab. Die Basis soll wissen, dass wir morgen früh da sind«, sagte Nuñez.

»Dann ist Disziplin also kein Problem?«, fragte Nate und grinste, weil Nuñez die Geduld verloren hatte.

»Ach, sie sind wie kleine Kinder«, sagte Nuñez. »Wie Delfine: Setzt man sie mitten im Meer mit einem roten Ball aus, spielen sie den lieben, langen Tag und machen nur Pause, um zu essen und zu rammeln. Ich sage Ihnen: Es ist, als müsste man einen Haufen notgeiler Kleinkinder hüten.«

Franklin quiekte und klickte eine Antwort, und diesmal stimmten Tim und Jane ins Gelächter der Walbengel mit ein.

»Was? Was?«, fragte Nate.

»Ich muss *nicht* einfach nur mal rangenommen werden!«, rief Nuñez. »Jane, haben Sie das mitgekriegt?«

»Klar«, sagte die Blonde.

»Mir reicht's. Ich ziehe mich zurück.« Unter dem Kichern der Walbengel verließ sie die Brücke.

Tim sah sich nach Nate um und nickte zu dem Kopfhörer, die Nuñez liegen gelassen hatte. »Wollen Sie einspringen?«

»Ich bin hier Gefangener«, sagte Nate.

»Ja, aber auf die nette Tour«, sagte Jane.

Es stimmte. Alle waren ihm gegenüber freundlich gewesen, seit er an Bord gekommen war und hatten sich um ihn gekümmert. Er fühlte sich nicht wie ein Gefangener. Nate war nicht sicher, ob er nicht das Helsinki-Syndrom durchlebte, bei dem man mit seinen Entführern sympathisierte – oder war es das Stockholm-Syndrom? Ja, das Helsinki-Syndom hatte etwas mit Haarausfall zu tun. Es war definitiv das Stockholm-Syndrom.

Er trat an den Sonarbildschirm und setzte den Kopfhörer auf. Augenblicklich hörte er den fernen Gesang eines Buckelwals. Er schaute Tim an, der eine Augenbraue in die Höhe schob, als wollte er sagen: *Sehen Sie?*

»Also, erzählen Sie schon«, sagte Nate. »Was hat es mit dem Gesang auf sich?« Es war einen Versuch wert.

»Das wollten wir Sie gerade fragen«, sagte Jane.

»Na toll«, erwiderte Nate. Plötzlich fühlte er sich gar nicht mehr so gut. Nach allem, was passiert war, wussten nicht mal die Leute, die mit den Walen reisten, was der Gesang bedeutete?

»Geht es Ihnen gut, Nate?«, fragte Jane. »Sie sehen etwas angeschlagen aus.«

»Ich glaube, ich leide unter dem Stockholm-Syndrom.«

»Seien Sie nicht albern«, sagte Tim. »Sie haben noch reichlich Haare.«

»Möchten Sie was gegen Magenbeschwerden?«, fragte Jane.

Ja, dachte er, die Flucht scheint mir Priorität zu haben. Er war ziemlich sicher, wenn er nicht entkommen konnte, würde er ausrasten und jemanden umbringen oder zumindest übertrieben streng mit diesen Leuten sein.

Komisch, dachte er, wie sich doch die Prioritäten mit den Umständen ändern. Den größten Teil seines Lebens denkt man, dass man etwas will … den Gesang der Buckelwale verstehen, beispielsweise. Also verfolgt man dieses Ziel mit zäher Unbeirrbarkeit, lässt alles andere im Leben schleifen, nur um sich dann davon ablenken zu lassen und plötzlich noch etwas anderes zu wollen – Amy beispielsweise. Und dann kommt irgendwann der Augenblick, an dem einem die Umstände verdeutlichen, was man eigentlich *wirklich* will, und das ist – seltsam genug – endlich aus diesem Wal rauszukommen. Komisch, dachte Nate.

»Entspann dich, Kona«, sagte Clair, und ließ ihre Tasche an der Tür fallen. »Ich hab keinen Löffel dabei.«

Clay sprang von Margarets Schoß auf. Kona und er beobachteten, wie Clair den Raum durchquerte und Margaret und Libby in die Arme schloss, kurz innehielt, als sie Libby an sich drückte, und Clay über die Schulter hinweg zuzwinkerte.

»Wie schön, euch alle zu sehen«, sagte Clair.

»Ich geh nicht wieder los, um Pizza holen, Mann. Vergiss es«, sagte Kona, der immer noch erschrocken aussah.

»Was macht ihr gerade?«, fragte Clair.

Und so nahm es Margaret auf sich, zu erklären, was sie in den letzten Stunden herausgefunden hatten, wobei Kona die relevanten und persönlichen Details hinzufügte. Währenddessen saß Clay auf dem Boden in der Küche und sann über die Fakten nach. Nachsinnen, meinte er, sei angesagt.

Nachsinnen ist so ähnlich wie überlegen und ein bisschen wie denken, nur lockerer. Zum Nachsinnen muss man die Fakten am Rande des Rouletterades herumrollen lassen, damit sie sich dort niederlassen, wo sie es für richtig halten. Margaret und Libby waren Wissenschaftlerinnen, daran gewöhnt, ihre Fakten so schnell wie möglich in die entsprechenden Lücken zu zwängen, und Kona … nun, ein Gedanke, der in seinem Kopf herumrollte, war eher wie ein Tennisball in einer Kaffeekanne – einfach zu eierig, als dass er sich in irgendeiner Form auswirken konnte –, und Clair versuchte nur, alles mitzubekommen. Nein, das Nachsinnen blieb an Clay hängen, und er trank dunkles Bier aus einer schwitzenden Flasche und wartete darauf, dass die Roulettekugel liegen blieb. Was sie auch tat, so etwa im selben Moment, in dem Margaret Painborne mit ihrer Geschichte zum Ende kam.

»Das Ganze hat offensichtlich mit militärischer Verteidigung zu tun«, sagte Margaret. »Niemand sonst hätte einen Grund – hey, selbst *die* dürften eigentlich keinen *guten* Grund haben. Aber ich sage, wir schreiben heute Abend unseren Senatoren, und morgen früh konfrontieren wir Captain Tarwater damit. Er weiß ganz bestimmt was darüber.«

»Und das ist der Punkt, an dem du völlig falsch liegst«, sagte Clay. Und alle drehten sich um. »Ich habe darüber nachgesonnen« – hier legte er eine Pause ein, um der Wirkung willen – »und mir scheint, dass zwei unserer Freunde in etwa zu dem Zeitpunkt verschwunden sind, als sie etwas darüber herausgefunden haben. Und das alles, vom Einbruch bis zum Versenken meines Bootes« – auch hier legte er eine Pause – »hat damit zu tun, dass jemand nicht will, dass wir es wissen. Also denke ich, es wäre leichtsinnig von uns, wenn wir allen erzählen, was wir wissen, bevor wir wissen, was wir wissen, was es ist.«

»Das kann nicht stimmen«, sagte Libby.

»›Bevor wir wissen, was wir wissen, was es ist‹?«, zitierte Margaret. »Nein, das stimmt nicht.«

»Macht für mich total Sinn«, erklärte Kona.

»Nein, Clay«, sagte Clair. »Ich kann damit leben, dass du auf flotte Dreier stehst, und ich hab auch kein Problem mit einem bleichgesichtigen Rastabengel, der uns Unabhängigkeit predigt, aber ich sage dir: Deinen grammatikalischen Raubbau kann ich nicht gutheißen. Schließlich bin ich Lehrerin!«

»Wir dürfen es niemandem sagen!«, schrie Clay.

»Schon besser«, sagte Clair.

»Kein Grund zu schreien«, sagte Libby. »Margaret hat nur die radikal-reaktionäre, feministische, lesbische, kommunistische Hippie-Biologin raushängen lassen, stimmt's nicht, Liebes?« Libby Quinn grinste ihre Partnerin an.

»Ich sag euch gleich das Akronym dafür«, murmelte Clair und zählte die Worte an ihren Fingern ab. »Himmel, deine Visitenkarte muss so groß wie ein Bettvorleger sein.«

Margaret sah Libby böse an, dann wandte sie sich Clay zu. »Glaubst du wirklich, wir könnten in Gefahr sein?«

»Scheint mir so. Hör zu, ich weiß, dass wir das alles ohne deine Hilfe nicht wüssten, aber ich will einfach nicht, dass jemand zu Schaden kommt.«

»Wir können schweigen, wenn du es für das Richtige hältst«, sagte Libby und traf für ihre Freundin die Entscheidung, »aber ich glaube, dass wir uns noch viel mehr Audiobänder anhören müssen – um zu sehen, seit wann das so geht. Um rauszufinden, wieso es manchmal nur ein Geräusch und dann wieder eine Nachricht ist.«

Margaret war wütend damit beschäftigt, ihr Haar zu flechten und zu entflechten, und starrte leeren Blickes vor sich hin, während sie überlegte. »Sie nutzen den Walgesang als Tarnung, damit die feindlichen U-Boote die Nachrichten nicht bemerken. Wir brauchen mehr Daten. Aufnahmen von anderen Buckelwalen außerhalb amerikanischer Gewässer. Um zu sehen, wie weit sie damit gegangen sind.«

»Und wir müssen uns Blau-, Finn- und Seiwalrufe anhören«, sagte Libby. »Wenn sie Infraschall verwenden, macht es nur Sinn, die großen Wale zu imitieren. Ich rufe Chris Wolf von der Uni in Oregon an. Er untersucht die alte Sonar-Matrix der Navy, mit der sie früher russische Unterseeboote aufspüren wollten. Er müsste Aufnahmen von allem haben, was wir brauchen.«

»Nein«, sagte Clay. »Niemand außerhalb dieses Raumes.«

»Komm schon, Clay. Du wirst paranoid.«

»Sag das noch mal, Libby. Er untersucht *wessen* alte Sonar-Matrix? Das Militär steckt doch immer noch hinter diesem Sosus, mit dem sie die Tiefsee abhören.«

»Also glaubst du, es ist das Militär?«

Clay schüttelte den Kopf. »Ich weiß nicht. Ich fress einen Besen, wenn mir ein Grund einfällt, wieso die Navy einem Wal ›Flossen weg‹ auf den Schwanz schreiben sollte. Ich weiß nur, dass Leute verschwinden, die irgendwas darüber rausfinden, und jemand eine Nachricht geschickt hat, dass Nate in Sicherheit ist, nachdem wir alle dachten, er sei tot.«

»Und was willst du jetzt also machen?«

»Ihn suchen«, erwiderte Clay.

»Na, das dürfte vermutlich allen das Begräbnis versauen«, sagte Clair.

DRITTER TEIL

Der Quell

Wir wurden als Gen-Maschinen gebaut
und zu Mem-Maschinen erzogen,
aber wir besitzen die Macht,
uns gegen unsere Schöpfer zu wenden.
Wir allein auf der Welt können gegen die Tyrannei
selbstsüchtiger Replikatoren rebellieren.

Richard Dawkins

Fünfundneunzig Prozent aller Spezies,
die je existiert haben, sind mittlerweile ausgestorben,
also guck bloß nicht so selbstgefällig.

Gerard Ryder

27

Die Neue Welt

Das Walschiff klappte sein Maul auf, und Nate und die Mannschaft wurden wie denkender Sabber ans Ufer gespien. Mehrere Walbengel nahmen sie in Empfang, von denen einer Nate ein Paar Nikes überreichte, um dann die heimkehrende Mannschaft mit einigem Klicken, Quieken und freundschaftlichem Rubbeln zu begrüßen. Nach fast zehn Tagen im Walschiff war alles so grell, dass Nate gar nicht sagen konnte, was da vor sich ging. Die anderen Menschen trugen Sonnenbrillen und hockten am Boden, um ihre Schuhe anzuziehen, nur wenige Schritte vom Maul des Schiffes entfernt. Nach dem steinernen Gefühl unter seinen Füßen zu urteilen, vermutete Nate, dass sie sich wohl auf einer Art Pier befanden. Cal Burdick nahm seine Sonnenbrille ab und bot sie ihm an.

»Nehmen Sie nur. Ich kenne das alles schon seit vielen Jahren, aber für Sie dürfte es sicher von einigem Interesse sein.«

Mit der dunklen Brille konnte Nate tatsächlich besser sehen. Seine Augen waren in Ordnung, aber sein Verstand hatte Probleme, das zu verarbeiten, was sie ihm übermittelten. Es war hell wie der lichte Tag (wenn auch ein bedeckter Tag), aber sie standen nicht unter freiem Himmel. Sie befanden sich im Innern einer Grotte, die so gewaltig war, dass Nate nicht mal die Enden ausmachen konnte. Ein Dutzend Fußballstadien hätten hineingepasst, und es wäre immer noch Platz für einen Vergnügungspark, ein Casino und den Vatikan gewesen, wenn man die eine oder andere Basilika gekappt hätte. Die gesamte Decke war eine Lichtquelle, kaltes Licht, so schien es – einige Regionen gelb, andere blau –, große, leuchtende Flecken von unregelmäßiger Form, als hätte Jackson Pollock einen Sonnensturm an die Decke gemalt. Die Hälfte der Grotte stand unter Wasser, glatt und reflektierend wie ein Spiegel, unterbrochen nur von kleinen Walbengeln, die sich hier und da in Grüppchen zu fünft oder sechst tummelten und mit ihren Blaslöchern alle paar Meter synchron Luft ausstießen. Walbengelkinder, dachte er. Am Ufer lagen etwa fünfzig Walschiffe unterschiedlicher Spezies, deren Mannschaften kamen und gingen. Riesige Schläuche, die wie gigantische Erdwürmer aussahen, führten zu den Schiffen – je einer auf jeder Seite der Köpfe – und stellten Verbindungen zum Ufer her. Der Boden … der Boden war rot und hart wie Linoleum, poliert, wenn auch nicht glänzend. Er war Hunderte von Metern lang, wohl fast zwei Kilometer, und schien halb an den Wänden der immensen Grotte hinaufzureichen. Nate sah Öffnungen in den Wänden, ovale Gänge oder Türen oder Tunnel oder irgendwas. Nach der Größe der Leute und der Walbengel zu urteilen, die dort ein und aus gingen, schätzte er, dass der Durchmesser mancher Öffnung gut und gern zehn Meter betrug, während andere so groß wie ganz normale Türen waren. Neben einigen der kleineren Eingänge gab es Fenster – oder etwas, das er für Fenster hielt –, alle eher rundlich. In der gesamten Grotte gab es keinen rechten Winkel. Hunderte Menschen liefen zwischen ebenso vielen Walbengeln herum und transportierten Proviant und Ausrüstung mit Dingern, die wie ganz normale Karren und Handwagen aussahen.

»Wo zum Teufel sind wir?«, fragte Nate, der fast seinen Kopf verdrehte, um alles gleichzeitig zu betrachten. »Ich meine: Was zum Teufel ist das?«

»Wirklich erstaunlich«, sagte Cal. »Ich beobachte es gern, wenn Leute Gooville zum ersten Mal sehen.«

Nate strich mit der Hand über die Erde oder den Boden oder was auch immer diese Oberfläche sein mochte, auf der sie saßen. »Was ist das für Zeug?« Es schien glatt zu sein, besaß aber Struktur, Poren, ein wenig rau, wie Steingut oder …

»Es ist ein lebender Panzer, wie von einem Hummer. Der ganze Bau hier lebt, Nate. Alles – die Decke, der Boden, die Wände, die Einfahrt vom Meer her, unsere Unterkünfte – das alles ist ein einziger, gewaltiger Organismus. Wir nennen es das *Goo.*«

»Das Goo. Dann ist das hier Gooville?«

»Ja«, sagte Cal mit einem breiten Lächeln, das makellose Zähne bloßlegte.

»Und dann sind Sie …?«

»Genau. Die Goos. Darin steckt eine wunderbare Logik, denken Sie nicht?«

»Ich *kann* nicht denken, Cal. Wissen Sie, sein ganzes Leben lang hört man Leute von Dingen reden, die unfassbar sind, aber das ist nur ein hohles Klischee – eine Hyperbel –, als würde man sagen, einem würde das Blut in den Adern gefrieren.«

»Jep.«

»Also, ich bin völlig aus der Fassung. Total fassungslos.«

»Und Sie dachten, die Schiffe wären eindrucksvoll, hm?«

»Ja, aber das hier? Ein lebender Organismus, der sich selbst geformt hat, und zwar zu einem komplexen … ja, was? System? Ich fass es nicht.«

»Stellen Sie sich vor, wie die Bakterien, die in Ihrem Verdauungstrakt leben, über Sie denken.«

»Also, im Moment glaube ich, sind sie von mir genervt.«

Mehrere Walbengel versammelten sich etwa zehn Meter vor ihnen, deuteten auf Nate und kicherten.

»Die kommen nur, um sich die Neuen anzusehen. Wundern

Sie sich nicht, wenn sie sich auf der Straße an ihnen reiben. Man will Ihnen nur ›Hallo‹ sagen.«

»Straßen?«

»Wir nennen sie Straßen. In gewisser Weise sind es auch welche.«

Nachdem sie nun nicht mehr im mattgelben Licht der Walschiffe standen, fiel Nate auf, wie groß die farbliche Bandbreite der Walbengel war. Manche waren tatsächlich blau gesprenkelt wie Blauwale, andere dagegen schwarz wie ein Grindwal oder hellgrau wie Zwergwale. Manche besaßen sogar die schwarzweiße Färbung von Orcas oder Weißseitendelfinen, andere wieder waren weiß wie Belugas. Die Körperformen waren allesamt sehr ähnlich, unterschieden sich nur in der Größe, wobei die Killerwalbengel gut dreißig Zentimeter größer und fünfzig Kilo schwerer waren und etwa doppelt so breite Kiefer wie alle anderen hatten. Außerdem fiel im Licht auf, dass er der einzige Mensch mit sonnengebräunter Haut war. Die Leute, selbst Cal und seine Mannschaft, sahen gesund aus. Es schien nur, als habe keiner von ihnen je die Sonne gesehen. Wie die Briten.

Nuñez kam herüber und half erst Cal und dann Nate auf die Beine.

»Wie sind die Schuhe?«

»Ungewohnt, wenn man so lange keine mehr getragen hat.«

»Sie werden ein paar Stunden etwas wacklig auf den Beinen sein. Sie werden das Schwanken spüren, wenn Sie still stehen. Es dauert etwa einen Tag. Genau so, als wäre man mit einem ganz normalen Schiff auf See gewesen. Ich bringe Sie in Ihr neues Quartier, führe Sie ein bisschen herum, damit Sie sich einleben können. Der Colonel wird vermutlich bald nach Ihnen schicken. Man wird Ihnen helfen, Menschen wie Walbengel. Alle wissen, dass Sie neu sind.«

»Wie viele, Cielle?«

»Menschen? Fast fünftausend leben hier. Walbengel vielleicht halb so viele.«

»Wo ist ›hier‹? Wo sind wir?«

»Ich hab ihm von Gooville erzählt«, sagte Cal.

Nuñez blickte zu Nate auf, dann schob sie die Sonnenbrille zur Nasenspitze, so dass er ihre Augen sehen konnte. »Flippen Sie mir bloß nicht aus, okay?«

Nate schüttelte den Kopf. Was glaubte sie denn? Dass sie ihm irgendwas erzählen konnte, was schräger, irrsinniger oder beängstigender wäre als alles, was er bereits gesehen hatte?

»Über dieser Decke befindet sich dicker Fels, auch wenn wir nicht genau wissen, wie dick eigentlich – jedenfalls sind wir etwa zweihundert Meter unter der Oberfläche des Pazifischen Ozeans. Wir befinden uns ungefähr dreihundert Kilometer vor der chilenischen Küste, unter dem Kontinentalschelf. Wir sind durch einen Spalt im Kontinentalhang hereingekommen.«

»Wir befinden uns zweihundert Meter tief. Und der Druck?«

»Wir sind durch einen langen Tunnel hereingekommen, eine Reihe von Kompressionsschleusen, durch die man die Schiffe lenkt, bis wir bei normalen Druckverhältnissen angekommen sind. Ich hätte es Ihnen gezeigt, als wir durchkamen, aber ich wollte Sie nicht wecken.«

»Ja, vielen Dank dafür.«

»Bringen wir Sie zu Ihrem neuen Haus! Wir haben einen langen Weg vor uns.«

Nate stolperte beinahe, als er versuchte, sich nach den Schiffen umzusehen, die dort im Hafen lagen. Tim hielt ihn am Arm fest. »Das ist alles reichlich viel auf einmal. Manche Leute sind schon richtig durchgedreht. Man muss nur eines akzeptieren: Das Goo würde nie zulassen, dass jemandem etwas geschieht. Der Rest ist dann einfach nur eine Folge von Überraschungen. Wie das Leben auch.«

Nate blickte in die dunklen Augen des Mannes, um abzuschätzen, ob daraus Ironie sprach, aber er war offen und ehrlich wie eine Schale Milch. »Das Goo kümmert sich um mich?«

»Genau«, sagte Tim und half ihm zur Grottenwand hinüber, zur eigentlichen Stadt Gooville mit ihren organisch geformten Türen und Fenstern, ihren Knöpfen und Knoten, ihren Hummerpanzer-Gängen, ihren Walbengel-Schulen, die gemeinsam arbeiteten oder im Wasser plantschten, eine ganze Stadt, von der Nate vermutete, dass dort glückselige Irrenhäusler wohnten.

Nach zwei Tagen der Sinnsuche im Kuddelmuddel von Wellenformen und Einsen und Nullen, die eilig in den Rechner getippt wurden, fand Kona am Strand einen Surfer/Hacker namens Lolo, der einwilligte, alles für Linux aufzubereiten, im Tausch gegen Konas altes Surfbrett und fünfzehn Gramm allerbester Blüten.

»Wieso nimmt er denn kein Bargeld?«, fragte Clay.

»Er ist Künstler«, erklärte Kona. »Bargeld hat doch jeder.«

»Ich weiß nicht, wie ich das für die Buchhaltung formulieren soll.«

»Blüten, allerbest?«

Verloren betrachtete Clay die Notizblätter, die sich auf seinem Schreibtisch neben dem Platz stapelten, wo Margaret Painborne saß und tippte. Er reichte Kona eine Rolle Banknoten. »Geh. Kauf Blüten. Bring ihn her. Bring mir mein Wechselgeld.«

»Ich spende mein Brett für den guten Zweck«, sagte Kona. »Ich könnte mich auch gut mal wieder der Mystik widmen.«

»Soll ich Tante Clair erzählen, dass du versucht hast, mich zu erpressen?« Clay war dazu übergegangen, Kona gegenüber Clair als Drohung einzusetzen, eine Art Damoklesschwert/Stellvertretender Schuldirektor/Böse Domina, und es schien zu laufen wie geschmiert.

»Muss los, Bruder. Mach's gut.«

Plötzlich flammte etwas in Clays Kopf auf, ein elektrisierendes Déjà-vu, ein wahrer Geistesblitz. »Warte, Kona.«

Der Surfer blieb in der Tür stehen und drehte sich um.

»Als du deinen ersten Tag hier hattest, der Tag, an dem dich Nate zum Labor geschickt hat, um den Film zu holen … hast du das wirklich gemacht?«

Kona schüttelte den Kopf. »Neeeiin, Boss, das Schnittchen hat gesehen, wie ich los wollte. Sie hat gesagt: Behalt das Geld, lass mich zum Labor gehen. Und als ich mit meinem Dope wieder da war, hat sie mir die Fotos zugesteckt, damit ich sie Nate gebe.«

»Das hatte ich irgendwie schon befürchtet«, sagte Clay. »Hau rein, zisch ab! Hol uns, was wir brauchen.«

Drei Tage später standen sie alle da und sahen zu, wie Lolo die Enter-Taste drückte und die Infraschall-Wellenform eines Blauwal-Rufes am unteren Bildschirmrand entlanglief, während darüber Buchstaben aus den Daten transkribiert wurden. Lolo war ein Jahr älter als Kona, halb Japaner, halb Amerikaner, braun gebrannt wie eine Haselnuss, mit kükengelben Mini-Dreads und einem Gemälde aus Maori-Tattoos auf Rücken und Schultern.

Lolo fuhr auf dem Stuhl herum und sah sie an. »Ich hab mal einen Fünfzig-Minuten-Trance-Track mit sechzig Percussion-Loops gemischt. Das war echt schwieriger als das hier.« Lolos bisherige Ausflüge in die Klangbearbeitung hatten ihn als Computer-DJ in einen Dance Club von Honolulu geführt.

»Es hat nichts zu bedeuten«, sagte Libby Quinn. »Es war reiner Zufall, Clay.«

»Abwarten.«

»Aber seit dem ersten Tag haben wir nichts mehr gefunden.«

»Wir wussten, dass es vielleicht so sein würde und nicht überall Nachrichten versteckt sein können. Wir müssen einfach nur die richtigen Stellen finden.«

Libbys Augen flehten ihn an. »Clay, die Saison ist kurz. Wir müssen raus aufs Meer. Nachdem du jetzt dieses Programm hast, brauchst du unsere Hilfe nicht mehr. Margaret und ich bringen dir noch ein paar Aufnahmen. Wir kriegen sie von vertrauenswürdigen Leuten, aber wir können es uns nicht leisten, die ganze Saison in den Sand zu setzen.«

»Und wir müssen diese Sache mit dem Torpedo-Testgebiet öffentlich machen«, fügte Margaret hinzu, weit weniger mitfühlend als Libby.

Clay nickte und betrachtete seine nackten Füße auf dem Holzfußboden. Er holte tief Luft, und als er wieder aufblickte, lächelte er. »Ihr habt Recht. Aber stoßt nicht nur ins Horn und hofft, dass jemand es mitbekommt. Cliff Hyland hat mir erzählt, dass sie sich nur für Tauchdaten interessieren. Ihr werdet einen Beweis brauchen, dass sich Buckelwale am Grund des Kanals bewegen, sonst wird die Navy behaupten, dass ihr nur Walfreaks seid und die Tiere nicht gefährdet sind. Trotz des Testgebiets.«

»Dann ist es für dich okay, wenn wir es öffentlich machen?«, fragte Libby.

»Die Leute werden früh genug von den Torpedos erfahren. Ich glaube nicht, dass es für euch gefährlich wird. Sagt nur nichts von dem, was hier sonst noch passiert, okay?«

Die beiden Frauen sahen einander an, dann nickten sie. »Wir müssen gehen«, sagte Libby. »Wir rufen dich an, Clay. Wir lassen dich nicht einfach so im Stich.«

»Ich weiß«, sagte Clay.

Als sie weg waren, wandte sich Clay den beiden Surfern zu. Dreißig Jahre hatte er mit den weltbesten Wissenschaftlern und Tauchern gearbeitet, und das war ihm nun geblieben: zwei kleine Kiffer. »Wenn ihr beiden was zu tun hättet, könnte ich das verstehen.«

»Bloß raus hier«, sagte Lolo, sprang auf und rannte zur Tür.

Clay warf einen Blick auf den Monitor, vor dem Lolo gesessen hatte, und las: ANKOMME MONTAG CIRCA 1300 HALTET SCHUHE GRÖSSE 44 FÜR QUINN BEREIT_ENDE MSS_AAAA_BAXYXA-BUDAB

»Hol ihn zurück!«, sagte Clay zu Kona. »Wir müssen wissen, auf welchem Band das war.«

»Libby hat ihm alle gegeben, die sie hatte.«

»Das weiß ich. Ich muss wissen, *woher* sie es hatte. Wo und wann es aufgenommen wurde. Ruf Libby auf ihrem Handy an! Versuch, sie an den Apparat zu kriegen.« Clay wollte die Bildansicht ausdrucken, bevor die Nachricht automatisch weitergescrollt war. »Wie zum Teufel funktioniert dieses Ding?«

»Woher weißt du, dass ich nicht einfach abhaue?«

»Als du heute Morgen aufgewacht bist, Kona, gab es da für dich einen Grund aufzustehen, abgesehen von Wellen und Dope?«

»Ja, Mann, ich muss Nate finden.«

»Wie hat sich das angefühlt?«

»Ich ruf Libby an, Boss.«

»Loyalität ist wichtig, Junge. Ich geh und hol mir Lolo. Um rauszufinden, welches Band es war.«

»Schnauze, Boss. Ich versuch zu wählen.«

Hinter ihnen ratterte die kryptische Nachricht aus dem Drucker.

28

Einzeller

Stockholm-Syndrom oder nicht – langsam hatte Nate genug von dieser ganzen »Alles ist wunderbar, und das Goo wird es schon richten«-Haltung. Wie in einer Hippie-Kommune. Nuñez war drei Tage hintereinander zu ihm gekommen und hatte ihn herumgeführt, und alle, die er kennen gelernt hatte, waren einfach ein bisschen zu glücklich darüber gewesen, dass sie zweihundert Meter tief im Inneren eines monströsen Lebewesens wohnten. Als wäre das normal. Als würde man ihm nicht etwas vorgaukeln, weil er nach wie vor Fragen stellte. Wenigstens die Walbengel schnaubten feucht und kicherten, wenn er vorüberging. Wenigstens die hatten ein Gespür für die Absurdität des Ganzen, trotz des Umstands, dass es sie eigentlich gar nicht geben sollte, eine Einsicht, die man von ihnen wohl nicht erwarten konnte.

Man hatte ihn in einer besonders guten Wohnung untergebracht (oder dem, was man wohl als Wohnung bezeichnen würde), im zweiten Stock, mit Blick über die Grotte. Die Fenster waren oval, und das Glas darin war zwar durchsichtig, aber flexibel. Es war, als würde man die Welt durch ein Kondom betrachten, und das war noch längst nicht alles, was ihm an diesem Ort unheimlich erschien. Die Wohnung besaß eine Spüle, einen Abfluss im Badezimmer und eine Dusche – allesamt mit großen, schmatzenden Schließmuskeln am Boden –, und die Dichtung um die Tür des Kühlschranks, falls man ihn denn so nennen wollte, schien aus Nacktschnecken zu bestehen, oder zumindest etwas, das einen schimmernden Schleim hinterließ, wenn man dagegen kam. Darüber hinaus gab es in der Küche einen zähnefletschenden Müllschlucker, von dem er sich lieber fern hielt. Das Schlimmste war, dass sich die Wohnung gar keine Mühe gab, zu verbergen, dass sie lebte. Am ersten Tag, als der menschliche Teil der Mannschaft auf einen Drink hereingeschaut hatte, zur Einweihung, befand sich ein schuppiger Knauf an der Wand neben der Eingangstür, mit dem sich die Tür öffnen ließ, wenn man darauf drückte. Als die Crew gegangen war und Nate aus seiner Dusche kam, war der Türknauf verheilt. Man sah dort eine Narbe, aber das war alles. Nate war eingesperrt.

Ein Trommelwirbel kleiner Steine wurde laut, die an sein Panoramafenster prasselten. Nate trat an die Scheibe, sah auf die große Grotte und den Hafen hinaus, dann hinunter auf die Urheber seiner Unbill. Ein Pulk von Walbengelkindern warf Steinchen an sein Fenster. Wump, wump-a, wump. Die Steine prallten ab, ohne Spuren zu hinterlassen. Als Nate am Fenster erschien, wurde das Prasseln heftiger, da die Walbengelkinder immer schneller warfen und auf ihn zielten, wie beim Dosenwerfen.

»Es hat seinen Grund, wieso Zetazeen in der echten Welt keine Hände haben!«, schrie Nate sie an. »Ihr seid der Grund! Ihr kleinen Freaks!«

Wump, wump-a, wump, klack. Hin und wieder traf ein Wurf den muschelkalkartigen Fensterrahmen, was klang, als landete eine Murmel auf Fliesen.

Ich hör mich schon an wie der alte Spangler, der meinen Bruder und mich immer angeschrien hat, wenn wir ihm Äpfel vom Baum geklaut haben, dachte Nate. *Wann bin ich ein alter Mann geworden? So will ich gar nicht sein.*

Es klopfte leise an seiner Eingangstür. Als er herumfuhr, öffnete sich die Tür wie Fensterläden, zwei Muschelhälften, von Muskeln in der Wand bewegt. Nate kam sich vor wie eine überraschte Dosenschildkröte. Cielle Nuñez stand mit gefalteten Leinenbeuteln unterm Arm in der Tür. Sie war eine sympathische Frau, attraktiv, kompetent und keine Bedrohung. Nate war sicher, dass man sie aus diesem Grund dazu auserkoren hatte, ihn herumzuführen.

»Wollen Sie shoppen gehen, Nate? Ich hatte schon angerufen, um Ihnen zu sagen, dass ich komme, aber Sie sind nicht rangegangen.«

Die Wohnung besaß eine Sprechapparatur, so eine Art verziertes Röhrending, das pfiff und mit metallisch grünen Käferflügeln summte, wenn jemand anrief. Nate fürchtete sich davor.

»Cielle, könnten wir heute bitte mal nicht so tun, als wären wir alte Freunde? Sie sperren mich ja doch wieder ein, wenn Sie gehen.«

»Zu Ihrer eigenen Sicherheit.«

»Das scheint mir das Argument aller Gefängniswärter zu sein.«

»Möchten Sie was essen und was anzuziehen haben, oder nicht?«

Nate zuckte mit den Schultern und folgte ihr zur Tür hinaus. Sie liefen am Rand der Grotte entlang, die eine Kreuzung zwischen altenglischem Dorf und sozialem Wohnungsbau für Hobbits zu sein schien: Ungleichmäßig geformte Türen und Fenster boten einen Blick in Läden, die mit Backwaren und anderen Speisen aufwarteten. Offenbar war das Goo kein Freund von Küchenherden. Sämtliche Speisen wurden irgendwo anders zubereitet. Es gab einen Wärmekasten in Nates Wohnung. Er sah aus wie ein Brotkasten, der aus einem mächtigen Gürteltierpanzer hergestellt war. Er funktionierte tadellos. Man rollte den Deckel auf, stellte das Essen hinein, und schon hatte man keinen Appetit mehr.

»Heute besorgen wir Ihnen was zum Anziehen«, sagte Cielle. »Diese Khakis sind eine Leihgabe. Sie sind nur für die Walschiff-Crews gedacht.«

Während sie herumgingen, folgte ihnen ein halbes Dutzend Walkinder, die ununterbrochen schnatterten und kicherten.

»Ich würde also Probleme bekommen, wenn ich auf der Straße nach Walkindern trete?«

»Aber natürlich«, lachte Cielle. »Wir haben hier Gesetze, wie überall.«

»Offenbar keines, das Kidnapping und unrechtmäßige Inhaftierung verbietet.«

Nuñez blieb stehen und nahm ihn beim Arm. »Was beklagen Sie sich? Es ist doch gut, hier zu sein. Niemand misshandelt Sie. Alle sind nett zu Ihnen. Wo ist das Problem?«

»Wo das Problem ist? Das Problem ist, dass ihr Leutchen alle aus eurem Leben gerissen wurdet, weg von euren Familien und Freunden, weg von allem, was euch vertraut war, und alle tut ihr so, als würde es euch nicht das Geringste ausmachen. Mir macht es aber was aus, Cielle. Scheiße, es macht mir eine ganze Menge aus. Und ich verstehe diese ganze Kolonie nicht – diese Stadt oder was es auch sein mag. Wie kann sie überhaupt existieren, ohne dass irgendjemand was davon weiß? Wieso ist in all den Jahren niemand entkommen und hat das Geheimnis dieser Grotte verraten?«

»Ich habe es Ihnen doch gesagt. Wir wären alle ertrunken –«

»Blödsinn. Das kaufe ich Ihnen nicht ab. Die Dankbarkeit einem Retter gegenüber hält nicht lange an. Ich habe es selbst erlebt. Es bestimmt nicht das ganze Leben. Jeder, den ich hier treffe, ist glückselig. Ihr Leutchen betet das Goo an, stimmt's?«

»Nate, wenn Sie nicht eingesperrt sein wollen, werden Sie

auch nicht eingesperrt. Sie können sich in Gooville frei bewegen … überall hingehen, wo Sie wollen. Es gibt Hunderte Kilometer von Gängen. Manche davon habe selbst ich noch nie gesehen. Gehen Sie. Verlassen Sie die Grotte, und steigen Sie in einen dieser Gänge hinab. Aber wissen Sie was? Heute Abend werden Sie wieder nach Ihrer Wohnung suchen. Sie sind hier kein Gefangener. Sie leben nur an einem anderen Ort und auf eine andere Weise.«

»Sie haben meine Frage nicht beantwortet.«

»Das Goo ist der Quell, Nate. Der Ursprung allen Lebens. Sie werden es sehen. Der Colonel –«

»Scheiß auf den Colonel! Der Colonel ist doch ein Mythos.«

»Sollten wir einen Kaffee trinken? Sie wirken mürrisch.«

»Verdammt, Cielle, meine Kopfschmerzen tun nichts zur Sache.« Eigentlich taten sie das doch, in gewisser Weise. Nate hatte den ganzen Tag noch keinen Kaffee gehabt. »Außerdem, woher weiß ich, dass wir da wirklich Kaffee trinken? Wahrscheinlich ist es eine Mischung aus Kaffeebohnen und mutiertem Seeotter.«

»Das hätten Sie gern?«

»Nein, das hätte ich nicht gern. Ich hätte gern einen Türknauf. Und nicht so ein organisches Knotendings – ich möchte einen toten Türknauf. Und zwar einen, der schon immer tot war. Nicht irgendwas, zu dem ich freundschaftliche Beziehungen hatte.«

Cielle Nuñez war ein paar Schritte zurückgewichen, und die Walkinder, die ihnen gefolgt waren, schwiegen nun und standen in defensiver Herdenformation, die größeren Kinder außen. Spaziergänger, die normalerweise nickten und lächelten, wenn sie vorübergingen, machten einen großen Bogen um Nate. Heftiges Pfeifen wurde unter den umherlaufenden Walbengeln laut.

»Das würde Sie glücklich machen?«, fragte Nuñez. »Ein Türknauf? Wenn ich Ihnen einen Türknauf besorge, sind Sie glücklich?«

Warum sollte es ihm peinlich sein? Weil er die Kinder erschreckt hatte? Weil sich seine Entführer unwohl fühlten? Trotzdem war es ihm peinlich.

»Ich könnte außerdem ein paar Ohrstöpsel gebrauchen, falls Sie welche haben. Zum Schlafen.«

Während zehn der vierundzwanzig Stunden wurde es in der Grotte dunkel. Cielle hatte erklärt, das mache man nur für die Menschen, damit sie etwas Ähnliches wie ihren normalen Tagesrhythmus beibehalten konnten. Die Menschen brauchten den Wechsel zwischen Tag und Nacht – ohne diesen konnten viele nicht schlafen. Das Problem war nur, dass die Walbengel nie schliefen. Sie ruhten, aber sie schliefen nicht. Wenn es also in der Grotte dunkel wurde, machten sie einfach weiter. Allerdings gaben sie in der Dunkelheit ständig dieses Sonarklicken von sich. Bei Nacht hörte sich die Grotte an, als würde eine Armee von Stepptänzern aufmarschieren.

Nuñez nickte. »Das lässt sich vermutlich arrangieren. Möchten Sie jetzt einen schönen, heißen Becher Seeotter?«

»Was?«

»Kleiner Scherz. Nehmen Sie's leicht, Nate.«

»Ich will nach Hause.« Er hatte es gesagt, bevor es ihm überhaupt bewusst war.

»Das wird nicht gehen. Aber ich gebe es weiter. Ich denke, es wird Zeit, dass Sie den Colonel kennen lernen.«

Sie verbrachten den Tag damit, durch die Läden zu ziehen. Nate fand ein Paar Leinenhosen, die ihm passten, Strümpfe und Unterwäsche und einen Stapel T-Shirts in einem winzigen Laden. So etwas wie Geld schien nicht nötig zu sein. Nuñez nickte dem Händler nur zu, und Nate nahm, was er brauchte. Es gab kaum Auswahl in den Läden, und das meiste, was dort angeboten wurde, stammte aus der realen Welt: Kleidung, Stoffe, Bücher, Rasierklingen, Schuhe und kleinere Elektrogeräte. Aber einige Läden führten Dinge, die in Gooville angebaut oder gefertigt worden waren: Zahnbürsten, Seifen, Lotionen. Die Verpackung schien aus dem sechzehnten Jahrhundert zu stammen – die Händler wickelten Pakete in dieses allgegenwärtige Öltuch, das leicht nach Tang roch, und tatsächlich war es von der gleichen olivgrünen Farbe wie der Riesentang. Kunden brachten ihre eigenen Krüge für Öl, Essig und andere Flüssigkeiten mit. Nate hatte alles gesehen, von einem modernen Mayonnaise-Glas bis zu Töpferwaren, die mindestens hundert Jahre alt sein mussten.

»Wie lange, Cielle?«, fragte er, während er einem Händler zusah, der gezuckerte Datteln in einen mundgeblasenen Glaskrug zählte und diesen mit Wachs versiegelte. »Wie lange gibt es hier unten schon Menschen?«

Sie folgte seinem Blick zu dem gläsernen Krug. »Wir bekommen viele Kostbarkeiten aus versunkenen Schiffen, also lassen Sie sich nicht davon beeindrucken, wenn Sie Antiquitäten sehen. Das Meer ist ein guter Konservator. Möglicherweise haben wir es erst vor einer Woche geborgen. Eine Freundin von mir bewahrt Kartoffeln in einer zweitausend Jahre alten, griechischen Amphore auf.«

»Ja, und ich sammle mein Kleingeld im Heiligen Gral. Wie lange?«

»Sie sind heute so feindselig. Ich weiß nicht, wie lange, Nate. Lange eben.«

Er hatte Dutzende, Hunderte weiterer Fragen, zum Beispiel, woher sie die Kartoffeln hatten, wenn es doch kein Sonnenlicht gab, um etwas anzubauen. Aus versunkenen Schiffen holten sie die Kartoffeln jedenfalls nicht. Aber Cielle ließ es gar nicht so weit kommen und stellte sich ahnungslos.

Sie aßen in einem winzigen Lokal zu Mittag, das eine umwerfende Irin mit atemberaubend grünen Augen und einem mächtigen Schwall roter Haare betrieb, die – wie anscheinend alle hier – Cielle kannte und wusste, wer Nate war.

»Haben Sie denn schon einen Walkman, Dr. Quinn? Diese Walbengel lassen einen mit ihren Sonaren nachts glatt zum Trinker werden.«

»Wir besorgen ihm heute ein paar Ohrstöpsel, Brennan«, sagte Cielle.

»Musik… damit kriegt man das Walbengel-Gepfeife weg«, sagte die Frau und verschwand in der Küche. An den Wänden des Bistros hing eine Sammlung antiker Biertabletts, befestigt – wie Nate in Erfahrung gebracht hatte – mit einem Klebstoff, der dem Sekret ähnelte, mit dem sich Seepocken an Schiffen festhielten. Etwas anzunageln, war nicht gern gesehen, da die Wände bei Verletzung eine Weile bluteten.

Nate nahm einen Bissen von seinem Sandwich – Fleischklöße mit Mozzarella auf gutem, knusprigem Baguette.

»Wie?«, fragte er Cielle und pustete dabei Krümel auf den Tresen. »Wie wird das ganze Zeug gemacht, wenn es kein Feuer gibt?«

Cielle zuckte mit den Schultern. »Keine Ahnung. In einer Bäckerei vermutlich. Die Speisen werden außerhalb der Grotte zubereitet. Dort bin ich nie gewesen.«

»Sie wissen nicht, wie? Wie ist das möglich?«

Cielle Nuñez legte ihr Sandwich beiseite, stützte sich auf einen Ellbogen und lächelte Nate an. Sie hatte bemerkenswert gütige Augen, und Nate musste sich in Erinnerung rufen, dass sie den Auftrag hatte, sich mit ihm anzufreunden. Interessant, dachte er, dass sie dafür eine Frau ausgesucht haben. War sie ein Köder?

»Haben Sie je *Ein Yankee am Hofe des Königs Artus* gelesen, Nate?«

»Natürlich. Wie alle.«

»Dieser Mann geht aus dem späten neunzehnten Jahrhundert nach Camelot und versetzt alle mit seinem wissenschaftlichen Wissen in Erstaunen, vor allem, weil er Schießpulver herstellen kann, stimmt's?«

»Ja, und?«

»Sie sind Wissenschaftler, also halten Sie sich vielleicht besser als die meisten, aber nehmen Sie einen Durchschnittsbürger, zum Beispiel: jemanden, der in einem Supermarkt arbeitet. Setzen Sie ihn ins zwölfte Jahrhundert… Wissen Sie, was ihn dort ereilen wird?«

»Was wollen Sie mir sagen?«

»Tod durch bakterielle Infektion, höchstwahrscheinlich. Und die letzten Worte, die ihm über die Lippen kommen, dürften sein: ›Es gibt etwas, das nennt sich Antibiotikum, wirklich wahr.‹ Was ich sagen will, ist: Ich weiß nicht, wie dieses Zeug gemacht wird, weil ich es noch nicht wissen musste. Niemand weiß, wie all die Sachen gemacht werden, die man so benutzt. Ich denke, ich könnte es rausfinden und es Sie wissen lassen, aber ich versichere Ihnen, dass ich Sie nicht einfach hinhalte, um geheimnisvoll zu erscheinen. Wir machen mit den Walschiffen viele Bergungen, und es gibt ein Netzwerk, das bis in die reale Welt reicht und uns viele unserer alltäglichen Dinge besorgt. Wenn ein Frachter palettenweise Waren für die Bewohner einer abgelegenen Pazifikinsel entlädt, wissen die Leute an Bord nur, dass sie bezahlt wurden und ans Ufer geliefert haben. Sie warten nicht ab, wer die Waren holt. Die Alten sagen, früher hätte das Goo für alles gesorgt. Es kam nichts von draußen herein, was sie nicht bei sich gehabt hatten, als sie herkamen.«

Nate biss von seinem Sandwich ab und nickte, als würde er darüber nachdenken, was sie eben gesagt hatte. Seit er in Gooville angekommen war, hatte er jeden wachen Augenblick über zwei Dinge nachgegrübelt: erstens, wie das alles funktionieren konnte, und zweitens, ob es einen Fluchtweg gab. Von irgendwoher musste das Goo seine Energie bekommen. Allein schon für die Beleuchtung der großen Grotte wären viele Millionen Kalorien nötig. Falls die Energie von draußen kam, wäre es vielleicht möglich, auf diesem Weg auch zu entkommen.

»Und müssen Sie es füttern? Das Goo?«

»Nein.«

»Na, dann –«

»Keine Ahnung, Nate. Ich weiß es einfach nicht. Wie funktioniert eine chemische Reinigung?«

»Na, wahrscheinlich werden da Lösungsmittel verwendet, die, mh … Hören Sie, Biologen haben nicht viel Zeug, das chemisch gereinigt werden muss. Ich bin mir sicher, dass es nicht besonders kompliziert ist.«

»Tja, das Gleiche könnte ich in Bezug auf das Goo sagen.« Cielle stand auf und sammelte ihre Pakete ein. »Gehen wir, Nate. Ich bringe Sie zu Ihrer Wohnung. Dann mache ich mich auf den Weg zur Höhle der Walbengel und kümmere mich darum, dass der Colonel Sie empfängt. Und zwar noch heute.«

Nate hatte noch zwei Bissen von seinem Sandwich übrig. »Hey, ich hab noch zwei Bissen von meinem Sandwich übrig«, sagte er.

»Tatsächlich? Und haben Sie sich gefragt, woher wir in Gooville Fleischklöße bekommen? Was für Fleisch könnte da wohl drin sein?«

Nate ließ sein Sandwich fallen.

»Wir sind wohl ein bisschen heikel, was?«, sagte Brennan, als sie aus der Küche kam, um die Teller abzuräumen.

Nate las gerade einen miesen Gerichtsroman, den er in der kleinen Bibliothek seiner Wohnung gefunden hatte, als ihn die

Walbengel holten. Sie kamen zu dritt, zwei große Bullen mit der Färbung von Killerwalen und ein kleineres, blaues Weibchen. Erst als die Blaue mit der Stimme einer zermalmten Elfe »Hi, Nate« quiekte, erkannte er Emily 7 wieder.

»Wow, hi, Emily. Ist ›Emily‹ okay, oder sollte ich lieber ›Sieben‹ dazu sagen?« Nate war hinterher immer so unbeholfen, selbst wenn es gar kein Hinterher gab, weil nichts gewesen war.

Sie verschränkte die Arme vor der Brust und wölbte ihr linkes Auge in seine Richtung.

»Okay«, sagte Nate und machte sich bereit. »Dann sollten wir wohl los. Habt ihr meinen Türknauf schon gesehen? Brandneu. Rostfreier Stahl. Mir ist bewusst, dass er zu allem anderen nicht passt, aber, na ja, er gibt mir so ein Gefühl von Freiheit.« *Klar, Nate. Es ist ein Türknauf*, dachte er.

Sie gingen mit ihm am äußeren Rand der Grotte entlang und in einen der gigantischen Gänge, die aus der Grotte hinausführten. Sie liefen eine halbe Stunde, folgten einem Labyrinth aus Gängen, die immer enger wurden, je weiter sie kamen, wobei die leuchtend rote Hummerpanzer-Oberfläche zu etwas verblasste, das wie Perlmutt aussah. Es leuchtete schwach, gerade so hell, dass sie sehen konnten, wohin sie gingen.

Schließlich wurde der Gang wieder breiter und führte in einen Raum, der wie eine Art ovales Amphitheater aussah, in dem alles wie Perlmutt schimmerte. Bänke säumten den Raum, allesamt mit Blick auf eine breite Rampe, die zu einem runden Portal – groß wie ein Garagentor – führte, verschlossen von einer Iris aus schwarzem Muschelkalk.

»Ooooooh, der große, mächtige Zauberer von Oz wird dich nun empfangen«, sagte Nate.

Die Walbengel, die normalerweise so ziemlich alles lustig fanden, wandten sich ab. Einer der beiden Schwarzweißen fing an, durch sein Blasloch ein leises Lied zu pfeifen. »In der Halle des

Bergkönigs« oder einen Streisand-Song – irgendwas Grusliges, dachte Nate.

Emily 7 schlug dem Pfeifer mit dem Handrücken gegen die Brust, und er hörte abrupt auf. Dann legte sie Nate eine Hand auf die Schulter und bedeutete ihm, die Stufen zu dem runden Portal hinaufzugehen.

»Okay, das war's dann wohl.« Nate machte sich rückwärts auf den Weg die Rampe hinauf, während die Walbengel langsam von ihm abrückten. »Ihr lasst mich hier besser nicht allein. Den Weg finde ich nie zurück.«

Emily 7 setzte ihr liebreizendes Hack-einen-Lachs-in-zwei-Hälften-Lächeln auf und winkte ihn weiter.

»Danke, Em. Du siehst toll aus, weißt du. Hatte ich das schon gesagt? So *glänzend.*« Er hoffte, dass glänzend gut war.

Die Iris hinter ihm öffnete sich. Die Walbengel fielen auf die Knie und berührten mit ihren Unterkiefern den Boden. Nate drehte sich um und sah, dass die Perlmuttrampe in einen leuchtend roten Raum führte, der vor Licht pulsierte und feucht schimmerte, während die Wände zu atmen schienen. Also, *das* sah wie ein Lebewesen aus – das Innere eines Lebewesens. So hatte er es sich eigentlich vorgestellt, als er vom Wal gefressen worden war. Er ging hinein. Nach ein paar Schritten verschmolz die Rampe mit dem rötlichen Fleisch, von dem Nate nun sehen konnte, dass es mit Adern und etwas, bei dem es sich um Nerven handeln mochte, durchzogen war. Die Größe des Raumes konnte er nicht ausmachen. Dieser schien sich zu erweitern, um ihn zu empfangen, und hinter ihm zusammenzuziehen, als bewegte sich Nate in einer großen Blase. Als die Iris im rosigen Goo verschwand, spürte Nate, wie Panik in ihm aufkam. Er holte tief Luft – satte, feuchte Luft –, und seltsamerweise erinnerte er sich daran, was ihm Poynter und Poe im Buckelwalschiff erklärt hatten: Es ist einfacher, wenn man akzeptiert, dass man tot ist. Er atmete noch mal tief ein und schob sich ein paar Schritte vorwärts, dann blieb er stehen.

»Ich fühl mich hier drinnen wie ein verdammtes Spermium!«, schrie er. Scheiß drauf, er war ja sowieso schon tot. »Ich soll mich mit dem Colonel treffen.«

Bei dem Stichwort begann sich das Goo vor ihm zu öffnen, was aussah, als säße man im Innern einer sich entfaltenden Blüte. Helleres Licht beleuchtete den Raum, der nun gerade groß genug war, um Nate, eine zweite Person und etwa drei Meter Konversationsabstand zu beherbergen. In einer gewaltigen Masse aus rosafarbenem Goo, bekleidet mit einem Tropenanzug und mit einer Baseballkappe der San Francisco Giants auf dem Kopf, hatte es sich der Colonel bequem gemacht.

»Nathan Quinn! Schön, Sie zu sehen! Ist lange her«, sagte er.

29

Gespräche unter Toten

Nate hatte seinen alten Lehrer Gerard »Growl« Ryder vierzehn Jahre nicht zu Gesicht bekommen, aber abgesehen davon, dass er sehr blass war, sah der Biologe ganz genauso aus, wie Nate ihn in Erinnerung hatte: klein und kräftig, mit einem spitzen Kinn, und dazu langes, graues Haar, das stets drohte, ihm vor seine hellgrünen Augen zu fallen.

»*Sie* sind der Colonel?«, fragte Nate. Ryder war vor zwölf Jahren verschwunden. Verschollen bei den Aleuten.

»Ich habe eine Weile mit dem Titel herumgespielt. Ungefähr eine Woche war ich ›Menschenfleisch, der Mächtige‹, aber ich fand, das klang, als hätte ich etwas zu kompensieren, also habe ich etwas Militärisches gesucht. Es gab ein Kopf-an-Kopf-Rennen zwischen Käpt'n Nemo aus *Zwanzigtausend Meilen unter dem Meer* und Colonel Kurtz aus *Herz der Finsternis*. Schließlich habe ich mich einfach zum ›Colonel‹ durchgerungen. Es klingt bedrohlicher.«

»Das tut es.« Wieder einmal kam die Wirklichkeit für Nate in eine kontextuelle Schräglage, und er gab sich alle Mühe, nicht abzurutschen. Dieser einstmals großartige, *großartige* Mann saß nun in einem Haufen Goo und sprach davon, wie er sein megalomanisches Pseudonym gewählt hatte.

»Tut mir Leid, dass Sie so lange warten mussten, bis ich Sie holen ließ. Aber da Sie nun hier stehen: Wie fühlt man sich in Gegenwart Gottes?«

»Bei allem Respekt, Sir, Sie haben sie doch nicht mehr alle.«

»Das ist irgendwie nicht richtig«, flüsterte Clay Libby Quinn ins Ohr. »Wir sollten keine Beerdigung abhalten, wenn Nate noch lebt.«

»Es ist keine Beerdigung«, sagte Libby. »Es ist ein Gottesdienst.«

Alle waren in die Schutzstation gekommen. In der ersten Reihe: Clay, Libby, Margaret, Kona, Clair und die Komische Alte. Weiter hinten: Cliff Hyland und Tarwater mit ihrem Team, der Graf und seine wissenschaftlichen Handlanger, Jon Thomas Fuller und sämtliche Bootsbesatzungen der Hawaii Whale Inc., die sich aus etwa dreißig Leuten zusammensetzten. Ganz hinten: Walpolizisten, Barkeeper und zwei Kellnerinnen aus dem Longee's. Vom Hafen: Hausbootbesitzer und Charterkapitäne, der Hafenmeister, leichte Mädchen und Tauchlehrer, Deckshelfer und einer, der auf dem Tankanleger hinterm Kaffeetresen stand. Darüber hinaus Forscher von der University of Hawaii und – was seltsam genug war – zwei Schwarzkorallentaucher. Die Deckenventilatoren mischten ihre Gerüche in der abendlichen Brise. Clay hatte den Gottesdienst für den Abend angesetzt, damit die Forscher keinen Arbeitstag verloren.

»Trotzdem«, sagte Clay.

»Er war ein Löwe«, sagte Kona, und eine Träne schimmerte in seinem Auge. »Ein mächtiger Löwe.« Es war das größte Kompliment, das ein Rastafari einem Menschen machen konnte.

»Er ist nicht tot«, sagte Clay. »Das weißt du doch, du Depp.«

»Trotzdem«, sagte Kona.

Es war eine hawaiianische Bestattung, zu der jedermann in Flipflops und Shorts kam, aber die Männer hatten ihre besten

Aloha-Hemden angezogen, die Frauen ihre buntesten Kleider, und viele hatten Blumengirlanden mitgebracht und über die Kränze vorn im Raum drapiert, die Nathan Quinn und Amy Earhart darstellen sollten. Ein Priester von der Unity Church sprach zehn Minuten über Gott und Meer, Wissenschaft und Hingabe, und dann machte er den Platz frei für alle, die noch was sagen wollten. Es folgte eine lange Pause, bis die Komische Alte zum Podium wankte, in einem weiten Muumuu, auf dem ein lächelnder Wal abgebildet war. In ihrem Haar schimmerte ein Dutzend weißer Orchideen.

»Nathan Quinn lebt weiter«, sagte sie.

»Gebt ihr ein Amen!«, rief Kona. Clair riss an seinen letzten Dreadlocks.

Die Biologen und Studenten sahen sich an, mit großen Augen, verdutzt, als fragten sie sich, ob jemand ein Amen dabeihatte, auf das er verzichten konnte. Niemand hatte ihnen gesagt, dass sie ein Amen brauchen würden, sonst hätte sie bestimmt eins eingepackt. Die Hafenleute und Bürger von Lahaina waren durch die Wissenschaftler eingeschüchtert, und sie hatten nicht die Absicht, in Gegenwart so vieler Schlauberger ein Amen wegzugeben, nie im Leben. Den Walbullen missfiel der Umstand, dass Kona nicht im Gefängnis saß – einen Dreck würden sie ihm geben, von einem Amen ganz zu schweigen. Schließlich seufzte einer der Schwarzkorallentaucher, der am Abend zuvor den perfekten Trauercocktail entdeckt hatte (eine Pille Ecstasy, ein Joint und eine Flasche Whisky), sein kraftloses »Amen« über die Trauernden hinweg, wie ein verschlafener Kuss, frühmorgens, wenn man aus dem Mund stinkt.

»Und ich weiß«, fuhr die Komische Alte fort, »wenn er nicht so stur gewesen wäre und diesem Sänger im Kanal ein Pastrami-Sandwich mit dunklem Brot mitgebracht hätte, wäre er heute noch unter uns.«

»Aber wenn er hier unter uns wäre –«, flüsterte Clair.

»Schschscht«, schschschte Margaret Painborne.

»Wag nicht, mir den Mund zu verbieten, sonst kannst du dich schon mal für ein neues Gebiss anmelden.«

»Bitte, Schatz«, sagte Clay.

Die Komische Alte faselte etwas davon, sie habe in den vergangenen fünfundzwanzig Jahren jeden Tag mit den Walen gesprochen. Sie kannte Nate und Clay schon, seit die beiden das erste Mal auf die Insel gekommen waren, und erinnerte sich, wie jung und dumm sie damals gewesen seien, und wie sehr sich das verändert hatte, denn jetzt seien sie nicht mehr jung. Sie sprach davon, was für ein tiefgründiger und vernünftiger Mann Nate sei, der – wenn er nicht so zerstreut gewesen wäre – vielleicht eine anständige Frau gefunden hätte, die ihn liebte, und dass sie nicht wisse, wo er sei, aber wenn er seinen Hintern nicht bald nach Maui schaffte, wollte sie ihm denselben versohlen. Und dann setzte sie sich in ohrenbetäubender Stille, und alle starrten Clay an, der konzentriert den Deckenventilator musterte.

Nach einer langen, beklemmenden Minute, in der es ein paar Mal schien, als wollte der Priester den Gottesdienst beenden, stand Gilbert Box auf, der Graf. Ausnahmsweise trug er keinen Hut, dafür aber seine große Sonnenbrille, und ohne den mächtigen Hut verlieh die Brille seiner eckigen Erscheinung etwas Insektenhaftes – eine besonders blasse Gottesanbeterin in Khakis. Er richtete das Mikrofon ein, räusperte sich mit großer Geste und sagte: »Ich habe Nathan Quinn nie gemocht…« Und alle warteten auf das »aber«, aber es kam nicht. Gilbert Box nickte der Menge zu und setzte sich wieder hin. Gilberts Wiesel applaudierten.

Als Nächstes meldete sich Cliff Hyland zu Wort, sprach zehn Minuten davon, was für ein großartiger Mensch und wunderbarer Forscher Nate gewesen sei. Dann ging tatsächlich Libby nach vorn und sprach ausgiebig darüber, wie kanadisch Nate gewesen sei und wie er einmal das Große Wappen von British Columbia gegen alle anderen Provinzwappen verteidigt habe, weil es einen Elch und einen Widder zeigte, die eine Wasserpfeife rauchten, was von Gemeinschaftsgeist und Toleranz zeuge, während Ontarios Wappen einen Elch und einen Wapitihirsch zeigte, die versuchten, einen Bären zu fressen, und das von Saskatchewan zeigte einen Elch und einen Löwen, die Feuer unter einem Fonduetopf machen wollten (wobei beide unübersehbar die allen Kanadiern angeborene Angst vor Elchen ausschlachteten), und auf dem Wappen von Quebec war eine Frau in einer Toga dargestellt, die einem Löwen ihre Brust zeigte, was einfach nur scheißfranzösisch sei. Er hatte sämtliche Provinzen und deren Wappen aufgezählt, aber an die anderen konnte sich Libby nicht mehr erinnern. Dann schniefte Libby und setzte sich hin.

»Was anderes ist dir nicht eingefallen?«, zischte Clay. »Nach wie vielen Ehejahren? Fünf?«

Libby flüsterte ihm ins Ohr: »Ich musste etwas finden, was für Margaret nicht bedrohlich ist. Aber du reißt dich ja auch nicht gerade darum, aufs Podium zu steigen.«

»Ich werde nichts über meinen toten Freund sagen, solange ich nicht sicher sein kann, dass er tot ist.«

Und bevor sie sich's versahen, stand Jon Thomas Fuller auf dem Podium und dankte Nate für die Unterstützung seines neuen Projektes, dann erklärte er, wie dankbar er sei, dass die Gemeinschaft der Walforscher hinter seiner neuen »Delfin-Begegnungsstätte« stehe, was für die anwesenden Walforscher eine echte Neuigkeit war. Während der kurzen Ansprache hielt Clair Clays Nacken im Griff, scheinbar in tröstender Umarmung – aber in Wahrheit aber war es ein Würgegriff, den sie von den Cops im Fernsehen gelernt hatte. »Baby, wenn du versuchst, auf ihn loszugehen, liegst du in drei Sekunden ohnmächtig am Boden. Es wäre respektlos – dem Gedenken an Nate gegenüber.« Aber ihr Bemühen ließ Kona auf der anderen Seite unbeachtet, und der brachte es fertig, ein »Bullshit« zu husten, als Jon Thomas sich wieder hinsetzte.

Als Nächstes stand eine Doktorandin auf, die für Cliff Hyland arbeitete, und sprach davon, wie sehr Nates Arbeit sie dazu inspiriert habe, sich der Forschung zu widmen. Dann sprach jemand von der Hawaiianischen Naturschutzbehörde darüber, dass Nate stets an vorderster Front für den Schutz der Buckelwale gekämpft habe. Dann sagte der Hafenmeister, Nate sei ein fähiger und verantwortungsvoller Bootsführer gewesen. Alles in allem verging eine Stunde, und als deutlich wurde, dass keiner mehr aufstehen würde, machte sich der Priester auf den Weg zum Podium, doch Kona kam ihm zuvor. Er war Claires stählernem Griff entkommen und stolzierte nach vorn.

»Wie das alte Tantchen sagt: Nathan lebt weiter. Leider hat keiner hier was vom Sahneschnittchen gesagt, die – Jah sei ihr gnädig – in diesem Augenblick im weiten Meer die Fische füttert.« (Schnief.) »Ich kannte sie nur kurz, aber ich glaube, ich spreche für uns alle, wenn ich sage, dass ich sie immer gern mal nackt sehen wollte. Echt, Mann. Wenn ich nur daran denke, an ihren festen, runden –«

»– dann wird sie uns sehr fehlen«, sagte Clay und beendete den Satz des Möchtegern-Hawaiianers. Er hielt Kona den Mund zu und zerrte ihn zur Tür. »Sie war ein schlaues Mädchen.« In diesem Moment erklomm der Priester das Podium, dankte allen, dass sie gekommen waren, und erklärte mit einem Gebet, die letzte Ehre sei somit erwiesen. Amen.

»Tja, geistige Gesundheit kann ein Problem darstellen«, sagte Growl Ryder. »Gottes Gewissen zu sein, ist ein harter Job.«

Nate sah sich um, und das Goo wich um sie herum zurück, als

folgte es seinem Blick, bis die Kammer einen Durchmesser von gut fünf Metern hatte – eine Blase. *Es ist, als würde man in einer Harnblase zelten*, dachte Nate.

»Besser so?«, fragte Ryder.

Nate erkannte, dass der Colonel die Form des Raums beeinflussen konnte.

»Ein Sitzgelegenheit wäre nett.«

Das Goo hinter Nate formte sich zu einer Chaiselounge. Nate berührte sie nur zögerlich, erwartete schleimige Fäden an seiner Hand, aber obwohl das Goo glänzte, als wäre es feucht, fühlte sich der Sitz doch trocken an. Warm und eklig, aber trocken. Er setzte sich darauf.

»Alle denken, Sie sind tot«, sagte Nate.

»Danke gleichfalls.«

Nate hatte noch nicht viel darüber nachgedacht, aber natürlich hatte der Colonel damit Recht. Sicher hatte man ihn längst für tot erklärt.

»Waren Sie schon die ganze Zeit hier, seit sie damals verschwunden sind, vor wie vielen Jahren – zwanzig?«

»Ja. Man hat mich mit einem umgebauten Nordkaper geholt. Er hat mein Schlauchboot und meine Ausrüstung aufgefressen. Mit einem Blauwal haben sie mich dann hergebracht. Ich bin auf der Reise völlig durchgedreht. Konnte das alles nicht in meinen Kopf kriegen. Fast den ganzen Weg hierher war ich angeschnallt. Das hat sicher nicht geholfen.« Ryder zuckte mit den Schultern. »Es ging mir besser, nachdem ich akzeptiert hatte, wie es hier unten läuft. Ich habe verstanden, wieso sie mich geholt haben.«

»Und zwar …?«

»Aus demselben Grund, aus dem man auch Sie geholt hat. Ich stand kurz davor, mir aus den Signalen in den verschiedenen Walrufen ihre Existenz zusammenzureimen. Man hat uns beide geholt, um die Walschiffe und schlussendlich auch das Goo zu beschützen. Wir sollten dankbar sein, dass man uns nicht einfach getötet hat.«

Darüber hatte Nate schon nachgedacht. Wozu der Aufwand? »Okay, und wieso hat man es nicht einfach getan?«

»Nun, sie haben mich lebend geholt, weil das Goo und die Leute hier wissen wollten, was ich wusste und wie ich darauf gekommen war, etwas hinter den Walrufen zu vermuten. Und Sie hat man lebend geholt, weil ich es befohlen habe.«

»Warum?«

»Was meinen Sie damit? ›Warum‹? Weil wir Kollegen waren, weil ich Ihr Lehrer war, weil Sie klug und intuitiv sind und ich Sie mochte und ich ein netter Kerl bin. ›Warum‹? Leck mich am Arsch … ›Warum‹?«

»Growl, Sie leben hier in einer Schleimhöhle und wahren eine Identität als mysteriöser Herrscher über eine Unterwasserstadt, Sie haben das Kommando über eine Flotte fleischlicher Kriegsschiffe mit Mannschaften aus Walmenschen, und momentan liegen Sie auf einer pulsierenden Masse aus gallertartigem Goo, das aussieht, als stamme es aus dem Wackelpeter der Hölle … also entschuldigen Sie bitte vielmals, wenn ich Zweifel an Ihren Motiven hege.«

»Okay. Das ist ein Argument. Kann ich Ihnen was zu trinken anzubieten?«

Wie viele Wissenschaftler, die Nate kannte, hatte Ryder geredet und geredet, bis er mittendrin merkte, dass er gewisse zwischenmenschliche Umgangsformen, die zivilisierte Menschen pflegten, schlicht vergessen hatte, doch in diesem Augenblick lag er vollkommen neben der Spur. »Nein, ich will nichts trinken. Ich will wissen, wie das alles so gekommen ist. Was ist das für Zeug? Sie sind Biologe, Ryder, es muss Sie doch neugierig gemacht haben.«

»Und ich bin es immer noch. Aber ich weiß nur, dass alles in Gooville aus diesem Zeug besteht, alles was Sie hier sehen, die Gebäude, die Gänge, der Großteil der Maschinen, beispielsweise der Biomaschinerie – das alles ist das Goo. Ein gigantischer, alles umfassender Organismus. Er kann sich in fast jeden anderen Organismus auf der Erde verwandeln und neue Organismen bilden, wenn die Notwendigkeit besteht. Das Goo hat die Walschiffe und die Walbengel erschaffen. Und jetzt kommt der Knaller, Nate: Es hat dafür keine dreißig Millionen Jahre gebraucht. Die gesamte Spezies ist nicht älter als dreihundert Jahre.«

»Das ist unmöglich«, sagte Nate. Es gab gewisse Dinge, die man akzeptierte, wenn man Biologe werden wollte, zum Beispiel, dass komplexes Leben durch einen Evolutionsprozess in Form natürlicher Auslese entstanden war, dass man eine neue Spezies bekam, weil die Gene, die für das Überleben in einer bestimmten Umgebung günstig waren, innerhalb dieser Spezies reproduziert, ausgewählt und weitergegeben wurden, ein Prozess, der oft Jahrmillionen dauerte. Man gab keine Bestellung auf, um sich seine neue Spezies am Ausgabeschalter abzuholen. Es gab keinen kosmischen Chefkoch, es gab keinen Uhrmacher, es gab keinen Schöpfer. Es gab nur Entwicklung und Zeit. »Woher wollen Sie das denn überhaupt wissen?«

»Vieles weiß ich einfach, weil ich mit dem Goo in Kontakt stehe, aber ich liege selten daneben. Vielleicht war es noch weniger Zeit – zweihundert Jahre.«

»Zweihundert Jahre? Die Walbengel sind definitiv intelligentes Leben, und ich weiß nicht, was diese Walschiffe eigentlich sind, aber auch die leben zweifelsohne. Derart komplexe Entwicklungen geschehen niemals in so kurzer Zeit.«

»Nein, ich würde sagen, das Goo ist vermutlich schon etwa dreieinhalb Milliarden Jahre hier. Die Felsen dieser Höhlen gehören zu den ältesten der Welt. Ich sage nur, dass die Walbengel und die Schiffe neu sind. Die sind erst ein paar hundert Jahre alt, denn seit damals braucht das Goo sie.«

»Das Goo brauchte sie, und deshalb hat es sie erschaffen, damit sie ihm dienen? Als hätte es einen Willen?«

»Es hat tatsächlich einen Willen. Es hat ein Bewusstsein, und es weiß eine Menge. Tatsächlich möchte ich behaupten, dass das Goo eine Fundgrube für alles biologische Wissen auf dem Planeten darstellt. Dieses Goo, Nate... dieses Goo ist Gott näher als alles, was wir sonst je zu sehen bekommen. Es ist die perfekte Suppe.«

»So was wie die Ursuppe?«

»Ganz genau. Vor vier Milliarden Jahren haben sich ein paar große, organische Moleküle zusammengetan, wahrscheinlich um eine geothermische Quelle in der Tiefsee herum, und sie haben gelernt, sich zu teilen, sich zu reproduzieren. Da die Reproduktion das Spiel des Lebens ist, haben sie sehr schnell – vermutlich nach kaum hundert Millionen Jahren – den gesamten Planeten überzogen. Große, organische Moleküle, die heute nicht mehr existieren könnten, weil Millionen Bakterien sie fressen würden, aber damals gab es noch keine Bakterien. Es gab eine Zeit, in der die gesamte Meeresoberfläche von einem einzigen Lebewesen bevölkert war, das gelernt hatte, sich selbst zu reproduzieren. Es stimmt: Als die Replikatoren den unterschiedlichen Bedingungen ausgesetzt waren, mutierten sie, entwickelten sich zu neuen Spezies, ernährten sich voneinander, manche kolonisierten sich gegenseitig und verwandelten sich in komplexe Tiere, aber ein Teil dieses Urtieres zog sich in seine ursprüngliche Nische zurück. Mittlerweile wurden chemische Informationen ausgetauscht – erst durch RNS, dann durch DNS –, und als sich die einzelnen Spezies entwickelten, trugen sie sämtliche Informationen für die Erschaffung der nächsten Spezies weiter, und diese Information gelangte auch bis zum Urtier zurück. Aber es hatte seine sichere

Nische, holte seine Energie aus der Erdwärme, im Schutz von Fels und Tiefsee. Es nahm alle Informationen von den Tieren auf, mit denen es in Kontakt kam, aber es veränderte sich nur, um sich schützen und reproduzieren zu können. Während Millionen und Abermillionen Spezies im Meer lebten und starben, entwickelte sich dieses Urtier nur sehr langsam und lernte und lernte. Überlegen Sie mal, Nate: In den Zellen Ihres Körpers findet sich nicht nur der Plan für alle Lebewesen auf der Erde, sondern für alles, was je gelebt hat. Achtundneunzig Prozent Ihrer DNS sind nur Trittbrettfahrer, glückliche, kleine Gene, die schlau genug waren, sich anderen, erfolgreichen Genen anzuschließen, wie eine Geldheirat, wenn man so will. Aber das Goo – es besitzt nicht nur alle diese Gene, es kann sie auch an- und abstellen. Dieser Platz, auf dem Sie sitzen, könnte ohne weiteres drei Milliarden Jahre alt sein.«

Plötzlich empfand Nate etwas, das er bisher nur gekannt hatte, wenn er mit seinem Laken um den Kopf in irgendeinem Hotel aufgewacht war: eine tiefe, ernste, von Widerwillen getriebene Hoffnung, dass dieser Platz in der ganzen Zeit irgendwann mal von seinem abgestoßenen Genmaterial gereinigt worden war. Er stand auf, nur zur Sicherheit. »Woher wollen Sie das alles wissen, Growl? Es widerspricht allem, was wir über die Evolution wissen.«

»Nein, tut es nicht. Es passt genau. Ja, ein komplexer Vorgang wie das Leben kann sich entwickeln, wenn man ihm genügend Zeit lässt, aber wir wissen auch, dass ein Tier, das perfekt in seine Nische passt, nicht zur Veränderung gezwungen wird. Haie sind im Grunde seit hundert Millionen Jahren unverändert geblieben, der Nautilus fünfhundert Millionen Jahre. Na ja, Sie sehen hier das Tier, das seine Nische zuerst gefunden hat. Das erste Lebewesen, der Ursprung, der Quell.«

Nate schüttelte den Kopf, als ihm die Dimension all dessen

bewusst wurde. »Möglicherweise sind Sie in der Lage, die evolutionäre Entwicklung aufzuzeigen, aber das erklärt keineswegs Bewusstsein, analytisches Denken, Prozesse, für die ein komplizierter Mechanismus nötig ist. Einer derartigen Komplexität ist man mit großen, flauschigen Molekülen nicht gewachsen.«

»Die Moleküle haben sich verändert, aber sie erinnern sich. Das Goo ist eine komplexe, wenn auch amorphe Lebensform. Es gibt dafür keine Analogien. Alles und nichts ist Vorbild dafür.«

Nate trat einen Schritt vom Colonel zurück, und das Goo zuckte und machte ihm Platz. Die Bewegung rief ein kurzes Schwindelgefühl hervor, und er verlor das Gleichgewicht. Das Goo fing ihn auf. Die Oberfläche wölbte sich gegen seine Schulter und hielt ihn auf den Beinen. Abrupt fuhr Nate herum. Das Goo zog sich zurück.

»Gott im Himmel! Das ist gespenstisch!«

»Da haben Sie es, Nate. Bewusstsein. Sie würden staunen, was das Goo alles weiß – und was es uns zu erzählen hat. Hier kann man sein Leben verbringen, Nate. Sie werden Dinge sehen, die Sie sonst nie zu sehen bekämen, und Dinge tun, die Sie sonst nie tun könnten. Und außerdem könnten Sie mir helfen, das größte biologische Rätsel in der Geschichte unserer Welt zu lösen.«

»Ich glaube, nachdem Sie das gesagt haben, sollten Sie in manisches Gelächter ausbrechen, Colonel.«

»Wenn Sie mir helfen, gebe ich Ihnen, was Sie immer haben wollten.«

»Im Gegensatz zu dem, was Sie glauben, will ich nur nach Hause.«

»Dazu wird es nicht kommen, Nate. Niemals. Sie sind ein kluger Kopf, also werde ich Sie nicht damit beleidigen, so zu tun, als seien die Umstände anders, als sie sind. Sie werden diese Höhlen nie mehr lebend verlassen, also werden Sie eine Entscheidung treffen müssen, wie Sie Ihr Leben verbringen wollen. Sie können hier alles haben, was Sie auch an der Erdoberfläche haben können, sogar viel mehr als das, aber Sie werden uns nicht verlassen.«

»Nun, in diesem Fall, Colonel, überreden Sie Ihren Riesenschwabbel, Sie zu reproduzieren, dann können Sie sich selbst am Arsch lecken.«

»Ich weiß, was der Gesang der Wale bedeutet, Nate. Ich weiß, wozu er da ist.«

Nate fühlte sich, als hätte ihm seine eigene fixe Idee eins aufs Maul gehauen, aber er versuchte, sich den Treffer nicht anmerken zu lassen. »Ist jetzt gar nicht mehr so wichtig, oder?«

»Verstehe. Sie brauchen etwas Zeit, um sich an die Vorstellung zu gewöhnen, Nate, aber es besteht eine gewisse Dringlichkeit. Wir können nicht einfach warten und Daten sammeln – wir müssen etwas unternehmen. Ich brauche Ihre Hilfe. Wir werden bald erneut miteinander sprechen.«

Das Goo kam herab und schien den Colonel zu umschlingen. Es hörte sich an, als würde jemand Papier zerreißen, und hinter Nate öffnete sich ein langer, rosafarbener Tunnel, der bis hinab zur Irispforte führte, durch die er hereingekommen war. Er warf einen letzten Blick über die Schulter, aber da war nur noch Goo. Ryder war nicht mehr da.

In der Halle wurde Nate von den beiden großen Killerwalbengeln in Empfang genommen, die erst ihn ansahen und dann einander, um mit breitem, zahnreichem Grinsen loszukichern. Emily 7 war nirgends zu sehen.

»Der hat sie doch nicht mehr alle«, sagte Nate.

Die Walbengel brachen in keuchendes Gegacker aus und krümmten sich vor Lachen, als sie Nate durch den Gang in die Grotte zurückführten. *Da kann man sagen, was man will,* dachte Nate. *Das Goo hat diese Typen erschaffen, damit sie ihren Spaß haben.*

Sobald Nate die Wohnung betreten hatte, wusste er, dass er nicht allein war. Da war so ein Geruch, und nicht nur der allgegenwärtige Geruch des Meeres, von dem die Grotte erfüllt war, sondern ein süßerer, künstlicher Duft. Eilig suchte er die Wohnräume und das Badezimmer ab. Als sich die Tür zum Schlafzimmer öffnete, sah er Umrisse unter der Decke seines Doppelbetts. Die Biobeleuchtung im Schlafzimmer war nicht wie üblich angegangen. Nate seufzte. Die Gestalt unter der Decke hatte sich ganz am Rand des Bettes eingerollt, genau so, wie sie es auf dem Walschiff getan hatte.

»Emily 7, du bist eine liebenswerte – äh – Person, wirklich, aber ich bin…« Was war er? Er hatte keine Ahnung, was er sagen wollte. Er musste sich erst besser selbst kennen lernen? Er brauchte Freiraum? Doch dann wurde ihm bewusst, dass diese Gestalt dort unter der Decke – wer immer es auch sein mochte – zu klein war, als dass es sich um das verliebte Walmädchen handeln konnte. Nuñez, dachte er. Das würde noch schwieriger als mit Emily 7 werden. Nuñez war im Grunde sein einziger menschlicher Kontakt in Gooville, selbst wenn sie für das Goo arbeitete. Er wollte es sich nicht mit ihr verderben. Das konnte er sich nicht leisten. Er trat ins Schlafzimmer und versuchte, sich etwas einfallen zu lassen, was die Lage nicht noch schwieriger machte.

»Hör mal, ich weiß, wir haben viel Zeit miteinander verbracht, und ich mag dich, ich mag dich wirklich –«

»Gut«, sagte Amy und warf die Decke zurück. »Ich mag dich auch. Kommst du rein?«

30

Motherfluker

Clay und Kona hatten den Tag damit verbracht, den Dreck von der aus dem Hafenbecken gehobenen *Always Confused* zu schrubben. Danach stand Clay auf der äußeren Hafenmauer von Lahaina und beobachtete, wie der rote Sonnenball im Pazifik versank und purpurnes Feuer über die Insel warf. Er hatte so ein seltsames Gefühl in der Magengrube, so eine Mischung aus Melancholie und Rastlosigkeit, als hätte er auf einer Totenwache für jemanden, den er gar nicht wirklich kannte, Kaffee mit Irish Whiskey getrunken. Ihm war, als müsste er etwas unternehmen, aber er wusste nicht, was. Er musste sich bewegen, aber er wusste nicht, wohin. Libby hatte bestätigt, dass die letzte verschlüsselte Nachricht, die Nate betraf, über eine Woche nach seinem Verschwinden aufgenommen worden war, und das schien ihm ein weiterer Beweis dafür zu sein, dass Nate seine Tortur im Kanal überlebt haben musste. Aber wo war er? Wie beeilt man sich, jemanden zu retten, wenn man nicht weiß, wo er ist? Sämtliche Analysen der Bänder hatten seither nur noch simple Walrufe preisgegeben. Clay wusste nicht weiter.

»Was machst du?« Kona trat hinter ihn. Er war barfüßig und roch nach Putzmittel.

»Ich warte auf den grünen Blitz.« Tat er nicht wirklich, aber manchmal, wenn die Sonne hinter dem Horizont eintauchte, passierte es. Irgendwas musste doch passieren.

»Ja, hab ich auch schon mal gesehen. Wie kommt das?«

»Mh, also …« Das war noch so was – er hatte die Naturwissenschaften einfach nicht genug im Griff, um dieses Walprojekt am Leben erhalten zu können. »Ich glaube, wenn die Sonne am Horizont verschwindet, wird das restliche Lichtspektrum von der Mukosphäre reflektiert und ruft so den grünen Blitz hervor.«

»Klar, Mann. Die Mukosphäre.«

»Das nennt man Wissenschaft«, sagte Clay, wohlwissend, dass es keine Wissenschaft war.

»Wenn das Boot sauber ist, fahren wir raus, nehmen Wale mit dem Tonband auf und so?«

Gute Frage, dachte Clay. Er konnte die Daten sammeln, aber es mangelte ihm am nötigen Wissen, sie zu analysieren. Er hatte gehofft, das würde Amy übernehmen.

»Ich weiß nicht. Vielleicht finden wir ja Nate.«

»Dann meinst du, er lebt noch? Nach so langer Zeit?«

»Ja. Ich hoffe es. Ich denke, wir sollten die Arbeit weiterführen, bis wir ihn gefunden haben.«

»Yeah! Nate sagt, die Japaner töten unsere Zwerge, wenn du nicht hart arbeitest.«

»Die Zwergwale, ja. Ich war mal auf einem ihrer Schiffe. Die Norweger tun es auch.«

»Ekelhaft abscheulich Schweinerei, das.«

»Vielleicht. Die Zwergwalherde ist groß. Sie sind nicht gefährdet. Japaner und Norweger fangen nicht so viele, dass es der Population schaden könnte. Warum also sollten wir sie nicht jagen lassen? Ich meine, mit welchem Argument könnte man sie aufhalten? Dass Wale niedlich sind? Die Chinesen braten kleine Kätzchen – da protestieren wir auch nicht.«

»Die Chinesen braten Kätzchen?«

»Ich sage ja nicht, dass ich es toll finde, dass sie die Tiere töten, aber wir haben kein wirklich gutes Argument dagegen.«

»Die Chinesen braten Kätzchen?« Konas Stimme schraubte sich bedenklich in die Höhe.

»Vielleicht kann manches von unserer Arbeit beweisen, dass diese Tiere eine Kultur haben, dass sie uns näher sind, als es den Anschein hat. *Dann* hätten wir ein Argument.«

»Kätzchen? So kuschelig kleine Miezekätzchen? Die braten sie einfach?«

Clay dachte nach, betrachtete den Sonnenuntergang und war traurig und frustriert, und die Worte kamen wie ein endlos langer Seufzer aus ihm hervor: »Allerdings habe ich auf dem Walfangschiff gesehen, wie die japanischen Walfänger die Tiere einschätzen. Für die sind es Fische. Nicht mehr oder weniger als ein Thunfisch. Aber ich habe eine Pottwalkuh mit ihrem Kalb fotografiert, und das Kalb wurde von der Herde getrennt. Die Mutter kam zurück, um das Kalb zu holen, und schob es weit weg von unserem Schlauchboot. Die Walfänger waren sichtlich bewegt. Sie haben das Mutter/Kind-Verhalten erkannt. So benehmen sich keine Fische. Also ist noch nichts verloren.«

»Kätzchen?« Kona seufzte und klang genauso niedergeschlagen wie Clay.

»Mh-hm«, sagte Clay.

»Also, wie finden wir Nate, damit wir gute Arbeit leisten und die Buckel und die Zwerge retten?«

»Du meinst, das machen wir?«

»Nein. Noch nicht. Erst warten wir auf den grünen Blitz.«

»Ich verstehe nichts von Wissenschaft, Kona. Ich hab mir das mit dem grünen Blitz nur ausgedacht.«

»Ach, das wusste ich nicht. Wissenschaft, von der man nichts versteht, sieht immer aus wie Zauberei.«

»Ich glaube nicht an Magie.«

»Oh, Bruder, sag so was nicht. An Magie kommt keiner vorbei. Jetzt brauchst du meine Hilfe ganz bestimmt.«

Clay spürte, wie ihm ein Teil seiner bleischweren Melancholie von den Schultern genommen wurde, als er diesen Moment mit dem Surfer teilte, doch sein Drang, etwas zu unternehmen, nervte ihn wie eine Mücke am Ohr. »Lass uns einen kleinen Ausflug machen, Kona.«

»Braten die in China wirklich Kätzchen?«, quiekte Kona mit so hoher Stimme, dass die Hunde am Hafen aufjaulten.

»Amy, wie … was?« Die Lichter waren angegangen, und Nate sah, dass Amy in seinem Bett lag. Einiges von Amy sah er nun zum ersten Mal.

»Sie haben mich geholt, Nate. Genau wie dich. Ein paar Tage später. Es war grauenvoll. Schnell, halt mich fest.«

»Dich hat auch ein Walschiff gefressen?«

»Ja, genau wie dich. Halt mich fest, ich hab solche Angst!«

»Und sie haben dich bis hierher gebracht?«

»Ja, genau wie dich, nur ist es für ein Fräulein noch schlimmer. Ich fühl mich … so … so nackt. Halt mich!«

»›Fräulein‹? Niemand sagt heute noch ›Fräulein‹.«

»Na, dann eben Afro-Amerikanerin.«

»Du *bist* keine Afro-Amerikanerin.«

»Ich kann mich nicht an alle politisch korrekten Begriffe erinnern. Gott im Himmel, Nate, was willst du? Eine Gebrauchsanweisung? Komm rein.« Amy schlug die Decke zurück, dann nahm sie eine Pin-up-Pose ein und lächelte.

Aber Nate wich zurück. »Du steckst deinen Kopf ins Wasser, um den Walen zu lauschen. Der einzige Mensch, bei dem ich das vorher je gesehen hatte, war Ryder.«

»Sieh dir an, wie schön braun ich bin, Nate.« Sie fuhr mit den Fingerspitzen über ihre sonnengebräunte Haut, die in Nates Augen eher sonnenbeige war. Nichtsdestoweniger hatte sie nun seine Aufmerksamkeit. »So braun war ich noch nie.«

»Amy!«

»Was?«

»Das Ganze war doch abgekartet!«

»Ich liege hier splitternackt. Hast du daran schon mal gedacht?«

»Ja, aber –«

»Ha! Du gibst es zu. Ich war deine Forschungsassistentin. Du hattest die Macht, mich zu entlassen. Und doch: Da stehst du und stellst dir vor, wie ich nackt aussehe.«

»Du *bist* nackt.«

»Ha! Ich glaube, ich habe alles gesagt, was ich zu sagen habe.«

»Dieses ewige ›Ha‹ ist unprofessionell, Amy.«

»Mir doch egal. Ich arbeite nicht mehr für dich, und du bist nicht mehr mein Boss, und außerdem: Guck dir diesen Hintern an.« Er tat es. Sie warf einen Blick über ihre Schulter und grinste. »Ha!«

»Hör auf damit.« Er betrachtete die Wand. »Du hast mich ausspioniert. Deinetwegen ist das alles so gekommen.«

»Mach dich nicht lächerlich. Ich war nur ein kleiner Teil davon, aber das ist alles vergeben und vergessen. Guck mal, wie knackig ich bin!« Amy präsentierte sich, als hätte Nate sie eben in einer Gameshow gewonnen.

»Könntest du bitte damit aufhören?« Nate griff nach der Decke und zog sie ihr bis zum Hals.

»Knak-kig!«, sagte sie und legte mit jeder Silbe eine Brust frei.

Nate ging aus dem Zimmer. »Zieh dir was an, und komm raus da. So rede ich kein Wort mehr mit dir.«

»Gut, dann rede nicht«, rief sie ihm nach. »Komm einfach ins Bett.«

»Du bist nur ein Backfisch, der mich ködern soll«, rief er aus der Küche.

»Hey, Freundchen, so jung bin ich nun auch wieder nicht.«

»Dieses Gespräch geht erst weiter, wenn du voll bekleidet da rauskommst.« Nate setzte sich an seinen kleinen Esstisch und versuchte mit aller Macht, seine Erektion niederzuringen.

»Was ist los mit dir? Bist du irgendwie ein Spinner, eine Memme, so was wie ein Homo, hä?«

»Ja, genau«, sagte Nate.

Einen Moment blieb es im Schlafzimmer still. »O mein Gott, ich komme mir vor wie der letzte Idiot.« Ihre Stimme klang sanfter als vorher. Stolpernd kam sie aus dem Schlafzimmer, eingewickelt in die Decke. »Es tut mir ehrlich Leid, Nate. Ich hatte ja keine Ahnung. Du wirktest so interessiert. Ich hätte doch nie –«

»Ha!«, sagte Nate. »Da siehst du mal, wie es sich anfühlt.«

Die Komische Alte hatte ihnen Eistee mit Ingwergeschmack gegeben und Kona an eines ihrer Teleskope gesetzt, damit er sich den Mond ansah. Sie nahm neben Clay auf der Veranda Platz, und eine Weile lauschten sie der Nacht.

»Es ist schön hier«, sagte Clay. »Ich glaube, ich war noch nie bei Nacht hier oben.«

»Normalerweise liege ich um diese Uhrzeit im Bett, Clay. Ich hoffe, du hältst mich nicht für beschränkt, wenn ich meine Gedanken erst sortieren muss.«

»Natürlich nicht, Elizabeth.«

»Danke. Ich sehe es so: Jahrelang habt ihr, Nate und du, allen erzählt, ich sei nicht ganz bei Trost, weil ich behaupte, dass ich mit den Walen kommuniziere. Jetzt kommst du mitten in der Nacht hier raufgefahren, um mir die welterschütternde Nachricht zu überbringen, dass genau das, wovon ich euch seit Jahren erzähle, möglicherweise stimmt?« Sie stützte ihr Kinn auf die Faust und sah Clay mit großen Augen an. »Sehe ich das in etwa richtig?«

»Wir haben nie behauptet, dass du nicht ganz bei Trost bist, Elizabeth«, sagte Clay. »Das wäre übertrieben.«

»Wie dem auch sei, Clay. Ich bin nicht verrückt.« Sie nippte an ihrem Tee. »Aber ich bin euch auch nicht böse. Ich lebe schon sehr lange auf diesen Inseln, Clay, und die meiste Zeit habe ich auf diesem Vulkan gewohnt. Ich habe mir den Kanal länger angesehen, als die meisten Menschen auf der Erde sind, aber kein einziges Mal habt ihr mich gefragt, wieso eigentlich. Wahrscheinlich wolltet ihr einem geschenkten Gaul lieber nicht ins Maul schauen. Es war einfacher zu glauben, ich hätte nicht mehr alle Bananen an der Staude, als mich zu fragen, woher mein Interesse kommt.«

Clay merkte, dass ihm der Schweiß am Kreuz hinunterlief. Schon früher hatte er sich in Gesellschaft der Komischen Alten unwohl gefühlt, aber auf ganz andere Weise – eher so, wie man sich fühlt, wenn eine Großtante einem in die Wange kneift und endlos von den alten Zeiten schwärmt. Heute war es, als würde er vom Staatsanwalt ins Kreuzverhör genommen. »Ich glaube kaum, dass Nate oder ich eine Antwort auf diese Frage hätte, Elizabeth, also ist es auch nicht ungewöhnlich, dass wir dich nicht danach gefragt haben.«

»Das ist Quatsch mit Krabbensoße«, sagte Kona, ohne sich vom Okular des Acht-Zoll-Spiegelteleskops abzuwenden.

»Er ist ein lieber Junge«, sagte die Komische Alte. »Clay, du weißt doch, dass Mr. Robinson bei der Navy war. Habe ich dir je erzählt, was er da gemacht hat?«

»Nein, Ma'am. Ich habe angenommen, dass er Offizier war.«

»Ich kann verstehen, wieso du das glaubst, aber das viele Geld kam von meiner Familie. Nein, Schätzchen, er war nur ein kleiner Unteroffizier, ein Sonar-Mann. Man hat mir sogar gesagt, er sei damals der beste Sonar-Mann der Navy gewesen.«

»Das war er sicher, Elizabeth, aber –«

»Halt den Mund, Clay. Du wolltest meine Hilfe. Jetzt helfe ich dir.«

»Ja, Ma'am.« Clay hielt den Mund.

»James – so hieß Mr. Robinson mit Vornamen – hat den Buckelwalen so gern zugehört. Er sagte, sie würden ihm seine Arbeit erschweren, aber er hat sie geliebt. Damals waren wir auf Honolulu stationiert, aber U-Boot-Mannschaften hatten Schichten von hundert Tagen, und wenn sie dann im Hafen lagen und Zeit hatten, fuhren wir rüber nach Maui, mieteten ein Boot und fuhren raus auf den Kanal. Er wollte, dass ich an seiner Welt teilhabe – der Welt der Unterwasserlaute. Das kannst du doch verstehen, oder, Clay?«

»Natürlich.« Langsam allerdings hatte Clay kein so gutes Gefühl mehr, was diese Reise ins Land der Erinnerungen anging. Es gab einiges, was er wissen musste, aber er war nicht sicher, ob das hier dazugehörte.

»Damals habe ich vom Geld meines Vaters Papa Lani gekauft. Wir dachten, wir würden dort irgendwann leben und vielleicht ein Hotel daraus machen. Jedenfalls haben James und ich eines Tages beschlossen, ein kleines Motorboot zu mieten und auf der Meeresseite von Lanai zu campen. Es war ein schöner Tag, eine ruhige Fahrt. Auf dem Weg hinüber tauchte neben unserem Boot ein Buckelwal auf. Er schien uns sogar zu folgen, wenn wir den Kurs änderten. James fuhr langsamer, damit wir bei unserem neuen Freund bleiben konnten. Früher gab es keine Vorschriften, wie man sich einem Wal zu nähern hatte, nicht so wie heute. Wir wussten damals nicht mal, dass wir sie retten sollten, aber James liebte Buckelwale, und mir ging es irgendwann genauso. Damals lebten auf Lanai nur die Ananaspflanzer, und so fanden wir einen einsamen Strand, an dem wir ein Feuer machten. Wir wollten uns was zu essen kochen, ein paar Highballs aus Blechbechern trinken, nackt schwimmen gehen und … na ja, du weißt schon, am Strand Liebe machen. Siehst du, jetzt habe ich dich schockiert.«

»Nein, hast du nicht«, sagte Clay.

»Doch, hab ich. Tut mir Leid.«

»Nein, hast du nicht. Ehrlich. Alles in Ordnung, erzähl deine Geschichte.« *Alte Ladys*, dachte er.

»Als am Abend der Passat aufkam, haben wir das Zelt etwas abseits vom Strand in einem kleinen, windgeschützten Canyon aufgebaut. Nun, ich habe James nach allen Regeln der Kunst einen geblasen, und danach ist er auf der Stelle eingeschlafen.«

Clay verschluckte sich an seinem Tee.

»Ach, herrje, hast du einen Eiswürfel ins falsche Halsloch bekommen? Kona, Schätzchen, komm her und klopf Clay mal auf den Rücken.«

»Nein, geht schon.« Clay winkte ab. »Wirklich, alles okay.« Tränen liefen über seine Wangen, und er wischte sich die Nase am Hemd ab. Plötzlich war er unglaublich froh, dass er Clair nicht mitgenommen hatte.

Kona hockte im Schneidersitz vor ihnen, da er plötzlich festgestellt hatte, dass er sich für Historisches interessierte. »Erzähl weiter, Tantchen.«

»Nun, ich hatte etwas Kopfschmerzen. Also beschloss ich, runter zum Boot zu gehen und mir eine Tablette aus dem Erste-Hilfe-Kasten zu holen. Wenn ich es recht bedenke, lag es sicher an einer leichten Verspannung im Nacken. Ich bekam immer so ein steifes Genick, wenn ich es ihm gemacht habe, aber James mochte es so gern.«

»Meine Güte, Elizabeth, würdest du bitte deine Geschichte weitererzählen«, sagte Clay.

»Entschuldige, mein Lieber, ich habe dich schockiert, nicht wahr?«

»Nein, alles in Ordnung. Ich bin nur neugierig, was dann passiert ist.«

»Hauptsache, ich habe dich nicht schockiert. Vermutlich

sollte ich vor dem Jungen diskreter sein, aber es gehört zu der Geschichte.«

»Okay, was ist am Strand passiert?«

»Weißt du, wir konnten rammeln wie die Karnickel, die ganze Nacht, und davon habe ich nie Kopfschmerzen bekommen, aber einmal –«

»Der Strand. Bitte.«

»Als ich zum Strand kam, waren da zwei Männer bei unserem Boot. Es sah so aus, als machten sie sich am Motor zu schaffen. Ich duckte mich hinter einen Felsen, bevor sie mich sehen konnten. Im Mondschein habe ich sie beobachtet, ein Kleiner und ein Großer. Der Große schien eine Art Helm oder Taucheranzug zu tragen. Aber dann sagte der Kleine etwas, und der Große fing an zu lachen – zu kichern eigentlich –, und ich konnte sein Gesicht im Mondschein sehen. Es war kein Helm, Clay. Es war ein Gesicht – ein glattes, glänzendes Gesicht mit einem ganzen Maul voller Zähne. Ich konnte die Zähne sogar von dort sehen, wo ich stand. Es war nicht menschlich, Clay.

Ich bin dann zurück und habe James geweckt, hab ihm gesagt, er soll sich das ansehen. Ich habe ihn zu meinem Versteck geführt. Die beiden Männer – oder der Mann und dieses Ding – waren noch da, aber hinter ihnen, fast direkt am Strand, war außerdem ein Buckelwal, ein großer. Das Wasser kann dort kaum drei Meter tief gewesen sein, aber trotzdem lag er da und rührte sich nicht.

Tja, James hat nur zwei Männer gesehen, die sich an unserem Boot zu schaffen machten. Wir hatten wohl so einige Cocktails getrunken, und James musste zeigen, dass er ein großer, starker Mann war. Er sagte, ich solle bleiben, wo ich war, und mich nicht von der Stelle rühren. Dann ist er zu denen rüber und hat geschrien, sie sollten verschwinden. Der Große, dieses nichtmenschliche Ding, tauchte sofort ins Wasser ab, aber der Mann sah sich um, als säße er in der Falle. Er wollte raus zu dem Wal, und James lief hinterher. Dann endlich sah James den Wal. Er blieb in der Brandung stehen und starrte ihn an. Da kam dieses Ding hinter ihm aus dem Wasser. Plötzlich war es da, ragte hinter ihm auf. Ich wollte schreien, aber ich hatte solche Angst. Das Ding schlug James mit irgendetwas nieder, mit einem Stein vielleicht, und er fiel vornüber ins Wasser. Dann habe ich so laut geschrien, wie ich konnte, aber ich bin mir nicht sicher, ob sie mich bei dem Lärm von Wind und Brandung überhaupt gehört haben.

Der Mann hat einen von James' Armen genommen, das Ding den anderen, und mit James im Schlepptau sind sie zum Wal geschwommen. Und dann, Clay, ist Folgendes passiert, so verrückt es sich auch anhören mag: Der Wal rollte auf die Seite, und sie haben James reingestopft, hinten beim Genitalschlitz, glaube ich. Dann hat der Wal mit seinem Schwanz geschlagen, bis er in tieferem Wasser war, und ist einfach davongeschwommen. Ich habe meinen Mann nie wiedergesehen.« Die Komische Alte nahm Clays Hand und drückte sie. »Ich schwöre dir, so ist es gewesen, Clay.«

Clay wusste nicht, was er sagen sollte. Im Lauf der Jahre hatte sie eine ganze Menge Zeug erzählt, das sich verrückt anhörte, aber das jetzt war die Mutter allen Unsinns. Und doch war sie ernsthafter, als er sie je gesehen hatte. Es war egal, was er glaubte und was nicht – er konnte nur sagen: »Ich glaube dir, Elizabeth.«

»Das war der Grund, Clay. Deshalb habe ich euch über die Jahre bei eurer Finanzierung geholfen, deshalb habe ich all die Jahre den Kanal beobachtet, deshalb gehören mir zwei Morgen Land direkt am Wasser, und doch habe ich all die Jahre hier oben gelebt.«

»Ich verstehe nicht, Elizabeth.«

»Sie kamen zurück, Clay. In jener Nacht ist der Wal zurückgekehrt, und dieses Ding kam wieder an den Strand, aber ich habe mich versteckt. Sie wollten mich holen. Am nächsten Tag bin ich nicht mal mehr zum Boot gegangen. Ich bin rauf zur Ananasplantage gewandert, und die haben mir geholfen. Sie haben mich mit einem ihrer großen Frachter rüber nach Lahaina gebracht. Seitdem war ich nicht mehr auf dem Wasser. Ich begebe mich nur noch in Ufernähe, wenn in der Schutzstation was los ist und viele Leute da sind.«

Clay dachte an den japanischen Soldaten, den man auf einer Pazifikinsel gefunden hatte und der sich dort noch zwanzig Jahre nach Kriegsende vor den Amerikanern versteckte. Elizabeth Robinson hatte sich offenbar vor etwas versteckt, was gar nicht nach ihr suchte. »Hast du jemandem davon erzählt? Die Navy hätte doch sicher gern gewusst, was einem ihrer besten Sonar-Männer passiert war.«

»Die haben gefragt. Ich habe es ihnen gesagt. Sie haben nur abgewunken. Sie haben gesagt, James sei in der Nacht schwimmen gegangen und ertrunken. Und ich selbst sei nicht nüchtern gewesen. Sie haben ein paar Leute da rübergeschickt, die Polizei von Maui auch. Sie haben das Boot gefunden, das immer noch am Strand lag, fahrbereit. Sie haben unser Lager gefunden, und sie haben eine Flasche Rum gefunden. Das war's dann.«

»Wieso hast du mir nie davon erzählt? Oder Nate?«

»Ich wollte, dass ihr eure Arbeit weitermacht. Inzwischen habe ich Beobachtungen angestellt. Weißt du, ich habe auch sämtliche wissenschaftlichen Zeitschriften gelesen. Ich suche nach allem, was dem Ganzen Sinn verleihen könnte. Kommt mit.«

Sie stand auf und ging ins Haus. Clay und Kona folgten ihr wortlos. Im Schlafzimmer öffnete sie eine Truhe aus Zedernholz und holte ein großes Notizbuch hervor. Sie legte es aufs Bett und klappte die letzte Seite auf. Es war Nates Nachruf.

»Nathan war einer der Besten auf seinem Gebiet, und diese junge Frau hat gesagt, ein Wal hätte ihn gefressen. Danach ist sie selbst verschwunden.« Sie blätterte eine Seite zurück. »Vor zwölf Jahren ist dieser Dr. Ryder auf See verschollen, während er gerade die Laute der Wale studierte, wenn auch bei Blauwalen.« Sie blätterte noch eine Seite zurück. »Dieser Bursche hier, ein russischer Sonar-Experte, der sich nach England abgesetzt hatte, verschwand 1973 vor Cornwall. Es hieß, es sei der KGB gewesen.«

»Na, vermutlich war es wirklich der KGB. Tut mir Leid, Elizabeth, aber für jeden dieser Vorfälle scheint es eine ganz normale Erklärung zu geben, und das alles ist über einen so langen Zeitraum an verschiedenen Orten geschehen. Ich sehe nicht, wo da die Verbindung sein soll.«

»Die Laute unter Wasser, Clay. Und das Ganze ist *nicht* normal. Diese Männer – einschließlich James – waren allesamt Experten darin, dem Meer zu lauschen.«

»Selbst wenn … willst du mir sagen, jemand hätte Wale abgerichtet? Fremde Wesen hätten Sonar-Leute entführt und sie Walen in den Arsch geschoben?«

»Sei nicht ordinär, Clay. Du bist zu mir gekommen, weil du Hilfe brauchst. Ich versuche, dir zu helfen. Ich weiß nicht, wer sie sind, aber wenn du mir erzählst, dass im Gesang der Wale Botschaften verborgen sind, bestätigt das nur, dass Nate und James und all die anderen Leute entführt wurden. Mehr kann ich gar nicht sagen. Ich bin mir sicher, dass Nate noch lebt.«

Clay setzte sich aufs Bett und nahm das Notizbuch. Darin waren weitere Artikel aus wissenschaftlichen Zeitschriften über Cetologie, über Unterwasser-Akustik, Berichte über Strandungen von Walen – bei einigen war keinerlei Zusammenhang zu erkennen. Es war die Fährtensammlung von jemandem, der nicht wusste, wonach er suchte. Clay hielt sie nun schon so lange für verrückt, dass er nie gedacht hätte, sie könne wirklich etwas wissen. Ihm wurde bewusst, was sie angetrieben hatte. Er fühlte sich wie ein Schwein.

»Elizabeth, was hat es mit diesem Sandwich auf sich? Was ist mit den Kristallen und damit, dass die Wale mit dir sprechen? Ich begreife es nicht.«

»Ich habe diesen Anruf wirklich bekommen, Clay. Und was das andere betrifft, habe ich Träume, in denen die Wale zu mir sprechen, und ich höre auf sie. Nach fünfzig Jahren der Suche nehme ich alles an Hinweisen, was ich kriegen kann. Angesichts dessen, wonach ich suche, dachte ich, Magie und Traumdeutung könnten dabei so hilfreich sein wie jede andere Methode.«

»Siehst du«, sagte Kona. »Sag ich doch. Wissenschaft, die man nicht kennt? Magie.«

»Es kann sein, dass ich etwas sorglos mit meinem Vertrauen um mich geworfen habe. Ich hoffe nur, ich habe nichts Schlimmes angestellt.«

»Neeeiin, Tantchen, Jahs Liebe sei mit dir, selbst wenn du mit deinem Glauben hausieren gehst wie eine Nutte.«

»Kona, halt den Mund«, sagte Clay. »Was meinst du damit, Elizabeth? Du hoffst, du hast nichts Schlimmes angestellt?«

Sie nahm ihr Notizbuch, klappte es zu, dann setzte sie sich neben Clay aufs Bett und ließ den Kopf hängen. Eine Träne tropfte auf den schwarzen Pappumschlag des Buches.

»Als der Anruf kam und der Wal sagte, er wolle Pastrami mit dunklem Brot, habe ich die Stimme erkannt, Clay. Ich habe die Stimme erkannt, und ich habe darauf bestanden, dass Nathan rausfährt und das Sandwich mitnimmt.«

»Da hat dir vermutlich jemand einen Streich gespielt, Elizabeth. Jemand, den du kennst. Nathan wollte an dem Tag sowieso rausfahren. Das hatte nichts mit dir zu tun.«

»Nein, du verstehst nicht, Clay. Pastrami mit dunklem Brot war das Lieblings-Sandwich von meinem James. Ich hatte immer eins für ihn bereit, wenn er vom U-Boot-Dienst nach Hause kam. Die Stimme am Telefon war mein James.«

31

Hinterteil und Hinterlist

Als Amy zum zweiten Mal aus dem Schlafzimmer kam, trug sie wie immer Shorts, Flipflops und ein T-Shirt mit der Aufschrift WALE SIND UNSERE FREUNDE. »Besser?«

»Besser fühlen tu ich mich nicht, falls du das wissen wolltest.« Nate saß am Tisch und hatte eine Dose Grapefruitsaft und eine Flasche Wodka vor sich stehen.

»Ich meine, fühlst du dich wohler, nachdem ich mir was übergezogen habe? Denn ich könnte blitzartig wieder nackt sein –«

»Möchtest du einen Drink?« Nate musste diese nackte Begegnung so schnell wie möglich vergessen. Die Beigabe von Alkohol schien in diesem Moment die wirksamste Methode.

»Klar«, sagte sie. Sie nahm ein Glas aus einem der kleinen Küchenschränke, wobei die durchsichtige Tür zurückwich wie die Schutzhaut auf einem Froschauge. »Möchtest du ein Glas?«

Nate hatte abwechselnd aus der Saftdose und der Wodkaflasche getrunken, bis in der Dose genügend Platz war, um etwas Wodka nachzuschenken. »Ja. Ich greif nicht gern in diese Schränke.«

»Für einen Biologen bist du ganz schön zimperlich, aber wahrscheinlich muss man sich erst daran gewöhnen.« Amy stellte die Gläser vor ihm ab und ließ ihn die Drinks mixen. Es gab kein Eis. »Du wirst schon zurechtkommen.«

»Du scheinst sehr gut zurechtzukommen. Wann haben sie dich geholt? Du musst sehr jung gewesen sein.«

»Ich? Nein, ich bin hier geboren. Ich war schon immer hier. Deshalb war ich genau die Richtige für die Arbeit bei euch Jungs. Der Colonel hat mich jahrelang in Cetologie unterrichtet.«

Nate fiel auf, dass ihm ein paar menschliche Kinder über den Weg gelaufen waren und er nicht ernstlich darüber nachgedacht hatte, dass man in Gooville auch aufwachsen konnte. Irgendjemand musste die Kinder unterrichten. Wieso nicht der berühmt-berüchtigte Colonel? »Ich hätte es wissen sollen. Als du am letzten Tag versucht hast, den Wal durch bloßes Lauschen zu lokalisieren, hätte ich es wissen müssen.«

»Genauer gesagt, als ich den Wal durch bloßes Lauschen lokalisiert *habe*, wofür du mir immer noch ein Abendessen schuldest.«

»Ich glaube, diese Wette kann man wohl nicht gelten lassen, Amy. Du warst ein Spitzel.«

»Nate, bevor du jetzt böse wirst, solltest du dich daran erinnern, was die Alternative gewesen wäre, wenn ich nicht ausspioniert hätte, woran ihr im Detail gearbeitet habt. Die Alternative wäre gewesen, dich einfach umzubringen. Es hätte viel weniger Probleme gemacht.«

»Du und Ryder, ihr tut, als würdet ihr mir einen Gefallen tun. Als hättet ihr mich aus großer Gefahr gerettet. Die einzige Gefahr, die mir gedroht hat, warst du. Also hör auf, mich mit der Großartigkeit deiner Gnade zu beeindrucken. *Du* hast das alles gemacht – das Labor verwüstet, Clays Boot versenkt, alles ... oder?«

»Nein, nicht direkt. Poynter und Poe haben das Labor verwüstet. Die Walbengel haben Clays Boot versenkt. Ich habe die Negative aus dem Päckchen vom Labor genommen. Ich habe sie auf dem Laufenden gehalten und dafür gesorgt, dass du da warst, wo sie dich haben wollten. Mehr nicht. Ich wollte dir nie wehtun, Nate. Niemals.«

»Ich wünschte, ich könnte das glauben. Dann tauchst du hier so einfach auf, versuchst mir einzureden, dass man hier ganz toll leben kann, nachdem mir Ryder seinen kleinen Vortrag gehalten hat.« Er leerte sein Glas, schenkte sich noch einen Wodka ein, diesmal nur mit einem Spritzer Grapefruitsaft.

»Was redest du da? Ich habe Ryder noch gar nicht gesehen, seit ich wieder da bin. Ich war doch bis vor ein paar Stunden weg.«

»Na, dann gehörte es von Anfang an zum Plan: Soll Amy den Biologen dazu verleiten, dass er bleiben will?«

»Nate, sieh mich an.« Sie nahm sein Kinn in die Hand und sah ihm offen in die Augen. »Ich bin aus freien Stücken hergekommen, ohne Anweisung von Ryder oder sonst wem. In Wahrheit weiß niemand, wo ich bin, außer vielleicht das Goo – da kann man nie sicher sein. Ich bin hergekommen, um dich zu sehen, ohne Maskerade, ohne Rollenspiel.«

Nate machte sich von ihr los. »Und du dachtest nicht, dass ich wütend wäre? Und was war das mit dieser ›Guck mal, wie knackig ich bin‹-Nummer?«

Sie senkte den Blick. *Verletzt*, dachte Nate. Oder sie spielte die Verletzte. Es würde keinen Unterschied machen, ob sie gleich weinte oder nicht. Er konnte sie nicht trösten.

»Ich wusste, du würdest wütend werden, aber ich dachte, du kommst vielleicht darüber hinweg. Ich wollte mich nur offenherzig geben. Tut mir Leid, wenn ich es nicht so gut beherrsche. In einer Stadt unter dem Meer kann man so was nicht sehr oft üben. Ehrlich gesagt, ist der Männermarkt hier in Gooville etwas mau. Ich wollte nur sexy tun. Ich habe nie gesagt, ich wäre ein gutes Flittchen.«

Nate nahm ihre Hand und tätschelte sie. »Nein, du bist ein prima Flittchen. Das wollte ich damit nicht sagen. Ich habe nicht deine … äh, Flittchenhaftigkeit bezweifelt. Ich habe nur deine Aufrichtigkeit in Frage gestellt.«

»Aber, ich war aufrichtig. Ich mag dich wirklich. Ich bin hierher gekommen, um dich zu sehen, um bei dir zu sein.«

»Ehrlich?« Was war die biologische Analogie dazu? Ein Schwarze-Witwe-Männchen, das auf das Weibchen reinfällt, obwohl es instinktiv weiß, was passieren wird. Das tief in seiner DNS weiß, dass sie ihn töten und fressen wird, sobald sie sich gepaart haben, aber darüber würde er sich später Gedanken machen. Und immer wieder hat Mr. Schwarze Witwe seine dämlichen, sexsüchtigen Gene an die nächste Generation dämlicher, sexsüchtiger Männchen weitergegeben, die auf den immer gleichen Trick reinfiel. So entspinnt sich ein nettes Gespräch: *Interessanter Name, Schwarze Witwe. Wie sind Sie dazu gekommen? Erzählen Sie mir von sich. Ich? Ach, ich bin nur ein einfacher Bursche. Ich bin von meinem männlichen Wesen dazu verdammt, meiner kleinen Spinnen-Libido ins Nirwana zu folgen. Sprechen wir doch von Ihnen. Ich liebe die rote Sanduhr auf Ihrem Hinterteil.*

»Ehrlich«, sagte Amy. Tränen stiegen ihr in die Augen. Sie hob seine Hand an ihre Lippen und küsste sie sanft.

»Amy, ich möchte nicht hier bleiben. Ich bin nicht … ich möchte … ich bin zu alt für dich, selbst wenn du keine niederträchtige, verlogene, destruktive –«

»Okay.« Sie hielt seine Hand an ihre Wange.

»Was meinst du mit ›okay‹?«

»Du musst nicht hier bleiben. Aber darf ich heute Nacht bei *dir* bleiben?«

Er riss seine Hand zurück, aber sie hielt seinem Blick stand. »Dafür muss ich noch um einiges betrunkener sein«, sagte er.

»Ich auch.« Sie ging zu dem unheimlichen Kühldings hinüber. »Hast du noch mehr Wodka?«

»Da ist noch eine Flasche in diesem Ding – diesem anderen Ding, vor dem ich mich fürchte.« Er erwischte sich dabei, wie er ihren Hintern betrachtete, während sie die Flasche suchte. »Du hast ›okay‹ gesagt. Willst du damit sagen, dass du einen Weg nach draußen weißt?«

»Halt den Mund und trink. Willst du trinken oder quatschen?«

»Das ist nicht gesund«, bemerkte Nate.

»Danke, Dr. Erbsenzähler«, sagte Amy. »Schenk ein.«

»Hübsche, rote Sanduhr.«

»Bitte?«

In seinem Bungalow, unten in Papa Lani, saß Clay auf dem Bett, mit dem Kopf in den Händen, während ihm Clair die Verspannung aus den Schultern knetete. Er hatte ihr die Geschichte der Komischen Alten erzählt, und sie hatte schweigend zugehört und nur ein paar Fragen gestellt.

»Also glaubst du ihr?«, fragte Clair.

»Ich weiß überhaupt nicht, was ich dazu sagen soll. Aber ich glaube, sie glaubt, dass sie die Wahrheit sagt. Sie hat uns ein Boot angeboten, Clair. Ein Schiff. Sie hat angeboten, uns ein Forschungsschiff zu kaufen, eine Mannschaft anzuheuern und sie zu bezahlen.«

»Wieso?«

»Um Nate und ihren James zu finden.«

»Ich dachte, sie ist pleite.«

»Sie ist nicht pleite. Sie ist stinkreich. Ich meine, das Schiff wird gebraucht sein, aber … ein Schiff! Das geht immer noch in die Millionen. Sie möchte, dass ich eins besorge … und eine Mannschaft.«

»Und könntest du Nate finden, wenn du ein Schiff hättest?«

»Wo soll ich suchen? Sie meint, er sitzt irgendwo auf einer Insel, an einem geheimen Ort, wo diese Wesen leben. Mann, wenn das alles stimmt, was sie sagt, könnten es ebenso gut Außerirdische sein. Wenn nicht … na ja, ich kann nicht mit einem Schiff einfach so um die Welt fahren, alle Inseln abklappern und fragen, ob jemand zufällig schon mal gesehen hat, wie Leute aus dem Hintern von einem Wal gekrochen kommen.«

»Baby, technisch gesehen haben Wale keinen Hintern. Man muss aufrecht gehen, um einen Hintern haben zu können. Deshalb sind wir die dominante Spezies auf dem Planeten – weil wir einen Hintern haben.«

»Du weißt, was ich meine.«

»Es ist ein entscheidender Punkt.« Sie setzte sich auf seinen Schoß und schlang die Arme um seinen Hals.

Clay lächelte trotz seiner Sorgen. »Technisch gesehen ist der Mensch nicht die dominante Spezies. Es kommen mindestens zweitausend Kilo Termiten auf jeden Menschen.«

»Na, vielen Dank. Ich schenk dir meine.«

»Also ist der Mensch nicht wirklich dominant, egal ob mit Hirn oder Hintern.«

»Baby, ich habe nicht gesagt, dass der *Mensch* die dominante Spezies ist. Ich habe gesagt, *wir* sind die dominante Spezies. Die *Frauen*.«

»Weil ihr einen hübschen Hintern habt?«

Statt ihm zu antworten, wackelte sie auf seinem Schoß herum, dann lehnte sie ihre Stirn an seine und sah ihm in die Augen.

»Ist ein Argument«, sagte Clay.

»Was ist mit diesem Schiff? Lässt du es dir von der Komischen Alten kaufen? Willst du nach Nate suchen?«

»Wo soll ich anfangen?«

»Folge einem der Signale. Finde raus, wer es verursacht, und nimm die Verfolgung auf.«

»Dafür bräuchten wir eine Ortung.«

»Wie macht man das?«

»Wir bräuchten jemanden, der mit dem alten Sonar-Netz der Navy arbeitet, das sie im Kalten Krieg aufgebaut haben, um U-Boote aufzuspüren. Ich kenne Leute in Newport, die damit arbeiten, aber wir müssten ihnen erzählen, was wir hier treiben.«

»Du könntest nicht einfach sagen, dass du einen bestimmten Wal suchst?«

»Das könnten wir vielleicht sagen.«

»Und wenn du dein Schiff und diese Informationen hast, kannst du dem Wal – oder dem Schiff oder was auch immer es sein mag – zu seinem Ausgangspunkt folgen.«

»Mein Schiff?«

»Dreh dich um. Ich massier dir den Nacken.«

Aber Clay rührte sich nicht. Er dachte nach. »Ich weiß immer noch nicht, wo ich anfangen soll.«

»Wer hat hier den Hintern? Dreh dich um, Käpt'n.«

Clay zog sein Hawaiihemd aus und rollte sich auf den Bauch. »Mein Schiff«, sagte er.

Nate war plötzlich kalt, und als er die Augen aufschlug, war er ziemlich sicher, dass sein Kopf gleich explodieren würde. »Ich bin ziemlich sicher, dass mein Kopf gleich explodiert«, sagte er. Und irgendjemand stieß rüde an sein Bett.

»Los, Sie Partylöwe! Der Colonel erwartet Sie. Wir müssen gehen.«

Er spähte zwischen den Fingern hindurch, mit denen er die Einzelteile seines Kopfes zusammenhielt, und sah die drohende, wenn auch amüsierte Miene von Cielle Nuñez. Das – oder die – hatte er nicht erwartet, und er ließ seinen Blick kurz übers Bett streifen, um sicherzugehen, dass er allein war. »Ich hab getrunken«, sagte Nate.

»Ich habe die Flaschen auf dem Tisch gesehen. Sie haben viel getrunken.«

»Ich wollte diesen Türknauf nicht, damit hier jeder rein- und rausspazieren kann, wie es ihm gefällt.«

»Der Knauf ist mir schon aufgefallen. Passt hier nicht her.«

Ungefähr in diesem Augenblick wurde Nate bewusst, dass er nackt war, dass Nuñez vor seinem nackten Leib stand und er die Einzelteile seines Kopfes würde fallen lassen müssen, wenn er sich bedecken wollte. Er tastete nach einem Laken und zog es hoch, während er sich aufsetzte und die Beine über die Bettkante warf.

»Ich werde einen Moment brauchen.«

»Beeilen Sie sich.«

»Ich muss pinkeln.«

»Das geht in Ordnung.«

»Und mich übergeben.«

»Auch gut.«

»Okay. Gehen Sie jetzt.«

»Putzen Sie sich die Zähne.« Damit ging sie hinaus.

Nate suchte im Zimmer nach Hinweisen auf Amy, aber es gab keine. Er konnte sich nicht erinnern, wo ihre Kleider geblieben sein mochten, aber soweit er sich erinnerte, hatte Amy sie nicht am Leib gehabt, als er sie zuletzt gesehen hatte. Er stolperte ins Badezimmer und sah ins Waschbecken. Perlmutt mit kleinen Muschelarmaturen und dem grünen Schließmuskelabfluss. Als er den sah, war es um ihn geschehen, und er reiherte ins Becken.

»Hi«, sagte Amy und schob ihren Kopf aus der zurückweichenden Kabinentür der Dusche. Nate versuchte, etwas zu sagen – etwas über Falltürspinnen, um bei dem arachnologischen Thema zu bleiben, das ihm im Zusammenhang mit Amy nicht aus dem Kopf gehen wollte –, aber es kam feuchter und blasenförmiger heraus als beabsichtigt.

»Mach du nur«, sagte Amy. »Ich warte hier drinnen.« Und die Tür klickte und schloss sich wie eine verschreckte Muschel.

Als Nate den Inhalt seines Magens ausgiebig betrachtet hatte, spülte er sein Gesicht und das Becken ab, leerte seine Blase in dieses Ding, auf das er sich nicht setzen wollte, dann lehnte er sich ans Becken und stöhnte einen Augenblick, während er seine Gedanken zusammenklaubte.

Ein Kopf kam aus der Dusche. »Na, das ging doch gut.«

»Das Wasser läuft gar nicht.«

»Ich dusche nicht. Ich verstecke mich. Ich wollte nicht, dass Nuñez mich sieht. Der Colonel sollte lieber nicht erfahren, dass ich hier war. Ich gehe, sobald du weg bist. Putz dir die Zähne.« Und schon verschwand sie wieder in ihrer Muschel.

Er putzte sich die Zähne, spülte aus, putzte noch einmal, dann sagte er: »Okay.«

Sie kam heraus, packte ihn beim Haar, küsste ihn wild. »Nette Nacht«, sagte sie. Die Duschkabine klickte, und Amy war erneut verschwunden.

»Ich bin zu alt für so was.«

»Ja, darüber wollte ich schon mit dir sprechen. Nicht jetzt, später. Geh. Sie wartet.«

32

Replikator versus Imitator

Nuñez spendierte ihm einen großen Becher Kaffee in einem Bistro, in dem Walbengel herumstanden und Milchkaffees – so groß wie Feuerlöscher – herunterstürzten und dabei in entnervender Lautstärke ein ununterbrochenes Klicken und Pfeifen von sich gaben.

»Wenn es je ein Lebewesen gab, das Koffein nicht nötig hatte…«, sagte Nate.

Nuñez hielt ihn in Bewegung, während er versuchte, sich nicht ständig überall anzulehnen. »Trinken Sie nie mit denen«, sagte Nuñez. »Besonders nicht mit den Männchen. Sie kennen ja deren Sinn für Humor. Die Chancen stehen gut, dass Sie einen feuchten Finger ins Ohr kriegen, und wenn ich ›feuchter Finger‹ sage, dann wissen Sie, was ich meine.«

»Ich glaub, ich muss mich schon wieder übergeben.«

»Richten Sie sich nicht aus Bosheit zugrunde, Nate. Akzeptieren Sie die Dinge, wie sie sind.«

Er versuchte gar nicht, sich zugrunde zu richten, und er war auch nicht boshaft. Er war durcheinander, verkatert und irgendwie verliebt oder so was in der Art, nur drückte ihn eher der Schmerz in seinen Schläfen, nicht so sehr dieser allumfassende, lebensvernichtende Schmerz, mit dem er normalerweise nach einer Nacht mit einer solchen Frau zu kämpfen hatte. »Könnten wir bei der Lollipop-Gilde anhalten und ein paar Kopfschmerztabletten besorgen?«

»Sie sind spät dran.«

In den Gängen übergab sie ihn an zwei Killerwalbengel.

»Sie sollten sich geehrt fühlen«, sagte Nuñez. »Er empfängt nicht viele Leute.«

»Sie können meinen Termin haben, wenn Sie wollen.«

Der Colonel hielt schon einen Goo-Sessel für ihn bereit, als er durch die Iristür trat. Nate nahm darauf Platz und drückte seinen Kaffeebecher wie ein Schmusetier an seine Brust.

»Sehen Sie jetzt, dass das Leben hier gar nicht so übel wäre?«

Nates Gedanken rasten. Amy sagte, der Colonel wüsste von nichts, aber vielleicht das Goo, und der Colonel hatte direkten Zugang zum Goo. Wusste er Bescheid? Oder hatte er sie sogar geschickt, und das Ganze war ein Beschiss, so wie er sie nach Hawaii geschickt hatte, um ihn auszuspionieren? Einen Monat lang hatte sie ihn für dumm verkauft. Was sprach dagegen, dass sie ihn auch jetzt für dumm verkaufte? Er wollte ihr gern vertrauen. Aber was hatte Ryder vor?

»Was soll sich verändert haben, Growl? Als wir uns vor neun Stunden gesehen haben, war ich Ihr Gefangener, und ich bin es immer noch.«

Ryder wirkte überrascht. Wütend strich er eine graue Locke aus seinem Gesicht, als hätte sie ihn zu einem Fehler verleitet. »Stimmt, neun Stunden. Sie hatten also etwas Zeit, um nachzudenken.« Er klang verunsichert.

»Ich habe mich sinnlos betrunken. Im Lichte Ihrer Glühwürmchenbeleuchtung betrachtet, Colonel: Ich will immer noch nach Hause.«

»Wissen Sie, die Zeit...« Ryder tätschelte den lebenden Sessel, auf dem er saß, als kraule er einen Hund, was Wellen des Errötens durch das rosige Goo schickte, ausgehend von der Stelle, wo er es berührte. Der Anblick jagte Nate einen kalten Schauer über den Rücken, »… die Zeit läuft hier unten anders. Sie ist …«

»Relativ?«, meinte Nate.

»In einem anderen Maßstab.«

»Was wollen Sie von mir, Colonel? Was habe ich Ihnen zu bieten, dass man mir die Sonderbehandlung zuteil werden lässt und gleich mehrere Audienzen beim … beim großen Manitu gewährt?« Nate wollte schon sagen beim »Alpha-Idioten«, aber er dachte an Amy und merkte, dass sich etwas verändert hatte. Es war nicht mehr, als hätte er nichts zu verlieren.

Ryder strich mit einer Hand sein Haar beiseite und krallte sich mit der anderen in die Haut des Sessels. Er wiegte sich leicht vor und zurück. »Vielleicht brauche ich nur jemanden, der mir sagt, dass ich klar denke. Ich träume Dinge, die das Goo weiß, und ich glaube, es weiß manches von dem, was ich träume, aber ich bin mir nicht sicher. Es kommt über mich.«

»Das hätten Sie sich überlegen sollen, bevor Sie sich zum Magier gemacht haben.«

»Sie meinen, ich hätte es mir ausgesucht? Ich hatte keine Wahl, Nate. Das Goo hat mich erwählt. Ich weiß nicht, wie viele Menschen im Laufe der Jahre hierher gebracht wurden, aber ich war der erste Biologe. Ich war der Erste, der eine Vorstellung davon hatte, wie das Goo funktioniert. Es ließ mich von den Walbengeln an einen Ort wie diesen bringen, wo es als rohes, ungeformtes Tier zu erkennen ist, und es hat mich nie mehr gehen lassen. Ich habe versucht, die Lage für die Menschen in Gooville zu verbessern, aber …« Ryder verdrehte die Augen, als würde er gleich einen Herzinfarkt erleiden, doch dann war er wieder da. »Haben Sie die Elektrizität auf den Walschiffen gesehen? Das ist mein Werk. Aber es ist nicht … es ist jetzt anders, als es war.«

Plötzlich empfand Nate Mitgefühl für den alten Mann. Ryder

verhielt sich wie ein Alzheimer-Patient in der Frühphase, wenn er merkt, dass er die Gesichter seiner Enkelkinder nicht mehr erkennt.

»Erzählen Sie«, sagte Nate.

Ryder nickte, schluckte trocken, fuhr fort – mitnichten das Bild eines mächtigen Führers, als der er ihm am Abend zuvor erschienen war.

»Ich glaube, nachdem das Goo hier unten im Meer einen sicheren Hafen gefunden hatte, brauchte es mehr Informationen, weitere DNS-Sequenzen, um sicherzustellen, dass es sich schützen konnte. Es produzierte ein winziges Bakterium, das sich über alle Meere ausbreiten und Teil des großen, weltweiten Ökosystems werden konnte. Gleichzeitig lieferte es aber auch genetische Informationen zurück an seine Quelle. Wir bezeichnen diese Bakterie als SAR-11. Sie ist tausendmal kleiner als normale Bakterien, findet sich aber in jedem Tropfen Meerwasser auf unserem Planeten. Diese Rückübermittlung von Informationen an das Goo funktionierte drei Milliarden Jahre lang ganz wunderbar … alles Wissenswerte befand sich im Meer. Dann ist etwas passiert.«

»Die Tiere haben das Wasser verlassen?«

»Exakt. Bis dahin wurde alles, was es zu wissen gab – jede einzelne Information, die man wissen konnte –, durch die DNS übermittelt, Replikatoren in Lebewesen, die im Meer lebten. Das Goo wusste alles. Allerdings konnte es eine Million Jahre dauern, bis es lernte, wie das segmentierte Gehäuse eines Arthropoden herzustellen ist. Es mochte zwei Millionen Jahre dauern, bis es Kiemen herstellen konnte, oder – sagen wir – zwanzig Millionen, um ein Auge zu entwickeln, aber es hatte seine sichere Nische und somit auch Zeit genug … es wurde ja nirgendwo erwartet. Die Evolution verfolgt im Grunde kein echtes Ziel. Sie spielt nur Möglichkeiten durch. Das Goo ist genauso. Aber als das Leben aus dem Wasser stieg, saß das Goo plötzlich im toten Winkel.«

»Es fällt mir nicht ganz leicht, die momentane Dringlichkeit zu sehen, Colonel. Ich meine: Wo liegt das Problem, abgesehen davon, dass ich in diesem Ding hier festsitze?«

»Darin, dass die Landlebewesen vierhundert Millionen Jahre später wieder ins Wasser gingen – hoch entwickelte Landlebenwesen.«

»Frühe Wale?«

»Ja, als die Säugetiere ins Meer zurückkehrten, brachten sie etwas mit, das nicht einmal die Saurier – die Reptilien und Amphibien, die wieder ins Wasser gegangen waren – besaßen. Etwas, von dem das Goo nichts wusste. Wissen, das nicht durch die DNS reproduziert wurde. Es wurde durch Imitation reproduziert, erlerntes Wissen, nicht einfach nur vererbt. Meme.«

Nate kannte sich mit Memen aus, dem Informations-Äquivalent eines Gens. Ein Gen existierte, um sich selbst zu reproduzieren, und brauchte dazu ein Vehikel, einen Organismus. Bei den Memen war es nicht anders, nur konnte sich ein Mem von einem Vehikel zum anderen, von einem Gehirn zum nächsten reproduzieren. Eine Melodie, die einem nicht aus dem Sinn geht, ein Rezept, ein schlechter Witz, die Mona Lisa... alle waren in gewisser Weise Meme. Computer hatten die Idee einer sich selbst reproduzierenden Information mit den Viren weiter fortgeschrieben, aber was hatte das zu tun mit... Da ging ihm ein Licht auf. Wieso er überhaupt etwas über Meme wusste.

»Der Gesang«, sagte Nate. »Der Gesang der Buckelwale ist ein Mem.«

»Selbstverständlich. Die erste Kultur, das erste, dem das Goo ausgesetzt war, ohne es zu verstehen. Vor etwa fünfzehn Millionen Jahren stellte es fest, dass es nicht allein auf der Welt war. In drei Milliarden Jahren gewöhnt man sich daran, allein zu Haus zu sein, und es ist nicht leicht, dann festzustellen, dass jemand in die Wohnung über dir gezogen ist, während du geschlafen hast.

Lange Zeit merkte das Goo nicht, dass Gene und Meme miteinander rangen. Die Wale waren die Ersten. Sie hatten große Gehirne, weil sie komplexes Verhalten imitieren und sich komplexe Aufgaben merken mussten und weil sie proteinhaltige Nahrung aus dem Meer filtern konnten. Ihre Gehirne wuchsen, was für die Meme nötig ist. Aber das Goo hat sich mit den Walen abgefunden. Sie sind eine elegante Mischung aus Genen und Memen, absolute Könige in ihrem Reich. Riesige, wirkungsvolle Nahrungsverwerter, ungefährdet, was Räuber angeht, von ihresgleichen mal abgesehen.

Doch dann tötete irgendwas die Wale. Und zwar in besorgniserregendem Maß. Es kam aus der Welt außerhalb des Wassers. Mit seinem Nervensystem, das auf das Meer angewiesen war, konnte das Goo nichts darüber in Erfahrung bringen, und ich glaube, da hat es die Walschiffe erschaffen, oder etwas Ähnliches. Ende des siebzehnten, Anfang des achtzehnten Jahrhunderts, würde ich sagen. Und ich glaube, als es dann irgendwie genügend Proben menschlicher DNS beisammen hatte, hat es die Walbengel erschaffen. Um unerkannt zu bleiben, aber beobachten zu können, um die Menschen hierher zu bringen, damit es lernen und uns beobachten konnte. Möglicherweise war ich das letzte Glied der Kette, das den Krieg ausgelöst hat.«

»Welchen Krieg? Ist ein Krieg im Gang?« Nate sah kurz die paranoiden Größenwahnsinnigen vor sich, die der Colonel als Pseudonyme erwogen hatte: Käpt'n Nemo und Colonel Kurtz, beide echte Psychopathen.

»Den Krieg zwischen Memen und Genen. Zwischen einem Organismus, der sich auf die Reproduktion von Gen-Maschinen spezialisiert – dem Goo –, und einem, der sich auf die Reproduktion von Mem-Maschinen spezialisiert – wir, die Menschen. Ich habe Strom und Computertechnologie hierher geholt. Ich habe dem Goo das theoretische Wissen über Meme und Gene gebracht –

und wie sie funktionieren. Der Unterschied zwischen dem, wo das Goo jetzt steht und wo es stand, bevor ich kam, ist wie der Unterschied zwischen der Fähigkeit, ein Auto zu fahren, und der Fähigkeit, aus einem rohen Stahlklumpen eines zu bauen. Es ist sich der Bedrohung bewusst. Es wird sich was einfallen lassen.«

Ryder sah Nate erwartungsvoll an. Nate sah ihn an, als würde er nicht ganz begreifen. Als er damals bei Ryder studiert hatte, war der Mann so überzeugend, so klar gewesen. Mürrisch, aber klar. »Okay«, sagte Nate langsam, in der Hoffnung, Ryder würde seinen Satz beeenden: »Sie brauchen mich also, weil ich… äh…?«

»Weil Sie mir helfen sollen, es zu vernichten.«

»Das trifft mich etwas unvorbereitet.«

»Wir führen Krieg gegen das Goo und müssen eine Möglichkeit finden, es zu töten, bevor es merkt, was los ist.«

»Meinen Sie nicht, Sie sollten etwas leiser sprechen?«

»Nein, so kommuniziert es nicht.« Der Colonel sah beunruhigt aus, als er Nates Bemerkung hörte.

»Sie wollen also, dass ich mir überlege, wie man Ihren Gott ermorden könnte?«

»Ja, bevor er die menschliche Rasse auf einen Schlag auslöscht.«

»Was blöd wäre.«

»Und wir müssen es töten, ohne gleichzeitig alles Leben in Gooville zu vernichten.«

»Ach, das können wir schaffen«, sagte Nate zuversichtlich, wie er es in Polizeifilmen gesehen hatte, wenn Unterhändler bei Geiselnahmen den Bankräubern erklärten, man würde ihren Forderungen nachkommen und der Hubschrauber sei unterwegs. »Aber es wird etwas dauern.«

Seltsam war nur, dass Nates Kopfschmerzen wie weggeblasen waren, seit er Kontakt zum Goo gehabt hatte.

33

Könnte schlimmer laufen, könnte ein Hundeleben sein

»Offensichtlich«, sagte Nate, »haben wir die Sache durch das Töten der Wale vermasselt.«

»Ach was«, sagte Amy.

»Wir haben uns verraten.«

»Dass wir Mem-Maschinen sind, ja?«

»Bist du sicher, dass du nicht für ihn spionierst?«

»Allerdings. Weißt du, woran man es merkt? Hab ich dich jemals hier berührt, als ich dich ausspioniert habe?«

»Nein. Nein, hast du nicht.«

»Und hab ich je zugelassen, dass du mich hier berührst?« Sie führte seine Hand.

»Nein, hast du nicht. Vor allem nicht in der Öffentlichkeit.«

»Ja, wahrscheinlich sollten wir wieder in deine Wohnung gehen.«

Sie hatte ihn über sein summendes Käferflügel-Sprechdings angerufen, wobei er sich vornahm, dass er bei nächster Gelegenheit fragen wollte, wie das Ding hieß. Sie hatten sich auf einen Kaffee in einem Bistro getroffen, in dem Walbengel verkehrten. Sie hatte ihm versichert, dass niemand von ihnen Notiz nehmen würde, und seltsamerweise hatten die Walbengel sie tatsächlich ignoriert. Vielleicht war er inzwischen nichts Besonderes mehr.

»Wenn sie was sagen, erkläre ich ihnen einfach, dass wir Sex haben«, erklärte Amy.

»Aber du hast doch gesagt, ich sollte dem Colonel nicht erzählen, dass wir uns getroffen haben.«

»Ja, aber das war, bevor er dich in seinen Geheimplan eingeweiht hat.«

»Stimmt.«

»Auch wenn ich mich etwas schäme, weil du so alt bist. Wir sollten darüber sprechen.«

»Also soll ich meine Hand doch lieber da wegnehmen?«

»Ja, etwas runter und ein Stückchen weiter rechts.«

»Lass uns zu mir gehen.«

Als er dann in seiner Wohnung in der Küche stand, fragte er: »Hey, wie nennt man dieses Ding?« Er deutete auf dieses Ding.

»Telefon.«

»Ohne Scheiß?« Er nickte, als hätte er es gewusst. »Wo waren wir?«

»Mit dem Töten der Wale haben wir es vermasselt?«

»Ja.«

»Oder wie alt du bist?«

»Also«, fuhr er fort, »es war ein großer Fehler, Wale zu töten.«

»Was du wusstest, denn deshalb bist du überhaupt nur ein Freak geworden?«

»Nein, das stimmt nicht.«

»Verzeihung, ein *Action*-Freak.«

»Willst du wirklich wissen, wie ich dazu gekommen bin?«

»Nein. Ich meine: klar. Von der Vernichtung der menschlichen Rasse kannst du mir auch später erzählen.«

»Du musst aber versprechen, dass du nicht lachst.«

»Natürlich.« Sie sah unglaublich vertrauenswürdig aus.

»In meinem zweiten Studienjahr an der Universität von Saskatchewan in der Pampa –«

»Du machst Witze.«

»Es ist eine gute Schule. Du hast versprochen, nicht zu lachen.«

»Oh, du meintest, ich dürfte nicht mal ganz am Anfang der Geschichte lachen? Entschuldigung.«

»Ich meine, sicher kann es nicht mit dem Gooville Gemeinde-College mithalten –«

»Unfair.«

»Heimat der Gooville Glibbers –«

»Okay, hab schon verstanden.«

»Danke. Also, ein Freund und ich, wir hatten beschlossen, aus unserem langweiligen Leben in dem kleinen College auszubrechen. Wir wollten was riskieren, wir wollten –«

»Ein Mädchen ansprechen?«

»Nein. Wir hatten beschlossen, in den Frühjahrsferien rüber nach Florida zu fahren, wie amerikanische Kids es eben so machen. Und da wollten wir Bier trinken, uns einen Sonnenbrand holen und *dann* ein Mädchen ansprechen … mehrere.«

»Also seid ihr losgefahren.«

»Hat fast eine Woche gedauert, bis wir da waren, aber ja, wir sind mit dem alten Kombi von seinem Dad gefahren. Und ich habe tatsächlich ein Mädchen kennen gelernt. In Fort Lauderdale. Ein Mädchen *aus* Fort Lauderdale. Und ich habe sie angesprochen.«

»Du kleiner Schmutzfink. Wahrscheinlich ›Wie geht's denn so, eh?‹«

»So ungefähr. Wir haben uns unterhalten. Und dann hat sie mich eingeladen, mir mit ihr einen *Manati* anzusehen, eine Rundschwanzseekuh.«

»Jeder Schuss ein Treffer!«

»Aber ich dachte, es sei die amerikanische Art, das Wort *Matinee* auszusprechen. Ich dachte, wir gingen ins Kino. Man denkt ja nicht, dass es so was wirklich gibt.«

»Aber es gibt sie.«

»Sie hat in einer Rettungsstation für verletzte Meeressäuger geholfen, größtenteils Manatis, die von Booten gerammt worden waren. Die hatten da auch einen Großen Tümmler. Wir sind stundenlang dort geblieben, haben die Tiere versorgt, und sie hat mir viel erklärt. Ich war fasziniert. Ich hatte noch nicht mal mein Hauptfach gewählt, aber sobald ich wieder in der Schule war, habe ich mich für Biologie entschieden, und seitdem studiere ich Meeressäugetiere.«

»O mein Gott, du konntest keinen wegstecken, oder?«

»Ich habe eine lebenslange Leidenschaft entdeckt. Ich habe etwas gefunden, was mich antreibt.«

»Ich kann nicht fassen, dass ich mich in einen so jämmerlichen Verlierer verguckt habe.«

»Hey, ich bin ziemlich gut, was Wale angeht. Man respektiert mich auf meinem Gebiet.«

»Aber du bist tot.«

»Ja, ich meinte: früher. Hey, hast du gesagt, du hast dich in mich verguckt?«

»Ich habe gesagt, ich hätte mich in einen jämmerlichen Verlierer verguckt. Wenn du dir den Schuh gern anziehen möchtest …«

Er küsste sie. Sie erwiderte den Kuss. Das ging dann so eine Weile. Beide fanden es großartig. Dann hörten sie auf.

»Du hast gesagt, du wolltest mit mir über unseren Altersunterschied sprechen«, sagte Nate, weil er sich immer Frauen aussuchte, die ihm das Herz brachen, und da er sich nun dachte, sein Herz sei weit genug gegangen, dass es gebrochen werden konnte, wollte er damit anfangen.

»Ja, sollten wir wahrscheinlich. Vielleicht sollten wir uns hinsetzen.«

»Sofa?«

»Nein, am Tisch. Vielleicht solltest du was trinken.«

»Nein, geht schon.« *Okay, jetzt kommt's*, dachte er. Sie setzten sich.

»Also«, sagte sie und verschränkte die Beine unter sich, saß da wie ein kleines Kind, was ihm nur noch mehr das Gefühl gab, ein alter, geiler Sack zu sein, der jungen Mädchen nachstellte. »Du weißt, dass die Walbengel jahrelang bei Schiffsunglücken und Flugzeugabstürzen Leute gerettet und hierher geholt haben, oder?«

»Das hat Cielle mir erzählt.«

»Sie hat ein Auge auf dich geworfen, ich merke es, aber das tut nichts zur Sache. Weißt du, dass sie ganze Mannschaften aus untergegangenen U-Booten geholt und jahrelang Sonar-Leute aus den Häfen entführt haben?«

»Das wusste ich nicht.«

»Ist egal, hat nichts mit dem zu tun, was ich dir sagen will. Du bist dir also darüber im Klaren, dass manche Leute, die auf See verschwanden, in Wirklichkeit hier gelandet sind – die Mannschaft von diesem amerikanischen U-Boot *Scorpion*, das '67 gesunken ist, zum Beispiel.«

»Okay, das macht Sinn. Das Goo passt gut auf sich auf. Sammelt Wissen.«

»Ja, aber das ist nicht der Punkt. Ich meine, die Jungs haben geholfen, einen Großteil der Technik aufzubauen, die du auf den Walschiffen gesehen hast, die menschliche Technologie, aber das ist egal. Entscheidend ist, dass die Welt glaubt, die Mannschaft der *Scorpion* läge am Grund des Atlantischen Ozeans, aber das ist nicht der Fall. Kapiert?«

»Okay«, sagte Nate ganz langsam, so wie er mit dem Colonel gesprochen hatte, als der nicht auf den Punkt kommen wollte.

»Und du bist dir darüber im Klaren, dass ich – als ich mich bei Clay und dir beworben habe – euch meinen richtigen Namen genannt habe, nämlich Amy Earhart, und dass Amy die Kurzform von Amelia ist?«

»O mein Gott«, sagte Nate.

»Ha!«, sagte Amy.

Der Makler fand Clays Schiff auf den Philippinen, im Hafen von Manila. Clay kaufte es aufgrund gefaxter Fotos, eines technischen Prüfberichts und einer kürzlich vorgenommenen Rumpfinspektion für knapp zwei Millionen Dollar mit dem Geld der Komischen Alten. Es war ein sechzig Meter langes Fischerei-Patrouillenboot der Küstenwache aus den 50er Jahren. Seitdem war es mehrfach neu ausgerüstet worden, einmal in den 70er zum Fischen, einmal in den 80er zur Meeresbeobachtung und schließlich in den 90er als Wohn- und Tauchschiff für abenteuerlustige Touristen. Es besaß sowohl zahlreiche komfortable Kabinen als auch Kompressoren, Tauchplattformen und Kräne, mit denen sich Beiboote aufs hintere Deck heben ließen, auch wenn – von Rettungsbooten abgesehen – keine weiteren Boote mitgeliefert wurden. Clay dachte, man könne das hintere Deck als Hubschrauber-Landeplatz nutzen, selbst wenn ein Hubschrauber das Budget gesprengt hätte, aber – ihr wisst schon – vielleicht wollte ja jemand mit seinem Hubschrauber darauf landen, und dann war es unendlich nützlich, ein großes, aufgemaltes H auf dem Deck zu haben. Und ein großes, aufgemaltes H war im Budget drin. Das Schiff besaß funktionstüchtige, wenn auch nicht gerade allermodernste Navigationsgeräte, Radar, Autopilot und ein paar alte, aber funktionierende Sonaranlagen, die noch aus der Zeit stammten, als das Schiff zum Fischen genutzt wurde. Es besaß zwei Zwölfhundert-PS-Dieselmotoren und konnte täglich bis zu zwanzig Tonnen Frischwasser für Mannschaft und Passagiere destillieren. Es gab Kabinen und Platz für vierzig Leute. Darüber hinaus galt es als erstklassiger Eisbrecher, was Clay lieber nicht austesten wollte. Kaltes Wasser war überhaupt nicht sein Fall.

Über einen weiteren Makler heuerte Clay eine Mannschaft von zehn Männern an, direkt vom Anleger in Manila: ein Haufen Brüder, Vettern und Onkel mit dem Nachnamen Mangabay, bei denen der Makler garantierte, dass sich darunter keine Mörder befanden, zumindest keine verurteilten Mörder, und nur kleine Diebe. Der älteste Onkel – Ray Mangabay – sollte Clays Erster Maat sein, der das Schiff nach Honolulu überführen würde, wo Clay dann an Bord gehen wollte.

»Er wird mein Schiff fahren«, sagte Clay zu Clair, als die Nachricht kam, dass er eine Mannschaft und einen Ersten Maat hatte.

»Du musst dein Schiff loslassen, Clay«, sagte Clair. »Wenn er es versenkt, war es nicht wirklich deins.«

»Aber es ist mein Schiff.«

»Wie willst du es nennen?«

Er dachte an *Wagemut* oder *Rigorose*, einen von diesen aufgeblasenen Dicke-Hose-Namen. Er dachte an *Courage* oder *Bravour* oder *Immertreu*, denn er war wild entschlossen, seinen Freund zu finden, und er hatte nichts dagegen einzuwenden, sich genau diese Absicht auf den Bug zu schreiben. »Na ja, ich dachte an –«

»Du hast doch schon darüber nachgedacht, oder?«, unterbrach ihn Clair.

»Ja, ich dachte, ich nenne sie *Die Schöne Clair*.«

»Einfach nur *Clair* reicht schon, Baby. Der Bug sollte nicht zu unruhig aussehen.«

»Gut. Die *Clair*.« Seltsamerweise beinhaltete dieser Name bei näherer Betrachtung *Wagemut, Rigorose, Courage und Immertreu. Hinzu kam die unterschwellige Bedeutung »Hüterin der Beute«, was bei einem Schiffsnamen in gewisser Hinsicht einen Bonus darstellt,* dachte er. »Ja, das ist ein guter Name.«

»Wie lange wird es dauern, bis sie hier ist?«

»Zwei Wochen. Sie ist nicht schnell. Zwölf Knoten höchstens. Wenn wir irgendwohin müssen, schicke ich das Schiff direkt dorthin und gehe in einem Hafen unterwegs an Bord.«

»Nachdem sie nun *Clair* heißt, hoffe ich, sie bringen sie heil her.«

»Mein Schiff«, sagte Clay voller Sorge.

»Dann bist du also *wie* alt?«, sagte Nate, »Über neunzig? Hundert?«

»Sieht man mir nicht an, was?« Amy posierte. Ein koketter, halber Hofknicks mit einem Betty-Boop-Bump am Ende. Dafür hätte eine Neunzigjährige allerdings schon sehr rüstig sein müssen.

Nate war wirklich froh, dass er saß, aber ihm fehlte das Gefühl, das er sonst hatte, wenn er sich setzen musste.

»Deine Faszination für mich basierte auf meinem Alter, stimmt's?« Sie setzte sich ihm gegenüber. »Du hast deine männliche Menopause mit Hilfe meines phantastischen, jungen Körpers verarbeitet. In gewisser Weise wolltest du versuchen, deine Jugend wiederzuerlangen. Einmal noch wärst du mehr als nur eine Fußnote der Menschheit. Du wärst maskulin und vital und relevant und ganz Alphatier, nur weil eine jüngere – und, wie ich hinzufügen möchte, ausgesprochen gut ausgestattete – Frau dich erwählt hatte, stimmt's?«

»Mh-mhhh«, machte Nate. Sie hatte Unrecht, oder?

»Wow, Nate, warst du im Debattierklub an der Elch-Uni? Ich meine, bei deinem Talent –«

»Sasketchewan in der Pampa«, korrigierte er.

»Und das mit dem Alter? Ist das ein Problem?«

»Du bist an die hundert. Meine Oma ist noch nicht mal hundert, und die ist tot.«

»Nein, ich bin nicht wirklich so alt.« Sie lächelte und nahm seine Hand. »Ist okay, Nate. Ich bin nicht Amelia Earhart.«

»Bist du nicht?« Nate spürte, wie sich seine Lungenflügel aufblähten, als wäre ein stählernes Band um seine Brust geborsten. Er hatte nur japsende, kleine Atemzüge nehmen können, doch nun kehrte der Sauerstoff in sein Gehirn zurück. Seltsam. Er war ziemlich sicher, dass sich auch unter den anderen Frauen, mit denen er zusammen gewesen war, keine Amelia Earhart befunden hatte, aber er konnte sich nicht erinnern, jemals so erleichtert gewesen zu sein. »Na, ich hätte es wissen müssen. Ich meine, du siehst überhaupt nicht so aus wie auf den Bildern. Keine Fliegerbrille.«

»Ich hab dich nur veralbert. Ich bin ihre Tochter. Ha!«

»Hör auf! Das ist nicht komisch, Amy. Wenn du auf was Bestimmtes hinauswolltest, ist es dir gelungen. Ja, du bist eine attraktive Frau, und vielleicht fühle ich mich auch wegen deiner Jugend zu dir hingezogen, aber das ist reine Biologie. Das kannst du mir nicht zum Vorwurf machen. Ich habe dich nicht angebaggert, ich habe dich nicht bedrängt, als wir zusammengearbeitet haben. Ich habe dich genauso behandelt, wie ich jede andere Forschungsassistentin behandelt hätte. Außer dass ich dir vielleicht mehr habe durchgehen lassen, weil ich dich mochte. Du kannst dich nicht über mich lustig machen, weil ich hier unten sexuell auf dich reagiert habe, als du mich angemacht hast. Die Regeln haben sich geändert.«

»Ich mache mich nicht lustig über dich. Amelia Earhart ist tatsächlich meine Mutter.«

»Hör auf damit.«

»Möchtest du sie kennen lernen?«

Nate suchte in ihrem Gesicht nach Anzeichen für ein Grinsen oder ein Zittern an ihrem Hals, was angedeutet hätte, dass gleich ein Amy-*Ha!* nach oben gluckerte. Nichts zu sehen, nur dieser Hauch von Liebenswürdigkeit, den sie normalerweise zu verbergen suchte.

»Du bist also kaum gealtert, weil du hier unten lebst. Und deine Mutter?«

»Wir altern, aber nicht wie an Land. Ich bin 1940 geboren. Ich bin etwa genauso viele Jahre älter als du, wie du vor einer halben Stunde noch älter als ich warst … so ungefähr, mehr oder weniger. Willst du mich jetzt loswerden?«

»Das Ganze ist nicht zu fassen.«

»Wieso? Nachdem du das alles hier gesehen hast? Du hast gesehen, was das Goo kann. Wieso ist es so schwer zu glauben, dass ich vierundsechzig bin?«

»Nun, zum einen bist du so unreif.«

»Halt die Klappe. Ich bin einfach jung geblieben.«

»Aber für einen Moment war ich sicher, dass wir gescheitert sind.« Nate rieb sich die Schläfen, als wollte er seinen Kopf vergrößern, damit die Vorstellung hineinpasste, dass Amy vierundsechzig war.

»Nein, ist schon okay. So weit sind wir nicht. Scheitern können wir immer noch.«

»Oh, Gott sei Dank«, sagte Nate. »Ich hatte mir schon Sorgen gemacht.«

Später, nachdem sie die Welt eine Weile vergessen, sich geliebt und in den Armen des anderen geschlummert hatten, nahm Amy Anlauf zur nächsten Runde, und als Nate aufwachte, machte er sich gleich wieder Sorgen.

»Sind wir wirklich zum Scheitern verurteilt?«, fragte er.

»Oh, verdammt noch mal, Nate!« Sie setzte sich auf ihn, damit er sich nicht rühren konnte, als sie mit der Faust auf seine Brust einschlug. »Du kannst einem echt den Spaß verderben!«

Nate dachte daran, dass weibliche Gottesanbeterinnen den Männchen während der Kopulation manchmal den Kopf abbissen, die männlichen Leiber sich jedoch weiter paarten, bis der Akt vollbracht war.

»Entschuldige«, sagte er.

Sie rollte sich herunter und starrte zu den matten Streifen grüner Biolumineszenz an der Decke. »Ist schon okay. Ich wollte dir nicht den Kopf abbeißen.«

»Bitte?«

»Ja, wahrscheinlich sind wir zum Scheitern verurteilt. Und zwar aus demselben Grund, der dafür verantwortlich ist, dass ich so aussehe, wie ich aussehe, und die meisten Goos viel jünger wirken als sie in Wahrheit sind. Stell ein Gen an, alterst du. Stell es ab, alterst du nicht. Ich habe hier unten sogar schon Leute gesehen, die schienen jünger zu werden. Drück einen Schalter: Bauchspeicheldrüsenkrebs mit zweiundzwanzig. Drück einen anderen, und du kannst vier Schachteln am Tag rauchen und hundert werden. Wenn das Goo glaubt, dass es von der menschlichen Rasse bedroht wird, muss es nur einen Knopf drücken, ein Gen auswählen, einen Virus herstellen, und die menschliche Rasse hat ihren letzten Seufzer getan. Bisher habe ich darin nie eine Bedrohung gesehen. Mein Leben lang habe ich für das Goo gearbeitet. Ihm gedient, weißt du? Es sorgt für uns. Es ist der Quell.«

Er wusste nicht, was er sagen sollte. Musste er die Bitte des Colonels um Hilfe wirklich ernst nehmen? Musste er eine Möglichkeit finden, diese wundersame Kreatur zu töten, um seine eigene Spezies zu retten? »Amy, ich weiß nicht, was ich machen soll. Vor zwei Tagen wollte ich nur hier raus. Und jetzt? Der Colonel und du, ihr sagt beide, ich habe Glück, noch am Leben zu sein. Hat das Goo Menschen getötet, die kurz davor standen, zu viel herauszufinden?«

»Ehrlich, ich weiß es nicht. Ich habe nie gesehen oder gehört, dass so was passiert ist, aber ich – wir – jeder hat hier unten seinen Part zu erfüllen. Wir stellen nicht viele Fragen. Nicht, weil wir es nicht dürften oder so, es ist nur … man kann lange leben, ohne sich großartig Fragen zu stellen, wenn man gut versorgt wird.« Zum ersten Mal sah Nate die Lebenserfahrung in Amys Gesicht, nicht in Form von Falten, sondern als Schatten in ihren Augen.

»Ich frage trotzdem«, sagte er.

»Ob ich glaube, dass das Goo *moralisch* in der Lage wäre, die menschliche Rasse auszulöschen?«

»So ungefähr.«

»Ich weiß nicht mal, ob das Goo überhaupt Moral *hat*, Nate. Nach dem Colonel zu urteilen, ist es nur ein Vehikel für Gene, und wir sind nur Vehikel für Meme, und die Natur sagt, dass ein Frontalzusammenstoß unausweichlich ist. Was, wenn nicht? Die Schlacht dauert vermutlich schon Millionen Jahre an, und jetzt will der Colonel ein Endspiel erzwingen? Ich weiß nur: Du musst ihm ausreden, dass er es töten will.«

»Aber er ist euer Häuptling.«

»Ja, aber er hat keinem von uns davon erzählt. Ich glaube, er hat Zweifel an seiner eigenen Einschätzung. Genau wie ich.«

»Aber du hast gesagt, das Goo könnte die ganze Menschheit auf Knopfdruck auslöschen.«

»Yeah.« Sie stützte sich auf den Ellbogen. »Hast du Hunger? Ich hab Hunger.«

»Ich könnte was essen.«

34

Anonyme Nekrophile – Ortsgruppe Goovile

Amy hatte zwei verstöpselte Porzellanflaschen mit Bier dabei, als sie die Gemächer des Colonels betrat. Der Herrscher über Gooville glitt aus der rosigen Wand hervor, als würde er daraus geboren. Er breitete die Arme aus, um sie an sich zu drücken, doch statt darauf einzugehen, hielt Amy eine der Flaschen hoch.

»Ich habe Ihnen ein Bier mitgebracht.«

»Amy, du weißt doch, dass ich so gut wie nichts mehr zu mir nehme.«

»Ich dachte, Sie würden vielleicht gern ein Bier trinken, um der alten Zeiten willen.«

»Warum bist du gekommen?«

»Ich dachte, ich sollte Ihnen vielleicht Bericht erstatten oder so.«

»Ich habe mit Nathan Quinn gesprochen.«

»Ach ja?«

»Wirklich goldig, Amy. Ich weiß, was zwischen euch vor sich geht.«

»Ich habe ernstlich keine Wahl, Colonel. Ich *bin* nun mal goldig. Mit dieser Bürde muss ich leben.«

»Er weiß nicht, was du bist, oder?«

»Trinken Sie Ihr Bier. Es wird warm. Wieso haben Sie es hier drin eigentlich so stickig?«

Der Colonel nahm das Bier entgegen und trank einen großen Schluck. Er schnappte nach Luft und starrte die Flasche überrascht an, als hätte sie eben mit ihm gesprochen.

»Meine Güte, ist das gut! Wirklich. Das hatte ich schon vergessen.«

Amy prostete ihm mit ihrer Flasche zu und nahm einen Schluck. »Colonel, wir kennen uns schon so lange. Sie waren für mich wie ein Vater, aber wir haben überhaupt keinen Kontakt mehr. Ich mache mir Sorgen um Sie. Ich glaube, Sie sollten hin und wieder mal hier rauskommen, so wie früher. Rumspazieren. Mal wieder ein paar Leute aus dem Ort treffen.«

»Versuch nicht, dich meinen Plänen in den Weg zu stellen, Amy.«

»Was reden Sie denn? Ich mache mir nur Sorgen um Sie.«

Der Colonel betrachtete die Flasche in seiner Hand, als wäre sie eben erst dorthin teleportiert worden, dann sah er Amy mit leiser Panik im Blick an. »Dann hat Nate dir nichts davon erzählt?«

»Mir *was* erzählt? Nate hat damit nichts zu tun. Sie haben den Kontakt zur Außenwelt verloren.«

Der Colonel nickte, dann lehnte er sich an die Wand hinter ihm. Das Goo umfing ihn und formte eine Chaiselounge, auf die er sich setzte, während er seine Schläfen rieb. »Amy, hast du jemals etwas für ein Ziel getan, das über deinen persönlichen Ehrgeiz hinausging? Hast du je eine Pflicht für etwas empfunden, das nicht dich selbst betraf?«

»Sie meinen zum Beispiel, Menschen davon zu überzeugen, dass ich etwas bin, was ich gar nicht wirklich bin, um so ihr Vertrauen zu erlangen und sie entführen oder töten zu können, zum Schutz der Gemeinschaft? Ja, ich habe eine Vorstellung davon, wie es ist, einem höheren Zweck zu dienen.«

»Ja, das hast du wohl. Verzeih mir. Vielleicht verbringe ich tatsächlich zu viel Zeit mit mir selbst.«

»Glauben Sie?«

»Würdest du mich jetzt allein lassen? Ich muss nachdenken.«

»Sie möchten allein sein? Das wollen Sie mir damit sagen? So wollen Sie das Problem angehen, dass Sie zu viel Zeit mit sich selbst verbringen?«

»Geh, Amy, und misch dich bitte nicht ein, wenn es um Nate geht.«

»Noch nicht.«

»Was meinst du damit, ›Noch nicht‹?«

»Auf diese Flasche gibt es Pfand. Ich nehme sie wieder mit.«

»Dann ist Nate kein Problem? Bist du sicher?« Hier zwang sich der Colonel zu einem Lächeln, das eher bedrohlich aussah, nicht wirklich wie ein Lächeln. »Denn ich werde ihm von dir erzählen, wenn ich muss.«

»Der höhere Zweck«, sagte Amy und erwiderte das gequälte Lächeln mit einem echten.

»Gut«, sagte der Colonel und leerte sein Bier. »Komm wieder. Und bring mir noch so eins.«

»Sollen Sie haben«, erwiderte Amy. Dann nahm sie ihm die Flasche aus der Hand und verließ die Kammer. *Schmaler Grat zwischen Genie und Spatzenhirn*, dachte sie. *Sehr schmaler Grat*.

Zwei Wochen lang rief der Colonel nicht nach Nate. Cielle Nuñez hatte hereingeschaut, am dritten Morgen, den Amy in Nates Wohnung verbrachte. »Na, jetzt brauchen Sie mich wohl nicht mehr«, hatte Cielle gesagt. »Ich gehe sowieso bald wieder auf mein Schiff zurück, obwohl es nicht danach aussieht, als würden wir demnächst irgendwohin fahren.« Es enttäuschte Nate ein wenig, dass sie nicht eifersüchtig war.

»Er fürchtet sich vor den Küchenschränken, dem Kühlschrank und dem Müllschlucker«, erklärte Cielle Amy, als würde sie mit einem Hundesitter sprechen. »Und du solltest mitgehen, wenn er seine Sachen wäscht. Er hat bestimmt Angst vor den Waschmaschinen.«

»Ich kann euch hören«, sagte Nate. »Und ich habe keine Angst vor Haushaltsgeräten. Ich bin nur vorsichtig.«

»Deine Mutter wird begeistert sein, wenn sie das von euch beiden hört, Amy. Ihr Schiff müsste bald wieder in der Basis sein.«

»Nein, sie wird erst in sechs Wochen zurückerwartet«, sagte Amy.

»Nicht mehr. Der Colonel hat alle Schiffe zurückbeordert.«

»Alle? Wieso?«

Cielle zuckte mit den Achseln. »Er ist der Colonel. Es steht uns nicht an, ihn in Frage zu stellen. Also, Nate, es war mir ein Vergnügen, wirklich. Wir sehen uns sicher noch. Sie sind in guten Händen.«

Sie umarmte Nate kurz und ging in Richtung Tür.

»Moment noch, Cielle. Ich wollte Sie was fragen. Falls Sie nichts dagegen haben.«

Sie drehte sich um. »Schießen Sie los.«

»Wann ist die Jacht Ihres Mannes gesunken?«

Mit fragendem Blick sah sie Amy an. »Ist schon okay«, sagte Amy. »Er weiß Bescheid.«

»1927, Nate. Rückblickend war es in gewisser Weise ein Segen. Er ist gestorben, als er tat, was ihm am liebsten war, und zwei Jahre später wäre er nach dem Börsencrash bankrott gewesen. Ich bin mir nicht sicher, ob er das überlebt hätte.«

»Danke. Tut mir Leid.«

»Das muss es nicht. Cal und ich haben ein wirklich gutes Leben.«

»Cal? Cal vom Schiff? Sie haben mir nicht gesagt, dass –«

»Dass er mein Mann ist? Der Colonel meinte, Sie würden sich wohler fühlen, wenn Ihnen eine ›allein stehende‹ Frau dabei hilft, sich einzuleben. Keine der Frauen hier unten hat den Nachnamen ihres Mannes angenommen, Nate.«

»In der Walgesellschaft schmeißen die Frauen den Laden«, erklärte Amy. »Genau wie es sein sollte.«

Cielle Nuñez sah von Amy zu Nate und lächelte. »Oh, Nate, worauf haben Sie sich da nur eingelassen?« Dann kicherte sie wie ein Walbengel und ging.

»Sie war scharf auf dich«, sagte Amy. »Sie verbirgt es wirklich gut, aber ich habe es doch gemerkt.«

Von da an gingen sie jeden Morgen gemeinsam aus. Nate bestand darauf, dass Amy ihn tagsüber weit in die Katakomben führte. Sie fanden Goovilles unterirdische Farmen: Tunnel, in denen Weizenkörner – ohne Stiele – aus den Wänden wuchsen, und andere, in denen man Tomaten von fünf Zentimeter langen Ranken pflücken konnte, die direkt aus dem Stein zu kommen schienen.

»Wie kann das alles ohne Photosynthese reifen?«, fragte Nate und berührte eine Aprikose, die nicht am Baum, sondern an einem breiten Stamm wuchs, wie ein Pilz.

»Keine Ahnung.« Amy zuckte mit den Schultern. »Geothermale Wärme. Der Colonel sagt, das Goo reicht bis tief unter den Kontinent, wo es Wärme aus der Erde zieht. Ich kann dir die Küchen zeigen, in denen die meisten Speisen zubereitet werden – alles geothermal. Die Alten sagen, anfangs habe es nur Meeresfrüchte gegeben, aber im Lauf der Jahre hat das Goo immer neue Speisen herangeschafft.«

»Was ist das hier? Chicken Nuggets?« Er pflückte etwas von der Decke.

Ein Walbengel, der in der Nähe arbeitete, pfiff und klickte harsch.

»Er sagt, man darf sie nicht pflücken. Sie sind noch nicht reif.«

Nate warf das seltsame Ding auf den Boden der Höhle, wo ein tennisballgroßes, vielbeiniges Wesen aus einer Luke gehuscht kam, es aufhob und wieder in der Versenkung verschwand.

»Hier hab ich genug gesehen«, sagte Nate.

Am Nachmittag machten sie Besorgungen und Einkäufe. Nach wie vor wollte sich niemand von Nate bezahlen lassen, und er hörte auf, es anzubieten. Am Abend aßen sie gewöhnlich in seiner Wohnung. Nachdem sie zweimal in verschiedenen Bistros essen waren, hatte Amy darauf bestanden, dass sie sich zu Hause etwas kochten.

»Du studierst sie«, sagte sie und meinte die Walbengel.

»Nein, tu ich nicht. Ich sehe sie mir nur an.«

»Wem willst du was vormachen? Du hast diesen Blick in den Augen, diesen Forscherblick, diesen Verloren-in-Theorien-Blick. Meinst du, den würde ich nicht erkennen? Wir haben zusammen gearbeitet, wie du dich vielleicht erinnerst.«

Nate zuckte mit den Achseln. »Es ist mein Job. Ich studiere Wale.« Er hatte versucht, die Pfeif-und-Klick-Sprache der Walbengel zu erlernen. Emily 7 war ein paar Mal nachmittags vorbeigekommen, wenn Amy nicht da war, und wenn er auch glaubte, dass sie wohl mit amourösen Absichten kam, schaffte er es doch, ihre Energien auf Lektionen in der Walsprache zu lenken. In gewisser Weise waren sie Freunde geworden. Amy gegenüber hatte er diese Lektionen nicht erwähnt, da er fürchtete, sie würde ihn mit Emily aufziehen, so wie es die Walschiffmannschaft getan hatte. »Ich beobachte. Ich sammle Daten und versuche, darin eine Bedeutung zu finden.«

Amy nickte, dachte darüber nach und sagte schließlich: »Wenn dich die Rettung von Manatis und Delfinen dazu gebracht hat, wieso hast du dann nicht irgendwas Aktiveres gemacht, um den Tieren zu helfen? Veterinärmedizin oder so.«

»Das frage ich mich auch. Ich habe viel über die Leute bei Greenpeace nachgedacht, die sich in Gefahr bringen, die Walfangschiffe rammen, mit kleinen Booten direkt vor die Harpunen fahren, um die Tiere zu schützen. Ich habe mich immer gefragt, ob es der richtige Weg ist.«

»Und du dachtest, als Wissenschaftler könntest du mehr tun, indem du sie studierst?«

»Nein. Ich dachte, Wissenschaftler zu werden, sei etwas, das ich tun *konnte*. Es führt ein Weg zum Biologendasein – eine Ausbildung. So etwas gibt es nicht, wenn man Pirat werden will.«

»Du irrst dich. Dafür gibt es eine Schule. Ich habe es auf einem Streichholzheftchen gesehen, als ich auf Maui war. Da stand, man könne lernen, wie man Pirat wird, wenn man einen einfachen Test besteht.«

»Du meinst, wie man eine *Pirate* raucht. Das sind Zigaretten.«

»Egal. Also bist du einen Kompromiss eingegangen.«

»Bin ich? Ich denke, was wir ... was ich tue, hat einen Wert.«

»Denke ich ja auch. Weißt du, ich habe mich nur gefragt, wo du jetzt doch tot bist: Hast du das Gefühl, dein Leben vergeudet zu haben?«

»Ich bin nicht tot, Amy. Meine Güte, es ist schrecklich, so was zu sagen.«

»Du weißt schon ... *praktisch* tot, meinte ich. Dein Leben ist vorbei. Potztausend, macht mich das etwa nekrophil? Wenn wir hier rauskommen, sollte ich mir vielleicht eine Selbsthilfegruppe suchen. Ob es so was gibt?«

»Amy, ich überlege, ob ich hier vielleicht doch lieber gar nicht weg will.« Er hatte viel darüber nachgedacht. Es war kein schlechtes Leben, und nachdem er auf ihren täglichen Exkursionen nach einem Fluchtweg gesucht hatte (was ihm in Erinnerung rief, dass er kilometerlange Kompressionsschleusen hinter sich bringen musste, nur um dann am Ende zweihundert Meter unter der Wasseroberfläche herauszukommen), schien es, als hätten Amy und er möglicherweise doch eine gemeinsame Zukunft. Goovilles Ökosystem würde seinen Reiz sicher nicht verlieren.

»Hi, mein Name ist Amy, und ich ficke Leichen.«

»Wenn ich dem Colonel seinen Plan ausrede, könnte ich vielleicht bei dir hier unten bleiben. Du weißt schon, mich anpassen.«

»Ich kann mir nicht vorstellen, dass sie bei so einem Treffen aufstehen und sagen: ›Hi, ich heiße Soundso, und popp mit Toten.‹ Das ist irgendwie ordinär.«

»Du hörst mir gar nicht zu, Amy.«

»Doch, tu ich. Wir bleiben nicht hier. Ich finde schon noch einen Weg nach draußen, aber bleiben können wir nicht. Du musst den Colonel davon überzeugen, dass er dem Goo nichts tun darf, aber dann verschwinden wir. So bald wie möglich.«

Nate war ein wenig schockiert, wie hartnäckig sie blieb. Sie schien ins Leere zu starren, sich zu konzentrieren, über etwas nachzudenken, was sie nicht erzählen wollte, und sie schien damit nicht glücklich zu sein. Doch dann strahlte sie plötzlich. »Hey, du wirst meine Mutter kennen lernen.«

Eine Woche später war es soweit.

»Also, du hast immer gesagt, es sei die Kirsche auf dem Pudding von allem, was du tust, wenn du etwas weißt, was kein anderer auf der Welt weiß«, sagte Amy. »Und war das jetzt eine Kirsche?« Sie nahm seinen Arm und legte ihn beim Gehen um ihren Hals.

Eben hatten sie Amelia Earharts Wohnung in Gooville verlassen.

»Sie sieht gut aus, nicht?«, fragte Amy.

Amelia war eine schöne, anmutige Frau, und trotz ihrer siebenundsechzig Jahre in Gooville sah die Fliegerin keinen Tag älter als fünfzig aus. Sie war knapp vierzig gewesen, als sie 1937 verschwand. In ihrer Gegenwart hatte sich Nate wie ein Fünfzehnjähriger bei seinem ersten Date gefühlt, hatte gestottert, war gestolpert und allen Ernstes rot angelaufen, als Amy erwähnte, dass sie bei ihm übernachtet hatte. Amelia bot Nate den Platz neben sich auf dem Sofa an und nahm seine Hand, während sie mit ihm sprach.

»Nathan, ich hoffe, das, was ich Ihnen zu sagen habe, klingt nicht rassistisch, weil es das nicht ist, aber ich möchte Sie beruhigen. Ich habe sehr lange gebraucht, bis ich mich an die Vorstellung gewöhnen konnte, dass meine Tochter erwachsen geworden und sexuell aktiv ist, und offen gesagt: Sollten Sie nach all den Jahren nun derjenige sein, in den sie sich verliebt hat, was der Fall zu sein scheint, kann ich Ihnen nur sagen, wie erleichtert ich bin, dass Sie der menschlichen Rasse angehören. Also entspannen Sie sich ruhig.«

Nate warf Amy einen Blick zu.

Sie zuckte mit den Achseln. »Jedes Mädchen hat ihre abenteuerlustige Phase.«

»Danke«, sagte Nate zu Amelia Earhart.

Nun, draußen auf der Straße, sagte er zu Amy: »Ich hätte sie fragen sollen, wie ihr Flug war.«

»Sie ist immer noch etwas empfindlich, was das angeht. Selbst nach all den Jahren. Mein Dad war ihr Navigator. Er hat den Absturz nicht überlebt.«

»Aber du hast gesagt, du seist 1940 geboren. Wie kann das sein, wenn dein Vater 1937 gestorben ist?«

»Robuste Spermien?«

»Drei Jahre? Das ist aber wirklich robust.«

Sie boxte ihm gegen den Arm. »Ich hab aufgerundet. Mach mal Pause, Nate. Ich bin nicht mehr die Jüngste. Die Komische Alte hast du nie so auf irgendwas festgenagelt.«

»Mit der Komischen Alten war ich auch nie im Bett.«

»Aber das wärst du gern gewesen, hab ich Recht? Gib's zu! Du warst ganz heiß darauf, unter ihren Muumuu zu kommen.«

»Lass das!« Nate sah zu ein paar männlichen Walbengeln hinüber, die vor einer Bäckerei standen (ständig schienen sie sich dort herumzutreiben) und synchron die Pimmel schwenkten. Schon wollte er es Amy mit einem Hinweis auf ihre Vergangenheit heimzahlen, doch bestand kein Grund, sich auf diesen Film überhaupt einzulassen, geschweige denn, ihn als Revanche gegen ihre kleinen Sticheleien einzusetzen, die er doch eigentlich mochte, sofern er sich denn eingestand, dass er überhaupt wieder jemanden mochte.

Die Walbengel kicherten in ihre Richtung, als sie an ihnen vorüberkamen.

»Ihr seid doch nur überdimensionierte Quietsche-Entchen«, flüsterte Nate, wohlwissend, dass sie ihn trotzdem hören konnten. Nate beleidigte sie jedes Mal, wenn er an ihnen vorüberkam, seit Wochen schon, nur um sie zu ärgern. Vielleicht färbte Amy auf ihn ab.

Gemeinsam schnaubten die Walbengel sabbernd aus. »Intelligentes Leben? Ihr wisst ja nicht mal, wie man das buchstabiert«, flüsterte Nate.

Und dann die Belohnung. Er sah es einfach zu gern, wenn vierfingrige Kreaturen versuchten, ihm den Mittelfinger zu zeigen.

»Und ich bin angeblich unreif«, sagte Amy.

Das Leben ist gut, dachte Nate. Zum ersten Mal, seit er sich erinnern konnte, war er glücklich. Mehr oder weniger.

Am nächsten Morgen kamen zwei Walbengel, um ihn zum Colonel zu bringen. Und Amy war nicht mal da, um ihm einen Abschiedskuss zu geben.

35

Yeah, aber man kann nicht danach tanzen

Der Colonel stand in der Mitte des Amphitheaters aus Perlmutt, als die Walbengel Nate hereinführten.

»Ihr zwei könnt jetzt gehen«, sagte der Colonel zu den Walbengeln. »Nate findet allein zurück.«

»Sie sind also aus Ihrer Höhle gekrochen«, sagte Nate.

Der Colonel sah älter aus, abgespannter als bei ihrer letzten Begegnung.

»Ich möchte bei dem, was ich Ihnen zu sagen habe, nicht mit dem Goo in Kontakt stehen.«

»Ich dachte, es kommuniziert auf andere Weise«, erwiderte Nate.

Der Colonel ignorierte ihn. »Ich hatte gehofft, Sie hätten sich etwas überlegt, was mir bei meiner Problemlösung hilft, Nate, aber das haben Sie nicht getan, oder?«

»Ich arbeite daran. Es ist komplexer als –«

»Sie wurden abgelenkt. Ich bin enttäuscht, aber ich verstehe das. Sie ist ein echtes Kunstwerk, nicht? Und das meine ich im wahrsten Sinne des Wortes. Vergessen Sie nie, dass ich sie zu Ihnen geschickt habe.«

Nate fragte sich, wie viel der Colonel über ihn und Amy wusste, und woher er es wusste. Meldungen von Walbengeln? Vom Goo selbst, durch Osmose oder ein ausgedehntes Nervensystem? »Es hat nichts mit Ablenkung zu tun. Ich habe viel über Ihr Problem nachgedacht, und ich bin mir nicht sicher, ob ich Ihrer Ansicht bin. Wieso glauben Sie, dass das Goo die Menschheit vernichten wird?«

»Es ist eine Frage der Zeit. Nicht mehr und nicht weniger. Sie müssen eine Nachricht für mich übermitteln, Nate. Sie werden die Verantwortung dafür tragen, dass die menschliche Rasse gerettet wird. Das sollte Ihnen einigen Trost spenden.«

»Colonel, wäre es möglich, dass Sie sich etwas konkreter ausdrücken, weniger kryptisch, und mir dieses eine Mal erklären, wovon zum Teufel Sie da reden?«

»Ich möchte, dass Sie zur U.S. Navy gehen. Man muss dort von der Bedrohung durch das Goo erfahren. Ein wohlgezielter Nukleartorpedo dürfte genügen. Die Sprengung sollte so tief stattfinden, dass man sie anderen Ländern gegenüber nicht rechtfertigen muss. Es wird keinen Fallout geben. Nur muss jemand, der als glaubwürdig gilt, die Navy von der Bedrohung überzeugen. Sie.«

»Was ist mit den Leuten hier unten? Ich dachte, Sie wollten sie retten.«

»Ich fürchte, wir werden sie wohl opfern müssen, Nate. Was sind fünftausend Menschen, von denen die meisten länger gelebt haben, als es ihnen an Land vergönnt gewesen wäre, verglichen mit der gesamten Menschheit, sechs Milliarden?«

»Sie sind doch wahnsinnig! Ich werde nicht versuchen, die Navy davon zu überzeugen, dass sie fünftausend Menschen und all die Walbengel in die Luft sprengt. Und Sie sind kranker, als ich dachte, wenn Sie glauben, die würden tun, was ich ihnen sage.«

»Oh, das glaube ich nicht. Ich gehe davon aus, dass man ein Forschungsteam herunterschicken wird, um zu bestätigen, was Sie da erzählen, aber wenn dieses Team herkommt, werde ich dafür sorgen, dass es das Goo als Bedrohung erlebt. Keine Sorge, Sie werden in jedem Fall überleben.«

»Ich glaube, Sie täuschen sich, wenn Sie meinen, dass uns das Goo für gefährlich hält. Und selbst wenn Sie Recht hätten: Was ist, wenn es beschließen würde, einfach abzuwarten? Das Goo setzt ganz andere Maßstäbe an die Zeit. Es könnte ein kurzes Nickerchen machen, bis wir ausgestorben sind. Ich werde es nicht tun!«

»Tut mir Leid, dass Sie so denken, Nate. Dann muss ich wohl eine andere Möglichkeit finden.«

Plötzlich wurde Nate bewusst, dass er es vermasselt hatte – seine einzige Chance zu entkommen. Wäre er erst außerhalb von Gooville, könnte ihn der Colonel zu nichts mehr zwingen. Oder vielleicht doch? In diesem Moment hätte er Amy furchtbar gern bei sich gehabt.

»Hören Sie, Colonel, vielleicht kann ich doch etwas tun. Könnten Sie Gooville nicht evakuieren? Die Leute auf einer Insel aussetzen? Sollen sich die Walbengel ein anderes Dach über dem Kopf suchen. Ich meine, wenn ich der Welt vom Goo erzähle, kommt die ganze Sache doch sowieso raus. Ich meine –«

»Tut mir Leid, Nate. Ich glaube Ihnen nicht mehr. Ich werde mich selbst darum kümmern. Eine Evakuierung würde den Menschen hier ohnehin nichts nützen. Und die Walbengel dürften überhaupt nicht existieren. Sie sind Monstrositäten.«

»Monstrositäten? Da spricht nicht der Wissenschaftler, den ich kannte.«

»Oh, ich gebe zu, sie sind wunderbare Geschöpfe, aber sie hätten sich niemals auf natürliche Weise entwickelt. Sie sind ein Produkt des Krieges und haben ihren Zweck erfüllt. Wie ich selbst und auch Sie. Ich bedaure, dass wir in dieser Sache nicht der gleichen Ansicht sind. Gehen Sie.«

Ohne mit der Wimper zu zucken, ging der Wahnsinnige zu

Plan B über, und Nate hatte keine Ahnung, wie er ihn aufhalten sollte. Vielleicht war genau das der Grund, wieso man ihn hergebracht hatte. Vielleicht war der Colonel wie ein potenzieller Selbstmörder, der einen Hilferuf ausstößt, sich aber gar nicht ernstlich das Leben nehmen will. Und Nate hatte es nur nicht gemerkt.

Langsam wich er vor dem Colonel zurück, versuchte verzweifelt, sich etwas einfallen zu lassen, was er sagen könnte, um die Situation umzukehren, aber ihm fiel nichts ein. Als er zum Durchgang kam, rief ihn der Colonel von den Stufen der großen Iris her.

»Nate, ich habe es Ihnen versprochen, und Sie sollten es auch wissen.«

Nate machte kehrt und ging ein paar Schritte in den Raum zurück.

Der Colonel lächelte traurig. »Es ist ein Gebet, Nate. Der Gesang der Buckelwale ist ein Gebet an den Ursprung, den Quell, an ihren Gott. Der Gesang lobpreist das Goo und dankt ihm.«

Nate dachte darüber nach. Ein Leben lang hatte er darüber nachgedacht… und das sollte die Antwort sein? Niemals. »Weshalb nur männliche Sänger?«

»Nun, sie sind Männchen. Sie beten auch um Sex. Die Weibchen wählen ihre Partner aus… die müssen nicht darum bitten.«

»Das lässt sich nicht beweisen«, sagte Nate.

»Und es gibt niemanden, der es beweisen könnte, Nate, nicht hier unten, aber es ist die Wahrheit. Der Walgesang war die erste Kultur, die erste Kunst auf diesem Planeten, und wie die menschliche Kunst preist auch er das, was größer ist als er selbst. Und dem Goo gefällt das, Nate. Es freut sich.«

»Das glaube ich nicht. Es besteht keine evolutionäre Notwendigkeit dafür, dass es ein Gebet sein muss.«

»Es ist ein Mem, Nate, kein Gen. Der Gesang ist erlerntes Verhalten, nicht vererbt. Er folgt seinen eigenen Zielen, nämlich imitiert, also reproduziert zu werden. Und es bestand ein gewisser Druck. Haben Sie schon mal einen verhungerten Buckelwal gesehen, Nate?«

Nate dachte darüber nach. Er hatte kranke Tiere gesehen, verletzte Tiere, aber nie einen verhungerten Buckelwal. Und er hatte auch noch nie von einem gehört.

Der Colonel schien etwas in Nates Reaktion gesehen zu haben. »Da haben Sie Ihre Notwendigkeit. Das Goo sorgt für sie, Nate. Es mag den Gesang. Sollte mich nicht wundern, wenn die gesamte Evolution der Wale – denken Sie an die Größe – durch das Goo gelenkt wurde. Wir hätten sie niemals töten dürfen. Wir stünden nie an diesem Scheideweg, wenn wir sie nicht getötet hätten.«

»Aber wir haben doch damit aufgehört«, war alles, was Nate dazu einfiel.

»Zu spät«, sagte der Colonel mit einem Seufzer. »Unser Fehler war, die Aufmerksamkeit des Goo zu erregen. Jetzt muss es ein Ende haben. Das Gen hat seine dreieinhalb Milliarden Jahre als treibende Kraft des Lebens gehabt. Ich vermute, jetzt kommt das Mem an die Reihe. Wir beide werden es nie erfahren. Leben Sie wohl, Nate.«

Die Iris öffnete sich, und der Colonel betrat das Goo.

Nate rannte den ganzen Weg nach Hause, wusste gar nicht, wie er sich im Tunnellabyrinth zurechtfand, kam aber an, ohne sich verlaufen zu haben. Amy war nicht in seiner Wohnung.

Sein Puls hämmerte in den Schläfen, als er an das summende Käferflügelsprechdings trat, um sie anzurufen, aber dann beschloss er, doch lieber gleich zu ihr zu gehen. Er suchte sie zu Hause, dann bei ihrer Mutter, dann überall, wo sie gemeinsam gewesen waren.

Doch nicht nur Amy war verschwunden, auch ihre Mutter hatte niemand mehr gesehen. Nate schlief unruhig, denn ihn quälte der Gedanke daran, was ihr der Colonel angetan haben mochte – und alles nur wegen seiner Sturheit. Am Morgen machte er sich wieder auf die Suche, fragte jeden, den er traf, einschließlich der Walbengel vor der Bäckerei, aber niemand hatte sie gesehen. Am zweiten Tag lief er durch die Gänge wieder zum Amphitheater des Colonels und klopfte an die riesenhafte Iris, bis seine Fäuste blau anliefen. Niemand antwortete, nur das dumpfe Wummern hallte durch den großen, leeren Raum.

»Ich mach alles, was Sie wollen, Ryder!«, schrie Nate. »Tun Sie ihr nichts, Sie Wahnsinniger! Ich mach, was Sie wollen. Ich hol die Navy her und lass den ganzen Laden sterilisieren, wenn Sie wollen … aber lassen Sie sie gehen.«

Als er schließlich aufgab, drehte er sich um und rutschte an der Iris herunter, mit Blick auf das Amphitheater. Sechs orcafarbene Walbengel standen im Gang ihm gegenüber und sahen ihn an. Ohne zu grinsen oder zu kichern. Sahen ihn nur an. Der Größte von ihnen, ein Weibchen, stieß einen kurzen Pfiff aus, und sie durchquerten das Amphitheater, kamen in halbmondförmiger Jagdformation in seine Richtung.

Auch wenn er weder professioneller Surfer noch Bong-Testpilot bei der Rastafari-Air Force geworden war, fand Kona doch, dass er den perfekten Job hatte. Er saß in einem bequemen Sessel und beobachtete, wie Spektrogramme über einen Computermonitor liefen, während auf einem anderen Monitor ein Programm die digitale Sequenz im Infraschallsignal suchte und in lesbaren Text umformatierte. Kona musste nur aufpassen, ob etwas über den Bildschirm lief, das einen Sinn ergab. Erstaunlicherweise hatte er wirklich etwas über Spektrographen und Wellenformen und alles Mögliche über das Verhalten der Wale gelernt, und er begrüßte den Tag mit so einem Gefühl, als würde er tatsächlich etwas Nützliches tun.

Mit einer Hand fuhr er über seine Kopfhaut, und ihm lief ein Schauer über den Rücken, während er den sinnlosen Text las, der durch das Fenster rollte. Tante Clair hatte ihm vier Flaschen dunkles Bier gekauft und gewartet, bis er sie ausgetrunken hatte, bevor sie ihn dazu überredete, sich die Dreads so weit abschneiden zu lassen, dass sie auf beiden Seiten gleich lang waren (denn sein natürlicher Zustand sollte die Ausgeglichenheit sein, sagte sie. Sie war schlau, die Tante Clair). Das Problem war nur, dass man ihm die Dreads im Gefängnis auf der einen Seite fast ganz abgerissen hatte, so dass er so gut wie kahl war, als sie alles auf die gleiche Länge gebracht hatte. Aus Achtung vor seinen religiösen Überzeugungen hatte ihm Clair am Hinterkopf einen einzelnen Dread gelassen, was aussah, als würde sich ein fetter Wurm aus seinem Schädel winden – nach einem herzhaften Mahl von Hirnzellen in Ganja-Soße.

Apropos heiliges Kraut: Kona war eben dabei, sich einen blubbernden Snack allerbester Blüten aufzuflammen, als der Text auf dem Bildschirm plötzlich kein Unsinn mehr war. Er nahm einen kleinen Schluck Bongwasser, um seine Nerven zu beruhigen, stellte das heilige Gefäß vor seine Füße, dann drückte er die Taste, die den laufenden Text zum Drucker schickte.

Er stand auf und wartete, hüpfte auf den Fußballen, bis der Drucker die drei Seiten ausspuckte, dann nahm er die Blätter und stürmte zur Tür hinaus, rüber zu Clays Hütte.

»Ich muss verrückt geworden sein«, sagte Clay. Sein Koffer lag auf dem Bett, und er nahm Sachen aus den Schubladen und legte sie in den Koffer, während Clair seine Sachen wieder aus dem Koffer nahm, sie nach einem präzisen System ordnete, das er nie begreifen würde, und sie in den Koffer zurücklegte. Er würde nichts mehr wiederfinden, bis er wieder zu Hause war und sie ihm beim Auspacken half. Das hatten sie schon oft so gemacht.

»Ich hab sie nicht mehr alle«, sagte Clay. »Ich kann doch nicht einfach ziellos auf den Weltmeeren rumfahren und meinen verschollenen Freund suchen. Ich werde wie der kleine Vogel in dem Buch sein, der rumläuft und jeden fragt: ›Bist du meine Mutter?‹«

»Sartres *Das Sein und das Nichts?*«, fragte Clair.

»Genau. Das meine ich. Es ist lächerlich, überhaupt auszulaufen, wenn wir nicht wissen, wohin wir wollen – herumzuschippern, fünfzig Gallonen Diesel in der Stunde zu verfeuern. Die Komische Alte mag Geld haben, aber so viel Geld nun auch wieder nicht.«

»Na, vielleicht findet sich irgendwas in den Walrufen.«

»Ich hoffe es. Libby und Margaret haben sich eine Menge Daten aus Newport kommen lassen, aber es ist immer noch so, als würde man nach einer Nadel im Heuhaufen suchen. Clair, sie hat gesehen, wie Leute in einen Wal geklettert sind –«

»Aber, Baby, was kann denn schlimmstenfalls passieren? Du fährst raus, gibst dein Bestes, Nate zu finden, und es klappt nicht? Wie viele Menschen haben je ihr Bestes gegeben? Das Schiff kannst du hinterher immer noch verkaufen. Wo ist es jetzt eigentlich?«

In diesem Augenblick flog die Fliegengittertür auf und knallte wie ein Gewehrschuss an die Außenwand. Kona kam hereingetaumelt und schwenkte ein paar Seiten Druckerpapier wie weiße Flaggen, als kapituliere er vor allem und jedem im Großraum Maui.

»Bwana Clay!« Kona warf die Blätter auf Clays Koffer. »Es ist das Sahneschnittchen!«

Clay nahm die Seiten, sah sie eilig durch und gab eine davon an Clair weiter. Immer wieder wurde die Nachricht wiederholt:

41.93625s_76.17328w_-623_CLAY DU BIST NICHT VERRÜCKT_AMY

Clay sah Kona an. »Das war im Walgesang versteckt?«

»Yeah, Mann. Blauwal, glaub ich. Kam eben rein.«

»Geh zurück, und pass auf, ob noch mehr kommt. Und such die große Weltkarte. Sie liegt irgendwo im Lagerraum.«

»Aye, aye«, sagte Kona, der um einiges seemännischer sprach, seit Clay das Schiff erworben hatte, weil er gern mit in See stechen wollte, um nach Nate zu suchen. Er rannte ins Büro zurück.

»Glaubst du, es kommt von Amy?«, fragte Clair.

»Ich glaube, es kommt entweder von Amy oder von jemandem, der über alles Bescheid weiß, was wir tun, was wiederum bedeutet, dass es jemand sein müsste, mit dem Amy gesprochen hat.«

»Was sollen die Zahlen bedeuten?«

»Längen- und Breitengrade. Es ist irgendwo im Südpazifik, aber ich muss mir die Karte ansehen.«

»Ich weiß, dass es Längen- und Breitengrade sind, Clay, aber was heißt minus sechshundertirgendwas?«

»Damit bezeichnen Piloten meist die Höhe.«

»Aber da steht ein Minus.«

»Jep.« Clay riss das Telefon von seinem Nachtschrank und wählte die Nummer der Komischen Alten, während Clair ihn fragend ansah. »Neue Ausrüstung«, flüsterte er Clair zu und hielt dabei eine Hand auf den Hörer.

»Hallo, Elizabeth, ja, alles bestens. Ja, hier tut sich einiges. Ja. Pass auf, ich frag nur ungern – du hast schon so viel getan –, aber es könnte sein, dass ich noch eine Kleinigkeit brauche, bevor wir uns auf die Suche nach Nate und deinem James machen können.«

Clair schüttelte den Kopf, als Clay so schamlos die Karte mit dem vermissten Ehemann ausspielte, der einem Wal in den Arsch gekrochen war.

»Na ja, es könnte vielleicht teuer werden«, fuhr Clay fort. »Aber ich werde ein U-Boot brauchen. Nein, ein kleines U-Boot würde schon genügen. Wenn du ein Gelbes möchtest, Elizabeth, dann streichen wir es gelb.«

Nachdem er die Komische Alte schließlich überredet hatte, rief er Libby Quinn und den Schiffsmakler in Singapur an (der ihm einen Mengenrabatt für den Fall anbot, dass er mehr als drei Schiffe innerhalb eines Monats kaufte) und beugte sich dann über eine Weltkarte von der Größe einer Tischtennisplatte. Kona hatte sie auf dem Boden des Büros ausgebreitet und die Ecken mit Kaffeebechern beschwert.

»Hier ist es, direkt vor der chilenischen Küste«, sagte Clair. Sie unterrichtete Viertklässler in den Grundlagen der Erdkunde, so dass sie Karten lesen konnte wie kein anderer. Kona legte einen Kronkorken auf die Stelle, auf die Clair deutete.

»Wir brauchen Seekarten und das GPS auf dem Schiff, um es exakt sagen zu können, aber im Grunde liegt es genau da.« Er sah Kona an. »Nichts Neues seit der Nachricht?«

»Fünf Minuten lang dasselbe, dann wieder nur das übliche Walgewäsch. Glaubst du, Nate ist beim Sahneschnittchen?«

»Ich glaube, sie kennt mich ganz gut und weiß, dass ich an meinem Verstand zweifle, wenn ich auf die Suche gehe. Außerdem denke ich, dass es – selbst wenn ich die Geschichte der Komischen Alten über ihren Mann glaube – noch längst nicht erklärt, wieso Amy über eine Stunde unter Wasser bleiben konnte. Es muss also irgendwas mit ihr passiert sein, das mit diesen Eigentümlichkeiten in Zusammenhang stehen könnte. Offensichtlich weiß sie mehr als wir, aber – und das ist entscheidend – wir wissen nicht, wo wir sonst suchen sollten.«

Kona sah Clair an, als könnte sie ihm seine Frage beantworten. Sie nickte, und er nuckelte weiter an seinem Bier.

Clay kniete auf allen vieren über der Karte. »Der Makler sagt, er hätte da ein kleines Drei-Mann-U-Boot in Chuuk, Mikronesien, und die Leute sind mit ihren Filmaufnahmen von Tiefsee-Wracks bald durch.«

Kona legte einen Kronkorken auf das Atoll von Chuuk in Mikronesien.

»Die Eigentümer würden es mir zwei Monate vermieten, aber danach hat es ein Forschungsteam für Tiefseebeobachtungen im Indischen Ozean reserviert. Die *Clair* liegt hier, nördlich von Samoa.« Clay zeigte, wo.

Kona platzierte einen dritten Kronkorken nördlich von Samoa und beeilte sich, das Bier auszutrinken, während er die anderen beiden mit einer Hand hielt. Er hatte sie aufgemacht, um an die Deckel zu kommen.

»Also könnte die *Clair* vermutlich in drei Tagen in Chuuk sein. Ich flieg hin und nehme sie in Empfang, hol das U-Boot, und dann könnten wir in vier, fünf Tagen bei diesen Koordinaten sein, wenn wir so schnell fahren, wie es geht«, sagte Clay. »Wir sind jetzt hier –«

»Können wir nicht … wir können nicht *da* sein«, sagte Kona.

»Wieso nicht?«

»Bier ist alle.«

»Und wenn ihr da seid, was dann?«, fragte Clair.

»Dann steig ich in ein U-Boot und seh mir an, was es da in sechshundertdreiundzwanzig Fuß Tiefe zu sehen gibt.«

»Dann sind wir uns also sicher, dass es um Fuß geht, nicht um Meter?«

»Nein, sicher bin ich nicht.«

»Also, du solltest wissen, dass mir nicht wohl dabei zumute ist, wenn du solche Sachen machst, Clay.«

»Aber solche Sachen habe ich schon immer gemacht. In gewisser Weise bestreite ich damit meinen Lebensunterhalt.«

»Und was willst du mir jetzt damit sagen?«, fragte Clair.

36

Schwarz und Weiß und alles Rot

Einmal war Nate vor der kalifornischen Küste einer Schule von Mörderwalen gefolgt, die eine Grauwalkuh mit ihrem Kalb angriffen. Sie näherten sich in Formation, um das Kalb von der Mutter zu trennen, und dann, als sich eine Gruppe von der Schule absetzte, um die Mutter abzulenken, warfen sich die anderen abwechselnd dem Kalb auf den Rücken, um es zu ertränken, obwohl die Mutter mit ihrem mächtigen Schwanz schlug und umkehrte, um ihr Kalb zu schützen. Die ganze Jagd hatte über sechs Stunden gedauert, und am Ende stürzten sich die Killerwale in Formation nacheinander auf das erschöpfte Kalb und rissen große Fleischstücke aus dem noch lebenden Tier. Als nun die Killerwalbengel in diesem Amphitheater näher kamen – mit blitzenden Zähnen – und Luft aus ihren Atemlöchern schnaubten wie Dampfmaschinen, dachte der Biologe, dass ihm vermutlich das Gleiche widerfahren würde, was dem Grauwalkalb bei dieser schaurigen Jagd passiert war. Nur dass Nate natürlich Sneakers trug, was Grauwale so gut wie niemals taten.

Der Raum war groß. Er hatte Platz, sich zu bewegen. Er musste nur an ihnen vorbei. Seine Sneakers quietschten auf dem Boden, als er die Treppe hinunterging, rechts antäuschte und dann in vollem Sprint nach links ausscherte. Die Walbengel mochten zwar unter Wasser erstaunlich agil sein, aber an Land wirkten sie irgendwie plump. Die Hälfte von ihnen fiel dermaßen auf den Trick herein, dass man ihnen eine Postkarte würde schreiben müssen, um ihnen zu sagen, wie die Sache ausgegangen war. Unten vor der Treppe rempelten sie sich gegenseitig um.

Die anderen drei Verfolger wollten eine neue Formation bilden, wobei das Alpha-Weibchen noch am ehesten zwischen Nate und den Ausgang gelangen würde. Nate rannte in weitem Bogen um das Amphitheater und wusste, dass er bei seiner Geschwindigkeit mindestens zwei der Killer abhängen konnte, aber das Alpha-Weibchen würde ihn abfangen, bevor er in Sicherheit war. Sie wog bestimmt dreimal so viel wie er, also konnte er sie unmöglich mit einem gekonnten Rempler aus dem Weg schaffen. Auf Schlittschuhen hätte er es vielleicht versucht: sein angeborenes, kanadisches Eislauftalent gegen ihren armseligen Zetazeen-Jagdinstinkt zum Einsatz bringen und die Schlampe ins Perlmutt rammen. Aber hier gab es weder Schlittschuhe noch Eis, und so täuschte Nate in letzter Sekunde eine Wende an, als die Kuh ihn eben mit knochenberstender Gewalt gegen eine der Bänke an der Wand rempeln wollte, was das große Weibchen über eine Bank stolpern ließ, dass es schwarz und weiß und elfenbeinern vor seinen Augen blitzte, wie ein schnaufendes Klavier, das vom Reck fiel. Nate stolzierte die letzten zwanzig Meter zur Tür und dachte: *Yeah, drei Millionen Jahre aufrechter Gang waren nicht umsonst. Anfänger. Stümper.*

Ungefähr nach dem dritten Schritt seiner Jubelfeier hörte Nate, wie rechts neben ihm mächtig Luft ausgeblasen wurde, dann ein feuchtes Platschen. Plötzlich sah er seine Sneakers direkt vor seinen Augen. Er spürte die Freiheit der Schwerelosigkeit, das Hochgefühl des Fliegens, und dann war alles weg, als er am Boden aufschlug, was ihm glatt die Luft nahm. Schlitternd landete er in einer riesigen Lache aus Walrotz, die ihm einer der Bullen vor die Füße geschnoddert hatte. Hätte er Luft bekommen, hätte er vielleicht »Foul« gerufen, doch stattdessen kämpfte er sich auf die Beine, während die beiden Bullen näher kamen und ihm ihr Dolchzahngrinsen zeigten. O *mein Gott, sie wollen mich fressen!*, dachte er, doch dann sah er, dass sie beide ihre langen, rosigen Penisse gezückt hatten und mit einigem Hüftschwung liefen. O *mein Gott, sie wollen mich ficken!*, dachte er. Doch als sie bei ihm ankamen, hob ihn der eine an den Armen hoch und beugte ihn vor, und er spürte, wie die großen Zähne über seine Kopfhaut kratzten, als sein Kopf im Maul des Walbengels verschwand. *Nein, sie wollen mich definitiv fressen*, dachte Nate. Und in diesem Moment, kurz vor dem finalen Knirschen, mitten in der Zeitlupe eines unendlich langen, letzten Augenblicks, wurde ihm alles klar, während er noch schrie, und er dachte: *Das wird wohl nicht so gut ausgehen wie beim letzten Mal, als ich gefressen wurde. Diesmal wartet am Ende bestimmt kein Mädchen auf mich.*

Und dann stieß die Kuh einen schrillen Pfiff aus, und der Bulle hörte auf, zuzubeißen. Seine Zähne hatten sich bereits in Nates Wangen geschnitten. Der beißende Bulle wich zurück und wischte verlegen Blut und Speichel aus Nates Gesicht, dann setzte er ihn ab und schüttelte ihn etwas auf, als wollte er zeigen, dass dieser Mensch so gut wie neu war. Nate wurde noch immer von dem anderen Bullen festgehalten, aber der Beißer lächelte peinlich berührt zum Alpha-Weibchen hinüber und gab ein Quieken von sich, das Nate trotz seiner begrenzten Fähigkeiten in der Walsprache als »Uups« verstand.

Eine halbe Stunde später warfen sie ihn in seine Wohnung, und das Alpha-Weibchen grinste breit, als es den Türknauf aus rostfreiem Stahl aus der Wand riss. Die Wand blutete noch eine Weile, dann bildete sich Schorf, und sie fing an zu heilen. Das Alpha-Weibchen war inzwischen gegangen.

Nate taumelte ins Badezimmer und betrachtete sich im Spiegel. Er hatte blutige Schnitte an Stirn und Wangen. An einem anderen Ort, in einer anderen Zeit, wäre er in die Notaufnahme gegangen und hätte sich nähen lassen. Sein Haar war blutverklebt, und er fühlte mindestens vier tiefe Dellen in seinem Skalp, wo die Zähne des Walbengels die Haut verletzt hatten. Am Hinterkopf hatte er eine dicke Beule, wo er beim Fallen am Boden aufgeschlagen war, und offenbar hatte er sich auch den Ellbogen angeschlagen, denn jedes Mal, wenn er den rechten Arm einknickte, schoss ihm ein scharfer Schmerz bis in die Fingerspitzen.

Er legte seine blutigen Kleider ab und stieg unter die Dusche. Er ignorierte die seltsamen Armaturen, die ihn sonst nachdenklich stimmten, und ließ das Wasser über seinen Körper laufen, bis Haar und Hände nicht mehr blutverkrustet waren und die Finger schon schrumplig wurden. Er trocknete sich ab, dann fiel er auf sein Bett und wünschte noch ein letztes Mal, bevor er einschlief, dass Amy bei ihm wäre, in Sicherheit, an seiner Seite.

Er schlief tief und träumte von einer Zeit, in der die Ozeane ein einziger lebender Organismus waren, der wie ein Kokon eine gewaltige Landmasse umgab. Und in seinem Traum fühlte er die Struktur jeder einzelnen Küste, als presse sie sich ihm in die Haut.

Nate erwachte in den frühen Morgenstunden, bevor es in der Grotte hell wurde. Er ging ins Wohnzimmer und saß im Dunkeln am großen, ovalen Panoramafenster mit Blick auf die Straße und den Hafen von Gooville. Dort draußen bewegten sich Umrisse in der Dunkelheit. Hin und wieder sah er, wie sich trübes Licht auf der Haut eines Walbengels spiegelte, aber vor allem hörte er am Sonarklicken und an den tiefen, trillernden Pfiffen der Walbengel-Gespräche, dass sie dort draußen waren.

Nach einer Stunde des Herumsitzens in der Dunkelheit tappte er zur Tür und versuchte sie zu öffnen. Man sah nur eine Narbe, wo der Knauf gewesen war. Die Dichtung war so fest, dass die Tür ebenso gut Teil der Wand hätte sein können. Als er versuchte, seine Finger in den Türspalt zu schieben, merkte er, dass sein Ellbogen nicht mehr so wehtat wie am Abend zuvor. Er betastete die Schnitte an seiner Stirn und fühlte, dass sich der Schorf leicht und schmerzlos abkratzen ließ, wie trockene Haut. Sofort lief er ins Badezimmer und betrachtete sich im Spiegel unter der grellgelben Biolumineszenz. Die Schnitte waren verheilt. Komplett verheilt. Er bürstete das getrocknete Blut aus seinem Haar und fand dort neue, gesunde Haut. Nicht anders war es mit den Dellen in der Kopfhaut und dem großen Horn am Hinterkopf. Er hatte nicht die kleinste Schramme mehr.

Er kehrte ins Wohnzimmer zurück, sank auf den Stuhl beim Fenster und sah, wie das Licht in der Grotte heller wurde. Draußen auf der Straße und am Hafen war alles in Bewegung, und während er sich das ansah, wurde Nate ganz übel, trotz seiner wundersamen Heilung. Dort draußen liefen nur Walbengel herum. Kein einziger Mensch war zu sehen.

Zwei Tage lang sah er keine anderen Menschen in Gooville, und als er dann seinen ganzen Mut zusammengenommen hatte und das summende, käfergeflügelte Sprechdings an der Wand benutzen wollte, wurde ihm bewusst, dass er gar keine Ahnung hatte, wie man eine Verbindung herstellte. Gegen Mittag des dritten Tages kam er zu dem Schluss, dass er raus musste. Nicht nur würde er Amy so niemals finden, er konnte auch sonst da drinnen nichts tun, und bald würde ihm auch noch das Essen ausgehen.

Er sagte sich, die beste Zeit für einen Ausbruch wäre mitten am Tag, denn es schien, als wären dann am wenigsten Walbengel auf der Straße, weil so viele runter zum Wasser gingen, um zu schwimmen. Er zog lange Hosen und ein langärmeliges Hemd an, um sich zu schützen, dann versuchte er sein Glück mit dem Fenster. Er riss einen der Knochenstühle aus dem Küchenboden, wackelte erst daran herum, als wollte er einen Milchzahn lockern. Mit aller Kraft warf er den Stuhl gegen die Scheibe und machte sich für den Drei-Meter-Sprung auf die Straße bereit, sobald der Stuhl hindurchgeflogen wäre. Was nicht passierte. Er prallte ab und flog ins Zimmer zurück.

Dann suchte er etwas Scharfes, mit dem er Löcher in die Scheibe bohren konnte, aber ihm fiel nur der Badezimmerspiegel ein, und obwohl dieser zersprang, als er darauf einschlug – mit der Faust in einem Handtuch – blieben die Scherben doch an der Wand kleben. Er hatte nur ein glitzerndes Mosaik zustande gebracht. Nach drei frustrierenden Stunden wirkungsloser Attacken auf das Fenster beschloss er, mit dem Schwersten darauf einzuschlagen, was sich in der Wohnung befand: mit seinem eigenen Körper. Rückwärts ging er ins Schlafzimmer, rannte durchs Wohnzimmer, sprang etwa auf halbem Weg in die Luft, rollte sich zusammen und machte sich für den Aufprall bereit. Die Scheibe wölbte sich gut einen Meter nach außen, bis es den Walbengeln draußen so vorkam, als versuche drinnen jemand, einen Ballon aufzublasen, und dann knallte sie zurück, schleuderte Nate durchs Zimmer an die gegenüberliegende Wand. Ans untere Ende der Wand hatte jemand für solche Notfälle ein Sofa gestellt, auf das er langsam hinunterglitt.

»Na, das war wohl ziemlich dämlich«, sagte er laut.

»Junge, war das dämlich«, sagte Cielle Nuñez. Sie kam ins Wohnzimmer spaziert und setzte sich auf einen Sessel, dem Sofa gegenüber, auf dem Nate nun lag. »Wollen Sie mir vielleicht erzählen, was zum Teufel das hier soll?«

»Wie sind Sie reingekommen? Da ist kein Türknauf mehr.«

»Von außen schon. Kommen Sie, Nate. Was haben Sie nur getan? Seit drei Tagen sind alle Menschen in Gooville eingesperrt. Wäre ich nicht Kapitän auf einem Walschiff, hätte ich auch nicht herkommen können.«

»Ich hab überhaupt nichts gemacht, Cielle, ehrlich. Wo ist Amy?«

»Niemand weiß es. Glauben Sie mir, zu ihr sind sie zuerst gegangen.«

»Wer?«

»Was meinen Sie wohl? Die Walbengel. Die haben alles übernommen. Menschen dürfen nicht mal mehr in die Nähe der Schiffe. Und alles, seit jemand gehört hat, wie Sie geschrien haben, Sie würden die Navy holen.«

»Allerdings. Das habe ich getan. Er hat Amy in seiner Gewalt, Cielle. Ich wollte sie nur zurückholen.«

»Er? Der Colonel? Wozu sollte er Amy entführen? Sie gehört zu den wenigen, die ihn überhaupt jemals gesehen haben. Sie ist eine Auserwählte.«

»Nun, inzwischen hat er keine Auserwählten mehr.« In diesem Moment traf Nate eine Entscheidung. Allein würde er nie entkommen können, und der einzige Mensch, den er zumindest im Ansatz als seinen Verbündeten betrachten konnte, saß dort vor ihm. »Cielle, der Grund, wieso der Colonel alle Schiffe zurückbeordert hat, wieso niemand den Hafen verlassen darf, liegt darin, dass er euch alle hier unten haben will, wenn der ganze Laden hochgeht. Er hat so einen Plan, die U.S Navy oder irgendeine andere Navy herzuholen, damit sie Gooville mit Nuklеartorpedos angreift. Er glaubt, dass das Goo die menschliche Rasse auslöschen wird, wenn er es nicht vorher vernichtet. Er wollte, dass ich zur Navy gehe. Er dachte, ich könnte sie aufgrund meiner Glaubwürdigkeit als Wissenschaftler überreden, aber ich habe abgelehnt. Da hat er Amy mitgenommen.«

»Das ganze Geschrei, das ich von Ihnen im Amphitheater gehört habe … da haben Sie also nicht davon gesprochen, dass

Sie die Navy holen wollen? Da wollten Sie nur Amy zurückhaben?«

»Ja. Er ist ein Irrer, Cielle. Ich habe kein Interesse daran, hier alles zu zerstören. Er glaubt, dass da ein gewaltiger Krieg zwischen Genen und Memen im Gang ist und die Menschen und das Goo gegeneinander kämpfen.«

Die Walschiffkapitänin stand auf und nickte, als reiche ihr, was sie gehört hatte. »Okay. Das wollte ich nur wissen. Deshalb hat man mich hierher geschickt. Ich will versuchen, sie dazu zu bringen, dass man Ihnen was zu essen schickt.«

»Helfen Sie mir lieber, hier rauszukommen!« Plötzlich hatte Nate ein schlechtes Gefühl, was dieses Gespräch anging.

»Tut mir Leid, Nate. Sie haben Cal. Die Walbengel haben ihn in ihrer Gewalt. Sie wissen ja, wie sich das anfühlt. Man hat mir gesagt, ich sollte rausfinden, ob Sie ein Komplott gegen den Colonel planen. Vielen Dank, dass Sie es mir erzählt haben. Ich glaube, jetzt wird man Cal freilassen.«

Sie ging zur Tür, und Nate folgte ihr. »Holen Sie mich hier raus, Cielle, wenigstens irgendwohin, wo –«

»Nate, es gibt kein Irgendwo. Nur die Walschiffe können einen nach draußen bringen, und nur die Walbengel können sie bedienen. Es besteht der Befehl, Sie nicht an Bord zu lassen, und zwar schon, seit wir angekommen sind. Momentan könnte ich nicht mal raus, wenn ich es wollte.« Sie klopfte an die Tür. »Aufmachen!«

Es klickte. Draußen standen zwei schwarze Walbengel und warteten. Sie packten Nate bei den Schultern und warfen ihn wieder in die Wohnung, als er an ihnen vorbei wollte.

»Meine eigene Mannschaft, Nate«, sagte Cielle. »Sehen Sie, was Sie angerichtet haben.«

»Er wird Sie umbringen, Cielle. Sehen Sie das denn nicht? Er ist verrückt.«

»Ich glaube Ihnen nicht, Nate. Ich schätze, *Sie* sind hier der Verrückte.«

Die Tür knallte zu.

Drüben in Papa Lani prüfte Clay ein letztes Mal die Ausrüstung, die er auf sein neues Schiff mitnehmen wollte. Tauch- und Kamerageräteschaften lagen am Boden des Büros verstreut. Kona ging mit einem Filzstift die Checkliste auf dem Klemmbrett durch.

»Und du meinst, Sahneschnittchen ist auch da?«

»Mein ich. Ich wünschte nur, wir könnten ihr antworten. Ihr sagen, das ich unterwegs bin.«

»Du meinst, so was wie Digitalsignale in Wallaute umformen und senden?«

»Ja, ich weiß, das können wir nicht. Hast du den Kanister Granulat für die CO^2-Absorber?«

»Wohl kann ich das.« Kona hielt den Kanister hoch, den Clay suchte, und strich ihn von der Liste.

»Das kannst du?«

»Hab's mir lange angesehen. Kann nicht so schwer sein, Worte zwischen die Töne zu flechten. Aber wie willst du sie senden? Da brauchst du ein paar megafette Speaker unter Wasser, Mann. So was haben wir nicht.«

Clay unterbrach seine Inventur und schob Konas Klemmbrett nach unten, um ihm in die Augen sehen zu können. »Du kannst eine Nachricht in Wellenform bringen, bis sie am Ende wie das klingt, was wir empfangen haben?«

Kona nickte.

»Zeig es mir«, sagte Clay. Er ging zum Computer. Kona nahm einen Stuhl und rief eine Infraschall-Wellenform auf, die wie ein gezackter Kamm aussah. Dann drückte er eine Taste, die einen kleinen Teil davon vergrößerte, was die Zacken glättete.

»Hier, der da. Wir wissen, dass es der Buchstabe B ist, stimmt's? Wir schneiden ihn einfach aus, kleben ihn mit anderen Buchstaben zusammen und basteln uns einen superprima Walruf. Ich hab alle Buchstaben rausgefunden, bis auf Q und Z.«

»Erklär nicht, mach einfach. Hier.« Clay kritzelte eine kurze Nachricht an den Rand von Konas Checkliste. »Dann spiel es mir vor.«

»Ich kann es spielen, aber du wirst nichts hören. Ist Infraschall, Bruder. Wie gesagt: Du bräuchtest mörderische Boxen, um es zu senden. Weißt du, wo wir welche klauen können?«

»Vielleicht müssen wir sie gar nicht klauen.«

Während Kona die Nachricht zusammensetzte, nahm Clay das Telefon vom Schreibtisch und rief Cliff Hyland an. Der Biologe ging beim zweiten Klingeln an den Apparat. »Cliff, Clay Demodocus. Du musst mir einen Gefallen tun. Euer großes Sonar... überträgt es auch Infraschallfrequenzen?... Sehr gut, du musst uns heute Abend mit deinem Boot rausfahren, mit eurer ganzen Ausrüstung.«

Kona sah Clay an. Clay grinste und zog die Augenbrauen hoch.

»Nein, es muss heute Abend sein. Morgen früh flieg ich nach Chuuk. Wenn ich ein Signal aussenden will, was kann ich einstöpseln? Kassettenrecorder, CD-Player oder was? Irgendwas mit Vorverstärker?« Clay hielt den Hörer mit der Hand zu. »Kannst du es auf eine Audio-CD überspielen?«

»Kein Problem«, sagte Kona.

»Kein Problem«, sagte Clay ins Telefon. »Dann treffen wir uns um zehn am Hafen, okay?«

Clay wartete. Er hörte zu, lief hinter dem Surfer in einem kleinen Kreis. »Ja, tja, wir haben gerade darüber gesprochen, Cliff, und wir dachten uns, falls du Nein sagen solltest, müssten wir uns dein Boot und die Sonaranlage *ausleihen*. Ich könnte doch wohl rausfinden, wie das Sonar funktioniert, oder?«

Es folgte eine weitere Pause, und Clay hielt den Hörer weit von seinem Ohr weg. Kona hörte eine ärgerliche Stimme aus der Muschel.

»Weil wir Freunde sind, Cliff, deshalb erzähle ich dir vorher, dass wir dein Boot klauen wollen. Meine Güte, glaubst du, ich würde es einfach so stehlen, als würden wir uns nicht kennen? Also dann, wir sehen uns um zehn.« Er legte auf.

»Okay, Kleiner, mach deine Sache gut. Bis um zehn müssen wir alles fertig haben und unten am Hafen sein.«

»Aber was willst du machen, wenn die Schweinehunde es empfangen?«

»Selbst wenn – nur Amy weiß, was es bedeutet«, sagte Clay.

»Cooles Ding, Bruder.« Kona konzentrierte sich darauf, die Nachricht zusammenzusetzen, mit der Zunge im Wundwinkel wie eine Antenne für seine Konzentration.

Clay beugte sich über seine Schulter und beobachtete, wie die Wellen auf dem Bildschirm zusammenwuchsen. »Wie hast du das eigentlich rausgefunden? Ich meine, das sieht dir gar nicht ähnlich.«

»Wie soll man hier wissenschaftlich arbeiten, wenn du dauernd rumjammerst wie ein Kugelfisch voll Caipirinha?«

»Tschuldigung«, sagte Clay und nahm sich vor, dem Jungen eine Lohnerhöhung zu geben, falls die Sache wirklich funktionierte.

37

Mörderwal

Nate saß noch fünf Tage allein in der Wohnung, bis sie kamen, um ihn zu holen. Es begann im Morgengrauen des sechsten Tages, als ihm auffiel, dass sich eine Gruppe von Walbengeln unten vor seinem Fenster versammelte. Seit jenem Tag, an dem er Cielle vom Plan des Colonels erzählt hatte, waren wieder Menschen auf den Straßen zu sehen gewesen, aber Gooville war noch nicht zur Normalität zurückgekehrt (wobei Normalität in Gooville ohnehin eher ungewöhnlich war). Menschen und Walbengel schienen gleichermaßen angespannt. Heute waren keine Menschen auf den Straßen, und die Walbengel stießen alle so einen schrillen Schrei aus, den er kannte, wenn auch seltsamerweise nicht aus der Stadt unter dem Meer. Diesen Jagdruf unter solchen Umständen zu hören, schickte ihm einen kalten Schauer über den Rücken.

Er sah, wie sie sich versammelten und aneinander rieben, als wollten sie sich gegenseitig Mut zusprechen, oder wie sie in kleinen Schulen umherwanderten, als wollten sie ihre innere Unruhe abbauen, wobei jeder von ihnen mit schöner Regelmäßigkeit den Kopf hob und den Jagdruf ausstieß – mit blitzenden Zähnen und Kiefern, die wie Bärenfallen schnappten. Er wusste, dass sie kommen würden.

Nate war angezogen und wartete bereits, als sie zur Tür hereinkamen. Vier von ihnen packten ihn, hoben ihn an Beinen und Schultern in die Höhe und trugen ihn über ihren Köpfen erst die Treppe zur Straße hinunter und dann in die Gänge. Die Menge schob sich hinter ihnen her, und ihre Rufe kamen immer öfter, ohrenbetäubend schrill in der Enge.

Noch während sich ihm die langen Finger seiner Häscher in die Haut gruben, legte sich eine seltsame Ruhe über Nate – ein fast trancegleicher Zustand, die Gewissheit, dass alles bald überstanden wäre. Er blickte nach links und rechts. Mäuler voller Zähne knurrten ihn an, und selbst noch in dem Durcheinander hörte er gelegentlich das typische Kichern eines vergnügten Walbengels. *Die wissen, wie man sich amüsiert*, dachte er.

Bald erkannte er den Gang, durch den sie liefen. In den Höhlen hallten die Rufe vieler Hunderter vom Amphitheater her. Vielleicht erwartete ihn dort die versammelte Walbengel-Bevölkerung.

Als sie das Perlmutt-Theater betraten und die Rufe zu einem wahren Crescendo anschwollen, reckte Nate den Hals und sah zwei killerwalfarbene Weibchen, die den Colonel in der Mitte am Boden festhielten. Die Walbengel stellten Nate auf die Beine, dann zogen ihn zwei von ihnen rückwärts zu den Bänken, um gemeinsam mit den anderen zuzusehen.

Eines der großen Weibchen, die den Colonel hielten, stieß ein langes, hohes Kreischen aus, und die Menge beruhigte sich, kam zwar nicht zum Schweigen, aber die Jagdrufe hörten auf. Der Colonel hatte seine Augen weit aufgerissen, und es hätte Nate nicht überrascht, wenn der alte Mann mit Schaum vor dem Mund zu bellen begonnen hätte. Als sich die Lage so weit beruhigte, dass man ihn hören konnte, fing er an zu brüllen. Das große Weibchen, das ihn festhielt, presste ihm eine Hand auf den Mund. Nate sah, dass der Colonel um Atem rang, und aus Mitgefühl fing er selbst an, sich zu wehren. Dann begann das Weibchen zu sprechen, in seiner pfeifenden, klickenden Sprache, und die Menge hörte auf zu kichern. Unzählige Augen wölbten sich hervor, und sie wandten die Köpfe zur Seite, damit sie besser hören konnten.

Nate verstand nicht viel von dem, was sie sagte, aber man musste die Sprache nicht kennen, um sie zu verstehen. Sie listete die Verbrechen des Colonels auf und verkündete das Urteil. Es war schon interessant, dass die Walbengel, die für Recht und Ordnung sorgten, ausgerechnet wie Killerwale gefärbt waren, die intelligentesten, organisiertesten, wunderbarsten und grausamsten aller Meeressäuger. Das – neben dem Menschen – einzige Tier, das sowohl Grausamkeit als auch Gnade an den Tag legen konnte, denn das eine war nicht ohne die Fähigkeit zum anderen möglich. Vielleicht triumphierten die Meme tatsächlich über die Gene.

Als sie fertig war, reichte sie den Arm des Colonels an das andere Weibchen weiter, so dass er vorgebeugt dastand, die Hände hinter dem Rücken hochgehalten. Dann stieß das Weibchen erneut einen langen, schrillen Ruf aus, und die Decke des Amphitheaters verdunkelte sich, bis es völlig finster war. Als ihr Ruf erstarb, ging das Licht wieder an. Der Colonel schrie, so laut er konnte, stieß wilde Verwünschungen und wirre Rechtfertigungen aus – schimpfte die Walbengel Scheusale, Monster, Freaks, zeterte wie ein irrer Prophet mit Gottes Fingerabdruck im Hirn. Im Licht fing er Nates Blick auf, nur eine Sekunde lang, und er schwieg. Da war etwas – die Tiefe und Weisheit, die der Mann einmal besessen hatte, oder vielleicht war es auch nur Trauer, doch bevor sich Nate entscheiden konnte, beugte sich das große Weibchen vor und biss dem Colonel den Kopf ab.

Nate merkte, dass er einer Ohnmacht nahe war. Sein Blickfeld verengte sich zu einer Nadelspitze, und er kämpfte darum, bei sich zu bleiben, sich auf seine Atmung zu konzentrieren, die – wie er merkte – kurz ausgesetzt hatte. Dann konnte er wieder sehen und atmen, wenn auch panisch zwischen zusammengebissenen Zähnen hindurch, während er sah, was geschah.

Die Mörderin spuckte den Kopf durchs Amphitheater zu einer Gruppe von Walbengelkindern hinüber, die ihn aufhoben und daran herumknabberten. Dann begann das Weibchen, mit den Zähnen große Stücke aus dem Leichnam des Colonels zu reißen, während dieser noch in den Händen der Helfershelfer zuckte, und warf die Brocken in die Menge, deren Jagdrufe noch erhitzter klangen als zuvor.

Nate konnte nicht sagen, wie lange es so weiterging, doch als es schließlich getan und vom Colonel nichts mehr übrig war, sah man einen großen, roten Fleck mitten auf dem Boden des Amphitheaters, und überall um sich herum sah er blutige Zähne, wenn die Wale ihr Grinsen aufblitzen ließen. Selbst die beiden Walbengel, die Nate an den Armen hielten, hatten am Abendmahl teilgenommen, hatten sich Fleischstücke gegriffen und mit der freien Hand gefressen. Einer hatte gezischt und Nate Blut ins Gesicht gespritzt. Dann schleppten sie ihn in die Mitte des Amphitheaters.

Ihm war ganz flau, der Puls hämmerte in seinen Ohren, übertönte alles andere. Wohin er sich auch wandte, überall sah er blutige Zähne und glubschende Augen, aber er fühlte sich seltsam unbeteiligt. Als das große Weibchen die nächste Ansprache begann, erinnerte er sich an einen Gedanken, der ihm gekommen war, kurz nachdem ihn der Buckelwal verschlungen hatte. Es kam ihm wie ein böses Déjà-vu vor: *Was für eine dämliche Art zu sterben*.

Dann hörte er wieder diesen langen, pfeifenden Ruf, und Nate schloss die Augen, wartete auf den Todeshieb, aber der kam nicht. Die Menge schwieg. Er blinzelte unter einem Augenlid hervor, bereute fast, dass der Moment hinausgezögert wurde, und er sah Zähne vor sich, wenn auch nicht die blutigen Zähne der Killer.

Der schrille Pfiff ging immer weiter, kam von einem blau gefleckten Walbengelweibchen, das aus dem Gang hervorgetreten war und nun durch das Amphitheater zu Nate hinüberschritt. Neben ihr ging eine entschlossen wirkende, zarte Brünette mit unnatürlich kastanienbraunen Strähnen, in Wandershorts und einem Tanktop. Die beiden Walbengel, die Nate festhielten, schienen verdutzt. Das Weibchen, das den Colonel getötet hatte, suchte wohl Rat bei einem der beiden Weibchen, die Nate hielten, als Amy einen Elektroschocker aus der Tasche zog und ihr das Ding an die Brust hielt, was sie zwei Meter rückwärts taumeln ließ. Dann stürzte sie und krümmte sich auf dem blutverschmierten Boden.

»Lasst ihn gehen!«, befahl Amy, und aus irgendeinem Grund – vielleicht weil Amy so entschlossen klang – wurde Nates Arm losgelassen, und er sank zu Boden, während Amy einen zweiten Elektroschocker zückte und ihn der anderen großen Killerwalkuh an die Brust hielt. Sie flog zwei Meter rückwärts und blieb zuckend neben ihrer Gefährtin liegen. Die ganze Zeit über hatte Emily 7 weitergepfiffen.

»Alles klar?«, fragte Amy. Nate blickte in die Runde, sah die Lage, in der sie sich befanden, war nicht sicher, ob alles klar war, aber er nickte.

»Okay, Em«, sagte Amy, und Emily hörte auf zu pfeifen.

Bevor die Menge reagieren oder erschrocken walisch murmeln konnte, rief Amy: »Hey, Maul halten!«

Was sie auch taten.

»Nate hat nichts getan«, fuhr sie fort. »Das Ganze war die Idee des Colonels, und keiner von uns wusste was davon. Er hat Nate hergeholt, damit er ihm hilft, unsere Stadt zu zerstören, aber Nate hat abgelehnt. Mehr müsst ihr nicht wissen. Ihr kennt mich alle. Hier ist meine Heimat. Ihr kennt mich. Ich würde euch nie belügen.«

In diesem Moment kam das erste große Weibchen wieder zu sich, und Amy stellte sich schützend vor Nate. »Wenn du aufstehst, Schlampe, setz ich dich gleich wieder auf den Arsch. Du hast die Wahl.« Das Weibchen erstarrte. »Ach, scheiß drauf«, sagte Amy und hielt dem großen Weibchen beide Elektroschocker gleichzeitig an die Nase, dann fuhr sie zu der anderen herum, die eben aufstehen wollte, sich aber schnell wieder hinlegte und unter Amys Blick tot stellte. »Gut«, sagte Amy.

»Also, alles klar?«, rief Amy in die Menge.

Allgemeines Gemurmel in Walsprache wallte auf, und Amy schrie: »Scheiße! Ich habe gesagt: Alles klar, Leute?«

»Ja, klar«, wurde von einem guten Dutzend hoher Stimmen laut.

»Logo, logo, logo, weißt du doch«, rief eine piepsige Stimme.

»Klar wie Kloßbrühe«, sagte eine andere.

»Kleiner Scherz«, sagte eine Stimme wie ein Elf auf Helium.

»Gut«, sagte Amy. »Gehen wir, Nate.«

Nate versuchte immer noch, aufrecht zu stehen. Seine Knie waren ziemlich gummiweich geworden, als er gedacht hatte, man würde ihm den Kopf abbeißen. Emily 7 nahm seinen Arm und stützte ihn. Amy wollte ihn schon aus dem Amphitheater führen, blieb dann aber stehen. »Sekunde mal.«

Sie ging dorthin zurück, wo die große Killerwalkuh gerade wieder auf die Beine kam und knallte ihr den Elektroschocker an die Brust, was sie glatt wieder auf den Rücken warf.

Als Amy an Nate und Emily 7 vorbeistolzierte, sagte sie: »Okay, jetzt können wir gehen.«

»Wohin gehen wir?«, fragte Nate.

»Em sagt, du hast mit ihr geschlafen.«

Nate sah Emily 7 an, die breit und zahnreich grinste.

»Ja, geschlafen. *Nur* geschlafen. Mehr nicht. Sag es ihr, Emily.«

Emily pfiff vor sich hin, diesmal sogar eine Melodie, und rollte mit den Augen.

»Ehrlich«, sagte Nate.

»Ich weiß«, sagte Amy.

»Oh.« Nate hörte ein Quietschen hinter ihnen im Korridor. »War das nicht etwas riskant, es mit zwei Elektroschockern in der Hand mit tausend Walbengeln aufzunehmen?«

»Ich liebe diese Dinger«, sagte Amy und klickte damit herum, was winzige blaue Blitze zwischen den Kontakten zucken ließ. »Nein, ich habe es nicht mit tausend Walbengeln aufgenommen, nur mit einem – einem Alpha-Weibchen. Weißt du, wozu mich das macht?« Sie lächelte ihn an, und dann – ohne auch nur stehen zu bleiben – warf sie ihm die Arme um den Hals und küsste ihn. »Und vergiss das nie.«

»Tu ich nicht.« Dann brach die Angst der letzten Woche über ihn herein, die Angst, dass er sie womöglich verloren hatte. »Hey, wo bist du gewesen? Ich dachte, der Colonel hätte dich entführt.«

»Ich bin mit dem Schiff meiner Mutter rausgefahren und habe eine Nachricht geschickt.«

»Was für eine Nachricht?«

»Ich hab uns eine Mitfahrgelegenheit besorgt. Die Walbengel hatten Order, dass dich niemand an Bord seines Schiffes nehmen durfte. Aber ich konnte raus, also bin ich mit meiner Mutter gefahren, um Proviant zu holen. Und ich habe uns eine Mitfahrgelegenheit besorgt.«

»Wie? Emily 7 kann kein Schiff steuern?«

»Mh-mh«, quiekte Emily 7.

»Nur Piloten können so ein Schiff fahren. Jedenfalls«, Amy sah auf ihre Uhr, »müssten sie bald im Hafen sein. Ich muss noch bei mir zu Hause vorbei und holen, was ich mitnehmen will.«

Eine Stunde später standen sie am Hafen, und Amy sah auf ihre Uhr. »Ich bin echt stinksauer«, sagte sie und tippte mit dem Fuß auf den Boden. Es schien, als wären sie alle dreißig Sekunden von irgendeinem menschlichen Bewohner Goovilles aufgehalten worden, und Amy musste immer wieder ihre Geschichte erzählen. Emily 7 war der einzige Walbengel in der Grotte, abgesehen von der Mannschaft auf dem Schiff von Amys Mutter.

»Glaubst du, sie werden revoltieren und den Menschen was antun?«, fragte Nate.

»Nein, das glaube ich nicht. Es war das erste Mal. Schließlich findet man nicht jeden Tag heraus, dass der Messias einen umbringen will. Lass ihnen ein, zwei Tage Zeit, ihre Verlegenheit zu überwinden – dann ist alles wieder normal.«

»Ich schätze, es ist wohl wirklich das Beste, wenn wir hier verschwinden. Du möchtest doch bestimmt nicht den beiden Weibchen begegnen, denen du einen Schock verpasst hast.«

»Hab alles dabei«, sagte Amy und klopfte an die Taschen ihrer Shorts. »Außerdem bin ich hier was Besonderes, Nate. Ich möchte nicht eingebildet klingen, aber die kennen mich hier wirklich alle. Sie wissen, wer ich bin und was ich bin. Mich wird niemand belästigen.«

In genau diesem Augenblick entdeckte Nate ein Licht in der Tiefe des spiegelglatten Wassers.

»Das ist er«, sagte Amy.

»Er?«

»Clay kommt, um dich abzuholen.«

»Mich? Du meinst *uns*.«

»Em, lässt du uns mal kurz allein?«, fragte Amy.

»Okay«, sagte Emily 7 und schlurfte schmollend davon.

Als Emily außer Hörweite war, nahm Amy Nate in die Arme und lehnte sich zurück, um ihm in die Augen zu sehen. »Ich kann nicht mitkommen, Nate. Ich bleibe hier.«

»Was meinst du damit? Wieso?«

»Ich kann nicht weg. Da ist was mit mir, von dem du nichts weißt. Etwas, von dem ich dir hätte erzählen sollen, aber ich dachte, du würdest nicht … na ja, du weißt schon … ich dachte, du würdest mich dann nicht lieben.«

»Bitte, Amy, bitte sag nicht, dass du lesbisch bist. Denn das habe ich schon einmal durchgemacht, und ich glaube nicht, dass ich es ein zweites Mal überleben würde. Bitte.«

»Nein, nichts dergleichen. Es geht um meine Eltern … na ja, eigentlich um meinen Vater.«

»Den Navigator?«

»Äh, nein, nicht wirklich. Nate, das hier ist mein Vater.« Sie holte ein kleines Probenglas aus ihrer Tasche und hielt es hoch. Es war eine rosige, geleeartige Substanz darin.

»Sieht aus wie –«

»Das ist es auch, Nate. Es ist das Goo. Meine Mutter hatte in den ersten drei Jahren, die sie hier war, weder zu ihrem Navigator noch zu sonst irgendwem eine intime Beziehung, aber eines Morgens wachte sie auf und war schwanger.«

»Und du bist sicher, dass es das Goo war und sie nicht einfach zu viele Mai Tais im Gooville-Cabana-Club hatte?«

»Sie weiß es, und ich weiß es, Nate. Ich bin irgendwie nicht normal.«

»Du fühlst dich normal an.« Er zog sie näher heran.

»Bin ich aber nicht. Erstens sehe ich nicht nur erheblich jünger aus, als ich in Wahrheit bin, sondern ich bin auch um einiges kräftiger, als ich aussehe, besonders beim Schwimmen. Erinnerst du dich an den Tag, als ich das Buckelwalschiff durch seine Laute gefunden habe? Ich kann tatsächlich unter Wasser hören, aus welcher Richtung ein Geräusch kommt. Und mein Muskelgewebe ist anders. Es speichert Sauerstoff, wie bei den Walen, und ich kann über eine Stunde unter Wasser bleiben, ohne Luft holen zu müssen. Sogar noch länger, wenn ich mich nicht überanstrenge. Ich bin die einzige meiner Art, Nate. Ich bin nicht wirklich, du weißt schon … menschlich.«

Nate hörte zu, versuchte abzuwägen, was es bedeutete, wenn man den größeren Rahmen betrachtete, aber ihm fiel nichts ein, nur dass er sie bei sich haben wollte, ganz egal, wer oder was sie war. »Ist mir egal, Amy. Macht nichts. Hör mal, ich bin über all das hier hinweggekommen« – er machte eine ausladende Armbewegung – »und auch über den Umstand, dass du vierundsechzig Jahre alt bist und deine Mutter eine berühmte, tote Fliegerin ist. Solange du nicht anfängst, Mädchen zu mögen, ist alles gut.«

»Das ist nicht der Punkt, Nate. Ich kann hier nicht weg, zumindest nicht lange. Keiner von uns. Nicht mal diejenigen, die nicht hier geboren sind. Das Goo wird zu einem Teil von dir. Es kümmert sich um dich, aber du bist daran gebunden, buchstäblich. Wie eine Sucht. Es dringt bei Kontakt in dein Gewebe ein. So hat meine Mutter mich empfangen. Ich war in diesem Jahr schon eine lange Zeit weg. Wenn ich jetzt gehen würde oder wenn ich länger als ein paar Monate am Stück weg wäre, würde ich krank werden. Wahrscheinlich müsste ich sterben.«

In diesem Moment blubberte ein gelbes Forschungstauchboot an die Oberfläche der Lagune und leuchtete die Grotte mit zahlreichen Scheinwerfern aus.

»Also gut. Ich bleibe hier. Es macht mir nichts, Amy. Ich bleibe bei dir. Wir können hier leben. Ich könnte mein ganzes Leben damit verbringen, das alles zu erforschen. Das Goo.«

»Das geht auch nicht. Es würde ein Teil von dir werden. Wenn du zu lange bleibst, könntest du selbst nie wieder weg. Du hast doch bestimmt gemerkt, wie schnell du dich von deinem Kater erholt hast, als wir uns an diesem ersten Abend betrunken haben, oder?«

Nate dachte daran, wie schnell seine Wunden verheilt waren – Wochen, vielleicht Monate des Heilens in einer Nacht. Es gab keine andere Erklärung. Er dachte an ein Leben mit nur flüchtigen Blicken ins Sonnenlicht, und er sagte: »Ist mir egal. Ich bleibe.«

»Nein, das tust du nicht. Ich werde es nicht zulassen. Du hast noch so viel zu tun.« Sie schob das Probenglas in seine Tasche, dann küsste sie ihn wild. Er erwiderte den Kuss ebenso leidenschaftlich.

Die Klappe oben am U-Boot ging auf, und Clay kam heraus und sah Nate und Amy zum ersten Mal, seit die beiden verschwunden waren.

»Das ist unprofessionell«, sagte er.

Amy unterbrach den Kuss und flüsterte: »Geh. Nimm es mit.« Sie klopfte an seine Tasche. Dann drehte sie sich zu Clay um, wobei sie schon wieder auf ihre Uhr sah. »Du bist spät dran!«

»Hey, Kleine, ich habe angekündigt, wann ich bei den Koordinaten sein würde, die du mir geschickt hast – sechshundertdreiundzwanzig Fuß unter dem Meer –, und ich war da. Du hast kein Wort davon gesagt, dass ich noch kilometerweit unterirdische Höhlen vor mir hatte, mit den furchteinflößendsten Felsformationen, die ich je gesehen habe.« Er blickte zu Nate. »Die sahen aus, als würden sie leben.«

»Das tun sie auch«, erwiderte Amy.

»Sind wir nah an der Oberfläche? Der Luftdruck ist –«

»Erklär ich dir unterwegs«, sagte Nate. »Wir sollten lieber los.« Nate stieg auf das Tauchboot, während sich Clay nach innen gleiten ließ, um ihm Platz zu machen. Nate kletterte hinein und sah sich nach Amy um, bevor er die Luke schloss.

»Ich würde bleiben, Amy. Ich liebe dich. Das weißt du, oder?«

Sie nickte und wischte sich die Tränen aus den Augen. »Ja«, sagte sie. Dann drehte sie sich um und machte sich auf den Weg. »Pass gut auf dich auf, Nathan Quinn«, rief sie über die Schulter hinweg, und Nate hörte, wie ihre Stimme brach, als sie seinen Namen sagte. Er stieg in das Tauchboot hinab und sicherte die Luke über seinem Kopf.

Clay beobachtete durch die große Plexiglasblase vorn am Bug, wie Amy fortging.

»Wohin will Amy denn?«

»Sie kann nicht mit nach Hause kommen, Clay.«

»Aber es geht ihr gut?«

»Es geht ihr gut.«

»Und dir?«

»Ging schon mal besser.«

Sie schwiegen auf der langen Fahrt durch die Kompressionsschleusen ins Meer hinaus, nur mit dem Brummen elektrischer Motoren und dem tiefen Summen der Instrumente um sie herum. Die Lichter des Tauchboots erhellten kaum die Höhlenwände, aber alle hundert Meter kamen sie zu einer großen, rosigen Scheibe aus lebendigem Gewebe, wie eine gigantische Seeanemone, die sich öffnete, um sie passieren zu lassen, und sich gleich wieder schloss, um die Durchfahrt zu versperren. Nate sah, wie die Druckanzeige jedes Mal etwas anstieg, wenn sie eines der Tore passierten, und da wurde ihm bewusst, dass er keineswegs dabei war zu entkommen. Das Goo wusste genau, wo und wer sie waren, und es ließ sie gehen.

»Du wirst mir doch erklären, was das alles hier zu bedeuten hat, oder?«, fragte Clay, ohne sich von den Kontrollanzeigen abzuwenden.

Nate schreckte aus seinen Gedanken auf. »Clay, ich kann es gar nicht glauben … ich meine, ich glaube es, aber … Danke, dass du gekommen bist, um mich zu holen.«

»Na ja, ich hab es dir nie gesagt, und ich weiß auch, dass ich es vielleicht besser für mich behalten sollte, aber Loyalität bedeutet mir sehr viel.«

»Nun, ich respektiere das, Clay, und ich bin dafür sehr dankbar.«

»Ach was, keine Ursache.«

Dann wurden sie beide etwas verlegen und taten, als kratze sie etwas im Hals, und sie mussten husten und sich eine Weile um ihre Atmung kümmern, obwohl die Luft in dem kleinen U-Boot gefiltert und befeuchtet und absolut sauber war.

38

Piraten

Nate stand bei Clay am erhöhten Steuerstand der *Clair*, als diese in den Au'au-Kanal einlief.

»Du solltest lieber Sonnencreme auftragen, Nate.«

Nate betrachtete seine Unterarme. Er hatte in Gooville fast seine ganze Bräune verloren, und er fühlte, wie die Sonne brannte, sogar durchs T-Shirt.

»Ja, sollte ich.« Er blickte nach Lahaina hinüber, diesen Hafen, den er schon tausendmal angelaufen hatte. Mit einem Schiff dieser Größe würden sie draußen vor der Hafenmauer ankern müssen, aber dennoch fühlte er sich, als käme er nach Hause. Der Wind war sanft und warm, das Wasser herzerwärmend blau, wie die Augen eines Neugeborenen. Ein Buckelwal zeigte etwa achthundert Meter nördlich von ihnen seine Fluke, und der Schwanz glitzerte in der Sonne, wie mit Pailletten besetzt.

»Die Saison dauert noch gut einen Monat«, sagte Clay. »Wir könnten immer noch was schaffen.«

»Clay, ich hab nachgedacht. Vielleicht könnten wir in dem, was wir tun, entschlossener vorgehen. Vielleicht etwas aktiver werden, walschutzmäßig gesehen.«

»Soll mir recht sein. Ich mag Wale.«

»Ich meine, jetzt haben wir die Mittel, und selbst wenn ich die Bedeutung der Gesänge nachweisen und irgendwie das Vokabular dechiffrieren könnte, lässt sich der Sinn doch nie belegen, ohne Gooville zu gefährden.«

»Das wäre keine gute Idee.« Auf der Rückfahrt hatte Nate ihm alles erklärt.

»Ich meine, es gibt keinen Grund, wieso man nicht gute, wissenschaftliche Arbeit leisten sollte und trotzdem ... du weißt schon –«

»Dem einen oder anderen in den Arsch treten.«

»Absolut!«

Clay nahm einen übertrieben griechischen Akzent an. »Manchmal, Boss, muss man einfach seine Gurtel abschnallen und suchen Streit.«

»Zorba?«

»Yeah.« Clay grinste.

»Großartiges Buch«, sagte Nate. »Ist das die *Always Confused?*«

Clay nahm ein Fernglas und richtete es auf das Speedboot, das um die Hafenmauer von Lahaina gefahren kam und dabei mehr Welle machte, als im Hafen gern gesehen war. Kona fuhr die *Always Confused.*

»Mein Boot«, sagte Clay ein wenig bekümmert.

»Du wirst darüber hinwegkommen müssen, Clay.«

Kona ging auf parallelen Kurs zur *Clair*, als das Schiff die Maschinen stoppte, um Anker zu lassen. Er winkte und kreischte wie ein Irrer. »Irie, Bwana Nate! Das Löwe kehrt heim! Gepriesen sei die Gnade Jahs! Irie!«

Nate nahm die Stufen vom Steuerstand aufs Deck hinunter. Aller Ärger, den er dem Surfer gegenüber einmal empfunden haben mochte, war verflogen. Alles Bedrohliche, was er von seiner Seite befürchtet hatte, war dahin. Konas Unzulänglichkeiten, die Nate mit ihrer Kraft und Jugend provoziert haben mochten, zählten nun nicht mehr. Vielleicht war es an der Zeit, ihm ein Vorbild zu sein, keine Konkurrenz. Außerdem freute er sich wirklich, den Bengel zu sehen. »Hey, Kleiner, wie sieht's aus?«

»Jammin', Mann.«

»Das ist gut. Hast du Lust, Pirat zu werden?«

Da die Navy auf Maui nicht stationiert war, hatte man Captain L. J. Tarwater ein kleines Büro im Gebäude der Küstenwache angemietet, was bedeutete, dass die Öffentlichkeit hier – im Gegensatz zu offiziellen Navy-Stützpunkten – mehr oder weniger kommen und gehen konnte, wie sie wollte. Somit konnte es Tarwater nicht überraschen, als er sah, dass jemand durch seine Bürotür hereingeschlendert kam. Überraschend war nur, dass es sich dabei um Nathan Quinn handelte, den er für ziemlich ertrunken hielt und der einen Zwanzig-Liter-Glastank mit einer klaren Flüssigkeit bei sich hatte.

»Quinn, ich dachte, Sie seien auf See verschollen.«

»War ich auch. Man hat mich gefunden. Wir müssen uns unterhalten.« Er stellte den Tank auf Tarwaters Schreibtisch ab, was einen feuchten Ring auf den Unterlagen hinterließ, dann kehrte er um und schloss die Tür zum Vorzimmer.

»Hören Sie, Quinn, falls das hier irgendein schlechter Scherz werden soll, wie das Färben von Pelzen, verschwenden Sie Ihre Zeit. Ihr Typen tut gerade so, als wäre das Militär der Höllenfürst persönlich. Ich bin hier, um die Tiere zu studieren. Wir sind aus derselben Generation, genau wie die meisten Leute in der Navy, die das Gleiche tun wie ich. Wir wollen den Tieren nicht schaden.«

»Okay«, sagte Nate. »Wir haben hier nur zwei Dinge zu besprechen. Dann zeige ich Ihnen was.«

»Was ist in dem Glas da? Hoffentlich nicht Kerosin oder so was.«

»Es ist Meerwasser. Ich habe es vor zehn Minuten vom Strand geholt. Machen Sie sich keine Gedanken. Passen Sie auf: Erstens werden Sie Ihre Studie beenden und entschieden dafür eintreten, dass dieses Torpedo-Testgebiet nicht in unserer Schutzzone eingerichtet wird. Sie werden es verhindern. Die Tiere tauchen sehr wohl in großen Tiefen, so dass die Detonationen ihnen schaden könnten. Außerdem lösen Sie diese Explosionen nicht aus, um unser Land zu verteidigen, sondern damit ihr Jungs mal üben könnt, und Sie *werden* den Tieren damit schweren Schaden zufügen!«

»Es gibt keinen Beweis dafür, dass sie je tiefer als siebzig Meter tauchen.«

»Den wird es geben. Ich warte auf Markierungssender vom Festland. In einem Monat habe ich die Daten.«

»Trotzdem ...«

»Schnauze«, sagte Nate, dachte kurz nach und fügte dann hinzu: »Bitte.« Dann fuhr er fort: »Zweitens müssen Sie alles in Ihrer Macht Stehende dagegen unternehmen, dass dieses Niederfrequenz-Sonar hier getestet wird. Wir wissen, dass es Tiefseejäger wie den Schnabelwal tötet, und es besteht die Wahrscheinlichkeit, dass es auch die Buckelwale verletzt, und das darf unter keinen Umständen geschehen.«

»Und wieso sollten wir das tun?«

»Sie wissen doch, woran ich in den vergangenen fünfundzwanzig Jahren gearbeitet habe, oder?«

»Sie haben den Gesang der Buckelwale studiert. Sinn und Zweck darin gesucht.«

»Ich habe ihn gefunden, Tarwater. Es ist ein Gebet. Die Sänger beten.«

»Das ist grotesk. Woher wollen Sie das wissen?«

»Ich bin mir sicher. Absolut sicher. Ich weiß, dass es ein Gebet ist und dass die Torpedobasis und das LFA-Sonar gottesfürchtigen Tieren schaden wird.« Nate machte eine Pause, um das sacken zu lassen, aber Tarwater sah ihn nur an wie ein nerviges Nagetier, das sich ins Haus geschlichen hatte.

»Wie um alles in der Welt wollen Sie das wissen, Quinn?«

»Weil ihre Gebete beantwortet werden.« Nate nahm ein Diktiergerät aus seiner Hemdtasche und stellte es neben das Meerwasser auf den Tisch. Zuvor hatte er etwas vom Goo hineingemischt. Er drückte den Startknopf, und Buckelwalgesang erfüllte das Büro.

»Das ist doch lächerlich«, sagte Tarwater.

»Passen Sie auf«, sagte Nate und deutete aufs Wasser, das zu wirbeln begann, sodass sich ein winziger, rosafarbener Strudel in der Mitte bildete.

»Lassen Sie mich in Frieden. Ihre Zaubertricks können mich nicht beeindrucken, Quinn.«

»Passen Sie auf«, sagte Nate noch einmal. Vor ihren Augen weitete sich der rosafarbene Strudel aus, während der Walgesang andauerte, bis das halbe Glas ein schwimmender, rosiger Fleck war. Dann stellte Nate das Band ab.

»Na und?«, sagte Tarwater.

»Sehen Sie genauer hin.« Nate öffnete das Glas, griff hinein, holte etwas von dem Rosigen heraus und warf es auf Tarwaters Schreibtisch. Winzige Garnelen – keine länger als drei Zentimeter – zappelten auf der Schreibunterlage herum. »Krill«, sagte Nate.

Tarwater sagte keinen Ton. Er betrachtete den Krill, dann nahm er ein paar davon in die Hand und untersuchte sie genauer. »Das ist Krill.«

»Richtig.«

»Na, das kommt doch aus einem *Yps*-Heft, oder? Sie hatten Eier von Salzwasser-Garnelen da drin.«

»Nein, Captain Tarwater. Hatte ich nicht. Die Buckelwale

beten, Gott antwortet und gibt ihnen Futter. Wir könnten dieses kleine Experiment noch hundert Mal wiederholen, und das Wasser wäre am Anfang klar und am Ende voller Krill. Glauben Sie mir, ich habe es versucht.« Und das hatte er auch. Das kleine bisschen Goo im Wasser erschuf den Krill aus dem anderen Leben, das darin enthalten war, den allgegenwärtigen SAR-11-Bakterien, die in jedem Tropfen Meerwasser auf dem Planeten schwammen.

Tarwater hielt den Krill hoch. »Aber ich dachte, die fressen nichts, wenn sie hier sind.«

»Sie denken in zu kleinem Maßstab. Die Tiere fressen vier Monate lang überhaupt nichts, und dann tun sie nichts anderes mehr. Sie denken voraus – so wie man vielleicht ans Frühstück denkt, bevor man abends zu Bett geht. Ist eigentlich auch egal. Sie, Captain, müssen alles unternehmen, um die Torpedobasis und die LFA-Tests zu verhindern.«

Tarwater fehlten die Worte. »Ich bin nur ein Captain.«

»Aber Sie sind ein ehrgeiziger Captain. Innerhalb von zehn Stunden könnte ein Glas Meerwasser auf einem Schreibtisch im Verteidigungsministerium stehen. Wollen Sie wirklich Ihrer Regierung erklären müssen, dass Sie ein Tier töten wollen, das zu Gott betet? Besonders der *jetzigen* Regierung?«

»Nein, Sir, das möchte ich nicht«, erwiderte Tarwater und sah entschieden ängstlicher aus als noch einen Augenblick zuvor.

»Ich wusste, dass Sie ein intelligenter Mann sind. Und sollten Sie diese Angelegenheit regeln können, wird niemand je wieder etwas von meinem Wasserglas zu sehen bekommen.«

»Ja, Sir«, sagte Tarwater eher aus Gewohnheit als aus Respekt.

Nate nahm sein Diktiergerät und das große Glas und ging hinaus, wobei er in sich hineingrinste und an die betenden Buckelwale dachte. *Natürlich ist es im Grunde nicht wirklich ein*

Gott, dachte er, *aber sie beten tatsächlich, und ihr Gott füttert sie auch.*

Er machte sich auf den Weg nach Papa Lani, um ein paar Anrufe zu tätigen und den Bericht zu schreiben, der Jon Thomas Fullers Hoffnung torpedieren würde, auf Maui einen Streichelzoo für gefangene Delfine errichten zu dürfen.

Das Werk eines Piraten ist nie getan.

Drei Monate später erreichte die *Clair* auf ihrem Weg in die Antarktis die kalten Küstengewässer vor Chile, unterwegs, um das japanische Walfangschiff *Kyo Maru* abzufangen, es aufzuhalten, zu belästigen und ihm ganz allgemein das Leben schwer zu machen. Clay stand am Ruder, und als das Schiff einen bestimmten Punkt auf dem GPS-Empfänger erreicht hatte, gab er das Kommando, die Maschinen abzustellen. Es war ein sonniger Tag, ungewöhnlich ruhig für diesen Teil des Pazifiks. Das Wasser war so dunkelblau, dass es beinahe schwarz zu sein schien.

Clair war unter Deck in ihrer Kabine. Sie war fast die ganze Zeit über seekrank, hatte aber trotz aller Übelkeit darauf bestanden, mitzukommen, wobei sie den Kapitän mit ihren messerscharfen Überredungskünsten bearbeitet hatte. (»Wer hat hier den Hintern? Also dann, hilf mir packen.«)

Nate stand vorn am Bug und hielt Elizabeth Robinson im Arm. Über ihnen baumelte ein Sechs-Meter-Schlauchboot mit verstärktem Rumpf an einem Kran, bereit zu Wasser gelassen zu werden, sobald es gebraucht wurde. Am Heck, wo auch das Tauchboot untergebracht war, gab es noch ein weiteres Schlauchboot. Oben, auf dem erhöhten Steuerstand, überschaute Kona das Meer mit einem Großfernglas auf einem schweren Eisenstativ, das an die Reling geschweißt war.

»Da ist einer. Tausend Meter.«

Clay kam zu Kona auf den Laufgang. Alle blickten sie nach

Steuerbord, wo die Restwolke einer Fontäne über den stillen Fluten hing.

»Noch einer!«, rief Clay und deutete auf einen zweiten Wal, näher am Schiff, beim Backbordbug.

Dann fingen sie an, in die Luft zu schießen wie eine Kettenreaktion: Fontänen unterschiedlicher Form, Höhe und Winkel – mächtige Explosionen von Gischt, so nah am Schiff, dass die Decks vor Nässe glänzten. Dann rollten die Rücken der großen Wale im Wasser um sie herum, graue und schwarze und blaue, Hügel von feuchtem Fleisch auf allen Seiten, bewegten sich langsam, dann lagen sie still im Wasser. Nate und Elizabeth traten an die Bugreling und betrachteten eine Gruppe von Pottwalen, die nur wenige Meter vor dem Bug faul im Wasser lagen. Daneben trieb ein breiter Nordkaper, schwankte in der sanften Dünung, und nur ein langsames Winken mit dem Schwanz verriet, dass er noch lebte. Er rollte sich auf die Seite, und sein Auge wölbte sich hervor, als er sie ansah.

»Bist du okay?«, fragte Nate Elizabeth und drückte ihre Schulter. Es war das erste Mal seit vierzig Jahren, dass sie wieder auf See war. Sie hielt eine braune Papiertüte in Händen.

»Sie kommen erstaunlich nah heran. Das hatte ich ganz vergessen.«

»Warte ab.«

Mittlerweile hatten sich wohl hundert Tiere unterschiedlicher Spezies um das Schiff versammelt; die meisten lagen auf der Seite, ein Auge glubschte in die Luft. Ihre Fontänen kamen in synkopiertem Rhythmus, wie Zylinder einer gewaltigen Maschine, die nacheinander zündeten.

Kona sprang neben Clay auf und ab, pries Jah und lachte jedes Mal, wenn eines der Tiere atmete oder mit dem Schwanz schlug. »Irie, meine waligen Freunde!«, rief er und winkte den Tieren zu. Clay widerstand nur schwer dem Drang, seine Kameras zu nehmen und zu fotografieren oder zu filmen. Es fühlte sich an, als müsste er sehr, sehr dringend pinkeln, aber aus den Augen.

»Nate«, rief Clay, und er deutete auf ein Netz aus Blasen, das sich etwas außerhalb des Ringes treibender Wale bildete. Sie hatten so etwas Dutzende Male in Alaska und Kanada gesehen: Ein Buckelwal schwamm Kreise und gab einen Strom von Luftblasen von sich, um einen Fischschwarm zusammenzutreiben, während sich andere in die Mitte stürzten, um die Fische zu fangen. Der Kreis aus Blasen wurde an der Oberfläche immer deutlicher, als würde das Wasser kochen, und dann durchbrach ein einzelner Buckelwal den Ring, erhob sich gänzlich aus dem Wasser und verursachte einen weiten Krater aus Gischt und Spritzern.

»Heilige Mutter Gottes!«, sagte Elizabeth. Ängstlich verbarg sie ihr Gesicht in Nates Jacke, dann sah sie eilig wieder hin, um ja nichts zu verpassen.

»Sie geben gern an«, sagte Clay.

Die dümpelnden Wale paddelten träge aus dem Weg, machten einen Korridor zum Schiff frei. Der Buckelwal schwamm dem Bug entgegen, mit dem knorrigen Gesicht über Wasser. Dann war er nur noch zehn Meter vom Bug entfernt. Das Tier hob sich aus den Fluten und öffnete sein Maul. Amy kam auf die Beine. Neben ihr stand James Poynter Robinson.

»Hey, kriegen wir vielleicht eine Leiter hier runter?«, rief Amy.

»Gepriesen sei die Gnade Jahs«, sagte Kona. »Das Sahneschnittchen kommt nach Hause.«

Nate warf ein Frachtnetz über die Seite, dann kletterte er halb hinunter und zog Amy aufs Netz. Dort hielt er sie, während das Schiff in der leichten Dünung schwankte und sie versuchte, ihn zu küssen, wobei sie ihm fast einen Zahn abbrach.

»Hilf mir mit Elizabeth«, sagte Nate.

Gemeinsam schafften sie die Komische Alte am Frachtnetz hinunter und übergaben sie ihrem Mann, der auf der Zunge des Wales stand und seine Braut umarmte, nachdem er sie vierzig Jahre nicht gesehen hatte.

»Du siehst so jung aus«, sagte Elizabeth.

»Da lässt sich was machen«, erwiderte er.

»Wirst du altern?«

»Nein.« Er sah sich nach Nate um und salutierte. Nate hörte das Kichern der Bengel drinnen im Wal.

»Ich habe dir ein Pastrami-Sandwich mit dunklem Brot mitgebracht«, sagte sie.

Poynter nahm die Papiertüte entgegen, als überreiche man ihm den Heiligen Gral.

Nate und Amy kletterten am Frachtnetz hinauf und standen am Bug, während sich der Wal zurückzog.

»Danke, Nate«, sagte die Komische Alte und winkte. »Danke, Clay.«

Nate lächelte. »Wir sehen uns bald wieder, Elizabeth.«

»Auf jeden Fall«, sagte Amy, während sich das Walschiff schloss und in den Fluten abtauchte.

»Ich weiß.«

»Ich muss alle paar Monate hierher zurück.«

»Ich weiß.«

»Bis in alle Ewigkeit.«

»Ja, ich weiß.«

»Ich bin jetzt der neue Colonel. Ich hab da unten irgendwie das Sagen, denn in gewisser Weise bin ich ja die Tochter ihres Gottes. Wir werden also auch da unten sein müssen.«

»Muss ich jetzt ›Colonel‹ zu dir sagen?«

»Wie? Hast du damit ein Problem?«

»Nein, soll mir recht sein.«

»Du bist dir darüber im Klaren, dass das Goo tatsächlich jeden Augenblick die Menschheit auslöschen könnte?«

»Jep. So wie es schon immer war.«

»Und du weißt, wenn ich hier draußen lebe, werde ich nicht immer – du weißt schon – so aussehen?«

»Ich weiß.«

»Aber ich werde immer knackig bleiben, und du … du wirst immer ein hoffnungsloser Freak sein.«

»Action-Freak«, korrigierte Nate.

»Ha!«, sagte Amy.

ANMERKUNGEN DES AUTORS

Wissenschaft und Zauberei

»Wissenschaft, von der man nichts versteht, sieht immer aus wie Zauberei«, sagt Kona in Kapitel 30. Normalerweise halte ich mich lieber an die Magie, weil man dafür nicht so viel Mathe braucht, aber für *Flossen weg!* war es unerlässlich, etwas Wissenschaft mit einfließen zu lassen. Da so vieles in *Flossen weg!* dem Reich der Magie entstammt, empfinde ich es nur als fair, Ihnen – edler Leser – eine Vorstellung davon zu vermitteln, was hier Fakt ist und was nicht.

Der Wissensstand im Bereich der Cetologie – speziell zu Fragen der Verhaltensforschung – wächst in derart atemberaubendem Maße, dass man kaum noch sicher sein kann, ob das, was gestern stimmte, auch heute noch gilt. (Das ist in meinem Leben nicht viel anders – von daher passte es ganz gut.) Kaum vierzig Jahre beschäftigt sich die Wissenschaft nun mit den Buckelwalen, und erst im letzten Jahrzehnt entstanden Studien, mit deren Hilfe nach einer Verbindung zwischen dem Gesang und sozialer Interaktion geforscht wurde. (In diesem Zusammenhang ist die Frage berechtigt: *Was kann bei einem Tier, dessen Stimme Tausende Kilometer weit reicht, als Interaktion gelten?*) Während ich diese Zeilen schreibe – im September 2002 – ist manches, was den Gesang der Buckelwale angeht, nach wie vor ein Rätsel. (Auch wenn die Wissenschaft sehr wohl weiß, dass er sowohl in den

New-Age-Abteilung von Musikgeschäften als auch in tropischen Gewässern zu finden ist. Dafür gibt es keine vernünftige Erklärung. Allerdings hat man bisher noch keine Buckelwale in der New-Age-Abteilung eines Plattenladens aufgescheucht.)

Niemand hat bislang den Paarungsakt der Buckelwale gesehen, geschweige denn gefilmt, und wenn es auch den Anschein haben mag, als hätte der Gesang etwas mit der Paarung zu tun, da nur die Bullen singen, und das auch nur während der Paarungszeit, konnte bisher noch niemand eine direkte Verbindung zwischen dem Gesang und der Paarung nachweisen. Theorien gibt es mehr als genug: Die Bullen markieren ihr Territorium, sie dokumentieren mit dem Gesang, wie groß und stark sie sind, sie rufen ihre Freunde, sie sagen nur »Huhu« – alles ist möglich, oder nichts davon. Tatsache bleibt, dass es sich beim Gesang der Buckelwale – ungeachtet seines Zwecks – um die komplexeste nichtmenschliche Komposition auf Erden handelt. Egal ob Kunst, Gebet oder Paarungsruf, es ist ein ganz erstaunliches Erlebnis, Zeuge dieses Gesangs zu werden. Vermutlich wird es – selbst wenn die Wissenschaft eine Erklärung gefunden hat – ein magischer Moment bleiben, sobald sie ihre Stimme erheben.

Vom Gesang mal abgesehen, entspricht doch vieles der Wahrheit, was in *Flossen weg!* zum Verhalten und zur Biologie der Wale beschrieben wird – zumindest soweit wie möglich, ohne die Geschichte allzu sehr zu überfrachten. (Ausgenommen die Walschiffe, die Walbengel und der Hinweis darauf, dass alle Killerwale Kevin heißen. Das habe ich mir ausgedacht. In Wahrheit heißen alle Killerwale Sam. Ha!) Die akustischen Daten und deren Analyse sind im Großen und Ganzen Kokolores. Zwar sammeln Wissenschaftler ihre Daten tatsächlich auf die beschriebene Art und Weise, aber deren Analyse ist ein Produkt meiner Fantasie. Anmerken möchte ich allerdings, dass sich niederfrequente Walrufe im Wasser tatsächliche Tausende Kilometer weit fortpflanzen.

Es stimmt, dass sich die Walforscher jeden Winter im Hafen von Lahaina drängen, und es stimmt auch, dass regelmäßig Vorträge im Besucherzentrum der Schutzstation stattfinden, aber die Bosheit, die Rivalität und die beschriebenen Spannungen zwischen den Forschern entsprechen nicht der Wahrheit, ebenso wenig wie die Beschreibungen und Charaktere der einzelnen Figuren. Spannungen zwischen Neurotikern sind einfach interessanter als die Beschreibung engagierter Profis, die ihre Arbeit tun und gut miteinander auskommen, was in Wahrheit der Fall ist. Im Zweifel sollte man einfach davon ausgehen, dass ich mir das alles ausgedacht habe.

SCHUTZ

Wir sollten keine Wale töten,
denn sie beflügeln unsere Phantasie.

Dr. James Darling

Hey, ich dachte, sie wären schon gerettet! Niemand hört gern: »*Wir freuen uns, dass Ihnen unsere Geschichte über den Regenwald mit den vielen niedlichen Tieren und den reizenden Eingeborenen gefallen hat, DENN NÄCHSTE WOCHE WIRD DAS ALLES NUR NOCH VERKOHLTE WÜSTE SEIN!*« Ich tue es auch nur ungern, aber Sie sollten wissen, dass viele Informationen über den Schutz der Wale unzutreffend sind. Die Tiere sind noch nicht wirklich gerettet.

Japaner und Norweger gehen nach wie vor auf Walfang und töten mit offizieller Genehmigung jährlich bis zu fünfhundert Minkwale zu »Forschungszwecken« (das Fleisch landet auf europäischen und asiatischen Märkten). Trotz gegenteiliger Argumente der Verfechter eines »freien Marktes« ist der Walfang in Japan keineswegs ein gewinnbringendes Geschäft. Er wird von der Regierung subventioniert, und um die Nachfrage zu schüren, verteilt man Walfleisch an den Schulen, damit sich die Kinder an den Geschmack gewöhnen. (Guter Gedanke. Sehnen wir uns nicht alle nach der Kantinenküche unserer Jugend? Mmmh, Erbsenbrei.) Verdeckt arbeitende Biologen (Spionage-Freaks) haben mit Hilfe von DNS-Proben Fleisch gefährdeter Spezies (darunter auch vom Blauwal) in Walfleischdosen gefunden, die mit »Minkwalfleisch« beschriftet waren. (Also tötet jemand Blauwale.)

Von Forschungszwecken abgesehen, ist das Fangverbot, das die Internationale Walfangkommission für große Wale ausgesprochen hat, nach wie vor in Kraft, aber mehrere Nationen versuchen mit aller Kraft, dieses Verbot aufzuheben, und finanzieren Studien, die beweisen sollen, dass sich die Population der großen Wale – einschließlich der Buckel- und Grauwale – soweit erholt hat, dass die Jagd wieder beginnen kann. Die amerikanische Position in der Internationalen Walfangkommission (IWC) wird erheblich durch den Umstand geschwächt, dass man für den Eingeborenenwalfang eintritt – die Jagd eingeborener Völker zur Existenzsicherung. In Wahrheit zielen die Argumente der Eingeborenen, die sich für den Walfang einsetzen, nur selten auf die Existenzsicherung ab, sondern eher darauf, dass die Jagd eine »kulturelle Tradition ihres Volkes ist, die erhalten werden muss«. Das ist natürlich kompletter Schwachsinn. Bei Amerikanern europäischer Herkunft hat es Tradition, Völkermord an Eingeborenen zu begehen, was aber nicht beachtet, dass wir damit jetzt wieder anfangen sollten. Nicht alle alten Ideen sind auch gute Ideen.

Es stimmt zwar, dass sich manche Walspezies zu erholen scheinen (Grau- und Buckelwal), aber andere Populationen haben nach wie vor zu kämpfen, und manche – wie der Nordamerikanische Glattwal – könnten demnächst von unserem Planeten verschwunden sein (nicht wegen des Walfangs, sondern – wie ein Walforscher sagt, dessen Namen ich nicht nennen möchte – »weil sie dumm wie Brot sind und nicht aus dem Weg gehen, wenn sie ein Schiff kommen hören.« Verdammt, ich lande fast im nächsten Graben, wenn mir ein Eichhörnchen vor den Kühler läuft, und von denen gibt es Millionen. Allerdings kann ich mir kaum vorstellen, dass ich einen schlingernden Supertanker gefährden würde, um einem der letzten Glattwale auszuweichen.) Jüngste Untersuchungen gehen davon aus, dass es auf der ganzen Welt keine dreihundert Nordamerikanischen Glattwale mehr gibt. (Es lassen sich nur Schätzungen anstellen, weil die Wissenschaftler nicht genügend Tiere finden, als dass sie ernstlich was zu zählen hätten – und wenn man ein Tier findet, muss man wahrscheinlich auf Teufel komm raus loszählen und dann mit Algorithmen und Computerprojektionen extrapolieren.) Glücklicherweise jedoch erholen sich manche Populationen, und obwohl die japanische Regierung anscheinend eine Bande von Großwildjägern ist, scheint die japanische Bevölkerung die Wale lieber zu beobachten als zu essen, so dass der Druck, die Jagd fortzusetzen, auf Dauer abnehmen dürfte.

Der Hammer dabei ist vermutlich, dass die größte Bedrohung für Meeressäuger durch den Verlust ihres Lebensraums und die Verschmutzung – und nicht durch die Jagd – entstehen dürfte. (Ja, aber ... Verlust des Lebensraums? Haben die nicht den ganzen Ozean zur Verfügung?) Größtenteils sind unsere Meere große, nasse Wüsten mit Millionen Quadratkilometern, in denen das Leben rar gesät ist. Es war abzusehen, dass die menschliche Bevölkerung früher oder später mit den Meeressäugern um die Nahrungsquellen konkurrieren würde, und angesichts größerer Nachfrage und verbesserter Fangmethoden sind einst reiche Fischgründe irgendwann tot und leer wie kahl geschlagene Wälder. Hydroelektrische Dämme, mit denen die Wanderung von Lachsen und anderen Spezies in ihre Laichgebiete verhindert werden soll, nehmen schon jetzt Einfluss auf die Populationen der Meeressäuger, die sich von ausgewachsenen Lachsen ernähren.

Die Verschmutzung durch Industrie und Landwirtschaft gelangt früher oder später ins Meer. Nun sollte man annehmen, dass die ungeheure Wassermenge diese Chemikalien verdünnt, und das geschieht auch – bis die Chemikalien von einem Mechanismus eingesammelt werden, der sich »Nahrungskette« nennt. Neuere Studien von Gewebeproben einiger Zahnwale (Killerwale und Delfine, die weit oben in der Nahrungskette stehen), ergaben ein so hohes Maß an Toxinen, dass der Speck dieser Tiere als Sondermüll gilt. Momentan werden Studien erstellt, die ergründen sollen, ob die abnehmende Population der Meeressäuger an der Westküste Nordamerikas nicht vielleicht auf die niedrigeren Geburtsraten und das geschwächte Immunsystem der Tiere zurückzuführen ist, die sich von vergiftetem Fisch ernähren. (Ach ja: Raten Sie mal, wer noch ganz oben in der Nahrungskette steht?)

Sie brauchen Hilfe? Passen Sie auf: Sich Sorgen um den Zustand unserer Meere zu machen, heißt nicht, dass man irgendwie durchgeknallt ist, ein Weichei und Baum-Umarmer, sondern es heißt, dass man nachdenkt. Die Gesundheit allen Lebens auf diesem Planeten hängt von der Gesundheit der Meere ab. Es ist ein stetes Geben und Nehmen. (Sogar jemand, der für das Prinzip von Angebot und Nachfrage eintritt, muss zugeben, dass es kein Angebot und entsprechend keine Nachfrage mehr geben wird, wenn ein Fisch erst wegen Überfischung ausgestorben ist.) Achten Sie also darauf, was Sie essen, und nehmen Sie keinen gefährdeten Fisch zu sich (den Schwarzen Seehecht beispielsweise). Und schütten Sie beim Ölwechsel Ihr altes Öl nicht in den Gully, es sei denn, Sie wollen, dass Ihr nächster Krabbenteller nach Motoröl schmeckt. Oder gefällt Ihnen vielleicht die Vorstellung, dass Ihre eigenen Kinder mit Flossen zur Welt kommen?

Und sehen Sie sich ein paar Wale an. Keine gefangenen Tiere, sondern wilde. Am Ende dreht sich immer alles nur ums Geld, und solange es profitabler ist, wenn sich die Menschen Wale ansehen wollen, wird es diese Tiere geben. Falls Sie nicht am Meer leben und auch nicht hinfahren können, kaufen Sie sich ein Wal-Video. Es kann bestimmt nicht schaden.

Ansonsten schreien sie einfach wahllos irgendwelche Leute an, dass sie aufhören sollen, die Wale zu töten. Es könnte sich durchsetzen. Bestimmt.

(»Möchten Sie vielleicht Pommes dazu?«

»Schnauze! Hört auf, Wale zu töten!«

»Danke vielmals. Fahren Sie weiter, bitte.«)

DANKSAGUNGEN

Zuallererst gilt mein Dank meiner angestammten Mannschaft: Charlee Rodgers für aufmerksames Lesen und stichhaltige Kommentare, meiner Lektorin Jennifer Brehl und meinem Agenten Nicholas Ellison, der vor ein paar Jahren sagte: »Hey, wie wäre es mit einem Buch über Walgesänge? Ich weiß nicht … angenommen, sie hätten einen Sinn. Lass dir was einfallen.« Etwaiges Lob oder Vorwürfe diesbezüglich gehen an Nick. Wie immer gilt mein Dank Dee Dee Leichtfuss, meiner »freischaffenden Leserin«. Vielen Dank auch an Galen und Lynn Rathbun dafür, dass sie ihre Studien zur Rüsselspitzmaus unterbrachen, um mir Einblicke in das Leben der Feldforscher zu gewähren und den Kontakt zu den Leuten bei der NOAA (National Oceanic and Atmosphere Administration) herzustellen.

Mein Dank gilt Kurt Preston für geologische Informationen, Dr. David Kirkpatrick für Informationen zur Genetik, Mark Joseph für seine telefonische »Einführung ins Sonar«, und Bret Huffman für hilfreiche Hinweise zum Rasta-Pidgin-Slang.

Der Hintergrund zu Genen, Evolution und Memen stammt aus den Büchern von Richard Dawkins: *Das egoistische Gen*, *Der blinde Uhrmacher* und anderen; außerdem aus Daniel Dennetts Buch *Darwins gefährliche Idee* und aus Susan Blakmoores ausgezeichnetem Werk *The Meme Machine*. Diese Titel kann ich zum weiteren Lesen nur empfehlen. Wenn Sie damit durch sind, könnte es allerdings sein, dass Sie ein paar von meinen Büchern lesen und viel fernsehen müssen, damit Sie am Ende wieder blöd genug sind, um in der modernen Welt funktionieren zu können. Glücklicherweise bin ich in dieser Hinsicht hochbegabt und schon bald genesen, danke der Nachfrage.

Den Algorithmus zur Längenberechnung, von dem im ersten Kapitel die Rede ist, hat Dr. John Calambokidis vom Cascadia Research Collective entwickelt. Sowohl dafür als auch für viele andere Beiträge auf diesem Gebiet gebührt ihm unsere Anerkennung.

Viele Anekdoten, die ich für *Flossen weg!* verwendet habe, wurden mir von den Forschern selbst zugetragen. Die Geschichte von den japanischen Walfängern, denen der Anblick einer Pottwalkuh mit ihrem Kalb zu Herzen ging (Kapitel 30), hat mir Bob Pittman von Southwest Fisheries Science Center erzählt. Die Geschichte vom Pacific-Biological-Research-Project, bei dem das Militär eine Machbarkeitsstudie finanzierte, um die Verwendung von Seevögeln als Träger biologischer Waffen zu studieren, habe ich von Bobs Frau Lisa Ballance, die ebenfalls im Southwest Fisheries Science Center der NOAA arbeitet.

Vielen Dank auch an Dr. Wayne Perryman von der NOAA, der mir stundenlang Geschichten erzählt und mich mit Informationen über das Alltagsleben der Forscher ausgestattet hat. Danke außerdem an Dr. Perryman dafür, dass er mich eingeladen hat, in Kalifornien persönlich an den Beobachtungen der Grauwale teilzunehmen, ohne dass ich jedes Mal die Pizza holen musste.

Vielen Dank an Jay Barlow vom Southwest Fisheries Sciene-Center der NOAA für Informationen zu Forschungsprojekten der Navy und den Beziehungen zwischen Forschern und Navy. Das meiste davon musste ich leider weglassen, um Captain Tarwater nach Maui versetzen zu können, aber trotzdem: Danke, Jay!

Mein Dank gilt auch Carol DeLancey vom Marine Mammal Program der Oregon State University, die mir die grandiose Geschichte von der Glattwalkuh erzählte, die das Schlauchboot einiger Forscher als Diaphragma benutzte, während die Forscher von herumtastenden Walpimmeln attackiert wurden (Kapitel 8) – was Dr. Bruce Mate tatsächlich passiert ist. Allerdings habe ich es etwas ausgeschmückt, denn ich glaube nicht, dass die Bullen in das Boot ejakuliert haben – und aus Dr. Mate ist auch keine Lesbe geworden.

Für Informationen zur Unterwasser-Akustik und zum Wesen und zur Reichweite von Blauwalrufen, wovon ich das meiste komplett ignoriert habe, danke ich Dr. Christopher G. Fox vom Hatfield Marie Science Center in Newport, Oregon. Chris' Beschreibung eines nicht identifizierbaren, anhaltenden Pulsierens tief unten im Pazifischen Ozean, irgendwo vor der chilenischen Küste, war die erste Inspiration für die unterseeische Stadt Gooville.

Für die Insidergeschichten zum Hafenleben in Lahaina und das Liebesleben der Forscherinnen geht mein Dank an Rachel Cartwright und Captain Amy Miller, die das Kuh/Kalb-Verhalten der Buckelwale studieren – im Winter auf Maui und im Sommer in Alaska.

Dank auch an Kevin Keyes, sowohl für seine Wal- und Delfingeschichten, als auch für die unendliche Geduld, mir das Kajakfahren auf dem Meer beizubringen – und das »Kaltwasser«-Sicherheitstraining, das mir wahrscheinlich bei dem Versuch, mich unter die Tiere zu mischen, das Leben gerettet hat.

Schließlich danke ich von ganzem Herzen Dr. Jim Darling. Flip Nicklin und Meagan Jones, die mir zwei Winter lang erlaubt haben, mitzufahren und sie bei ihren Forschungen auf Maui zu beobachten. Darüber hinaus haben sie großzügig ihre Zeit geopfert, um meine Fragen sowohl persönlich als auch per E-Mail zu beantworten. Während die meisten Informationen über Buckelwale und ihren Gesang in *Flossen weg!* von diesen Fahrten stammen, sind die Ungenauigkeiten und Freiheiten, die ich mir hinsichtlich der Informationen geleistet habe, einzig und allein auf meinem Mist gewachsen. Mit den Anekdoten und wissenschaftlichen Erkenntnissen, die ich bei diesen Leuten – die allesamt ihr Leben der Forschung auf diesem Gebiet widmen – aufgeschnappt habe, ließen sich ohne weiteres zwei Bücher füllen. Kurz gesagt, dieses Buch wäre ohne ihre Hilfe gar nicht möglich gewesen. Freundlichere, intelligentere, engagiertere Menschen als diese wandeln nicht über das Antlitz unserer Erde.

Zur Unterstützung ihrer anhaltenden Forschungsarbeit über den Gesang und das Verhalten der Buckelwale schicken Sie Ihre steuerabzugsfähigen Spenden an:

Whale Trust
300 Paani Place
Paia, HI 96779